A rainha domada

OBRAS DA AUTORA PUBLICADAS PELA EDITORA RECORD

Série *Tudors*
A irmã de Ana Bolena
O amante da virgem
A princesa leal
A herança de Ana Bolena
O bobo da rainha
A outra rainha
A rainha domada

Série *Guerra dos Primos*
A rainha branca
A rainha vermelha
A senhora das águas
A filha do Fazedor de Reis

Terra virgem

PHILIPPA GREGORY

A rainha domada

Tradução de
Márcio El-Jaick

1ª edição

EDITORA RECORD
RIO DE JANEIRO • SÃO PAULO
2017

CIP-BRASIL. CATALOGAÇÃO NA PUBLICAÇÃO
SINDICATO NACIONAL DOS EDITORES DE LIVROS, RJ

G833r
Gregory, Philippa, 1954-
  A rainha domada / Philippa Gregory; tradução de Márcio El-Jaick. – 1ª ed. –
Rio de Janeiro: Record, 2017.

  Tradução de: The Taming of the Queen
  ISBN: 978-85-01-10956-9

  1. Romance inglês. 2. Ficção inglesa. I. El-Jaick, Márcio. II. Título.

17-39576
CDD: 823
CDU: 821.111-3

Título original:
The Taming of the Queen

Copyright © 2015 by Levon Publishing Ltd.
Copyright da tradução © 2017, Editora Record

Publicado mediante acordo com a Touchstone, uma divisão da Simon & Schuster, Inc.

Texto revisado segundo o novo Acordo Ortográfico da Língua Portuguesa.

Todos os direitos reservados. Proibida a reprodução, no todo ou em parte, através de quaisquer meios. Os direitos morais da autora foram assegurados.

Direitos exclusivos de publicação em língua portuguesa somente para o Brasil adquiridos pela
EDITORA RECORD LTDA.
Rua Argentina, 171 – Rio de Janeiro, RJ – 20921-380 – Tel.: (21) 2585-2000, que se reserva a propriedade literária desta tradução.

Impresso no Brasil

ISBN 978-85-01-10956-9

Seja um leitor preferencial Record.
Cadastre-se no site www.record.com.br e receba informações sobre nossos lançamentos e nossas promoções.

EDITORA AFILIADA

Atendimento e venda direta ao leitor:
mdireto@record.com.br ou (21) 2585-2002.

Para
Maurice Hutt, 1928-2013
Geoffrey Carnall, 1927-2015

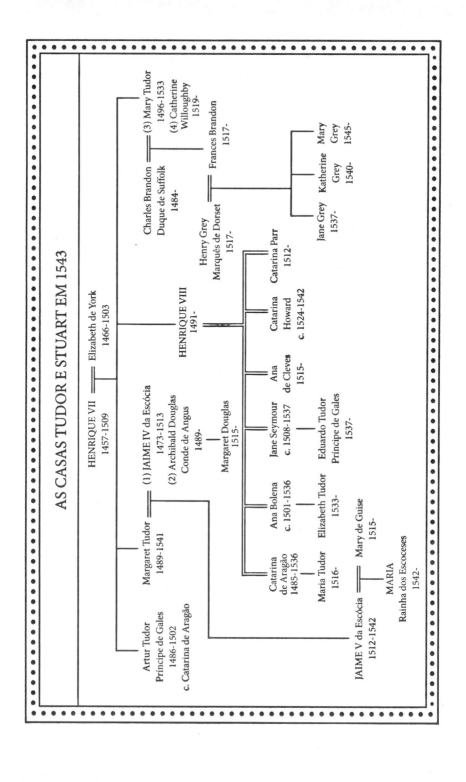

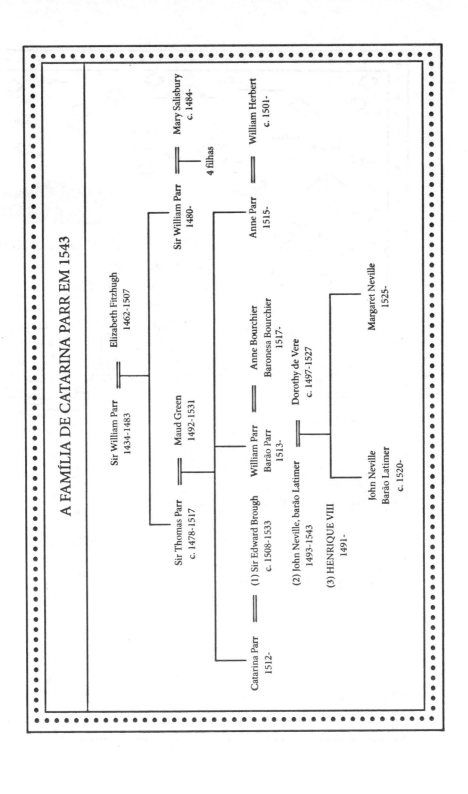

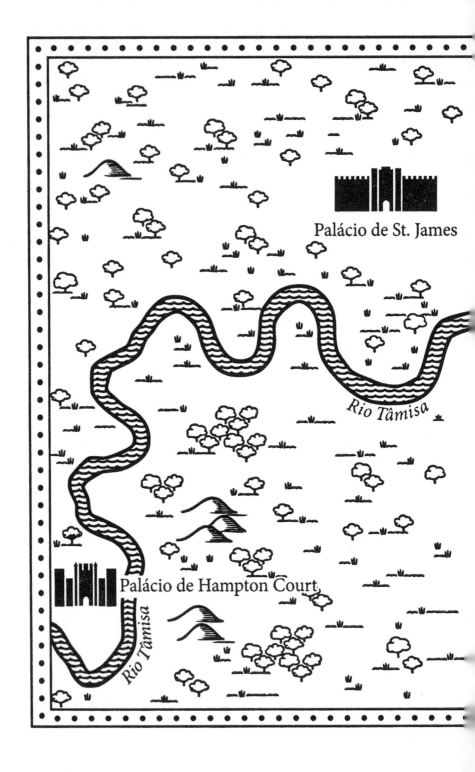

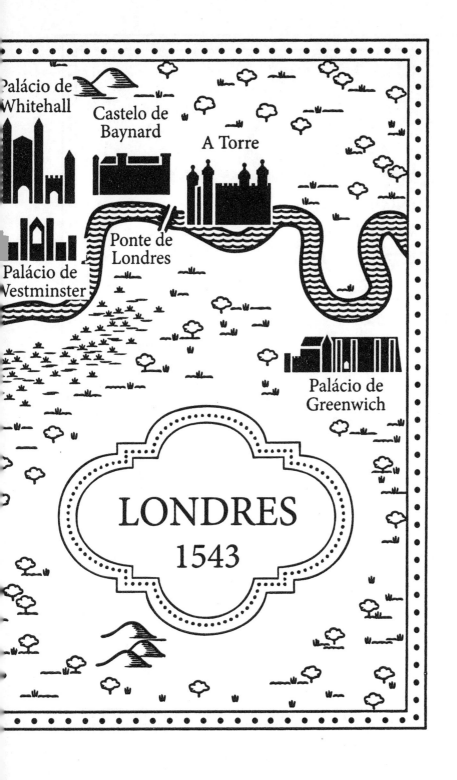

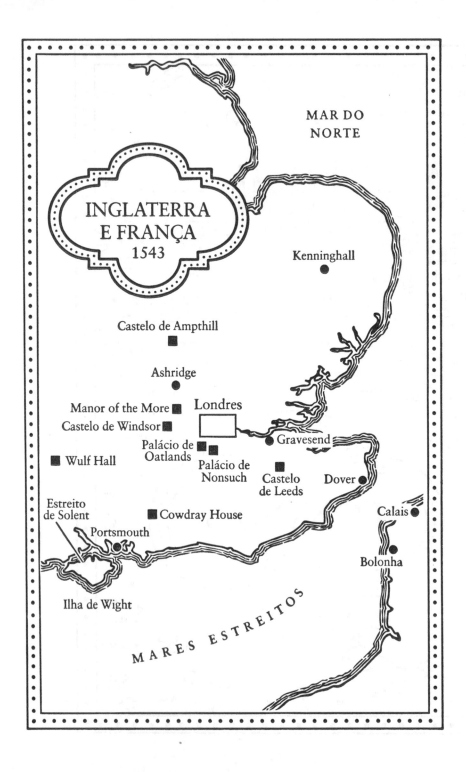

Palácio de Hampton Court, primavera de 1543

Ele se encontra diante de mim, roliço e grande como um velho carvalho, seu rosto como uma lua cheia pairando acima dos galhos mais altos, as rugas de seu rosto erguidas por sua expressão benevolente. Ele inclina o corpo, e é como se a árvore fosse tombar sobre mim. Permaneço imóvel, mas penso: certamente ele não vai se ajoelhar, como outro homem se ajoelhou a meus pés ontem e cobriu minhas mãos de beijos. Se este homem imenso se abaixasse, seriam necessárias cordas para içá-lo, como um boi preso em uma vala. Além disso, ele não se ajoelha para ninguém.

Ele não pode me beijar na boca, não aqui na galeria, com músicos de um lado e pessoas circulando. Com certeza, isso não pode acontecer nessa corte, onde imperam os bons modos. Com certeza, esse grande rosto de lua cheia não se aproximará do meu. Olho para o homem que minha mãe e todas as amigas dela outrora consideraram o mais belo da Inglaterra, o rei com que toda menina sonhava, e rezo em silêncio para que ele não tenha dito as palavras que acabou de dizer. Por mais absurdo que seja, rezo para ter ouvido errado.

Com um silêncio confiante, ele aguarda meu consentimento.

Percebo que é assim que será daqui em diante, até que a morte nos separe; ele aguardará meu consentimento ou prosseguirá sem ele. Terei de me casar com este homem que se avulta entre todas as outras pessoas. Ele está acima dos mortais, um corpo celestial que fica abaixo apenas dos anjos: o rei da Inglaterra.

— Estou surpresa por receber essa honra — balbucio. Sua boca pequena, em forma de bico, agora abre-se em um sorriso. Posso ver seus dentes amarelados e sentir seu hálito de cachorro velho. — Não a mereço.

— Vou mostrar à senhora que merece, sim — garante-me ele.

O sorriso pretensamente recatado em seus lábios úmidos me lembra, horrivelmente, de que ele é um libertino preso em um corpo em decomposição e de que eu serei sua esposa em todos os sentidos; ele se deitará comigo enquanto anseio por outro homem.

— Posso rezar e pensar nesse grandioso pedido de casamento? — pergunto, procurando palavras educadas. — Fiquei surpresa, de verdade. E tornei-me viúva há tão pouco tempo...

Ele franze o cenho, unindo as esparsas sobrancelhas ruivas; isso o desagrada.

— A senhora quer tempo? Não desejava que isso acontecesse?

— Isso é algo que toda mulher deseja — garanto, apressadamente. — Não há dama na corte que não deseje isso, não há dama na Inglaterra que não sonhe com isso. Estou entre elas. Mas não sou digna!

Assim é melhor, ele fica mais calmo.

— Não consigo acreditar que meus sonhos se tornaram realidade — exagero. — Preciso de tempo para assimilar minha sorte. É como um conto de fadas!

O rei assente com a cabeça. Adora contos de fadas, encenações e qualquer tipo de farsa.

—Eu a tirei da obscuridade — declara. — Eu a farei ascender do nada ao topo do mundo.

A voz dele, confiante, lubrificada por uma vida de excelentes vinhos e gordos cortes de carne, é indulgente, mas o olhar perspicaz está me interrogando.

Obrigo-me a fitar aqueles olhos atentos, cobertos por pálpebras flácidas. Ele não me fará ascender do nada; eu não venho do nada: nasci Parr de Kendal, e meu falecido marido era Neville; são duas famílias importantes do extremo norte da Inglaterra. Não que o rei já tenha ido até lá.

— Preciso de um tempo — barganho. — Para me acostumar à alegria.

O rei faz um pequeno gesto com a mão gorda, como se dissesse que tenho todo o tempo que quiser. Faço uma reverência e recuo alguns passos, afastando-me do jogador que subitamente exigiu de mim a maior aposta que uma mulher pode fazer: sua vida. É proibido dar as costas ao rei: algumas pessoas secretamente brincam que é mais seguro mantê-lo ao alcance dos olhos.

Depois de seis passos para trás na galeria, com a luz do sol da primavera entrando pelas janelas altas e chegando à minha cabeça levemente inclinada, faço outra reverência e baixo os olhos. Quando me ergo, ele ainda está sorrindo para mim, e todos continuam nos observando. Obrigo-me a sorrir e me dirijo, ainda de costas, às portas fechadas que levam à câmara de audiências do rei. Atrás de mim, os guardas abrem as portas para minha passagem, e ouço o burburinho das pessoas ali fora, excluídas da honra da presença real. Elas me veem fazer outra mesura no batente, e o grande rei observa-me ir embora. Continuo andando de costas até que os guardas fechem as portas duplas, ocultando-me da vista dele, e ouço o baque de quando eles apoiam as alabardas no chão.

Fico ali parada por um instante, fitando a madeira entalhada, sem conseguir virar-me e encarar os olhares curiosos da sala lotada. Agora que as espessas portas me separam do rei, percebo que estou tremendo — não apenas as mãos, não apenas os joelhos, mas cada parte do meu corpo, como se estivesse com febre. Tremo como um filhote de lebre escondido em um campo de trigo, ouvindo o som das lâminas dos ceifeiros chegando cada vez mais perto.

Já passa bastante da meia-noite quando todos vão dormir. Visto um manto azul sobre a camisola de seda preta e, como um vulto da cor do céu noturno, saio silenciosamente dos aposentos das mulheres e desço a escadaria. Ninguém me vê passar. Mantenho o capuz sobre o rosto; de qualquer modo, esta é uma corte que compra e vende amor há muitos anos. Ninguém nutre muita curiosidade por uma mulher que entra em um quarto que não é o seu depois da meia-noite.

Não há nenhuma sentinela à porta de meu amante; ela está destrancada, como ele prometeu. Giro a maçaneta, entro no cômodo, e ele está ali, à minha espera, junto à lareira, o aposento vazio e iluminado apenas por algumas velas. Ele é alto e magro, de cabelos e olhos negros. Quando me ouve chegar, vem até mim, e o desejo ilumina seu rosto sério. Ele me agarra, minha cabeça contra seu peito firme, e seus braços envolvem minhas costas. Sem dizer uma palavra, esfrego o rosto nele como se pudesse entrar em sua pele, em seu corpo. Ficamos abraçados por um instante, nossos corpos ansiando pelo cheiro, pelo toque um do outro. Suas mãos seguram minhas nádegas, me levantam, e passo as pernas em torno de sua cintura. Estou desesperada por ele. Ele abre a porta de seu quarto com um chute e me carrega para dentro; fecha-a com a chave e me deita na cama. Tira a calça e joga a camisa no chão enquanto abro o manto e a camisola, e ele entra em mim sem dizer uma única palavra, apenas com um profundo suspiro, como se estivesse prendendo a respiração o dia todo, esperando por esse momento.

Só então digo, ofegante, o rosto enterrado em seu ombro nu:

— Thomas, faça isso a noite toda. Não quero pensar.

Ele se afasta um pouco para ver meu rosto pálido e meu cabelo castanho-avermelhado esparramado sobre o travesseiro.

— Céus, estou louco por você! — exclama, e sua expressão torna-se mais intensa, suas pupilas se dilatam e ficam cegas de desejo, e ele começa a se mover dentro de mim. Abro mais as pernas, ouço minha respiração ofegante, e sei que estou com o único amante que já me deu prazer, no único lugar do mundo onde desejo estar, no único lugar onde me sinto segura: a cama quente de Thomas Seymour.

Em algum momento antes do amanhecer, Thomas serve vinho para mim de uma jarra no aparador e oferece ameixas secas e alguns bolinhos. Tomo uma taça de vinho e como um doce folhado, aparando os farelos com a palma da mão em concha.

— Ele me pediu em casamento — anuncio, sem rodeios.

Por um instante, Thomas cobre os olhos com as mãos, como se não suportasse me ver sentada em sua cama, o cabelo caindo pelos ombros, os lençóis dele enrolados em torno dos meus seios, meu pescoço vermelho por seus beijos ansiosos, minha boca ligeiramente inchada.

— Deus nos ajude. Deus nos poupe disso.

— Não pude acreditar.

— Ele falou com seu irmão? Com seu tio?

— Não, falou comigo ontem.

— Você contou a mais alguém?

Faço que não com a cabeça.

— Ainda não. Não contaria a ninguém antes de você.

— E o que vai fazer?

— O que posso fazer? Vou obedecer-lhe — respondo, em desalento.

— Você não pode fazer isso — diz Thomas com súbita impaciência.

Ele vem até mim e segura minhas mãos, transformando o doce folhado em farelos. Ajoelha-se na cama e beija a ponta dos meus dedos da mesma forma que fez quando disse pela primeira vez que me amava, que seria meu amante, que seria meu marido, que ninguém nos separaria, que eu era a única mulher que ele já havia desejado — a única! — em uma vida repleta de amantes, servas e tantas prostitutas que ele nem consegue lembrar.

— Catarina, você não pode se casar com ele. Não consigo suportar isso. Não vou permitir que isso aconteça.

— Não vejo como recusar.

— O que disse a ele?

— Que preciso de tempo. Que preciso rezar e pensar.

Ele põe minha mão em seu abdome esguio. Posso sentir o suor quente e úmido, seus pelos escuros e macios, a parede de músculos rígidos sob a pele firme.

— Foi isso que você fez a noite toda? Rezou?

— Eu me devotei a outro tipo de adoração — murmuro.

Ele se inclina e beija minha testa.

— Herege. E se você dissesse a ele que já está comprometida? Que já se casou secretamente?

— Com você? — pergunto sem rodeios.

Thomas aceita o desafio porque é um temerário: se há algum risco, algum perigo, ele vai ao encontro de ambos como se fosse um jogo, como se só se sentisse genuinamente vivo a um passo da morte.

— Sim, comigo — responde, destemido. — Claro que sim. É claro que precisamos nos casar. Podemos dizer que já estamos casados!

Eu queria ouvi-lo dizer isso, mas não ouso fazer tal coisa.

— Não posso me opor a ele. — Minha voz fraqueja diante da ideia de deixar Thomas. Sinto lágrimas quentes no rosto. Ergo o lençol para secá-las. — Deus me ajude, não vou poder nem ver você.

Thomas parece perplexo. Senta-se sobre os calcanhares, as cordas da cama rangendo sob seu peso.

— Isso não pode estar acontecendo. Você acabou de ficar viúva! Nós não nos encontramos mais que meia dúzia de vezes. Eu ia pedir a permissão dele para me casar com você! Só aguardei em respeito à sua viuvez!

— Eu deveria ter percebido os sinais. Ele me enviou aquelas luvas lindas, insistiu em que eu saísse do luto e viesse à corte. Está sempre me procurando nos aposentos de Lady Maria, sempre me observando.

— Achei que ele só estivesse flertando. Você não é a única. Também há Catherine Brandon, Mary Howard... nunca achei que fosse sério.

— Ele concedeu muito mais favores a meu irmão do que ele merecia. Deus sabe que William não foi designado guardião da fronteira por causa de suas habilidades.

— Ele tem idade para ser seu pai!

Abro um sorriso amargo.

— Que homem faria objeção a uma noiva mais jovem? Sabe, acho que ele já estava interessado em mim antes da morte do meu marido, que Deus o tenha.

— Eu sabia! — Ele bate a mão na coluna de madeira da cama de dossel. — Eu sabia! Vi como o olhar dele a seguia. Vi que mandava um prato disso ou daquilo para você durante o jantar e, quando você provava, ele ficava lambendo a própria colher com aquela língua gorda. Não suporto imaginá-la na cama dele, aquelas mãos velhas tocando-a.

Sinto um nó na garganta, mas engulo meu medo.

— Eu sei. Eu sei. O casamento será bem pior do que o flerte; o flerte é como uma peça com atores que não combinam com seus papéis, e eu sequer sei minhas falas. Estou com tanto medo. Meu Deus, Thomas, nem sei dizer o quanto. A última rainha... — Minha voz se esvanece. Não consigo proferir o nome dela. Catarina Howard morreu decapitada por adultério, há apenas um ano.

— Não tenha medo disso — tranquiliza-me Thomas. — Você não estava aqui, não sabe como ela era. Kitty Howard foi responsável pela própria desgraça. Ele não teria feito mal a ela se não fosse culpada. Era uma verdadeira prostituta.

— E do que você acha que ele me chamaria se me visse agora?

Faz-se um silêncio sombrio. Ele olha para minhas mãos, entrelaçadas nos joelhos. Estou trêmula. Thomas pousa as mãos em meus ombros e sente meu nervosismo. Parece perplexo, como se tivéssemos acabado de ouvir nossas sentenças de morte.

— Ele não pode jamais ter esse tipo de suspeita sobre você — afirma Thomas, indicando com um gesto a lareira, o quarto à luz de velas, os lençóis amarrotados, o cheiro inebriante e denunciador de sexo. — Se ele perguntar, negue. Eu sempre negarei, juro. Ele não pode nunca ouvir sequer um sussurro sobre nós dois. Juro que jamais ouvirá nenhuma palavra de mim. Precisamos fazer esse acordo juntos. Jamais falaremos de nosso caso. Com ninguém. Jamais daremos a ele motivo para desconfiar de nós, e juraremos segredo.

— Eu juro. Poderiam me torturar no cavalete, e eu não trairia você.

O sorriso dele é caloroso.

— Não se colocam pessoas da nobreza no cavalete — diz e me abraça, com ternura. Ele me deita na cama, cobre-me com o manto de pele e deita-se a meu lado, inclinando-se sobre mim, a cabeça apoiada na mão para me olhar. Passa a mão em meu rosto molhado, desce-a pelo meu pescoço, pela curva de meus seios, pela minha barriga e meus quadris, como se estivesse aprendendo as formas de meu corpo, como se quisesse ler minha pele com os dedos, os parágrafos, a pontuação, como se quisesse lembrar-se dela para sempre. Enterra o rosto em meu pescoço e aspira o perfume de meu cabelo.

— Isso é um adeus, não é? — pergunta, os lábios em minha pele quente.

— Você já se decidiu, como a nortista teimosa que é. Decidiu-se sozinha e veio dizer adeus a mim.

É claro que é um adeus.

— Acho que vou morrer se você me deixar — avisa ele.

— Com certeza, ambos morreremos se eu não fizer isso — respondo, secamente.

— Sempre indo direto ao ponto, Cat.

— Não quero mentir para você esta noite. Vou passar o resto da minha vida dizendo mentiras.

Ele avalia meu rosto.

— Você fica linda quando chora — observa. — Especialmente quando chora.

Acaricio o peito dele. Sinto seus músculos e os pelos escuros sob as palmas das minhas mãos. Ele tem uma cicatriz antiga em um dos ombros, de um ferimento de espada. Toco-a com delicadeza, pensando que preciso me lembrar disso, preciso me lembrar de cada instante.

— Nunca deixe que ele a veja chorar — aconselha Thomas. — Ele gostaria disso.

Passo os dedos por seus ombros, mapeio o contorno deles. A pele quente de Thomas sob minhas mãos e o aroma do amor que fizemos me distraem da tristeza que sinto.

— Preciso ir embora antes que amanheça — digo, olhando para as janelas. — Não temos muito tempo.

Ele sabe exatamente o que estou pensando.

— É assim que você quer dizer adeus? — Delicadamente, pressiona a coxa entre as minhas, de forma que seu músculo rígido vem de encontro à minha carne macia, fazendo o prazer subir pelo meu corpo como um rubor. — Assim?

— À moda do campo — respondo num sussurro, para fazê-lo rir.

Thomas se deita de costas e, ao mesmo tempo, me puxa para cima de seu corpo quente e magro, para que eu comande esse último ato de amor. Ergo-me e sinto-o estremecer de desejo. Com ele entre minhas pernas, apoio as mãos em seu peito, de forma que eu possa olhar em seus olhos escuros enquanto abaixo meu corpo até Thomas quase me penetrar. Hesito até ele implorar:

— Catarina.

Só então sigo em frente. Ele respira fundo e fecha os olhos, os braços estendidos como se estivesse crucificado de prazer. Movo meu corpo, a princípio devagar, pensando no deleite dele, querendo fazer com que isso dure bastante, mas logo sinto o calor subindo em mim e aquela maravilhosa e familiar impaciência crescendo, até eu não conseguir parar, até eu precisar continuar, sem pensar em absolutamente nada, até dizer seu nome em meio ao meu prazer, à minha alegria, e, no fim, chorar pela luxúria, pelo amor e pela perda terrível que virá com o amanhecer.

Na capela, ajoelho-me ao lado de minha irmã, Nan, para as Primas; as damas da filha do rei, Lady Maria, estão à nossa volta. Lady Maria reza em silêncio em seu genuflexório ricamente adornado e está longe o suficiente para não nos ouvir.

— Nan, preciso dizer uma coisa a você — murmuro.

— O rei fez o pedido? — É tudo que ela pergunta.

— Fez.

Ela respira fundo, segura minha mão e a aperta. Seus olhos se fecham. Estamos ajoelhadas lado a lado, exatamente como fazíamos quando éramos meninas em Kendal, Westmorland, e nossa mãe lia as preces em latim enquanto nós balbuciávamos as respostas às orações. Quando o longo ofício termina, Lady Maria se levanta, e nós a acompanhamos para fora da capela.

É um belo dia de primavera. Se eu estivesse em casa em um dia como este, daríamos início à aragem da terra, e o canto dos pássaros seria tão alto quanto o assobio dos lavradores.

— Vamos caminhar pelo jardim antes do desjejum — propõe Lady Maria, e a acompanhamos escada abaixo até o jardim privado, passando pelos soldados da guarda, que erguem suas armas e recuam. Minha irmã, Nan, que vive na corte desde pequena, vê a oportunidade de me tomar pelo braço e nos posicionar no fim do cortejo que acompanha a princesa. Discretamente, nos desviamos do caminho e, quando estamos sozinhas e ninguém pode nos ouvir, ela se vira e olha para mim. Seu rosto pálido e tenso é parecido com o meu: cabelo castanho-avermelhado penteado para trás sob um capelo, olhos cinzentos iguais aos meus. Neste momento, suas bochechas estão ruborizadas, tamanha sua animação.

— Deus a abençoe, minha irmã. Deus abençoe todos nós. Este é um grande dia para os Parr. O que você respondeu?

— Pedi um tempo para compreender a dimensão de minha alegria — digo, secamente.

— Quanto tempo você acha que tem?

— Semanas?

— Ele é sempre impaciente — avisa ela.

— Eu sei.

— Melhor aceitar de uma vez.

Dou de ombros.

— Vou aceitar o pedido. Sei que preciso me casar com ele. Sei que não há escolha.

— Como esposa dele, você vai ser rainha da Inglaterra. Terá uma fortuna! — diz, animada. — Todos receberemos grandes fortunas.

— É, a bezerra mais valiosa da família está no mercado de novo. Esta é a terceira venda.

— Ah, Cat! Este não é só mais um casamento arranjado, é a maior oportunidade que você terá na vida! É o casamento mais importante da Inglaterra, provavelmente do mundo!

— Enquanto durar.

Ela dá uma olhada para trás e, em seguida, passa seu braço pelo meu, de modo que possamos caminhar bem próximas e conversar em sussurros.

— Você está nervosa; talvez não dure tanto assim. Ele está muito doente. E muito velho. E depois você ficará com o título e a herança, mas sem o marido.

O marido que acabei de enterrar tinha 49 anos; o rei tem 51, um homem velho, mas que pode viver até os 60. Tem os melhores médicos e boticários e previne-se contra doenças como se fosse um bebê precioso. Não acompanha seus exércitos à guerra e há anos deixou de participar de justas. Enterrou quatro esposas; por que não enterraria mais uma?

— Pode ser que eu sobreviva a ele — admito, minha boca junto ao ouvido dela. — Mas quanto tempo Catarina Howard durou?

Diante da comparação, Nan faz que não com a cabeça.

— Aquela vagabunda! Ela o traiu e foi tola o bastante para ser descoberta. Você não vai fazer isso.

— Não importa — respondo, repentinamente cansada dessas conjecturas. — Porque, de qualquer modo, não tenho escolha. É a roda da fortuna.

— Não diga isso; é a vontade de Deus — afirma ela, com grande entusiasmo. — Pense no que você poderá fazer como rainha da Inglaterra. Pense no que poderá fazer por nós!

Minha irmã é defensora fervorosa de uma reforma na Igreja da Inglaterra, de tirá-la do estado em que se encontra — um papado sem papa — e transformá-la em uma verdadeira comunhão fundamentada na Bíblia. Assim como muitas outras pessoas no país — quem sabe quantas? —, deseja que a reforma feita pelo rei se intensifique até que estejamos livres de todas as superstições.

— Ah, Nan, você sabe que não tenho uma opinião firme sobre isso... E por que ele me ouviria?

— Porque ele sempre ouve as esposas no começo. E precisamos de alguém que fale por nós. A corte está apavorada com o bispo Gardiner; ele chegou até a interrogar o séquito de Lady Maria. Tive de esconder meus próprios livros. Precisamos de uma rainha que defenda os reformistas.

— Eu, não — respondo, categórica. — Não tenho interesse nisso e não fingirei ter. Fui curada da fé quando os papistas ameaçaram pôr fogo em meu castelo.

— É, eles são assim. Jogaram carvão em brasa no caixão de Richard Champion para mostrar que achavam que ele deveria ter sido queimado na fogueira. Eles mantêm as pessoas na ignorância e com medo. É por isso que achamos que a Bíblia deveria ser em inglês: todos devem entendê-la por si mesmos para não serem enganados pelos padres.

— Ah, vocês são todos igualmente maus — respondo, veementemente. — Não sei nada sobre os novos estudos: poucos livros chegavam a Richmondshire, e eu não tinha tempo para ficar sentada lendo. Além disso, lorde Latimer não os permitiria em casa. Então não sei o motivo de todo esse furor e certamente não tenho nenhuma influência junto ao rei.

— Mas, Cat, agora mesmo há quatro homens presos em Windsor, acusados de heresia, que só queriam ler a Bíblia em inglês. Você precisa salvá-los.

— Se são hereges, não farei isso! Se são hereges, terão de ser queimados na fogueira. Essa é a lei. Quem sou eu para dizer que a lei está errada?

— Mas você vai aprender sobre isso — insiste Nan. — É claro que você não teve acesso às novas ideias enquanto estava casada com o velho Latimer, enterrada viva no Norte, mas, quando ouvir os pregadores de Londres, os estudiosos explicando a Bíblia em inglês, vai entender por que penso assim. Não há nada no mundo mais importante do que trazer a Palavra de Deus ao povo e afastar o poder da antiga Igreja.

— Acho de fato que todos deveriam poder ler a Bíblia em inglês — reconheço.

— É tudo em que você precisa acreditar por enquanto. O resto virá em seguida. Você vai ver. E estarei com você. Sempre. "Aonde quer que tu fores, irei eu." Que Deus me abençoe, vou ser irmã da rainha da Inglaterra!

Esqueço a seriedade de minha posição e dou uma risada.

— Você vai andar por aí empertigada como um pardal! E mamãe não teria ficado extasiada? Imagine!

Nan ri alto e põe a mão sobre a boca.

— Meu Deus! Meu Deus, imagine! Depois de forçá-la a se casar e me pôr para trabalhar tanto, e tudo em benefício de nosso irmão William? Depois de nos ensinar que ele deve vir em primeiro lugar, que tínhamos de servir à família e nunca pensar em nós mesmas? De nos ensinar a vida toda que a única pessoa que importava era William, que o único país no mundo era a Inglaterra, o único lugar era a corte, e o único rei era Henrique?

— E a herança! — exclamo. — A preciosa herança que ela me deixou! O maior tesouro dela era o retrato que tinha do rei.

— Ah, ela adorava o rei. Ele sempre foi o príncipe mais bonito da cristandade na opinião dela.

— Ela consideraria uma honra eu me casar com o que sobrou dele.

— Mas é uma honra — observa Nan. — Ele fará de você a mulher mais rica da Inglaterra. Ninguém terá tanto poder quanto você. Poderá fazer o que quiser; vai gostar disso. Todos, inclusive a esposa de Edward Seymour, terão de fazer reverências a você. Isso será maravilhoso; aquela mulher é insuportável.

À menção do irmão de Thomas, meu sorriso desaparece.

— Sabe, eu pensei que Thomas Seymour pudesse ser meu próximo marido.

— Mas chegou a dizer algo diretamente a ele? Você mencionou isso a alguém? Falou com ele?

Claro como em um retrato, posso ver Thomas nu à luz de velas, com seu sorriso inteligente, minha mão em seu abdome quente, deslizando para baixo sobre os pelos escuros. Posso sentir seu cheiro ao me ajoelhar diante dele, encostar minha testa em seu corpo e abrir meus lábios.

— Não falei nada. Não fiz nada.

— Thomas Seymour não sabe que você estava pensando em se casar com ele? — insiste Nan. — Você queria se casar pelo bem da família, não por desejo, Cat?

Penso nele deitado na cama, arqueando as costas para me penetrar, os braços abertos, os cílios escuros formando sombras em suas faces morenas quando seus olhos fecham-se em abandono.

— Ele não sabe de nada. Só achei que a fortuna e o nome dele nos seriam apropriados.

Ela assente com a cabeça.

— Ele teria sido uma excelente escolha. É de uma família que está em ascensão. Mas não podemos nunca mencioná-lo de novo. Ninguém jamais poderá saber que você estava pensando nele.

— Eu não estava pensando nele. Eu teria de me casar com alguém que beneficiasse a família, e podia tanto ser ele quanto qualquer outro.

— Agora ele deve estar morto para você — insiste ela.

— Já o tirei de minha mente. Nunca nem falei com ele, nunca pedi a nosso irmão que falasse com ele. Nunca o mencionei para nosso tio nem para ninguém. Pode esquecê-lo. Eu já o esqueci.

— Isso é importante, Cat.

— Não sou tola.

Ela assente.
— Nunca mais falaremos dele.
— Nunca.

Nessa noite, sonho com Trifina. Sonho que sou a santa, casada contra minha vontade com o inimigo de meu pai, e que subo uma escada às escuras no castelo de meu marido. Há um cheiro ruim vindo da câmara no topo da escada, que penetra em minha garganta e me faz tossir enquanto subo os degraus, uma das mãos apoiada na úmida parede curva de pedra, a outra segurando uma vela, a luz oscilando com a brisa pestilenta que vem de cima. É o cheiro da morte, o fedor de algo apodrecendo do outro lado da porta trancada, e preciso abri-la e enfrentar meu maior medo, pois sou Trifina, casada contra minha vontade com o inimigo de meu pai, subindo uma escada às escuras no castelo de meu marido. Há um cheiro ruim vindo da câmara no alto da escada, que penetra em minha garganta e me faz tossir enquanto subo os degraus, uma das mãos apoiada na úmida parede curva de pedra, a outra segurando uma vela, a luz oscilando com a brisa pestilenta que vem de cima. É o cheiro da morte, o fedor de algo apodrecendo do outro lado da porta trancada, e preciso abri-la e enfrentar meu maior medo, pois sou Trifina, casada contra minha vontade com o inimigo de meu pai, subindo uma escada às escuras no castelo de meu marido... E assim o sonho se repete várias vezes. Eu subo a escada, que se torna outra escada, que se torna outra escada, a luz da vela oscilando na parede escura. O cheiro que vem do quarto trancado fica cada vez mais forte, até, por fim, eu engasgar e tossir tanto que a cama se sacode. Mary-Clare, uma dama de companhia que divide a cama comigo, acorda-me e diz:

— Pelo amor de Deus, Catarina, você estava sonhando, tossindo e gritando! O que há com você?

— Não foi nada — respondo. — Deus me ajude, eu estava com tanto medo! Tive um sonho, um pesadelo.

O rei visita os aposentos de Lady Maria todos os dias, apoiando-se pesadamente no braço de um de seus amigos, tentando esconder o fato de que sua perna doente está apodrecendo. É Edward Seymour, cunhado dele, que o escora, falando com desenvoltura, charmoso como todos os Seymour. Com frequência Thomas Howard, o antigo duque de Norfolk, segura o outro braço com um cauteloso sorriso de cortesão. O bispo de Winchester, Stephen Gardiner, com seu rosto e ombros largos, vem logo atrás, sempre rápido em aproximar-se e intervir. Todos riem alto das piadas do rei e elogiam a perspicácia de seus comentários; ninguém jamais o contradiz. Duvido de que alguém tenha discutido com ele desde Ana Bolena.

— Gardiner de novo — comenta Nan, e Catherine Brandon se inclina para ela e cochicha algo com urgência em seu ouvido. Vejo-a ficar pálida, e Catherine faz um gesto de assentimento com sua bela cabeça.

— O que foi? — pergunto. — Por que Stephen Gardiner não deveria estar com o rei?

— Os papistas estão tramando uma armadilha para Thomas Cranmer, o melhor arcebispo que a corte já teve, o mais cristão de todos — murmura Nan com rapidez. — O marido de Catherine disse a ela que pretendem acusar Cranmer de heresia hoje à tarde. Acham que têm provas suficientes contra ele para levá-lo à fogueira.

Fico tão chocada que mal consigo responder.

— Não se pode matar um bispo! — exclamo.

— Pode-se sim — afirma Catherine. — Nosso rei já fez isso: com o bispo Fisher.

— Isso foi há anos! O que Thomas Cranmer fez?

— Violou os Seis Artigos de Fé do rei — explica Catherine Brandon rapidamente. — O rei decretou seis verdades em que todo cristão deve acreditar, sob pena de ser acusado de heresia.

— Mas como Thomas Cranmer pode tê-los violado? Ele não pode ser contra os ensinamentos da Igreja. Ele é o arcebispo: ele é a Igreja!

O rei está vindo em nossa direção.

— Peça a absolvição do arcebispo! — implora-me Nan, com urgência. — Salve-o, Cat.

— Como eu poderia fazer isso? — pergunto, então sorrio ao ver o rei mancando em minha direção, fazendo apenas um aceno de cabeça para a filha.

Noto o olhar intrigado de Lady Maria. Mas, se ela acha que meu comportamento é inapropriado para uma viúva de 30 anos, não há nada que possa dizer. Lady Maria é apenas três anos mais nova que eu, mas aprendeu a ser prudente após uma infância cruelmente dolorosa. Viu as amigas, o tutor e até a preceptora serem encaminhados à Torre de Londres e, dali, seguirem direto para o cadafalso. Foi advertida de que o pai a decapitaria por sua crença obstinada. Às vezes, quando reza em silêncio, seus olhos se enchem de lágrimas, e acho que ela sente uma tristeza avassaladora por todas as pessoas que perdeu, que não pôde salvar. Imagino que acorde todos os dias se sentindo culpada, ciente de que negou sua fé para salvar a própria vida quando seus amigos não fizeram o mesmo.

Agora ela se mantém de pé enquanto o rei se acomoda em uma cadeira posicionada ao lado da minha. Senta-se apenas quando ele acena. Não diz nada até que ele lhe dirija a palavra, a cabeça obedientemente abaixada. Jamais reclamará com o pai por ele estar flertando com suas damas de companhia. Engolirá a própria tristeza até ser envenenada por ela.

O rei indica que todos podemos nos sentar, inclina-se em minha direção e, com um sussurro, pergunta o que estou lendo. Imediatamente mostro-lhe a capa do livro. É uma coletânea de contos franceses, nada que seja proibido.

— Você lê francês?

— E falo, também. Não com a fluência de Vossa Majestade, é claro.

— Você lê outras línguas?

— Um pouco de latim. E pretendo estudar, agora que tenho mais tempo — digo. — Agora que moro em uma corte instruída.

Ele sorri.

— Sempre fui um erudito. Temo que jamais vá alcançar meu nível de conhecimento, mas deve aprender o suficiente para ler para mim.

— As poesias de Vossa Majestade em inglês estão à altura de qualquer uma em latim — diz um cortesão com entusiasmo.

— Todo poema é melhor em latim — objeta Stephen Gardiner. — Inglês é a língua dos mercadores. Latim é a língua da Bíblia.

Henrique sorri e faz um gesto com a mão gorda para encerrar a discussão, os grandes anéis reluzindo.

— Vou lhe escrever um poema em latim e você irá traduzi-lo — promete ele. — Poderá julgar qual língua é melhor para palavras de amor. A mente de uma mulher pode ser seu maior ornamento. Irá mostrar-me a beleza de sua inteligência assim como mostra a beleza de seu rosto.

Seus pequenos olhos percorrem meu rosto e passam pela gola de meu vestido até pararem na curva dos meus seios comprimidos pelo peitilho. Ele passa a língua pelos lábios.

— Ela não é a mulher mais bonita da corte? — pergunta ao duque de Norfolk.

O velho abre um sorriso discreto, os olhos escuros me avaliando como se eu fosse um pedaço de carne.

— É mesmo a mais bela entre muitas beldades — afirma, seus olhos buscando sua filha, Mary.

Vejo Nan me olhando com impaciência e comento:

— Vossa Majestade me parece um pouco cansado. Algo o preocupa?

Ele faz que não com a cabeça, e o duque de Norfolk inclina-se para nos ouvir.

— Nada com que você precise se preocupar. — Ele segura minha mão e puxa-me um pouco mais para perto. — Você é uma boa cristã, não é, minha querida?

— Claro — respondo.

— Lê a Bíblia, reza aos santos e tudo o mais?

— Sim, Vossa Majestade, todos os dias.

— Então sabe que dei a Bíblia em inglês ao meu povo e que sou o chefe supremo da Igreja na Inglaterra?

— Claro, Vossa Majestade. Eu mesma prestei um juramento. Convoquei todos em minha casa, no Castelo de Snape, e fiz com que jurassem que Vossa Majestade é o chefe supremo da Igreja, e que o papa é apenas o bispo de Roma e não tem poder algum sobre a Inglaterra.

— Há quem deseje que a Igreja da Inglaterra se aproxime mais da Igreja Luterana, que tudo seja mudado. E há quem pense o contrário; há pessoas que gostariam de que tudo voltasse a ser como antes, que o poder do papa fosse restituído. O que você acha?

Tenho certeza absoluta de que não quero expressar qualquer opinião.

— Acho que devo ser guiada por Vossa Majestade.

O rei dá uma risada alta, e, portanto, todos devem rir com ele. Ele acaricia meu queixo.

— Você tem toda a razão. Como súdita e como minha amada. Vou publicar meu parecer sobre isso, sob o título de *O livro do rei*, para que as pessoas saibam o que pensar a respeito desse assunto. Vou dizer a elas. Estou encontrando um meio-termo entre Stephen Gardiner aqui, que gostaria de que todos os rituais e poderes da Igreja fossem restituídos, e meu amigo Thomas Cranmer, que *não* está aqui e que gostaria de que a Igreja se limitasse à essência da Bíblia. Para Cranmer, não haveria monastérios, abadias, doações, nem mesmo padres. Haveria apenas pregadores e a Palavra de Deus.

— Mas por que seu amigo Thomas Cranmer não está aqui? — pergunto, apreensiva. Uma coisa é prometer salvar um homem, outra é começar a agir. Não sei como sugerir ao rei que tenha misericórdia.

Os pequenos olhos de Henrique brilham.

— Espero que ele esteja esperando, temeroso, para saber se será acusado de heresia e traição. — O rei solta um risinho. — Imagino que esteja com os ouvidos atentos aos passos dos soldados que irão levá-lo para a Torre.

— Mas se ele é seu amigo...

— O medo dele será amenizado pela esperança da misericórdia.

— Mas Vossa Majestade é tão generoso. Vai perdoá-lo? — pergunto.

Gardiner se aproxima e ergue a mão gentilmente, como se quisesse me silenciar.

— Cabe a Deus perdoar — decreta o rei. — A mim, cabe impor a justiça.

Henrique não me dá sequer uma semana para que eu possa me acostumar à minha grande alegria. Ele volta a mencionar o casamento apenas dois dias depois, na noite de domingo, após termos ido à capela. Fico surpresa por ele misturar devoção com negócios, mas, como sua vontade é a vontade de Deus, o domingo pode ser ao mesmo tempo sagrado e proveitoso. A corte está seguindo da capela para o salão, para o jantar, a luz do sol ainda entrando pelas grandes janelas, quando o rei ordena que todos parem e faz um gesto para mim, convocando-me a deixar meu lugar em meio às damas e me posicionar diante delas. O chapéu de veludo dele está puxado bem para baixo sobre o cabelo cada vez mais ralo, e as pérolas que adornam a aba piscam para mim. Ele sorri como se estivesse feliz, mas seus olhos são tão vazios quanto suas joias.

Ele toma minha mão para me cumprimentar e a acomoda debaixo do braço volumoso.

— A senhora já tem uma resposta para mim, Lady Latimer?

— Tenho — digo. Agora que não há escapatória, percebo que minha voz sai clara, e minha mão, esmagada entre a grande barriga e o grosso acolchoado da manga de suas vestes, não treme. Não sou uma menina, não tenho medo do desconhecido. Sou uma mulher; posso encarar o medo, posso andar ao encontro dele. — Rezei em busca de orientação e tenho minha resposta. — Olho ao redor. — Devo dizê-la aqui e agora?

Ele assente. Não tem noção de privacidade. Este é um homem que está sempre acompanhado de alguém. Mesmo quando está sofrendo de prisão de ventre na retrete, há homens a seu lado, prontos para lhe entregar lenços para que se limpe, água para que se lave, estender a mão para que ele possa apertá-la quando a dor for insuportável. Ele dorme com um pajem aos pés da cama, urina ao lado de seus favoritos na corte. Quando vomita de tanto comer, alguém segura o balde. É claro que não hesita em falar de seu casamento enquanto todos tentam nos ouvir. Ele não corre qualquer risco de ser humilhado: sabe que seu pedido não pode ser recusado.

— Sei que sou a mais abençoada das mulheres. — Faço uma grande mesura. — Ficarei profundamente honrada em ser sua esposa.

Ele leva minha mão aos lábios. Nunca teve qualquer dúvida, mas está satisfeito por me ouvir dizer que sou abençoada.

— Você vai se sentar ao meu lado no jantar — promete. — E o arauto vai anunciar o matrimônio.

Ele se põe a caminhar com minha mão embaixo do braço, e assim conduzimos o cortejo pelos portões duplos que levam ao salão. Lady Maria caminha do outro lado de Henrique. Não consigo vê-la por trás do peitoral avantajado do rei, e ela também não tenta olhar para mim. Imagino seu rosto paralisado e inexpressivo, e sei que o meu também deve estar assim. Parecemos duas irmãs pálidas, levadas para o jantar pelo pai gigantesco.

Vejo a mesa principal com o trono e uma cadeira de cada lado; o chefe dos serviçais deve ter pedido que os assentos fossem dispostos assim. Até ele sabia que o rei exigiria minha resposta a caminho do jantar e que eu teria de dizer sim.

Nós três subimos no estrado e ocupamos nossos lugares. O grande baldaquino cobre o trono do rei, mas não chega a alcançar minha cadeira. Jantarei sob tecido de ouro apenas quando for rainha. Vejo no salão centenas de pessoas olhando para mim. Elas se cutucam e apontam para mim ao se darem conta de que serei a nova rainha. As trombetas soam, e o arauto se adianta.

Vejo a fisionomia cuidadosamente tranquila de Edward Seymour ao avaliar a chegada de uma nova esposa, que trará seus próprios conselheiros, uma nova família real, novos amigos reais, novos servos reais. Ele está calculando a ameaça que representarei à sua posição como cunhado do rei, irmão da rainha que morreu tragicamente ao dar à luz. Não vejo seu irmão, Thomas, e não procuro em volta para saber se está presente, se está me observando. Olho para as profundezas do salão, mas nada vejo, e torço para que ele esteja jantando em outro lugar esta noite. Não o procuro. Não devo procurá-lo pelo resto de minha vida.

Rezo por orientação, pela vontade de Deus, não pela minha, pela submissão de meus próprios desejos aos propósitos Dele, não os meus. Não sei onde posso encontrar Deus — se na antiga igreja de rituais, imagens de santos, milagres e peregrinações, ou nas orações em inglês e nas leituras da Bíblia —, mas preciso encontrá-Lo. Preciso encontrá-Lo para sufocar minha paixão, para controlar minhas próprias ambições. Se me colocarei diante de Seu altar e me comprometerei com mais um casamento sem amor, Ele terá de me amparar. Não vou conseguir — sei que não vou conseguir — me casar com o rei sem a ajuda de Deus. Não vou conseguir abrir mão de Thomas, a menos que eu acredite que é por uma grande causa. Não vou conseguir abrir mão do meu primeiro amor, meu único amor, meu amor cheio de ternura, ânsia e paixão, meu amor por esse homem singular e irresistível, a menos que eu seja inundada pelo amor de Deus.

Rezo ardentemente, como uma noviça. Rezo ajoelhada ao lado do arcebispo Cranmer, que voltou à corte sem que uma palavra fosse dita contra ele, como se uma acusação de heresia fosse um passo de dança; para a frente, para trás, um giro. É incompreensível para mim, mas parece que o rei manipulou os integrantes de seu próprio conselho para que acusassem o arcebispo e depois virou-se contra eles, ordenando que o arcebispo investigasse quem tinha feito as acusações. Então, agora, são Stephen Gardiner e seus aliados que estão cheios de medo, e Thomas Cranmer retorna confiante à corte, seguro nas boas graças do rei, e ajoelha-se a meu lado, e seu velho rosto enrugado ergue-se enquanto rezo em silêncio, tentando transformar meu desejo por Thomas Seymour em amor a Deus. Mas, mesmo agora — tola que sou —, mesmo durante a mais fervorosa prece, quando penso na crucificação, é o rosto moreno de Thomas que vejo: os olhos fechados, jubilosos com o prazer do clímax. Então fecho os olhos bem apertados e rezo ainda mais.

Rezo ajoelhada ao lado de Lady Maria, que não diz uma palavra sobre minha ascensão, fora um discreto elogio a mim e felicitações a seu pai. Entre o martírio de sua mãe e minha chegada, ela teve madrastas demais para que se ressinta de minha ambição pelo lugar que foi ocupado por Catarina de Aragão, teve madrastas demais para que me cumprimente com alguma esperança. A última durou menos de dois anos; a anterior, seis meses. Eu posso jurar que Lady Maria se ajoelha a meu lado em oração silenciosa e pensa secretamente que precisarei da ajuda de Deus para me elevar à posição de sua mãe e para me manter nela. O jeito como curva a cabeça e faz o sinal da cruz no fim das preces, olhando-me de relance com uma breve expressão de pena, me diz que, em sua opinião, a ajuda de Deus não será o suficiente. Olha-me como se eu fosse uma mulher caminhando rumo à escuridão apenas com a luz de uma pequena vela para afastar as sombras. E, então, com um discreto dar de ombros, vira-se de costas e vai embora.

Rezo como uma freira, constantemente, a toda hora; angustiada em meu quarto, em silêncio na capela, ou mesmo com desespero sempre que me vejo sozinha por um instante. Nas horas que antecedem a precoce alvorada do verão, quando estou febril e insone, penso que venci meu desejo por Thomas, mas, quando acordo pela manhã, anseio pelo toque dele. Nunca rezo para que ele me procure. Sei que não pode fazer isso. Sei que não deve fazer isso. Mas, ainda assim, sempre que a porta da capela se abre atrás de mim, meu coração dá um salto, porque penso que é ele. Quase posso vê-lo parado à porta, na contraluz. Quase posso ouvi-lo dizendo: "Venha, Catarina, venha comigo!" São nesses momentos que torço as contas do rosário e rezo para que Deus me envie algum acidente, alguma catástrofe terrível que impeça esse casamento.

— Mas o que poderia ser, além da morte do rei? — pergunta Nan.

Fito-a com um olhar vazio.

— É traição pensar isso — lembra ela, a voz baixa sob o burburinho da liturgia. — E é traição dizer isso. Você não pode rezar pela morte dele, Catarina. Ele pediu a você que case com ele, e você aceitou. É deslealdade como súdita e como esposa.

Abaixo a cabeça diante de sua reprimenda, mas ela tem razão. Deve ser pecado rezar pela morte de outra pessoa, mesmo que seja seu pior inimigo. Um exército que marcha para a batalha deve rezar para que haja o mínimo de mortes possível, mesmo enquanto se prepara para cumprir seu dever. Como os soldados, devo me preparar para cumprir o meu dever, para colocar minha vida em risco. Além do mais, ele não é meu pior inimigo. É sempre generoso e tolerante, diz que está apaixonado por mim, que sou tudo para ele. É meu rei, o maior rei que a Inglaterra já teve. Eu sonhava com ele quando era menina, e minha mãe me falava do belo e jovem rei, de seus cavalos, suas roupas bordadas com fios de ouro e sua valentia. Não posso lhe desejar mal. Deveria estar rezando por sua saúde, por sua felicidade, por uma vida longa para ele. Deveria estar rezando por um longo casamento, deveria estar rezando para ser capaz de fazê-lo feliz.

— Você está com uma aparência terrível — diz Nan, sem rodeios. — Não está conseguindo dormir?

— Não.

Tenho rezado todas as noites para ser poupada do casamento.

— Você precisa dormir. E comer. É a mulher mais bela da corte, não há quem chegue perto de sua beleza. Mary Howard e Catherine Brandon não são nada a seu lado. Deus lhe deu essa dádiva: não a jogue fora. E não pense que, se você ficar feia, ele vai desistir. Quando ele toma uma decisão, nunca muda de ideia, mesmo quando metade da Inglaterra está contra ele... — Ela se detém e se corrige, com uma risadinha. — A menos, é claro, que ele reconsidere de repente, e então tudo vira do avesso, e novamente ninguém consegue convencê-lo do contrário.

— Mas quando ele muda de ideia? Por quê?

— De uma hora para outra. Em um piscar de olhos. Mas nunca de forma previsível.

Meneio a cabeça.

— Mas como alguém consegue lidar com isso? Com um rei inconstante? Um rei instável?

— Alguns não conseguem — responde ela, sucinta.

— Se não posso rezar para ser poupada desse casamento, pelo que posso rezar? — pergunto. — Por resignação?

— Eu estava conversando com meu marido... Ele me disse que acha que você foi enviada por Deus.

Na mesma hora, dou uma risadinha. O marido de Nan, William Herbert, sempre me tratou com indiferença. Percebo minha crescente importância no mundo agora que ele acredita que sou uma mensageira divina.

Mas Nan não está rindo.

— Ele acredita realmente nisso. Você chegou no exato momento em que precisamos de uma rainha devota. Você vai impedir que o rei volte atrás em relação a Roma. Os antigos clérigos têm a atenção do rei. Dizem a ele que o país não apenas está exigindo a reforma como também vem se tornando luterano, completamente herege. Querem assustá-lo de forma que ele restitua o poder de Roma e vire-se contra seu próprio povo. Estão tirando a Bíblia das igrejas da Inglaterra para que o povo não possa ler a Palavra de Deus por si mesmo. Agora prenderam meia dúzia de homens em Windsor, entre eles o chantre, e vão queimá-los no pântano em torno do castelo. E tudo o que eles fizeram foi querer ler a Bíblia em inglês!

— Nan, não posso salvá-los! Não fui enviada por Deus para salvá-los.

— Você precisa salvar a igreja reformada, e salvar o rei, e salvar a todos nós. É um trabalho sagrado que achamos que você é capaz de fazer. Os reformistas querem que aconselhe o rei em particular. Só você pode fazer isso. Precisa aceitar o desafio, Cat. Deus vai guiá-la.

— Para você é fácil falar isso. Seu marido não entende que não sei do que as pessoas estão falando? Que não sei quem está de que lado? Não sou a pessoa certa para isso. Não sei nada a respeito e tenho pouco interesse no assunto.

— Deus escolheu você. E não é difícil de entender. A corte está dividida em dois partidos, ambos têm a convicção de que estão certos, de que suas ações são conduzidas por Deus. De um lado, estão aqueles que querem que o rei faça um acordo com Roma e restaure os monastérios, as abadias e todos os rituais da igreja papista. O bispo Stephen Gardiner e os homens que trabalham com ele: o bispo Bonner, Sir Richard Rich, Sir Thomas Wriothesley, homens assim. Os Howard são papistas e restaurariam a Igreja se pudessem, mas sempre acatarão a vontade do rei, qualquer que seja. Do outro lado, estamos nós, que desejamos que a Igreja dê prosseguimento à reforma, que abandone a superstição das práticas romanas, que possamos ler a Bíblia em inglês, rezar em inglês, adorar em inglês, sem nunca mais tomar um centavo dos pobres sob a promessa de remissão de seus pecados, sem nunca mais enganar os pobres com estátuas que sangram, sem nunca mais ordenar que os pobres façam peregrinações onerosas. Queremos a verdade da Palavra de Deus. Nada mais.

— Claro que você acha que está certa — observo. — Sempre achou. E quem defende seu discurso?

— Ninguém. O problema é esse. Há cada vez mais pessoas no país, cada vez mais pessoas na corte que pensam como nós. Londres quase inteira. Mas não temos ninguém importante do nosso lado fora Thomas Cranmer. Nenhum de nós tem a atenção do rei. Esse é o motivo pelo qual você precisa fazer isso.

— Para convencer o rei a seguir com a reforma?

— Só isso. Nada mais. Apenas convencê-lo a continuar as reformas que ele próprio começou. Nosso irmão, William, está certo disso também. Esse é o maior feito que se pode realizar, não apenas na Inglaterra, mas no mundo. É uma grande oportunidade para você, Cat. É sua chance de ser uma grande mulher, uma líder.

— Não quero isso. Quero ser rica, ter conforto e segurança. Como qualquer mulher que tenha algum juízo. Todo o resto é demais para mim. Está além de mim.

— A menos que Deus lhe dê forças — afirma ela. — E então você será vitoriosa. Rezarei por isso. Estamos todos rezando por isso.

O rei surge nos aposentos de Lady Maria e a cumprimenta primeiro, como fará até o dia do nosso casamento, quando me tornarei a dama mais importante do reino e terei meus próprios aposentos. Então ele virá me cumprimentar primeiro, e sua filha e todas as mulheres da Inglaterra formarão um cortejo atrás de mim. Quando penso nas damas que olharam de nariz empinado para a desconhecida Catarina Parr, mas que terão de se ajoelhar diante da rainha Catarina, preciso esconder meu presunçoso deleite. Dois escudeiros ajudam o rei a se sentar, e ele ocupa seu lugar entre nós duas, o assento rangendo sob seu peso. Trazem um escabelo, e um pajem se abaixa e delicadamente ergue a perna pesada de Henrique, pondo-a em cima do objeto. O rei apaga do rosto a careta de dor e vira-se para mim com um sorriso.

— Sir Thomas Seymour nos deixou. Não quis ficar nem mais um dia na corte, nem mesmo para o casamento. Por que você acha que isso aconteceu?

Ergo as sobrancelhas em calma surpresa.

— Não sei, Vossa Majestade. Para onde ele foi?

— A senhora não sabe? Não ouviu dizer?

— Não, Vossa Majestade.

— Ora, foi cumprir minhas ordens. É meu cunhado e meu servo. Faz exatamente o que ordeno, o que quer que seja. É meu cão e meu escravo. — Ele solta uma risada súbita e ofegante, e Edward Seymour, o outro cunhado do rei, ri alto também, como se não fizesse nenhuma objeção a ser chamado de cão e escravo.

— Sua Majestade confiou a meu irmão uma grande missão — conta-me Edward. Ele parece satisfeito, mas todo cortesão sabe mentir muito bem. — Meu irmão, Thomas, foi fazer uma visita como embaixador à rainha Maria, regente de Flandres.

— Vamos formar uma aliança — diz o rei. — Contra a França. E dessa vez será indissolúvel, e vamos destruir a França, recuperar nossas terras inglesas e muito mais, não é, Seymour?

— Meu irmão formará uma aliança para Vossa Majestade e para a Inglaterra, e ela durará para sempre — promete Edward de forma impetuosa. — Foi por isso que saiu às pressas, para começar seu trabalho imediatamente.

Olho de um homem para o outro, virando a cabeça como os pequenos autômatos fabricados pelos relojoeiros. Tique: um homem fala; taque: o outro fala em seguida. Por isso, tenho um sobressalto quando, de repente, o rei se volta para mim e pergunta:

— A senhora vai sentir falta de Sir Thomas? Vai sentir falta dele, Lady Latimer? Ele é um grande favorito de vocês, mulheres, não é?

Estou prestes a negar veementemente, mas pressinto a armadilha.

— Estou certa de que todos sentiremos falta dele — respondo, indiferente. — É uma alegre companhia para as moças mais jovens. Fico feliz que a inteligência dele possa prestar bons serviços a Vossa Majestade, embora fosse desperdiçada comigo.

— A senhora não aprecia um pretendente lisonjeiro?

Ele está me observando atentamente.

— Sou uma mulher do Norte, direta — respondo. — Não gosto de floreios.

— Encantador! — proclama Edward Seymour enquanto o rei gargalha dos meus modos de mulher do campo e estala o dedo para o pajem, que ergue sua perna do escabelo. Então dois outros o ajudam a se levantar e o amparam quando ele cambaleia.

— Vamos jantar — anuncia. — Estou com tanta fome que poderia comer um boi! E você também precisa ficar forte, Lady Latimer. Também terá trabalho a fazer! Quero uma noiva viçosa!

Faço uma mesura, e ele passa por mim mancando, seu grande peso castigando as pernas frágeis, uma de suas panturrilhas mais grossa do que a outra por causa das espessas ataduras que envolvem seu ferimento supurante. Levanto-me e sigo ao lado de Lady Maria. Ela me dirige um breve e frio sorriso e não diz nada.

Preciso escolher um lema. Nan e eu estamos em meu quarto, a portas trancadas, deitadas na minha cama, as velas acesas.

— Você se lembra de todos? — pergunto, curiosa.

— Claro que sim. Vi as iniciais de todos eles entalhadas em cada viga de madeira, em cada revestimento de pedra de cada castelo. Depois vi as mesmas iniciais serem apagadas, e novas tomarem seu lugar. Costurei cada um dos lemas em estandartes, para os casamentos. Vi cada um dos brasões recém-pintados. Vi os escudos serem entalhados na barcaça real e, mais tarde, queimados. Claro que me lembro de cada um. Por que não lembraria? Estive presente quando cada um deles foi anunciado. Mamãe me colocou a serviço de Catarina de Aragão e me fez prometer sempre ser leal à rainha. Jamais imaginou que haveria seis delas. Jamais imaginou que uma delas seria você. Pode me perguntar o lema de qualquer uma. Sei todos!

— Ana Bolena — peço, ao acaso.

— "A mais feliz" — responde Nan, com uma risada.

— Ana de Cleves?

— "Que Deus sempre me dê saúde."

— Catarina Howard?

Nan faz uma careta, como se a lembrança fosse amarga.

— "Não há outra vontade que não a dele." Pobre mentirosa.

— Catarina de Aragão? — Ambas sabemos esta. Catarina era amiga querida de minha mãe, uma mártir de sua fé e das terríveis infidelidades do marido.

— "Humilde e leal", que Deus a abençoe. Nunca uma mulher foi mais humilde. Nunca uma mulher foi mais leal.

— Qual era o de Jane?

Jane Seymour sempre será a esposa preferida, não importa o que eu diga ou faça. Deu um filho ao rei e morreu antes que ele se cansasse dela. Agora ele se lembra de uma mulher perfeita, mais santa do que esposa, e consegue até verter algumas lágrimas quentes por ela. Mas minha irmã, Nan, lembra-se de que Jane morreu apavorada e sozinha, perguntando pelo marido, e ninguém teve a coragem de lhe dizer que ele tinha ido cavalgar.

— "Destinada a obedecer e servir" — responde Nan. — De pés e mãos atados, verdade seja dita.

— Como assim?

— Foi tratada como um cachorro, uma escrava. Os irmãos a venderam para o rei como se ela fosse uma galinha. Levaram-na ao mercado, colocaram-na à venda bem debaixo do nariz da rainha Ana. Depenaram-na e rechearam-na, e a colocaram nos aposentos da rainha como se fossem um forno, certos de que o rei iria querer provar um pedaço...

— Chega.

Meus ex-maridos viveram longe da corte, longe dos boatos de Londres. Quando as notícias da corte chegavam até mim, era com semanas de atraso e com o brilho atenuante da distância, contadas por mercadores ou nas raras cartas apressadas de Nan. Os rumores sobre as esposas reais que iam e vinham eram como contos sobre criaturas imaginárias: a bela e jovem prostituta, a duquesa alemã gorda, a mãe angelical que morreu no parto. Não tenho o cinismo lúcido com que Nan vê o rei e sua corte, não sei metade do que ela sabe. Ninguém sabe que segredos ela conhece. Cheguei à corte apenas nos últimos meses de vida de meu marido Latimer e me deparei com uma muralha de silêncio diante de qualquer menção à última rainha e nenhuma recordação feliz de qualquer uma delas.

— É melhor que seu lema seja uma promessa de lealdade e humildade — diz Nan. — Ele está alçando você a uma posição bastante elevada. Você precisa declarar publicamente que está grata a ele, que servirá a ele.

— Não sou naturalmente uma mulher humilde — respondo, com um breve sorriso.

— Você precisa ser grata.

— Quero alguma coisa com relação à graça divina. Saber que essa é a vontade de Deus é a única coisa que me fará suportar isso tudo.

— Não, você não pode dizer nada desse tipo — adverte ela. — Precisa ser Deus na figura do seu marido, Deus no rei.

— Quero que Deus me use. Ele precisa me ajudar. Quero algo como "Tudo que faço é por Deus".

— "Tudo que faço é por ele"? — sugere ela. — Assim parece que você está pensando apenas no rei.

— Mas é uma mentira — digo, sem emoção. — Não quero usar palavras ardilosas que tenham duplo significado, como um cortesão ou um padre inescrupuloso. Quero que meu lema seja algo claro e verdadeiro.

— Ah, pare de ser tão nortista e direta!

— Só honesta, Nan. Só quero ser honesta.

— Que tal "Ser útil em tudo que faço"? Não especifica útil a quem. Você sabe que é a Deus e à igreja reformada, mas não precisa dizer isso.

— "Ser útil em tudo que faço" — repito, sem grande entusiasmo. — Não é muito inspirador.

— "A mais feliz" morreu em três anos e meio — retruca Nan com aspereza. — "Não há outra vontade que não a dele" tinha um amante. São lemas, não profecias.

Lady Elizabeth, a filha de Ana Bolena, é trazida de sua pequena corte em Hatfield para ser apresentada a mim, sua nova madrasta — a quarta em sete anos —, e o rei decide que esse encontro deve ser formal e público. Por isso, a menina de 9 anos adentra a imensa câmara de audiências de Hampton Court, lotada com centenas de pessoas, suas costas retas como um atiçador de lareira, seu rosto branco como a musselina de seu vestido. Ela parece uma atriz andando em um palco improvisado com carroças, sozinha na multidão, imponente mas sem os pés firmes no chão. O nervosismo prejudica sua aparência, pobre menina; os lábios contraídos, os olhos escuros arregalados, o cabelo cor de cobre preso debaixo do capelo. Ela caminha como a preceptora lhe ensinou, as costas rígidas, a cabeça erguida. Assim que a vejo, sinto muita pena da pobre criança; sua mãe foi decapitada por ordem de seu pai antes que ela tivesse completado 3 anos, sua própria segurança se tornou uma incógnita quando ela passou, da noite para o dia, de herdeira a bastarda real. Até seu nome foi alterado, de princesa Elizabeth para Lady Elizabeth, e agora ninguém mais faz mesuras ao lhe servir pão e leite.

Não vejo nenhuma ameaça nessa criaturazinha. Vejo uma menina que nunca conheceu a mãe, que nem sabe ao certo seu nome, que raramente vê o pai e que sempre teve apenas o amor dos servos, que mantêm seus cargos por sorte, que trabalham de graça quando a tesouraria real se esquece de pagá-los.

Ela esconde o próprio pânico por trás de uma rígida formalidade — o porte da realeza parece revesti-la como uma casca —, mas tenho certeza de que, por dentro, a frágil criaturinha está se retraindo como uma ostra de Whitstable ao ser molhada com suco de limão. Ela faz uma mesura ao pai e, em seguida, vira-se e faz outra para mim. Em francês, expressa sua gratidão pelo pai tê-la admitido em sua presença e sua alegria em cumprimentar sua nova e honrada mãe. Percebo que olho para Lady Elizabeth quase como se ela fosse um animalzinho da *menagerie* da Torre, ordenado pelo rei a fazer algum truque.

Então vejo um olhar de relance entre Elizabeth e Lady Maria e me dou conta de que as duas são irmãs de fato, de que ambas têm medo do pai, são completamente dependentes da vontade dele, não estão seguras nas posições que ocupam no mundo e foram instruídas a jamais dar um passo em falso. Lady Maria foi obrigada a servir a Elizabeth quando esta última era uma princesa bebê, mas isso não provocou qualquer inimizade entre as duas. Ela passou a amar sua meia-irmã, e agora faz um leve movimento com a cabeça para encorajá-la enquanto a vozinha trêmula da menina pronuncia as palavras em francês.

Levanto-me de meu assento e desço rapidamente do estrado. Seguro as mãos geladas de Elizabeth e beijo sua testa.

— Você é muito bem-vinda à corte — digo a ela em inglês, pois quem fala em língua estrangeira com a própria filha? — E ficarei muito feliz em ser sua mãe e cuidar de você, Elizabeth. Espero que você me veja de fato como uma mãe e que sejamos uma família, que você aprenda a me amar e que tenha certeza de que eu a amarei como se tivesse nascido de mim.

O rubor inunda suas bochechas pálidas, chegando até suas sobrancelhas ruivas, os lábios finos tremem. Ela não tem palavras para um ato tão natural de afeição, embora tivesse discursos preparados em francês.

Viro-me para o rei.

— Vossa Majestade, de todos os tesouros que me deu, sua filha é o que me traz mais alegria. — Olho de relance para Lady Maria, que está lívida, chocada com minha súbita informalidade. — Por Lady Maria eu já tenho amor. E agora amarei Lady Elizabeth. Quando eu conhecer seu filho, minha alegria estará completa.

Os favoritos do rei, Anthony Denny e Edward Seymour, olham de mim para o rei; acreditam que eu, a esposa plebeia, esqueci meu lugar e o deixei constrangido. Mas o rei está radiante. Parece que dessa vez deseja uma esposa que ame seus filhos tanto quanto o ama.

— Você fala com ela em inglês, mas ela é fluente em francês e latim. Minha filha é erudita como o pai. — Isso é tudo que ele comenta.

— Falo com o coração — respondo, e sou recompensada com o calor de seu sorriso.

Palácio de Hampton Court, verão de 1543

Dizem que devo abandonar o luto no dia de meu casamento e usar um vestido do guarda-roupa real. O responsável pelo guarda-roupa traz baús e mais baús do grande depósito de Londres, e Nan e eu passamos uma tarde feliz avaliando vestidos enquanto Lady Maria e algumas outras damas nos davam conselhos. Os mantos são cobertos de talco e guardados em sacos de linho, as mangas são revestidas com lavanda para afastar as traças. Eles têm o aroma da riqueza: os veludos macios e os cetins suaves têm o odor do luxo, algo que eu nunca havia sentido na vida. Penso no que escolher dentre os muitos vestidos feitos para as rainhas, em tecidos de prata e ouro, e avalio todos os capelos, mangas e anáguas. Quando tomo minha decisão e opto por um vestido belamente bordado em tons escuros, já está quase na hora do jantar. As damas guardam os outros vestidos, Nan fecha a porta, e ficamos sozinhas.

— Preciso falar com você sobre sua noite de núpcias — diz ela.

Olho para a expressão séria em seu rosto e, na mesma hora, temo que ela, de alguma forma, saiba meu segredo. Temo que saiba que amo Thomas, e estamos perdidos. Não posso fazer nada além de manter a calma.

— Ah, o que foi, Nan? Você parece muito séria. Não sou uma noiva virgem, você não precisa me dizer o que está por vir. Não espero ver nada de novo.

Dou uma risada.

— É sério. Preciso lhe fazer uma pergunta. Cat, você acha que é estéril?

— Que pergunta! Só tenho 31 anos!

— Mas nunca teve filhos com lorde Latimer.

— Deus não nos abençoou com filhos. Lorde Latimer estava sempre longe de casa e, nos últimos anos de vida dele, não estava... — Faço um gesto com a mão para deixar o assunto de lado. — Enfim, por que pergunta?

— Apenas por um motivo — diz, com uma expressão grave. — O rei não suportará perder outro filho. Então você não pode engravidar. Não vale o risco.

Fico tocada.

— Ele ficaria tão enlutado assim?

Nan demonstra impaciência. Às vezes, irrito minha irmã com minha ignorância. Ela cresceu em Londres; eu sou uma mulher do campo. Pior do que isso, até: sou uma mulher do norte da Inglaterra, longe de todos os rumores, inocente como os céus nortistas, direta como um fazendeiro.

— Não, claro que não. Não é luto, para ele. Ele nunca está de luto.

Ela olha de relance para a porta trancada e me puxa ainda mais para o interior do aposento, para que ninguém, nem mesmo uma pessoa com o ouvido colado na parede revestida de madeira do lado de fora do quarto, possa nos ouvir.

— Acho que ele não é capaz de dar a você um bebê que permaneça em seu ventre. Acho que ele não é capaz de fazer um bebê saudável.

Aproximo-me dela, de modo que conversamos com os lábios bem próximos aos ouvidos uma da outra.

— Isso é traição, Nan. Até eu sei disso. Você é louca em me dizer isso às vésperas do meu casamento.

— Seria louca se eu não dissesse. Catarina, juro-lhe que ele é incapaz de fazer algo que não resulte em abortos ou natimortos.

Afasto-me para ver o rosto sério dela.

— Isso é muito ruim — digo.

— Eu sei.

— Você acha que vou sofrer um aborto?

— Ou coisa pior.

— O que poderia ser pior?

— Talvez você dê à luz um monstro.

— Um o quê?

Ela está tão próxima que é como se estivéssemos nos confessando, seus olhos cravados em meu rosto.

— É a verdade. Disseram-nos para nunca falar disso. É um grande segredo. Ninguém que esteve presente naquele dia jamais mencionou o assunto.

— Agora é melhor você me dizer.

— A rainha Ana Bolena... A sentença de morte não veio depois dos boatos, das calúnias e das mentiras que foram espalhadas por aí, aquela bobagem de ela ter inúmeros amantes. Ana Bolena deu à luz seu próprio destino. A sentença de morte dela foi o monstro.

— Ela pariu um monstro?

— Ela abortou um ser deformado, e as parteiras eram espiãs contratadas.

— Espiãs?

— Foram na mesma hora dizer ao rei o que tinham visto, o que havia sido nascido pelas mãos delas. Não era uma criança prematura, não era uma criança normal. Era metade peixe, metade besta. Era um monstro com o rosto dividido em dois e as vértebras à mostra, algo que poderia ser conservado em um pote de vidro e exibido nas feiras dos vilarejos.

Afasto minhas mãos das dela e tapo os ouvidos.

— Meu Deus, Nan... Não quero saber mais nada. Não quero ouvir isso.

Ela tira minhas mãos dos ouvidos.

— Assim que elas contaram tudo ao rei, ele considerou isso uma prova de que a rainha havia recorrido à bruxaria para engravidar, de que tinha se deitado com o irmão para ter um filho nascido do inferno.

Encaro-a com uma expressão vazia.

— E Cromwell conseguiu as provas para ele — continua ela. — Cromwell poderia ter provado que a rainha era uma bêbada: aquele homem tinha uma testemunha para qualquer coisa que fosse. Mas recebia ordens do rei. O rei não deixaria ninguém pensar que ele poderia fazer um monstro em uma mulher. — Nan fita meu rosto horrorizado e prossegue: — Então pense nisso: se você sofrer um aborto, ou parir um bebê malformado, ele vai dizer o mesmo de você e sentenciá-la à morte.

— Ele não poderia dizer o mesmo de mim — afirmo, minha voz sem emoção. — Não sou como a rainha Ana. Não vou me deitar com meu irmão e com outros homens. Até em Richmondshire ouvíamos falar dela. Soubemos o que ela fez. Ninguém poderia dizer o mesmo de mim.

— Ele prefere acreditar que foi traído dez vezes pela esposa a admitir que há algo errado consigo mesmo. O que você ouviu em Richmondshire sobre as traições da rainha foi anunciado pelo próprio rei. Você soube porque ele se assegurou de que todos soubessem. Assegurou-se de que o país soubesse de que ela era culpada. Você não entende, Catarina. Ele precisa ser perfeito, em todos os sentidos. Não suporta a ideia de que alguém pense, por um instante sequer, que o problema é com ele. Não pode ser nada além de perfeito. E sua esposa tem de ser perfeita também.

Meu rosto é tão vago quanto meus sentimentos.

— Isso é bobagem.

— É verdade! Quando a rainha Catarina abortou, ele culpou Deus e disse que era um casamento ilegítimo. Quando a rainha Ana deu à luz um monstro, ele colocou a culpa na bruxaria. Se a rainha Jane tivesse perdido o filho, ele a teria culpado, ela sabia disso, todos sabíamos. E, se você abortar, será sua culpa, não dele. E você será punida.

— Mas o que posso fazer? — pergunto, aflita. — Não sei o que fazer. Como posso impedir isso?

Em resposta, ela tira uma bolsinha de um bolso do vestido e a mostra para mim.

— O que é isso?

— É arruda fresca. Beba um chá feito com ela depois de se deitar com o rei. Toda vez. Evita um bebê antes mesmo que seja formado.

Não pego a bolsinha que ela estende para mim. Cutuco-a com o dedo.

— Isso é pecado — digo, hesitante. — Deve ser pecado. É o tipo de bobagem que as mulheres mais velhas vendem perto das feiras da cidade. Provavelmente nem funciona.

— Pecado é seguir consciente rumo à própria ruína — corrige-me ela. — E é isso que vai acontecer com você se não evitar uma gravidez. Se der à luz um monstro, como fez a rainha Ana, ele vai acusá-la de bruxaria e matá-la. O orgulho dele não permitirá outro filho morto. Se mais uma esposa, a sexta esposa saudável, parisse um monstro ou perdesse um bebê, todos saberiam que o problema é com ele. Pense! Seria a nona perda do rei.

— Foram oito bebês mortos? — Vislumbro uma família de fantasmas, um berçário de cadáveres.

Ela assente com a cabeça em silêncio e estende para mim a bolsinha de arruda. Em silêncio, eu a pego.

— Dizem que tem um cheiro horrível. Pediremos à criada que traga uma jarra de água quente pela manhã, e nós mesmas faremos o chá, sozinhas.

— Isso é terrível — murmuro. — Abri mão de meus próprios desejos. — Sinto um aperto no ventre quando penso neles. — E agora você, minha própria irmã, me dá veneno para beber.

Ela encosta a bochecha quente na minha.

— Você precisa viver — diz, com calma e intensidade. — Às vezes, na corte, uma mulher precisa fazer qualquer coisa para sobreviver. Qualquer coisa. Você precisa sobreviver.

Há uma peste no centro de Londres, e o rei decide que nosso casamento será uma cerimônia pequena e privada, sem multidões de plebeus que possam trazer doenças. Não será uma grande cerimônia na abadia, os chafarizes não verterão vinho, as pessoas não assarão carnes de boi nem dançarão nas ruas. Elas precisam tomar remédios e ficar em casa, e ninguém tem permissão de sair da cidade pestilenta e percorrer o rio límpido até os campos verdejantes que cercam Hampton Court.

Este casamento, meu terceiro, ocorrerá no oratório da rainha, um cômodo pequeno e lindamente decorado junto aos meus futuros aposentos. Procuro lembrar a mim mesma que esta será minha capela particular, onde poderei meditar e rezar sozinha quando tudo isso acabar. Quando eu tiver feito meus votos, este cômodo e todos os outros aposentos destinados à rainha da Inglaterra serão meus, para uso exclusivo.

O oratório está lotado, e os cortesãos abrem caminho para minha entrada. Uso meu vestido novo e sigo lentamente em direção ao rei. Ele está de pé, uma montanha em forma de homem, corpulento e alto diante do altar. Este, por sua vez, é um esplendor de luz: velas brancas em candelabros de ouro postos sobre um tecido incrustado de joias; vasos, travessas, cibórios, todos de ouro e prata, e, pairando acima de tudo, um grande crucifixo de ouro cravado de diamantes. Todos os bens saqueados dos maiores templos religiosos do reino vieram parar sob os cuidados do rei e agora reluzem, como sacrifícios pagãos, sobre o altar, sobrepujando as páginas abertas da Bíblia Inglesa e abafando a simplicidade da capela até o pequeno cômodo mais parecer um depósito de tesouros do que um lugar de adoração.

Minha mão desaparece dentro da mão grande e suada do rei. Diante de nós, o bispo Stephen Gardiner lê os votos do matrimônio com a voz estável de um homem que presenciou o ir e vir das rainhas e, discretamente, ascendeu na corte. O bispo era amigo de meu segundo marido, lorde Latimer, e compartilhava da crença dele de que os monastérios devem servir às suas comunidades, de que a Igreja deve permanecer inalterada com exceção de seu líder, de que a riqueza das doações e das abadias não deveria ter sido roubada por homens gananciosos e de que o país está agora mais pobre por ter jogado padres e freiras nos mercados e destruído santuários sagrados.

A cerimônia é em inglês, mas a oração é em latim, como se o rei e o bispo quisessem lembrar a todos que Deus fala latim e que os pobres e incultos, e quase todas as mulheres, jamais O compreenderão.

Atrás do rei, formando um grupo sorridente, estão os amigos e cortesãos mais próximos dele. O irmão mais velho de Thomas, Edward Seymour — que jamais saberá que às vezes fito seus olhos escuros à procura de alguma semelhança com o homem que amo —, o marido de Nan, William Herbert, e, ao lado dele, Anthony Browne e Thomas Heneage. Atrás de mim estão as damas da corte. Na frente, as filhas do rei, Lady Maria e Lady Elizabeth, e a sobrinha dele, Lady Margaret Douglas. Atrás delas estão minha irmã, Nan, Catherine Brandon e Jane Dudley. Outros rostos se amontoam. Está quente, e o oratório está abarrotado de pessoas. O rei brada seus votos como se fosse um arauto anunciando uma vitória. Digo minhas palavras com clareza, a voz firme, e então chegamos ao fim da cerimônia. Ele se vira para mim, seu rosto suado radiante, inclina-se em minha direção e, em meio a aplausos, beija a noiva.

Sua boca é como um pequeno molusco, molhada e inquisitiva, a saliva contaminada pelos dentes em decomposição. Ele tem cheiro de comida podre. Henrique me solta, e seus olhinhos aguçados interrogam meu rosto para ver minha reação. Olho para baixo como se estivesse tomada de desejo, consigo sorrir e olho timidamente para ele, como uma menina. Não é pior do que achei que seria e, de qualquer modo, terei de me acostumar com isso.

O bispo Gardiner beija minhas mãos, faz uma reverência ao rei e oferece suas felicitações. Todos se aproximam, alegres com o casamento. Catherine Brandon, cuja beleza a mantém perigosamente nas boas graças do rei, é particularmente calorosa nos elogios que faz à cerimônia e na certeza de que seremos felizes. O marido dela, Charles Brandon, mantém-se atrás da jovem e bela esposa e dá uma piscadela para o rei — de um cachorro velho para outro. Com um gesto, o rei afasta todos e me estende o braço para que possamos conduzi-los ao jantar.

Haverá um banquete. Há horas, o cheiro de carne assando vem subindo pelas tábuas do chão, vindo da cozinha imediatamente abaixo dali. Todos formam um cortejo atrás de nós em ordem estrita de precedência, dependendo do título e do status. Vejo a esposa de Edward Seymour, a aristocrata de feições e língua afiadas, revirar os olhos e se afastar ao ter de abrir caminho para que eu passe. Escondo um sorriso de triunfo. Anne Seymour que aprenda a se curvar diante de mim. Nasci Parr, uma família respeitável do norte da Inglaterra, depois fui a jovem esposa de um Neville, uma boa família, mas distante da corte e da fama. Agora Anne Seymour precisa se afastar para que eu ocupe meu lugar diante dela como a nova rainha da Inglaterra, a mulher mais importante do país.

Quando entramos no salão, os cortesãos se levantam e aplaudem, e o rei sorri para todos. Ele me conduz até meu assento. Agora minha cadeira é um pouco mais baixa do que a dele, porém mais alta do que a de Lady Maria, que, por sua vez, se acomoda em um assento um pouco mais alto do que a pequena Lady Elizabeth. Sou a mulher mais importante e mais rica da Inglaterra até que venha a morte ou a desgraça — o que quer que aconteça primeiro. Corro os olhos pelo salão cheio de pessoas jubilosas, rostos sorridentes, até ver minha irmã, Nan, caminhando com altivez até a cabeceira da mesa das damas da rainha. Ela inclina a cabeça em um gesto tranquilizador, como que para dizer que está ali, que está zelando por mim, que seus amigos lhe informarão o que o rei disser em particular, que seu marido me elogiará para ele. Encontro-me sob a proteção de minha família, que agora está contra todas as outras famílias. Meus parentes esperam que eu convença o rei a reformar a Igreja, esperam ganhar riqueza e ascensão, esperam que eu encontre postos e remunerações para seus filhos. Em troca, protegem minha reputação, elogiam-me mais do que a qualquer outra mulher e me defendem dos inimigos.

Não olho para ninguém em especial; não procuro Thomas. Sei que ele já está bem longe daqui. Ninguém jamais poderá dizer que procurei o rosto moreno dele, um vislumbre de seus olhos castanhos, um sorriso oculto. Ninguém jamais poderá dizer que o procurei, porque jamais farei isso. Em minhas longas noites de oração, forcei-me a compreender que ele nunca mais estará aqui: a silhueta perfeita no vão da porta ou debruçada sobre uma mesa de apostas, rindo. Era sempre o primeiro a se levantar para dançar, o último a ir para a cama, sua risada alta, o rápido olhar atencioso para mim. Abandonei o plano de me casar com ele assim como abandonei meu desejo por ele. Forcei minha alma à resignação. Talvez eu nunca volte a vê-lo, e jamais o procurarei.

Houve mulheres antes de mim que fizeram isso, e outras que virão depois também saberão o que é arrancar o desejo de seu coração. É a primeira obrigação da mulher que ama um homem mas se casa com outro, e sei que não sou a primeira no mundo que precisou ceifar o amor e fingir que não está ferida. Uma esposa que cumpre a vontade de Deus precisa abandonar o amor de sua vida, e não fiz nada mais, nada menos que isso. Eu abri mão dele. Acho que meu coração se estilhaçou, mas ofereci os cacos a Deus.

Não é meu primeiro casamento nem o segundo, mas ainda assim temo a noite de núpcias como se eu fosse uma virgem subindo as escadas escuras de um castelo com uma vela oscilante na mão. O banquete dura uma eternidade; o rei ordena mais comida, e os servos vêm correndo da cozinha com grandes travessas de ouro abarrotadas. Trazem pavões assados que, em seguida, foram revestidos novamente com a própria pele, de modo que suas lindas plumagens brilham à luz das velas em nossa mesa. O servo afasta a pele manchada de sangue, o pescoço azul e iridescente tomba para o lado como se o animal fosse uma beldade decapitada, e os olhos mortos, substituídos por passas, reluzem como se ainda buscassem clemência. A carcaça é revelada; o rei ergue o dedo, impaciente, e recebe um pedaço grande da carne escura do peito em seu prato de ouro. Trazem uma bandeja de cotovias, os corpinhos minúsculos empilhados como um amontoado de vítimas da Peregrinação da Graça, incontáveis, cozidas em seus próprios fluidos. Trazem travessas com longas fatias de peito de garça, sopa de lebre em tigelas fundas, tortas de coelho com crostas douradas. Servem ao rei um prato após o outro, e ele pega grandes porções e gesticula para que o restante seja distribuído pelo salão, para seus favoritos.

O rei ri de mim por eu comer tão pouco. Eu sorrio ao ouvir seus dentes esmigalhando os ossinhos das aves. Os servos trazem-lhe mais vinho, cada vez mais vinho, e de repente há um toque de trombeta e surge no salão a enorme cabeça de um javali, as presas banhadas a ouro, dentes de alho dourados no lugar dos olhos, ramos de alecrim espetando o focinho para simular os pelos. O rei aplaude, e cortam para ele uma fatia da bochecha reluzindo de gordura. Em seguida, o animal desfila pelo salão sobre os ombros dos servos, que oferecem a todos fatias da face, das orelhas e do pescoço grosso e curto.

Olho de relance para Lady Maria, que está pálida de enjoo, e belisco minhas bochechas para parecer mais corada ao lado dela. Aceito uma porção de tudo que o rei me oferece e me obrigo a comer. Inúmeras fatias grossas de carne com caldos suculentos se amontoam em meu prato, e eu mastigo e sorrio e me forço a engolir com a ajuda do vinho. Começo a ficar tonta e a suar. Posso sentir o vestido ficando úmido nas axilas e nas costas. O rei, a meu lado, está quase deitado na cadeira, empanturrado, grunhindo e gesticulando para que tragam mais pratos.

Por fim, como se isso fosse um suplício do qual não podemos escapar, as trombetas soam para anunciar que chegamos à metade do banquete: as carnes se vão, e entram os doces e pudins. Chovem aplausos para uma miniatura de Hampton Court feita com marzipã, com dois bonequinhos de fios de açúcar diante do castelo. Os confeiteiros são artistas: o Henrique deles parece um rapaz de 20 anos, alto e empertigado, segurando as rédeas de um cavalo. Minha bonequinha veste o branco das viúvas, e os confeiteiros captaram minha maneira de inclinar a cabeça; a pequena Catarina de açúcar olha curiosa para o reluzente príncipe Henrique. Todos se surpreendem diante da qualidade dos bonequinhos. É como se Holbein estivesse na cozinha, dizem. Preciso me forçar a manter o sorriso de alegria e engolir a súbita vontade de chorar. Isso é uma pequena tragédia cristalizada em açúcar. Se Henrique ainda fosse um jovem príncipe, poderíamos ter alguma chance de sermos felizes. Mas a Catarina que se casou com aquele jovem foi Catarina de Aragão, amiga de minha mãe, não Catarina Parr, 21 anos mais nova do que ele.

Os bonequinhos ostentam coroas de ouro de verdade, e Henrique gesticula para que eu fique com ambas. Ele ri quando ponho-as nos dedos como se fossem anéis, e em seguida pega a pequena Catarina de açúcar e a coloca inteira na boca, quebrando suas pernas para que caiba e engolindo-a de uma só vez.

Fico contente quando ele pede mais vinho, mais música e se recosta no trono. O coro da capela real canta um belo hino, e os dançarinos entram com um toque dos pandeiros e apresentam uma mascarada. Um deles, vestido como um príncipe italiano, faz uma reverência para mim, um convite para que eu os acompanhe. Olho para o rei, e ele gesticula para que eu vá. Sei que danço bem. A saia ampla do vestido ondula quando me volto para chamar Lady Maria, e até a pequena Lady Elizabeth vem atrás de mim. Posso ver que Maria sente dor: sua mão está no quadril; seus dedos pressionam a lateral do corpo. Ela mantém a cabeça erguida e sorri cerrando os dentes. Não posso dispensá-la da dança só porque está doente. Todas temos de dançar no meu casamento, independentemente de como estamos nos sentindo.

Danço com minhas damas, uma dança após a outra. Eu dançaria para o rei a noite toda se isso o impedisse de acenar para os criados, sinalizando que a noite acabou e que a corte deve se recolher. Contudo, é meia-noite, e, quando estou sentada em meu trono aplaudindo os músicos, o rei volta seu pesado corpo para mim, ajeitando-se de forma a poder se inclinar em minha direção, e pergunta com um sorriso:

— Vamos nos deitar, minha esposa?

Lembro-me do que pensei quando ouvi pela primeira vez o pedido de casamento. É assim que vai ser de agora em diante, até que a morte nos separe; ele vai esperar meu consentimento ou prosseguirá sem ele. Realmente não importa o que eu diga, jamais poderei recusar-lhe nada. Sorrio, levanto-me e aguardo que os pajens o ponham de pé. Ele desce com dificuldade os degraus do estrado e caminha, mancando, entre os cortesãos. Sigo devagar atrás do rei, ajustando meus passos ao seu andar oscilante. A corte comemora enquanto passamos, e procuro manter os olhos fixos adiante, sem encontrar o olhar de ninguém. Não suportaria ver uma expressão de pena ao conduzir minhas damas a meu novo quarto de dormir, o quarto da rainha, para me despir e esperar meu mestre, o rei.

É tarde, mas não me permito nutrir a esperança de que ele esteja cansado demais para vir a meus aposentos. Minhas damas me vestem com uma camisola de cetim preto. Evito que o tecido toque meu rosto e me lembre de uma noite em que também usei uma camisola preta e vesti sobre ela um manto azul da cor da noite para ir ao encontro de um homem que me amava. Essa noite foi há tão pouco tempo, e já sou obrigada a esquecê-la. A porta se abre, e Sua Majestade entra, amparado de ambos os lados pelos serviçais. Eles o ajudam a subir na cama: é como se estivessem tentando empurrar um boi inteiro para dentro de um moedor de carne. Ele pragueja quando alguém esbarra em sua perna ferida.

— Idiota! — grita.

— O único idiota aqui sou eu — diz o bobo do rei, Will Somers, com animação. — E não quero ninguém disputando meu lugar!

Sempre inteligente, ele quebra a tensão; o rei solta uma risada, e todos o acompanham. Somers me dá uma piscadela ao passar, os gentis olhos castanhos brilhando. Ninguém mais olha para mim. Ao fazerem suas reverências e se retirarem, todos mantêm os olhos fixos no chão. Acho que temem por mim, por eu estar finalmente a sós com o rei quando ele emana vinho pelos poros, a comida fermenta em sua barriga e seus humores se tornam azedos. Minhas damas se apressam em sair do quarto. Nan é a última a nos deixar e assente com a cabeça, como se me lembrasse de que estou fazendo a vontade de Deus, como se eu fosse uma santa prestes a ser torturada em um cavalete.

A porta se fecha, e me vejo ajoelhada ao pé da cama, em silêncio.

— Pode se aproximar — diz ele, com rispidez. — Não vou morder. Venha para a cama.

— Eu estava fazendo minhas orações — respondo. — Devo rezar em voz alta para Vossa Majestade?

— Você pode me chamar de Henrique — diz ele. — Quando estivermos sozinhos.

Tomo isso como uma recusa à oração, então ergo as cobertas e me deito a seu lado. Não sei o que ele vai fazer. Como não consegue nem se virar de lado sem ajuda, com certeza não pode subir em mim. Fico perfeitamente imóvel e aguardo que ele me diga o que deseja.

— Você vai ter de se sentar no meu colo — diz ele, afinal, como se também estivesse tentando encontrar uma solução. — Não é uma menininha tola, é uma mulher. Já se casou e foi para a cama com um homem mais de uma vez. Sabe o que fazer, não?

Isso é pior do que eu imaginava. Ergo a camisola e ponho-me de joelhos. Sem que eu queira, a imagem de Thomas Seymour, deitado e nu, com as costas arqueadas, os cílios escuros formando sombras em suas faces morenas, surge em minha mente. Vejo os músculos rígidos de seu abdome contraindo-se de prazer enquanto ele entra em mim.

— Latimer não era um grande amante, imagino? — pergunta o rei.

— Ele não era um homem forte como Vossa... Henrique — corrijo-me.
— E, claro, não gozava de boa saúde.

— Então como era?

— A saúde dele?

— Como ele fazia com você? Na cama?

— Era muito raro...

Ele grunhe em aprovação, e vejo que está excitado. A ideia de ser mais potente do que meu antigo marido o excita.

— Isso devia deixá-lo furioso — diz Henrique, com prazer. — Casar-se com uma mulher como você e não ser capaz de cumprir o dever de marido. — Ele ri. — Venha. Você é muito bonita. Mal posso esperar.

Ele pega meu pulso direito e puxa-me para si. Obediente, ergo-me e tento montar nele. Mas seus quadris volumosos são tão largos que não consigo encontrar uma posição, então ele me puxa para baixo de forma que eu me incline sobre ele, como se eu tentasse me equilibrar sobre um cavalo gordo. Preciso manter o rosto impassível. Não posso tremer, não posso chorar.

— Assim — diz ele, excitado. — Está sentindo isso? Nada mal para um homem de mais de 50 anos, não? O velho Latimer não dava isso a você.

Murmuro uma resposta qualquer. Ele me puxa e se esforça para se mover sob mim e me penetrar. Seu membro é flácido e disforme, e agora, além de constrangida, me sinto enojada.

— Assim! — repete ele, mais alto. O rosto está ficando vermelho, o suor brotando diante da dificuldade de erguer os imensos quadris.

Cubro o rosto com as mãos para bloquear essa visão.

— Você não é tímida! — exclama ele, a voz ressoando alta pelo quarto.

— Não, não — respondo. Preciso me lembrar de que estou fazendo isso por Deus e pela minha família. Serei uma boa rainha. Isso é parte do meu dever, um dever que Deus me confiou. Levo as mãos à gola da camisola e desfaço os laços. Quando vê meus seios nus, ele põe as mãos gordas sobre eles e os aperta, beliscando os mamilos. Finalmente consegue me penetrar, sinto-o se mover dentro de mim, e então ele solta um grito estrangulado, recosta-se na cama e fica imóvel, completamente imóvel.

Aguardo, mas nada acontece. Ele não diz nada. O rubor se esvai de seu rosto, deixando suas bochechas cinzentas sob a luz das velas. Os olhos estão fechados. A boca se entreabre, e ele solta um ronco longo e alto.

Parece que acabou. Delicadamente, levanto-me de seu corpo úmido e desço com cuidado da cama. Visto o roupão e fecho-o com força, passando a faixa em torno da cintura e amarrando-a bem apertada. Sento-me junto à lareira, na enorme poltrona que foi especialmente alargada e reforçada para sustentar o peso dele, e envolvo meu corpo com os braços. Vejo que estou tremendo e me sirvo de uma taça da cerveja morna que se encontra a meu lado na mesa. Ela deveria me dar coragem e torná-lo mais potente. A bebida me aquece um pouco, e seguro a taça de prata com as mãos.

Depois de um tempo observando o fogo da lareira com um olhar vazio e desolado, volto para o lado do rei na cama. O colchão afunda, arqueado sob o peso dele, e sua corpulência eleva os cobertores e a luxuosa colcha. Pareço uma criancinha deitada a seu lado. Fecho os olhos. Não penso em nada. Estou absolutamente decidida a não pensar em nada. Fecho os olhos e caio no sono.

Quase de imediato, sonho que sou Trifina, casada contra minha vontade com um homem perigoso, presa no castelo dele e subindo eternamente uma escada em espiral, uma das mãos apoiada na parede úmida, a outra segurando uma vela, a luz bruxuleante. Há um cheiro terrível vindo da porta no topo da escada. Seguro o pesado anel de latão da trava e giro-o devagar. A porta se abre com um rangido, mas não consigo entrar no cômodo, naquele miasma fedorento. Sinto tanto medo que estremeço em meu sonho e me contorço na cama, e desperto. Embora esteja acordada, lutando contra o sono e com medo do pesadelo, o cheiro ainda paira sobre mim como se estivesse emanando do sonho para o mundo real, e engasgo, esforçando-me para respirar quando acordo. O cheiro está na minha cama, me sufocando, veio da noite escura até meu quarto, é real e está prestes a me asfixiar. O pesadelo é aqui, agora.

Solto um grito de socorro e, de repente, me vejo alerta. Percebo que não é um sonho: é real. A ferida supurante na perna dele está soltando um pus amarelo e alaranjado que atravessa as ataduras, manchando minha camisola como se ele tivesse urinado no sofisticado lençol de linho. O melhor quarto da Inglaterra cheira a um ossuário.

O cômodo está escuro, mas sei que o rei está acordado. Os roncos estrondosos e gorgolejantes cessaram. Posso ouvir sua respiração estertorosa, mas isso não me engana: sei que está acordado, que está me ouvindo e me procurando. Imagino seus olhos arregalados no breu, olhando cegamente em minha direção. Permaneço completamente imóvel, com a respiração regular, mas temo que ele saiba, como uma criatura selvagem sempre sabe, que tenho medo dele. Ele sabe, por algum instinto animal, que estou acordada e com medo dele.

— Você está acordada, Catarina? — pergunta, num murmúrio.

Espreguiço-me e simulo um pequeno bocejo.

— Ah... Estou, sim, milorde. Estou acordada.

— E você dormiu bem? — As palavras são agradáveis, mas há um tom cortante em sua voz.

Sento-me, enfio o cabelo sob a touca de dormir e imediatamente viro-me para ele.

— Dormi, milorde, graças a Deus. Dormiu bem também, espero?

— Senti-me enjoado; senti gosto de vômito na garganta. Os travesseiros não estavam recostados o bastante. É horrível sentir isso durante o sono. Eu podia ter engasgado. Precisam me recostar de modo que eu fique sentado, senão engasgo com a bile. Eles sabem disso. Você precisa se certificar de que façam isso quando estou na sua cama, assim como na minha. Devia ter alguma coisa estragada no jantar que me deixou enjoado. Quase me envenenaram. Vou punir os cozinheiros pela manhã. Devem ter usado carne estragada. Preciso vomitar.

Imediatamente, desço da cama, a camisola manchada e úmida colando na perna, para buscar uma pequena bacia no armário e uma jarra de cerveja.

— Quer tomar um pouco de cerveja? Devo chamar os médicos?

— Verei o médico depois. Passei a noite toda tonto.

— Ah, meu querido — digo com ternura, como se fosse uma mãe falando com um filho adoentado. — Não quer tomar um gole de cerveja e voltar a dormir?

— Não, não consigo dormir — reclama ele, rabugento. — Nunca durmo. A corte inteira dorme, o país inteiro dorme, mas eu fico acordado. Fico de vigília a noite toda enquanto pajens preguiçosos e mulheres desocupadas dormem. Fico de vigília e protejo meu país, minha igreja. Sabe quantos homens vou queimar em Windsor na semana que vem?

— Não — respondo, retraindo-me.

— Três — diz ele, satisfeito. — Eles serão queimados no pântano, e as cinzas voarão para bem longe. Por questionarem minha igreja sagrada. Já vão tarde.

Penso em Nan pedindo-me que eu interceda por suas vidas.

— Senhor meu marido...

Ele bebeu o copo de cerveja em três grandes goles e gesticula para que eu o sirva mais. Obedeço.

— Mais — diz ele.

— Também deixaram alguns doces, se o senhor quiser — ofereço, hesitante.

— Acho que um doce poderia aplacar minhas entranhas.

Entrego-lhe o prato e observo Henrique pegar um doce após o outro, distraidamente, e enfiá-los na pequena boca. Quando acabam, ele lambe o dedo e pesca os farelos do prato antes de devolvê-lo a mim. Sorri. A comida o acalmou, assim como minha atenção. É como se o açúcar pudesse adoçá-lo.

— Assim está melhor — diz. — Fiquei com fome depois do nosso prazer.

O humor dele melhora quase que milagrosamente com a cerveja e os doces. Imagino que sinta uma fome monstruosa o tempo todo. Sente uma fome tão grande que come apesar da náusea, que a confunde com náusea. Consigo abrir um sorriso.

— O senhor não pode perdoar esses pobres homens? — pergunto, em voz bem baixa.

— Não. Que horas são?

Olho em volta. Não sei; não há relógio no quarto. Dirijo-me à janela, afasto as cortinas, abro o vidro da janela para dentro e empurro a janela para ver o céu.

— Não deixe entrar o ar da noite — diz ele com irritação. — Só Deus sabe as pestilências que ele traz. Feche a janela! Feche bem!

Fecho a janela para bloquear o ar fresco e espio através do vidro grosso. Não há nenhum indício do nascer do sol, embora eu pisque os olhos com força, ansiando por transformar a luz das velas no amanhecer.

— Ainda deve ser madrugada — digo. — Não estou vendo a alvorada.

Ele olha para mim como uma criança que quer ser entretida.

— Não consigo dormir — diz ele. — E aquela cerveja está revirando minhas entranhas. Estava fria demais. Vai me dar cólica. Você deveria tê-la aquecido. — Ele se remexe um pouco e arrota. Ao mesmo tempo, sobe da cama o cheiro azedo de uma flatulência.

— Devo pedir alguma outra coisa da cozinha? Uma bebida quente?

Ele balança a cabeça.

— Não. Mas atice o fogo e diga-me que está feliz de ser rainha.

— Ah! Estou muito feliz! — Sorrio e inclino-me para jogar na lareira alguns gravetos e algumas pequenas toras do cesto. As brasas reluzem. Mexo nelas com o atiçador, acomodando-as de forma que os pedaços de lenha fiquem uns sobre os outros e avivem o fogo. — Estou feliz por ser rainha, e estou feliz por estar casada — digo. — Por ser sua esposa.

— Você é uma dona de casa nata! — exclama o rei, satisfeito com meu êxito de avivar o fogo. — Saberia fazer meu café da manhã?

— Nunca cozinhei — respondo, mantendo a dignidade. — Sempre tive um cozinheiro, e criadas também. Mas sei comandar cozinhas, cervejarias e leiterias. Eu costumava fazer meus próprios remédios com ervas, meus próprios perfumes e sabonetes.

— Você sabe comandar um palácio?

— Era eu que governava o Castelo de Snape e todas as nossas terras no Norte quando meu marido estava viajando.

— Você o defendeu contra um cerco, não? — pergunta ele. — Contra aqueles traidores. Isso deve ter sido difícil. Você deve ter sido corajosa.

Assinto, modestamente.

— Sim, milorde. Cumpri meu dever.

— Enfrentou os rebeldes, não? Eles não ameaçaram queimar o castelo com você dentro?

Lembro-me muito bem dos dias e das noites em que os homens extremamente pobres, vestindo farrapos, vieram ao castelo e imploraram por um retorno aos bons tempos, aos velhos tempos em que as igrejas eram livres para fazer caridade e o rei seguia os conselhos de seus lordes. A multidão queria que a Igreja fosse restaurada e que os monastérios voltassem à sua antiga glória. Pediram a lorde Latimer que intercedesse com o rei por eles; sabiam que meu marido compartilhava da mesma crença.

— Eu sabia que não seriam triunfantes contra o senhor — digo, infiel a eles e à causa que defendiam. — Eu sabia que precisava me manter firme e que o senhor enviaria meu marido de volta para nos liberar.

Estou maquiando a história, na esperança de que ele não se lembre da verdade. O rei e seu conselho desconfiavam, com razão, de que meu marido apoiava os rebeldes, e, quando a insurreição foi brutalmente esmagada, meu marido precisou tomar o partido da reforma: traiu sua crença e seus arrendatários em troca da própria segurança. Como ele teria ficado feliz de ver que agora tudo mudou de novo. Os clérigos estão prevalecendo, ocupando-se com a restauração das abadias. Meu marido teria ficado maravilhado com a autoridade de seu amigo Stephen Gardiner. Teria apoiado incondicionalmente a morte dos reformistas na fogueira nos pântanos de Windsor. Teria concordado que as cinzas dos hereges deveriam ser deixadas na lama e que eles jamais deveriam ressurgir dos mortos.

— E quantos anos você tinha quando saiu da casa de sua mãe?

O rei se recosta no travesseiro como uma criança que quer ouvir uma história.

— O senhor quer saber da minha juventude?

Ele faz que sim com a cabeça.

— Conte-me tudo.

— Bem, eu já tinha certa idade quando saí de casa, mais de 16 anos. Minha mãe estava tentando arranjar um casamento para mim desde que eu tinha 11. Mas não deu certo.

— Por que não? Você devia ser uma linda menina. Com esse cabelo e esses olhos, poderia ter escolhido quem quisesse.

Eu sorrio.

— Eu era bonita, mas meu dote não era maior do que o de um funileiro. Meu pai não nos deixou quase nada. Morreu quando eu tinha só 5 anos. Todos sabíamos que minha irmã, Nan, e eu teríamos de nos casar para servir à família.

— Vocês são quantos?

— Três, só três. Eu sou a mais velha; em seguida vem William, e então Nan. O senhor se lembra de minha mãe? Ela foi dama de companhia e depois arranjou um posto para Nan e a colocou a serviço da... — Interrompo-me. Nan serviu a Catarina de Aragão e a todas as demais rainhas depois dela. O rei a viu no séquito de cada uma de suas seis esposas. — Minha mãe arranjou para Nan um lugar na corte — corrijo-me. — E então casou meu irmão, William, com Anne Bourchier. Era o ápice da ambição dela, mas o senhor sabe que isso não deu nada certo. Nan e eu fomos postas em segundo plano para que William fizesse um bom casamento. Só havia dinheiro para ele, e, uma vez que minha mãe conseguiu Anne Bourchier, não sobrou o bastante para o meu dote.

— Pobre menina — diz ele, sonolento. — Ah, se eu a tivesse visto na época.

Na verdade, ele tinha me visto na época. Vim à corte uma vez com minha mãe e Nan. Lembro-me do rei jovem daqueles tempos: o cabelo dourado, as pernas fortes, o peito largo porém magro. Lembro-me dele montado em um cavalo; ele estava sempre a cavalo, como um jovem centauro. Passou por mim, e inclinei a cabeça para vê-lo no dorso do animal, e ele era deslumbrante. Ele olhou diretamente para mim, uma menininha de 6 anos, pulando para cima e para baixo, acenando para o rei de 27 anos. Ele sorriu e retribuiu o aceno. Fiquei imóvel, fitando-o, embevecida. Ele era lindo como um anjo. Diziam que era o rei mais bonito do mundo, e não havia mulher na Inglaterra que não sonhasse com ele. Eu o imaginava vindo a cavalo para minha pequena casa e pedindo minha mão em casamento. Eu achava que, se ele viesse me buscar, tudo ficaria bem, para o resto da vida, para sempre. Se o rei se apaixonasse por mim, o que mais eu poderia querer? O que mais qualquer pessoa poderia querer?

— E então me casaram com meu primeiro marido, Edward Brough, o filho mais velho do barão Brough, de Gainsborough.

— Ele não era louco? — pergunta o rei, sonolento, apoiado no travesseiro ricamente bordado. Seus olhos estão fechados. As mãos, entrelaçadas sobre o volumoso peito, sobem e descem no ritmo de sua respiração pesada.

— Esse era o avô dele — respondo em voz baixa. — Mas, ainda assim, era uma casa assustadora. O barão tinha um temperamento terrível, e, quando se enfurecia, meu marido tremia como uma criança.

— Ele não foi uma boa escolha para você — comenta ele, com sonolenta satisfação. — Foram tolos de casá-la com um menino. Mesmo naquela época, você precisava de um homem que pudesse admirar, alguém mais velho, alguém capaz de comandar.

— Ele não era o marido certo para mim — concordo. Sei como ele deseja que essa história acabe. Afinal, há apenas meia dúzia de boas histórias no mundo, e esta deve ser sobre a menina que não encontrou a felicidade até conhecer seu príncipe. — Sem dúvida não era a escolha certa para mim, e morreu quando eu tinha apenas 20 anos. Que Deus o tenha.

Como se esta depreciação do pobre e falecido Edward tivesse embalado o rei, ouço um longo e trovejante ronco como resposta. Quando ele subitamente para de respirar, eu aguardo. Por um instante assustador, não há qualquer som no quarto silencioso, e então ele recupera o fôlego e solta o ar bem alto. Faz isso repetidas vezes, até que eu aprendo a não me assustar. Volto à poltrona junto à lareira e assisto às chamas lamberem a lenha, tremeluzindo, fazendo as sombras dançarem à minha volta enquanto o forte ronco continua, como um javali em um chiqueiro.

Pergunto-me que horas são. Com certeza deve estar quase amanhecendo. Pergunto-me a que horas os servos aparecerão. Eles preparam o fogo ao raiar do dia, provavelmente? Eu realmente queria saber que horas são. Daria uma fortuna por um relógio que me informasse quanto tempo mais precisarei suportar essa noite interminável. É tão estranho como as noites com Thomas passavam em um instante, como se a lua corresse para se esconder e o sol se apressasse a surgir no céu. Agora, não. Talvez nunca mais. Agora preciso esperar uma eternidade pelo amanhecer, e horas e mais horas se passam enquanto aguardo a luz do dia.

⤸

— Como foi? — cochicha Nan. Atrás dela, os servos levam do quarto a jarra e a bacia de ouro, enquanto as damas de companhia salpicam meu lençol com água de rosas e o seguram próximo ao fogo para que seque completamente.

Nan tem consigo a bolsinha de arruda seca. De costas para todos no quarto, ela pega o atiçador que se acha em meio às brasas, ferve um copo de cerveja fraca e mexe a erva. Ninguém me vê beber a mistura. Viro o rosto para ninguém ver a careta que faço.

Dirijo-me com ela a meu genuflexório. Fitamos o crucifixo e nos ajoelhamos lado a lado, tão perto que ninguém consegue ouvir uma palavra do que dizemos; pensarão que estamos murmurando nossas orações em latim.

— Ele é potente?

A pergunta, por si só, é uma ofensa ao rei. O irmão de Ana Bolena foi decapitado por perguntar exatamente isso.

— Muito pouco — respondo.

Ela põe a mão sobre a minha.

— Ele machucou você?

Balanço a cabeça.

— Mal consegue se mexer. Não corro o menor risco com ele.

— Foi...? — As palavras dela morrem na garganta. Minha irmã é uma esposa bem-amada; não consegue imaginar minha repulsa.

— Não foi pior do que eu achei que seria — respondo, minha cabeça curvada sobre as contas do rosário. — Agora sinto um pouco de pena dele. — Volto os olhos para cima, para o crucifixo. — Não sou a única que está sofrendo. São anos difíceis para ele. Pense no que ele era e no que é agora.

Ela fecha os olhos em oração silenciosa.

— Meu marido, Herbert, diz que a mão de Deus está sobre você.

— Você precisa perfumar meu quarto — digo. — Peça ao boticário ervas secas e perfumes. Óleo de rosas, lavanda, essências fortes. Não suporto o cheiro. A única coisa que não suporto é o cheiro. Não consigo dormir. Você precisa resolver isso. É a única coisa que eu realmente não consigo aguentar.

Ela assente.

— É a perna dele?

— A perna e a flatulência — respondo. — Minha cama cheira à morte e excremento.

Ela me encara, como se eu a tivesse deixado surpresa.

— À morte?

— À deterioração do corpo. À doença. Eu sonho com a morte.

— Claro, a rainha morreu aqui.

Dou um grito assustado, e, quando minhas damas se viram para olhar, tento transformá-lo em tosse. Imediatamente, alguém me traz um copo de cerveja para que eu tome um gole. Quando se afastam, viro-me para Nan.

— Qual rainha? — pergunto, nervosa, pensando na jovem Catarina Howard.

— Por que você não me contou?

— A rainha Jane, claro.

Eu sabia que ela havia morrido depois de dar à luz o príncipe, mas não pensei que tinha sido nestes aposentos, meus aposentos.

— Aqui?

— Claro — diz ela, simplesmente. — Neste quarto. — Quando vê minha expressão perplexa, acrescenta: — Nesta cama.

Encolho-me, apertando as contas do rosário.

— Na minha cama? Nesta cama? Onde dormi com ele esta noite?

— Catarina, não há motivo para nervosismo. Faz mais de cinco anos.

Estou trêmula e me dou conta de que não consigo parar de tremer.

— Nan, não consigo fazer isso. Não consigo dormir na cama da esposa morta dele.

— Esposas mortas — corrige-me ela. — Catarina Howard também dormiu aqui. Essa cama foi dela também.

Dessa vez, não grito.

— Não consigo suportar isso.

Ela segura minhas mãos trêmulas.

— Fique calma. É a vontade de Deus. O chamado de Deus. Você precisa fazer isso, você é capaz de fazer isso. Eu vou ajudá-la, e Deus vai lhe dar forças.

— Não posso dormir na cama de uma rainha morta e me deitar com o marido dela.

— Você precisa fazer isso. Deus vai ajudá-la. Rezo a Ele, rezo todos os dias: "Senhor, ajude e guie minha irmã."

Assinto com veemência.

— Amém, amém. Que Deus me proteja, amém.

É hora de me vestir. Viro-me para que as damas tirem minha camisola, me banhem com óleos aromáticos e me sequem. Em seguida, visto minha roupa de baixo, feita de um linho belamente bordado. Fico parada como uma boneca enquanto atam os cordões em meu pescoço e em meus ombros. As damas de companhia trazem vestidos e várias opções de mangas e capelos, que exibem para mim em silêncio. Escolho um vestido verde-escuro, mangas pretas e capelo também preto.

— Bem modesto — observa minha irmã em tom de crítica. — Você não deve usar preto agora. É uma mulher recém-casada, não uma viúva. Deveria usar vestidos de cores mais vivas. Vamos pedir alguns, para você escolher.

Adoro roupas finas, ela sabe disso.

— E sapatos — acrescenta, instigando-me. — Vamos pedir aos fabricantes que venham até aqui. Você agora pode ter todos os sapatos que quiser. — Ela vê meu rosto e ri. — Vamos, você tem muito o que fazer. Precisa pôr ordem na casa. Metade da Inglaterra quer enviar suas filhas para lhe servir. Estou com a lista dos nomes. Podemos vê-la depois da missa.

Uma de minhas damas se adianta.

— Perdoe-me, senhora, tenho um favor a pedir. Se me permite.

— Veremos todos os pedidos juntos, depois de irmos à capela — decreta minha irmã.

Entro no vestido e fico parada enquanto amarram a saia e o corpete; em seguida, vestem as mangas e as seguram no lugar enquanto passam os cordões pelas casas.

— Vou pedir para chamarem nosso irmão, William — digo em voz baixa para Nan. — Quero que ele esteja aqui. E nosso tio Parr.

— Parece que temos parentes dos quais nunca ouvimos falar. No país inteiro. Todos alegam ter algum parentesco com a nova rainha da Inglaterra.

— Não preciso arranjar posições para todos na corte, preciso? — pergunto.

— Você precisará se cercar de pessoas que dependam de você — explica Nan. — É evidente que deve recompensar sua própria família. Presumo que vá chamar a jovem Latimer, sua enteada?

— Gosto muito de Margaret. Eu poderia chamá-la? E minha enteada Elizabeth? E Lucy Somerset, noiva de meu enteado? E minha prima da família Brough, Elizabeth Tyrwhit?

— Claro. E imaginei que você designaria nosso tio Parr para alguma posição a seu serviço. A esposa dele, tia Mary, também virá, e nossa prima Lane.

— Ah, sim! — exclamo. — Quero Maud comigo.

Nan sorri.

— Você pode ter quem quiser. O que quiser. Você deve pedir tudo que quiser agora, nos primeiros dias de casamento, pois tudo lhe será dado. Precisa cercar-se de pessoas dedicadas a você, de coração e alma, e que possam protegê-la.

— Proteger-me de quê? — pergunto enquanto me põem o capelo, pesado como uma coroa.

— De todas as outras famílias — cochicha ela, ajeitando meu cabelo castanho-avermelhado na rede dourada. — De todas as famílias que já desfrutaram dos privilégios concedidos por suas parentes e que agora não querem ser excluídas pela nova rainha: famílias como os Howard e os Seymour. E você vai precisar se proteger dos novos conselheiros reais, homens como William Paget, Richard Rich e Thomas Wriothesley, homens que ascenderam do nada e não querem uma nova rainha aconselhando o rei no lugar deles.

Nan inclina a cabeça na direção de Catherine Brandon, que está entrando no quarto com minha caixinha de joias para eu escolher. Ela abaixa o tom de voz.

— E precisará se proteger contra mulheres como ela, esposas dos amigos do rei, e qualquer bela dama de companhia que possa vir a ser a próxima favorita.

— Mas não agora! — exclamo. — Nós nos casamos ontem!

Ela assente.

— Ele é ganancioso — diz em tom trivial, como se aquela fosse uma discussão sobre o número de pratos no jantar. — Sempre quer mais. Sempre precisa de mais. Gosta de ser admirado.

— Mas ele se casou comigo! — exclamo. — Insistiu em se casar comigo.

Nan dá de ombros. Ele se casou com todas as minhas antecessoras; isso não o impediu de querer sempre a próxima.

Na capela, no pavimento superior, no balcão reservado à rainha, imploro a Deus que me ajude neste casamento, enquanto o padre fala sobre a obra divina e reza a missa de costas para a congregação, como se esta não fosse digna nem mesmo de testemunhá-la. Penso nas outras rainhas que também se ajoelharam aqui, neste escabelo enfeitado com a rosa e o brasão real, e fizeram suas preces. Algumas teriam orado com aflição crescente por filhos Tudor saudáveis, algumas teriam lamentado a perda de suas vidas anteriores, outras teriam sentido saudade de suas casas da infância e das famílias que as amavam pelo que eram, não pelo que podiam oferecer. Uma, pelo menos, teve uma dor semelhante à minha e precisou afastar do pensamento todos os dias a imagem do homem que amava. Quase posso senti-las ali ao apoiar o rosto em minhas mãos unidas. Quase posso sentir o medo delas na madeira do atril. Imagino que, se lambesse a superfície polida, sentiria o gosto salgado de suas lágrimas.

— Não está feliz? — O rei me encontra na galeria do lado de fora da capela. Está com seus amigos: o irmão da rainha Jane, o tio da rainha Ana, o primo da rainha Catarina. Eu estou com minhas damas. — Não está feliz na manhã seguinte ao seu casamento?

Imediatamente, abro um sorriso radiante.

— Muito feliz — respondo com firmeza. — E Vossa Majestade?

— Pode me chamar de "senhor meu marido" — diz ele, tomando minha mão, esmagando-a entre o gibão acolchoado e a manga bordada. — Venha comigo à minha câmara particular. Preciso falar com você a sós.

Ele me solta de modo a poder se apoiar num pajem e começa a andar bem devagar, mancando. Sigo-o por sua imensa antecâmara, onde centenas de homens e mulheres estão aglomerados para nos ver passar, e prosseguimos pela câmara de audiências, onde dezenas de pessoas aguardam com petições e solicitações, e chegamos à câmara particular do rei, onde apenas a corte é admitida. A cada porta, mais pessoas ficam para trás, excluídas do cômodo seguinte, até estarmos apenas o rei, Anthony Denny, um par de escreventes, dois pajens, o bobo da corte Will Somers, duas de minhas damas e eu. É isso que ele quer dizer quando se refere a ficar a sós com a esposa.

Os pajens o ajudam a se sentar em uma grande cadeira, que range um pouco sob o peso dele, apoiam a perna dele em um escabelo e cobrem-na com um pano. Ele gesticula para que eu me sente e para que todos se afastem. Denny vai para o fundo da sala e finge conversar com Joan, sua esposa, que é minha dama de companhia. Tenho certeza de que ambos mantêm os ouvidos aguçados para escutar cada palavra que dissermos.

— Então você está feliz esta manhã? — confirma Henrique. — Embora eu a estivesse observando na capela e você me parecesse bastante séria. Consigo vê-la através da treliça do balcão reservado ao rei, sabe. Posso mantê-la sob vigia e proteção a todo momento. Esteja certa de que estou sempre atento a você.

— Eu estava rezando, milorde.

— Isso é bom. Aprecio o fato de ser uma verdadeira devota, mas quero que seja feliz. A rainha da Inglaterra deve ser a mulher mais feliz da cristandade, assim como a mais abençoada. Você precisa mostrar ao mundo que está feliz na manhã seguinte ao seu casamento.

— Eu estou — asseguro-lhe. — Estou mesmo.

— Visivelmente feliz — incita ele.

Mostro-lhe meu sorriso mais deslumbrante.

Ele assente com a cabeça em aprovação.

— E, a partir de agora, você terá um trabalho a fazer. E terá de fazer tudo que eu disser. Sou seu marido agora, e você me prometeu obediência.

O tom de indulgência em sua voz deixa claro que ele está brincando.

Lanço-lhe um olhar tímido.

— Tentarei ser uma ótima esposa.

Ele ri.

— Minhas ordens são as seguintes: você vai mandar os alfaiates e as costureiras trazerem lindas roupas e tecidos, e você vai encomendar muitos vestidos. Quero vê-la vestida como rainha, não como a pobre viúva Latimer.

Solto um gemido abafado de surpresa e entrelaço as mãos.

— Ouvi dizer que você gosta de pássaros — prossegue ele. — Pássaros coloridos e pássaros que cantam.

— Sim — respondo. — Mas nunca tive dinheiro para comprá-los.

— Bem, agora você tem. Vou pedir aos capitães dos navios que fazem viagens a terras distantes que tragam pássaros para você. — Ele sorri. — Pode ser um novo imposto sobre a navegação: pássaros para a rainha. E tenho uma coisa para você agora. — Ele se vira e estala os dedos para Anthony Denny, que se aproxima e põe sobre a mesa uma volumosa bolsinha e uma pequena caixa. Henrique me entrega a caixa primeiro. — Abra.

É um rubi magnífico, quadrado, preso em um aro simples de ouro. O anel é grande demais para meus dedos, mas o rei o põe em meu polegar e fica admirando o brilho vermelho.

— Gostou?

— Adorei.

— E tem mais, claro. Pedi que levassem a seus aposentos.

— Mais?

Ele é caloroso diante de minha ingenuidade.

— Mais joias, querida. Você é a rainha. Precisa ter muitas joias. Pode escolher uma peça diferente para cada dia do ano.

Não preciso fingir minha alegria.

— Gosto mesmo de coisas bonitas.

— Elas são um tributo à sua própria beleza — diz ele, gentil. — Eu quis cobri-la com os tesouros reais desde que a vi pela primeira vez.

— Obrigada, meu marido. Muito obrigada, mesmo.

Ele ri de leve.

— Vou adorar dar-lhe presentes. Você fica vermelha como uma rosa. Essa bolsinha de ouro é sua também. Gaste como quiser e depois venha a mim buscar outra. Logo você terá terras, arrendamentos e uma renda própria. Seu administrador vai lhe mostrar a lista de tudo que será seu. Você será uma mulher rica. Terá todas as terras pertencentes às rainhas consorte e o Castelo de Baynard, em Londres. Terá uma fortuna em seu próprio nome. Isso aqui é só para cobrir suas despesas por ora.

— Eu gostaria que alguém cobrisse minhas despesas por ora — diz Will Somers. — Mas essa hora nunca chega.

Os homens riem enquanto eu, sem que ninguém preste atenção em mim, sopeso a bolsa. É pesada. Se são moedas de ouro, e imagino que sejam, trata-se de uma pequena fortuna.

O rei vira-se para seu pajem.

— Dê-me a lista — ordena.

O rapaz faz uma reverência e lhe entrega um papel enrolado.

— Aqui tem o nome de homens e mulheres que desejam servi-la — explica o rei. — Assinalei os que eu quero que você aceite. Mas poderá decidir a maioria dos cargos. Quero que seja feliz em seus aposentos e escolha suas próprias companhias.

É direito da rainha escolher suas próprias damas. Elas permanecem a seu lado dia e noite. É justo que sejam suas amigas e parentes. O rei não deveria ter feito aquela lista.

— Tenho certeza de que aprovarei suas escolhas — assegura ele. — Tenho certeza de que não haverá nenhuma que não aprovarei. Você tem excelente gosto, certamente escolherá damas que adornarão bem tanto sua corte quanto a minha.

Inclino a cabeça.

— Mas elas precisam ser bonitas — especifica ele. — Certifique-se disso. Não quero ninguém que faça meus olhos doerem.

Não digo nada sobre a observação de que devo escolher, como damas de companhia, mulheres que lhe agradem, e ele imediatamente aperta minha mão.

— Ah, Cate, vamos nos dar muito bem. Sairemos para caçar hoje à tarde, e você vai se sentar ao meu lado.

— Eu adoraria — digo. Anseio por montar meu cavalo e caçar. Quero a sensação de liberdade de cavalgar atrás dos cães, seguindo-os para onde o faro os leva, avançando rápido, para longe do palácio, mas sei que não será assim. Terei de me sentar debaixo do baldaquino real, ao lado do rei, e assistir ao cervo ser conduzido em nossa direção, para que, de seu assento, Henrique dispare uma flecha de sua balestra. Os caçadores perseguirão os cervos de modo que venham até o rei. Atrás dele, um pajem colocará a flecha afiada na balestra. O rei não fará nada além de apontar e atirar. Transformou a caçada, com todos os acasos e perigos da floresta, em um abate de fazenda, no curral de um açougueiro. A caçada do rei, outrora um espetáculo empolgante, tornou-se um matadouro para onde os animais são conduzidos para a morte. Mas isso é tudo que ele pode fazer agora. O homem de que me lembro como um centauro, um caçador que montava três cavalos por dia, um após o outro, até que os animais não aguentassem mais, reduziu-se a um assassino, largado em uma cadeira, derrotado pela idade e pela doença, com um homem mais jovem carregando as flechas em sua balestra.

— Ficarei muito feliz de me sentar a seu lado — minto.

— E vai aprender a atirar — promete ele. — Darei a você uma pequena balestra. Você precisa participar do esporte. Precisa sentir o prazer de matar.

Sua intenção é ser generoso comigo.

— Obrigada.

Ele assente com a cabeça, indicando que devo me retirar. Levanto-me e hesito quando ele me chama para si com o dedo, erguendo o rosto grande e redondo como a lua. É como uma criancinha oferecendo um beijo. Apoio a mão no ombro gigantesco dele e me inclino em sua direção. O hálito dele está terrivelmente rançoso — é como deixar um cão de caça bafejar contra meu rosto —, mas não titubeio. Beijo sua boca, olho em seus olhos e sorrio.

— Minha querida — diz ele, num murmúrio. — Você é minha querida. Será minha última e mais querida esposa.

Fico tão emocionada que me inclino novamente e encosto minha face na dele.

— Vá comprar coisas bonitas — ordena o rei. — Quero que pareça uma esposa amada e a melhor rainha que a Inglaterra já viu.

Saio da sala um pouco aturdida. É a primeira vez que serei uma esposa amada. De meu segundo marido, lorde Latimer, fui companheira e ajudante, alguém que protegia suas terras e educava seus filhos. Ele me ensinou as coisas que precisava que eu soubesse e gostava de me ter a seu lado. Mas nunca me deu carinho, ou presentes, ou imaginou a impressão que eu passaria às outras pessoas. Ele cavalgou para longe, deixando-me em grande perigo, esperando que eu lhe servisse como capitã do Castelo de Snape, confiante de que eu comandaria seus homens em sua ausência. Eu era sua suplente, não seu amor. Agora estou casada com um homem que diz que sou sua amada e planeja me dar presentes.

Nan está à minha espera com Joan à porta, a qual se abre diante de nós.

— Venha — digo para ela. — Acho que tem algumas coisas que você vai querer ver nos meus aposentos.

Minha própria câmara de audiências já está cheia de pessoas que vieram me parabenizar pelo casamento, na esperança de me pedir cargos, favores, uma audiência ou gratificação. Passo por elas sorrindo, sem me deter.

Começarei meu trabalho como rainha ainda hoje. Mas, neste momento, quero ver os presentes de meu marido.

— Minha nossa — diz Nan quando os guardas abrem as portas duplas de meus aposentos privados, e minhas damas se levantam e gesticulam, atônitas, para os seis baús que os homens do rei deixaram no cômodo, as chaves enormes já nas fechaduras.

É pecado sentir essa cobiça. Rio de mim mesma.

— Afastem-se! — digo, brincando. — Afastem-se, porque vou mergulhar em um tesouro.

Nan gira a chave do primeiro baú, e, juntas, abrimos a pesada tampa. É um baú de viagem no qual se encontram os pratos e cálices de ouro destinados às mesas da rainha. Aceno com a cabeça para que duas das damas de companhia se aproximem. Elas desembalam um glorioso prato depois do outro, segurando-os de forma a refletirem a luz, e os reflexos dourados dançam pelas superfícies da sala como anjos loucos.

— Mais! — digo, e agora cada uma segura um prato, fazendo-os reluzir nos olhos umas das outras, jogando discos de luz por todos os lugares, até que a sala inteira seja um mar de reflexos oscilantes. Rio de prazer, e nós nos levantamos e dançamos, e a sala inteira está dançando conosco, repleta daquela luz deslumbrante.

— O que tem no próximo? — pergunto, sem fôlego, e Nan abre o baú seguinte. Esse está cheio de colares e cintos. Ela retira colares de pérolas e cintos cravejados de safiras, rubis, esmeraldas, diamantes e pedras cujos nomes nem sei, beldades escuras e cintilantes em blocos espessos de prata e ouro. Ela estende correntes de ouro nos braços das cadeiras, colares de prata e diamante no colo das damas, de modo que as peças resplandecem sobre os tecidos sofisticados. Há opalas com sua luz leitosa e suave emanando verde, pêssego e âmbar e punhados de pedras brutas dentro de bolsinhas, parecendo seixos, ocultando o brilho da luz preciosa no interior de suas profundezas.

Nan abre outro baú, onde foram cuidadosamente colocados rolos do mais macio couro. Dali, saem anéis cravejados de pedras preciosas, e mais pedras pendendo de longas correntes. Sem comentários, Nan estende diante de mim o famoso colar de ouro trançado de Catarina de Aragão. Outra bolsinha é aberta, e nela estão os rubis de Ana Bolena. As joias reais da Espanha encontram-se em uma caixa grande, o dote de Ana de Cleves é espalhado no chão a meus pés. O tesouro que o rei deu a Catarina Howard tem um baú só para si, intocado desde que ela foi desprovida de tudo e conduzida para ser decapitada.

— Vejam esses brincos! — exclama alguém, mas me afasto para ir à janela, olhar o jardim e uma parte do rio prateado por entre as árvores. Sinto-me subitamente enojada.

— Esses são os pertences de mulheres mortas — digo com a voz trêmula quando Nan se aproxima. — São os tesouros das rainhas mortas. Esses colares enfeitaram o pescoço da esposa anterior, alguns foram usados por todas que vieram antes de mim. As pérolas foram aquecidas pela pele morta delas, a prata está embaçada pelo suor delas.

Nan está tão pálida quanto eu. Ela embalou as esmeraldas de Catarina Howard no couro macio e guardou-as naquela mesma caixinha de joias no dia da prisão dela. Colocou os colares de safira no pescoço de Jane Seymour no dia de seu casamento. Entregou a Catarina de Aragão seus brincos, e agora aqui estão eles, sobre a mesa de meus aposentos, para meu uso.

— Você é a rainha, recebe os tesouros destinados às rainhas — decreta ela, mas sua voz treme. — Claro. É como tem que ser.

Ouvimos batidas à porta, e o guarda abre-a. William Herbert, marido de Nan, entra no cômodo e sorri ao nos ver cercadas de joias, parecendo crianças maravilhadas em uma cozinha cheia de doces.

— Sua Majestade, o rei, enviou isto — anuncia ele. — Esqueceram-se de deixar aqui. Ele disse que devo colocá-la em sua amada cabeça.

Quando me levanto e vou em direção a meu cunhado, noto que ele não consegue me encarar. Fita a janela atrás de mim, o céu coberto de nuvens; não olha para os tesouros no chão aos meus pés enquanto me aproximo dele cuidadosamente, evitando pisar nos capelos de Catarina de Aragão, nas reluzentes peles negras de Catarina Howard. Na mão dele há uma pesada caixinha.

— O que é isso? — pergunto. Imediatamente penso: não quero.

Em resposta, ele faz uma reverência e abre o fecho de metal. Ergue a tampa, que se apoia em suas dobradiças de bronze. Dentro, há uma pequena coroa feia. As damas atrás de mim se assustam. Vejo que Nan faz um pequeno movimento, como se quisesse impedir o que está prestes a acontecer.

William repousa a caixa sobre a mesa e tira dela a coroa elaboradamente adornada, incrustada de pérolas e safiras. No topo dela, como se fosse o domo de uma igreja, há uma cruz simples de ouro.

— O rei quer que Vossa Majestade a experimente.

Obediente, abaixo a cabeça para Nan retirar meu capelo, e o marido dela entrega-lhe a coroa. É do tamanho certo, ajusta-se em minha testa como uma dor de cabeça.

— É nova? — pergunto, num murmúrio. Desejo terrivelmente que tenha sido feita para mim.

Ele balança a cabeça.

— Era de quem?

Nan faz um pequeno gesto com a mão, como se o avisasse de que deveria ficar calado.

— Era a coroa de Ana Bolena — diz ele. Sinto-a pesar em minha cabeça como se pudesse me fazer afundar.

— Com certeza ele não vai querer que eu a use hoje — comento, sem jeito.

— Ele dirá quando — responde William. — Dias de festividades importantes, ou quando Vossa Majestade for se encontrar com embaixadores estrangeiros.

Assinto com a cabeça, meu pescoço rígido. Nan retira de mim a coroa e a guarda de volta na caixa. Ela fecha a tampa como se não quisesse ver o objeto. A coroa de Ana Bolena? Não deve ser nada menos do que amaldiçoada.

— Preciso pegar as pérolas de volta — diz William, constrangido. — Foram trazidas por engano.

— Que pérolas? — pergunta Nan ao marido.

Ele olha para ela, ainda tendo o cuidado de não me encarar.

— As pérolas de Jane Seymour — responde, em voz baixa. — Elas devem permanecer na sala do tesouro.

Nan se abaixa e pega colares e mais colares de pérolas leitosas, reluzentes em suas mãos, e amontoa-os de volta na caixa retangular, onde parecem uma serpente inerte. Entrega a caixa a William e sorri para mim.

— Já temos uma fortuna em pérolas mesmo — diz, tentando abrandar o constrangimento da situação.

Acompanho William até a porta.

— Por que ele quer as pérolas de volta? — pergunto, num sussurro.

— Em memória a ela — responde William. — Ela deu a ele um filho. O rei quer guardá-las para a futura esposa do príncipe. Não quer que nenhuma outra pessoa as use.

— Claro, claro — respondo rapidamente. — Diga a ele o quão contente estou com todo o restante. Sei que as pérolas dela eram especiais.

— Ele está em oração — informa meu cunhado. — Está assistindo a uma missa celebrada em memória dela.

Cuidadosamente, mantenho a expressão de solidariedade e interesse. A crença de que Deus abreviará os dias que a alma passa esperando para entrar no paraíso se Lhe oferecerem cem missas, mil orações e incenso foi repudiada pelo próprio rei. Os fundos de doações reservados para essas missas foram encerrados. Até a capela que ele dedicou à alma de Jane foi fechada. Eu não sabia que o rei ainda se atinha a uma crença que ele mesmo proibiu a todos nós: a esperança de que preces tirem uma alma do purgatório.

— Stephen Gardiner está celebrando uma missa especial para a rainha Jane — conta-me William. — Em latim.

É um pouco estranho estarem rezando pela rainha morta no primeiro dia da lua de mel do rei.

— Que Deus a abençoe — digo, sem jeito, sabendo que William vai relatar essa conversa ao rei. — Pegue as pérolas e guarde-as bem. Também rezarei pela alma dela.

Exatamente como o rei prometeu, corre a notícia de que a nova rainha gosta de aves bonitas. Um dos cômodos que dão para minha câmara de audiências é esvaziado de sua mobília e preenchido com poleiros e gaiolas. Nas janelas, há pequenos viveiros para os pássaros cantantes das Ilhas Canárias. Quando o sol entra através do vidro grosso, eles trinam, ajeitam as penas e agitam as asas. Divido-os por cor, os amarelos e dourados juntos, os verdes do lado deles, enquanto os azuis agitam as asinhas contra um céu que corresponde às suas cores. Espero que se reproduzam bem. Toda manhã, depois de ir à capela, visito meu quarto de pássaros e alimento todos, adorando a sensação de seus pezinhos ásperos ao se empoleirarem e ciscarem as sementes.

Um dia, para meu deleite, um marinheiro indiano de pele escura, com uma argola de prata na orelha e de rosto tatuado, mais parecido com um demônio do que com um homem, surge em minha câmara de audiências com um pássaro enorme, anil e grande como uma ave de rapina, empoleirado sobre o punho fechado. Vende-me a ave por um preço ridiculamente alto, e agora sou a dona muito orgulhosa de um papagaio de inteligentes olhos negros. Batizo-o Dom Pepe, considerando que ele não fala nada além do espanhol mais obsceno. Terei de botar um manto sobre sua gaiola quando o embaixador espanhol, Eustace Chapuys, vier nos visitar, mas Nan me garante que ele é um homem que dificilmente ficaria chocado. Depois de anos na corte, ele já ouviu coisas muito piores.

O rei me dá uma nova égua para montar, uma linda baia, e um filhotinho de cachorro, um spaniel adorável de resplandecente pelo castanho. Levo-o comigo a toda parte, e ele fica sentado a meus pés até quando vou à capela de manhã. Nunca tive um cachorro que não fosse para o trabalho: os cães de caça que ficavam nos estábulos do Castelo de Snape ou os cães pastores que corriam de um lado para o outro reunindo o rebanho.

— Você é tão desocupado — digo a ele. — Como consegue encontrar sentido na vida quando só precisa ser decorativo?

— Ele é um doce — concorda Nan.

— O Purkoy era muito querido — comenta Catherine Brandon.

— Ah, quem era Purkoy? — pergunto.

— O cachorro de Ana Bolena. — Nan faz cara feia para Catherine. — Nada como nosso pequeno Rig aqui.

— Há algo novo? — pergunto, irritada. — Há alguma coisa que eu faça que nenhuma das outras já tenha feito?

Catherine parece constrangida.

— Seus relógios — responde Nan, abrindo um breve sorriso para mim. — Você é a primeira rainha que adora relógios. Todos os relojoeiros e ourives de Londres estão se sentindo no paraíso.

A corte sairá em expedição pelo reino, como faz todo verão. Não consigo imaginar como embalaremos tudo para seguir viagem toda semana, ou às vezes depois de apenas alguns poucos dias, de uma casa para a próxima. Todos os nossos servos terão de descarregar móveis, tapeçarias e prataria para estabelecer uma corte em um novo lugar. Como posso saber que roupas levar? Como posso saber quais joias devem vir comigo? Não sei sequer como conseguem levar lençóis suficientes para as camas.

— Não deve se preocupar — diz Nan. — De verdade. Todos os servos já fizeram isso dezenas de vezes, centenas de vezes. Tudo que você precisa fazer é ficar ao lado do rei e parecer feliz.

— Mas todos os lençóis! E todas as roupas! — exclamo.

— Cada um sabe sua função — repete ela. — Você não precisa fazer nada além de ir aonde lhe mandam.

— E meus pássaros?

— Os falcoeiros vão cuidar deles. Viajarão em sua própria carroça, atrás dos falcões e dos gaviões.

— Minhas joias? — pergunto.

— Eu cuidarei delas — responde Nan. — Faço isso há anos, Cat, de verdade. Tudo que você precisa fazer é ficar ao lado do rei, se ele quiser, e estar sempre bonita.

— E se ele não quiser?

— Então você viajará com suas acompanhantes e com o mestre das cavalariças.

— Ainda nem tenho um mestre das cavalariças, não preenchi todos os cargos de meu séquito.

— Vamos designá-lo durante a viagem. Não é por falta de candidatos! Todos os escreventes viajarão conosco, e a maior parte da corte. O Conselho Privado se reúne onde quer que o rei esteja. Não vamos deixar a corte, vamos levá-la conosco.

— Para onde vamos?

— Primeiro, para Oatlands — responde ela, empolgada. — Acho que é um dos melhores palácios, à beira do rio, recém-construído, lindíssimo. Você vai adorar o lugar, e os quartos não são assombrados!

Palácio de Oatlands, Surrey, verão de 1543

Nan tem toda a razão: a corte se instala e parte em viagem com uma facilidade adquirida ao longo de anos de prática, e eu adoro meus aposentos no Palácio de Oatlands. Foi construído às margens do rio, próximo a Weybridge, para a lua de mel com Ana de Cleves, e Nan não pode dizer que ele não é assombrado. A tristeza e a decepção de Ana de Cleves estão por toda parte aqui. Catarina Howard, sua dama de companhia, casou-se com o rei nesta capela. Imagino-o seguindo a jovem por todos os cantos, murmurando palavras afetuosas, mancando o mais rápido que conseguia pelos lindos jardins.

O palácio foi construído com as pedras da abadia de Chertsey; cada belo bloco de arenito foi arrancado do lugar onde tinha sido posto em honra a Deus. As lágrimas dos fiéis devem ter se misturado à argamassa, mas ninguém pensa nisso agora. Trata-se de um imenso palácio ensolarado, às margens do rio, projetado como um castelo, com uma torre em cada canto e um enorme pátio interno. Meus aposentos são voltados para o sul. São claros e ensolarados. Os aposentos do rei ficam logo ao lado, e ele pode entrar a qualquer momento para ver o que estou fazendo.

Nos dias que se seguem, Nan e eu preparamos uma lista de cargos a serem ocupados em meu séquito e começamos a preenchê-los com as sugestões do rei e com nossos amigos e parentes. Depois de agraciarmos todos com quem tenho obrigações, nomeio aqueles cuja ascensão na corte nos interessa. Vejo a lista preparada por Nan e seus amigos que defendem as reformas religiosas.

Dar a eles uma posição em meu séquito na corte e em meus aposentos fortalece--os justo no momento em que estão perdendo o apoio do rei.

Ele aprovou a publicação de um volume de doutrinas chamado *O livro do rei*, que diz ao povo que precisa se confessar e acreditar no milagre da missa. O vinho transforma-se em sangue, o pão transforma-se em carne: o rei diz que sim, e todos devem acreditar nisso. Ele recolheu a Bíblia inglesa de todas as igrejas, de todas as paróquias, e apenas os ricos e nobres têm autorização para lê-la — e só podem fazer isso em casa. Os pobres e incultos encontram-se tão longe da Palavra de Deus que é como se estivessem na Etiópia.

— Quero algumas damas eruditas — digo a Nan, quase com timidez. — Sempre achei que eu deveria ter lido mais, estudado mais. Quero melhorar meu francês e meu latim. Quero ter damas que estudem comigo.

— Você pode contratar tutores — sugere ela. — São tão fáceis de arranjar quanto periquitos. E pode ter sermões vespertinos todo dia. Catarina de Aragão tinha. Já existe um leque de opiniões distintas em seus aposentos. Catherine Brandon é reformista, ao passo que Lady Maria provavelmente se mantém fiel a Roma, ainda que em segredo. Claro que ela jamais negaria que o pai dela é o chefe supremo da Igreja. — Nan ergue o dedo em um gesto de advertência. — Todo mundo precisa ter muito, muito cuidado com o que diz. Mas, agora que o rei está restabelecendo os rituais que baniu e recolhendo a Bíblia inglesa que deu ao povo, Lady Maria torce para que ele vá mais longe e se reconcilie com o papa.

— Preciso entender isso — digo. — Nós morávamos tão longe de Londres, não ficávamos sabendo de quase nada, e eu não conseguia ter acesso aos livros. E meu marido, lorde Latimer, acreditava na Igreja antiga.

— Muitos ainda acreditam. Um número assustador de pessoas ainda acredita, e elas estão ganhando terreno. Mas precisamos enfrentá-las e vencer essa discussão. Precisamos devolver a Bíblia às igrejas, ao povo. Não podemos deixar que os bispos arranquem do povo a Palavra de Deus. É o mesmo que condenar as pessoas à ignorância. Você terá de estudar com discrição, sempre atenta às leis da heresia. Não queremos Stephen Gardiner metendo aquele nariz feio dele em seus aposentos, como faz por toda parte.

O rei vem me ver quase todas as noites, mas com frequência não quer nada além de conversar ou tomar uma taça de vinho comigo antes de ir para a própria cama. Ficamos sentados juntos como um amoroso casal de velhinhos, ele em seu glorioso pijama bordado que fica apertado no imenso corpo, a perna doente apoiada no escabelo, eu em minha camisola preta de cetim, o cabelo preso numa trança.

O médico do rei o acompanha para lhe ministrar os medicamentos noturnos: remédios para atenuar a dor na perna; para mitigar as dores de cabeça, agora que a vista começa a falhar; para combater a prisão de ventre; para clarear a urina, que se mostra perigosamente escura e viscosa. Henrique dá uma piscadela para mim ao me informar que o médico lhe deu algo para torná-lo mais vigoroso.

— Talvez façamos um filho — sugere. — Que tal um pequeno duque de York para suceder meu príncipe?

— Nesse caso, posso beber um pouco do remédio? — pergunta Will Somers, tomando a liberdade permitida ao bobo da corte. — Seria bom ser bastante vigoroso à noite. Eu seria um touro, mas sou só um cordeirinho.

— Você por acaso sai por aí saltitando como um cordeirinho? — pergunta o rei, com um sorriso, ao receber do médico mais uma dose.

— Dou cambalhotas! Por isso não tenho dinheiro — brinca Will, fazendo o rei rir enquanto bebe. O bobo, então, bate com intimidade nas costas de Henrique. — Engula! Não vá engasgar com seu próprio vigor!

Sorrio sem dizer nada enquanto o médico mede as pequenas doses, mas, quando todos se retiram, pergunto:

— Senhor meu marido, esqueceu-se de que não tive filhos em meus dois casamentos anteriores?

— Mas não encontrou muita alegria neles, não? — indaga o rei com franqueza.

Solto um sorriso constrangido.

— Bem, sim, não casei para minha própria alegria.

— Seu primeiro marido era pouco mais que um menino, com medo de tudo e sem hombridade, e o segundo era caduco e provavelmente impotente — diz o rei, incorretamente. — Como você poderia ter tido um filho deles? Estudei essas coisas e entendo do assunto. A mulher precisa de prazer para engravidar. Precisa ter prazer, assim como o marido. Isso é um decreto de Deus. Portanto, finalmente, minha querida esposa, você tem a chance de se tornar mãe. Porque sei satisfazer uma mulher até ela chorar de alegria, até ela gritar pedindo mais.

Fico em silêncio, lembrando-me dos gemidos involuntários que eu deixava escapar quando Thomas se movia dentro de mim, sua respiração ofegante, meu prazer crescendo. Nos dias seguintes, eu notava uma leve dor de garganta e me dava conta de que isso se devia aos gemidos abafados, meu rosto contra o peito nu dele.

— Dou-lhe minha palavra — diz o rei.

Afasto os pensamentos e sorrio para ele. Sei que não posso encontrar nenhum prazer na cama de uma mulher morta. Não é possível que as tentativas canhestras dele me deem um bebê, e a arruda há de impedir o nascimento de um monstro. Mas, como ele se divorciou de duas esposas anteriores por causa da falta de um filho, eu seria tola se dissesse a ele que acho que não engravidarei — independentemente dos prazeres que ele me promete.

Além disso, estranhamente, descubro que não quero magoá-lo. Não direi a Henrique que não consigo sentir desejo por ele, não enquanto ele está sorrindo para mim e me prometendo êxtase. No mínimo devo-lhe gentileza, posso dar-lhe afeto, mostrar-lhe respeito.

Ele faz um gesto para que eu me aproxime ao sentar-se na grande poltrona junto à lareira.

— Venha se sentar no meu colo, querida.

Obedeço prontamente e me acomodo em sua perna saudável. Ele me abraça, beija meu cabelo, põe a mão no meu queixo e vira meu rosto para beijar minha boca.

— E você está feliz por ser uma mulher muito rica? — pergunta. — Estou beijando uma grande rainha? Você gostou das joias? Trouxe todas consigo?

— Adorei as joias — asseguro-lhe. — Fiquei muito feliz com as roupas e as peles... O senhor é muito bom para mim.

— Quero ser bom para você — diz ele, afastando uma mecha de cabelo do meu rosto e acomodando-a atrás de minha orelha. Seu toque é gentil e confiante. — Quero que você seja feliz, Cate. Eu me casei com você para fazê-la feliz, não apenas para que eu seja feliz. Não estou pensando só em mim, estou pensando em meus filhos, estou pensando no país, estou pensando em você.

— Obrigada — respondo, em voz baixa.

— Você gostaria de ter mais alguma coisa? — pergunta ele. — Se você me comanda, comanda toda a Inglaterra. Pode ter flores dos rochedos de Dover, pode ter ostras de Whitstable. Pode ter ouro da Torre e balas de canhão de Minories. O que você deseja? Qualquer coisa. Você pode ter qualquer coisa.

Hesito.

Na mesma hora, ele segura minha mão.

— Não tenha medo de mim — diz, com ternura. — Imagino que as pessoas tenham lhe dito todo tipo de coisa sobre mim. Você deve se imaginar como santa Trifina, casada com um monstro.

Quase engasgo quando ele menciona meu sonho.

Ele me observa atentamente.

— Meu amor. Meu último e único amor. Por favor, saiba que o que quer que as pessoas falem para você sobre meus casamentos está completamente equivocado. Eu lhe direi a verdade. Só eu sei a verdade e nunca falo dela. Mas contarei tudo a você. Quando mais jovem, me casei com uma mulher que não era livre para se casar comigo. Só fiquei sabendo disso quando Deus me assolou de tristeza. Perdemos um filho atrás do outro. Isso quase a matou, partiu meu coração. Precisei abrir mão dela para poupar-lhe mais sofrimento. Precisei liberá-la de um casamento que era amaldiçoado. Foi a coisa mais difícil que já fiz. Mas, se pretendia dar um filho à Inglaterra, precisava abrir mão dela. Repudiei Catarina de Aragão, a melhor princesa que a Espanha já teve, e fazer isso partiu meu coração. Mas foi necessário.

"Depois, Deus me perdoe, fui seduzido por uma mulher cujo único desejo era a ambição. Ela era inebriante, uma bruxa, sedutora. Eu deveria ter percebido suas intenções, mas eu era um homem jovem, que ansiava pelo amor. Aprendi tarde a lição. Graças a Deus, salvei meus filhos dela. Ela teria matado todos nós. Precisei detê-la e encontrei coragem para isso.

"Jane Seymour foi minha escolha, a única esposa que escolhi livremente para mim, minha única esposa de verdade. Ela me deu um filho. Era como um anjo, um anjo, sabe? E Deus a tomou de volta. Não posso reclamar, porque ela me deixou um filho, e a sabedoria Dele é infinita. Com a mulher que veio de Cleves foi um casamento arranjado que aconteceu contra minha vontade, sugerido por maus conselheiros. A menina Howard..." — Ele abaixa um pouco a cabeça, o rosto enrugado com dobras de gordura. — Deus perdoe os Howard por colocarem uma prostituta em minha cama. — Ele faz uma pausa e engole em seco. — Eles me enganaram, ela os enganou, fomos todos cegados pela beleza meretrícia dela. Cate, juro, você será uma boa esposa para mim se conseguir me fazer esquecer a dor que ela me causou.

— Se estiver ao meu alcance, eu o farei — respondo rapidamente. — Por favor, não se aflija.

— Meu coração já foi despedaçado — afirma ele, com sinceridade. — Mais de uma vez. Já fui traído mais de uma vez. E já fui agraciado com o amor verdadeiro de uma boa mulher. — Henrique leva minha mão aos lábios. — Duas vezes, espero. Espero que você seja o meu segundo e último anjo. Espero que me ame como Jane me amou. Sei que eu a amo.

— Se eu puder — murmuro. Estou genuinamente emocionada com sua ternura. — Se eu puder, eu o amarei.

— Então pode me dar suas ordens — diz ele gentilmente. — Farei qualquer coisa que quiser. Basta dizer.

Confio nele. Ousarei pedir o favor que desejo.

— São meus aposentos em Hampton Court — começo. — Por favor, não pense que sou ingrata, sei que são os melhores aposentos do palácio e que Hampton Court é...

Ele dispensa minhas palavras com um aceno de mão.

— É o palácio mais belo da Inglaterra, mas não é nada para mim se você não gosta dele. Demolirei tudo se for seu desejo. O que lhe desagrada? Vou ordenar que façam suas alterações imediatamente.

São os fantasmas em todo canto, as iniciais das mulheres mortas nos revestimentos de pedra, o chão que elas pisaram.

— O cheiro — digo. — Que vem da cozinha, no andar de baixo.

— Claro! — exclama ele. — Você tem toda a razão! Eu mesmo já pensei nisso com frequência. Deveríamos reconstruí-lo, deveríamos mudá-lo. O palácio foi planejado por Wolsey. Ele cuidou muito bem de si, pode ter certeza disso. Planejou os próprios aposentos à perfeição, mas não pensou na outra ala. Nunca se importou com ninguém além de si mesmo, aquele homem. Mas eu me importo com você, minha amada. Amanhã você virá até mim e encontraremos um construtor para planejar novos aposentos para a rainha, aposentos que lhe deixem totalmente satisfeita.

Sem dúvida, este é um marido raro. Nunca conheci ninguém capaz de compreender tão rápido e que fosse tão ávido pela felicidade da esposa.

— O senhor meu marido é muito bom para mim.

— Amo seu sorriso — responde ele. — Anseio por ele. Acho que eu daria todos os tesouros da Inglaterra por esse sorriso.

— Milorde...

— Você será minha esposa e minha companheira, minha amiga e minha amante.

— Serei — digo, com sinceridade. — Prometo, meu marido, que serei.

— Preciso de uma amiga — confidencia ele. — Preciso de uma amiga mais do que nunca. A corte é como uma rinha de cães. Todos se voltam uns contra os outros, e todos querem meu assentimento e meus favores, mas não posso confiar em ninguém.

— Todos me parecem tão amigáveis...

— São todos dissimulados e mentirosos — interrompe-me ele. — Alguns são a favor da reforma religiosa e querem tornar a Inglaterra luterana, outros querem restituir o poder de Roma e botar o papa novamente no comando da nossa Igreja, e todos acham que o caminho é me enganar e me seduzir. Sabem que todo o poder está em minhas mãos. Só eu posso tomar decisões, por isso sabem que devem me persuadir.

— Certamente seria uma grande pena voltar atrás em suas reformas divinas — digo, hesitante.

— Agora está pior do que nunca. Olham além de mim: olham para Eduardo. Posso vê-los tentando calcular quanto tempo ainda tenho de vida e como podem curvar Eduardo à vontade deles e contra a minha. Se eu morrer em breve, brigarão pelo meu filho como cães por um osso. E o despedaçarão. Não o verão como o mestre deles, mas como um meio de ganhar poder. Preciso salvá-lo disso.

— Mas o senhor está bem — respondo, gentilmente. — Certamente ainda viverá muitos anos, não? Tempo o bastante para vê-lo se tornar adulto e poderoso?

— Preciso viver muitos anos. Devo isso a ele. Meu filho, meu único filho homem. A mãe morreu por ele, preciso viver por ele.

Jane Seymour de novo. Assinto com a cabeça, solidária, e não digo nada.

— Você vai protegê-lo comigo — decreta o rei. — Será como uma mãe para ele, ocupará o lugar da mãe que ele perdeu. Posso confiar em você como esposa como não confio em nenhum conselheiro. Só você é minha companheira. Você é meu segundo eu. Somos um. Você conservará meu poder e meu filho: ninguém mais é capaz de amá-lo e protegê-lo. E, se entrarmos em guerra contra a França, e eu acompanhar o exército, você assumirá a regência e será protetora dele.

Esse é um ato de máxima confiança, uma prova de amor acima de qualquer outra que eu pudesse esperar. É muito mais do que eu teria sonhado, melhor do que pássaros e joias, melhor do que novos aposentos. Esta é a chance de ser uma rainha de fato. Por um instante, sinto uma grande ambição, mas, em seguida, vem o medo.

— O senhor me tornaria regente?

A única mulher a ser regente na ausência do rei foi Catarina de Aragão, uma princesa que foi criada para governar um reino. Se eu fosse a próxima a assumir a regência, ficaria acima de qualquer outra pessoa. E, como regente da Inglaterra e protetora do herdeiro, seria esperado de mim que eu conduzisse o povo e a Igreja no caminho de Deus. Teria de me tornar defensora da fé, como o rei nomeou a si próprio. Teria de apadrinhar a fé do povo. Teria de aprender a sabedoria necessária para conduzir a Igreja na direção da verdade. Estou sem fôlego diante dessa possibilidade.

— Milorde, eu ficaria tão orgulhosa, eu trabalharia com tanto afinco... Não o decepcionaria. Não decepcionaria o país. Não sei o suficiente, não tenho entendimento suficiente, mas vou estudar, vou aprender.

— Eu sei. Sei que será uma esposa dedicada. E confio em você. Ouço de todos que você era amiga e companheira de lorde Latimer, que cuidou dos filhos dele como se fossem seus, que salvou o castelo dele dos infiéis. Fará o mesmo por mim e pelos meus. Você está acima das facções, está acima de tomar partido. — Ele sorri. — Será "útil em tudo que faz". Fiquei tão comovido quando me disseram que esse era seu lema. Porque quero que você seja útil e que tenha prazer também em tudo que faz, minha querida. Quero que seja feliz, mais feliz do que já foi em toda sua vida.

Ele segura minhas mãos e beija uma, depois a outra.

— Você virá a me amar e me entender — prediz ele. — Sei que diria que já me ama, mas isso seria apenas para lisonjear um velho tolo. Ainda é cedo para nós, estamos em lua de mel. Você precisa falar de amor, eu sei disso. Mas virá a me amar de coração, mesmo quando estiver sozinha e ninguém a estiver observando. Sei disso. Você tem o coração generoso e a mente aguçada, e quero ambos devotados a mim. Quero ambos devotados a mim e à Inglaterra. Você me verá trabalhando, nas horas de lazer, na cama, à mesa e em oração, e vai entender o homem que sou e o rei que sou. Verá minha grandeza, meus defeitos e minhas fragilidades. Vai se apaixonar por mim. Espero que se apaixone por mim completamente.

Dou uma risadinha nervosa, mas ele está inteiramente convencido disso. Tem certeza de que é irresistível e, diante de sua determinação sorridente, penso que talvez esteja certo. Talvez eu aprenda com ele e venha a amá-lo. Ele é muito persuasivo. Quero acreditar nele. Foi a vontade de Deus que nos casássemos, não há dúvida disso. Talvez seja a vontade de Deus que eu venha a amar meu marido, como é o dever de toda esposa. E quem não amaria um homem que confia à esposa seu reino? Seus filhos? Que põe tesouros a seus pés? Que oferece seu amor com tanta doçura?

— Você nunca precisará mentir para mim — afirma ele. — Não haverá nada além de honestidade entre nós. Não preciso que você diga que me ama agora. Não quero promessas prematuras, palavras fáceis. Neste momento só preciso saber que você se importa comigo, que está feliz por ser minha esposa e que acredita que pode vir a me amar no futuro. Sei que vai me amar.

— Vou — respondo. Eu não poderia imaginar que ele seria um marido assim. Nunca sonhei com isso. Nunca tive um marido que se importasse comigo. É uma sensação extraordinária ter a devoção de um homem poderoso. É extraordinário sentir essa força de vontade tremenda, essa concentração ardente dedicada a mim. — E o amor crescerá, milorde.

— O amor crescerá, Henrique — corrige-me ele.

Beijo-o sem que ele peça.

— O amor crescerá, Henrique — repito.

Sei que preciso entender mais sobre as mudanças que meu marido instaurou na Igreja da Inglaterra. Peço tanto a Thomas Cranmer quanto a Stephen Gardiner que recomendem pregadores que possam vir a meus aposentos e explicar suas opiniões para mim e minhas damas. Ao ouvir ambos os lados do debate — os reformistas e os tradicionalistas —, espero compreender a causa que divide a corte e o país, e o caminho cuidadoso que Henrique tão brilhantemente trilhou entre os dois.

Toda tarde, enquanto bordamos, um dos padres da capela real ou um pregador de Londres vem a meus aposentos ler a Bíblia para nós em inglês e faz um sermão para explicar o texto. Para minha surpresa, essa tarefa que assumi como um dever se torna minha parte preferida do dia. Percebo que sou uma erudita nata. Sempre adorei ler e, pela primeira vez na vida, tenho tempo para isso e posso estudar com os melhores pensadores do reino. Sinto um prazer quase sensual no trabalho deles. Eles escolhem um trecho da Bíblia — a Grande Bíblia, que o rei ordenou que fosse traduzida para o inglês, de modo que qualquer um possa estudá-la — e o escrutinam palavra por palavra. É como ler poesia, como estudar os filósofos. As nuances de significado que surgem e se dissipam na tradução, na justaposição de uma palavra com a outra, me fascinam, além da maneira como a verdade de Deus transcende as interpretações e se faz clara como a luz do sol ao sair de trás das nuvens.

Minhas damas, todas atraídas pela reforma da Igreja, têm o hábito de consultar a Bíblia diretamente em vez de procurar os padres em busca de aprendizado, e formamos um pequeno grupo de mulheres eruditas, fazendo perguntas aos pregadores visitantes e oferecendo nossas próprias sugestões. O arcebispo Cranmer nos aconselha a tomar nota de nossas discussões, para podermos dividi-las com instituições de ensino e outros teólogos. Sinto-me extremamente lisonjeada por ele considerar nossos estudos dignos de ser lidos por outras pessoas, mas ele me convence de que fazemos parte de um corpo de pensadores, de que devemos compartilhar o que estudamos. Uma vez que acho os sermões tão elucidativos, será que outras pessoas também os acharão?

Tudo deve ser analisado, tudo deve ser considerado. Até a tradução da Bíblia é uma grande controvérsia. O rei deu ao povo a Bíblia em inglês, dispondo um volume traduzido em cada paróquia do país. Mas, como argumentam os tradicionalistas, as pessoas não a leem com reverência: discutem apenas trechos e significados. O que deveria ter sido uma dádiva do rei ao povo, que deveria ser grato por recebê-la, tornou-se uma fonte de desavenças, e por isso o rei recolheu as bíblias. Agora só os nobres podem lê-las.

Não consigo deixar de pensar que isso está errado. "No princípio era a Palavra, e a Palavra estava com Deus, e a palavra era Deus": não é o trabalho da Igreja levar a Palavra ao povo? Não é o trabalho da Igreja trazer ao povo não imagens, vitrais, velas e mantos, mas antes de tudo a Palavra?

Lady Maria com frequência vem aos meus aposentos para ouvir o sermão diário. Às vezes, eu sei, teme que os padres se desviem demais dos ensinamentos da Igreja, mas seu amor pelos idiomas e sua devoção à Bíblia a fazem voltar sempre, e às vezes ela oferece sua própria tradução de uma frase ou desafia a versão do pregador. Admiro sua erudição. Ela teve os melhores professores, e sua compreensão do latim e a sutileza de suas traduções são maravilhosas. Se não tivesse sido silenciada pelo medo, acho que poderia ter se tornado poeta. Ela ri quando comento isso um dia e diz que somos tão parecidas que deveríamos ser irmãs em vez de madrasta e enteada: ambas somos mulheres que adoram roupas elegantes e palavras bonitas.

— É quase como se fossem a mesma coisa! — confessa ela. — Encontro tanto prazer no bordado quanto na poesia. Acho que deve haver beleza nas palavras da Igreja e também em suas pinturas, por isso o pequeno genuflexório do meu quarto deve ser belo também, com um crucifixo dourado e um ostensório de cristal. Mas então acho que estou me deixando dominar pela vaidade. Não posso negar. Meus livros são encadernados com couro de qualidade e pedras preciosas, e coleciono manuscritos com iluminuras e livros de oração. Por que não, se é pela glória de Deus e pelo deleite de nossos olhos?

Solto uma risada.

— Sim! Sim! Tenho medo de que meu amor pelo estudo seja o pecado do orgulho. Acho bastante empolgante entender as coisas, como se ler fosse uma jornada de descobertas. Quero saber mais e mais, e agora quero fazer traduções e até mesmo compor preces.

— E por que não deveria fazer isso? — pergunta ela. — Se a senhora tem orgulho de ler a Palavra de Deus, esse deve ser um pecado insignificante. É mais virtude do estudo do que orgulho da erudição.

— É uma alegria que nunca achei que eu teria.

— Se a senhora lê, já está na metade do caminho para escrever. Porque ama palavras e tem prazer de vê-las em uma folha. E, se a senhora for escritora, sentirá desejo por escrever. É uma dádiva que exige ser compartilhada. Não se pode ser uma cantora em silêncio. A senhora não é um anacoreta, uma santa solitária: é uma pregadora.

— Mesmo sendo mulher e esposa?

— Mesmo assim.

Conhecerei meu enteado, o príncipe de Gales, filho da rainha Jane. Ele virá de seu palácio em Ashridge, onde vive a uma distância segura das pestes e doenças da cidade. Pelas janelas que dão para o rio e os jardins, vejo a barcaça real se aproximando, as fileiras de remos entrando e saindo da água. Vejo-os manobrarem para reduzir a velocidade da embarcação e direcioná-la com digna suavidade até o cais. Os remadores jogam as cordas e atracam-na enquanto as armas ecoam para saudar o príncipe. A prancha de desembarque ricamente entalhada é estendida, e os homens formam uma guarda de honra com os remos verdes e brancos erguidos. Metade da corte já se encontra às margens do rio para receber o príncipe. Vejo o cabelo escuro de Edward Seymour, Anthony Denny a seu lado, e Thomas Howard tentando chegar à frente. É quase como se eles brigassem para ser os primeiros a saudar o filho de Henrique. Esses são os homens que querem ser favorecidos por ele, cujo poder advirá apenas dele, cujo futuro depende dele. Se meu marido morrer e esse menino se tornar rei ainda criança, um deles governará como seu regente, seu protetor. Talvez recaia sobre mim a responsabilidade de defendê-lo de todos, de criá-lo como o pai o teria criado e mantê-lo no caminho da verdadeira religião.

Viro-me para minhas damas, deixando-as ajustar meu capelo, arrumar os colares em meu pescoço e estender a bainha do meu vestido. Estou usando um vestido novo, vermelho, o imenso anel de rubi do rei ajustado para caber em meu dedo, os rubis da rainha Ana pesados e frios em meu pescoço. Com minhas damas atrás de mim e Rig, meu cachorrinho spaniel, ao meu lado com sua coleira de couro vermelho e argolas de prata, caminhamos rumo à câmara de audiências do rei, atravessando o burburinho da multidão de pessoas que vieram testemunhar o encontro.

Sua Majestade já está ali, sentado sob o baldaquino dourado, a perna apoiada no escabelo. Sua expressão é sombria; ele está de mau humor. Deduzo que está sentindo dor e faço uma reverência antes de tomar meu assento a seu lado, sem dizer nada. Aprendi que é melhor permanecer em silêncio quando ele não está se sentindo bem: qualquer palavra o enfurece. Ele não consegue ouvir nenhuma menção à sua fraqueza, mas não suporta que seu sofrimento seja ignorado. É impossível dizer a coisa certa, impossível dizer o que quer que seja. Não sinto nada a não ser pena dele, enfrentando a decadência e o colapso de seu corpo com tamanha coragem. Qualquer outra pessoa que sentisse tanta dor estaria enlouquecida de raiva.

— Ótimo. — É tudo que ele diz quando me sento a seu lado, e vejo que, apesar do mau humor, ele não está irritado comigo.

Viro o rosto para lhe dirigir um sorriso silencioso, e trocamos um breve olhar de mútua compreensão.

— Você estava vendo tudo da janela? — pergunta ele. — Os chacais já estavam cercando o jovem leão?

Assinto com a cabeça.

— Estavam. Por isso vim até o grande leão — respondo. — Sou fiel ao maior leão que há.

Henrique solta um grunhido de divertimento.

— O velho leão ainda tem dentes e garras. Você vai ver que sei arrancar sangue. Vai ver que sei dilacerar uma garganta.

As portas duplas se abrem, o arauto anuncia "Eduardo, príncipe de Gales", e o menininho de apenas 5 anos entra na câmara com metade da corte avançando, bajuladora, em seu encalço. Eu quase soltei uma gargalhada. São tantos ombros curvados, tantas cabeças baixas... Todos estão tentando se curvar para sorrir para o menininho, inclinar-se na direção dele para ouvir qualquer coisa que ele diga. Quando acompanham o rei, os cortesãos seguem no ritmo dele, a cabeça erguida e as costas eretas, peito estufado, ajustando-se ao caminhar claudicante de Henrique. Mas, para seguir o príncipe de Gales, inventaram uma nova maneira de andar. Como são idiotas, penso comigo mesma, e então olho de relance para meu marido e vejo seu sorriso sarcástico.

O príncipe Eduardo se detém diante dos tronos e faz uma reverência. O rosto pálido está voltado para o rei com a expressão fascinada de um filho que idolatra como herói um pai distante; o lábio inferior trêmulo. Com uma vozinha aguda, ele faz um rápido discurso em latim que presumo exprimir sua honra e prazer de vir à corte. O rei responde brevemente na mesma língua. Consigo captar algumas palavras, mas não faço ideia do que Henrique está dizendo. Imagino que tenham preparado o discurso para ele, que já não tem muita paciência para a erudição. Então Eduardo se vira para mim e fala em francês, língua palaciana mais apropriada a uma mulher sem muito estudo.

Assim como fiz com Elizabeth, levanto-me e me dirijo até ele, mas ele parece nervoso quando me aproximo, e isso me deixa cautelosa. Ele faz uma reverência; eu a retribuo, estendo a mão, e ele a beija. Não ouso abraçá-lo como abracei Elizabeth. Não posso envolvê-lo em meus braços. Ele é só um menininho, mas é uma criatura singular, raro como um unicórnio, avistado apenas nas ilustrações das tapeçarias. Este é o único príncipe Tudor no mundo inteiro. Depois de uma vida de casamentos e cópulas, é o único filho homem de Henrique.

— Tenho muito prazer em conhecê-lo, Vossa Alteza — digo a ele. — E estou ansiosa para conhecê-lo melhor e amá-lo como devo.

— É uma honra para mim também — responde ele cuidadosamente. Imagino que lhe ensinaram todas as respostas possíveis. Este é um menino cuja fala foi ditada desde as primeiras palavras que aprendeu. Sua primeira palavra não foi "mamãe": devem ter lhe ensinado a dizer outra coisa. — Será um conforto e uma alegria para mim tê-la como mãe.

— E vou aprender latim — digo.

Ninguém poderia tê-lo preparado para essa promessa inusitada, e vejo a reação entusiasmada de um menino normal.

— A senhora vai achar bem difícil — avisa-me ele em inglês, e por um instante vejo a criança que ele é debaixo da carapaça do príncipe que precisa ser.

— Vou contratar um professor — respondo. — Adoro estudar e aprender. A vida inteira eu quis ter uma boa educação. Agora posso começar. E depois vou poder escrever a Vossa Alteza em latim, e poderá me corrigir.

Ele faz uma pequena reverência desajeitada.

— Ficarei honrado em fazê-lo — diz, e ergue os olhos temerosamente para ver se o pai aprova.

Mas Henrique, o rei, perdido em pensamentos e dominado pela dor, não sorri para o jovem filho.

— Pois bem — é tudo que diz, com má vontade.

Manor of the More, Hertfordshire, verão de 1543

A peste está piorando em Londres; será um ano de muitas mortes. Centenas de pessoas estão perecendo nas ruas imundas enquanto nos afastamos cada vez mais da cidade, em direção ao norte, caçando e nos banqueteando. Guardas ficam de sentinela na estrada que vem de Londres para impedir que qualquer indivíduo acompanhe a corte, e os portões de todos os palácios são trancados assim que entramos.

Em minha casa, no Castelo de Snape, houve um ano de peste em que eu ordenei o tratamento das pessoas doentes da aldeia, enviei tisanas e ervas para impedir a disseminação da doença e paguei pelo sepultamento dos indigentes. Ordenei que as crianças órfãs fossem trazidas à cozinha do castelo para comer e proibi a visita de viajantes. É estranho para mim, agora que sou rainha da Inglaterra e o povo é meu povo, agir como se não me importasse com nenhum deles, e eles não podem sequer implorar por comida à porta da cozinha.

O rei ordena uma Rogação, um dia de procissões e preces. Todos devem pedir a ajuda de Deus para salvar a Inglaterra neste momento de necessidade. Deverão ser feitas peregrinações por todo o reino e cerimônias em todas as igrejas. O dia é anunciado de todos os púlpitos, e todas as congregações devem marchar em procissão pela área atendida por suas paróquias, rezando e cantando salmos. Se todas as paróquias da Inglaterra rezarem pelo povo da Inglaterra, a peste nos deixará. Mas, em vez de ser uma efusão de fé e esperança, a ocasião é um fracasso completo. Quase ninguém comparece, e ninguém dá esmolas.

Não é como costumava ser. Não há monges nem coros para conduzir as procissões, ninguém tem relíquias divinas para ostentar, os sagrados relicários de ouro e prata foram apreendidos e derretidos, as abadias e os monastérios estão todos fechados, seus hospitais também. Em vez de uma demonstração da fé nacional, tudo que a ocasião mostra é que ninguém mais se importa.

— O povo não quer rezar pelo próprio país? — pergunta Henrique ao bispo de Winchester, Stephen Gardiner, como se fosse tudo culpa dele. Estamos na barcaça real, tomando o ar fresco do rio, quando o bispo Gardiner comenta que teria de andar sobre as águas para convencer o povo de Watford a rezar. — Eles enlouqueceram? Pensam que vão conseguir a vida eterna barganhando por ela?

O bispo dá de ombros.

— As pessoas perderam a fé — responde. — Agora só querem questionar a Bíblia. Antigamente eu faria com que cantassem os velhos salmos, seguissem os rituais e deixassem as interpretações para seus superiores. Depois que tiramos a Bíblia inglesa das igrejas, achei que eles rezariam com as palavras que lhes ensinamos.

— São exatamente essas palavras que não dizem nada para eles — discorda Thomas Cranmer. — As pessoas não sabem o que elas significam. Não sabem ler latim. Às vezes, nem conseguem ouvir o padre. Não querem mais rituais vazios. Não querem caminhar cantando um hino que não entendem. Se pudessem rezar em inglês, rezariam. Vossa Majestade deu ao povo a Bíblia inglesa e a recolheu. Devolva a Bíblia às pessoas, permita que tenham um motivo para a própria fé. Façamos mais que isso! Vamos dar a elas a liturgia também em inglês.

O rei se mantém em silêncio e olha de relance para mim para indicar que posso falar.

— O senhor acha que as pessoas não gostam mais das orações em latim? — pergunto ao arcebispo Cranmer. — O senhor realmente acha que elas seriam devotas se tivessem permissão para rezar em sua própria língua?

— A língua das costureiras — observa o bispo Gardiner em voz baixa para Henrique. — Então todo servo poderá escrever sua própria Ave-Maria? Todo varredor de rua poderá compor suas próprias preces?

— Remem mais rápido — ordena Henrique aos remadores, mal prestando atenção à conversa. — Levem-nos para o meio do rio, para pegarmos a correnteza.

O capitão da barcaça acelera a batida do tambor que marca o ritmo dos remadores, e o timoneiro nos conduz ao meio do rio, onde há uma brisa fresca.

— Ninguém da cidade pode entrar em nosso palácio — diz Henrique para mim. — As pessoas podem acenar da margem, podem prestar homenagens, mas não podem subir a bordo. Não quero as pessoas perto de mim. Ninguém da cidade pode sequer se aproximar do jardim. Elas trazem doenças. Não posso arriscar.

— Não, não, com certeza — tranquilizo-o. — Meu séquito sabe disso tanto quanto o seu, milorde. Eu falei com eles. Ninguém sequer aceitará encomendas de Londres.

— Nem mesmo livros — diz ele, desconfiado. — E não quero visitas de pregadores ou eruditos, Cate. Ninguém que venha das igrejas da cidade. Não quero.

— Todos têm doenças — afirma Gardiner. — Todos esses pregadores luteranos hereges estão cheios de doenças, e metade deles padece de loucura. Essa gente vem da Alemanha e da Suíça, enferma e louca.

A expressão que volto para Henrique, sentado no trono em posição mais elevada, é inteiramente serena.

— Claro, milorde — respondo, embora esteja mentindo. Assim como prometi ao príncipe Eduardo, estou agora estudando latim com um erudito de Cambridge e recebo livros das oficinas de impressão de Londres. Alguns também vêm da Alemanha protestante, das chamadas oficinas de impressão hereges, que publicam livros de estudos e teologia em Flandres. A cristandade está mais viva do que nunca, com estudos e novos pensamentos sobre a Bíblia, sobre o formato que as cerimônias devem assumir, até mesmo a respeito da natureza da missa. O próprio rei, quando era mais jovem, participou dessas discussões e produziu alguns escritos. Agora, sob a influência dos Howard e de Stephen Gardiner, decepcionado com a reação do país às mudanças que implementou, com medo dos movimentos entusiasmados que se espalham pela Europa, não quer discutir nem dar prosseguimento à reforma.

Quando o Norte se sublevou contra ele, exigindo que as abadias fossem reabertas, que os chantres voltassem a cantar pela alma dos mortos, que os antigos lordes retomassem seu poder e a dinastia Plantageneta fosse honrada, o rei decidiu que não queria mais qualquer discussão: nem sobre seu governo, nem sobre sua igreja, nem sobre seus herdeiros. O rei detesta o livre-pensamento tanto quanto detesta doença, e agora afirma que livros trazem ambos.

— Com certeza, Vossa Majestade não tem nenhum interesse em livros impressos em Londres ou em pregadores itinerantes — sugere Stephen Gardiner. — Por que uma dama tão perfeita iria querer estudar como um escrevente qualquer?

— Para poder conversar com Sua Majestade, o rei — respondo simplesmente. — Para poder escrever em latim ao filho dele, o príncipe. Para que um rei tão erudito não tenha uma esposa tola.

Will Somers, sentado na beira da barcaça, as pernas compridas balançando sobre a água, vira-se ao ouvir isso.

— O único tolo aqui sou eu! — trata de nos lembrar. — E não posso admitir uma mulher tola e amadora em minha guilda. Imagine o quão grande ela seria?

O rei sorri.

— Você não é tola, Catarina, e pode ler o que quiser, mas não quero encomendas nem visitas de Londres enquanto a cidade não estiver livre dessas doenças.

Inclino a cabeça.

— Claro.

— Espero que Vossa Majestade, a rainha, não esteja lendo livros cheios de tolices — diz Stephen Gardiner com desprezo.

Sinto raiva do tom condescendente.

— Ah, espero que não — respondo com falsa doçura. — Pois são os seus sermões que tenho lido, milorde.

— Faço isso para proteger você, assim como o restante da corte — salienta Henrique.

— Eu sei disso, e fico grata pelo senhor cuidar de todos nós — afirmo, e é verdade. Ele toma precauções contra doenças como se elas fossem nosso pior inimigo. Ele me resguardará. Ninguém nunca pensou em minha saúde antes. Ninguém nunca pensou em meios de me manter em segurança. Até eu me casar com Henrique, nunca houve alguém que se importasse o suficiente comigo para me proteger.

Ouvimos os músicos, que nos acompanham em sua barcaça atrás da nossa. Estão tocando uma bela canção.

— Está ouvindo isso? — pergunta o rei, marcando o ritmo com batidinhas no trono. — Fui eu que compus.

— É lindo — digo. — Muito hábil de sua parte, milorde.

— Talvez eu venha a compor mais músicas — diz ele. — Acho que você me inspirou. Vou compor uma pequena canção para você. — Ele faz uma pausa, ouvindo sua própria melodia com admiração. — Enfim, é melhor que não venha ninguém de Londres — continua. — É agradável não ter muito trabalho no verão. As pessoas nunca param de fazer pedidos e solicitações, de insistir em que eu favoreça um em detrimento de outro, que suprima um imposto ou pague uma gratificação. Eu fico cansado deles. Estou farto de todos eles.

Assinto com a cabeça, como se eu achasse que o fardo de mostrar um favoritismo volúvel fosse muito pesado.

— Você vai me ajudar — diz ele. — Quando reabrirmos a corte e começarem a vir todas as solicitações. Você vai lê-las e julgá-las comigo. Vou confiar em você; você se sentará a meu lado e será minha única conselheira.

— Então há mesmo dois tolos aqui, no fim das contas — comenta Will.
— Eu, um tolo experiente e versado bobo da corte, e um homem tolo de amor.

Henrique ri.

— É como você diz, Will — concorda o rei. — Fiquei tolo de amor.

Castelo de Ampthill, Bedfordshire, outono de 1543

A discussão na barcaça entre os bispos — Stephen Gardiner, que deseja a restauração da velha igreja, e Thomas Cranmer, que acredita na reforma — ganha proporções ainda maiores quando estamos hospedados no Castelo de Ampthill, antigo lar de Catarina de Aragão. Uma semana de nevoeiro e frio nos força a permanecer dentro do castelo: as folhas das árvores gotejam o dia inteiro, o chão está encharcado, as estradas, cobertas de lama. O rei é acometido por uma febre que o deixa com o nariz escorrendo e os ossos doloridos, e não pode sair. Preso dentro do castelo, com os cortesãos a todo instante tentando persuadi-lo, ele finalmente concorda que os reformistas foram longe demais, tornando-se hereges, e autoriza uma onda de prisões que vão de Londres à própria corte. As heresias, uma a uma, conduzem a Thomas Cranmer, e mais uma vez o Conselho Privado sente o cheiro de vitória e o chama para um inquérito.

— Eles tinham certeza de que, dessa vez, era o fim dele — sussurra Nan para mim enquanto estamos ajoelhadas nos degraus do presbitério da pequena capela, o rei sentado nos fundos diante de uma escrivaninha, cercado de conselheiros, assinando papéis, enquanto o padre, oculto atrás de uma divisória de madeira, murmura a liturgia da missa. — Ele entrou na sala como Tomás More, esperando o martírio.

— Não! — cochicha Catherine Brandon, do meu outro lado. — Ele sabia que não corria perigo. Tudo não passava de um jogo.

— O próprio rei disse que foi um teatro — afirma Anne Seymour, do outro lado de Nan, inclinando-se para a frente para falar comigo. — Disse que foi uma peça chamada *O bispo domado*.

— O que ele quis dizer com isso?

— O rei deixou que Stephen Gardiner prendesse Thomas Cranmer. Mas Sua Majestade já havia avisado Cranmer meses antes de que os inimigos do arcebispo tinham provas contra ele. Chamou-o de "o maior herege de Kent" e riu ao dizer isso. O Conselho Privado convocou Cranmer achando que ele estaria tremendo de medo. Convocaram-no para acusá-lo e levá-lo para a Torre. Os guardas já estavam a postos, a barcaça já estava esperando-o. Stephen Gardiner e o duque de Norfolk, Thomas Howard, pareciam triunfantes. Achavam que iriam calá-lo e que deteriam a reforma para sempre.

— Gardiner nem o convocou de imediato. Fez Cranmer ficar esperando. Não teve pressa — explica Catherine Brandon.

— Estava saboreando o momento — concorda Anne. — Mas, quando estavam prestes a prendê-lo e a arrancar a mitra de sua cabeça, Thomas Cranmer mostrou-lhes um anel, o anel do próprio rei, e disse que tinha a amizade e a confiança de Sua Majestade, e que haverá uma nova investigação de heresia: agora *ele*, Cranmer, os investigará. E que fará acusações.

Estou perplexa.

— Ele saiu vitorioso? De novo? E tudo mudou de uma hora para outra?

— Em um piscar de olhos — diz Nan. — É assim que o rei mantém seu poder, ano após ano.

— Então o que acontecerá agora? — pergunto.

— Stephen Gardiner e Thomas Howard terão de engolir o orgulho e pedir perdão ao arcebispo e ao rei. Caíram em desgraça.

Balanço a cabeça, aturdida. É como um conto de fadas cheio de reviravoltas e triunfos.

— E Thomas Cranmer vai investigar todas as pessoas que o prenderiam e o executariam. Se houver cartas que revelem traição ou heresia, essas pessoas irão para a Torre e esperarão pelo cadafalso no lugar dele.

— E agora estamos em ascensão — diz Nan alegremente. — E a reforma vai prosseguir. Devolveremos a Bíblia às igrejas, teremos permissão para ler livros sobre a reforma, daremos a Palavra de Deus ao povo, e os cães de Roma que voltem ao inferno.

O rei está planejando um grande banquete de Natal.

— Todos virão — brada vigorosamente. A dor em sua perna melhorou, a ferida ainda está aberta, mas já não solta tanto pus. Acho que está cheirando menos. Disfarço o fedor com sachês perfumados e especiarias em meus aposentos, até mesmo na cama, e o aroma de rosas se sobrepõe ao odor mórbido de decomposição. O verão de viagens e cavalgadas deixou o rei mais descansado; Henrique caça todos os dias, o dia inteiro, mesmo que fique apenas de tocaia enquanto os cortesãos conduzem os animais até ele. Fazemos refeições mais leves, diferentes dos banquetes no grande salão com vinte e trinta pratos duas vezes por dia. Ele está até bebendo menos vinho.

— Todo mundo, cada embaixador da cristandade, virá a Hampton Court — anuncia o rei. — Todos querem ver minha linda nova esposa.

Sorrio e meneio a cabeça.

— Assim ficarei tímida — digo. — Não gosto de sentir os olhares de todos em mim.

— Mas precisa tolerá-los — responde ele. — Melhor ainda: precisa aprender a gostar deles. Você é a mulher mais importante do reino: aprenda a encontrar prazer nisso. Há muitas mulheres que tomariam seu lugar, se pudessem.

— Ah, não sou tão tímida a ponto de querer abrir mão de minha posição — confesso.

— Ótimo — responde, pegando minha mão e beijando-a. — Porque não estou disposto a permitir que isso aconteça. Não quero nenhuma nova beldade tomando seu lugar. — O rei solta uma risada. — Ficam exibindo garotas papistas para mim, sabia? O verão todo, durante a viagem, eles me apresentavam suas belas filhas com crucifixo no pescoço, rosário no cinto e missais em latim nos bolsos. Você não percebeu isso?

Tento me lembrar. Agora que ele menciona o assunto, acho mesmo que houve muitas jovens notavelmente devotas entre as que conhecemos na viagem. Dou uma risadinha.

— Senhor meu marido, isso é...

— Ridículo — completa ele. — Mas acham que sou velho e incansável. Acham que sou impulsivo, que vou trocar de esposa e fazer mudanças na Igreja de manhã e à noite mudar tudo outra vez. Mas você sabe... — Ele beija minha mão novamente. — Você, mais do que qualquer outra pessoa, sabe que sou fiel a você e à Igreja que estou construindo.

— O senhor manterá suas reformas — deduzo.

— Farei o que acho que é certo. Receberemos sua família na corte para o Natal. Você deve estar feliz com o fato de que vou honrá-los, não? Vou dar a seu tio um título, ele se tornará lorde Parr, e farei de seu irmão conde.

— Sinto-me muito grata, milorde. E sei que eles lhe servirão com lealdade em suas novas posições. Ficarei feliz de vê-los na corte. Querido marido, será que as crianças também poderiam vir para o Natal?

Ele fica surpreso com a sugestão.

— Meus filhos?

— Sim, milorde.

— Eles geralmente permanecem em suas casas — responde ele, hesitante. — Sempre comemoram o Natal com seu próprio séquito.

Will Somers, que está ao lado do rei, quebra duas nozes com as mãos, separa as cascas e oferece o fruto a seu mestre.

— Quem é o séquito deles senão nós? — pergunta. — Meu rei, meu rei! Está vendo o que uma boa mulher fará com o senhor? O casamento aconteceu faz apenas cinco meses, e ela já está lhe dando três filhos! É a esposa mais fértil de todas! É como ter uma coelha!

Dou uma risada.

— Apenas se Vossa Majestade quiser.

A papada de Henrique treme de emoção, seu rosto fica ruborizado, os olhos se enchem de lágrimas.

— Claro que quero, e Will tem razão. Você é uma boa mulher e está trazendo meus filhos para casa, para junto de mim. Você nos tornará uma família da Inglaterra, uma família de verdade. Todos irão ver-nos juntos: o pai e o filho que lhe sucederá. E passarei o Natal com meus filhos. Nunca fiz isso antes.

Palácio de Hampton Court, Natal de 1543

Os remos da barcaça real, envoltos na névoa densa e fria que cobre o rio, entram e saem da água em ritmo preciso. A embarcação avança a cada remada e quase para antes de o próximo movimento fazê-la seguir em frente de novo, como se respirasse em um rio de água viva. Carquejas e frangos-d'água se afastam apressadamente à nossa aproximação, erguendo-se da água com um agitar de asas e as pernas compridas molhadas. Uma garça surge dos juncos da margem, batendo devagar as asas imensas. No céu, as gaivotas grasnam. Chegar a Hampton Court na barcaça real, com o brilhante sol de inverno atravessando as camadas de névoa fria, é testemunhar o surgimento de um palácio mágico, como se ele também flutuasse na água gelada.

Aninho-me às peles grossas. Visto reluzentes zibelinas negras, vindas do guarda-roupa do Castelo de Baynard, que é minha casa em Londres. Sei que as peles eram de minha antecessora, Catarina Howard. Não preciso perguntar: já conheço bem sua fragrância, um memorável odor almiscarado; ela deve ter encharcado tudo com seu perfume. No instante em que me trazem um vestido novo, posso sentir o cheiro dela; ela parece assombrar meu olfato como assombra minha vida. Não consigo deixar de pensar que ela estava tentando disfarçar o fedor da perna podre dele, da mesma forma que eu faço com o óleo de rosas. Pelo menos recuso-me a usar os sapatos dela. Trouxeram-me um par de saltos dourados e pontas de veludo, do tamanho do pé de uma criança. Ela devia parecer uma menininha ao lado de meu marido, mais de trinta anos mais jovem do que ele. Devia parecer sua neta quando dançava com os rapazes da corte e passava os olhos pelos escudeiros, procurando seu jovem amante. Uso seus vestidos, que são tão lindos e ricamente bordados, mas não caminharei com os sapatos dela. Encomendo novos pares, dezenas, centenas. Rezo para não sonhar com ela enquanto sigo seus passos em direção a Hampton Court, usando suas peles — objetos dela e de todas as outras que a antecederam. Estou na barcaça de Catarina de Aragão. Envolvo-me nas zibelinas de Kitty Howard e imagino que o vento gelado que sopra do rio vai afastar sua presença, afastar todos os fantasmas, e logo as peles dela, tão macias e luxuosas, serão minhas peles e, ao contato constante com meu pescoço e meus ombros, ficarão impregnadas por meu perfume de flor de laranjeira e rosas.

— Não é lindo? — pergunta Nan, contemplando o palácio, que reluz ao sol da manhã. — Não é o melhor de todos?

Todas as muitas casas de Henrique são lugares maravilhosos. Este palácio, ele o tomou do cardeal Thomas Wolsey, que o construiu com tijolos vermelho-claros, altas chaminés ornamentais, amplos pátios e jardins lindamente planejados. As mudanças que Henrique me prometeu foram feitas, e agora há uma nova ala para a rainha com vista para os jardins e longe da cozinha. Estes serão meus aposentos; nenhum fantasma pisará nas tábuas recém-enceradas do chão. Há um largo cais de pedra ao longo da margem do rio, e, quando a barcaça e todas as demais embarcações que nos acompanham surgem à vista, desfraldam-se os estandartes e soa o grande rugido de uma rajada de canhões para dar ao rei as boas-vindas a seu lar.

Levo um susto com o barulho, e Nan solta uma risada.

— Você precisava ver o dia em que trouxemos Ana de Cleves de Londres — comenta. — Tinham várias barcaças no rio disparando rajadas de canhão, e o céu ficou iluminado pelos fogos de artifício.

A barcaça se aproxima com suavidade do cais de pedra, e os remadores recolhem os remos. Ouve-se outra rajada de artilharia, e a prancha de desembarque é estendida. Os soldados da guarda, usando seus uniformes verdes e brancos, descem a passos pesados as escadas de pedra para se enfileirar ao longo do cais. Os trombeteiros soam seus instrumentos, e todos os servos se postam diante do palácio, rígidos, as cabeças descobertas no ar de inverno. O rei, que vinha na popa, debaixo de um toldo, apoiando a perna em um escabelo bordado, levanta-se e sai primeiro, apoiado em um homem de cada lado para ajudá-lo a se equilibrar no convés oscilante. Eu o sigo, e, quando ele já está firme em seus pés sobre as lajes de mármore branco do cais, vira-se para mim e segura minha mão. Os trombeteiros tocam um hino, os servos mantêm a cabeça baixa, e as pessoas que são mantidas afastadas do cais gritam o nome de Henrique — e o meu. Percebo que nosso casamento é bem-visto não apenas em nossa corte e nas cortes estrangeiras como também aqui no campo. Quem poderia acreditar que o rei se casaria de novo? Mais uma vez? Quem poderia acreditar que ele escolheria uma bela viúva e daria a ela riqueza e felicidade? Quem poderia acreditar que ele escolheria uma inglesa, uma mulher do campo, uma mulher do desprezado e temido norte da Inglaterra, e a colocaria no coração da inteligente corte sulista, e que ela brilharia mais do que todos? As pessoas gritam meu nome, acenam documentos que querem que eu veja, solicitações que desejam que eu acate, e eu sorrio e retribuo os acenos. Meu lorde-intendente se aproxima da multidão e pega as cartas para que eu as leia mais tarde.

— Que bom que você está com boa aparência — comenta Henrique quando caminhamos devagar pelas portas abertas. Ele faz uma careta de dor a cada passo. — Não basta ser rainha, é preciso parecer uma. Quando as pessoas vêm nos ver, querem ver um casal que paire muito acima delas, mais grandioso do que qualquer coisa com que já sonharam. Querem ser maravilhadas. A visão do rei e da rainha deve ser a visão de criaturas superiores, como anjos e deuses.

— Compreendo.

— Sou o homem mais importante do reino — diz Henrique simplesmente. — Talvez o homem mais importante do mundo. As pessoas precisam perceber isso no instante em que me veem.

A corte inteira está aguardando para nos receber no grande salão. Sorrio para meu tio, que logo fará parte da nobreza, e para meu irmão, que será conde de Essex graças a mim. Todos os meus amigos e parentes, recém-enriquecidos por meu favorecimento, vieram para o Natal, assim como os grandes lordes do reino, os Howard, os Seymour, os Dudley, os homens em ascensão como Thomas Wriothesley, seu amigo Richard Rich, os outros cortesãos e o clero com seus mantos roxos e carmesim. Stephen Gardiner está presente, intocado pelas investigações do arcebispo Cranmer. Faz uma reverência para mim, e seu sorriso é confiante.

— Vou ensiná-la a ser rainha da Inglaterra — diz Henrique baixinho em meu ouvido. — Você vai olhar para esses homens ricos e poderosos ciente de que comanda cada um deles. Eu a coloquei acima deles. Você é minha esposa e minha companheira, Catarina. Farei de você uma grande e poderosa mulher, uma esposa de verdade para mim, a mulher mais importante do reino, assim como eu sou o homem mais importante.

Não sucumbo à modéstia. Vejo a fria determinação de seus olhos. Podem ser palavras amorosas, mas a expressão dele é dura.

— Serei sua esposa em todos os sentidos — prometo. — É o que prometi, e manterei minha palavra. E serei a rainha deste país e mãe de seus filhos.

— Vou torná-la regente — confirma o rei. — Você será a senhora deles. Vai comandar todos que está vendo aqui. Colocará o salto de seu sapato no pescoço deles.

— Vou governar — prometo-lhe. — Aprenderei a governar como o senhor.

A corte me acolhe de braços abertos e me reconhece como rainha. Quase penso que nunca existiram outras além de mim. Por minha vez, dou as boas-vindas aos dois filhos mais novos de Henrique, o príncipe Eduardo e Lady Elizabeth, e reúno-os à família real, à qual nunca tinham pertencido de fato. Acolho também as sobrinhas do rei: Lady Margaret, filha da irmã de Henrique, que é rainha da Escócia, e a pequena Lady Jane Grey, neta de outra irmã dele, que é rainha da França. O príncipe Eduardo é um misto adorável de formalidade e timidez. Desde o dia de seu nascimento ele é educado como um herdeiro e filho Tudor, e sabe que tudo é esperado dele. Por outro lado, Lady Elizabeth nunca teve certeza de sua própria posição: seu nome e até mesmo sua segurança são inteiramente incertos. Após a execução da mãe, praticamente da noite para o dia a menina caiu do esplendor de ser uma pequenina e amada princesa, chamada de Vossa Graça em seu próprio palácio, para se tornar uma bastarda negligenciada, chamada de "Lady". Se alguém pudesse provar os rumores que ainda rondam sua paternidade, em um instante ela se tornaria uma "Srta. Smeaton", uma órfã.

Os Howard deveriam amá-la e apoiá-la como uma dos seus, a filha da rainha Bolena, parte da família. Mas, quando o rei enumera os insultos que sofreu, quando ele rumina as afrontas, a última coisa que o duque e seu filho querem é lembrá-lo de que colocaram várias meninas Howard em sua cama e duas no trono, e que ambas as rainhas o deixaram de coração partido e trouxeram desgraça e morte. Os Howard apoiam ou negligenciam uma filha de sua casa de acordo com o que melhor serve aos seus propósitos.

Ela não pode ser prometida a nenhum príncipe estrangeiro enquanto ninguém souber se é princesa ou bastarda. Não pode nem mesmo ser servida de modo adequado à sua posição enquanto ninguém souber se ela deve ser chamada de princesa ou Lady Elizabeth. Ninguém, além de sua preceptora e de Lady Maria, amou essa menina, e seu único refúgio do medo e da solidão são os livros.

Compadeço-me dela. Também já fui uma menina pobre demais para atrair um bom casamento, uma menina que recorria aos livros para encontrar companhia e consolo. Assim que ela chega à corte, providencio para que seja acomodada em um quarto próximo ao meu. Seguro sua mão quando vamos à capela todas as manhãs, e passamos o dia juntas. Ela parece aliviada, como se viesse esperando a vida inteira por uma mãe, e ela finalmente tivesse chegado. Lê comigo e, quando os pregadores vêm de Londres, ouve e até participa da discussão dos sermões. Adora música, assim como todas nós. Adora roupas finas e dançar. Consigo participar de suas lições e, depois de alguns dias, brincar com ela, afagar seu rosto, repreendê-la e rezar com ela. Em muito pouco tempo, já beijo sua testa pela manhã e dou-lhe a bênção materna à noite, quase sem pensar.

Lady Maria recebe essa família natalina como uma jovem que tem andado pelo mundo pisando em ovos desde o exílio da mãe. É como se viesse prendendo o fôlego de medo e, enfim, pudesse respirar. Finalmente sabe a posição que deve ocupar e vive em uma corte onde tem lugar de honra. Eu não sonharia em tentar ser mãe dela — seria ridículo, temos quase a mesma idade —, mas podemos ser como irmãs, criando um lar para as duas crianças mais jovens, entretendo e consolando o rei e mantendo o país em aliança com a Espanha, de onde Maria descende. Eu apoio as reformas religiosas feitas pelo pai dela, e naturalmente ela gostaria de que a Igreja voltasse ao domínio de Roma, mas acho que, quanto mais Lady Maria ouvir os filósofos que querem restituir a Igreja à sua pureza inicial, mais ela questionará o papado, que levou à corrupção e à má reputação da Igreja. Acredito que a Palavra de Deus deve significar mais para ela do que os símbolos vazios que decoravam as igrejas e monastérios, os rituais inúteis que eram usados para deslumbrar pessoas que não sabem ler e pensar por si mesmas. Quando ela refletir sobre isso, como reflito agora, com certeza abraçará a reforma como eu.

Embora discordemos em relação às questões da doutrina, todo dia ela vem a meus aposentos ouvir as leituras. Nesta época de Natal, escolhi os salmos preferidos do finado bispo Fisher. É um exemplo interessante do delicado caminho que trilho: questiono mas não desafio. O bispo, um homem santo, um escritor maravilhoso, morreu pela Igreja de Roma, desafiando o rei. Era confessor de Catarina de Aragão, mãe de Maria, portanto é natural que ela o tenha em alta consideração. Muitas pessoas que em segredo pensavam como ele são, agora, os conselheiros favoritos do rei, portanto já é permitido voltar a ler os escritos do bispo.

Meu esmoler, bispo George Day, foi capelão de Fisher e adorava seu mestre. Lê a coletânea de seus salmos em latim todos os dias, e ninguém pode negar que essas palavras de Deus foram belamente vertidas do grego original pelo velho bispo. É como uma herança preciosa: do grego para o latim, e agora minhas damas de companhia, meus clérigos, Lady Maria e até mesmo a pequena Elizabeth e eu trabalhamos em uma tradução para o inglês. O texto é tão bonito que me parece errado que apenas as pessoas que entendem latim possam ler o que esse homem santo compôs. Maria concorda comigo, e seu cuidado com o trabalho e a beleza de seu vocabulário transformam todas as manhãs num momento bastante esperado — não apenas por mim, mas por todas as minhas damas.

Meu enteado Eduardo é meu queridinho, o queridinho da corte. Fala com ridícula formalidade, é cheio de cerimônia e, no entanto, anseia por amor, por carinho, que lhe façam cócegas, brinquem com ele, como um menino normal. Devagar, aos poucos, por meio de jogos e piadas bobas, ao estudar e se divertir em minha companhia, ele começa a ficar à vontade comigo, e trato-o como tratava meus dois enteados do casamento com lorde Latimer quando estavam sob meus cuidados: com afeto e respeito, sem nunca tentar substituir a mãe que perderam, mas amando-os como ela os teria amado. Até hoje, Margaret Latimer me chama de "lady mãe", e com frequência escrevo para meu enteado. Estou segura de que também posso dar aos filhos da família real o amor de uma mãe. O melhor caminho, creio eu, é tratar Eduardo com familiaridade, como se fôssemos uma família afetuosa e despreocupada, como se ele pudesse confiar em mim e eu pudesse ficar à vontade com ele.

Depois de precisar lutar por meu lugar no mundo — primeiro na casa de um sogro irascível, depois como a jovem esposa de um marido distante e frio e, em seguida, como uma viúva insignificante na corte —, aprendi que o mais importante é ter um lugar onde você pode ser quem é, onde podem ver seu eu verdadeiro. Eduardo entra em minha câmara de audiências, onde estou ouvindo petições, e é recebido tanto como príncipe quanto como menino. Puxo-o para que se sente a meu lado no grande trono, para que ouça as solicitações e converse comigo em voz baixa, para que seja a criança que é — e não o bonequinho que todos secretamente vigiam, imaginando as vantagens que podem tirar dele.

— Cate, você é tudo que eu desejei que fosse — diz o rei ao vir a meus aposentos certa noite.

Pensei que ele já estivesse dormindo em seus aposentos, e minha dama de companhia, que já havia se deitado na cama mais baixa ao lado da minha, retira-se às pressas, fazendo uma mesura antes de fechar a porta.

— Obrigada — respondo, um pouco surpresa.

— Vou confiar em você ainda mais — anuncia ele, deitando seu grande corpo vagarosamente na cama. — Não, eu consigo — diz, erguendo a mão em recusa quando vou ajudá-lo a se acomodar. Ele se ergue e se recosta, ficando quase sentado. — Você vai cuidar do reino enquanto eu estiver ausente. Tom Seymour cumpriu o papel dele: temos uma aliança com a Holanda e um tratado com a Espanha, estamos prontos para entrar em guerra contra a França.

O nome dele, jogado de súbito na conversa quando me sento na cama, nua senão pela fina camisola de linho, provoca em mim um choque quase físico, como se alguém tivesse me sacudido com violência, gritando seu nome no quarto silencioso. Percebo que o rei me observa com atenção.

— Está assustada? — pergunta. — O que foi? Você ficou branca!

— Com a ideia de entrar em guerra — respondo, a voz trêmula. — Só com a ideia do perigo.

— Irei pessoalmente — anuncia ele. — Eu. Pessoalmente. Ao coração do perigo. Não enviarei meu exército sem mim. Vou liderá-los.

Fecho os olhos por um instante. É quase certo que Thomas virá para casa. Se acertou o tratado, terá de vir à corte para receber novas ordens. Ele se encontrará com o irmão, e, juntos, os dois reunirão seus arrendatários e soldados. Certamente eu o verei. É impossível que ele se mantenha longe ou que eu o evite. Ele terá de se curvar diante de mim e me dar os parabéns pelo casamento. Terei de assentir e parecer indiferente.

Estremeço ante a ideia. Tudo que consegui — com as crianças, com a corte, com o rei — foi com a certeza de que jamais sentiria os olhos escuros de Thomas sobre mim, de que jamais ergueria os meus olhos e me depararia com os dele. Sequer sei se vou conseguir dormir sabendo que estamos debaixo do mesmo teto. Não consigo me imaginar deitada quieta na cama sabendo que ele está em algum lugar do palácio, nu exceto por um lençol, aguardando uma suave batida minha em sua porta. Não saberei dançar se ele estiver me observando. E se dançarmos juntos e houver um momento em que daremos as mãos? Como sentirei seu toque sem me virar para ele? E quando ele puser a mão quente em minha cintura? Como conseguirei permanecer de pé quando ele me erguer na *haute danse* e eu sentir seu hálito em meu rosto? Quando ele me ajudar a descer do cavalo, terei de pôr as mãos em seus ombros. Quando ele me puser no chão, aproveitará a oportunidade de me segurar mais perto de si?

Não faço ideia de como esconder meu forte desejo por ele. Não imagino como fazê-lo. Estou o tempo todo à vista; todos me observam. Não posso confiar em mim mesma; não posso confiar que minha mão não tremerá ao estendê-la para o toque formal de seus lábios quentes. Essa corte tem o mau hábito de vigiar as rainhas de Henrique; é versada nisso. Sou sucessora de Catarina Howard, que se tornou sinônimo de imoralidade. Todos sempre estarão atentos a mim para ver se sou tão tola quanto ela.

— Vou liderá-los pessoalmente — repete Henrique.

— Ah, não — respondo, com a voz fraca. — Milorde...

— Eu irei.

— Mas e sua saúde?

— Sou forte o bastante. Eu não enviaria um exército à França sem estar diante dele. Não pediria aos homens que encarassem a morte sem mim.

Sei muito bem o que devo dizer, mas me sinto idiota, lenta demais para formar as palavras. Só consigo pensar que Thomas Seymour virá para a Inglaterra e que o verei de novo. Pergunto-me se ele ainda pensa em mim, se seu desejo permanece o mesmo, se ele ainda me quer como já quis. Pergunto-me se já me tirou de sua mente, se — como um homem — extirpou o amor e o desejo de seu coração, guardou-os e os esqueceu. Ou será que, como eu, Thomas ainda sofre? Pergunto-me se conseguirei indagar isso a ele.

— Um de seus lordes poderia ir no seu lugar, não? O senhor não precisa estar na linha de frente.

— Ah, todos irão! Esteja certa disso! Os Seymour, os Howard, os Dudley, todos eles. Seu irmão receberá o novo título e cavalgará a meu lado. Mas eu estarei na dianteira do exército. Todos verão meu estandarte deixar a Inglaterra e entrar em Paris. Retomaremos nossas terras na França. E eu serei rei da França de verdade.

Entrelaço as mãos para que elas parem de tremer ante a ideia de Thomas Seymour indo para a guerra.

— Temo pelo senhor.

Ele segura minhas mãos.

— Nossa, você está gelada! Está com tanto medo assim? — Ele sorri. — Não tenha medo, Catarina. Voltarei para casa em segurança. Cavalgarei para a vitória e retornarei para casa triunfante. E você governará a Inglaterra em minha ausência. Será regente. E se Deus exigir de mim o maior sacrifício que há... — Ele se detém, e sua voz treme um pouco com a ideia de me perder, de perder a Inglaterra. — Se a guerra me roubar de você, de meu exército e de meu país, você governará a Inglaterra em meu nome até que Eduardo torne-se um homem.

Deus me perdoe, o primeiro pensamento que tenho é que, se a Inglaterra perder seu rei, serei livre para me casar, e Thomas estará livre, e não haverá ninguém para nos impedir de ficar juntos. E então penso: serei rainha regente. E então penso: serei a mulher mais poderosa do mundo.

— Nem diga uma coisa dessas. — Ponho os dedos frios sobre sua boca pequena. — Não suporto nem pensar nisso. — E é verdade. Não posso fazer isso. Não posso me permitir pensar em outro homem enquanto meu marido se acomoda em meus travesseiros, fazendo ranger a cama. Ele faz um gesto com o dedo para que eu me aproxime dele, seu grande rosto rosado brilhando de suor e antecipação.

Ele beija a ponta dos meus dedos.

— Você me verá retornar triunfante — promete-me ele. — E eu saberei que você é minha esposa fiel e companheira em todos os sentidos.

Palácio de Whitehall, Londres, primavera de 1544

O bispo George Day vem a meus aposentos com um rolo de manuscritos na mão.

— Meu escrevente acabou a cópia — anuncia, com triunfo na voz. — Está terminada.

Ele me entrega as páginas. Por um instante, limito-me a segurá-las, como se fossem um filho recém-nascido e eu desejasse sentir seu peso em minhas mãos. Nunca dei à luz, mas imagino estar sentindo algo semelhante ao orgulho de mãe. É uma alegria nova para mim. É a alegria da erudição. Durante um longo instante, não desenrolo as páginas; sei muito bem o que há nelas. Estava esperando-as ansiosamente.

— Os salmos — digo, num sussurro. — Os salmos do bispo Fisher.

— Exatamente como a senhora os traduziu — confirma ele. — Os salmos em latim traduzidos para o inglês. Estão muito bonitos, como se o salmista original falasse o mais perfeito inglês. E é como deve ser. Os salmos são uma honra a Deus e uma honra à senhora. São uma honra a John Fisher, que Deus o tenha. Meus parabéns.

Devagar, desenrolo as páginas e começo a lê-las. É como um coral ecoando através do tempo: a voz antiga do salmista original em hebraico traduzida para o grego, a voz forte e sábia do bispo martirizado convertendo o grego em latim, e depois a minha voz nas linhas em inglês. Leio um salmo:

És nosso defensor, nosso refúgio e nosso Deus, e em ti confiamos. Proteja-me das armadilhas dos caçadores e dos perigos de meus perseguidores. Abrigue-me sob Teus ombros; e sob Tuas asas ficarei incólume. Tua verdade será meu escudo, e mal algum se aproximará de mim.

— Deve ser de fato "incólume"? — pergunto a mim mesma.

George Day sabe que não deve responder. Ele aguarda.

— "Fora de perigo" é deselegante — avalio. — "A salvo" é forte demais. Mas "incólume" tem o mérito de soar como algo mais abrangente. Uma pessoa incólume não está apenas livre do mal; ela também permanece intacta. Fica um pouco estranho, talvez, mas a estranheza chama atenção para a palavra. — Eu hesito.

— Meu escrevente pode passar quaisquer mudanças que a senhora desejar para a oficina de impressão — oferece George.

— "Sob Tuas asas ficarei incólume" — sussurro para mim mesma. — É como poesia. Carrega um sentido que é maior do que as palavras, maior do que o mero significado das palavras. Acho que está bom. Acho que não devo mudar. E adoro como isso soa, "sob Tuas asas"; você quase sente as penas das grandes asas, não sente?

George sorri. Não sente nada. Mas não importa.

— Não quero mudar — decido. — Nem isso nem nada.

Ergo os olhos para George Day, que está meneando a cabeça no ritmo das palavras.

— Está claro como um canto gregoriano — diz ele. — Claro como um sino. É direto e honrado.

A clareza vale mais para ele do que a poesia, e assim deve ser. Ele quer que os homens e mulheres da Inglaterra entendam os salmos que o bispo Fisher adorava. Eu quero ir além. Quero que esses versos cantem como já cantaram na Terra Santa. Quero que os meninos de Yorkshire e as meninas de Cumberland ouçam a música de Jerusalém.

— Vou publicar isso. — Estremeço ante minha própria ousadia. Nenhuma outra mulher jamais publicou algo em inglês com seu próprio nome. Mal consigo acreditar que encontrarei coragem para isso: para me manifestar, erguer a voz, publicar para o mundo. — Vou mesmo. George... O senhor acha que devo fazer isso? Não é contra?

— Tomei a liberdade de mostrá-los a Nicholas Ridley — comenta ele, referindo-se ao grande reformista e amigo de Thomas Cranmer. — Ele ficou profundamente emocionado. Disse que esse é um presente aos cristãos fiéis da Inglaterra, tão grandioso quanto a Bíblia que seu marido, o rei, deu a eles. Disse que esses salmos serão recitados e cantados em todas as igrejas da Inglaterra em que o padre deseje que o povo compreenda tanto a beleza de Deus quanto Sua sabedoria. Disse que, se conduzir a corte e o país à verdadeira compreensão da Palavra, a senhora será uma nova santa.

— Mas não uma mártir! — digo, fazendo uma piada de mau gosto. — Por isso ninguém pode saber que fui eu que os traduzi. Meu nome e o nome de minhas damas, sobretudo os de Lady Maria e Lady Elizabeth, não podem estar relacionados a isso. As filhas do rei não devem jamais ser mencionadas. Farei muitos inimigos na corte se as pessoas descobrirem que acredito que os salmos devem ser lidos em inglês.

— Concordo. Os papistas não tardariam em criticá-la, e a senhora não pode correr o risco de ter Stephen Gardiner como um inimigo. Portanto, as pessoas saberão apenas que são os salmos do bispo. Ninguém precisa saber que foi a senhora, com seus estudos e sua erudição, que os traduziu para o inglês. Tenho um impressor bastante discreto. Ele sabe que o manuscrito é meu e que sirvo à senhora na corte, mas não falei a ele de quem é a autoria. Ele me tem em alta consideração, devo dizer que até demais, porque imagina que eu tenho capacidade de fazer essa tradução. Neguei, mas não com tanta veemência a ponto de fazê-lo pensar em outro candidato. Acho que podemos publicá-lo sem que a senhora seja mencionada. Porém...

— Porém...?

— Acho uma pena — diz, com franqueza. — São belas traduções, feitas com o ouvido de um músico, o coração de um verdadeiro crente e a linguagem de um escritor. Qualquer pessoa, quero dizer, qualquer homem, teria orgulho de publicá-las e de assumir a autoria delas. Certamente se gabaria delas. É injusto que a senhora precise negar esse dom. A avó do rei colecionava e publicava traduções.

Abro um meio-sorriso.

— Ah, George. O senhor quer me tentar com a vaidade, mas nem o rei nem nenhum outro homem na Inglaterra deseja receber ensinamentos de uma mulher, mesmo que ela seja uma rainha. E a avó do rei estava acima de críticas. Publicarei estes salmos como o senhor sugere e terei grande alegria em saber que o trabalho do bispo, traduzido para o inglês por mim e por minhas damas, guiará homens e mulheres à Igreja do rei. Mas isso acontecerá pela glória do bispo e pela glória do rei. Acho que é melhor para todos nós se eles forem publicados sem ostentar meu nome na capa como se eu estivesse me vangloriando. Todos ficaremos mais seguros se não proclamarmos nossas crenças.

— O rei ama a senhora. Certamente ficaria orgulhoso... — começa a argumentar George, mas ouvimos leves batidas à porta.

Imediatamente, ele recolhe as páginas, e Catherine Brandon entra na sala, faz uma mesura para mim, sorri para o bispo e diz:

— O rei gostaria de ver Vossa Majestade.

Levanto-me.

— Ele está vindo para cá?

Ela balança a cabeça, mas não responde. De pronto George entende que ela não quer dar explicações na presença dele. Ele reúne os papéis.

— Vou levar isso, conforme combinamos — diz, e se retira.

— A perna dele piorou — diz Catherine em voz baixa, assim que a porta se fecha atrás de meu esmoler. — O senhor meu marido me alertou sobre isso e, em seguida, enviou um mensageiro para dizer que o rei gostaria de ver a senhora agora de manhã, nos aposentos dele.

— Devo ir sem que me vejam? — pergunto.

Em Whitehall existe uma passagem entre as alas do rei e da rainha. Posso me dirigir aos aposentos de Henrique pelo grande salão, e todos perceberiam que estou indo visitar meu marido, ou posso seguir pela galeria que liga as duas alas, acompanhada apenas de uma de minhas damas.

— Discretamente. — Ela assente com a cabeça. — Ele não quer que ninguém saiba que está acamado.

Ela me mostra o caminho. Catherine vive nos palácios reais desde a infância. É filha da dama de companhia mais estimada de Catarina de Aragão, María de Salinas, e esposa de um grande amigo de Henrique, Charles Brandon. Circula pelos palácios com desenvoltura, esquivando-se ao mesmo tempo de caminhos errados e cortesãos maliciosos. Não é a primeira vez que me sinto uma provinciana insignificante seguindo uma dama da nobreza, nascida e criada nesta corte.

— Os médicos estão com ele?

— O Dr. Butts e o Dr. Owen. E o boticário está preparando um remédio para aliviar a dor. Mas dessa vez está muito mal. Acho que nunca o vi pior.

— Ele bateu a perna em algum lugar? A ferida se abriu?

Ela faz que não com a cabeça.

— Está o mesmo de sempre. Ele precisa manter a ferida aberta, ou o veneno irá subir à cabeça e matá-lo, mas, quando abrem a ferida com arames ou jogam pó de ouro dentro, ela quase sempre parece pior do que antes. Agora estava cicatrizando, então eles abriram a ferida novamente e o veneno está saindo como deveria, mas dessa vez está muito vermelha por dentro. Inchou bastante, e a úlcera parece estar se aprofundando. Charles me disse que está chegando ao osso. Está causando uma dor terrível, e nada é capaz de aliviá-la.

Não consigo deixar de ficar apreensiva. O rei com dor é tão perigoso quanto um javali ferido. Seus ânimos ficam tão inflamados quanto sua ferida pulsante.

Ela pousa a mão gentilmente em minhas costas ao abrir passagem para que eu cruze as portas duplas primeiro.

— Entre — diz, em voz bem baixa. — Você sabe lidar com ele quando ninguém mais consegue fazer isso.

Henrique está em seus aposentos privados. Ele ergue os olhos quando as portas se abrem e eu entro.

— Ah, graças a Deus, aqui está a rainha — diz ele. — Agora vocês podem ficar quietos e se afastar, para me deixar conversar com ela a sós.

Ele está cercado de homens. Vejo Edward Seymour ruborizado e irritado, e o bispo Gardiner com um ar presunçoso. Imagino que os dois estavam discutindo, brigando pela atenção do rei, mesmo enquanto os médicos colocavam um dreno em sua perna para tirar o pus da ferida e inseriam uma afiada espátula de metal na carne exposta. Não é de admirar que meu marido esteja vermelho como a rosa de Lancaster, os olhos apertados em linhas manchadas de lágrimas, o rosto contorcido em uma careta feroz. Charles Brandon, marido de Catherine, mantém uma distância cautelosa.

— Tenho certeza de que Sua Majestade, a rainha, também concordará... — começa o bispo Gardiner com suavidade, e vejo Wriothesley assentir com a cabeça e se aproximar um pouco, como se quisesse manifestar seu apoio.

— A rainha não dirá nada — interrompe Henrique rispidamente. — Ela ficará comigo, segurará minha mão e ficará calada como uma boa esposa deve fazer. Vocês não irão sugerir que ela faça outra coisa. Podem se retirar.

Imediatamente, Charles Brandon faz uma reverência para Henrique, outra para mim com a mão no coração, acena a cabeça em despedida para a esposa e se retira da presença soturna do rei.

— É claro — diz Edward Seymour rapidamente. Ele olha para mim. — Fico feliz que Sua Majestade, a rainha, esteja aqui para trazer conforto e tranquilidade. Sua Majestade, o rei, não deve ser incomodado em uma hora dessas. Sobretudo quando as coisas estão perfeitamente bem, como é o caso.

— Nada trará paz ao rei até que as coisas estejam de fato perfeitamente bem — diz o bispo Gardiner, incapaz de resistir à provocação. — Como pode Sua Majestade, o rei, ficar em paz quando sabe que seu Conselho Privado sofre com perturbações constantes com a chegada de novos homens que, por sua vez, trazem consigo outros homens? Como pode haver paz quando há diversas investigações de crime de heresia em andamento porque não param de redefinir o que é heresia? Porque lhes é permitido discutir e questionar livremente?

— Vou conduzi-los para fora. — A voz de Thomas Howard se destaca sobre a de todos os outros conselheiros, dirigindo-se diretamente ao rei como se fosse seu único amigo. — Deus sabe que nunca vão se calar mesmo quando são ordenados a fazê-lo. Vão atormentar o senhor para sempre. — Ele abre um sorriso cruel para Henrique. — O senhor deveria decapitar todos.

O rei solta uma risada breve e assente, portanto Thomas Howard ganha a partida, conduzindo os demais para fora dos aposentos. Até mesmo se vira quando já está à porta e dá uma piscadela amigável para o rei, como se quisesse assegurar-lhe que apenas um Howard sabe lidar com esses presunçosos irritantes. Quando a porta se fecha, há um súbito silêncio. Catherine Brandon faz uma mesura para o rei e vai se acomodar no assento próximo à janela, seu belo rosto voltado para o jardim. Anthony Denny vai até ela e permanece de pé a seu lado. Ainda há meia dúzia de pessoas no aposento, mas estão todas conversando entre si em voz baixa ou jogando cartas. Pelos padrões da lotada corte, estamos a sós.

— Querido marido, está com muita dor? — pergunto.

Ele faz um gesto de assentimento.

— Eles não podem fazer nada — responde, furioso. — Não sabem de nada.

Dr. Butts, que está conferenciando com o boticário, ergue os olhos como se soubesse que levará a culpa pelo sofrimento do rei.

— É o mesmo problema? A velha ferida? — pergunto, com cautela.

Henrique assente com a cabeça.

— Estão dizendo que talvez tenham de cauterizá-la. — Ele olha para mim como se eu pudesse salvá-lo. — Rezo para ser poupado disso.

Se forem cauterizar a ferida, usarão um ferrete em brasa a fim de eliminar a infecção. É uma dor pior do que queimar o L de "ladrão" em um criminoso. É uma crueldade impiedosa com um homem inocente.

— Isso não será necessário, será? — pergunto ao Dr. Butts.

Ele balança a cabeça; não sabe.

— Se conseguirmos drenar a ferida e garantir que não se feche, o rei ficará bem novamente — responde. — Sempre conseguimos fazer a limpeza sem a cauterização. Não realizarei esse procedimento se não for necessário. O coração dele... — A voz se perde. Imagino que esteja apavorado com a ideia de dar tamanho choque ao imenso corpo doente do rei.

Seguro a mão de Henrique e sinto-o apertar a minha.

— Não tenho medo de nada — declara, desafiador.

— Eu sei — asseguro-lhe. — O senhor é naturalmente corajoso.

— E esse ferimento não é fruto da idade ou de alguma enfermidade. Não é uma doença.

— Foi uma ferida que o senhor sofreu em uma justa, não foi? Há anos?

— Sim, foi sim. Uma lesão provocada por um esporte. Um ferimento de um homem jovem. Descuidado, eu era descuidado. Destemido.

— Não duvido nada de que estará cavalgando de novo dentro de um mês... ainda descuidado e destemido — respondo com um sorriso.

Ele me puxa para mais perto de si.

— Você sabe que preciso ser capaz de cavalgar. Preciso liderar meus homens até a França. Preciso ficar bem. Preciso me levantar dessa cama.

— Tenho certeza de que isso vai acontecer — digo, a mentira vindo facilmente à boca. Não tenho certeza alguma. Vejo o dreno saindo da ferida e derramando o repugnante pus em uma vasilha no chão, o fedor pior do que de carne podre. Vejo um grande recipiente de vidro com famintas sanguessugas negras rastejando pelas laterais. Vejo a mesa cheia de jarras, garrafas, almofarizes e pilões. Vejo o boticário misturando líquidos desesperadamente, e os rostos preocupados dos dois melhores médicos da Inglaterra. Já cuidei de um marido moribundo, e o quarto dele era assim, mas Deus sabe que nunca senti um fedor como este. É uma névoa de carne pútrida, como a de um ossuário.

— Sente-se — ordena o rei. — Sente-se a meu lado.

Engulo o nojo quando o pajem traz uma cadeira para mim. O rei está em sua grande poltrona reforçada, a perna ferida apoiada em um escabelo, envolta em panos para tentar conter o cheiro, para tentar esconder que o rei da Inglaterra está apodrecendo aos poucos.

— Vou nomear meus sucessores — diz ele, em voz baixa. — Antes de ir para a França.

Agora entendo sobre o que os conselheiros estavam discutindo. É fundamental que eu não revele nem esperança nem temor por Lady Maria e Lady Elizabeth. É fundamental que eu não demonstre meu próprio interesse. Não duvido de que os cortesãos que acabaram de sair estivessem defendendo seus candidatos: Edward Seymour lembrou a todos a primazia de seu sobrinho, o príncipe; Thomas Howard defendeu a herança de Lady Elizabeth; o bispo Gardiner e Thomas Wriothesley insistiram na ascensão de Lady Maria como segunda na linha sucessória, atrás de Eduardo.

Eles não sabem o quanto ela é moderada em sua religião, o quanto se interessa por discussões aprofundadas. Não sabem que é uma erudita, e que estamos cogitando uma nova tradução dos Evangelhos. Não sabem que Lady Elizabeth já leu todos os salmos do bispo Fisher e até traduziu alguns versos sob minha supervisão. Pensam nas duas jovens como nada além de títeres a serem manipulados por seus partidários. Não se dão conta de que somos todas mulheres que pensam por si sós. O bispo Gardiner acredita que, se Lady Maria subir ao trono, conduzirá o país de volta a Roma. Thomas Howard acha que uma menina Howard entregará o comando do país à família dele. Nenhum desses homens acredita que tenho poder real na corte. Não me consideram uma mulher pensante. No entanto, talvez eu venha a ser regente, e então eu decidirei se o país terá missas em inglês ou em latim e como os padres deverão fazer seus sermões.

— Milorde? Qual é seu desejo?

— O que você acha que seria certo? — pergunta ele.

— Acho que não é preciso que um rei forte e jovem como o senhor se aflija com isso — bajulo-o.

Ele indica a perna.

— Sou um homem pela metade — responde, com amargor.

— O senhor vai melhorar. Vai voltar a cavalgar. Tem a saúde e a força de um homem com a metade de sua idade. Sempre se recupera. Tem essa ferida terrível e convive com ela, derrota-a todos os dias. Vejo o senhor subjugá-la como a um inimigo, dia após dia.

Isso o agrada.

— Eles não pensam assim. — Faz um gesto de cabeça em direção à porta, irritado. — Estão pensando em minha morte.

— Eles só pensam em si mesmos — digo, condenando-os sem qualquer distinção. — O que eles querem?

— Querem que seus parentes sejam favorecidos — responde ele. — Ou seus candidatos. E todos desejam governar o reino controlando Eduardo.

Assinto devagar, como se a ambição descarada dos cortesãos fosse uma triste revelação para mim.

— E o que o senhor acha disso, milorde? Nada importa mais do que aquilo que o senhor acredita ser o certo.

Ele se ajeita na poltrona e faz uma careta de dor. Inclina-se para mais perto de mim.

— Estive observando você — diz.

Suas palavras ecoam em minha cabeça como um alarme. Ele esteve me observando. O que terá visto? O manuscrito dos salmos indo para o copista? As manhãs de estudo com as duas princesas? Meu pesadelo recorrente de uma porta fechada no alto da escada úmida? Meus devaneios eróticos com Thomas? Será que falei algo durante o sono? Terei dito o nome dele? Terei sido tola a ponto de me deitar ao lado do rei e dizer, com um suspiro, o nome de outro homem?

Engulo em seco.

— Esteve, meu senhor?

Ele assente.

— Tenho observado você passando tempo com Lady Elizabeth, sendo sempre uma boa amiga para Lady Maria. Vejo como elas gostam da companhia uma da outra, como estão florescendo sob seus cuidados desde que as trouxe para seus aposentos.

Não ouso dizer nada. Ainda não sei o que ele está pensando.

— Vi você com meu filho, Eduardo. Dizem-me que vocês trocam bilhetes em latim nos quais ele diz ser seu professor.

— É uma brincadeira — explico, ainda sorrindo. — Nada além disso.

Pela expressão sombria de Henrique, não sei dizer se ele está satisfeito com essa intimidade ou se desconfia de que eu esteja usando seus filhos em interesse próprio, assim como os cortesãos. Não sei o que dizer.

— Você transformou em uma família três filhos de três mães muito diferentes — continua ele, mas ainda não tenho certeza de se isso é bom ou ruim. — Reuniu o filho de um anjo, a filha de uma prostituta e a filha de uma princesa espanhola.

— São todos filhos de um grande pai — lembro-lhe com a voz débil.

A mão do rei se move subitamente, como se estivesse afastando uma mosca, e agarra meu pulso rápido demais para que eu recue.

— Tem certeza? — pergunta. — Tem certeza quanto a Elizabeth?

Quase posso sentir o cheiro do meu medo sobrepondo-se ao odor da ferida. Penso na mãe de Elizabeth, Ana Bolena, suando na justa do Festival da Primavera, ciente do perigo que corria, mas sem saber a forma que ele tomaria.

— Certeza?

— Você não acha que fui traído? Não acha que ela é filha de outro homem? Nega a culpa da mãe dela? Ordenei que ela fosse decapitada porque a considerei culpada.

Elizabeth é o retrato fiel dele. O cabelo acobreado, a pele branca, a boca pequena que parece estar fazendo um bico. Mas, se eu negar a culpa da mãe dela, estarei acusando-o de ter assassinado a esposa, de ser um tolo ciumento que matou uma mulher inocente com base nos boatos de velhas parteiras.

— Independentemente do que Ana Bolena fez nos anos seguintes, acredito que Elizabeth seja sua filha — respondo, com cautela. — Ela é uma pequena cópia do senhor. É Tudor em todos os aspectos.

Ele assente, ávido por ser tranquilizado.

— Independentemente de quem foi a mãe dela, ninguém poderá negar quem é o pai — prossigo.

— Você me vê nela?

— Só a erudição que ela possui já mostra a semelhança — digo, negando a grande inteligência de Ana Bolena e seu compromisso com a reforma, a fim de garantir a segurança de sua filha. — O amor dela por livros e idiomas... Isso vem inteiramente do senhor.

— E quem diz isso é você, que vê meus filhos juntos, como ninguém jamais viu.

— Senhor meu marido, reuni os três porque achei que esse era o seu desejo.

— E é — confirma ele, finalmente. Seu estômago ronca, posso ouvi-lo borbulhar, e então ele solta um arroto sonoro. — E é.

Posso sentir o cheiro azedo de seu hálito.

— Fico feliz de ter feito a coisa certa por amor ao senhor e por amor a seus filhos — afirmo, com cautela. — Eu queria que o país inteiro visse a bela família real que o senhor construiu.

— Vou devolver as meninas às posições que ocupavam — anuncia. — Vou nomeá-las princesas. Maria sucederá o príncipe Eduardo no trono caso ele venha a morrer sem herdeiros, que Deus o livre disso. Depois dela, Elizabeth. E depois dela minha sobrinha Lady Margaret Douglas e a linhagem de minha irmã na Escócia.

É contra a vontade de Deus e contra a tradição o rei nomear quem o sucederá. É Deus quem escolhe os reis, assim como escolheu Henrique — o segundo filho —, ao tomar para Si a vida dos demais herdeiros. Deus chama o rei ao trono, Deus estipula a ordem do nascimento e a sobrevivência de Seu escolhido. Mas, como o rei governa a Igreja na Inglaterra, quem o impedirá de nomear seus sucessores? Certamente não serão os homens que acabaram de ser expulsos por discutir com ele. Certamente não serei eu.

— O príncipe Eduardo será rei — confirmo. — E os filhos dele, ainda por nascer, o sucederão.

— Deus os abençoe — diz ele, emocionado, e faz uma pausa. — Sempre temi por ele — murmura. — Filho de uma mãe santa, você sabe.

— Sei — respondo. Jane de novo. — Que Deus a abençoe.

— Penso nela o tempo todo. Penso em sua natureza doce e em sua morte precoce. Ela morreu para me dar um herdeiro, morreu a meu serviço.

Assinto, como se estivesse abalada por seu imenso sacrifício.

— Quando estou doente, quando temo não me recuperar mais, penso que pelo menos ficarei ao lado dela.

— Não diga isso — murmuro, e estou sendo sincera.

— E as pessoas dizem coisas terríveis. Dizem que há uma maldição, falam de maldição, dizem essas coisas... uma maldição sobre os Tudor, sobre nossa linhagem.

— Nunca ouvi falar dela — digo, com firmeza. Claro que ouvi. Os rebeldes do Norte tinham certeza de que a linhagem Tudor sucumbiria pelos pecados que cometeram contra a Igreja e contra os Plantageneta. Chamavam Henrique de monstro, diziam que ele prejudicava seu próprio reino.

— Não? — pergunta ele, esperançoso.

Balanço a cabeça negativamente. Todos diziam que os Tudor eram amaldiçoados por terem matado os príncipes York na Torre. Como alguém que mata um príncipe pode ser abençoado por Deus? Mas, se o rei pensasse dessa forma, como ousaria planejar o futuro, ele que matou Lady Margaret Pole, seu filho e seu neto inocentes, os herdeiros Plantageneta? Ele, que decapitou duas esposas com base apenas em suspeitas?

— Não ouvi nada assim.

— Ótimo. Ótimo. Mas é por isso que eu mantenho Eduardo sempre em extrema segurança. Protejo-o de assassinos, de doenças, da má sorte. Defendo-o como meu único tesouro.

— Eu o protegerei também — prometo.

— Então rogaremos a Deus por Eduardo, rezaremos para que ele tenha filhos fortes e, enquanto isso, aprovarei uma medida no Parlamento para nomear as meninas sucessoras dele.

A Inglaterra nunca teve uma rainha reinante, mas não direi isso. Não sei como abordar a questão de quem será o lorde protetor durante a menoridade de Eduardo. Isso seria sugerir que o rei pode morrer nos próximos onze anos, e ele não gostaria de ouvir isso.

Sorrio.

— É muita generosidade sua, milorde. As meninas vão ficar felizes de saber que têm sua estima. Isso vai significar mais para elas do que estar na linha de sucessão. Saber que o pai as ama e as reconhece como filhas é tudo que suas meninas querem. Elas são abençoadas por terem um pai assim.

— Eu sei. Você me mostrou isso. Fiquei surpreso.

— Surpreso? — repito.

Ele parece estar sem jeito. Isso o deixa, por um instante, vulnerável, um pai frágil, não um tirano amaldiçoado.

— Sempre tive de pensar nelas como herdeiras ou usurpadoras. — Ele tem dificuldade em achar as palavras. — Entende? Sempre tive de pensar se as aceitava como filhas ou as deixava de lado. Tive de pensar nas mães, nas guerras terríveis que travei contra elas, e não nas meninas. Tive de desconfiar delas como se fossem minhas inimigas. Nunca as recebi juntas na corte, com o irmão, todos os três. Eu os vi apenas como filhos. Apenas como quem são.

Fico imensamente tocada.

— Cada um deles é motivo de orgulho. O senhor pode amá-los como seus.

— Você me mostrou isso. Porque trata Eduardo como um menininho, Elizabeth como uma menininha, e Maria como uma jovem. Eu os vejo através de seus olhos. Pela primeira vez, vejo as meninas sem pensar em suas terríveis mães.

Ele pega minha mão e a beija.

— Eu lhe agradeço por isso — diz, num suave murmúrio. — De verdade, Catarina.

— Meu querido — respondo, as palavras saindo facilmente de meus lábios.

— Eu amo você.

E eu respondo sem esforço, sem pensar:

— Eu também amo o senhor.

Ficamos de mãos dadas por um instante, unidos pela ternura, e então vejo seus olhos se apertarem quando uma forte dor percorre seu corpo. Ele cerra os dentes, determinado a não gritar.

— Devo deixá-lo descansar? — pergunto.

Ele faz um gesto afirmativo com a cabeça. Anthony Denny imediatamente se levanta para me acompanhar até a porta, e vejo pela maneira como olha de relance para o rei, sem curiosidade, que sabia de tudo isso antes que me fosse dito. Denny é confidente e amigo do rei, um dos mais próximos. Seu ar seguro e tranquilo me lembra que, assim como insinuo ao rei que os Howard, Wriothesley e Gardiner são tolos egoístas, existem aqueles que, próximos de Henrique, podem insinuar o mesmo de mim. E também lembro que Denny é um dos vários homens que construíram sua fortuna no serviço real, que têm os ouvidos do rei à sua disposição em seus momentos mais íntimos e que sussurram neles a sós, exatamente como eu.

Permito-me ter o prazer de contar às filhas do rei que elas receberão o título de princesas de novo. Falo com cada uma separadamente. Tenho consciência de que isso as torna rivais novamente, de que elas só poderão subir ao trono com a morte de Eduardo e de que Elizabeth só poderá ser rainha com a improvável combinação da morte do irmão mais novo e da irmã mais velha.

Encontro-a em meus aposentos particulares, estudando com sua prima Lady Jane Grey e o tutor delas, Richard Cox, e chamo-a para um canto a fim de lhe dizer que isso é um símbolo da estima do pai. Claro, ela se entusiasma na mesma hora com a ideia da sucessão.

— Você acha que uma mulher pode governar um reino? — pergunta. — A palavra sugere que não, uma vez que ela pressupõe que devemos ser governados por um rei, não é?

A inteligência da menininha de 10 anos me faz sorrir.

— Se um dia você governar este ou qualquer outro reino, você assumirá a coragem e a perspicácia de um homem. Vai se considerar um príncipe — asseguro-lhe. — Vai aprender o que toda mulher inteligente precisa aprender: a adotar o poder e a coragem de um homem, mas, ainda assim, ter em mente que é uma mulher. Sua educação pode ser a de um príncipe, sua mente pode ser a de um rei. Você pode ter o corpo de uma mulher frágil e comer tanto quanto um rei.

— Quando vai ser? Quando vou recuperar meu título?

— Primeiro é preciso que o ato seja aprovado pelo Parlamento.

Ela assente.

— A senhora já contou a Lady Maria?

Essa menininha é mesmo uma Tudor; essas são as perguntas de uma verdadeira estadista. Quando se torna oficial? E que filha soube primeiro?

— Vou contar a ela agora. Espere aqui.

Lady Maria está em minha câmara de audiências, bordando parte de uma toalha de altar que estamos fazendo. Delegou o tedioso céu azul a uma das damas e está se dedicando às flores, mais interessantes, nas bordas. Todas se levantam e fazem mesuras quando surjo de meus aposentos privados, e gesticulo que podem sentar-se e continuar seus trabalhos. Joan, esposa de Anthony Denny, está lendo o manuscrito de nossa tradução dos salmos de Fisher, e chamo Lady Maria para junto da janela para podermos conversar em particular. Sentamo-nos em um banco, nossos joelhos se tocando, o olhar curioso dela sobre mim.

— Tenho uma ótima notícia — digo. — Você ficará sabendo pelo Conselho Privado, mas eu quis contar antes do anúncio. O rei decidiu estabelecer a linha de sucessão, e você será chamada princesa Maria e será a herdeira de Eduardo.

Ela baixa a cabeça, ocultando com os cílios seus olhos escuros, e vejo os lábios se moverem em uma oração de agradecimento. Só o rubor que sobe às suas bochechas revela para mim que está profundamente emocionada. Mas não é pela chance de subir ao trono. Ela não tem a ambição de Elizabeth.

— Então ele finalmente aceitou a pureza de minha mãe — diz. — Está retirando a alegação de que não foram casados aos olhos de Deus. Minha mãe foi viúva do irmão dele e depois foi sua esposa legítima.

Ponho a mão em seu joelho para interrompê-la.

— O rei não falou nada disso, nem eu. Nem você deveria dizer tal coisa. Ele a nomeou princesa, e Elizabeth também. Elizabeth vem depois de você na sucessão, seguida de Lady Margaret Douglas e sua linhagem. Ele não falou nada sobre a velha questão do casamento com sua mãe ou sobre o fato de tê-la repudiado.

Por um breve instante, ela abre a boca para argumentar, mas apenas faz um gesto afirmativo com a cabeça. Qualquer pessoa minimamente inteligente pode ver que, se o rei declara que suas filhas são legítimas, então logicamente deve aceitar como válido o casamento com suas mães. Mas — como percebe esta filha extremamente inteligente — o rei não é um homem lógico. É um rei que pode controlar a realidade. Decidiu que elas são princesas de novo, assim como certa vez decidiu que ambas eram bastardas, num impulso, sem nenhum bom motivo.

— Então ele vai arranjar um casamento para mim — deduz. — E para Elizabeth. Se somos princesas, podemos nos casar com reis.

— Sim, podem — respondo, sorrindo. — Eu não tinha pensado nisso. Será o próximo passo. Mas não sei se vou aguentar ficar sem vocês.

Lady Maria põe a mão sobre a minha.

— Não quero deixá-la, mas já está na hora de me casar. Preciso ter minha própria corte e quero ter um bebê que eu possa amar de todo coração.

Ficamos sentadas de mãos dadas por alguns instantes.

— Princesa Maria — digo, experimentando o novo título —, não sei nem dizer como estou feliz de vê-la sendo restaurada à sua posição e de poder chamá-la em voz alta como sempre chamei em meu coração. Minha mãe sempre se referiu a você apenas como princesa e sempre considerou sua mãe nada menos do que uma grande rainha.

Ela pisca os olhos escuros para conter as lágrimas.

— Minha mãe teria ficado feliz de ver este dia — diz, melancólica.

— Teria, sim. Mas o legado dela para você é sua linhagem e sua educação. Ninguém pode lhe tirar essas coisas, e ela lhe deu ambas.

Um duque espanhol, dom Manriquez de Lara, virá à corte, embora o rei continue doente.

— Você terá de entretê-lo — diz Henrique, de mau humor. — Não poderei fazer isso.

Fico um pouco assustada.

— O que devo fazer?

— Ele virá me ver, vou recebê-lo em meus aposentos privados, mas só conseguirei ficar um pouco. Entende?

Assinto. Henrique fala em um tom de fúria contida. Sei que está frustrado com a dor, sei que sente rancor por sua deficiência. Nesse estado de espírito, é capaz de gritar com qualquer pessoa. Corro os olhos pela sala: os pajens encontram-se junto à parede, o bobo está sentado em silêncio ao lado do rei. Os dois secretários estão debruçados sobre alguns documentos, como se não ousassem erguer os olhos.

— Ele poderá jantar com seu irmão e Henry Howard. Eles são a nata da corte, dois belos jovens. Deve bastar para ele. De acordo?

— Sim, senhor — respondo.

Henry Howard é o filho mais velho do duque de Norfolk; por nascimento, ele ocupa uma alta posição na corte sem nunca ter feito nada para merecê-la. É orgulhoso, vaidoso, criador de intrigas, diz que faz parte de uma juventude dourada. Mas sua presença será inestimável, pois precisaremos de alguém bonito, jovem e orgulhoso.

— O duque espanhol irá para seus aposentos, e você oferecerá música, dança, uma ceia e qualquer outra diversão que ele quiser. Pode fazer isso?

— Posso, sim.

Anthony Denny olha para mim de relance. Ele está sentado a uma mesa junto à janela, onde copia as ordens do rei, as quais serão enviadas a vários conselheiros e aos chefes da criadagem do palácio. Desvio os olhos para não ver sua expressão de pena ao me fitar.

— A princesa Maria estará com você; ela fala espanhol, e eles a adoram por causa da mãe. O embaixador espanhol, a velha raposa Chapuys, estará com o duque e se certificará de que tudo corra bem. Você não precisa se preocupar com o idioma. Pode falar com eles em francês ou inglês.

— Tudo bem.

— Ele não deve conversar a sós com a princesa. Você deve tratá-lo com toda a cortesia, mas não a coloque nessa posição. E deve vestir-se muito bem e agir como rainha. Use sua coroa. Fale com autoridade. Se não souber alguma coisa, não diga nada. Não há nada de errado em uma mulher que permanece em silêncio. Você precisa impressioná-los. Certifique-se de que fará isso.

— Tenho certeza de que podemos mostrar a eles que a corte inglesa é tão elegante e instruída quanto qualquer outra da Europa.

Finalmente o rei olha em meus olhos, e a ruga de dor entre as sobrancelhas ruivas se desfaz. Tenho um vislumbre de seu sorriso charmoso de sempre.

— A corte com a mais bela rainha — diz ele, subitamente caloroso. — Por mais que o marido seja um velho esgotado e rabugento.

Vou para o lado dele e seguro sua mão.

— Não tão velho assim — respondo com ternura. — Nem tão esgotado assim. Devo vir mostrar-lhe meu vestido antes de me encontrar com o embaixador? O senhor quer me ver usando as lindas peças que me deu?

— Venha, sim. E certifique-se de estar afogada em diamantes.

Solto uma risada, e Denny, vendo que consegui trazer de volta o bom humor do rei, ergue os olhos e sorri para nós dois.

— Quero que você os deixe assustados com minha riqueza — exige Henrique. Ele agora sorri, mas fala sério. — Tudo que você fizer, todo colar que usar, vai ser notado e relatado na Espanha. Quero que eles saibam que somos mais ricos do que podem imaginar, ricos o bastante para entrar em guerra contra a França, ricos o bastante para forçar a Escócia a se curvar à nossa vontade.

— E somos? — pergunto, tão baixo que nem mesmo Denny, escrevendo com sua pena à mesa, pode me ouvir.

— Não. Mas precisamos ser como atores, como trovadores. Precisamos ter roupas deslumbrantes. Governo e guerra vivem, sobretudo, de aparências.

Faço de mim mesma um espetáculo.

— A rainha-pavão — comenta Nan enquanto deixo que ela e as damas prendam cintos em meu vestido e coloquem diamantes e rubis em meus dedos e pescoço.

— Está exagerado? — pergunto, olhando no espelho.

— Se ele pediu a você que se enchesse de joias, não — responde ela. — O rei quer estabelecer uma aliança com a Espanha para entrar em guerra contra a França. Sua tarefa é mostrar que a Inglaterra pode financiar a guerra. Só nos dedos, você tem o soldo de um exército.

Nan se afasta e me avalia da cabeça aos pés.

— Está linda. A rainha mais linda de todas.

Minha enteada Margaret Latimer se aproxima de mim com uma caixinha nas mãos.

— A coroa — diz, maravilhada.

Obrigo-me a me manter indiferente quando Nan abre a tampa, tira a coroa de Ana Bolena e vira-se para mim. Endireito o corpo para receber a coroa em minha cabeça e me olho no espelho de prata: ele me mostra uma beldade de olhos cinzentos, cabelos cor de bronze, um pescoço adornado por rubis, as orelhas decoradas com diamantes e essa pequena coroa feia, pesada e reluzente, que me faz parecer mais alta. Tenho o aspecto de uma rainha-fantasma, uma rainha na escuridão, uma rainha no alto de uma torre sombria. Eu poderia ser qualquer uma de minhas antecessoras, estimada como uma delas, condenada como todas.

— Você poderia usar seu capelo dourado — sugere Nan.

Endireito-me, a cabeça erguida.

— Claro que vou usar a coroa — digo, impassível. — Sou a rainha. Pelo menos, sou a rainha atualmente.

Uso a coroa a noite toda. Só a tiro quando o duque, fascinado, pede para dançarmos, e Nan vai buscar meu capelo. É uma noite de êxito; tudo corre exatamente como o rei ordenou. Os jovens rapazes são charmosos, animados e alegres; as damas são reservadas e belas. Lady Maria conversa em espanhol com o duque e com o embaixador, mas age como uma princesa inglesa em todos os sentidos, e sinto que dei mais um passo na direção de ser a esposa de que o rei necessita: uma esposa capaz de representá-lo, capaz de governar.

O rei sofre de insônia à noite por causa da dor e ordena que minha cama seja colocada mais próxima dele. Os servos transferem minha linda cama, com suas quatro grandes colunas e o dossel bordado, para um cômodo ao lado do quarto do rei. Além dela, vão minha mesa, minha cadeira e meu genuflexório. Com um gesto silencioso, ordeno que minha caixa de livros e meu material de escrita — com meus estudos e minha tradução dos salmos de Fisher — permaneçam em meus aposentos. Embora eu não leia nada além do que é aprovado pelo rei e por seu Conselho Privado, não quero chamar atenção para minha biblioteca cada vez maior de livros de teologia nem quero que todos saibam que meu principal interesse são os ensinamentos da Igreja antiga e a reforma devido aos abusos dos últimos anos. Essa me parece ser a única coisa que uma pessoa erudita de nossa época deve estudar; é a questão central de nossos dias. Todos os grandes homens estão avaliando o afastamento da Igreja de sua simplicidade e devoção iniciais, todas as discussões falam sobre encontrar o caminho verdadeiro, o caminho até Cristo, seja dentro da Igreja de Roma ou fora dela. Estão traduzindo documentos que nos revelam como a Igreja se organizou em seus primórdios e não param de encontrar histórias e evangelhos que sugerem formas de se levar uma vida sagrada no mundo, que mostram que os poderes terrenos devem andar lado a lado com a Igreja. Acredito que o rei estava inteiramente certo ao transferir para si a liderança da Igreja na Inglaterra. O rei deve governar suas terras, incluindo propriedades da Igreja; isso é o certo. Não pode haver uma lei para o povo e outra para o clero. Certamente, a Igreja deve deter o domínio espiritual, as coisas sagradas de Deus; o rei deve comandar as coisas terrenas. Quem poderia argumentar contra isso?

— Muitas pessoas — explica Catherine Brandon, a mais reformista de minhas damas. — E muitas delas têm a atenção do rei. Estão ganhando força de novo. Perderam terreno quando o rei tomou o partido do arcebispo Cranmer, mas Stephen Gardiner recuperou a atenção do rei e sua influência não para de crescer. A devolução do título à princesa Maria é algo que vai agradar a Roma, e estamos fortalecendo nossa amizade com a Espanha, prestando homenagens ao embaixador deles. Roma, a fim de recuperar o domínio da Igreja inglesa, subornou muitos dos conselheiros do rei para que tentem persuadi-lo a voltar atrás com a reforma. Disseram a ele que assim seríamos como todos os outros grandes países. Além disso, nas cidades e aldeias, há milhares de pessoas que não entendem nada disso, mas só querem ver os santuários reerguidos às margens das estradas, as estátuas e as imagens devolvidas às igrejas. Pobres tolos, não entendem nada e não querem pensar por si mesmos. Querem que os monges e as freiras voltem para cuidar deles e lhes dizer o que fazer.

— Bem, não quero que ninguém saiba o que penso — respondo, direta. — Portanto deixe meus livros em meus aposentos e trancados no baú, Catherine, e fique com a chave.

Ela ri e me mostra a chave em uma corrente presa ao cinto.

— Não somos todas tão despreocupadas quanto você — digo quando ela assobia para seu cachorrinho, batizado com o nome do bispo.

— O pequeno Gardiner é um tolo que vem com um assobio e senta quando mandam — diz ela.

— Não o chame pelo nome em meus aposentos — respondo. — Não preciso de inimigos, muito menos como Stephen Gardiner. O rei já o tem em suas boas graças. Você terá de dar outro nome a seu cachorro se o bispo continuar em ascendência.

— Temo que ele seja implacável — diz ela com franqueza. — Ele e os tradicionalistas estão nos vencendo. Ouvi dizer que Thomas Wriothesley, não satisfeito em ser mestre do selo real e secretário do rei, também será lorde chanceler.

— Foi seu marido que contou isso a você?

— Ele disse que Wriothesley é o homem mais ambicioso do séquito do rei desde Cromwell. Que ele é um homem perigoso... exatamente como Cromwell.

— Charles não aconselha o rei a favor da reforma?

Ela sorri para mim.

— De jeito nenhum! Ninguém permanece trinta anos nas boas graças do rei dizendo a ele o que pensa.

— Então por que seu marido não tenta controlar seus ímpetos quando você decide batizar seu cachorro com o nome do bispo para provocá-lo? — pergunto, curiosa.

Catherine ri.

— Porque ninguém sobrevive a quatro esposas tentando controlá-las! — responde ela, alegremente. — Sou a quarta esposa, e ele me deixa pensar o que eu quiser e fazer o que eu quiser, desde que não o atrapalhe.

— Ele sabe que você lê, que tem suas próprias opiniões? Permite isso?

— Por que não? — Ela faz as perguntas mais desafiadoras que uma mulher pode fazer. — Por que eu não deveria ler? Por que eu não deveria ter minhas opiniões? Por que eu não deveria falar?

Nas longas noites escuras da primavera, o rei não consegue dormir por causa da dor. Fica bastante melancólico quando acorda muito antes do raiar do dia. Encomendei um relógio bonito para me ajudar a passar o tempo e fico observando o ponteiro dos minutos mover-se em silêncio sob a luz tremeluzente de uma pequena vela que deixo ao lado de meu marido, sobre a mesa. Quando ele acorda, aflito e mal-humorado, por volta das cinco da manhã, eu me levanto e acendo todas as velas, atiço o fogo da lareira e, com frequência, peço a um pajem que busque um pouco de cerveja e doces na cozinha. Então o rei gosta que eu me sente a seu lado e leia para ele enquanto as velas derretem. Aos poucos, bem aos pouquinhos, a claridade surge na janela; primeiro uma escuridão acinzentada, depois um cinza mais claro, e, por fim, depois do que me parecem horas, vejo finalmente a luz do dia e digo ao rei:

— A manhã está chegando.

Sinto ternura por ele nessas longas noites de dor. Não me levanto nem me sento ao lado de Henrique de má vontade, embora saiba que estarei cansada quando a manhã finalmente chegar. Então ele poderá dormir, mas eu precisarei cumprir as obrigações da corte por nós dois: conduzir todos à missa; tomar o café da manhã diante de uma centena de olhos atentos; ler com a princesa Maria; assistir à corte saindo para caçar; almoçar com todos ao meio-dia; ouvir os conselheiros à tarde; jantar, acompanhar as festas e danças noturnas e, com frequência, dançar também. Tudo isso às vezes é um prazer, mas é sempre uma obrigação. A corte precisa ter um foco e um líder. Se o rei não está bem, é meu dever assumir seu lugar — e esconder o quão doente ele está. Ele pode passar o dia descansando quando estou aqui, sorrindo no trono e garantindo a todos que ele está um pouco cansado, mas cada dia melhor.

Stephen Gardiner providencia todos os livros para a leitura noturna do rei. É uma biblioteca bastante limitada, mas não tenho autorização para ler nada além disso e, portanto, me vejo tendo de recitar argumentos fervorosos em favor da união da Igreja sob o domínio do papa ou histórias extravagantes sobre os primórdios da Igreja que salientam a importância dos patriarcas e do Santo Padre. Se eu acreditasse nesses textos ortodoxos, pensaria que não existem mulheres no mundo, que não houve santas no começo da Igreja sacrificando suas vidas pela própria fé. O bispo Gardiner é agora grande entusiasta da Igreja Oriental, mesmo que ela não se subordine ao papa. Ainda que a Igreja Grega deva ser nosso modelo, leio longos sermões que sugerem o alto grau de pureza que se pode alcançar na Igreja Católica em parceria com Roma. Tenho de recitar em voz alta que as pessoas devem ser mantidas em santa ignorância e que é melhor elas pronunciarem as orações sem fazer ideia do que as palavras significam. Sei que estou recitando absurdos e desprezo o bispo Gardiner por impor essas mentiras.

Henrique ouve minha leitura. Às vezes seus olhos se fecham, e vejo que adormeceu; outras, a dor o mantém alerta. Ele nunca faz observações sobre o texto, exceto para pedir que eu repita uma frase. Nunca me pergunta se concordo com os entediantes argumentos contra a reforma, e tenho o cuidado de não tecer comentários. No silêncio noturno do quarto, posso ouvir o gorgolejo do pus sendo drenado da perna e pingando na vasilha. Ele sente vergonha do cheiro e sofre com a dor. Não posso ajudá-lo nem com uma coisa nem com outra, a não ser oferecendo a ele o remédio que os médicos deixaram para induzi-lo ao sono e garantindo-lhe que mal sinto cheiro algum. Os aposentos estão repletos de pétalas de rosas secas, tomados pelo aroma forte de flores de lavanda, e em cada canto há vasilhas contendo óleo de rosas. Ainda assim, o fedor da morte permeia tudo como uma névoa.

Há noites em que ele não consegue dormir quase nada. Há dias em que não se levanta e participa da missa da cama, e seus conselheiros se reúnem na câmara adjacente ao seu quarto com a porta aberta para que o rei ouça o que eles dizem.

Sento-me ao lado de sua cama e ouço-os planejar a futura união da Inglaterra com a Escócia por intermédio do casamento de Lady Margaret Douglas, sobrinha do rei, e Matthew Stuart, um nobre escocês. Quando os escoceses rejeitam a proposta, ouço os conselheiros planejarem uma expedição a ser conduzida por Edward Seymour e John Dudley para devastar os campos da fronteira e ensinar os escoceses a respeitar seus senhores. Fico horrorizada com esses planos. Tendo morado por tantos anos no norte da Inglaterra, sei o quanto a vida é difícil naquelas terras. A linha entre a colheita e a fome é tão tênue que um exército invasor trará miséria apenas com sua passagem. Essa não pode ser a melhor maneira de nos unirmos aos escoceses. Vamos destruir nosso novo reino antes de ganhá-lo?

Mas, ao ouvir tudo em silêncio do quarto do rei, começo a entender como o Conselho Privado funciona, como o país se reporta aos lordes, que, por sua vez, se reportam ao conselho, que debate diante do rei. Em seguida o rei decide — muito por impulso — o que será feito, e o conselho considera como essa decisão deve ser transformada em lei, apresentada ao Parlamento para receber sua anuência e, então, imposta ao país.

Os conselheiros do rei, aqueles que filtram todas as notícias que ele ouve e elaboram os projetos de lei que ele exige, têm enorme poder nesse sistema, que depende do julgamento de um único homem — e esse é um homem que sente tanta dor que não consegue se levantar da cama, que se encontra frequentemente entorpecido pelos medicamentos. É fácil para o conselho ocultar informações que o rei deveria ter, ou elaborar a lei de modo que lhes favoreça. Isso deveria deixar todos preocupados com o bem-estar do país, cujo destino está nas mãos suadas de Henrique. Mas também me dá confiança para ser regente, porque vejo que, com bons conselheiros, eu poderia tomar decisões tão bem quanto o rei. É quase certo que eu poderia ser ainda melhor do que ele, pois volta e meia Henrique grita da cama "Prossigam! Prossigam!" quando algo o entedia ou uma desavença o irrita, e ele favorece um plano de ação em detrimento de outro, dependendo de quem o apresenta.

Também aprendo como ele joga um grupo contra outro. Stephen Gardiner é seu conselheiro preferido, sempre salientando que deveria haver cada vez mais restrições à Bíblia inglesa, que ela deveria se limitar aos nobres e eruditos, que deveria ser trancada em suas capelas particulares e que os pobres deveriam ser processados caso tentem lê-la. Jamais perde a oportunidade de reclamar que, por toda parte, homens debatem a sagrada Palavra de Deus como se pudessem entendê-la, como se fossem iguais aos homens instruídos.

Mas, quando Stephen Gardiner acha que venceu e que a Bíblia jamais será devolvida às igrejas, que será roubada para sempre do povo, que é quem mais precisa dela, o rei pede a Anthony Denny que convoque Thomas Cranmer.

— Você nem imagina a incumbência que vou dar a ele — diz, dando um sorriso ardiloso para mim e se recostando em sua grande pilha de travesseiros. Eu estou sentada à beira de sua enorme cama, com a mão úmida e gorda dele na minha. — Você nem imagina!

— Não imagino mesmo — respondo.

Eu gosto de Thomas Cranmer, um constante defensor da reforma da Igreja, cujo sermão foi publicado no prefácio da Bíblia inglesa. Ele sempre insistiu que o rei deve governar a Igreja na Inglaterra e que os sermões, salmos e preces devem ser em inglês. A coragem silenciosa que ele demonstrou ao enfrentar o complô contra si confirmou meu apreço por ele, e ele com frequência vai a meus aposentos para ver o que estou escrevendo e participar de nossas discussões.

— É assim que eles são manipulados — confidencia Henrique a mim. — É assim que se governa um reino, Catarina. Observe e aprenda. Primeiro você pede a opinião de um homem, depois pede a opinião de outro, rival do primeiro. Dá uma missão a um deles, elogia-o ao máximo e, em seguida, dá uma missão totalmente diferente, uma completa contradição, a seu maior inimigo. Enquanto estão lutando um contra o outro, não podem conspirar contra você. Quando estão divididos, são fáceis de comandar. Percebe?

O que percebo são planos de ação confusos, de modo que ninguém sabe o que o rei acha ou deseja de fato, uma balbúrdia na qual a pessoa que fala mais alto ou de modo mais enfático pode triunfar.

— Tenho certeza de que Vossa Majestade é sábio — respondo com cautela. — E astuto. Mas Thomas Cranmer ficaria feliz em servi-lo. O senhor não precisa manipulá-lo para ter a obediência dele, precisa?

— Ele é meu ponto de equilíbrio — afirma o rei. — Uso-o para contrabalançar Gardiner.

— Então ele terá de nos levar à Alemanha — intervém Will Somers, de repente. Eu não tinha me dado conta de que ele estava ouvindo nossa conversa. Ele estava o tempo todo em silêncio, sentado no chão e recostado em um dos grandes pilares da cama, jogando uma bolinha dourada de uma mão para a outra.

— Por quê? — pergunta Henrique, sempre tolerante com seu bobo. — Levante-se, Will. Não consigo vê-lo daqui.

O bobo se levanta de um pulo, joga a bola dourada para o alto e a apanha novamente, cantando:

Thomas tem de nos levar,
pelas montanhas, à Alemanha,
pois Stephen nos leva pelos Alpes,
em direção a Roma.

Henrique solta uma risada.

— Tenho meu contrapeso para Gardiner. Vou dizer a Cranmer para escrever um livro de orações e uma litania em inglês.

Fico perplexa.

— Um livro de orações inglês? Em inglês?

— Sim, para que, quando forem à igreja, as pessoas possam ouvir as preces em sua própria língua e compreendê-las. Como podem fazer uma confissão de verdade em uma língua que não entendem? Como podem rezar de verdade se as palavras não significam nada para elas? Os fiéis ficam no fundo da igreja e dizem "blá-blá-blá, amém".

Foi exatamente o que pensei quando traduzi os salmos do bispo Fisher do latim para o inglês.

— Que dádiva para o povo da Inglaterra isso seria! — Estou quase gaguejando de euforia. — Um livro de orações em sua própria língua! Que salvação para essas almas! Eu ficaria tão feliz se tivesse permissão para trabalhar nele também!

— Eu digo bom-dia à rainha — diz Will Somers subitamente. — Bom dia à rainha do dia.

— Bom dia para você também, Will — respondo. — Isso é uma piada?

— É a piada do dia. E a ideia do rei é o plano do dia. Após o jantar vai ser diferente. Agora falamos com Cranmer, e esta noite, veja só, será lorde Gardiner a fonte de toda a sabedoria. E a senhora é a rainha do dia.

— Cale-se, bobo — ordena o rei. — O que você acha, Catarina?

Apesar da advertência de Will, não consigo deixar de responder com entusiasmo:

— Acho que é uma oportunidade para se escrever algo que seja tanto verdadeiro quanto belo. E o que é belamente escrito há de conduzir as pessoas a Deus.

— Mas não podem ser apenas floreios — insiste Henrique. — Não pode ser um deus falso. Precisa ser uma verdadeira tradução do latim, não um poema separado.

— Tem de ser a Palavra. O Senhor falou de uma linguagem simples com gente simples. Nossa Igreja precisa fazer o mesmo. Mas acho que há grande beleza na simplicidade.

— Por que você mesma não escreve algumas orações? — pergunta Henrique, de súbito. — De próprio punho?

Por um instante, pergunto-me se ele sabe do meu livro de salmos traduzidos, publicado sem um nome na capa. Pergunto-me se os espiões dele lhe disseram que já traduzi preces e as discuti com o arcebispo. Balbucio:

— Não, não, eu não ousaria...

Mas ele é sincero no interesse que demonstra.

— Sei que Cranmer tem você em alta estima. Por que não escrever algumas orações originais? E por que você não traduz algumas orações da Missa e mostra sua versão a ele? Traga uma para eu ler. E a princesa Maria trabalha com você, não? E Elizabeth?

— Com o tutor — respondo, cautelosa. — E sua prima Jane Grey.

— Eu acredito que as mulheres devem estudar — comenta o rei com gentileza. — Não faz parte das obrigações de uma mulher permanecer ignorante. E você tem um marido instruído e erudito; não há a menor chance de você me superar!

Ele ri com a ideia, e eu rio com ele.

Sequer olho para o bobo, embora saiba que ele está ouvindo, aguardando minha resposta.

— O que o senhor achar melhor, milorde. Eu gostaria de fazer esse trabalho, e seria um aprendizado para as princesas também. Mas o senhor decide até onde devemos ir.

— Vocês podem ir longe — decreta o rei. — Podem ir até onde Cranmer quiser. Porque, se ele for longe demais, eu enviarei meu cachorro Gardiner para colocá-lo na linha.

— Seria possível encontrar um meio-termo? — pondero em voz alta. — Ou Cranmer escreve as orações da missa em inglês e as publica em inglês, ou não faz nada.

— Nós iremos encontrar o meu caminho — responde Henrique. — Meu caminho é inspirado por Deus, e sou Seu governante na Terra. Ele fala comigo. Eu O ouço.

— Veja bem... — Will de repente salta para perto da lareira e se dirige ao cão adormecido, erguendo a grande cabeça do animal e acomodando-a sobre os joelhos — Se ela dissesse isso, ou se eu dissesse isso, nos chamariam de loucos. Mas, se é o rei quem diz, todo mundo acha que é a mais pura verdade, pois ele descende de Deus e tem o óleo sagrado no peito. Nunca há de estar enganado.

O rei estreita os olhos para seu protegido.

— Nunca hei de estar enganado porque sou rei — afirma. — Porque um rei está acima dos mortais e logo abaixo dos anjos. Porque Deus fala comigo e ninguém mais pode ouvi-Lo, assim como você não pode ser sábio, porque é o bobo da minha corte. — Ele olha para mim de relance. — Assim como ela nunca pode ter uma opinião diferente da minha, porque é minha esposa.

Nessa noite, rezo por discernimento. Durante toda minha vida, fui uma esposa obediente, primeiro de um menino tolo e medroso, depois de um homem poderoso e frio. Aos dois fui inteiramente obediente, pois essa é a obrigação da esposa, estipulada por Deus e ensinada a toda mulher. Agora sou casada com o rei da Inglaterra e lhe devo três tipos de obediência: como esposa, como súdita e como parte da Igreja da qual ele é o chefe supremo. Ler livros que ele não aprovaria e nutrir opiniões que ele não teria é uma deslealdade ou coisa pior. Devo pensar como ele, dia e noite. Mas não entendo como Deus me daria intelecto sem querer que eu pense por mim mesma. As palavras ecoam em minha cabeça: *não entendo como Deus me daria intelecto sem querer que eu pense por mim mesma.* E com ela vem o dístico: *Deus me deu um coração, deve querer que eu ame.* Sei que essas frases não trazem a lógica de um filósofo, mas sim de um poeta. Tenho a sensibilidade de um escritor: são as palavras que me convencem, assim como a ideia. *Deus me deu intelecto, deve querer que eu pense. Deus me deu um coração, deve querer que eu ame.* Ouço-as em minha mente. Não as digo em voz alta, nem mesmo aqui, nesta capela deserta. Mas, quando ergo os olhos para a pintura do Cristo crucificado, tudo que vejo é o sorriso sombrio de Thomas Seymour.

Nan entra no aposento onde ficam meus pássaros. Estou sentada no banco junto à janela com um par de canários amarelos na mão, bicando o pedaço de pão *manchet* que seguro para eles. Deleito-me com seus olhinhos vivazes, o inclinar das cabecinhas, o brilho de suas cores, a penugem elaborada e suas patinhas ásperas. Eles são como milagres da vida, acomodados na palma de minha mão.

— Shhh — chio baixinho, sem erguer a cabeça.

— Você precisa ouvir isso — diz Nan, em tom de fúria contida. — Guarde os pássaros.

Ergo os olhos para recusar, mas logo vejo sua expressão sombria. Atrás dela, Catherine Brandon está pálida. Ao lado dela, Anne Seymour está séria.

Com gentileza, para não assustar os pássaros, ponho-os dentro da bela gaiola, e os dois saltam para seus poleiros. Um deles se endireita e começa a alisar as penas como se fosse um importante embaixador que acabou de retornar de uma visita e precisa ajeitar seu manto.

— O que houve?

— É o novo Ato de Sucessão — anuncia Nan. — O rei está nomeando seus sucessores antes de travar a guerra contra a França. Charles Brandon e Edward Seymour estavam com ele durante a reunião do conselho, e Wriothesley, Wriothesley!, também estava presente com os advogados, redigindo o ato.

— Sei de tudo isso — respondo, calmamente. — Ele conversou sobre isso comigo.

— Ele lhe disse que está colocando os herdeiros que vierem de você na linha sucessória atrás do príncipe Eduardo? — pergunta ela.

Viro-me de súbito, fazendo os passarinhos se agitarem na gaiola.

— Os herdeiros que vierem de mim?

— Precisamos tomar cuidado com o que dizemos — adverte Anne Seymour, correndo os olhos ao redor, como se o papagaio pudesse relatar ao bispo Gardiner qualquer palavra de traição.

— Claro, claro — digo, assentindo. — Só fiquei surpresa.

— E também quaisquer outros herdeiros — diz Catherine Brandon, sua voz muito baixa, o rosto cauteloso e impassível. — Era a isso que queríamos chegar, na verdade.

— Outros herdeiros?

— De qualquer futura rainha.

— Qualquer futura rainha? — repito. Olho para Nan, não para Catherine ou Anne. — Ele está fazendo planos para uma futura rainha?

— Não exatamente — tranquiliza-me Anne Seymour. — Só está redigindo um Ato de Sucessão que ainda se aplicaria se a senhora morresse antes dele. Digamos que a senhora morra antes dele...

Nan se exaspera.

— De quê? Ela tem idade para ser filha dele!

— É preciso prever situações assim! — insiste Anne Seymour. — Digamos que a senhora tenha o azar de ficar doente e morrer...

Catherine e Nan trocam olhares impassíveis. É evidente que Henrique viveu mais que suas rainhas, e nenhuma delas, com exceção de Jane Seymour, nunca ficou doente.

— Então ele seria obrigado a se casar de novo e ter um filho, se possível — conclui Anne Seymour. — Não significa que ele esteja planejando isso ou que seja a intenção dele. Não quer dizer que tenha alguém em mente.

— Não — resmunga Nan. — Ele não tinha isso em mente; alguém botou isso na cabeça dele. Fizeram isso agora. E os maridos de vocês estavam presentes quando isso aconteceu.

— Talvez seja apenas a maneira adequada de redigir o Ato de Sucessão — sugere Catherine.

— Não, não é — insiste Nan. — Se a rainha morresse, se ele se casasse de novo e tivesse um filho, o menino seria sucessor de Eduardo por direito de nascimento e sexo. Não há necessidade de o rei especificar essa possibilidade. Se a rainha morresse, um novo casamento e um novo herdeiro significariam um novo Ato de Sucessão. Isso não precisa ser especificado aqui e agora. Isso é só para plantar a ideia de outro casamento em nossa cabeça.

— Em nossa cabeça? — pergunto. — O rei quer que eu ache que ele pode me repudiar e se casar de novo?

— Ou quer que o país esteja preparado para isso — murmura Catherine Brandon.

— Ou os conselheiros dele estão pensando em uma nova rainha. Uma nova rainha que defenda a antiga Igreja — responde Nan. — Você os decepcionou.

Ficamos todas em silêncio por um instante.

— Charles disse quem acrescentou a cláusula? — pergunta Anne Seymour a Catherine.

Ela dá de ombros.

— Acho que foi Gardiner. Não sei ao certo. Quem mais poderia querer preparativos para uma nova rainha, uma sétima rainha?

— Uma sétima rainha? — repito.

— A questão é que, como rei da Inglaterra e chefe da Igreja, Sua Majestade pode fazer o que quiser.

— Eu sei disso — respondo, com frieza. — Sei que ele pode fazer o que quiser.

Palácio de Whitehall, Londres, verão de 1544

Thomas Cranmer tem trabalhado constantemente em sua liturgia; ele a leva ao rei, oração por oração, e nós três lemos e relemos tudo. Cranmer e eu estudamos o original em latim, reformulamos os versos e lemos novamente para o rei, que escuta batendo de leve a mão na poltrona como se ouvisse uma música. Às vezes, faz um gesto de aprovação para o arcebispo ou para mim e exclama "Ouçam! É como um milagre ouvir a Palavra de Deus em nossa própria língua!"; às vezes, franze o cenho e diz "Essa frase está estranha, Catarina. Prende na língua feito pão velho. Ninguém nunca vai dizer isso com fluidez. É melhor reformular, o que você acha?". E eu examino o verso e experimento algumas mudanças para fazê-lo fluir.

Ele não diz nada sobre o Ato de Sucessão, e eu também não. A proposta vai para o Parlamento e é transformada em lei sem que eu comente com meu marido que ele está fazendo planos para minha morte, embora eu tenha idade para ser sua filha; que ele está fazendo planos para uma rainha me suceder apesar de não ter nenhuma reclamação a meu respeito. Gardiner está longe da corte, Cranmer é uma companhia frequente, e o rei adora trabalhar conosco.

Ele é sincero quando diz que quer que essa tradução seja oferecida às igrejas. Às vezes, comenta com Cranmer:

— Tudo bem, mas isso precisa ser ouvido na galeria, onde ficam os pobres. Precisa ser claro. Precisa ser audível mesmo quando um padre velho está murmurando as palavras.

— Os padres velhos não lerão isso a menos que o senhor os obrigue — adverte Cranmer. — Muitos acham que, se não for em latim, não é missa.

— Eles seguirão minhas ordens — responde o rei. — Esta é a Palavra de Deus em inglês, e eu a estou dando ao meu povo, não importa o que os velhos padres e os velhos tolos como Gardiner desejam. E a rainha vai traduzir as preces antigas e escrever algumas novas.

— Você vai? — pergunta Cranmer para mim, com um sorriso gentil.

— Estou pensando nisso — respondo, com cautela. — O rei está sendo generoso de me encorajar.

— Ele tem razão — diz Cranmer, fazendo uma reverência. — Que Igreja teremos com a missa em inglês e com preces escritas pelos fiéis! Pela rainha da Inglaterra em pessoa!

O clima mais quente faz com que a perna do rei melhore um pouco. Grande parte do pus foi drenado, e agora a ferida apenas goteja. Ele fica mais alegre. Ao trabalhar comigo e com o arcebispo, Henrique parece recuperar um pouco de seu antigo gosto pelos estudos, e isso até aprofunda seu amor a Deus. Ele gosta de que o visitemos quando está sozinho antes do jantar, talvez acompanhado apenas por um pajem servindo-lhe alguns doces ou um de seus escreventes. Agora, por necessidade, usa óculos de armação de ouro para poder ler e não gosta de que a corte o veja com o acessório. Tem vergonha de sua vista cada vez mais embaçada e teme ficar cego, mas ri quando, certo dia, seguro seu rosto gordo nas mãos, beijo-o e digo-lhe que ele parece uma sábia coruja, que fica bonito de óculos e deveria usá-los sempre.

Passo os dias em meus aposentos e consigo trabalhar na liturgia com minhas damas. À tarde, Thomas Cranmer frequentemente aparece, e trabalhamos juntos. Não é uma obra longa, claro, mas é intensa. A sensação é de que cada palavra deve possuir um peso sagrado. Não há nenhuma linha desnecessária ou palavra equivocada, do começo ao fim.

Em maio, o arcebispo traz para mim a primeira cópia impressa, faz uma reverência e deixa-a em meu colo.

— É ela? — pergunto, quase que com assombro, meu dedo sobre a capa lisa de couro.

— É ela — responde Cranmer. — Uma obra minha e sua, talvez a maior obra que farei na vida. Talvez a maior dádiva que a senhora poderá oferecer ao povo inglês. Agora as pessoas poderão rezar em sua própria língua. Agora poderão orar e ter certeza de que Deus as ouve. Poderão ser de fato o povo de Deus.

Não consigo tirar minha mão da capa: é como se estivesse tocando a mão de Deus.

— Milorde, esta é uma obra que vai durar por gerações.

— E a senhora participou dela — responde ele, com generosidade. — Aqui há a voz de uma mulher, há a voz de um homem, e homens e mulheres dirão essas preces, talvez até se ajoelhem lado a lado, iguais perante os olhos de Deus

Palácio de St. James, Londres, verão de 1544

Temos dias de sol, e o rei fica cada vez mais forte. Está satisfeito com a campanha contra a Escócia, e, em junho, vamos ao reformado Palácio de St. James para o casamento da sobrinha dele, Margaret Douglas, minha dama de companhia e amiga, com um nobre escocês, Matthew Stuart, conde de Lennox. Aqui o rei pode caminhar no jardim e começa a se locomover com mais facilidade; chega até a praticar arco e flecha, embora jamais vá voltar a jogar tênis. Fica observando os rapazes da corte, e sei que os fita como se ainda fossem seus rivais, mesmo que seja bem mais velho do que eles, do que os pais deles, e nunca mais volte a dançar. Sobretudo, Henrique observa o belo e jovem noivo, Matthew Stuart.

— Ele vai conquistar a Escócia para mim — diz em meu ouvido enquanto os noivos caminham pela nave da capela de mãos dadas. A sobrinha de Henrique dá uma piscadela travessa ao passar por mim. É uma noiva difícil de se dominar; ela se sente aliviada por finalmente ter permissão para se casar, quase aos 30 anos, depois de dois escândalos, ambos envolvendo rapazes da família Howard. — Ele vai conquistar a Escócia para mim, e depois o príncipe Eduardo vai se casar com a pequena rainha dos escoceses, Maria, e conseguirei fazer com que a Escócia e a Inglaterra se unam.

— Isso seria maravilhoso, se for possível.

— É claro que é possível.

O rei levanta-se com dificuldade e se apoia no braço de um pajem enquanto caminhamos pela nave. Sigo a seu lado, e avançamos devagar, um trio desajeitado, em direção à porta aberta da capela. Haverá um grande banquete para comemorar o casamento, tão promissor à segurança da Inglaterra.

— Com os escoceses ao meu lado, ficarei livre para invadir a França — diz Henrique.

— Senhor meu marido, está mesmo bem para ir pessoalmente à guerra?

O sorriso que ele abre é mais radiante do que o de qualquer jovem capitão em seu exército.

— Consigo cavalgar. Por mais que minha perna fraqueje quando eu ando, consigo me sentar sobre um cavalo. E cavalgando na dianteira de meu exército, posso liderá-los até Paris. Você vai ver.

Metade do Conselho Privado veio até mim para implorar que eu convença o rei a não ir pessoalmente para a guerra. Segundo o embaixador espanhol, até o imperador aconselha o mesmo. Ergo os olhos para Henrique, prestes a protestar, quando vejo, entre as centenas de pessoas que abarrotam a capela, uma cabeça morena, um perfil, uma joia no chapéu, e, por baixo da aba, um olhar de relance para mim. Imediatamente reconheço meu amante, Thomas Seymour.

Eu o reconheceria em qualquer lugar. Reconheci-o pela nuca. O rei tropeçou e está brigando com o pajem por não conseguir apoiá-lo. Eu me afasto e seguro o braço de Nan com força, sentindo-me tonta, a capela pouco iluminada girando à minha volta, e penso que vou desmaiar.

— O que foi? — pergunta ela.

— Cólica — respondo, usando a primeira desculpa que me vem à cabeça. — São só minhas regras descendo.

— Vamos com calma — diz ela, olhando para mim. Ela não nota a presença de Thomas, e ele tem o bom senso de dar um passo para trás e sumir de vista. Dou alguns passos cambaleantes, pisco várias vezes. Não consigo vê-lo, mas posso sentir seu olhar, posso sentir sua presença na pequena capela, posso quase sentir o cheiro de seu suor. É como se os contornos de seu peito nu estivessem impressos em minha mente, marcados a ferro em brasa. Sinto como se qualquer um que olhasse para mim pudesse deduzir que sou a amante dele, a prostituta dele. Uma noite, deitada sob seu corpo, implorei a ele que me penetrasse a madrugada inteira, como se eu fosse sua terra, e ele o arado.

Cravo as unhas nas palmas das mãos como se quisesse arrancar sangue. Henrique ordenou que outro pajem o ajude, e agora há um jovem de cada lado do rei enquanto caminhamos. Ele bateu a perna e está lutando contra a dor, esforçando-se para manter o equilíbrio. Não olha para mim. Ninguém notou minha vertigem. As pessoas estão observando-o, comentando que ele está mais forte do que antes, mas ainda necessita de ajuda. Henrique olha com raiva de um lado para outro. Não quer ouvir ninguém sugerindo que ainda não está bem o bastante para cavalgar à frente do próprio exército.

Com um aceno de cabeça, ele me chama para perto de si.

— Tolos — comenta.

Meus lábios se contorcem em um sorriso e eu assinto, mas não o ouço de fato.

As trombetas bradam quando entramos no grande salão, e eu me lembro do gosto da boca de Thomas, do modo como ele morde meus lábios em um beijo. Tenho uma lembrança súbita, clara como se estivesse acontecendo agora, de seus dentes mordiscando meu lábio inferior até meus joelhos fraquejarem e ele me levar para a cama. Com a corte fazendo reverência para nós, Henrique e eu avançamos com pompa até o estrado. Não consigo ver nada além do rosto de Thomas à luz das velas. Dois homens vão para o lado do rei para ajudar seu imenso corpo a subir os dois pequenos degraus. Em seguida, acomodam-no no trono com a perna erguida e apoiada. Ocupo meu lugar a seu lado e olho por cima das muitas cabeças da corte, para além da porta escancarada que leva ao pátio interno, onde a tarde banha os tijolos vermelhos com uma luz rosada.

Respiro fundo. Aguardo o momento inevitável em que Thomas Seymour virá fazer sua reverência, um momento que está prestes a acontecer.

Percebo uma movimentação ao meu lado. A princesa Maria acomoda-se em seu assento, junto ao meu.

— Está bem, Vossa Majestade? — pergunta-me.

— Por quê?

— Está tão pálida...

— Só um pouco de cólica — respondo. — Sabe como é.

Ela assente. Ela própria costuma sentir muita dor e sabe que não posso deixar de participar desse banquete nem demonstrar qualquer indisposição.

— Tenho um extrato de folhas de framboesa em meu quarto — oferece. — Posso pedir a alguém que busque para a senhora.

— Sim, sim, por favor — digo sem pensar.

Meu olhar percorre o salão. Thomas terá de vir até nós e saudar o rei antes que os servos iniciem a interminável procissão de pratos que compõem o banquete de noivado. Ele precisa vir e fazer reverência, e depois tomar seu lugar à mesa dos nobres lordes da corte. Todos o verão se inclinar perante o rei e, em seguida, ele fará uma mesura para mim. Não pode haver qualquer comentário sobre a minha palidez. Ninguém pode saber que meu coração está batendo tão rápido que acho que a princesa Maria conseguirá ouvi-lo por cima do barulho da corte arrastando os bancos e ocupando seus lugares.

Pergunto-me se ele perderá a coragem, se sua bravura tranquila e sorridente irá abandoná-lo e ele não virá para o banquete. Ou será que Thomas está lá fora neste momento, tomando coragem para entrar? Talvez ele pense que não vai conseguir me cumprimentar, talvez não consiga me parabenizar por meu casamento e minha ascensão à realeza. Mas ele sabe que terá de fazer isso. Seria melhor que fizesse isso agora ou mais tarde?

Logo quando penso que está demorando tanto que deve ter inventado alguma desculpa para se ausentar, eu o vejo. Ele abre caminho por entre as mesas, lançando um sorriso para um homem, dando um tapinha no ombro de outro, andando pela multidão. As pessoas chamam seu nome e cumprimentam-no.

Ele para diante do estrado, e, do alto, o rei olha para ele.

— Tom Seymour! — exclama. — Fico muito contente com seu retorno. Deve ter cavalgado rápido. Veio de muito longe.

Thomas faz uma reverência. Ele não olha para mim. Sorri para o rei, aquele seu familiar sorriso tranquilo.

— Cavalguei como um ladrão de cavalos — confessa. — Estava com medo de chegar tarde demais e Vossa Majestade partir para a guerra sem mim.

— Chegou bem a tempo — responde o rei. — Porque partirei dentro de um mês.

— Eu sabia! — exclama Thomas. — Sabia que Vossa Majestade não esperaria por nada. — E o rei sorri para ele. — Poderei acompanhá-lo?

— Eu não aceitaria outro homem ao meu lado. Você será o marechal do exército. Confio em você, Tom. Seu irmão está viajando, dando uma surra nos escoceses para pacificá-los. Conto com você para trazer glória a seu nome e defender a herança de seu sobrinho real na França.

Thomas põe a mão no coração e faz uma reverência.

— Eu preferiria morrer a desapontar Vossa Majestade.

Ele ainda não olhou para mim.

— Pode cumprimentar sua rainha — diz Henrique.

Thomas vira-se para mim e curva-se em uma reverência respeitosa, o gesto mais gracioso do mundo, a mão de dedos longos fazendo um floreio até o chão com o chapéu bordado.

— É uma grande alegria ver Vossa Majestade — diz ele, a voz completamente equilibrada e tranquila.

— Seja bem-vindo de volta à corte, Sir Thomas — respondo cuidadosamente. Ouço as palavras como se eu fosse uma menininha recitando-as em uma sala de aula, aprendendo a maneira correta de cumprimentar um embaixador que volta de viagem: "Seja bem-vindo de volta à corte, Sir Thomas."

— E ele fez um excelente trabalho para nós! — Henrique vira-se para mim e dá tapinhas gentis em minha mão, que repousa sobre o apoio de braço do meu trono. Ele deixa sua palma úmida sobre a minha, como se para mostrar que é dono de minha mão, meu braço, meu corpo. — Sir Thomas estabeleceu um tratado com os Países Baixos que nos manterá a salvo no percurso para a França. Ele conseguiu persuadir a rainha Maria, a governante. É um sedutor, esse homem. Você a achou bonita, Tom?

Pela hesitação de Thomas, posso ver que se trata de uma brincadeira maldosa com a falta de beleza da rainha.

— Ela é uma dama ponderada e graciosa — responde ele. — E preferiria ter paz com a França a ter uma guerra.

— Isso é muito estranho! — intervém Will Somers. — Uma mulher ponderada que deseja a paz. O que o senhor nos descreverá em seguida, Tom Seymour? Um francês honesto? Um alemão espirituoso?

A corte inteira ri.

— Bem, seja bem-vindo ao lar, bem em tempo de ir para a guerra; os tempos de paz acabaram! — exclama Henrique, erguendo seu grande cálice. Todos se levantam e erguem seus copos e canecas em um brinde à guerra. Ouve-se o barulho de bancos sendo arrastados no chão de madeira quando as pessoas sentam-se novamente, e Thomas faz uma reverência e se dirige à mesa reservada aos nobres mais importantes da corte. Ele toma seu lugar, alguém lhe serve vinho, um homem dá um tapinha em suas costas. Ele ainda não olhou para mim.

Palácio de Whitehall, Londres, verão de 1544

Ele não olha para mim. Ele nunca olha para mim. Quando estou dançando em um círculo e meus olhos percorrem os rostos sorridentes, nunca o vejo. Ele está conversando com o rei ou em um canto rindo com um amigo. Está em uma mesa de jogo ou olhando para fora da janela. Quando a corte sai para caçar, ele a acompanha em seu imenso cavalo negro, o rosto voltado para baixo, ajustando a cilha ou alisando o pescoço do animal. Quando há treino de arco e flecha, seus olhos escuros se estreitam e focam apenas no alvo. Quando joga tênis, com um cachecol de linho branco enrolado no pescoço, a camisa aberta no pescoço, sua atenção se limita apenas ao jogo. Quando vai à missa pela manhã, com a mão do rei pousada em seu ombro, não olha para o local onde eu e minhas damas estamos ajoelhadas, as cabeças curvadas em oração. Durante a longa cerimônia, quando espio por entre meus dedos, vejo que ele não está rezando de olhos fechados; fica contemplando o ostensório, seu rosto iluminado pela luz que vem do vitral acima do altar, belo como um santo esculpido. Nesse momento, fecho os olhos e sussurro em minha mente: "Deus, me ajude; Deus, tire de mim esse desejo; Deus, me deixe tão cega para ele quanto ele está cego para mim."

— Thomas Seymour nunca me dirige uma palavra — comento com Nan quando estamos sozinhas antes do jantar, certa noite, para ver se ela também notou esse fato.

— Não? Ele é vaidoso como um cachorrinho, sempre flertando com alguém. Mas o irmão dele também não se importa muito com você. Fazem parte de uma família que se acha extremamente importante, e claro que não querem uma madrasta Parr que faça as pessoas se esquecerem da mãe do príncipe. Ele sempre é perfeitamente educado comigo.

— Sir Thomas fala com você?

— Só de passagem. Por educação. Não tenho muito tempo para ele.

— Ele pergunta como estou?

— Por que perguntaria? Ele pode ver como está. Se estiver interessado em saber sobre seu bem-estar, ele pode lhe perguntar sobre isso pessoalmente.

Dou de ombros, como se não me importasse.

— É só que, desde que voltou dos Países Baixos, ele parece não ter tempo para nenhuma das damas. Antes ele flertava tanto... Talvez tenha deixado o coração lá.

— Talvez — responde Nan. Algo em meu rosto faz com que ela lembre: — Não que você se importe.

— Não me importo nem um pouco.

Ver Thomas todo dia atrapalha meu confiante progresso em respeitar e amar o rei e traz de volta sentimentos que eu tinha antes do meu casamento, como se o último ano nunca houvesse existido. Estou com raiva de mim mesma: depois de um ano de um bom casamento, estou outra vez como uma menininha apaixonada. Preciso dobrar os joelhos novamente diante de Deus e implorar a Ele que esfrie meu coração, que mantenha meus olhos longe de Thomas e meus pensamentos em minhas obrigações com meu marido e no amor que devo a ele. Preciso me lembrar de que Thomas não está brincando comigo, tampouco está me torturando; está fazendo o que combinamos — mantendo-se o mais longe possível de mim. Preciso me lembrar de que antes, quando eu o amava e me deleitava em saber que ele me amava também, eu era viúva e livre. Agora sou casada, e sentir o que eu sinto é um pecado contra meus votos e contra meu marido.

Rezo a Deus para não abalar a relação de tranquila e amorosa ternura que estabeleci com o rei, para continuar a ser uma boa esposa tanto em meus sonhos quanto na vida cotidiana. Mas, à medida que a presença de Thomas atribula meus pensamentos, começo a sonhar novamente, não com um casamento feliz e as obrigações de uma esposa obediente, mas com uma escada úmida, uma vela na mão e o fedor de carne podre à minha volta. No sonho, subo na direção de uma porta que se acha trancada e tento abri-la, e o cheiro de morte é cada vez mais forte. Preciso saber o que há atrás da porta. Preciso saber. Estou apavorada com o que posso encontrar, mas é um sonho, e não consigo me deter. Tenho a chave na mão e tento ouvir algum sinal de vida no cômodo que cheira a morte. Insiro a chave, giro-a em silêncio e a trava se abre. Empurro a porta, e ela se abre por completo.

O medo me acorda. Sento-me de súbito na cama, ofegante, o rei dormindo profundamente no quarto ao lado, a porta aberta entre os cômodos deixando entrar seu ronco trovejante e o cheiro terrível de sua perna. Está tão escuro que devem faltar muitas horas para o raiar do dia. Cansada, levanto-me e me dirijo à mesa em busca de meu novo relógio. O pêndulo dourado balança para a frente e para trás em equilíbrio perfeito, emitindo um clique baixinho, como as batidas constantes do coração. Sinto o meu coração acelerado ajustar-se ao ritmo dos cliques. É uma e meia da manhã, falta muito tempo para a alvorada. Visto um manto e sento-me ao lado do fogo moribundo. Pergunto-me como passarei essa noite, como passarei o dia seguinte. Cansada, ajoelho-me e rezo novamente para que Deus tire de mim essa paixão. Não busquei o amor por Thomas, mas também não resisti a ele. E agora estou aprisionada nesse desejo como uma borboleta com as patas imersas em mel e, quanto mais me debato, mais afundo. Acho que não conseguirei suportar o fato de viver tentando cumprir minhas obrigações a um homem bom, um marido generoso e gentil que demanda apenas atenção e um coração amoroso, quando tudo que faço é ansiar por um homem que não precisa de mim, mas deixa meu corpo em brasa.

E então, embora eu seja prisioneira do pecado do medo, escrava de uma paixão, algo muito estranho acontece. Embora não esteja nem perto de amanhecer, embora seja a hora mais escura da noite, sinto o quarto ficar mais claro, as brasas do fogo brilharem com mais intensidade. Ergo o rosto, e minha testa já não lateja, meu suor esfriou. Sinto-me bem, como se tivesse dormido bem e estivesse acordando em uma bela manhã. O cheiro que vem do quarto do rei está mais brando, e volto a sentir extrema compaixão pela dor e pela doença. Seu ruidoso ronco está mais baixo, e fico feliz que ele esteja dormindo bem. Sem acreditar, sinto como se pudesse ouvir a voz de Deus, como se Ele estivesse comigo, como se tivesse vindo até mim nesta noite de provação, como se, em Sua misericórdia, Ele pudesse olhar para mim, uma pecadora, uma mulher que pecou e ansiou pelo pecado, que continua ansiando pelo pecado, e ainda assim me perdoar.

Permaneço ajoelhada na pedra da lareira até o relógio sobre a mesa anunciar, com seu som curto e melodioso, que são quatro da madrugada, e dou-me conta de que passei horas em um transe de oração. Rezei, e acredito ter sido ouvida. Pedi, e acredito ter sido atendida. Nenhum padre ouviu minha confissão ou me deu absolvição, nenhuma igreja recebeu minhas gratificações, nenhuma peregrinação, nenhuma cura milagrosa e nenhuma relíquia barata me ajudou a chegar à presença de Deus. Simplesmente pedi Sua grande misericórdia e a recebi, conforme Ele nos prometeu na Bíblia.

Levanto-me do chão e volto à minha cama, ainda um pouco trêmula. Acredito, com uma sensação de grande e maravilhado assombro, que fui abençoada, como Deus prometeu que eu seria. Creio que Ele veio até mim, uma pecadora, e que recebi, por Sua graça, o perdão e a remissão de meus pecados.

Palácio de Whitehall, Londres, verão de 1544

O exército está içando velas para ir à França; Thomas Howard já partiu com a vanguarda, mas o rei segue adiando sua partida.

— Convoquei meu astrônomo — diz ele para mim certa manhã, quando estamos saindo da missa. — Venha comigo e ouça o que ele me aconselha.

O astrônomo do rei está à altura de qualquer outro homem dedicado às ciências na Europa, com seu conhecimento da movimentação de estrelas e planetas. Ele é capaz de identificar uma data favorável a qualquer aventura, dependendo do planeta que se encontra em ascensão. Trilha um caminho difícil entre a descrição do movimento conhecido e observável dos astros, que é filosofia, e a arte da adivinhação, que é ilegal. Sugerir que o rei possa estar doente ou ferido é traição; portanto, qualquer coisa que o astrônomo veja ou preveja deve ser descrita com extremo cuidado. Mas Nicholas Kratzer já desenhou mapas para o rei muitas vezes e sabe formular suas advertências e conselhos de modo a permanecer dentro da lei.

Ao nos dirigirmos à sua câmara privada, Henrique acomoda minha mão sob o braço e apoia-se em seu pajem. Atrás de nós segue o restante da corte, os nobres do séquito do rei e minhas damas. Em algum lugar entre eles está Thomas Seymour; não o procuro. Acho que Deus conservará minha determinação. Não o procurarei.

Atravessamos a câmara de audiências, e a maior parte da corte se detém e permanece nela, esperando. Apenas alguns de nós seguem para a câmara privada, onde uma grande mesa foi arrastada até o centro do cômodo, coberta de mapas; os pesos de papel em cima deles são pequenos símbolos astrológicos de ouro. Nicholas Kratzer, seus olhos azuis cintilando, está à nossa espera, segurando uma haste comprida em uma das mãos e brincando com duas das pecinhas de ouro na outra. Ele faz uma reverência profunda ao nos ver e aguarda as ordens do rei.

— Ótimo, vejo que você já está pronto. Vim ouvi-lo. Diga-me o que acha.

O rei aproxima-se da mesa e apoia-se pesadamente sobre ela.

— Estou certo ao achar que o senhor se aliou à Espanha para esta guerra contra a França? — pergunta o astrônomo.

Henrique assente.

— Até eu sei disso! — interrompe Will Somers, sentado embaixo da mesa. — Se isso é uma previsão, eu mesmo poderia tê-la feito. E poderia tê-la encontrado no fundo de uma caneca de cerveja em qualquer taberna próxima à Torre. Não preciso olhar para estrelas. Dê-me o dinheiro para pagar uma caneca de cerveja, e eu faço outra previsão.

O astrônomo sorri para o rei, nem um pouco incomodado com o bobo. Atrás de nós, vejo que alguns cortesãos entraram na sala. Thomas não está entre eles. A porta se fecha. Talvez ele esteja aguardando na câmara de audiências, talvez tenha se recolhido a seus aposentos ou ido ao estábulo para ver seus cavalos. Suponho que esteja me evitando para nossa segurança. Eu queria poder ter certeza disso. Não consigo deixar de temer que ele tenha perdido o interesse por mim e que esteja me evitando para nos poupar do constrangimento de um amor que morreu.

— Então vou mostrar-lhe primeiro o mapa do imperador da Espanha, seu aliado — diz Nicholas Kratzer. Ele estende um mapa e mostra que a sorte do imperador estará em ascensão neste outono.

— E aqui está o mapa do rei francês.

Há um murmúrio de interesse, pois o mapa mostra nitidamente que Francisco da França está entrando em um período de fraqueza e desorganização.

— Isso é promissor — diz Henrique, satisfeito. Ele olha de relance para mim. — Você não acha?

Eu não estava prestando atenção, mas agora me mostro alerta e interessada.

— Ah, sim.

— E este é o mapa de Vossa Majestade.

Nicholas Kratzer indica o mapa mais complexo de todos. Os símbolos de Marte — os cães de guerra, a lança, a flecha, a torre — estão todos desenhados no mapa do rei, lindamente colorido.

— Está vendo? — O rei me cutuca. — Muito bélico, não é?

— Marte está em ascensão em sua casa — informa o astrônomo. — Raramente vi tanto poder em um homem.

— Sim, sim — aprova o rei. — Eu sabia. Você está vendo isso nas estrelas?

— Certamente. Mas aí está o perigo...

— Que perigo?

— Marte também simboliza dor, o calor no sangue, a dor nas pernas. Temo pela saúde de Vossa Majestade.

Há um murmúrio baixo de concordância. Todos nós tememos pela saúde do rei. Ele acha que pode cavalgar para a guerra como um menino quando não consegue sequer caminhar para o jantar sem alguém para ampará-lo.

— Estou melhor — responde o rei, inexpressivo.

O astrônomo faz um gesto de assentimento.

— Sem dúvida, os presságios são bons para o senhor. Se os médicos conseguirem cuidar de sua velha ferida. Mas lembre-se de que ela foi causada por uma arma e, como ferida de guerra, melhora e piora de acordo com o movimento de Marte.

— Então ela irá me incomodar um pouco quando eu for para a guerra — diz o rei com firmeza. — Isso de acordo com sua leitura, astrônomo. Com seus signos.

Dou um breve sorriso para Henrique. A coragem obstinada do rei é um de seus melhores atributos.

— E vamos chegar a Paris?

Essa é uma pergunta capciosa. A corte, o país inteiro, teme que o rei não vá adentrar muito o território francês. Mas ninguém ousa lhe dizer isso.

— O senhor irá até onde quiser — responde o astrônomo, astuto. — Um general como o senhor, que já lutou naquele território, será a melhor pessoa para decidir o que arriscar quando vir o oponente, o terreno, o clima, o ânimo de seus homens. Sugiro que não vá além do que seu exército é capaz de fazer. Mas o que um rei como o senhor será capaz de fazer com o apoio deles? Nem mesmo as estrelas têm essa resposta.

O rei está satisfeito. Faz um gesto de cabeça para o pajem, que entrega ao mestre Kratzer uma pesada bolsinha. Todos tentam não olhar para ela e estimar seu valor.

— E Vênus? — pergunta o rei, bem-humorado. — E meu amor pela rainha?

Fico feliz por Thomas não estar na sala para ouvir isso. Independentemente do que ele pense de mim agora, eu não gostaria que ele visse o rei pousando sua mão pesada em meu ombro e afagando meu pescoço como se eu fosse a égua dele, o cão de caça dele. Eu não gostaria que Thomas Seymour visse meu sorriso tolerante, ou o rei passando língua rapidamente pelos lábios.

— A rainha nasceu para a felicidade — afirma Kratzer.

Viro-me para ele, surpresa. Jamais pensei isso. Fui criada para colaborar para a ascensão de minha família. Talvez Deus tenha me dado a missão de ajudar a Inglaterra a se manter fiel à reforma, mas nunca imaginei ter nascido para a felicidade. Minha vida nunca teve como objetivo a felicidade.

— O senhor acha?

— Consultei as estrelas na hora do seu nascimento. E ficou claro para mim que Vossa Majestade se casaria várias vezes e encontraria a felicidade no fim.

— O senhor viu isso?

— Ele viu genuína felicidade em seu terceiro casamento — explica o rei.

Abro para ele meu sorriso mais belo.

— Todos podem ver essa felicidade agora — digo.

— De novo — diz Will, fingindo cansaço, debaixo da mesa —, eu podia ter previsto tudo isso e recebido aquela bolsa cheia. Agora a observação é que a divina Catarina está feliz?

— Dê um chute nele — aconselha-me Henrique, e a corte cai na gargalhada quando finjo obedecer e Will sai debaixo da mesa com um pulo, uivando como um cão, com as mãos nas nádegas.

— A rainha estava destinada a se casar por amor — afirma Kratzer enquanto Will se afasta, mancando, para o outro lado da sala. — Ela foi feita para amar profundamente e foi destinada a fazê-lo. — Sua expressão torna-se solene. — Infelizmente, acho que pagará um preço alto.

— Você quer dizer que o amor fez com que precisasse assumir grandes obrigações? Que, por causa dele, ela precisa cumprir grandes deveres? — pergunta o rei gentilmente.

O astrônomo franze levemente o cenho.

— Temo que o amor possa conduzi-la a grande perigo.

— Ela é rainha da Inglaterra por amor ao marido — observa Henrique.

— É a posição mais importante e mais perigosa para qualquer mulher do país.

Todos a invejam, e nossos inimigos gostariam de vê-la humilhada. Mas meu amor por ela e meu poder hão de defendê-la.

Faz-se silêncio, pois muitas pessoas ficam genuinamente tocadas com as palavras de devoção do rei. Ele leva minha mão à boca e a beija, e também fico profundamente comovida com sua declaração de amor tão pública. Então algum cortesão bajulador grita "Viva!", e o momento se quebra. O rei abre os braços para mim, e vou até ele. Seu abraço quente me envolve e, quando ele abaixa a grande cabeça gorda, pressiono meus lábios em sua bochecha úmida. Ele me solta, e me viro de costas para a mesa e o astrônomo. Nan está a meu lado.

— Peça ao astrônomo do rei que desenhe meu mapa e traga-o a mim quando eu mandar — digo a ela. — Peça a ele que mantenha isso em segredo e não discuta o assunto com ninguém além de mim.

— Está interessada no amor ou no perigo? — pergunta ela em tom cortante.

Olho para minha irmã de modo inexpressivo.

— Ah, suponho que em ambos — respondo.

Palácio de Whitehall, Londres, verão de 1544

As previsões do astrônomo convencem o rei de que ele deve partir para a França enquanto Marte está em posição proeminente em seu mapa. Os médicos fazem um curativo na ferida e dão a Henrique remédios que aliviam a dor, e isso faz com que ele se sinta tão exultante quanto um jovem bêbado em sua primeira justa. O Conselho Privado se rende ao entusiasmo do rei e vem ao Palácio de Whitehall para vê-lo partir na barcaça real, que descerá o rio até Gravesend, e de lá o rei cavalgará até Dover. Ele atravessará os Mares Estreitos para se encontrar com o imperador espanhol e discutir a estratégia de pinça que os dois exércitos colocarão em prática no ataque a Paris.

Os aposentos do rei em Whitehall se enchem de mapas, de listas de equipamentos que precisam ser montados e coisas que ele deve levar consigo. O exército na França já reclama que não há pólvora e projéteis suficientes; já estamos saqueando as forças na fronteira escocesa para suprir a invasão da França. Uma vez por dia, todo dia, sem falta, o rei comenta que o único homem que sabia organizar uma guerra era o cardeal Wolsey e que as pessoas que atormentaram esse grande esmoler deveriam ir para o inferno por terem roubado da Inglaterra tamanho tesouro. Às vezes, ele confunde os nomes e amaldiçoa todos os que lhe roubaram Thomas Cromwell. Isso nos deixa estranhamente apreensivos, como se o cardeal pudesse ser convocado do túmulo para atender às necessidades do antigo mestre, com o conselheiro em seu encalço; como se o rei pudesse chamar os decapitados e colocá-los novamente a seu serviço.

Minhas damas e eu costuramos estandartes e enrolamos faixas de linho para servirem de ataduras. Estou bordando rosas Tudor e flores de lis de ouro no gibão do rei quando a porta se abre e meia dúzia de nobres entram com Thomas Seymour à frente deles, o rosto belo e impassível.

Olho para ele completamente aturdida, minha mão paralisada no ar segurando a agulha. Ele não olha para mim desde que nos despedimos como amantes naquele amanhecer há mais de um ano, e ali juramos que jamais nos falaríamos de novo, jamais procuraríamos um ao outro. A sensação de ter recebido o chamado de Deus não conseguiu diminuir minha paixão por ele, apesar de minhas preces. Jamais entro em um cômodo sem procurar seu rosto. Nunca o vejo dançar com uma de minhas damas sem odiar a mão que ele pousa na cintura dela, a maneira atenciosa como ele inclina a cabeça, o rubor meretrício no rosto dela. Nunca procuro por ele no jantar, mas de algum modo ele está sempre em minha visão periférica. Por fora, fico pálida e séria; por dentro, anseio por Thomas. Espero vê-lo todo dia, na missa, no desjejum, na caçada. Certifico-me de que ninguém jamais me veja observando-o. Ninguém pode perceber que estou sempre plena e apaixonadamente ciente da presença dele; quando faz uma reverência para mim, quando atravessa o cômodo, ou quando está casualmente sentado no banco junto à janela, conversando com Mary Howard. De manhã e à noite, no desjejum e no jantar, mantenho meu rosto completamente impassível ao avistar sua cabeça morena e então desvio os olhos como se sequer o tivesse notado.

E agora, de repente, ele está aqui, entrando em meus aposentos como se tivesse sido convidado, fazendo reverência para mim e para as princesas, a mão no peito, os olhos escuros inexpressivos, como se eu o tivesse convocado com o pulsar apaixonado de meu coração, como se ele pudesse sentir o calor de minha pele queimando a dele, como se eu tivesse gritado que ele viesse até mim, que eu morreria se ele não fizesse isso.

— Vossa Majestade, vim para cumprir as ordens do rei, que me pediu que a levasse até ele pelo jardim privado, sozinha.

Eu me ponho de pé, o precioso gibão real caído no chão, a linha saindo do buraco da agulha, que ainda está em minha mão.

— Vou levar as princesas — digo. Mal consigo falar. Não consigo respirar.

— Sua Majestade disse que deve vir sozinha — responde ele. O tom é cortês, sua boca sorri, mas os olhos estão frios. — Acho que ele tem uma surpresa para a senhora.

— Então irei agora mesmo.

Mal consigo discernir os rostos sorridentes de minhas damas enquanto Nan discretamente pega a agulha de meus dedos. Thomas Seymour me estende o braço, eu ponho minha mão sobre a dele e permito que me conduza para fora do cômodo. Descemos a escadaria de pedra em direção à porta que dá para os jardins ensolarados.

— Deve ser uma armadilha — cochicho, mantendo-me impassível. — É uma armadilha?

Ele faz que não com a cabeça, e em seguida assente para os guardas, que erguem as lanças e abrem passagem.

— Não. Apenas caminhe.

— Ele quer me pegar em uma armadilha. Ele verá... Eu não deveria ir com você.

— A única coisa a fazer é nos comportarmos como se isso não fosse nada fora do comum. Você deve vir, e nós devemos partir sem demora, levando exatamente o tempo que as pessoas sempre levam para atravessar os jardins. Suas damas estão observando de suas janelas, os nobres estão observando das janelas dos aposentos do rei. Caminharemos juntos sem parar e sem olhar um para o outro.

— Mas você nunca olha para mim!

Ele aperta meus dedos, lembrando-me de manter o passo. Penso que isso é algum tipo de purgatório. Preciso caminhar ao lado do homem que adoro sem encontrar nenhum prazer nisso, enquanto meu coração bate forte em meu peito, mal contendo todas as coisas que quero dizer.

— É claro que não olho — responde ele.

— Porque você deixou de me amar.

Ao fazer a acusação, minha voz sai muito baixa, repleta de dor.

— Ah, não — garante ele com leveza, virando-se para mim com um sorriso. Então ergue os olhos para os aposentos do rei e cumprimenta com a cabeça um conhecido que está na janela. — Porque eu te amo desesperadamente. Porque não consigo dormir pensando em você. Porque sinto meu corpo queimar de desejo por você. Porque não ouso olhar para você, pois, se olhasse, todos os homens e todas as mulheres da corte veriam tudo isso em meus olhos.

Meus joelhos fraquejam, e quase tropeço. Sinto um aperto no peito ao ouvir as palavras dele.

— Continue andando! — exige ele.

— Eu pensei...

— Sei o que pensou. Você pensou errado. Continue andando. Aí está Sua Majestade.

Henrique encontra-se sentado em uma grande poltrona que trouxeram para o jardim ensolarado, o pé apoiado em um escabelo.

— Não sei dizer... — sussurro.

— Eu sei — interrompe ele. — Não podemos nos falar.

— Podemos nos encontrar?

Ele me entrega ao rei e faz uma profunda reverência.

— Não — responde, antes de se afastar.

Receberei uma grande honra. O sorriso radiante de Henrique revela que receberei um cargo mais importante do que qualquer rainha já teve, à exceção da maior de todas: Catarina de Aragão. O rei me informa em particular no jardim — e, em seguida, anuncia a todo o reino — que serei regente. Metade do conselho irá com ele para a França, a outra metade permanecerá comigo. O arcebispo Thomas Cranmer será meu principal conselheiro, e percebo como o rei equilibra as opiniões que ouvirei: o segundo homem mais importante a meu serviço será o lorde chanceler, Thomas Wriothesley, inimigo natural de Cranmer. Seu apoio a mim é cada vez mais duvidoso. Quando voltar da Escócia, onde foi causar destruição para ensinar o país a aceitar nossa autoridade, Edward Seymour também será meu conselheiro, e Sir William Petre, secretário do rei, também ficará a meu serviço.

É um passo extraordinário em direção à grandeza. Sinto o olhar das duas princesas recaindo sobre mim ao saberem da notícia. Elas verão uma mulher governar o país, verão que isso é possível. Uma coisa é dizer a elas que uma mulher é capaz de julgar e ter poder, outra coisa é verem a madrasta delas, uma mulher de 32 anos, governando de fato o reino. Temo não conseguir cumprir essa tarefa; no entanto, sei que consigo. Observei o rei dia após dia, lamentei suas opiniões inconstantes e ordens impulsivas. Mesmo que eu não tivesse conselheiros que defendessem os dois lados do debate religioso, eu optaria por um moderado meio-termo. O reino precisa da reforma, mas não permitirei nenhuma perseguição. Jamais agirei como Henrique: investigar um homem de repente, fazê-lo tremer de medo, mandar prendê-lo e, ao mesmo tempo, confidenciar a mim que ele não será julgado. Acho que há uma espécie de loucura na maneira como meu marido exerce o poder. Embora jamais ouse criticá-lo, posso pelo menos governar de um modo que acho mais sensato e humano.

Metade da corte irá para a guerra com o rei. Todos têm cargos, títulos e obrigações. Todos estão bem-armados. O rei tem uma nova armadura. Mal usou um peitoral desde que caiu e machucou a perna, mas para esta campanha aumentaram a antiga armadura dele para acomodar seu corpo mais largo. Acoplaram partes extras e tornaram-na mais resistente; porém, Henrique jurou que não estava servindo nele e encomendou uma armadura completamente nova à Torre, onde os ferreiros e armeiros martelaram metais do raiar do dia até a meia-noite, as fornalhas acesas madrugada adentro. Assim que a nova armadura ficou pronta, no imenso tamanho necessário para que o peitoral consiga envolver seu gigantesco corpo, com coxotes ampliados para acomodar as grossas pernas, ele quis outra. Sua escolha final tem desenho italiano, remates dourados, cor preta e uma enorme quantidade de metais lindamente trabalhados: um símbolo de poder e riqueza.

Há semanas, os estribeiros vêm treinando o cavalo dele com grandes pesos amarrados à sela para que o animal aguente carregá-lo em segurança. É um cavalo novo no serviço real, um grande corcel, com patas gigantescas e pernas feito troncos de árvore. O animal também tem imensas placas de armadura presas no pescoço, na cabeça e no corpo. Não parece ser possível que esse rei enorme consiga cavalgar, ou que seu cavalo sobrecarregado consiga carregá-lo, mas as grandes patas fazem tremer a prancha de embarque quando o animal segue para a barcaça real. Henrique beija minha mão no cais.

— Adeus — diz. — É por pouco tempo, minha amada. Voltarei para você. Não tema por mim.

— Temerei por você — insisto. — Prometa-me que vai me escrever sempre para dizer como está e o que está fazendo?

— Prometo. Sei que deixo o país em boas mãos com você como regente.

Ele tem uma grande responsabilidade, a maior que um homem inglês poderia receber. E dá-la a uma mulher é algo maior ainda.

— Não vou desapontá-lo — digo.

Ele curva a cabeça para receber minha bênção e, apoiando-se em um pajem, sobe com esforço a prancha de embarque. Entra na cabine real, e vejo sua grande silhueta ser ocultada pelo fechar da porta. Os guardas tomam seus postos.

Na popa da barcaça, atrás do timoneiro, vejo Thomas Seymour. Ele também vai para a guerra, e sei que correrá muito mais perigo. Quando o tambor soa e soltam-se as amarras, quando os remos mergulham na água e a barcaça começa a navegar, afastando-se do cais, o homem que amo me dirige um olhar sombrio e imediatamente se vira de costas. Sequer murmuro "Deus o abençoe" ou "Cuide-se". Ergo a mão para dar um aceno de despedida para o rei e me viro também.

Palácio de Hampton Court, verão de 1544

O clima está belíssimo, faz sol e calor todos os dias. Acordo sozinha em minha cama todas as manhãs, nos meus aposentos reformados na ala sudeste do palácio, com vista para os jardins do sul, longe dos fantasmas. Deleito-me com minha própria companhia.

Os três filhos do rei estão comigo, e toda manhã sinto prazer em pensar que os três estão debaixo do mesmo teto, que rezaremos na mesma capela, que faremos o desjejum no grande salão e passaremos o dia juntos, estudando e fazendo brincadeiras. Eduardo está morando com as irmãs pela primeira vez em sua curta e solitária vida. Trouxe os três para junto de mim, algo que nenhuma rainha antes teve permissão para fazer. Tenho tudo o que poderia fazer uma mulher feliz e sou regente da Inglaterra. Tudo será como eu quiser, ninguém pode sequer discutir comigo. As crianças estão comigo porque eu decidi assim. Não há ninguém que possa levar Eduardo para longe de sua família, de mim, sua madrasta. Ficaremos aqui, no mais belo de todos os palácios ingleses, pois é o que escolhi, e depois — apenas quando eu decidir — sairemos em uma viagem de lazer, caçando, velejando e cavalgando pelo vale do Tâmisa, eu, as crianças e as pessoas da corte que desejo ter perto de mim.

Tomo meu lugar à grande mesa da câmara de audiências todos os dias e ouço o Conselho Privado me informar que o reino se encontra em paz, que estamos recebendo impostos e multas, e que fabricamos armamentos e armaduras suficientes para suprir o exército do rei na França. Faço do suprimento de nossas forças uma prioridade, para garantir que salários, armas, munição, armaduras, alimentos e até mesmo pontas de flecha sejam enviados nas quantidades necessárias. Desde que me casei, fui comparada, desfavoravelmente, a santa Jane Seymour; não quero me sair mal ao ser comparada com Thomas Wolsey também. Não quero que ninguém diga que Catarina de Aragão foi uma regente melhor do que Catarina Parr.

Toda manhã, depois do desjejum e antes de levar as crianças para caçar, faço uma breve reunião com meu conselho para ler quaisquer mensagens que tenham chegado durante a noite, seja do rei na França, seja das conturbadas terras do Norte. Se há trabalho a fazer, ou algo de que eu queira me certificar, convoco meu conselho para outra reunião antes do jantar.

Reunimo-nos em um dos grandes salões de Hampton Court, onde mandei colocarem uma mesa no centro, com cadeiras para os conselheiros e um grande mapa da França e suas estradas litorâneas preso na parede. Na parede oposta, há o melhor mapa que pudemos desenhar da fronteira entre o norte da Inglaterra e a Escócia, devido ao pouco conhecimento que temos do território. Sento-me à cabeceira da mesa, e William Petre, o secretário do rei, lê as mensagens que chegaram de nosso exército e cartas ou apelos de outras partes do reino. Como o rei está em guerra com a França, há distúrbios na maior parte das cidades onde os franceses se estabeleceram, e preciso escrever aos lordes locais e mesmo aos juízes ordenando que se assegurem de que seus distritos estejam pacificados. Um país em guerra fica tão nervoso quanto meus passarinhos. Temos relatos constantes de espiões e invasões, que julgo serem falsos, e envio proclamações oficiais para todo o reino.

À minha direita, senta-se o arcebispo Thomas Cranmer, um conselheiro tranquilo e paciente, sempre uma voz calma, ao passo que lorde Thomas Wriothesley costuma ser mais veemente e dramático. Ele tem bons motivos para se preocupar. Foi a Wriothesley que o rei perguntou quanto dinheiro seria necessário para uma invasão à França e uma marcha até Paris. Depois de muitos cálculos e muitas estimativas, ele deduziu que seriam 250 mil libras: uma fortuna. Reunimos essa quantia com empréstimos e impostos e raspando as últimas moedas de ouro do tesouro real, mas agora estamos gastando rapidamente esse dinheiro, e está evidente que Wriothesley subestimou o valor necessário para a empreitada.

William Petre é um homem que ganhou prestígio recentemente por meio de suas próprias habilidades, o tipo de homem que famílias tradicionais como os Howard detestam, o filho de criadores de gado em Devon. Seu sereno bom senso mantém as reuniões tranquilas quando um dos conselheiros defende seus próprios interesses ou que se suspendam os impostos das cidades onde nasceram. É Petre quem sugere compensarmos a falta de dinheiro arrancando o chumbo do telhado de todos os monastérios para vendê-lo. Isso vai gerar vazamentos quando houver chuva, completando a ruína da Igreja Católica Romana na Inglaterra. Vejo que isso será bom para a reforma, bem como para juntar dinheiro para o rei, mas parte de mim lamenta a perda de construções tão lindas, além da caridade e do aprendizado que ofereceram às suas comunidades.

Com frequência, a princesa Maria participa das reuniões comigo, e às vezes acho bom que assim seja, pois um dia — quem sabe? — ela talvez governe um reino. A princesa Elizabeth nunca perde uma reunião. Senta-se um pouco atrás de mim, o queixo fino sobre os punhos cerrados, os olhos escuros indo de um homem a outro, observando tudo, com a prima Jane Grey a seu lado.

Concluímos o trabalho desta manhã; os conselheiros fazem suas reverências a mim, juntam seus papéis e estão prestes a deixar a sala, cada qual com uma tarefa a cumprir, quando Elizabeth puxa a manga de meu vestido.

— O que foi? — pergunto.

— Eu queria saber como a senhora aprendeu a fazer isso — diz ela, com timidez.

— Como aprendi a fazer o quê?

— Como aprendeu o que deve ser feito. A senhora não nasceu princesa, mas sabe quando deve ouvir e quando deve ordenar, sabe como fazer com que a entendam, como se certificar de que farão o que manda. Eu não sabia que uma mulher era capaz disso. Não sabia que uma mulher pode governar.

Hesito antes de responder. Essa é a filha de uma mulher que virou a Inglaterra do avesso ao deixar um jovem rei passar a mão em seus seios, ao usar a luxúria para aumentar seu poder até comandar o país.

— Uma mulher pode governar — digo em voz baixa. — Mas precisa fazer isso com a orientação de Deus e usando todo seu bom senso e sua sabedoria. Não basta a mulher querer o poder, buscar o poder como um fim em si próprio. Ela precisa assumir a responsabilidade que vem com ele. Precisa se preparar para esse poder e julgar com sensatez. Se seu pai casá-la com um rei, você um dia será rainha, e talvez tenha de governar. Quando isso acontecer, espero que se lembre disso: o triunfo não é uma mulher chegar ao trono, o triunfo é uma mulher pensar como um rei, aspirar além de sua própria grandeza, ter a humildade para servir. O objetivo não é uma mulher chegar ao poder; é uma boa mulher chegar ao poder, uma mulher que pensa em suas atitudes e que se importa com elas.

Com seriedade, a menininha assente.

— Mas a senhora vai estar lá — responde. — Vai me aconselhar.

Sorrio.

— Ah, espero que sim! Vou ser uma velhinha irritante na sua corte, sempre achando que sei mais que todo mundo. Vou ficar sentada em um canto, reclamando da sua extravagância!

Ela ri perante a ideia, e peço-lhe que avise a minhas damas que em breve sairemos para caçar.

Não digo a Elizabeth o quanto me deleito com o trabalho de governar o reino. O modo de comandar do rei se baseia em ideias súbitas, favores, reviravoltas dramáticas, ordens repentinas. Ele gosta de surpreender e deixar o Conselho Privado inquieto, com o medo da mudança. Gosta de jogar um homem contra o outro, de incentivar a reforma e depois dar a entender que quer um retorno ao papado. Gosta de dividir a Igreja e o conselho para criar confusão no Parlamento.

Sem a turbulência dele, as engrenagens do comércio, das leis do país, das leis da Igreja, seguem firmes e bem. Até as acusações de heresia entre pessoas comuns, tanto contra papistas quanto contra luteranos, diminuem. É de conhecimento geral que não estou interessada em distorcer a justiça para proteger um lado ou outro. Sem a súbita implementação de leis repressoras ou o banimento de livros, não há protestos, e os pregadores que vêm de Londres para falar com as minhas damas e as crianças todas as manhãs são comedidos e ponderados. As discussões giram em torno da cuidadosa definição das palavras, não da grande e passional questão de ser leal a Roma e ao rei.

Certifico-me de escrever para o rei quase diariamente: cartas alegres nas quais louvo sua coragem, peço notícias sobre o cerco de Bolonha-sobre-o-Mar e lhe digo que tenho certeza de que a cidade logo sucumbirá. Conto a ele que as crianças estão bem e que sentem sua falta, assim como eu. Escrevo como uma esposa amorosa, um pouco triste de estar sem ele, mas orgulhosa da bravura do marido, como a mulher de um grande general. É fácil para mim escrever de maneira convincente. Descobri que tenho talento para a escrita, amor pela escrita.

Meu livro de salmos, belamente encadernado, fica no fundo de meu baú de livros trancado. Penso nele como meu tesouro, meu maior tesouro, que preciso manter escondido. Mas, ao ver essas palavras — que foram redigidas, apagadas e recolocadas — impressas e transformadas em livro, descobri que amo o processo da escrita e da publicação. O ato de isolar uma ideia e trabalhar nela, expô-la da forma mais clara possível e depois lançá-la ao mundo é um trabalho tão prazeroso e feliz que não fico nem um pouco surpresa de os homens terem-no mantido apenas para si.

Portanto, agora treino a escrita de cartas para meu marido. Eu as componho da mesma forma que traduziria um salmo: imaginando o estado de espírito da autora que desejo ser. Quando estou fazendo a tradução de uma oração, sempre imagino o autor — um homem miseravelmente consciente de seus próprios pecados. Procuro entrar na mente dele e então escrevo a versão mais bela e melodiosa do que acho que sairia de sua boca. Em seguida, trago minha própria personalidade ao trabalho, fortemente ciente de que sou uma mulher, não um homem. Os pecados que afligem um homem são com frequência o orgulho, a ganância, a cobiça do poder. Mas esses não são os pecados de uma mulher, creio eu. Não são meus pecados. Meu pior pecado é a desobediência: acho muito difícil subjugar minha vontade. Minha outra grande falha é a paixão: uma adoração, como se eu estivesse erigindo um ídolo, um Deus falso.

Portanto, escrever uma carta de amor para o rei é o mesmo que escrever uma oração. Eu crio um personagem para dizer as palavras. Pego a folha e imagino como eu me sentiria se estivesse profundamente apaixonada por um homem que está fazendo o cerco a Bolonha-sobre-o-Mar, na França. Penso: o que a esposa dele diria? Como ela diria que o ama, que sente saudade dele e que fica feliz por ele estar cumprindo seu dever? Penso: como eu escreveria para um homem que não posso ver, que está longe de mim, que é tão zeloso com minha segurança que sequer me lança um beijo de despedida, tão orgulhoso e independente, e que, todavia, me ama e deseja não ter me deixado?

Em minha mente, nítido como se fosse real, vejo Thomas Seymour diante das muralhas de Bolonha-sobre-o-Mar, seu sorriso sombrio ao enfrentar o perigo sem sentir medo. E então evoco esse amor e essa saudade, e escrevo ao rei com carinho e obediência, perguntando sinceramente sobre sua saúde, prometendo que estou pensando nele. Mas em minha cabeça, ao mesmo tempo, há outra carta — uma carta-fantasma, com palavras que nunca são escritas no papel. Nunca sequer rabisco o nome dele para tirar o excesso de tinta da ponta da pena; nunca desenho um esboço do timbre de seu elmo. Nunca digo as palavras em voz alta. Tudo que me permito, como última coisa que faço à noite, antes de ir dormir em minha cama vazia, é pensar na carta que escreveria para ele se pudesse.

Eu lhe diria que o amo com uma paixão que me deixa insone. Que há noites em que não suporto o toque do lençol em meus ombros, em meus seios, porque o linho frio me faz ansiar por sua mão hábil e quente. Eu escreveria que levo a palma da mão à boca e imagino que estou beijando-o. Escreveria que levo a mão às minhas partes íntimas, e que a intensa sensação de prazer se deve a ele. Escreveria que, sem ele, sou uma casca vazia, uma coroa fútil, que minha vida de verdade me foi roubada. Escreveria que minha vida é como uma sepultura lindamente esculpida, um vazio, que tenho tudo o que uma mulher poderia querer — sou rainha da Inglaterra —, mas que uma mendiga que envolve seu marido com suas pernas, que o abraça, que beija sua boca, é mais rica do que eu.

Jamais escreverei isso. Sou uma autora e uma rainha. Posso escrever apenas palavras que todos possam ler, que os escreventes do rei possam ler em voz alta para ele diante de todos os cortesãos. Escrevo palavras que podem ir para Londres e ser publicadas mesmo que ninguém saiba quem as escreveu. Jamais escreverei como a pobre rainha Kitty: "Quando penso que irá para longe de mim novamente, meu coração morre." O rei a decapitou por causa dessa tola carta de amor. Ela escreveu sua própria sentença de morte. Jamais escreverei algo assim.

O rei me responde, relatando seu progresso. Ora se mostra vanglorioso, ora se mostra melancólico, com saudade de casa. O plano de marchar até Paris foi abandonado assim que ele chegou a Calais e foi dissuadido da ideia pelo imperador espanhol. Eles decidiram que primeiro deveriam cercar as cidades próximas. Charles Brandon e Henrique atacam Bolonha-sobre-o--Mar. Thomas Howard, o duque de Norfolk, segue em seu obstinado cerco de Montreuil. Todos demandam mais pólvora, mais canhões, mais projéteis, e sou instruída a enviar mineiros da Cornualha para cavar sob as muralhas das cidades francesas. Envio mensagens aos magistrados da Cornualha demandando voluntários, ordeno que se fabriquem canhões, que produzam pólvora, pressiono mais e mais pedreiros a esculpirem pelouros. Convoco o lorde tesoureiro e me certifico de que temos dinheiro suficiente entrando para manter o exército suprido; aviso que talvez ele tenha de voltar ao Parlamento para demandar uma nova concessão. Ele me adverte de que o preço do chumbo está caindo, já que aumentamos sua quantidade no mercado e ninguém está comprando. Recebo petições de todos os que normalmente recorreriam à rainha, depois me encontro com todos os que normalmente se dirigiriam ao rei. Sento-me todo dia na câmara de audiências do rei, e meu intendente indica quem pode vir falar comigo. Respondo a todas as cartas no dia em que as recebo, sem permitir que nenhuma obrigação negligenciada sobrecarregue meu séquito. Designo escreventes do Conselho Privado para trabalhar junto de meus homens e, sem falta, relato ao rei cada coisa que faço.

Ele precisa saber que sou regente em todos os sentidos, que não permito que nada seja negligenciado, mas deixo claro que ele governa por meu intermédio. Ele jamais pode pensar que assumi o poder e estou governando por mim mesma. Preciso governar como rei e relatar tudo a ele como esposa. Tenho de trilhar essa linha tênue em cada palavra que ponho no papel, em tudo o que digo e que será relatado a ele, em toda reunião que tenho com o Conselho Privado, em parte formado por homens de meu séquito e com quem tenho afinidade, em parte formado por homens que estão ali para atender seus próprios interesses. Não posso confiar plenamente em nenhum deles; qualquer um poderia dizer ao rei que sou ambiciosa e estou tomando decisões além de minhas atribuições, que sou a pior coisa do mundo: uma mulher com o coração e o estômago de um homem.

O rei escreve dizendo que goza de boa saúde. Construíram uma plataforma para ele supervisionar o cerco de Bolonha-sobre-o-Mar, e ele consegue subir os degraus sem ajuda e caminhar sem que ninguém o ampare. A ferida da perna secou, e os cirurgiões a mantêm cuidadosamente aberta, por isso ele sente menos dor. Cavalga todo dia em seu grande cavalo, com um imenso mosquete sobre a sela, pronto para atirar em qualquer francês que encontrar. Ele passeia pelos arredores da cidade e pelo acampamento para mostrar sua presença aos homens e assegurá-los de que está liderando-os à vitória. Está levando a vida que ama, a vida imaginária de sua juventude de conto de fadas, acompanhado de belos jovens, evocando o galante sonho dos Cavaleiros da Távola Redonda. Henrique está revivendo a campanha que ganhou quando jovem na Batalha das Esporas; as tendas de seu séquito são tão lindas quanto as que foram erguidas no Campo do Pano de Ouro. É como se, na velhice, ele tivesse recebido a chance de aproveitar os prazeres da juventude novamente: a camaradagem, o perigo, a vitória.

Eles dão grandes jantares todas as noites, nos quais relatam as escaramuças do dia, fazem brindes e planejam o avanço sobre Paris. Henrique está no âmago da campanha, junto de seus amigos destemidos, e jura que será rei da França.

O rei e seus protegidos não se expõem ao perigo: a plataforma construída para ele fica fora do alcance das armas de Bolonha-sobre-o-Mar. Claro, há o perigo de doença no exército, mas ao primeiro sinal de enfermidade o rei fugirá, e a corte irá com ele. Enquanto ele está forte o bastante para cavalgar, caminhar e jantar, não temo por sua saúde ou segurança. E cada um dos homens de sua comitiva sabe que deve sacrificar a própria vida antes de deixar o rei em perigo, pois o filho e sucessor dele é um menino de apenas 6 anos. O último rei menino que tivemos perdeu nossas terras na França e o próprio trono na Inglaterra. O reino não pode ser abandonado nas mãos de um menino e de uma mulher como regente.

Por isso não temo por Henrique, tampouco temo por meu irmão, que está em segurança ao lado do rei. O único homem de todo o exército que me faz baixar a cabeça em preces desesperadas é Thomas Seymour. Agora o rei o designou para a marinha, e ele está comandando os navios que suprem o exército. Thomas navega constantemente pelos traiçoeiros Mares Estreitos enquanto os navios franceses formam um bloqueio, e as embarcações escocesas atacam nossa frota, e piratas de todas as nações cruzam o oceano sob suas bandeiras negras, na esperança de encontrar presas fáceis. Ele se encontra nessas águas tempestuosas, nesses mares perigosos. Os navios de dois reinos estão contra ele, e ninguém pode me dizer — e, afinal, por que me diriam? — se ele está a salvo, se está no porto, ou se seu navio está em alto-mar. Uma vez por semana, faço questão de usar o grande mapa para mostrar ao Conselho Privado onde exatamente na França está nosso exército, onde o rei está acampado, onde Howard se estabeleceu e onde estão nossos navios. É a única maneira de eu ficar sabendo se ele está seguro. Mas o mapa está confuso, o exército do rei não sai do lugar, ninguém tem muito interesse nos navios, e as notícias são velhas. Tenho de fingir que estou interessada no continente quando temo o que se passa no mar.

O rei ordena que eu consulte o astrônomo real sobre a data em que as estrelas serão mais favoráveis à marcha sobre Paris. Recebo Nicholas Kratzer em minha nova câmara privada, na presença apenas de minha enteada Margaret, da princesa Maria e da princesa Elizabeth. Ele faz uma reverência profunda para nós quatro, e pergunto-me o que pensa ao me ver, a pequena Catarina Parr, como regente da Inglaterra, ao lado de duas princesas reais.

— O senhor tem a melhor data para o avanço sobre Paris? — pergunto.

Ele faz uma nova reverência e tira da manga um rolo de manuscrito.

— As estrelas sugerem a primeira semana de setembro — responde. — Desenhei o alinhamento delas para que a senhora as estude. Sei que tem interesse por este trabalho.

— Tenho, sim. — Ele deixa os papéis sobre a mesa a meu lado. — E o que o senhor pensa quando vê estas princesas? — pergunto. — O senhor as vê de tiara na cabeça, como princesas Tudor?

— Penso que elas só terão glórias pela frente — responde ele, com tato. Ele sorri para o rosto deslumbrado de Elizabeth. — Quem pode duvidar de que as duas reinarão em um grande país?

Maria sorri; é claro que torce por uma aliança com a Espanha. Mas Elizabeth tem ambições próprias. Observa-me comandar o Conselho Privado, receber relatos de toda a Inglaterra. Está aprendendo que uma mulher pode se instruir, seguir sua própria vontade, comandar os outros.

— Eu vou reinar? — sussurra.

Fico imaginando o que ele realmente pensa, o que realmente vê. Faço um gesto de cabeça para Elizabeth e Maria, e elas se afastam da mesa enquanto Nicholas Kratzer tira de sua bolsa outro rolo de pergaminho.

— Desenhei seu mapa — diz ele. — Fico honrado que a senhora mostre um interesse tão gracioso por meu modesto trabalho.

Levanto-me de minha cadeira enquanto ele abre o documento sobre a mesa, voltando a usar como pesos de papel os pequenos planetas de ouro.

— Que coisinhas lindas, essas — digo, como se não estivesse ansiando por ver o que ele desenhou para mim.

— São pesos de papel. Não são talismãs, claro. Mas me agradam.

— E o que o senhor vê para mim? — pergunto em voz baixa. — Aqui entre nós dois, sem comentar com mais ninguém... O que vê para mim?

Ele indica o signo de minha casa, o elmo com penas.

— Vejo que a senhora se casou muito nova com um rapaz jovem. — Ele me mostra os símbolos que indicam os primeiros anos de minha vida. — As estrelas dizem que a senhora era uma criança, tão inocente quanto elas.

Eu sorrio.

— Sim, foi isso mesmo.

— Então, pouco depois de seus 20 anos, a senhora casou-se de novo com um homem com idade para ser seu pai e enfrentou um grande perigo.

— A Peregrinação da Graça — confirmo. — Os rebeldes vieram a nosso castelo e fizeram um cerco. Levaram-me com os filhos de meu marido como reféns.

— A senhora decerto sabia que jamais lhe fariam mal.

Eu sabia. Mas o rei justificou sua crueldade para com o Norte baseando-se em relatos de barbárie.

— Eram traidores — digo, em vez de responder com honestidade. — De qualquer forma, foram enforcados por traição.

— A senhora passou quase dez anos casada — continua ele, mostrando algumas linhas do mapa. — E nunca teve filhos.

Baixo a cabeça.

— Isso foi uma tristeza para mim — respondo. — Mas meu marido tinha seu herdeiro e sua filha; nunca me repreendeu.

— E depois Sua Majestade a honrou, recebendo-a em suas boas graças.

Contada dessa forma, é uma história tão lamentável que sinto as lágrimas virem de repente, sinto pena de mim mesma. Desvio os olhos da mesa e dos papéis antes que eu comece a chorar, o que seria pura tolice.

— E agora vemos que aqui começa sua vida espiritual — diz o velho astrônomo gentilmente. — Vemos aqui o signo de Palas: sabedoria e erudição. A senhora vem estudando e escrevendo?

Disfarço um engasgo de surpresa.

— Estou estudando — admito.

— Vai escrever — afirma ele. — E suas palavras terão valor. Uma mulher escritora... uma novidade, de fato. Cultive seu talento, Vossa Majestade. É raro. É precioso. Aonde a senhora for, outras mulheres a seguirão, e isso é algo de grande importância. Talvez seus livros venham a ser seus filhos, seu legado, seus descendentes.

Assinto.

— Talvez.

— Mas a vida não será apenas de estudos para a senhora. Aqui. — Ele indica o reconhecível símbolo de Vênus. — Aqui está o amor.

Olho em silêncio. Não ouso perguntar o que desejo saber.

— Acho que o amor de sua vida retornará à senhora.

Cerro os punhos com força, certificando-me de que minha expressão está impassível.

— O amor de minha vida?

Ele assente.

— Não posso dizer mais que isso.

De fato, não ouso perguntar mais que isso.

— Ele retornará a salvo?

— Acho que a senhora se casará de novo — observa ele muito suavemente. Com a haste de marfim, semelhante a uma varinha, ele indica os anos futuros, minha quarta década. — Vênus — observa, em voz baixa. — Amor, fertilidade e morte.

— O senhor vê minha morte? — pergunto, audaciosa.

Ele imediatamente nega com a cabeça.

— Não, não. É proibido. Veja o mapa, é como o do rei, segue por toda a vida, não acaba nunca.

— Mas o senhor vê o amor?

— Acho que a senhora viverá com o amor de sua vida. Ele retornará.

— Claro, o senhor se refere ao rei, retornando da guerra — apresso-me em dizer.

— Ele retornará da guerra ileso — repete o astrônomo, sem dizer quem.

O astrônomo está certo pelo menos nas previsões sobre meus estudos. O arcebispo Cranmer vem me ver todos os dias para discutir o trabalho do Conselho Privado e a maneira como devo responder a quaisquer pedidos e relatos vindos de todo o reino, mas, assim que o trabalho mundano termina, voltamo-nos ao mundo espiritual. Ele é um erudito muito inspirador e, todos os dias, traz um sermão ou panfleto, às vezes escrito à mão, às vezes recém-publicado, para que eu o leia; no dia seguinte, discutimos o texto juntos. Minhas damas nos ouvem e com frequência dão suas contribuições. A princesa Maria costuma defender a Igreja tradicional, mas até ela reconhece a lógica e a espiritualidade do arcebispo. Meus aposentos se tornam um local de debates, uma pequena universidade para mulheres, à medida que o arcebispo traz capelães e convida pregadores de Londres para virem compartilhar sua visão da Igreja e do futuro da instituição. São todos grandes estudiosos da Bíblia em latim e em grego e das traduções modernas. Com frequência, nos pegamos recorrendo a uma versão ou outra para alcançar o verdadeiro sentido de uma palavra, e, embora eu me deleite com minha compreensão cada vez maior do latim, sei que terei de aprender grego em breve.

Certa manhã, Thomas Cranmer surge em meus aposentos, faz uma reverência para mim e sussurra:

— Posso falar com a senhora, Majestade?

Aproximo-me, e, para minha surpresa, ele acomoda minha mão sob o braço e me conduz para fora da sala, até a grande galeria, onde ninguém nos ouve.

— Eu queria lhe mostrar isso — diz ele, os olhos escuros brilhando sob as sobrancelhas grisalhas.

Da manga de sua veste, ele tira um livro encadernado em couro. Vejo a capa com uma única palavra. *Salmos.* Com um sobressalto, percebo que é meu livro, meu primeiro livro publicado.

— Não tem autor — diz Cranmer. — Mas imediatamente reconheci a voz.

— É uma publicação anônima — apresso-me em dizer. — Não há reconhecimento de autoria.

— E isso é sensato. Há muitas pessoas que negariam o direito do povo de entender a Bíblia e os salmos, e muitas criticariam um homem corajoso o suficiente para traduzir os salmos em latim do bispo Fisher. — Ele faz uma pausa, com um sorriso caloroso. — Acho que não ocorreria a ninguém que uma mulher pudesse ter feito isso.

— É melhor que continue assim.

— Concordo. Eu só queria que a senhora soubesse que recebi este pequeno livro de alguém que não faz ideia da autoria, mas que achou a tradução excepcional. E fiquei feliz de ganhá-lo. Quem quer que seja o autor, deveria ter orgulho desse trabalho. É muito bom, muito bom mesmo.

Sinto que estou extremamente ruborizada, como um escrevente constrangido.

— É muita gentileza sua...

— Faço elogios quando são merecidos. Este é o trabalho de um linguista e um poeta.

— Obrigada — sussurro.

Incentivada pela publicação e pelo êxito do livro de salmos, comento com o arcebispo que talvez eu ouse dar início a um grande projeto: a tradução dos quatro Evangelhos do Novo Testamento, documentos-chave da vida de Cristo. Temo que ele vá dizer que é uma tarefa grandiosa demais, mas ele fica entusiasmado. Começaremos com a tradução latina do estudioso Erasmo, tentando vertê-la para o inglês em palavras bonitas mas simples, que qualquer um possa ler.

E, se lerem sobre a vida de Cristo em linguagem simples e a entenderem, não poderão segui-Lo? Quanto mais estudo, mais tenho certeza de que homens — e, igualmente, mulheres — podem cuidar de suas próprias almas, podem trabalhar para a própria salvação e podem rezar diretamente a Deus.

É claro que, quanto mais penso nisso, mais acredito que os truques e os negócios da Igreja de Roma são uma vergonhosa exploração das pessoas ignorantes. Vender a uma mulher um emblema de peregrino alegando que ele perdoa seus pecados apenas porque mostra a todos que ela fez uma peregrinação é, por si só, um pecado. Garantir a uma pessoa que seu filho morto irá para o Paraíso se as freiras rezarem missas suficientes é um embuste tão baixo quanto dizer que uma moeda falsa é verdadeira. Comprar o perdão do papa, obrigá-lo a anular um casamento, fazê-lo abandonar leis de parentesco, vê-lo espoliar os cardeais, que tiram dos bispos, que tomam dos padres, que cobram dízimos dos pobres — todos esses abusos teriam de acabar se uma alma pudesse ir a Deus sem precisar de qualquer mediação. A crucificação é obra de Deus. A Igreja é obra do homem.

Penso na noite em que rezei e tive certeza de que Deus veio até mim. Eu o ouvi, ouvi mesmo. Penso na simplicidade e na beleza do sacrifício de Cristo, e sei — pela leitura e pela revelação — que os rituais da antiga Igreja devem acabar e as pessoas devem ir para Cristo uma a uma, atendendo ao chamado Dele. Não haverá obediência cega, não haverá balbucios em língua estrangeira.

As pessoas aprenderão a ler e terão uma Bíblia para aprender à sua maneira. É nisso que acredito agora e é isso que conquistarei como regente e rainha. É meu dever sagrado. É minha missão.

Em setembro, a cidade de Bolonha-sobre-o-Mar sucumbe ao cerco inglês, e o rei prepara-se para voltar para casa e ser recebido como herói. De fato, ele escreve da França para ordenar uma recepção de herói, e é minha obrigação me certificar de que ele a tenha. A procissão para celebrar a vitória do rei marchará de Dover a Londres, e a corte inteira irá saudá-lo no Castelo de Leeds, em Kent. Devo encomendar ao vidraceiro real vitrais especiais para o salão de banquete, para os quartos de dormir e para a capela do Castelo de Leeds, e o mestre vidraceiro Hone vem a meus aposentos para me mostrar seu desenho do condenado castelo de Bolonha-sobre-o-Mar, com o rei e seu exército.

— Quando o sol atravessar o vidro, os muros de Bolonha-sobre-o-Mar vão parecer reluzir de orgulho ao pôr do sol pela última vez, antes de serem reduzidos a escombros — diz Galyon Hone. — O vidro já está com os pintores e cortadores.

— Ficará pronto a tempo?

— Estamos trabalhando dia e noite, e conseguiremos terminar os vitrais do salão de banquete a tempo. Os outros virão depois.

— É necessário terminar o vitral da capela também — digo. — O rei desejará que esteja pronto. Teremos uma missa comemorativa; o vitral terá de estar lá. Insisto nisso, mestre vidraceiro.

Ele assente. É um homenzinho diligente, as mãos ásperas como couro velho após uma vida inteira de cortes.

— Muito bem, Vossa Majestade, a senhora é uma chefe exigente. Mas veja os desenhos! Veja como retratei o rei e os nobres diante dos muros de Bolonha-sobre-o-Mar! — Ele me mostra outro desenho. — Está vendo, aqui está o duque de Norfolk; o duque de Suffolk, Charles Brandon; Sir Thomas Seymour. Está vendo, Vossa Majestade, aqui está o seu nobre irmão.

Ele fez esboços habilidosos dos nobres da corte em torno do rei; alguns estão de armadura, os estandartes esvoaçando. Ao fundo, cavalos em miniatura aguardam, também de armadura, e canhões disparam com pequenas nuvens de fumaça desenhadas acima deles.

Meus olhos pousam no perfil nítido de Thomas Seymour.

— O senhor os fez à perfeição — digo, com a voz hesitante. — Posso ficar com uma cópia?

— Ficou muito boa a semelhança com o rei. — O mestre vidraceiro parece bastante satisfeito. — Pode ficar com esta, Vossa Majestade. Tenho outra já finalizada para o cortador de vidro. E este é o momento em que os muros caem. É um grande momento. Como foi Jericó para Josué.

— Sim — respondo. Pergunto-me se é seguro guardar a imagem de Thomas. O rei está bem no centro do desenho, o perfil amado de Thomas um pouco escondido ao fundo. Ninguém que olhasse a imagem adivinharia que eu a quis por causa do pouco que se vê dele. Posso guardá-la escondida com meus livros de estudo, com o manuscrito dos salmos que traduzi. Posso guardá-la dentro da Bíblia. Ninguém saberia que anseio por ver o rosto dele quando abro a página.

Hone mostra-me os outros desenhos que fez. Serão uma sequência contando a história da invasão à França, da aliança com a Espanha e do cerco vitorioso. O vitral da capela é uma celebração, uma demonstração de gratidão a Deus. Um anjo abençoa a campanha, o rei retorna ao país sob um arco de triunfo feito de folhas de louro, e anjos olham para ele.

— Estará pronto quando o rei chegar — promete-me ele. — Vou para Kent amanhã com os pedaços de vidro e vamos chumbá-lo lá, para não correr o risco de quebrar. Estaremos prontos. O chumbo ainda vai estar esfriando quando ele entrar na capela, mas estaremos prontos.

Ele reúne seus papéis e faz uma reverência. Devolvo o retrato de Thomas Seymour aos outros desenhos.

— Vossa Majestade não queria esse? Devo emoldurá-lo para a senhora?

— Não precisa. Vou esperar para ver o resultado final em vidro — respondo, indiferente. Catarina Howard foi executada por causa de uma carta que escreveu a Thomas Culpepper com sua caligrafia infantil, cheia de erros e com uma mancha de lágrima no papel, perguntando se ele estava bem. Não ouso ter nada que possa ser usado contra mim. Não ouso sequer guardar um desenho a carvão do perfil de Thomas quase oculto em meio a outros homens. Nem mesmo isso.

Castelo de Leeds, Kent, outono de 1544

A chegada iminente do rei ao castelo demanda preparativos dignos de uma mascarada. Deve ser um grande espetáculo. O intendente de Henrique e o mestre das cavalariças planejaram todos os detalhes junto com os nobres que me servem, e temos nossos lugares precisamente marcados, como se estivéssemos aprendendo uma dança. Às oito horas, a agradecida população de Kent começa a se reunir dos dois lados da estrada que conduz ao castelo, e os primeiros soldados da guarda tomam seus postos para conter a multidão eufórica ou, no caso de ela não estar eufórica, incentivar os gritos de viva e comandar os aplausos.

Jardineiros e construtores ergueram arcos de triunfo feitos de ramos de louro, os trombeteiros estão posicionados nos torreões do castelo, e os músicos estão a postos na entrada. Já podemos ouvir os cascos dos primeiros cavalos, e então, de onde estou, no portão do castelo com Maria e Elizabeth de um lado e Eduardo do outro, vejo surgirem os estandartes da comitiva real e a grande bandeira da Inglaterra esvoaçando.

É impossível não ver o rei. Ele está magnífico em sua armadura preta italiana, seu imenso cavalo de guerra coberto de metal também preto, majestoso como nenhum outro cavalo da tropa, com seu cavaleiro acima de todos ao seu redor: maior, mais resplandecente, mais alto do que qualquer outro homem na estrada. As pessoas aplaudem e dão vivas espontaneamente, e o rei sorri para um lado e para o outro. Atrás dele, seu esmoler joga moedas para incentivar o entusiasmo.

Estou nervosa. A procissão de embaixadores, nobres, partidários e a nata do exército avança devagar. Os belos cavalos bufam, a cabeça oscilando de um lado para o outro, os arqueiros têm os arcos presos às costas, a infantaria veste roupas limpas recentemente, alguns usando capacetes gastos, e à frente deles, sempre atraindo olhares, o grande rei.

Henrique para o cavalo, e quatro homens correm para assumir seus postos a fim de ajudá-lo a desmontar. Uma plataforma de rodinhas é posicionada ao lado do animal, e o rei desce sendo amparado pelos ajudantes. Então se vira e acena para mim. A multidão o ovaciona, os soldados aplaudem, e, em seguida, os quatro homens ajudam o rei a descer os degraus até o chão.

Seus escudeiros se aproximam e desafivelam os braçais e os coxotes da armadura, mas ele permanece com o peitoral e segura o elmo debaixo do braço, o que lhe confere certa imponência bélica. Mantenho meus olhos fixos nele, com adoração. Em algum lugar, Thomas me observa de seu cavalo.

Um pajem se posiciona ao lado dele, outro pajem se posiciona do outro lado, mas ele não se apoia em nenhum dos dois para andar. Mesmo agora sei que não devo me aproximar dele; ele virá até mim. Henrique caminha em minha direção, e vejo que os homens se enfileiram para ver nosso reencontro. O rei está cada vez mais perto, e eu e todo o meu séquito fazemos reverências e ele. Os filhos de Henrique curvam-se quase até o chão. No mesmo instante sinto a mão dele sob meu cotovelo, erguendo-me, e, à vista de todos, ele beija apaixonadamente minha boca.

Tomo cuidado com minha reação. Não posso demonstrar a mínima hesitação em receber esse beijo molhado e rançoso. O rei vira as costas para mim e se dirige ao seu exército.

— Eu os liderei para longe, e os liderei de volta para casa! — brada ele. — Trouxe-os de volta com honra. Nós retornamos triunfantes.

Os homens gritam em aprovação, e percebo que estou sorrindo diante da euforia deles. É impossível não ser afetada pela alegria que sentem com a vitória. É um triunfo, um grande triunfo, que tenham recuperado terras inglesas na França; os soldados mostraram o poder e a força de nosso rei Henrique e voltaram para casa vitoriosos.

Estamos sentados lado a lado diante do altar da capela do Castelo de Leeds, em cadeiras baixas que nos dão a aparência de estarmos devotamente ajoelhados. Atrás de nós, as crianças mantêm as cabeças reverentemente inclinadas. O rei reza com fervor por alguns instantes e, em seguida, toca minha mão com um gesto suave para chamar minha atenção.

— E Eduardo, está bem? — pergunta.

Diante de nós, voltado para o altar, o padre abençoa o pão e o vinho, e as vozes do coro ressoam em um hino. Desvio minha atenção das preces para meu marido; do sagrado para o profano. Não pela primeira vez, pergunto-me se Henrique realmente acredita que um milagre está acontecendo — o vinho se tornando sangue, o pão se transformando no corpo de Cristo —, pois ele sempre vira a cabeça e conversa com alguém durante o ato sagrado. Será que realmente acredita que um verdadeiro milagre acontece diante dele todos os dias? E, se sim, por que o ignoraria?

— Ele está bem. Assim como suas filhas.

— Você disse que houve uma peste.

— Saímos em viagem e evitamos qualquer indício dela. Agora já passou.

— Garanti a herança dele na França. Mais uma cidade sob domínio inglês. E ganharemos outras. Isso foi só o começo.

— Tem sido uma campanha maravilhosa — respondo, com entusiasmo.

Ele fecha os olhos à aproximação do padre e junta as volumosas mãos como uma criança rezando. A boca pequena se abre, e a grande língua se estende para receber o pão sagrado, que ele engole de uma vez. O acólito se aproxima com o cálice e murmura:

— *Sanguis autem Christi.*

— Amém — confirma o rei; ele pega o cálice e bebe a grandes goles.

Os dois se aproximam de mim. No silêncio sagrado, quando o padre ergue o pão à minha frente, sussurro em meu coração: "Obrigada, Senhor, por proteger o rei dos muitos perigos da guerra." A hóstia é pesada e espessa em minha boca. Engulo enquanto o acólito vem até mim com o cálice de vinho. "E mantenha Thomas Seymour em Suas graças e sob Sua proteção", penso, concluindo minha oração secreta. "Deus abençoe Thomas."

A cozinha real faz um trabalho incrível com o banquete da vitória. Sentamo-nos à mesa depois da missa, às dez da manhã, e sinto como se nunca fôssemos parar de comer. Excelentes pratos, um após o outro, saem da cozinha carregados à altura do ombro e são distribuídos pela corte: grandes travessas douradas cheias de carne de boi, peixe e ave, tigelas douradas com ensopados e molhos, bandejas de massas folheadas, imensas tortas elaboradas. O prato principal do banquete são aves recheadas assadas dentro umas das outras: uma cotovia dentro de uma tordoveia, a tordoveia dentro de uma galinha, a galinha dentro de um ganso, o ganso dentro de um pavão, e o pavão dentro de um cisne, tudo isso dentro de um castelo feito de massa no formato da fortaleza de Bolonha-sobre-o-Mar. A corte aplaude, e todos batem as facas na mesa enquanto quatro homens conduzem o prato pelo salão em uma bandeja gigantesca até chegarem ao rei e pousarem-na diante dele. O coro, na galeria acima do grande salão, canta um hino de vitória. O rei, suado e exausto com a maratona do banquete, sorri radiante de prazer.

Meu relojoeiro fez um relógio em forma de um canhão em miniatura, e agora, saltitando sob o estandarte de São Jorge, surge Will Somers empurrando a peça — que está sobre pequenas rodas — para dentro do salão. De modo divertido, enquanto as pessoas aplaudem, Will aproxima uma velinha do pequeno canhão dourado, finge se encolher de medo e finalmente encena o acendimento do pavio.

Com habilidade, Will aperta um botão escondido, e o pequeno canhão cospe uma chama. Com um estrondo, ele lança uma bola contra os muros de massa do castelo. A bola é pesada, a mira é certeira: a torre rui sob o ataque, e há uma grande salva de palmas.

O rei fica maravilhado. Põe-se de pé.

— *Henricus vincit!* — brada.

E a corte inteira grita:

— Ave! César! Ave! César!

Sorrio e aplaudo. Não ouso olhar para a mesa dos lordes, onde Thomas certamente assiste a essa saudação eufórica a uma torta de carne. Sem que ninguém veja, me belisco para me lembrar de não zombar disso. A corte está certa de comemorar, o rei está certo de se deleitar com seu triunfo. É minha obrigação mostrar alegria. Além do mais, no fundo, estou orgulhosa dele. Levanto-me e ergo minha taça em um brinde ao rei. A corte inteira me acompanha, e Henrique contempla a adulação de sua esposa, das filhas, de sua gente. Não olho para Thomas.

O banquete não acaba nunca. Depois que todos comeram uma fatia do castelo de torta e acabaram com as outras carnes, vêm os doces e pudins, porções e mais porções de mapas da França feitos de açúcar e miniaturas de marzipã do cavalo de guerra do rei. Frutas, desidratadas e cozidas, surgem em tortas, cestinhas de caramelo e grandes tigelas. As travessas de frutas desidratadas e nozes são dispostas em todas as mesas, e vinhos doces de Portugal são trazidos para aqueles que ainda conseguem continuar bebendo e comendo.

O apetite do rei é prodigioso. Ele come como se não fizesse uma refeição desde que deixou a Inglaterra. Ele come e come, e seu rosto fica cada vez mais vermelho. Ele sua tanto que um pajem fica a seu lado com um guardanapo limpo de linho para enxugar a testa e o pescoço úmidos. Henrique ordena que sirvam mais vinho em sua taça imensa, acena para que tragam prato após prato de volta a ele. Sentada a seu lado, belisco umas coisinhas para poder dizer que estamos almoçando juntos, mas é um suplício que dura o dia todo.

Temo que Henrique passe mal. Olho de relance para os médicos dele e pergunto-me se ousariam sugerir que o rei interrompa a refeição gigantesca. Todos na corte já afastaram os próprios pratos, alguns deitaram a cabeça sobre a mesa, bêbados demais para se manterem acordados. Só o rei continua comendo com deleite e enviando os melhores pratos a seus protegidos, que se curvam para ele, sorriem, agradecem, e precisam se servir e fingir alegria com mais uma porção.

Finalmente, quando o sol está se pondo, ele afasta o prato e dispensa os servos com um aceno.

— Não, não, já comi bastante. Chega! — Ele olha de relance para mim e limpa a gordura reluzente da boca. — Que banquete! Que comemoração!

Tento sorrir.

— Bem-vindo de volta, senhor meu marido. Fico feliz que tenha comido bem.

— Bem? Estou entalado de tanta comida, minha barriga está doendo.

— O senhor exagerou?

— Não, não. Um homem do meu tamanho gosta de uma boa refeição. Preciso de uma boa refeição depois de tudo que enfrentei.

— Então fico feliz que esteja satisfeito.

— Haverá alguma apresentação? Haverá dança?

Claro, agora que acabou de empanturrar-se, ele quer que alguma outra coisa o distraia, e imediatamente. Por um instante, penso que Eduardo, com apenas 6 anos, comendo tranquilo em seus aposentos, tem mais paciência do que o pai, que precisa comer até ter náusea e saber o que virá depois.

— Haverá dança — asseguro-lhe. — E uma mascarada especial para celebrar sua vitória.

— Você vai dançar?

Indico a coroa de Ana Bolena, que repousa pesadamente sobre minha cabeça.

— Não estou vestida para dançar. Pensei em ficar sentada com o senhor e assistir aos dançarinos.

— Você precisa dançar! — diz ele no mesmo instante. — Não há mulher mais bela na corte! Quero ver minha esposa dançar. Não voltei para casa para vê-la ficar sentada em uma cadeira. Não será uma verdadeira comemoração para mim se você não dançar, Catarina.

— Devo ir tirar a coroa, vestir um capelo?

— Sim, vá. E volte logo.

Faço um aceno de cabeça para Nan, que convoca duas damas de companhia com um estalar dos dedos, e me retiro do salão pela porta que fica atrás dos tronos.

— Ele quer que eu troque a coroa por um capelo para que eu possa dançar — anuncio, cansada. — Preciso dançar.

— Meninas, corram e peguem o capelo dourado de Sua Majestade no guarda-roupa dela — ordena Nan. Elas se vão às pressas, e Nan faz um "tsc" com a boca. — Eu devia ter pedido a elas que trouxessem um pente e uma rede. Vou pegar no meu quarto. Espere aqui.

Ela se retira, e me aproximo da janela para olhar para fora. O ar fresco entra; o burburinho da corte atrás da porta fechada parece distante. O Castelo de Leeds é cercado por um fosso de águas paradas, e as andorinhas voam baixo, tocando seus reflexos prateados enquanto o céu fica dourado e cor de pêssego.

É um pôr do sol maravilhoso. O horizonte está quase escarlate, e dele brota um tom rosado, que se torna mais claro perto das nuvens douradas, o céu acima delas de um azul pálido. Por um instante, sinto-me consciente de mim mesma — a mesma sensação que tenho quando rezo sozinha. Uma mulher, ainda jovem, olhando para os pássaros e para a água, situada em um tempo e em um lugar, as estrelas de meu destino invisíveis no céu, a vontade de Deus diante de mim. Uma mulher que sabe tão pouco e anseia por tanto, e um sol se pondo para marcar o fim de um dia.

— Não diga nada.

Reconheço imediatamente a voz suave de Thomas — quem mais ouço em meus sonhos todas as noites? — e me viro. Ele está diante da porta fechada, parecendo um pouco mais cansado e um pouco mais magro do que da última vez em que o vi, na popa da barcaça do rei, indo para longe de mim sem um aceno de despedida.

Fico em silêncio, esperando-o falar.

— Não foi uma grande vitória. — Ele fala com uma fúria contida. — Foi uma completa confusão. Não tínhamos as armas de que precisávamos, não tínhamos os suprimentos para o exército. Não conseguíamos sequer alimentá-lo. Os homens dormiam sem tendas nem cobertas, na lama, e morriam de doença às centenas. Devíamos ter marchado até Paris, conforme havíamos combinado. Mas, em vez disso, desperdiçamos vidas inglesas em uma cidade sem valor algum, que jamais seremos capazes de manter, só para que ele possa dizer que conquistou uma cidade, só para ele poder voltar para casa.

— Acalme-se. Pelo menos você voltou ileso. Pelo menos ele não adoeceu.

— Ele não tinha ideia do que fazer, do que deveria ser feito. Não sabe calcular a duração de uma marcha, como dar a um exército tempo para se locomover, para preparar um descanso. Não sabe o suficiente para dar ordens. Diz uma coisa, depois diz outra, e então fica furioso porque ninguém o entende. Ordena aos cavalos que avancem em uma direção e aos arqueiros em outra, depois manda que os tragam de volta e culpa-os pelo erro. E, quando tudo estava ruindo à nossa volta, os soldados adoecendo, os franceses resistindo com firmeza, ele não conseguia enxergar que estávamos em apuros. Não se importava com o fato de os homens estarem correndo perigo. Dizia que a guerra custa caro e que ele não tinha medo de apostar. Ele não tem ideia do valor de uma vida. Não tem ideia do valor de nada.

Quero interrompê-lo, mas ele não se cala.

— Quando finalmente vencemos, foi um massacre. Dois mil homens, mulheres e crianças deixaram a cidade, passando por ele, que permaneceu no alto de seu cavalo, naquela armadura italiana. Partiram em meio ao vento e à chuva sem nada, nem um saco de comida. Ele decidiu que as pessoas teriam de percorrer a pé todo o caminho até o exército francês em Abbeville, mas elas morreram na estrada enquanto as tropas pilhavam suas casas. Ele é um assassino, Catarina, é um assassino impiedoso. E, agora que acabou, chama isso de uma grande vitória; não faz ideia de que foi um desastre. O exército de Howard estava prestes a se rebelar. Jamais conseguiremos manter Bolonha-sobre-o-Mar. Foi tudo por vaidade, uma conquista vaidosa. Ele não faz ideia de que não é uma grande vitória. Só sabe o que quer saber. Só acredita no que quer acreditar. Só ouve o que ele próprio ordena. Ninguém lhe diz a verdade, e ele não a enxergaria mesmo que ela fosse escrita para ele com o sangue de suas vítimas.

— Ele é o rei. Não é sempre assim com os reis?

— Não! — exclama Thomas. — Eu estive na corte do rei da Hungria, conversei com o imperador em pessoa. São grandes homens que são obedecidos sem serem questionados, mas eles questionam a si próprios! Têm dúvidas! Solicitam relatos genuínos. Recebem conselhos. Isso não é a mesma coisa. Este rei é cego para suas próprias falhas, surdo para conselhos.

— Acalme-se, acalme-se — digo, apreensiva, olhando de relance para a porta fechada.

— Fica pior a cada ano — insiste ele. — Todos os conselheiros honestos estão mortos ou desonrados; ele matou todos os seus amigos de infância. Ninguém ao seu redor ousa dizer-lhe a verdade. O temperamento dele é completamente fora de controle.

— Você não deveria dizer...

— Devo, sim! Preciso dizer... porque estou lhe avisando.

— Está me avisando de quê?

Ele dá um passo à frente, mas ergue as mãos para evitar que eu me aproxime dele.

— Não faça isso. Não posso ficar perto de você. Vim apenas para lhe dizer isso: ele é perigoso. Você precisa ter cuidado.

— Eu sou cuidadosa o tempo todo! — exclamo. — Sonho com você, mas nunca falo a seu respeito. Nunca lhe escrevo, nunca nos encontramos! Abri mão de você; abri mão de você por ele. Parti meu coração para cumprir meu dever.

— Ele irá se cansar de você — garante Thomas, com amargura. — E, se não der a ele um motivo para o divórcio, irá matá-la para se ver livre de você.

É uma previsão tão terrível que, por um instante, fico em silêncio, pasma.

— Não, Thomas, você está enganado. Ele me ama. Tornou-me regente. Confia em mim como não confia em ninguém. Eu trouxe os filhos dele para a corte. Sou mãe deles. Sou uma exceção. Ele nunca amou suas esposas como me ama.

— É você quem está enganada, sua tola. Ele tornou Catarina de Aragão regente. Ordenou ao país inteiro missas por Catarina Howard. Ele pode mudar de uma hora para outra e matá-la num piscar de olhos.

— Não! Não! — Balanço a cabeça como um dos bonequinhos de meus relógios. — Juro a você que ele me ama.

— Ele jogou a rainha Catarina em um castelo úmido e frio, e ela morreu abandonada, talvez até envenenada. Ele decapitou Ana com base em provas falsas. Minha irmã teria sido abandonada em menos de um ano se não tivesse engravidado, e mesmo assim ele a deixou morrer sozinha. Teria executado Ana de Cleves por traição se ela não tivesse concordado com o divórcio. O casamento dele com Catarina Howard era inválido porque ela já era casada, então ele poderia tê-la abandonado, mas preferiu executá-la. Queria que ela morresse. Quando se cansar de você, vai matá-la. Ele mata parentes, amigos e esposas.

— Os traidores têm de ser executados — sussurro.

— Thomas More não era traidor. Margaret Pole, prima do rei, não era traidora: era uma senhora de 67 anos! O bispo John Fisher era um santo, Thomas Cromwell era um servo fiel, Robert Aske e todos os Peregrinos da Graça receberam o perdão real. Catarina Howard era uma criança, Jane Rochford era louca: ele mudou a lei para poder decapitar uma mulher louca.

Estou tremendo como se estivesse com febre. Cerro os dentes para que parem de bater.

— O que você está me dizendo? Thomas, o que você está me dizendo?

— Estou dizendo o que você já sabe, o que todos nós sabemos, mas que ninguém ousa dizer. Ele é louco, Catarina, faz anos que ele é louco. Nós juramos lealdade a um homem louco. E, a cada ano que passa, ele fica mais cego e perigoso. Nenhum de nós está a salvo de seus impulsos. Eu vi isso. Finalmente vi isso, na França, porque eu também estava cego para isso. Ele é um assassino. E você será a próxima vítima.

— Não fiz nada de errado.

— É por isso que ele vai matá-la. Ele não suporta excelência.

— Thomas, ah, Thomas, isso é uma coisa terrível de se dizer para mim!

— Eu sei. Esse é o homem que deixou minha irmã morrer.

Ele atravessa o pequeno cômodo em dois passos rápidos, me envolve em seus braços e me beija com força, como se quisesse me morder, como se quisesse me devorar.

— Você é a única pessoa a quem eu diria isso — diz com urgência em meu ouvido. — Você precisa se proteger dele. Não vou mais falar com você. Não posso ser visto com você, pelo bem de nós dois. Tome cuidado, Catarina! Que Deus a proteja. Adeus.

Continuo segurando-o.

— Isso não pode ser mais uma despedida! Eu irei vê-lo. Agora que voltou para casa, que estamos em paz, vou pelo menos vê-lo todos os dias, não vou?

— Sou o novo almirante da marinha do rei. Vou para o mar.

— Você vai voltar para o perigo! Não agora, não quando a corte inteira está em casa em segurança!

— Juro a você que estarei mais seguro no mar do que você com esse assassino em sua cama — responde ele, sombrio. Com isso, desvencilha-se de mim e vai embora.

Palácio de Whitehall, Londres, outono de 1544

Convocou-se um novo pintor, Nicholas de Vent, para vir de Flandres fazer um imenso retrato do rei e sua família, quase em tamanho natural, no estilo do finado Hans Holbein. Fico muito orgulhosa com o fato de que haverá um retrato de família com todos nós. Eu triunfei em reunir essa família; convenci o rei a reconhecer as filhas publicamente como princesas e herdeiras, coloquei pai e filho debaixo do mesmo teto. Posso não ser capaz de ajudá-los a entender e a amar um ao outro, mas pelo menos eles moram juntos. O pai não é mais uma criatura inteiramente imaginária para o solitário Eduardo. E ele, por sua vez, não é apenas o filho fantasma de uma mãe santa, mas um menino de verdade, que merece atenção por méritos próprios.

O rei e eu passamos uma tarde feliz discutindo como será o retrato e como será posicionado na parede do Palácio de Whitehall, onde ficará para sempre. Pessoas daqui a centenas de anos o verão como se estivessem diante de nós, como se estivessem sendo apresentadas a nós. Decidimos que deve ser quase como um retábulo, com o rei no meio, comigo a seu lado, e Eduardo junto ao trono, como sucessor. De cada lado, quase em painéis laterais com molduras que ainda não conseguimos definir, ficarão as duas meninas, Elizabeth e Maria. Quero ver muita cor no retrato, nas paredes e no teto. As meninas e eu somos experientes com bordados, adoramos cores fortes e padrões marcantes, e desejo que o retrato reflita isso. Quero que seja tão lindo quanto as peças que fazemos. O rei sugere Bolonha-sobre-o-Mar subjugada ao fundo, com o estandarte dele esvoaçando no torreão destruído, e o pintor diz que fará um esboço para nos mostrar.

A obra começará com esboços preliminares de cada um de nós, individualmente. As princesas serão as primeiras. Ajudo Elizabeth e Maria a escolher os vestidos e as joias para posar para o artista. Ele as desenhará em giz e carvão e depois copiará as imagens sobre o fundo suntuoso, que os aprendizes pintarão em seu ateliê.

Henrique vem assistir aos primeiros esboços que o mestre De Vent está fazendo de Maria. Ela veste uma saia escarlate e uma sobreveste com mangas de brocado. Traz sobre o cabelo ruivo um capelo francês dourado, e está linda. Quando o rei entra, ela permanece um pouco rígida e faz uma pequena mesura, com medo de se mexer. Henrique manda um beijo para ela, como se fosse um cortesão.

— Precisamos nos mostrar para o povo — diz ele a mim. — As pessoas precisam nos ver mesmo quando não estamos presentes, mesmo quando estamos viajando ou caçando. Precisam ver o rei e toda a família real. Precisam nos reconhecer como reconheceriam os próprios irmãos e irmãs. Entende? Precisamos ser distantes como deuses e tão familiares quanto as imagens de santos que eles têm em suas paróquias.

Maria posa de pé, orgulhosa e frágil. Acho que parece tanto uma mulher pronta para lutar por seus direitos quanto uma menininha que tem medo de que ninguém a ame. Ela é uma contradição tão grande de força e vulnerabilidade que não sei se o pintor consegue capturar todos os seus aspectos, se consegue entender que ela é uma filha que se acostumou a ser rejeitada e uma jovem mulher que anseia por ser amada. Ela posa com as mãos unidas à frente do corpo, em seu belo vestido vermelho. Vejo seu rosto pálido e severo e penso em como ela me é querida, essa jovem mulher forte e obstinada.

Elizabeth será a próxima, e erguerá os olhos escuros e sorrirá para o artista. Ela é tão aprazível quanto Maria é rebelde, mas sob a aparência charmosa e simpática de Elizabeth há a mesma necessidade intensa de amor, a mesma ânsia por ser reconhecida.

O pintor me mostrou os primeiros esboços, e agora haverá nas laterais do retrato dois belos arcos com os jardins ao fundo, e neles serão pintados os dois bobos da corte: Will Somers com seu macaquinho, e a boba que serve a Maria. É uma ideia melhor do que os destroços de Bolonha-sobre-o-Mar, mas não sei se quero os bobos da corte no retrato da família real. O pintor explica o propósito disso: eles estão ali para dizer que não nos tornamos grandes demais. Ainda temos pessoas que nos desafiam, que expõem nossas falhas, que riem de nós como os pecadores que somos.

— E o rei sabe disso? — pergunto.

O pintor faz que sim com a cabeça.

— Ele concordou?

— Sua Majestade gostou da ideia.

Fico feliz. Isso mostra que o rei não se considera incontestável, como Thomas erroneamente afirmou. O rei de fato tem seus questionamentos e dá ouvidos ao bobo, Will, que recebeu de Deus o dom de dar voz a essas dúvidas.

A parede entre os dois arcos deve ser adornada como uma caixa de joias, com um teto de rosas vermelhas e quatro pilares dourados, um fundo adequado para esta família que é dona de tudo. À direita ficará Elizabeth; à esquerda, Maria; e no meio, também vestido no vermelho de Lancaster, estará o príncipe, o querido Eduardo, ao lado do pai, o rei, que, por sua vez, está sentado no trono comigo a seu lado. O retrato será copiado e se espalhará pelo reino, por toda a cristandade. Ele proclamará o triunfo da ambição dos Tudor. Aqui está Henrique, robusto e bonito, forte e viril, acompanhado de seu filho, um menino saudável que está se tornando um homem, de sua esposa, que ainda se encontra em seus anos férteis, e de suas duas lindas filhas, com o povo da Inglaterra — um par de bobos — contemplando nossa glória.

— Ela tem boa aparência — comenta Henrique atrás de mim, em voz baixa, olhando com aprovação para a princesa Maria.

— Ela sofre bastante com dores na barriga, mas acho que está melhorando — respondo. — Cuido para que tenha uma boa dieta e para que se exercite e descanse.

— Talvez ela devesse se casar — diz o rei, como se a ideia acabasse de lhe ocorrer.

Lanço a ele um pequeno sorriso de canto de boca.

— Senhor meu marido, quem tem em mente? Porque, conhecendo o senhor como conheço, sei que tem alguém em mente para ela. E provavelmente um embaixador já está abordando o assunto em alguma grande corte.

Ele pega minha mão, afastando-me do artista e da princesa Maria, cujos olhos escuros nos acompanham como se ela quisesse saber o que o pai está planejando para ela.

— Temo que ela não vá gostar de início, mas, com a França contra nós, a Espanha sendo uma aliada tão inconstante e a inimizade com o papa, eu estava cogitando uma nova aliança: talvez a Alemanha, a Dinamarca ou a Suécia.

— Ela precisaria ter liberdade para praticar sua fé. Eles não são luteranos?

— Ela precisaria obedecer ao marido — corrige-me ele.

Hesito. Maria é inteligente e ponderada. Talvez, se tivesse a chance de discutir religião com um marido também inteligente, pudesse compartilhar da mesma opinião que tenho: de que Deus fala conosco individualmente, com todos e cada um de nós, e de que não precisamos nem de um papa nem de um padre, nem de estátuas que sangram, para encontrar nosso caminho para a fé. Deus nos chama, e tudo o que temos de fazer é ouvi-Lo. Não existem truques para obter o perdão. Só há um caminho e só há uma Bíblia, e uma mulher pode estudá-la assim como um homem. Maria ouviu Cranmer, conversou com os pregadores que nos visitaram. Trabalhou no Novo Testamento de Erasmo comigo e está fazendo uma linda tradução do Evangelho de São João quase que inteiramente sozinha. Quando tiver de submeter sua vontade aos desejos de um marido, talvez descubra que ter o espírito domado a conduz a Deus. Acho que só passei a ouvir a voz de Deus quando entendi que precisava parar de ouvir minha própria vontade. Talvez aconteça o mesmo com minha enteada.

— Acredito que seria uma grande oportunidade para a princesa — respondo, com sinceridade. — Seria muito bom para ela se casar. Mas ela não poderia ir contra a própria fé.

— Ah, você acha que ela deve se casar?

— Acho que um homem bom talvez dê a ela a oportunidade de pensar, estudar e servir a ele e ao país. E de amá-lo, e de amar os filhos que eles tiverem.

— Você poderia prepará-la para essa mudança?

Inclino a cabeça.

— Seria uma honra conversar com ela e dizer que essa é a sua intenção — respondo.

— Deixe estar, por enquanto — diz ele, com cautela. — Não diga nada ainda. Mas é minha intenção, sim. Para manter Bolonha-sobre-o-Mar e forçar a França a declarar paz, precisarei de ajuda. Maria fará uma aliança indestrutível com os alemães. É uma princesa; sabe que nasceu para isso.

Neste outono, com o rei de volta à minha cama e meu quarto mais uma vez tomado pelo cheiro doentio de carne podre, volto a sonhar. É sempre o mesmo sonho. Subo uma escada circular úmida, com uma das mãos apoiada na pegajosa parede de pedra e a outra segurando uma vela, a luz bruxuleante. A corrente de ar frio que vem do andar de baixo avisa-me que não estou sozinha, que há alguém subindo as escadas atrás de mim. O medo que sinto de quem quer que esteja me seguindo me impele a continuar subindo às pressas, de modo que a chama da vela oscila na brisa e ameaça se apagar. No topo da escada, deparo-me com seis portas dispostas em círculo, pequenas como a entrada de uma cela. Imagino que estão trancadas, mas, quando vou até a primeira porta e seguro o anel da trava, ele gira com facilidade e sem fazer ruído. Então penso que é melhor não entrar. Não sei quem está ali dentro, e posso sentir um miasma de putrefação, como se algo estivesse apodrecendo atrás da porta. Mas então ouço um passo na escada atrás de mim e sei que preciso seguir adiante, fugir de quem quer que esteja me seguindo. Abro a porta, entro, ela se fecha de súbito e é trancada. Estou presa, minha vela se apaga, e estou na escuridão.

No breu absoluto do cômodo silencioso, ouço alguém se mover furtivamente.

A necessidade que o rei tem de fazer aliados se torna mais urgente quando os ataques franceses à nossa frota se intensificam. Ninguém tem dúvida de que eles atacarão nossos portos e cidades litorâneas; talvez até invadam a Inglaterra. O rei recebe relatos de sua rede de espiões e de nossos mercadores dizendo que o rei Francisco da França, seu inimigo e rival de longa data, está munindo de armas pescadores e comerciantes e está construindo seus próprios navios de guerra. É uma competição para ver quem consegue criar a maior frota, e estamos perdendo para a França, que se gaba de dominar os Mares Estreitos e até o Mar do Norte.

Nesses tempos perigosos, Thomas nunca fica na corte. Está em Portsmouth, Plymouth ou Dartmouth, Ipswich, Shoreham ou Bristol, supervisionando a construção de navios novos, o reparo de antigos, a formação e o treinamento de tripulações. Agora possui seu próprio navio e vive a bordo avaliando as embarcações que estão em serviço, tentando encontrar homens que se alistem como soldados nas instáveis fortalezas de madeira construídas no deque dos navios mercantes e das pequenas embarcações pesqueiras.

À medida que o sol se põe cada vez mais cedo, imagino-o usando um casaco grosso, de pé atrás do timoneiro, esquadrinhando o horizonte escuro em busca de navios inimigos, e sussurro uma oração para que Deus o proteja. No pânico da ameaça de uma invasão francesa, a corte sempre fala sobre ele, e aprendo a manter uma expressão impassível quando alguém menciona o almirante e a frota que ele está formando. Aprendo a ouvir os comentários como se estivesse preocupada com os navios, não com o comandante deles.

Nos dias com o clima mais rigoroso deste outono, Thomas planeja um ataque à costa da Bretanha, posicionando sua frota perto da Ilha de Wight, na esperança de surpreender a marinha francesa abrigada no porto e destruir seus navios atracados. Fico sabendo do plano por intermédio da cunhada dele, Anne Seymour, que, por sua vez, ficou sabendo por intermédio de seu marido, Edward. Thomas enviou o plano de batalha ao Conselho Privado para pedir aprovação. Diz que os franceses precisam ser destruídos no porto, antes da primavera. Que eles têm galés equipadas com remos, capazes de entrar em combate sob qualquer clima, ao contrário de nossos navios à vela, que dependem de ventos favoráveis. Diz que o único meio de impedir uma invasão é destruir a frota francesa antes que os navios sequer icem as velas. Nem mesmo todos os castelos do rei na costa do Sul conseguiriam causar tanto dano ao inimigo quanto um ataque marítimo feito em um momento oportuno, se Thomas conseguir pegá-los desprevenidos, ancorados.

Ele escreve sobre novas maneiras de usar nossos navios. As embarcações sempre foram usadas como transporte — levando soldados e armas à batalha —, mas Thomas escreve ao rei que, se conseguirmos aprimorá-las para deixá-las mais fáceis de serem manobradas, se conseguirmos muni-las de canhões, poderemos usá-las como armas. Um navio poderia encontrar outro navio no mar e bombardeá-lo a distância, vencê-lo com canhões sem precisar se aproximar e realizar a abordagem. Thomas diz que as galés francesas dispõem de canhões assustadoramente pesados que disparam balas feitas de pedra. Os franceses podem perfurar o casco de uma embarcação inimiga, colidir com ela usando a lâmina da proa, e só então manobrar para que os soldados realizem a abordagem e entrem em combate corpo a corpo, com a embarcação inimiga já avariada.

O irmão dele, Edward, argumenta no conselho que Thomas tem grande conhecimento do mar, que viajou para longe e viu os estaleiros de Veneza, observou as galés deles manobrarem e entrarem em combate. Mas Thomas Howard e seu filho Henry, competindo pela atenção do rei, riem com escárnio e dizem que os navios sempre servirão ao rei apenas como transporte de seus exércitos à França ou para defender os portos ingleses, impedindo a invasão das embarcações francesas. A ideia de uma campanha naval realizada por marinheiros travando batalhas no oceano é absurda. Dizem que Thomas Seymour tem bebido água do mar e flertado com sereias. Que é um sonhador, um tolo.

Os conselheiros que são a favor de uma guerra naval são quase todos reformistas. Aqueles que defendem que os navios devem ser usados como antigamente são os que desejam o retorno da antiga religião. A discussão se reduz à divisão costumeira da corte. É como se nada pudesse ser decidido sem a religião, e a religião é algo que nunca pode ser decidido, algo que sempre muda abruptamente de rumo.

— E agora os Howard estão certos, e Tom Seymour é um idiota — resmunga Henrique furiosamente quando vou a seus aposentos antes do jantar. Ele não vai fazer a refeição junto da corte esta noite. Sua perna está doendo demais, e ele está com febre. Observo seu rosto vermelho e suado e sinto o medo de uma criancinha diante do pai furioso. Sinto como se não houvesse nada que eu pudesse fazer para apaziguá-lo; nada do que eu disser vai adiantar.

— Querido, quer que eu jante com o senhor? — pergunto suavemente.

— Posso pedir que coloquem uma mesa aqui. Não preciso jantar no salão.

— Jante no grande salão! Eles precisam ver o trono ocupado, e Deus sabe que minhas filhas não podem tomar meu lugar e que meu filho é uma criança sem mãe. Estou praticamente sozinho no mundo, meus comandantes são idiotas, e Tom Seymour é o pior de todos eles.

— Voltarei depois do jantar — digo, com brandura. — Mas posso pedir aos meus músicos que venham tocar para o senhor enquanto isso? Eles têm um novo arranjo para coro baseado em sua própria...

— Tom ficou brincando com meus navios e agora pode perder todos eles! Você acha que posso ficar mais calmo com uns imbecis tocando alaúde? Acha que não estou desesperado? Estou desesperado, e ninguém pode me ajudar!

Anthony Denny e o Dr. William Butts se entreolham. Todos esperam para ver se conseguirei apaziguar o rei. Sou a única esperança deles. Chego bem perto de Henrique e toco seu rosto quente e úmido.

— Meu amor, o senhor não está sozinho. Eu amo o senhor, o país o adora. O que está acontecendo é mesmo terrível, e eu sinto muito.

— Recebi agora mesmo notícias vindas de Portsmouth, minha senhora. Tom Seymour decidiu içar velas na pior tempestade já vista em anos e provavelmente vai naufragar. E todos os meus navios vão afundar com ele.

Não me mexo, nem sequer fecho os olhos, embora sinta meu corpo latejar, como se estivesse ferida, como se estivesse realmente sangrando por dentro. Mas continuo sorrindo diante do rosto furioso dele, minha mão em sua bochecha ardente.

— Que Deus os salve para a Inglaterra — respondo. — Que Deus os salve dos perigos do mar.

— Que Deus salve meus navios! — grita ele. — Faz ideia de quanto me custa construir e equipar um navio? E então Tom tem uma de suas brilhantes ideias e desperdiça a frota em uma aventura destinada ao fracasso! E se afoga.

— Ele se afogou? A frota foi perdida? — Minha voz está firme, mas posso sentir minhas têmporas pulsando de dor.

— Não, não, Vossa Majestade, ainda não é tão terrível assim. Não temos notícias que confirmem isso. — Denny aproxima-se e dirige-se ao rei. — Sabemos que há uma tempestade e que alguns navios estão desaparecidos, entre eles o navio do almirante, mas não sabemos de nada além disso. Pode ser que esteja tudo bem.

— Como pode estar tudo bem quando eles estão afundando como pedras? — berra Henrique.

Todos ficamos em silêncio. Ninguém pode fazer nada quando o rei está furioso, e ninguém ousa arriscar. Minhas mãos estão tremendo, mas Denny também está. Penso: certamente eu saberia se ele estivesse morto, não saberia? Eu simplesmente saberia — se ele estivesse sendo levado pela maré, o cabelo escuro flutuando em torno do rosto lívido, as botas lentamente se enchendo de água, levando-o para o fundo do oceano... Eu saberia, não? Certamente Deus é misericordioso demais para permitir que uma pecadora como eu e um pecador como ele sejam separados sem antes uma palavra de amor, não?

— O navio do almirante se perdeu? — murmuro para Denny enquanto o Dr. Butts se aproxima com um copo contendo algum remédio. Sem dizer nada, ele o entrega ao rei, cuja mão está apertando com força o braço da poltrona, e observamos, também em silêncio, Henrique tomar o líquido em um único, grande gole. Depois de alguns instantes de silêncio, vemos a mão dele relaxar sobre o braço da poltrona, a fúria terrível desaparecer de seu rosto. Ele solta um longo suspiro.

— Bem, não acho que seja culpa sua — diz, a contragosto, para mim.

Consigo abrir um sorriso.

— Acho que não — respondo.

Ele esfrega o rosto úmido em minha mão como um cachorro doente em busca de carinho. Inclino-me e beijo sua bochecha. Ele põe a mão em minhas costas e, fora da vista da corte, desliza-a até meu traseiro.

— Você está aflita.

— Pelo senhor — respondo, com firmeza. — Claro.

— Ótimo. Então vá jantar e volte para mim quando estiver mais tranquila. Volte depois do jantar.

Faço uma mesura e me dirijo à porta. Anthony Denny — na verdade, Sir Anthony Denny, desde que ganhou seu título de cavaleiro em Bolonha-sobre-o-Mar — me acompanha.

— Há muitos homens perdidos? — pergunto, em voz baixa.

— Eles saíram, se dispersaram, e tiveram de fugir antes da tempestade, mas não sabemos mais do que isso. Está nas mãos de Deus.

— E o navio do almirante?

— Não sabemos. Estamos rezando para receber notícias logo e para que o rei não fique mais nervoso.

É claro, essa é a coisa mais importante para Sir Anthony. A vida dos marinheiros e a coragem de Thomas pouco importam — para ele, para todos nós — se comparados ao estado de espírito do rei. Inclino a cabeça.

— Amém.

Rezo por ele; é tudo que posso fazer. E, enquanto rezo para que ele esteja vivo, para que tenha sobrevivido à tempestade, para que em algum lugar dos Mares Estreitos ele esteja esquadrinhando o horizonte, aguardando uma brecha nas nuvens escuras e observando as velas recolhidas, atento a um possível abrandar da ventania, ouço o rei reclamar de seu fracasso, de sua estupidez, de sua imprudência.

Então recebemos de Portsmouth a notícia de que a frota chegou ao porto, um navio de cada vez, as velas rasgadas, os mastros lacerados, e de que algumas embarcações continuam desaparecidas. O navio do almirante chega com o mastro principal quebrado, mas Thomas está vivo, envolto em seu manto, na popa. Thomas retornou à terra firme, Thomas está a salvo. Há euforia na corte quando recebemos a notícia de que está vivo: o irmão dele, Edward, corre até a capela e cai de joelhos para agradecer a Deus por poupar seu parente mais brilhante. Mas o rei não partilha dessa euforia, e ninguém ousa comemorar diante dele. Pelo contrário, Henrique repete suas reclamações de que Thomas é um idiota, um idiota destemido, que destruiu sua confiança nele e falhou em seu cargo. Resmunga que isso é provavelmente traição, que é motivo para julgamento, um homem tão imprudente com a fortuna e as forças do rei é tão mau quanto um traidor, pior do que um traidor. Que, como Deus não o afogou, cabe ao rei decapitá-lo.

Rezo em silêncio. Não posso mandar rezar uma missa em ação de graças pela sobrevivência do almirante. Não digo uma palavra em sua defesa. Apenas uma vez, em um instante de loucura, cogito pedir à cunhada dele, Anne, para lhe escrever, sem mencionar meu nome, a fim de avisá-lo de que deve voltar imediatamente à corte, antes que o rei fique mais enfurecido e mande prendê-lo pelo crime de ter se deparado com um tempo ruim. Mas não ouso fazer isso. Ela pode até partilhar de meu interesse pela nova religião, pode estar sob juramento de fidelidade a meu serviço, mas não é uma grande amiga: sua devoção à família Seymour vem antes de qualquer coisa. Nunca foi amiga de Thomas. Sua devoção apaixonada ao marido a deixa com ciúme de todas as outras pessoas que fazem parte da vida dele. Anne vê Thomas com desconfiança por causa do charme e da desenvoltura dele na corte. Teme que as pessoas prefiram ele a seu marido — e tem razão. A única pessoa que ela elogia na família do marido é a irmã morta dele, Jane, a rainha Jane, mãe do príncipe Eduardo, e Anne a menciona diante do rei sempre que pode, "minha irmã Jane", "a santa Jane", a convenientemente morta Jane Seymour.

Por isso não ouso dizer nem fazer nada, nem mesmo quando o rei surge mancando com dor em meus aposentos para se sentar ao meu lado e assistir às minhas damas dançando, ou para me ouvir ler. Nem mesmo quando surge com um mapa do litoral sul e dos portos ameaçados debaixo do braço, enquanto coloco um pires d'água para meu par preferido de canários se banhar, iluminado pelos raios de sol que entram pela janela.

— Cuidado! Eles não vão fugir?

— Eles ficam na minha mão.

— Não vão se afogar? — pergunta ele, irritado.

Os canários mergulham a cabecinha e batem as asas, e rio enquanto chapinham a água.

— Não, eles gostam de tomar banho.

— Não são patos.

— Não, senhor meu marido, mas parece que gostam de água.

Ele os observa por um instante.

— É, eles são bonitos.

— Eu os adoro: são tão rápidos e espertos, que é quase como se entendessem as coisas.

— Exatamente como os cortesãos.

Eu rio.

— Isso é um mapa, milorde?

Ele gesticula com o papel.

— Estou indo me reunir com o Conselho Privado. Temos de fazer reparos em todas as fortalezas em todos os portos do sul. Vamos ter de construir algumas novas. Os franceses estão vindo, e Thomas Seymour fracassou em detê-los.

O rei estala os dedos para o pajem que aguarda junto à porta. O jovem se aproxima para oferecer o ombro como apoio ao rei.

— Vou deixá-la com seus pequenos prazeres. Você não teve manhãs ensolaradas e passarinhos quando era casada com o velho Latimer.

— De fato, não tive. — Estou desesperadamente pensando em como lhe perguntar sobre Thomas. — Estamos em perigo, senhor meu marido?

— Claro que estamos, e é tudo culpa dele. Vou mandar o Conselho Privado julgar Tom Seymour por traição, pela perda imprudente da minha frota.

Um pássaro voa em uma das gaiolas, alarmado com o tom ríspido do rei, e isso serve de pretexto para que eu vire o rosto. Digo, casualmente:

— Mas ele não deve ser culpado de traição, deve? Sempre foi um servo tão bom e leal ao senhor, e o senhor sempre gostou muito dele.

— Vou colocar aquela bela cabeça na ponta de uma lança — responde Henrique, com súbita e fria violência. — Quer apostar?

E se retira.

Em silêncio, como um fantasma, ando pelo velho palácio em direção aos aposentos do rei. Não há ninguém comigo. Falei às minhas damas que estava com dor de cabeça, que precisava me deitar e dormir, e então escapei de meu quarto para ir aos aposentos de Henrique, passando pelas pequenas galerias até chegar à porta secreta de seu quarto. Em seguida, atravesso a câmara privada deserta e me detenho diante da câmara de audiências, onde o Conselho Privado se reúne. É como em meu sonho: esgueiro-me pelos salões sozinha, sem que ninguém me veja. Eu bem poderia estar subindo uma escada sombria em uma torre silenciosa. Não há nenhum guarda no aposento vazio, à entrada da câmara de audiências. Posso me aproximar da porta e ouvir o que dizem. Juro a mim mesma que, se eu ouvir que prenderão Thomas, enviarei uma mensagem para avisar a ele, não importa o risco. Não posso ficar muda, paralisada de medo, quando o rei quer colocar a cabeça de Thomas na ponta de uma lança na Ponte de Londres.

O irmão, Edward, fala em prol dele. Posso ouvi-lo lendo uma carta que Thomas enviou para se defender. A voz de Edward é clara, e consigo discernir todas as palavras que ele diz através da madeira espessa da porta.

— E vejam aqui — diz Edward. — Permita-me ler isso para o senhor, Vossa Majestade. Thomas escreve:

Convoquem todos os mestres e capitães que participaram desta jornada e, se qualquer um deles disser que poderíamos ter permanecido em Dover Road, Downes ou Bollen Rode quando o vento mudou, sem colocarmos em perigo ainda maior nossas vidas e os navios do rei, então deixem que eu carregue o fardo da culpa. Mas, se fizemos apenas o que o clima permitiu, eu gostaria de que os senhores lordes o culpassem e que eu e o resto de minha companhia fôssemos desculpados e, no futuro, voltássemos a servir no mar...

— Ah, ele sabe escrever uma boa carta — resmunga Henrique. — Ninguém pode negar que ele sempre foi encantador. Mas quantos navios estão desaparecidos?

— São os infortúnios da guerra — responde Edward. Ouço o crepitar do papel quando ele o desliza pela mesa para que o rei possa ler. — Ninguém sabe melhor do que Vossa Majestade os riscos com que um homem pode se deparar quando vai para a guerra. O senhor, que velejou até a França em meio a um clima perigosíssimo! Thomas tem a sorte de se dirigir a um rei que sabe melhor do que qualquer outro da cristandade as ameaças que um homem corajoso precisa enfrentar. O senhor correu perigos terríveis, Vossa Majestade. Sabe que um homem de coragem precisa jogar os dados e torcer para que os números lhe sejam favoráveis. É a exata essência da cavalaria, a cavalaria que o senhor tanto ama: que um homem arrisque a vida para servir a seu senhor.

— Ele foi imprudente — afirma o rei, com a voz impassível.

— Em uma época de tempestades. — Ouço a reclamação resmungada do duque de Norfolk, o velho Thomas Howard. — Foi loucura partir! Por que não pôde esperar pela primavera, como sempre fazemos? É típico de um Seymour achar que pode ser mais rápido do que um vento de outono.

— É preciso defender o litoral contra os franceses — intervém John Dudley. — E eles não estão aguardando o tempo melhorar. Thomas não podia correr o risco de deixar nossa frota no porto. E se os franceses atacassem? Ele escreveu explicando que as embarcações deles conseguem atirar a distância, são capazes de se aproximar dos navios atracados com ou sem vento, são munidas de armas, movidas a remo pela tripulação e capazes de guerrear em qualquer estação, em qualquer mar. Ele tinha de destruí-las antes que os franceses nos invadissem.

Ouço a tosse espessa e cortante do rei, e, em seguida, ele limpando a garganta encatarrada e cuspindo.

— Todos vocês parecem satisfeitos com a conduta dele — conclui o rei, contrariado.

Ouço um ruído de protesto vindo de Henry Howard.

— Todos à exceção dos Howard e de seus partidários — acrescenta o rei, com enfado. — Como sempre.

— Seguramente, não houve nenhuma tentativa deliberada de colocar a frota em perigo — salienta alguém.

— Bem, eu não estou satisfeito — declara Stephen Gardiner. — Ele foi claramente descuidado. Deve ser punido.

— É fácil dizer isso junto a uma lareira quente — murmura Edward.

Prendo a respiração. A popularidade de Thomas na corte está contando a seu favor. Além disso, todos sabem que ele está arriscando a própria vida no mar enquanto eles se encontram no conforto do castelo.

— Ele pode manter seu cargo — decide Henrique. — Certifique-se de dizer a ele que estou muito insatisfeito. Quero que ele venha à corte e fale comigo pessoalmente.

Ouço o arrastar de sua cadeira e o farfalhar das ervas aromáticas no chão quando ele tenta se levantar com esforço; o Conselho Privado se põe de pé, e dois dos conselheiros vão ajudá-lo. Imediatamente, eu me afasto da porta na ponta dos pés, com meus sapatinhos de couro sem fazer barulho, e atravesso a câmara privada. Estou prestes a cruzar correndo o quarto de dormir do rei quando me detenho, apavorada.

Há alguém no quarto. Vejo um vulto sentado à janela, o queixo apoiado nos joelhos dobrados, agora à plena luz do sol quando antes se achava oculto nas sombras. Um espião, um espião silencioso que esteve imóvel como uma estátua, me vigiando. É Will Somers, o bobo do rei. Deve ter me visto entrar, deve ter me visto escutando atrás da porta e agora me vê correndo de volta para meus aposentos, uma esposa culpada cruzando na ponta dos pés o quarto do marido.

Ele ergue os olhos escuros para mim e vê a culpa estampada em meu rosto.

— Will...

Ele finge um sobressalto exagerado, cômico, como se estivesse notando minha presença pela primeira vez, um grande pulo de surpresa que o faz voar de seu assento e cair no chão. Se eu não estivesse com tanto medo, teria soltado uma gargalhada.

— Will... — sussurro com urgência. — Não brinque comigo agora.

— É a senhora? Achei que fosse um fantasma — responde ele, em voz baixa. — O fantasma de uma rainha.

— Eu estava ouvindo os planos do conselho. Temo pela princesa Maria — digo rapidamente. — Temo que ela seja casada contra a vontade...

Ele meneia a cabeça, preferindo ignorar a mentira.

— Já vi rainhas demais. E muitas são agora fantasmas. Não quero ver uma rainha em perigo; não quero ver outro fantasma. De fato, juro que não verei. Nem sequer um.

— Você não me viu? — pergunto, captando o que ele diz.

— Não vi a senhora, nem Kitty Howard esgueirando-se escada abaixo de camisola, nem Ana de Cleves, bela como no retrato, chorando à porta do próprio quarto. Sou um bobo, não um guarda. Não preciso ver as coisas e sou proibido de entendê-las. Não faz sentido relatá-las a quem quer que seja. Quem ouviria um bobo? Portanto, Deus o abençoe.

— Deus o abençoe, Will — agradeço, fervorosamente, e atravesso a porta do quarto do rei, seguindo pelo corredor até a segurança de meus próprios aposentos.

Palácio de Whitehall, Londres, primavera de 1545

Os dias frios e úmidos deste começo de primavera parecem durar para sempre, como se os dias quentes de verão jamais fossem chegar. A luz do sol fica mais brilhante pela manhã, e os narcisos florescem à margem do rio, mas os jardins estão úmidos, e, do outro lado dos grandes muros do palácio, a cidade está alagada: o péssimo escoamento das ruas deixa-as cobertas de água gelada e suja. Quando cavalgamos não há nenhum prazer nisso, porque os cavalos têm dificuldade de avançar na lama, e a chuva fria açoita nosso rosto. Voltamos cedo para casa, encolhidos na sela, com frio, molhados e sujos de terra.

Aprisionadas em casa por causa dos dias de chuva, minhas damas e eu continuamos nossos estudos, lendo e traduzindo textos da Bíblia, tanto para treinar o latim quanto para estimular as discussões sobre os sentidos das palavras. Noto que tenho ficado cada vez mais atenta à beleza da sonoridade da Bíblia, à música da língua, ao ritmo da pontuação. Imponho a mim mesma a tarefa de tentar escrever melhor em inglês, para que a beleza de minha tradução corresponda à importância das palavras. Antes de escrever uma frase, ouço o som dela em minha cabeça. Começo a achar que as palavras podem ter a precisão perfeita de notas musicais, que há uma cadência na prosa, assim como na poesia. Percebo que estou passando por um processo de aprendizagem na leitura e na escrita, e que sou minha própria professora e minha própria aluna. E me dou conta de que adoro esse trabalho.

Certa manhã, estamos estudando quando ouvimos suaves batidas à porta estreita que leva à escada de pedra e ao pátio do estábulo. Uma de minhas criadas põe a cabeça para dentro do quarto.

— Vossa Majestade, o pregador chegou — avisa.

Ela estava esperando junto a um dos muitos portões para trazer o homem diretamente a meus aposentos. Não que eles sejam instruídos a vir em segredo: o rei sabe que recebo pregadores vindos de sua própria capela, da Catedral de St. Paul e de outras igrejas. Mas não vejo por que o restante da corte — pessoas que não participam dos sermões e das leituras ou que criticam meu interesse — deveria saber o que estudamos e quem recebemos. Se quiserem aprender, podem vir e se sentar conosco. Se quiserem apenas saber o que acontece em nossos encontros a fim de espalhar fofocas, passar bem. Não preciso do lorde chanceler torcendo seu longo nariz para mim, ou de seu séquito sussurrando os nomes dos religiosos que vêm conversar comigo e com minhas damas como se estivéssemos nos encontrando com jovens galanteadores. Não preciso dos homens de Stephen Gardiner mantendo uma lista com os nomes de todos que vêm conversar comigo para depois ordenar a seus escreventes que os sigam até suas casas e interroguem seus vizinhos.

— Tem uma coisa estranha, Vossa Majestade — adverte a criada, hesitante.

Ergo os olhos.

— Que coisa estranha?

— A pessoa que diz ser seu pregador é uma mulher, Vossa Majestade. Eu não sei se há problema.

Quase solto uma risadinha e não ouso olhar para Nan.

— Por que haveria problema, senhorita Mary?

A jovem dá de ombros.

— Eu não sabia que uma mulher podia fazer pregações, Vossa Majestade. Sempre achei que uma mulher deveria se manter calada. É o que meu pai sempre me disse.

— Sem dúvida, seu pai achou que estava dizendo a verdade — respondo, com cautela, ciente dos olhos ávidos e do sorriso oculto de Nan. — Mas sabemos que a Palavra de Deus destina-se igualmente ao homem e à mulher. Portanto, o homem e a mulher podem igualmente falar sobre ela.

Ela não entende. Vejo em seus olhos vidrados que só quer saber se deve deixar essa criatura estranha — uma pregadora — vir a meus aposentos ou pedir aos cavalariços que a joguem de volta às ruas de pedra que circundam o palácio.

— Você sabe falar, senhorita Mary? — pergunto.

Ela faz uma mesura.

— Claro, Vossa Majestade.

— Sabe ler?

— Sei ler um pouco, se estiver escrito de maneira simples.

— Então, se a Bíblia estivesse escrita de maneira simples, você poderia ler a Palavra de Deus. E poderia falar sobre ela com outras pessoas.

Ela abaixa a cabeça e murmura bem baixo, constrangida. Conseguimos discernir o que ela está dizendo: que a Bíblia não é para gente como ela, que ela só sabe o que o padre lhe diz, e que apenas no Natal e na Páscoa ele fala alto o bastante para poder ser ouvido no fundo da igreja.

— A Bíblia é para você — insisto. — A Bíblia está escrita em inglês para que você a leia. Nosso Salvador desceu dos céus por você e por todos nós, conforme Ele deixa claro na Bíblia que nos deu.

Devagar, ela levanta a cabeça.

— Eu posso ler a Bíblia? — pergunta-me diretamente.

— Pode — prometo-lhe. — E deve.

— Uma mulher consegue entendê-la?

— Consegue.

— E então essa mulher pode fazer pregações?

— Por que não?

Isso a cala novamente. Ao longo dos séculos, padres, professores, monges e pais autoritários disseram a ela e a mim — e a todas as mulheres da Inglaterra — que uma mulher não pode fazer pregações. Mas, em mãos, tenho a Bíblia em inglês, que meu marido concedeu ao povo da Inglaterra, e ela afirma que Jesus veio para todos nós, não apenas para os padres, professores, monges e pais autoritários.

— Pode, sim — continuo para concluir a lição. — E agora pode trazer a pregadora até aqui. Qual é o nome dela?

— Sra. Anne Askew.

Ela entra e faz uma mesura extremamente respeitosa, como se eu fosse uma imperatriz. Em seguida, lança um breve sorriso a Catherine Brandon e faz outra reverência para as damas. Imediatamente entendo por que Mary hesitou em trazê-la a meus aposentos. Trata-se de uma jovem extraordinariamente bela, vestida como uma mulher do campo, a jovem esposa de um fazendeiro rico ou de um mercador. Ela não é da nobreza, mas uma daquelas pessoas que provavelmente tem um sobrenome tradicional e o usou para fazer fortuna. O capelo branco sobre o lustroso cabelo castanho é ornado com renda sofisticada. Emoldura um belo rosto em formato de coração, olhos castanhos cintilantes e um sorriso sereno. Seu vestido é simples, de lã marrom e seda vermelha. As mangas são marrons também, e a gola é de linho de boa qualidade. Parece uma jovem que encontraríamos em uma viagem, a rainha da primavera, eleita por sua beleza, destacando-se em meio às outras meninas da aldeia. Poderíamos vê-la em uma encenação, interpretando o papel da princesa atacada pelo dragão em uma cidade próspera. É tão bonita que qualquer mãe a casaria cedo, e qualquer pai providenciaria para que fizesse um bom casamento.

Certamente, ela não corresponde à imagem que tenho de uma mulher inspirada por Deus. Eu esperava uma pessoa mais velha, de aparência comum, o rosto enrugado por linhas de expressão benevolentes. Alguém como uma das abadessas de minha infância, uma mulher mais austera do que essa jovem beldade.

— Já nos conhecemos? — Ela me parece estranhamente familiar, e tenho certeza de que reconheço seu sorriso deslumbrante.

— Não ousei esperar que Vossa Majestade fosse se lembrar de mim — responde ela educadamente. Percebo a pronúncia do "r", típica do sotaque de Lincolnshire. — Meu pai, Sir William, serviu ao seu sogro, lorde Brough, em Gainsborough, e eu era convidada para participar de banquetes e danças. Eu sempre comparecia aos festejos de Natal, de Páscoa e aos festivais da primavera. Mas eu era só uma menininha. Não esperava que a senhora me reconhecesse agora.

— Eu sabia que a conhecia...

— A senhora era a moça mais instruída que eu já tinha visto — confessa ela. — Nós conversamos uma vez, e a senhora me disse que estava lendo em latim com seu irmão. Naquele momento, me dei conta de que uma mulher pode estudar, de que é capaz de aprender. Isso me levou a aprender e memorizar a Bíblia. A senhora foi minha fonte de inspiração.

— Fico feliz por termos conversado, se esse é o resultado. Sua reputação como estudiosa dos Evangelhos a precede. A senhora acha que pode pregar para nós?

Ela inclina a cabeça.

— Só posso dizer à senhora o que li e o que sei.

— A senhora já leu mais do que essas damas? Mais do que eu?

Ela me dirige um doce e respeitoso sorriso.

— Duvido, Vossa Majestade, pois tive de aprender com minha Bíblia, e já a arrancaram de minhas mãos muitas vezes. Precisei lutar por meu conhecimento. Mas imagino que as senhoras tenham recebido uma Bíblia e aprendido com os melhores estudiosos.

— Sua Majestade está escrevendo um livro — intervém Nan, em um tom de quem está se vangloriando. — O rei pediu a ela que traduzisse orações do latim, para que o povo pudesse ter acesso a elas. Ela trabalha com o próprio rei. Estuda com o grande Thomas Cranmer. Juntos, os três estão trabalhando em um missal em inglês.

— Então é verdade? — pergunta-me ela. — Ouviremos as orações em inglês nas igrejas? Teremos permissão de saber o que o padre vem dizendo há tantos anos?

— Sim.

— Deus seja louvado — diz ela simplesmente. — A senhora é abençoada por estar fazendo esse trabalho.

— É o rei quem está dando a liturgia ao povo. E é Thomas Cranmer que está fazendo a tradução. Eu só os ajudo.

— Ficarei tão feliz de ler as orações — diz ela, com fervor. — E Deus ficará feliz de ouvi-las, pois Ele deve ouvir as orações de todas as pessoas, independentemente da língua que elas falem, ou mesmo quando estão em silêncio.

Não consigo deixar de ficar intrigada.

— A senhora acha que Deus, que nos deu a Palavra, compreende nossas orações sem as palavras? — pergunto. — Além das palavras?

— Acho que sim. Ele entende meus pensamentos antes mesmo que minha mente os coloque em palavras. Ele entende minhas preces quando elas não passam de um chamado indistinto, como os sons de um pássaro. Ele deve entender o que um pássaro sente. Deve entender as parábolas e histórias simples, pois Seu próprio Filho falava em parábolas e histórias simples, em qualquer que fosse a língua usada em Belém.

Sorrio; estou impressionada. Eu não tinha pensado na língua de Deus como a língua que antecede as palavras, como a língua falada no coração, e gosto da ideia de que Deus entende nossas preces como se fôssemos pássaros piando, ciscando diante de Seus pés.

— E a senhora chegou a essa compreensão através de seus estudos? — pergunto. — Recebeu lições em casa?

Anne Askew se empertiga, uma das mãos pousando suavemente em minha mesa, a cabeça erguida. Dou-me conta de que esse é seu sermão, a fala vinda do coração, o relato de sua experiência pessoal e da presença da Palavra de Deus em sua vida.

— Estudei ao lado de meus irmãos até eles irem para a universidade — começa ela. — Em nossa casa havia educação, mas não instrução. Meu pai serviu ao seu marido, o rei. Quando eu tinha 16 anos, ele me casou com um vizinho, Thomas Kyme, e tivemos dois filhos antes de ele me chamar de herege e me expulsar de casa porque li a Bíblia que o rei Henrique, em sua sabedoria, deu a todo o povo da Inglaterra.

— Agora é apenas para homens e mulheres da nobreza — adverte Nan, olhando de relance para a porta fechada. — Não para mulheres como a senhora.

— A Bíblia foi deixada no fundo de nossa igreja, e o homem mais pobre e a mulher mais humilde podiam entrar e lê-la, se soubessem ler — diz a surpreendente jovem, corrigindo Nan. — Disseram-nos que era para o povo ler, que o rei tinha dado a Bíblia ao povo. Podem até tê-la recolhido de novo, mas nós nos lembramos de que o rei a deu ao povo da Inglaterra, a todo o povo da Inglaterra, para que a lêssemos. Os lordes a tomaram de volta; os príncipes da Igreja, que se acham tão importantes, a levaram embora; mas o rei a deu para nós, que Deus o abençoe.

— Para onde a senhora foi? — pergunto. — No dia em que seu marido a expulsou de casa?

— Fui para Lincoln — responde ela, com um sorriso. — Sentei no fundo da catedral, peguei uma bíblia e comecei a ler à vista de todos, diante dos peregrinos ignorantes que entravam beijando o chão e andavam de joelhos.

Coitados, os emblemas de peregrinos tilintavam presos em suas roupas, mas eles achavam que era heresia uma mulher ler a Palavra de Deus em uma igreja. Imaginem! Achar que é heresia uma fiel ler a Bíblia em uma igreja! Li em voz alta para todos que passavam por aquela construção imensa, para os que compravam e vendiam favores, negociavam emblemas de peregrino e relíquias, todos aqueles tolos e vendedores desonestos. Li a Bíblia para ensinar a eles que não se chega a Deus com pedaços de pedra e osso, frascos de água benta e orações escritas de trás para a frente em papeizinhos presos ao casaco. Nem com anéis sagrados e beijos no pé de uma estátua. Mostrei a eles que o único caminho a Deus é através de Sua Palavra Sagrada.

— A senhora é uma mulher corajosa — comento.

Ela sorri para mim.

— Não, sou uma mulher simples. Quando entendo uma coisa como verdadeira, ela toca meu coração. E entendo que precisamos ler e conhecer a Palavra de Deus. Isso, e nada além disso, nos levará ao Paraíso. Todo o resto, a ameaça do purgatório, a promessa de perdão em troca de pagamento, as estátuas que sangram e as imagens que vertem leite, tudo isso é invenção de uma Igreja que se afastou da Palavra de Deus. Cabe a mim e às pessoas que se importam com a verdade nos apegarmos à Palavra e nos distanciarmos das encenações. A Igreja deixou de encenar peças bíblicas uma vez por ano, agora apresenta-as todo dia, o ano inteiro. É tudo fantasia, teatro, fingimento. Mas a Bíblia é a verdade, e não há nada além dela.

Faço um gesto de assentimento com a cabeça. Ela fala com simplicidade, mas está absolutamente certa.

— Então, afinal, vim a Londres e preguei diante dos homens mais importantes desta cidade. Meu irmão me ajudou, e minha irmã é a Sra. Jane Saint Paul, cujo marido serve à duquesa. — Ela faz outra reverência a Catherine Brandon, que assente em resposta. — Encontrei uma casa segura, com pessoas honestas que pensam como eu, ouvi pregadores e conversei com muitos homens cultos, muito mais cultos do que eu. E um bom homem, um pregador que acho que Vossa Majestade conhece, John Lascelles, me apresentou a outros homens bons também, para que eu conversasse com eles.

Pelo ruído de surpresa quase imperceptível que Nan deixa escapar, noto que ela conhece o nome. Olho para ela.

— Ele testemunhou contra a rainha Catarina — diz ela.

— Conheci algumas pessoas de sua corte — prossegue Anne, olhando ao redor e sorrindo. — Lady Denny e Lady Hertford. E outras pessoas que ouvem os Evangelhos e acreditam na reforma da Igreja. — Ela respira fundo. — Então fui à igreja para me divorciar.

Nan solta um gritinho de surpresa.

— Como? Como a senhora pôde fazer isso?

— Fui à Igreja e expliquei que, como meu marido era fiel às crenças antigas e eu sou fiel às novas, nossos votos nunca tiveram o mesmo significado. Não nos unimos na mesma Igreja. O verdadeiro Deus não tem nada a ver com os votos que me fizeram jurar, em uma língua que eu não entendia; portanto, nosso casamento deveria ser desfeito.

— Sra. Anne, uma mulher não pode desfazer um casamento só porque quer — protesta Catherine Brandon.

Nan e eu nos entreolhamos. A esposa de nosso irmão fugiu, e ele recebeu o divórcio como um presente do rei. O rei é o chefe da Igreja; ele tem o poder sobre o casamento e o divórcio, não uma mulher.

— Por que uma mulher não deveria acabar com um casamento? O que fazemos, podemos desfazer — responde Anne Askew. — O que juramos, podemos revogar. O próprio rei...

— Nós não falamos do rei — diz Nan rapidamente.

— A lei não reconhece a vontade da mulher, exceto quando ela está sozinha no mundo — diz Anne Askew com firmeza. — Só uma mulher sem pai e sem marido tem quaisquer direitos legais. Isso, por si só, é injusto. Mas pensem: sou uma mulher sozinha, uma *feme sole*. Meu pai está morto, e eu renego meu marido. A lei deve me ver como a pessoa adulta que sou, uma igual perante Deus. Irei para o Paraíso porque li e aceitei a Palavra de Deus. Exijo justiça porque li e aceitei a palavra da lei.

Nan troca um rápido olhar apreensivo comigo.

— Não sei o que está certo e o que está errado nisso — diz ela. — Mas sei que não é um discurso apropriado para a corte de uma rainha. — Nan olha de relance para a princesa Elizabeth, que está ouvindo com atenção. — Nem para crianças.

Meneio a cabeça. Sou casada com um homem que anulou seus matrimônios. Divorcia-se quando quer. Anne Askew sugere que uma mulher pode ter tanto poder quanto o rei.

— É melhor a senhora falar de sua fé — ordeno. — Eu traduzi o salmo: "Que todas as coisas estejam sob Teu domínio." Fale disso para nós.

Ela abaixa a cabeça por um instante, como se estivesse reunindo seus pensamentos, e então começa a falar com simplicidade e eloquência. Ouço em sua voz a firmeza da completa convicção, e em seu rosto vejo o brilho da inocência.

Ela passa a manhã inteira conosco, e mando-a para casa com uma bolsinha de moedas e um convite para voltar. Fico fascinada por ela, sinto-me inspirada por essa mulher que diz ser livre para decidir onde vai morar, escolher ou rejeitar um marido, que sabe que Deus perdoa seus pecados porque ela os confessa a Ele — não a um padre. Ela fala diretamente com Ele. Acho que é a primeira mulher que conheço que me parece estar no controle da própria vida, que trilha seu próprio caminho, que é responsável por si mesma. Essa é uma mulher que não foi domada para ser como as outras pessoas desejam; não foi lapidada para se ajustar às circunstâncias.

O pintor do retrato vem terminar seus esboços das duas princesas. Acho que a princesa Maria fica mais ereta do que de costume, como se soubesse que esse pode ser seu retrato definitivo como princesa inglesa, como se fosse seu último antes de ser enviada para longe. Talvez pense que o retrato vá ser copiado e enviado a seus pretendentes.

Aproximo-me para ajeitar a cauda do vestido dela, a fim de exibir melhor o lindo brocado, e sussurro em seu ouvido:

— Você não precisa posar com uma expressão tão solene, sabe. Pode sorrir.

Sou recompensada com a breve risadinha que ela deixa escapar.

— Eu sei — responde. — Mas as pessoas vão ver esse retrato daqui a alguns anos, talvez séculos.

A princesa Elizabeth está ruborizada com a atenção do pintor, rosada como o interior de uma concha. Passou tanto tempo longe da vista de todos que adora estar sob o olhar masculino.

Fico sentada observando as duas meninas, separadas por uma considerável distância, mas parcialmente voltadas uma para a outra. O pintor faz o esboço dos rostos e cuidadosamente toma nota das cores dos vestidos. Tudo isso será transferido para a grande obra, como a tecelã que, com seu tear, acrescenta flores a uma tapeçaria a partir dos desenhos que esboçou no jardim.

Então o pintor se vira para mim.

— Vossa Majestade?

— Não estou usando meu vestido — protesto.

— Hoje só quero capturar o semblante da senhora. A maneira como se porta. A senhora faria a gentileza de se sentar da forma como será retratada? Talvez possa imaginar que o rei está à sua direita. A senhora inclinaria a cabeça na direção dele? Mas preciso que olhe diretamente para mim.

Sento-me como ele pede, mas não consigo me inclinar na direção onde supostamente estará o rei. O pintor, De Vent, é bastante minucioso. Com gentileza, ele move minha cabeça, ajustando-a sem sucesso, até que Maria, rindo, ocupe o lugar onde seu pai ficará. Sento-me ao lado dela e inclino a cabeça muito de leve, como se estivesse ouvindo algo.

— Sim, excelente! — exclama o pintor. — Mas a composição está plana demais. As novas tendências de hoje em dia... Vossa Majestade me permite?

Ele se aproxima e gira minha cadeira um pouco na direção do rei.

— E será que a senhora poderia olhar para lá? — Ele aponta para a janela.

— Assim.

Ele se afasta para me avaliar. Olho para onde ele pediu e, pela janela, vejo um melro pousar no galho de uma árvore e abrir o bico amarelo para cantar. Imediatamente, sou transportada àquela primavera em que corri pelo palácio até os aposentos de Thomas e ouvi um melro, entorpecido de alegria e confuso com as tochas, cantando à noite como se fosse um rouxinol.

— *Mon Dieu!* — ouço De Vent sussurrar, e sou trazida de volta ao presente.

— O que foi?

— Vossa Majestade, se eu pudesse capturar essa luz em seus olhos e essa beleza em seu rosto, eu seria o melhor pintor do mundo. A senhora está radiante.

— Só estava sonhando acordada. Não foi nada.

— Eu queria ser capaz de capturar esse brilho. A senhora já me mostrou o que devo fazer. Agora prepararei alguns esboços.

Ergo a cabeça, olho pela janela e observo o melro, que agita as asas ao sentir as gotas de chuva e sai voando.

Palácio de Whitehall, Londres, primavera de 1545

O rei manda me chamar, e Nan e Catherine Brandon me acompanham ao longo da galeria até os aposentos dele. Todas as janelas encontram-se abertas para o sol primaveril, e os pássaros estão cantando nas árvores do jardim lá embaixo. Podemos ouvir as gaivotas grasnando sobre o rio Tâmisa e ver o reflexo do sol cintilar em suas asas brancas.

Henrique está de bom humor, a perna enfaixada apoiada em um escabelo, uma pilha de papéis diante de si, todos completamente escritos.

— Veja isso! — exclama para mim, com alegria. — Você que se considera uma grande erudita. Veja isso!

Faço uma mesura e me aproximo para beijá-lo. Ele segura meu rosto com as grandes mãos e me puxa para junto de si, para que eu o beije na boca. Ele cheira a doces e a algum tipo de bebida destilada.

— Nunca me considerei uma erudita — afirmo na mesma hora. — Sei que sou uma mulher ignorante comparada ao senhor, milorde. Mas fico feliz com a oportunidade de estudar. O que é isso?

— São nossos escritos, eles voltaram da oficina de impressão! A liturgia, finalmente. Cranmer diz que vamos pôr uma cópia em cada igreja da Inglaterra e dar um basta aos murmúrios em latim que nem a congregação nem o padre entendem. Aquilo não é a Palavra de Deus; não é o que quero para minha igreja.

— O senhor tem razão.

— Eu sei! E, veja, aqui estão as orações que você traduziu e o trabalho de Cranmer, com alterações minhas para deixar a linguagem melhor em algumas partes. Outras partes eu mesmo traduzi. Aqui está! Meu livro.

Pego os papéis e leio as primeiras páginas. Está lindo, exatamente como eu desejava que ficasse. É simples e claro, com o ritmo e a cadência da poesia, mas não há nada forçado ou exagerado. Vejo um verso que levei a metade de um dia para traduzir, trocando uma palavra por outra, riscando-a e recomeçando. Agora, impresso, é como se jamais pudesse ter sido de outra forma, como se essa tivesse sido desde sempre a oração dos ingleses. Sinto a alegria profunda do escritor que vê seu trabalho impresso pela primeira vez. O intenso trabalho individual se tornou público, ganhou o mundo. Será julgado, e tenho certeza de que é muito bom.

— Minha liturgia, em minha igreja. — Para o rei, é o fato de possuir algo que lhe traz alegria. — Minha igreja, em meu reino. Preciso ser tanto rei quanto papa na Inglaterra. Preciso defender o povo de inimigos externos e conduzi-los a Deus.

Nan e Catherine soltam um pequeno murmúrio maravilhado. Conhecem cada frase, cada verso, passaram as páginas uma para a outra, melhoraram o texto, poliram-no, leram as mudanças de Thomas Cranmer em voz alta para ele, conferiram minhas escolhas de palavras comigo.

— Pode ficar com você — diz o rei solenemente. — Leia essas páginas e veja se tem algum erro tolo dos meninos da oficina de impressão. E depois você pode me dizer o que achou disso, do meu trabalho mais importante.

Um dos pajens dele se aproxima e reúne a pilha de papéis.

— Mas veja bem — adverte o rei, apontando o dedo para mim. — Quero sua opinião sincera, nada de elogios vazios só para me agradar. Tudo que quero de você é a verdade, sempre, Catarina.

Faço uma mesura, e os guardas abrem a porta para nós.

— Lerei com atenção e darei ao senhor minha opinião verdadeira — prometo. — Esta será a centésima vez que leio essas palavras, e desejo lê-las mil vezes. De fato, toda a Inglaterra irá lê-las mil vezes; serão lidas todo dia na igreja.

— Você sempre deve ser honesta comigo — diz ele calorosamente. — É minha companheira e minha esposa. É minha rainha. Seguiremos em frente juntos, Catarina, liderando o povo para longe das trevas e em direção à luz.

Nan, Catherine e eu não dizemos uma palavra até estarmos de volta à segurança de meus aposentos, com a porta fechada.

— Que maravilha! — exclama Catherine. — Que maravilha que o rei tenha reconhecido a autoria do trabalho. Stephen Gardiner não pode dizer nada contra a obra se ela tem o selo de aprovação do rei. A senhora o está guiando tão bem, Vossa Majestade! Que grandes passos estamos dando na direção da verdadeira graça!

Nan abre as páginas sobre a mesa, e eu pego uma pena para marcar quaisquer erros, mas uma súbita batidinha à porta que conduz às escadas do estábulo nos faz erguer os olhos. Os pregadores que desejam entrar discretamente em meus aposentos usam essa porta e vêm com hora marcada. Talvez seja um vendedor de livros com algum volume que os espiões de Gardiner considerariam herético. Todas as outras visitas, importantes e comuns, visitas de Estado e pessoas que vêm até mim solicitar meus favores, sobem a escadaria priñcipal e são anunciadas em minha câmara de audiências assim que as imensas portas duplas são abertas.

— Veja quem é — digo em voz baixa, e Nan vai até a porta para abri-la.

O guarda que fica no pé da escada observa um jovem rapaz fazer uma reverência para mim e para Joan Denny.

— Ah, esse é Christopher, que serve ao meu marido — diz Joan, surpresa. — O que está fazendo aqui, Christopher? Deveria ter vindo pela entrada principal. Você nos assustou.

— Sir Anthony pediu que eu viesse em segredo — responde ele, e vira-se para mim. — Sir Anthony solicitou que eu informasse imediatamente a Vossa Majestade que a Sra. Anne Askew foi presa e interrogada.

— Não!

Ele assente com a cabeça.

— Foi presa e interrogada por um inquisidor e depois pelo próprio lorde prefeito de Londres. Agora está sob a custódia do bispo Bonner.

— Foi acusada?

— Ainda não. Ele a está interrogando.

— No mesmo dia em que o rei lhe entrega as orações em inglês? — sussurra Nan para mim, incrédula. — Ela é presa e interrogada no mesmo dia em que ele promete que a Inglaterra vai se livrar das superstições?

— Que Deus nos ajude e nos proteja; esta é a rinha de cães dele — digo, minha voz trêmula de medo. — Jogar um contra o outro. Deixar que lutem entre si.

— Como assim? — indaga Nan, assustada com meu tom. — O que quer dizer com isso?

— O que faremos? — pergunta Catherine Brandon. — O que podemos fazer para ajudar Anne?

Viro-me para Christopher.

— Volte — digo. — Leve esta bolsinha. — Nan pega na gaveta de minha escrivaninha uma bolsinha de ouro que mantenho para minhas doações de caridade. — Veja se alguns dos homens do bispo Bonner aceitam suborno. Descubra o que o bispo quer com a Sra. Askew, se é uma confissão, uma retratação ou um pedido de desculpas. Descubra o que ele deseja. E certifique-se de que ele fique sabendo que já ouvi as pregações de Anne, que ela é parente de George Saint Paul, que trabalha para os Brandon, que nunca ouvi nenhuma palavra dela que não fosse sagrada e dentro da lei, que hoje mesmo o rei recebeu da oficina de impressão sua liturgia em inglês. E que espero que ela seja liberada.

Ele faz uma reverência. No mesmo instante, Nan solta um suspiro temeroso.

— Será que é prudente admitir que a conhece? Ter alguma relação com ela?

— Qualquer pessoa pode descobrir que ela já pregou aqui. Todos sabem que a irmã dela trabalha na corte. O que o bispo precisa saber é que nós, amigas dela, vamos defendê-la. Que está interrogando uma de minhas pregadoras, uma amiga dos Suffolk. Que ela tem aliados importantes e que sabemos onde ela está.

Christopher assente em um gesto de compreensão, dá meia-volta e se dirige rapidamente à porta.

— E mande uma mensagem para mim assim que ela for liberada — ordeno enquanto ele se afasta. — E, se decidirem processá-la, volte imediatamente.

Temos de aguardar. Esperamos o dia inteiro e rezamos por Anne Askew. Janto com o rei, minhas damas dançam para ele, e rimos até as bochechas doerem. Olho de esguelha para Henrique enquanto ele ouve a música, marcando o ritmo com a mão, e penso: será que ele sabe que uma mulher que pensa como eu, que já pregou para mim, que me adorava quando menina e cujos dons admiro, está sendo interrogada por heresia, e que isso pode levá-la à fogueira? Será que ele sabe disso e está esperando para ver o que eu farei? Será um teste, para ver se intercedo por ela? Ou será que ele não sabe de nada? Que isso tudo se deve às engrenagens da velha Igreja, movendo-se sozinhas como um autômato, à ambição do bispo de Londres, à intolerância de Stephen Gardiner, à interminável conspiração dos velhos clérigos em uma incessante resistência à mudança? Será que devo falar com ele sobre isso e pedir ajuda? Será que estou sentada ao lado do homem que salvaria Anne ou ao lado do rei que a está manipulando como se ela fosse uma peça de um de seus joguinhos?

Henrique vira-se e sorri para mim.

— Vou a seus aposentos esta noite, querida.

E penso: isso prova tudo. Ele não deve saber. Nem mesmo um rei tão velho e tão ardiloso como este rei da Inglaterra seria capaz de sorrir e ter relações sexuais com a esposa enquanto a amiga dela é interrogada por ordens suas.

Não falo de Anne com meu marido, embora, durante nosso ato, empenhando-se para chegar a seu prazer, ele diga em grunhidos:

— Você me satisfaz, Catarina, ah, você me satisfaz muito. Pode ter tudo que quiser...

Depois, quando já está quase caindo no sono, ele repete:

— Você me satisfaz, Catarina. Pode me pedir qualquer coisa.

— Não quero nada — respondo. Eu me sentiria uma prostituta se pedisse um favor a ele agora. Anne Askew orgulha-se de ser uma mulher livre; desafiou o marido e o pai. Eu não deveria comprar a liberdade dela com o prazer sexual de um homem velho o suficiente para ser pai de nós duas.

Ele compreende isso. Traz no rosto um sorriso astuto ao se recostar na pilha de travesseiros, os olhos entreabertos, sonolento.

— Então faça seu pedido depois, se quiser separar o pagamento do ato.

— O ato é um presente de amor — afirmo com pompa, e sinto que mereci sua risada zombeteira.

— Você o torna gracioso chamando-o assim. É uma das coisas de que gosto em você, Catarina: você não vê tudo como uma negociação, não vê todas as pessoas como rivais ou inimigas.

— Não, não vejo — confirmo. — Mas deve ser um mundo triste, se é assim que o enxerga. Como alguém suportaria viver nele?

— Dominando-o — responde Henrique calmamente. — Sendo o maior dos negociantes, o que tem o maior poder de compra, o senhor de todas as pessoas, quer elas saibam ou não.

Duas coisas salvam Anne Askew: sua própria inteligência e minha proteção. Tudo o que ela diz é que acredita na Sagrada Escritura e, quando tentam encurralá-la com detalhes da liturgia, ela afirma que não sabe de nada, que é uma mulher simples, que tudo que faz é ler sua Bíblia, a Bíblia do próprio rei, e tenta seguir seus preceitos. Qualquer coisa além disso é complexa demais para uma mulher devota e temente a Deus como ela. O lorde prefeito tenta encurralá-la com perguntas sobre teologia, mas ela mantém a calma e diz que não sabe falar dessas coisas. Ela deixa Edmund Bonner, o bispo de Londres, totalmente enfurecido, mais do que palavras poderiam descrever, mas ele não pode fazer nada contra ela quando é informado de que Anne Askew prega para a rainha e suas damas. E que a rainha, suas amigas e acompanhantes — as maiores damas do país — não escutaram heresias. A rainha — por quem o rei sente grande estima, com quem o rei passou toda a noite anterior — não pode ser contestada. Ela não conversou com o rei a favor da mulher que prega em sua corte, mas é evidente que pode fazê-lo. Assustados, os homens apressadamente liberam Anne Askew e enviam-na para a casa, para o marido. Como homens opressores que são, essa é a única maneira que conseguem imaginar de controlar uma mulher. Solto uma risada quando fico sabendo. Acho que será um castigo maior para o marido do que para a esposa.

Palácio de Whitehall, Londres, começo do verão de 1545

O embaixador espanhol Eustace Chapuys, que apoiou com fervor a causa perdida da pobre rainha Catarina de Aragão e chamava Ana Bolena de "A Dama" com tanto sarcasmo que todos sabiam que ele queria dizer "a prostituta", envelheceu a serviço da princesa Maria e de sua mãe e voltará à Espanha. Está tão manco quanto o rei, aleijado pela gota, e só consegue andar apoiado em suas bengalas, com o rosto contraído de dor. Ele vem ao Palácio de Whitehall para se despedir do rei em um belo dia do começo de maio, um dia tão quente, mesmo com a brisa trazendo o aroma dos pomares de maçã, que eu e minhas damas saímos para o jardim a fim de vê-lo antes que ele entre para a audiência real, e lhe digo que ele deveria ficar: a Inglaterra estará tão quente em junho quanto a Espanha.

Ele tenta fazer uma reverência, e gesticulo para que se sente em sua cadeira.

— Preciso do sol da Espanha em meus velhos ossos, Vossa Majestade — responde. — Faz muito, muito tempo que não vejo minha casa. Quero me sentar ao sol e escrever minhas memórias.

— O senhor vai escrever suas memórias?

Ele percebe meu súbito interesse.

— Vou. Adoro escrever. E me lembro com clareza de muitas coisas.

Bato palmas de entusiasmo.

— Serão dignas de leitura, milorde! As coisas que o senhor viu! O que será que o senhor vai contar?

Ele não ri; seu rosto está sério.

— Vou contar que testemunhei o nascimento de tempos sombrios — responde, em voz baixa.

Vejo Maria vindo em nossa direção pelo jardim, seguida de suas damas, e, pela maneira como segura o crucifixo do rosário que traz no cinto, percebo que está criando coragem para se despedir deste homem que foi como um pai para ela. De fato, ele foi um pai para Maria, de uma forma que o rei jamais foi. Amou e serviu à sua mãe, e amou e serviu a ela. Talvez Maria achasse que ele nunca fosse embora.

— Vou deixar o senhor se despedir da princesa a sós — digo gentilmente. — Ela vai ficar muito triste de vê-lo partir. Confiou no senhor para dar-lhe bons conselhos desde que era menininha. O senhor é um dos poucos... — Quero dizer que ele é um dos pouquíssimos amigos fiéis de Maria; mas, à medida que falo, subitamente me dou conta de que ela já teve muitos amigos, e muitos deles morreram. Ele é um dos poucos que sobreviveram. Quase todas as pessoas que amaram Maria foram condenadas à morte pelo pai dela.

Há lágrimas nos olhos escuros dele.

— A senhora é generosa por nos deixar a sós — diz, a voz trêmula. — Amo essa menina desde que ela era pequeninha. Foi uma honra ser seu conselheiro. Eu queria ter podido... — A voz se perde. — Não pude servi-la como eu gostaria. Não protegi a mãe dela nem ela.

— Eram tempos difíceis — respondo, com diplomacia. — Mas ninguém pode duvidar de sua dedicação.

Ele se levanta com esforço quando a princesa Maria se aproxima.

— Rezarei pela senhora, Vossa Majestade — diz em voz baixa. — Rezarei por sua segurança.

É um comentário tão estranho vindo de um embaixador que não conseguiu salvar sua própria rainha que hesito antes de fazer um gesto para que Maria se aproxime.

— Ah, mas eu estou em segurança, obrigada, embaixador. O rei me tornou regente; ele confia em mim. O senhor pode ter certeza de que a princesa Maria está segura sob meus cuidados. Pode despedir-se sem medo. Sou rainha da Inglaterra e mãe dela. Vou protegê-la.

O embaixador Chapuys olha para mim como se sentisse pena. Viu cinco rainhas ocuparem o lugar ao lado do rei desde sua própria infanta da Espanha.

— É pela senhora que temo — diz ele.

Solto uma breve risada.

— Eu não faria nada para ofender o rei. E ele me ama.

O embaixador inclina a cabeça.

— Minha rainha, Catarina de Aragão, não fez nada para ofendê-lo — diz gentilmente. Dou-me conta de que, para ele, Henrique só teve uma rainha de fato: a primeira e única rainha Catarina. — E ele a amava profundamente. Até o momento em que deixou de amá-la. E depois nada foi capaz de apaziguá-lo senão a morte dela.

Apesar da luz do sol no jardim, sinto-me subitamente com frio.

— Mas o que eu poderia fazer? — pergunto.

Quero dizer... O que ele acha que poderia dar errado, o que eu poderia fazer que ofenderia o rei a ponto de ele querer se livrar de mim como se livrou de Catarina de Aragão, aprisionando-a num castelo frio e distante, deixando-a morrer abandonada? Mas o embaixador me entende mal. Acha que quero saber o que posso fazer para escapar, e sua resposta é assustadora:

— Majestade, quando a senhora perder a estima dele, quando a senhora perceber o primeiro sinal disso, imploro para que deixe o país de imediato — responde, em voz baixa. — Ele não vai anular outro casamento, não suportaria a vergonha. Toda a cristandade riria dele, e ele não suportaria isso. Quando estiver cansado da senhora, vai dar fim ao casamento com sua morte.

— Embaixador! — exclamo.

Ele assente, a cabeça grisalha.

— Estas são as últimas palavras que lhe direi, majestade. São o conselho de um velho que não tem nada a perder. A morte é a preferência do rei agora. E não por obrigação. Já vi reis serem obrigados a executar amigos ou entes queridos; mas este não é um deles. — O embaixador faz uma pausa. — Ele gosta de pôr um fim às coisas. Gosta de se voltar contra alguém e saber que a pessoa morreu no dia seguinte. Gosta de saber que tem esse poder. Se a senhora perder a estima dele, Vossa Majestade, por favor, fuja.

Não consigo responder.

Ele meneia a cabeça.

— Meu maior arrependimento, meu maior fracasso, foi não ter levado minha rainha embora daqui — diz, suavemente.

Minhas damas me observam. Faço um gesto convidando a princesa Maria a se aproximar e me afasto para dar aos dois tempo de conversar em particular. Pela expressão subitamente preocupada dela, acho que o embaixador a está advertindo, exatamente como fez comigo. Esse é um homem que está junto do rei há dezesseis anos, que o estudou, que viu Henrique ganhar poder, que viu os conselheiros que discordavam dele serem arrastados à Torre e executados, que viu as esposas que lhe desagradavam exiladas da corte ou executadas, que viu homens inocentes de pequenas rebeliões enforcados aos milhares. Sinto um calafrio, como se minha pele arrepiada tivesse percebido um perigo desconhecido, meneio a cabeça e vou embora.

Palácio de Nonsuch, Surrey, verão de 1545

George Day, meu esmoler, vem à minha câmara privada quando estou lendo com minhas damas e traz um embrulho debaixo do braço. Imediatamente sei o que trouxe para mim e me dirijo à janela, com Rig em meu encalço. Ele abre o embrulho e me mostra o livro.

— *Orações que inspiram a mente a meditações divinas* — leio, deslizando o dedo pelo título. — Está pronto.

— Está, Vossa Majestade. Ficou muito bonito.

Abro as primeiras páginas e vejo meu nome como editora: "Princesa Catarina, rainha da Inglaterra." Fico sem ar.

— O rei aprovou o texto — informa George Day, em voz baixa. — Thomas Cranmer levou-o até ele e disse que era uma ótima tradução das antigas orações, e que seria lida junto com a ladainha. A senhora deu ao povo inglês um livro de orações inglês, Vossa Majestade.

— Ele não faz nenhuma objeção à inclusão do meu nome?

— Não.

Passo o dedo pelo meu nome.

— Isso é quase demais para mim.

— É o trabalho de Deus — garante-me ele. — E também...

Sorrio.

— O quê?

— Está bom, Vossa Majestade. É um belo trabalho.

Com a chegada do verão, o rei recupera a saúde e já anseia por sua viagem anual pelo lindo vale do Tâmisa. Ele sai de seu quarto no Palácio de Nonsuch, passa pela galeria e segue até meus aposentos, acompanhado de apenas dois pajens e do Dr. Butts. Nan me avisa que ele está a caminho, e sento-me ao lado da lareira, lendo, belamente vestida com minha melhor camisola e com meu cabelo trançado sob uma rede preta.

Os pajens batem de leve à porta, que logo é aberta pelos guardas. O Dr. Butts faz uma reverência profunda no batente, e o rei entra. Levanto-me da poltrona e faço uma mesura para ele.

— Fico muito feliz em vê-lo, senhor meu marido.

— Já não era sem tempo. Não me casei com você para passar as noites sozinho.

Pela fisionomia contrariada do Dr. Butts, imagino que ele tenha aconselhado o rei a evitar o esforço de vir até meu quarto. Sem dizer nada, o médico se dirige à mesa que fica junto à lareira e prepara um remédio para o rei.

— Isso é remédio para dormir? — pergunta Henrique, irritado. — Não quero dormir. Não vim aqui para dormir, seu tolo.

— Vossa Majestade não deveria se cansar...

— Não vou me cansar.

— O remédio é só para baixar a febre — responde o médico. — Vossa Majestade está quente. Vai esquentar a cama da rainha.

Ele acerta o tom. Henrique ri.

— Você quer que eu esquente sua cama, Catarina?

— Dividir a cama com o senhor deve me deixar bem mais aquecida do que com Joan Denny — respondo, sorrindo. — Ela tem pés gelados. Ficarei feliz de tê-lo em minha cama, milorde.

— Está vendo — diz Henrique, triunfante, para William Butts. — Direi a Sir Anthony que sou melhor do que a esposa dele quando se trata de dividir uma cama. — Henrique ri. — Ponham-me na cama — diz aos pajens.

Juntos, os rapazes erguem-no até o escabelo que se encontra ao lado da cama e, quando Henrique se senta, eles vão para lados opostos do leito. Um deles precisa subir nas cobertas a fim de acomodá-lo junto aos travesseiros, sentado, para que possa respirar. Com cuidado, erguem a grande perna ferida para cima da cama e depois sobem a outra. Gentilmente, cobrem-no com o lençol e as mantas e se afastam para ver se está confortável. Tenho o pensamento perturbador de que o admiram como se ele fosse a imensa efígie de seu cadáver, que um dia será posta no caixão dele.

— Está bom — diz Henrique. — Podem sair.

O Dr. Butts leva o pequeno copo com o remédio para o rei, que o bebe de um só gole.

— Vossa Majestade precisa de mais alguma coisa para se sentir confortável? — pergunta o médico.

— Pernas novas — responde secamente.

— Deus sabe o quanto desejo ter o poder de dá-las a Vossa Majestade.

— Eu sei, eu sei, pode ir.

Todos saem de meu quarto, e a porta se fecha. Ouço o guarda que fica de serviço na câmara de audiências bater a alabarda no chão de pedra em saudação ao médico, e depois há apenas silêncio, exceto pelo estalar do fogo na lareira e pelos pios de uma coruja lá fora, nas árvores escuras do jardim. De algum lugar, talvez além das gaiolas dos falcões, ouço o som distante de uma flauta tocando uma música animada.

— O que você está ouvindo? — pergunta o rei.

— Uma coruja. Ela me faz lembrar do Norte.

— Você sente falta de casa?

— Não, sou muito feliz aqui.

É a resposta certa. Com um gesto, Henrique me chama para o lado dele na cama. Ajoelho-me brevemente diante de meu genuflexório, tiro o manto e entro debaixo do lençol apenas de camisola. Sem dizer nada, ele puxa o tecido fino para cima e gesticula para que eu me sente sobre ele. Certifico-me de que estou sorrindo ao montá-lo e desço meu corpo com delicadeza sobre o de Henrique. Não encontro nada. Sentindo-me um pouco tola, olho de relance para baixo para ver se estou posicionada no lugar certo, mas não sinto nada. Tomo o cuidado de continuar sorrindo e, devagar, desfaço o laço superior da camisola. Preciso ser comedida em minhas ações para não parecer uma libertina — como Kitty Howard —, mas fazer o suficiente para dar prazer ao rei. Ele segura meus quadris com força, de forma indelicada, e me puxa para baixo, roçando-me contra ele, tentando erguer os quadris. As pernas estão fracas demais para suportar seu peso, e ele não consegue arquear as costas, não consegue fazer nada além de se mexer de modo desajeitado. Vejo seu rubor e sua irritação aumentarem, e me certifico de continuar sorrindo. Abro os olhos e respiro rápido como se estivesse excitada. Começo a ofegar.

— Não adianta — diz ele.

Paro, hesitante.

— Não é minha culpa. É a febre. Deixou-me impotente.

Saio de cima dele com o máximo possível de desenvoltura, mas me sinto terrivelmente desajeitada, como se desmontasse com dificuldade de um pônei gordo.

— Tenho certeza de que não é nada...

— Sim, sim. É culpa daquele maldito médico. O remédio que ele me dá castraria um cavalo.

Dou uma risadinha, mas vejo seu rosto e percebo que ele não está brincando. Realmente se acha forte como um garanhão, impotente apenas por causa de um remédio para febre.

— Traga alguma coisa para comermos — pede ele. — Ao menos podemos cear.

Saio da cama e me dirijo à mesa. Há alguns folhados e algumas frutas.

— Pelo amor de Deus! Mais do que isso.

Toco o sino, e Elizabeth Tyrwhit, minha prima, entra no quarto e faz uma reverência respeitosa ao ver o rei em minha cama.

— Vossa Majestade — diz ela.

— O rei está com fome. Traga alguns doces e um pouco de vinho. E também carnes e queijos.

Ela se curva e se retira; ouço quando ela acorda um pajem e o envia correndo à cozinha. Um dos cozinheiros dorme lá, em uma cama, à espera de algum pedido noturno vindo dos aposentos do rei. O rei gosta de grandes refeições no meio da noite, além dos dois grandes banquetes do dia, e com frequência acorda de um sono inquieto e quer um pudim para se acalmar e voltar a dormir.

— Iremos para o litoral na semana que vem — anuncia ele. — Faz meses que estou esperando minha saúde melhorar para montar a cavalo.

Dou um gritinho de alegria.

— Quero ver o que sobrou da minha marinha depois de Tom Seymour — continua. — E dizem que os franceses estão se reunindo em seus portos. É provável que ataquem. Quero ver meus castelos.

Tenho certeza de que ele vai notar a pulsação rápida em meu pescoço nu ante a ideia de ver Thomas.

— Não é perigoso? — pergunto. — Se os franceses estão vindo...?

— Sim — responde, com prazer. — Talvez até vejamos um pouco de ação.

— Pode ter alguma batalha?

Minha voz está perfeitamente normal.

— Espero que sim. Não reformei o *Mary Rose* para vê-lo ficar no porto. Esse navio é minha grande arma, minha arma secreta. Sabe quantas armas tenho nele agora?

— Mas o senhor não vai subir a bordo, vai, milorde?

— Doze — diz ele, sem me responder, pensando no navio reformado. — Sempre foi um navio poderoso, e agora o usaremos como arma, como Thomas propôs. Ele tem razão, o navio é como um castelo flutuante. Tem doze aberturas nas laterais, com quatro canhões e oito colubrinas. Pode ficar a grande distância da costa e bombardear um castelo litorâneo, com armas tão potentes quanto as dele. Pode atirar de um lado, manobrar e atirar do outro enquanto os canhões são recarregados. Pode se prender a outro navio para meus soldados subirem a bordo. Montei duas fortalezas no deque superior, na proa e na popa.

— Mas o senhor não vai velejar nele com Sir Thomas, não é?

— Talvez sim. — Ele está animado com a ideia de uma batalha. — Mas não me esqueço de que preciso me manter em segurança, minha querida. Sou o pai da Inglaterra, não me esqueço disso. E eu não deixaria você sozinha.

Pergunto-me se há algum modo de indagar ao rei qual dos navios Thomas comandará. O rei me fita com ternura.

— Sei que você vai querer levar todos os seus belos pertences. Meu intendente avisará ao seu a data de nossa partida. Provavelmente será uma boa viagem. O clima deve estar bom.

— Adoro viajar no verão. Vamos levar o príncipe Eduardo conosco?

— Não, não, ele pode ficar em Ashridge — responde Henrique. — Mas podemos visitá-lo na volta a Londres. Sei que você gostaria de fazer isso.

— Sempre gosto de vê-lo.

— Ele está estudando bem? Você recebe notícias dos tutores dele?

— Ele me escreve de próprio punho. Agora trocamos cartas em latim, para praticar.

— Muito bem — diz ele, mas imediatamente sinto que está com ciúme de seu filho. — Mas você não pode distraí-lo dos estudos, Catarina. E ele não pode se esquecer da mãe. Ela tem de morar no coração dele, antes de qualquer outra pessoa. É o anjo da guarda dele no céu, assim como era anjo da guarda dele na Terra.

— Como o senhor preferir, milorde — respondo, pouco à vontade com essa reprimenda.

— Ele nasceu para ser rei. Assim como eu. Precisa ser disciplinado, bem-instruído e criado com rigidez, assim como eu fui. Minha mãe morreu quando eu tinha 12 anos. Ninguém escreveu cartas amorosas para mim.

— O senhor deve ter sentido muita falta dela. Perdê-la assim, ainda tão novo.

O rosto dele se contrai; ele sente pena de si mesmo.

— Fiquei de coração partido. — Sua voz fica embargada. — A morte dela partiu meu coração. Nenhuma mulher me amou como ela. E me deixou tão cedo!

— Uma tragédia — comento, suavemente.

Ouvimos batidas à porta, e os criados entram com uma mesa cheia de comida. Deixam-na ao lado da cama e montam um prato para o rei, que aponta para tudo que deseja.

— Coma! — ordena-me, com a boca cheia. — Não posso cear sozinho.

Pego um pratinho, e os pajens me servem. Sento-me em minha cadeira ao lado do fogo e belisco alguns doces. Servem vinho ao rei. Eu aceito um pequeno copo de cerveja fraca. Não consigo acreditar que verei Thomas Seymour dentro de uma semana.

A refeição leva duas longas horas. Depois de comer várias fatias de torta, algumas carnes e metade de um pudim de limão, o rei está suado e ofegante.

— Levem isso daqui, estou cansado — ordena.

Com rapidez e eficiência, os criados põem os pratos na mesa e a retiram do quarto.

— Venha para a cama — chama ele, a voz rouca. — Vou dormir aqui com você.

Ele inclina a cabeça para trás e solta um arroto alto. Vou para a cama. Antes que eu ponha as cobertas sobre nós, ele já soltou um ronco alto e está dormindo profundamente.

Acho que ficarei acordada, mas me deito na escuridão e sinto-me feliz ao pensar em Thomas. Talvez ele esteja em Portsmouth, dormindo a bordo de seu navio, na cabine do almirante, com as velas oscilando de leve em seus castiçais nas paredes. Verei Thomas na semana que vem, acho. Não posso falar com ele, não posso procurá-lo, mas pelo menos vou vê-lo, e ele vai me ver também.

O sonho é tão nítido que parece real. Estou na cama, o rei dorme a meu lado, roncando, e sinto um cheiro terrível, o cheiro da perna apodrecida dele, infestando minha cama e meu quarto. Com cuidado para não acordá-lo, levanto-me da cama, e o cheiro está pior do que nunca. Penso: preciso sair daqui, não consigo respirar, preciso encontrar o boticário e pegar algum perfume, preciso pedir às minhas damas que tragam ervas do jardim. Dirijo-me o mais silenciosamente possível à porta que leva à galeria privada que separa o quarto dele do meu.

Abro a porta e saio, mas, em vez do piso de madeira, das ervas aromáticas espalhadas pelo chão e das paredes de pedra da galeria, vejo-me diante de uma estreita escada de pedra, uma escada circular, perigosamente íngreme. Busco apoio na coluna central e começo a subir. Preciso me afastar desse cheiro pavoroso de morte, mas ele só piora, como se houvesse um cadáver ou alguma outra coisa terrível apodrecendo na curva da escada à minha frente.

Ponho a mão sobre a boca e o nariz para não sentir o fedor, e tenho um pequeno engasgo ao me dar conta de que é minha mão que está fedendo. Sou eu que estou apodrecendo; e é de meu próprio odor que tento escapar. Tenho o cheiro de uma mulher morta, abandonada à decomposição. Paro de subir, pensando que a única coisa a fazer é me jogar dos degraus, para que este corpo em putrefação possa finalmente morrer e eu não esteja mais aprisionada à morte, ligada à morte, unida à morte, sentindo-a na ponta de meus dedos.

Agora estou chorando, furiosa com o destino por ter me trazido até aqui, mas as lágrimas que escorrem por meu rosto parecem poeira. Tornam-se secas como areia quando chegam aos meus lábios e têm gosto de sangue seco. Em meu desespero, e com toda a coragem que consigo encontrar, viro-me e encaro os íngremes degraus de pedra abaixo de mim. E então solto um grito de desespero e me jogo da escada de cabeça.

— Calma, calma, está tudo bem!

Penso que Thomas aparou minha queda e me agarro a ele, trêmula. Enterro o rosto em seu peito quente, em seu pescoço. Mas é o rei que me abraça, e eu recuo e solto outro grito, com medo de ter dito o nome de Thomas em meu pesadelo e agora estar correndo perigo de fato.

— Acalme-se, acalme-se — diz ele. — Fique calma, meu amor. Foi um pesadelo. Nada mais que isso. Está tudo bem agora.

Ele me abraça com delicadeza junto a seu corpo volumoso, macio como um travesseiro.

— Meu Deus, que sonho! Deus me ajude! Que pesadelo!

— Nada, não foi nada.

— Senti tanto medo. Sonhei que estava morta.

— Você está segura comigo. Está segura comigo, meu amor.

— Eu falei enquanto dormia? — pergunto, com a voz sufocada. Estou com muito medo de ter dito o nome dele.

— Não, não falou nada, só chorou, coitadinha. Eu a acordei na mesma hora.

— Foi tão terrível!

— Pobrezinha — diz Henrique com ternura, afagando meu cabelo, meu ombro nu. — Você está segura comigo. Quer comer alguma coisa?

— Não, não. — Solto uma risada. — Não quero comer mais nada.

— Você devia comer alguma coisa, vai se sentir melhor.

— Não, não precisa. Eu não conseguiria.

— Foi um sonho profético? — pergunta ele. — Você sonhou com meus navios?

— Não — respondo com firmeza. Duas das esposas de Henrique foram acusadas por ele de bruxaria. Não alegarei ter nenhuma habilidade sobrenatural. — Não foi nada, não significou nada. Foi apenas frio e medo em meio a alguns flashes das paredes de castelo.

Ele se recosta nos travesseiros.

— Vai conseguir dormir de novo?

— Consigo, sim. Obrigada por ser tão gentil comigo.

— Sou seu marido — responde ele, com dignidade. — Claro que vou velar seu sono e apaziguar seus temores.

Instantes depois, ele está respirando pesadamente, a boca entreaberta. Encosto a cabeça em seu grande ombro e fecho os olhos. Sei que tive o sonho de Trifina, a mulher que se casou com um homem que matava as esposas. Sei que senti o cheiro de uma esposa morta em minha mão.

Castelo de Southsea, Baía de Portsmouth, verão de 1545

Faz uma linda manhã, um dia de verão que mais parece uma pintura, o sol reluzindo nas águas azuis do Solent, o vento forte criando ondulações brancas na superfície. Subimos ao topo de uma das torres de defesa do porto, e, agora que ajudaram o rei a galgar a escada de pedra e ele pode ver tudo, está maravilhado com o mundo. Ele permanece de pé diante do quebra-mar com as mãos nos quadris como se fosse um almirante em seu navio, a corte à sua volta cheia de animação e ansiedade.

Não consigo acreditar que todos estejam alegres, como se estivéssemos prestes a assistir a uma justa, como se este fosse o lendário Campo do Pano de Ouro — a França e a Inglaterra competindo para ver quem é mais glamoroso, mais gracioso, mais refinado e mais generoso. Certamente, todos sabem que hoje não se trata disso. Não é uma encenação da guerra: são as horas que antecedem uma batalha real. Não pode haver nada a celebrar, apenas a temer.

Atrás de mim, nos vastos campos de Southsea Common, vejo que, apesar de a corte estar demonstrando bravura, não sou a única pessoa que se sente apreensiva. Os soldados da guarda já estão preparados para o pior, os cavalos selados e mantidos em rédea curta pelos pajens, prontos para serem montados. Os guardas também vestem armaduras; falta apenas colocarem os elmos.

Atrás deles, o grande cortejo que sempre acompanha a corte para todo lado — requerentes, mendigos, advogados, ladrões e tolos — afasta-se aos poucos: eles sempre sabem qual lado será o vencedor. E todo o povo de Portsmouth está fugindo da cidade, alguns carregando a pé utensílios domésticos, outros seguindo a cavalo, e outros pondo os pertences em carroças. Se derrotarem nossa frota, os franceses saquearão Portsmouth e provavelmente a incendiarão também. Parece que os cortesãos do rei são os únicos que contam com a vitória e anseiam por uma batalha.

Os muitos sinos das igrejas da cidade tocam enquanto nossos navios se preparam para partir do porto, e as centenas de badaladas assustam as gaivotas, que voam em círculos grasnando sobre o mar. São cerca de oitenta navios, a maior frota que a Inglaterra já teve, alguns na extremidade mais distante do porto, ainda recebendo a tripulação e armas, outros prontos para zarpar. Posso vê-los içando velas à minha direita, mais ao fundo do porto, com os barcos a remo e as galés em volta recolhendo cordas e preparando-se para desatracá-los.

— A maior marinha que já existiu — declara o rei para Anthony Browne, a seu lado. — E está pronta para lutar contra os franceses de um jeito novo. Será a maior batalha que já vimos.

— Graças a Deus estaremos aqui para testemunhá-la! — responde Sir Anthony. — Que grande oportunidade. Encomendei um quadro para retratar nossa vitória.

O pintor, trazendo às pressas o livro de esboços para registrar a saída dos navios do porto, faz uma reverência profunda para o rei e começa a rabiscar a vista que temos diante de nós: a torre onde nos encontramos, o porto à nossa direita, os navios partindo, o mar à nossa frente, as flâmulas tremulando, os canhões já posicionados e prontos.

— Fico feliz que meu marido não esteja em um dos navios — comenta Catherine Brandon, em voz baixa.

Olho para seu rosto pálido e vejo um reflexo de minha própria apreensão. Isso não é uma mascarada, não é um dos espetáculos extravagantes que a corte adora; será uma batalha naval de verdade, travada entre nossos navios e os navios franceses no litoral. Verei o que Thomas vai enfrentar. Terei de assistir a seu navio sendo bombardeado.

— Você sabe quem está comandando cada navio? — pergunto.

Ela faz que não com a cabeça.

— Alguns novos almirantes foram designados ontem à noite, durante o jantar. O rei honrou os amigos dele com postos de comando, para que possam participar da batalha. Meu marido não ficou muito feliz com o fato de novos comandantes terem sido designados na véspera do combate. Mas é comandante--geral de nossas forças em terra e em mar e, graças a Deus, ele fica em terra.

— Por quê? Você tem medo do mar?

— Tenho medo de águas profundas — confessa ela. — Não sei nadar. Mas, também, ninguém de armadura consegue nadar. Poucos marinheiros sabem, e nenhum dos soldados conseguiria se manter à superfície com o peso de suas vestes.

Interrompo-a com um gesto breve.

— Talvez ninguém precise nadar.

Do cais, ecoam aplausos quando o navio recém-reformado do rei, *Mary Rose*, iça as lindas velas quadradas e joga as cordas para que as galés o puxem mar adentro.

— Ah, lá vai ele. Quem é o comandante?

— Tom Seymour, que Deus o abençoe — diz Catherine.

Assinto com a cabeça e levo a mão à testa, como se protegesse os olhos do sol. Não vou conseguir vê-lo sair para a batalha e, ao mesmo tempo, chilrear como um de meus passarinhos, tão despreocupada e tola quanto eles.

— Está ventando bastante — comento. — Isso é bom?

— É uma vantagem para nós — tranquiliza-me tio Parr. Ele está junto de minhas damas, as mãos protegendo os olhos do sol, fitando o mar. — Os franceses têm galés de combate que podem se posicionar entre nossos navios em águas calmas. Podem remar para onde quiserem. Mas, em um dia como hoje, quando é possível usar as velas, podemos sair com ímpeto do porto para bombardeá-los. Podemos chegar até eles como uma rajada de vento, se tivermos o vento a nosso favor.

Todos recuam quando o rei se aproxima para ficar a meu lado, a cabeça erguida, respirando fundo o ar salgado.

— É certamente uma linda visão — comento ao ver os navios dele sendo conduzidos para fora do porto, um a um, içando velas, livres como pombos e gaivotas levantando voo.

A corte aplaude quando cada navio — o *Peter*, o *Henry Grace à Dieu* e as embarcações que roubamos dos escoceses, o *Salamander* e o *Unicorn* —

passa por nós. Então, de súbito, como se uma nuvem tivesse acobertado o sol, ficamos em silêncio.

— O que foi? — pergunto a Henrique.

Pela primeira vez, ele não está olhando para o mar com o rosto radiante. Não está fazendo pose, com as mãos nos quadris, para que o pintor o desenhe. Ele olha para trás, como se quisesse ter certeza de que os guardas estão prontos para cobrir sua retirada, e então vira-se de novo para fitar a massa azul-escura que é a Ilha de Wight, no horizonte. Diante da ilha, no canal, a frota francesa surge silenciosamente, aproximando-se depressa, com suas muitas fileiras de embarcações. Se fosse em terra, seria um ataque de cavalaria com imensos corcéis avançando lado a lado, uma fileira após a outra, uma grande força bruta. Aqui não há o barulho dos cavalos; no entanto, nem por isso é menos apavorante. As embarcações avançam com facilidade pela água, as velas abertas, todas na mesma direção, e parece haver centenas, milhares delas. Não consigo ver o mar entre elas, além delas. É como uma floresta de velas que se move. É como uma muralha feita de velas.

Diante dessa muralha, na vanguarda, há outra frota. São as galés, avançando impetuosamente pelo mar, todas no mesmo ritmo, impulsionadas pelo poderoso movimento dos remos na água. Mesmo daqui, mesmo de nossa bela e corajosa torrezinha em Southsea Common, consigo ver a boca escura do canhão montado na proa de cada barcaça, ansiosa para acabar com nossos navios, nossos poucos navios, nossos pequenos navios, que se afastam da segurança do porto para defender nosso litoral. Sei que no navio-almirante, no *Mary Rose*, Thomas Seymour se encontra ao lado do timoneiro, dando-se conta de que está em imensa desvantagem.

— Deus nos ajude — sussurro.

O rei olha para mim, vê meu rosto lívido e tira o chapéu que cobre seu cabelo ralo, agitando-o no ar.

— Por Deus! Por Henrique! E por são Jorge! — grita, e a corte e as pessoas que nos cercam fazem o mesmo, gritando alto de forma a fazer o brado chegar ao mar. Talvez os marinheiros ingleses consigam ouvi-lo enquanto avistam a morte velejando em sua direção com milhares de velas abertas.

O rei fica extasiado com o desafio.

— Estamos em menor número, mas acho que eles têm menos armas — brada, com a mão no ombro de Charles Brandon. — Você não acha, Charles? Eu acho! Você não acha?

— Eles têm menos armas — afirma Charles com certeza. — Mas têm o dobro de soldados.

— Você fortificou Portsmouth — confirma o rei.

— Tenho canhões por toda parte, inclusive aqui — diz Charles, sério. — Se eles se aproximarem, o senhor mesmo pode atirar.

— Eles não vão se aproximar — declara o rei. — Não permitirei que cheguem à Inglaterra. Proíbo-os de se aproximar das terras inglesas. Sou o rei! Vão me desafiar em meu próprio país? Em meu próprio castelo? Não tenho medo de nada. Sou sempre destemido.

Vejo que Charles Brandon não olha para mim, como se fosse melhor não comentar a vanglória do rei. Procuro o Dr. Butts e encontro seu rosto pálido em meio à corte. Faço um movimento para que ele se aproxime.

— Sua Majestade está animado demais — observo.

Ele olha para o rei, que ordena a um pajem, aos gritos, que o ajude a caminhar, mesmo mancando dolorosamente, de um lado para outro da torre. Ele busca apoio no muro e dá tapinhas nas costas de um artilheiro. Henrique age como um homem que leva o combate ao coração de um inimigo fraco, um homem certo de sua vitória. Está gritando ameaças como se os franceses pudessem ouvi-lo, como se ele pudesse fazer a diferença. Está agindo como se sua fúria contra os franceses pudesse prevalecer à silenciosa aproximação dos milhares de navios e às batidas regulares — que agora já podem ser ouvidas — dos tambores das galés, mantendo o ritmo dos remos implacáveis.

— Agora não há nada que possa contê-lo — diz o Dr. Butts.

Sei que estamos prestes a testemunhar algo terrível. A frota francesa avança inexoravelmente, e os pequenos navios ingleses saem do porto sem conseguir manter uma formação, as barcaças puxando-os em vão, tentando pegar o impulso do vento. Alguns navios abrem as velas e se afastam mais rápido do litoral, outros tentam manobrar para apontar as armas na direção das baixas galés francesas. Inclemente, a frota francesa avança, galés à frente, os grandes navios atrás.

— Agora vocês vão ver! Agora vocês vão ver uma coisa — prevê o rei. Ele manca até a parte do muro do castelo que fica mais próxima do mar, vira-se e grita algo para mim, mas suas palavras são abafadas pelo rugido dos canhões. Os primeiros navios ingleses já estão ao alcance das armas francesas.

Os canhões ingleses reagem. É possível ver as aberturas negras na lateral das embarcações quando as portinholas cedem passagem aos canhões. Em seguida, surge uma nuvem de fumaça, e os canhões voltam para dentro dos navios a fim de serem recarregados.

— *Mary Rose!* — grita Henrique, como um menino gritando o nome de seu cavaleiro preferido em uma justa. — *Henry Grace à Dieu!*

Posso ver o *Mary Rose* preparando-se para atacar, as portinholas escancaradas. Parece haver centenas delas, enfileiradas, do deque superior à linha d'água. Consigo distinguir os homens no deque superior: o mestre do navio, o contramestre ao leme e, atrás deles, um vulto que imagino ser Thomas. Suponho que aquele pequeno vulto usando uma imponente capa vermelha seja o homem que eu amo.

— Que Deus o proteja. Que Deus o proteja — é tudo que sussurro.

Vejo os dois castelos de proa e de popa, lotados de homens. O sol reluz nos elmos, e vejo-os erguer as lanças, esperando a chance de abordar os navios inimigos. Thomas irá liderá-los quando chegar a hora do ataque. Ele saltará de um navio para o outro, gritando aos homens que o acompanhem. Abaixo dos castelos, na parte central do convés, há redes estendidas de um lado a outro. São redes de abordagem, para que ninguém possa pular a bordo durante um ataque e tomar nossa preciosa embarcação. Percebo os soldados enfileirados sob as redes. Quando estiverem próximos o bastante de algum navio francês, eles serão liberados para atacar.

— Fogo! — grita Henrique, como se os homens pudessem ouvi-lo. — Fogo! Fogo! É uma ordem!

Uma barcaça se aproxima do belo navio inglês, os remos semelhantes às patas de um inseto rastejando na água. Uma nuvem de fumaça preta surge de repente da proa. Agora podemos sentir o fedor de pólvora trazido pelo vento.

Os canhões do *Mary Rose* saem das portinholas, todos ao mesmo tempo. O navio se vira, as armas disparam. Há um estrondo. É uma manobra lindamente executada e poderosa como uma jogada de xadrez. Imediatamente, vemos uma galé começando a afundar. O grande plano do rei, a estratégia de Thomas, está mostrando sua força ao inimigo estarrecido. Os navios guerreiam entre si, e os soldados nos castelos ainda não têm nada a fazer exceto gritar vivas e erguer as espadas, ameaçadores. O grande navio manobra para disparar com as armas de estibordo, enquanto as de bombordo são recarregadas.

Uma súbita rajada de vento faz todos os estandartes tremularem com um barulho que parece seda rasgando.

— Atirem! Virem e atirem! — grita Henrique, mas o vento está forte demais para qualquer um poder ouvi-lo. Seguro meu capelo, e Anne Seymour perde o dela, que sai voando pelo muro do castelo, para o mar.

Alguém ri de seu infortúnio, e é então que percebemos que alguma coisa está dando errado. O *Mary Rose* estava rizando as velas, virando-se contra o vento para atacar os franceses com as armas de estibordo, quando a rajada de vento o surpreende. O navio aderna perigosamente, as velas indo em direção à água. As belas velas quadradas, antes em orgulhosa posição vertical, agora formam um ângulo estranho.

— O que vocês estão fazendo? — grita o rei, como se alguém pudesse responder-lhe — O que diabos vocês estão fazendo?

O navio é como um cavalo que fez uma curva fechada demais. É possível ver o cavalo perdendo o equilíbrio, correndo cada vez mais rápido. No entanto, tudo acontece muito devagar, de modo inevitável.

— Endireitem o navio! — berra o rei, e agora todos estão a seu lado no muro do castelo, debruçados, como se os homens nos navios pudessem nos ouvir gritando instruções. Alguém grita "Não! Não! Não!" quando o lindo e orgulhoso *Mary Rose*, com os estandartes ainda tremulando, inclina-se cada vez mais, e então o vemos lentamente deitar-se de lado, como um pássaro caído, metade dentro, metade fora da água revolta.

Não conseguimos ouvi-los gritando, os marinheiros presos nos deques inferiores, enquanto a água entra pelas portinholas abertas dos canhões. Eles não conseguem subir a escada estreita do navio; afogam-se em seu próprio caixão, que os leva vagarosa e suavemente para baixo. Ouvimos apenas os homens no deque superior. Eles se agarram às redes de abordagem, que agora os prendem, e fazem de tudo para cortá-las. Alguns dos soldados descem das torres do navio e tentam furar as cordas espessas com as lanças, ou cortá-las com as espadas. Mas não conseguem libertar os homens, não conseguem cortar as cordas. Como se fossem peixes capturados por uma rede, nossos soldados e marinheiros morrem lutando para respirar contra a malha que os comprime.

Os homens no alto, os que não estão presos, caem dos castelos como soldadinhos de chumbo, como os brinquedos de Eduardo, e os uniformes de couro os arrastam para o fundo em poucos instantes. Os soldados que estão usando elmos sentem eles se encherem de água gelada antes que consigam desatá-los. Botas espessas puxam seus donos para o fundo do mar, assim como armaduras pesadas presas a cotovelos e joelhos. Ouço uma voz gemendo: "Não, não, não."

Parece que se passa uma longa hora de agonia, mas talvez sejam apenas alguns minutos. É como se o tempo estivesse em suspenso. A lateral do navio repousa sobre a água como um pássaro adormecido, movendo-se ao sabor das ondas, enquanto um punhado de homens, não mais que isso, joga-se do cordame e desaparece no mar coberto de fumaça. O rugido dos canhões continua, a batalha continua. Ninguém além de nós parou para ver a quilha inclinando-se um pouco mais em direção ao céu, as velas se enchendo de água em vez de vento, ondulando em sua estranha beleza submersa, arrastando o navio para as verdejantes profundezas do mar.

Ouço alguém chorando: "Não, não, não."

Cowdray House, Midhurst, Sussex, verão de 1545

A batalha é inconclusiva, dizem-me, quando a fumaça finalmente se dissipa e as frotas se afastam, feridas: a francesa segue de volta à França, a inglesa retorna ao porto. Relatam ao rei que a Inglaterra saiu vitoriosa. Enviamos alguns pequenos navios para enfrentar uma grande armada francesa, e os soldados franceses que desembarcaram no litoral de Sussex e na Ilha de Wight queimaram alguns celeiros, mas foram expulsos pelos lavradores.

— Homens ingleses — sussurra Sir Anthony Denny, como incentivo, para o rei. — Por Deus e por Henrique!

Mas o rei não fica emocionado com o grito de guerra de um rei anterior, de um rei mais grandioso. Encontra-se em estado de choque, sua grande carcaça estirada na cama da mesma forma que seu grande navio está estirado no fundo no mar, submerso no Solent. A toda hora, chega alguém para lhe garantir que não é tão terrível quanto parece. Dizem que trarão o *Mary Rose* de volta, que será apenas uma questão de dias até o navio ser içado à superfície e tirarem a água de dentro dele. Mas, depois de um tempo, param de dizer que podem recuperá-lo, e a bela embarcação, com seus marinheiros e soldados — quatrocentos, quinhentos, ninguém sabe quantos estavam no seu interior — são abandonados ao santuário do mar.

Assim que Henrique está apto a cavalgar, vamos a Cowdray House, em Midhurst, na esperança de que um dos cortesãos mais animados do rei, Sir Anthony Browne, consiga animá-lo e consolá-lo. O rei segue em silêncio no cavalo, olhando ao redor, vendo os campos verdes, as plantações e os rebanhos de vacas e ovelhas como se não enxergasse nada além da derrocada de seu orgulhoso navio, nada além do terrível borbulhar da água enquanto a embarcação naufragava. Sigo ao lado dele, ciente de que minha fisionomia permanece imóvel como o anjo de pedra de uma sepultura. Os campos por onde passamos estão silenciosos, o povo, ressentido. As pessoas sabem que os franceses quase nos invadiram, que a frota real não pode defendê-las. Essa é uma região de enseadas e rios, terrivelmente exposta a uma invasão. Temem que os franceses façam os reparos em seus navios e retornem, e há muitos que sussurram que, se viessem e restaurassem as abadias, as igrejas e os santuários, eles seriam uma bênção para a Inglaterra.

Não pergunto sobre Thomas Seymour. Não ouso dizer seu nome. Acho que, se eu sequer pronunciar o nome dele, vou começar a chorar. Se isso acontecer, não conseguirei parar nunca. Acho que há um mar de lágrimas em mim tão vasto e profundo quanto aquele que agora ondula o cordame de seu navio.

— O rei concedeu a Lady Carew uma grande pensão — diz Nan, em voz baixa, enquanto escova meu cabelo antes de cobri-lo com a rede de ouro e o capelo.

— Lady Carew? — pergunto, indiferente.

— O marido dela morreu no navio — responde. Ninguém mais diz *Mary Rose*. É como se a embarcação fosse um fantasma, outra rainha morta, uma mulher sem nome desaparecida na corte de Henrique.

— Pobre mulher — digo.

— O rei o designou vice-almirante na véspera e deu-lhe o comando. Ele substituiu Thomas Seymour, que ficou furioso com a desconsideração. Sempre teve muita sorte, o Tom. Ele comandou outro navio e saiu ileso.

Nan ergue os olhos de sua tarefa e vê meu rosto no espelho.

— O que foi? — pergunta. — Você está passando mal?

Levo a mão ao peitilho. Sinto meu coração batendo forte contra a seda apertada.

— Estou, sim — sussurro. — Nan, estou me sentindo muito mal. Vou me deitar por um instante.

Todas se aglomeram ao meu redor e fecho os olhos para ocultar a visão dos rostos ávidos e apreensivos. Então alguém me ergue pelos braços enquanto duas outras pessoas me seguram pelos pés, e sinto que estou sendo carregada para minha cama. Alguém corta os laços do meu peitilho e o afrouxa para que eu respire melhor. Nan tira meus chinelos de seda e esfrega meus pés gelados.

Alguém leva um copo de cerveja quente aos meus lábios. Eu bebo, recosto-me nos travesseiros e abro os olhos.

— Vossa Majestade não está quente — observa uma de minhas damas, nervosa.

Todas têm pavor da doença do suor. Ela é capaz de matar um homem em quatro horas, e é difícil saber, aos primeiros sinais da doença, que a vítima vai morrer. Ela reclama de calor no almoço e sua até a morte ao cair da noite. É uma peste típica do reinado dos Tudor; surgiu durante o governo do pai do rei.

— Estou com dor de estômago — digo. — Foi alguma coisa que comi.

Duas damas sorriem.

— Ah, a senhora tem sentido enjoo pela manhã? — pergunta Anne Seymour sugestivamente, esperançosa.

Balanço a cabeça. Não quero que esse tipo de rumor comece. Mesmo agora, quando estou tentando assimilar a notícia de que Thomas está vivo, preciso tomar cuidado com o que digo, com o que elas dizem, com o que qualquer pessoa diz sobre mim.

— Não — insisto. — E ninguém deve dizer algo assim. Não é isso, e o rei ficaria muito aborrecido se vocês espalhassem rumores a meu respeito.

— Eu só estava torcendo pelo melhor para a senhora — defende-se Anne.

Fecho os olhos.

— Preciso dormir — é tudo que digo.

Ouço Nan enxotar todas as damas do quarto, a porta se fechar e o farfalhar do vestido dela quando se senta a meu lado na cama. Sem abrir os olhos, estendo a mão, que ela segura de modo reconfortante.

— Que dia terrível — digo. — Não consigo parar de ver aquela cena.

— Eu sei. Tente dormir.

Palácio de Greenwich, verão de 1545

Voltamos aos poucos para Londres. A viagem, que começou como um passeio de verão para que a corte presenciasse o triunfo da frota, arrasta-se na volta para casa pelo perigoso interior do país. O rei está atordoado, tamanha sua decepção. O dourado das plantações de trigo e o verde dos campos de feno não nos trazem alegria, e observamos as prósperas fazendas e as pequenas aldeias pensando que é impossível defendê-las.

Seguimos para Greenwich, onde as ondas que batem no píer de pedra diante do palácio nos fazem lembrar das águas impiedosas do Solent e do naufrágio do orgulho do rei. Thomas permanece em seu posto, em Portsmouth, reformando e reconstruindo as casas que foram incendiadas pelos franceses invasores, supervisionando o reparo dos navios avariados em combate, enviando nadadores para ver se é possível salvar alguma coisa do navio afundado. Não pode vir à corte; não tenho esperança de vê-lo. Ele escreve em particular para o rei, e Henrique não mostra a carta a ninguém.

As pessoas acham que o rei está doente de novo, que talvez a ferida da perna tenha se aberto, ou a febre que o acomete quatro vezes por ano tenha voltado. Mas eu sei o que está errado: é seu coração que está doente. Ele presenciou uma derrota, uma derrota incontestável, e não consegue suportá-la.

Esse é um homem tão orgulhoso que não tolera ouvir contradições. É um homem que joga dos dois lados para ter certeza de que vencerá. É um homem que, desde menino, nunca ouviu um "não". E, além disso tudo, é um homem que não consegue se ver como nada menos que perfeito. Ele precisa ser o melhor. O rei Francisco da França era seu único rival, mas agora Francisco e toda a Europa estão rindo da marinha inglesa, que era supostamente poderosa, e de nosso famoso navio-almirante, que afundou assim que içou velas. Estão dizendo que o rei acrescentou tantas armas na embarcação que ela ficou gorda e desajeitada como ele próprio.

— Não foi isso — afirma ele, para mim. — Não pense que foi isso.

— Não, claro — respondo.

— Claro que não foi.

Ele é como um animal em uma armadilha, contorcendo-se e debatendo-se com a própria dor. Sofre mais pelo orgulho ferido do que pelos homens afogados. Precisa recuperar a autoestima. Nada é mais importante do que isso; ninguém é mais importante do que isso. O navio pode afundar no leito Solent, desde que o orgulho do rei seja recuperado.

— Não tinha nada errado com o navio — afirma ele, certa noite. — Foram os idiotas dos artilheiros. Eles deixaram abertas as portinholas dos canhões depois de atirar.

— Ah, foi isso que aconteceu?

— Provavelmente — responde ele. — Eu deveria ter deixado Thomas Seymour no comando. Fico feliz que o idiota do Carew tenha pagado por isso com a própria vida.

Engulo um protesto contra esse julgamento cruel.

— Que Deus o tenha — digo, pensando na viúva dele, que viu o marido morrer afogado.

— Que Deus o perdoe — diz Henrique solenemente. — Porque eu jamais o perdoarei.

Todas as noites, o rei conversa comigo sobre seu navio. Não consegue dormir sem me persuadir de que o naufrágio foi culpa de terceiros, de idiotas e pessoas vis. Não consegue trabalhar. A maior parte do Conselho Privado volta para Westminster antes de nós, e Charles Brandon, o velho amigo de Henrique, pede permissão para voltar para casa com a esposa, Catherine.

— Ele deveria ter me avisado — diz Henrique. — De todas as pessoas no mundo, era Charles quem deveria ter me avisado.

— Como ele poderia saber? — pergunto.

— Ele jamais deveria ter deixado o navio zarpar com excesso de homens a bordo — diz Henrique com uma raiva súbita, o rosto vermelho, uma veia pulsando como uma grande minhoca sob a pele de sua têmpora. — Por que ele não saberia que o navio estava sobrecarregado? Deve ter sido negligente. Vou chamá-lo de volta à corte para se explicar. Ele é comandante-geral das forças em terra e em mar, precisa assumir sua responsabilidade. Meus planos não foram o problema, foi o fracasso dele em executá-los. Perdoei tudo que Charles fez a vida inteira, mas não posso perdoar isso.

Mas, antes que o mensageiro encarregado de convocá-lo de volta à corte sequer deixe o palácio, o séquito dos Brandon nos informa que Charles está doente, e logo um cavaleiro galopa pela estrada de Londres, vindo de Guildford, com a notícia de sua morte. O melhor amigo do rei, o que durou por mais tempo, está morto.

É o último golpe de um verão terrível. O rei fica inconsolável. Tranca-se no quarto e recusa todos os serviços. Recusa-se até a comer.

— Ele está doente? — pergunto ao Dr. Butts quando me informam que o farto jantar voltou intacto.

Ele faz que não com a cabeça.

— Não de corpo, que Deus o proteja. Mas essa é uma grande perda para ele. Charles Brandon era o último de seus velhos amigos, o único amigo de infância. É como perder um irmão.

Nessa noite, em meu quarto, a apenas quatro aposentos do quarto do rei, ouço um som pavoroso. É um grito como o de uma raposa à noite, um uivo tão sobrenatural que me esqueço de que desprezo os rituais vazios e faço o sinal da cruz, beijo o polegar e digo: "Deus me abençoe e me proteja!" Em seguida ouço mais um grito, e mais um. Levanto-me da cama, digo à minha dama de companhia que permaneça onde está e corro por minha câmara de audiências vazia. Passo pela câmara de audiências do rei, por sua câmara privada, por sua antecâmara e, por fim, chego à porta de seu quarto, onde o guarda se mantém impassível. Atrás da porta, posso ouvir os soluços desesperados.

Hesito. Não sei se devo entrar ou não. Não sei se devo pedir ao guarda que bata à porta por mim, ou se me arrisco a girar a maçaneta para ver se ela está trancada por dentro. Não sei se é minha obrigação ir até ele para lembrá-lo de que Charles Brandon morreu em paz e está aguardando no purgatório, certo de que missas caras serão rezadas por ele, certo da própria ascensão ao Paraíso, ou se devo deixar o rei sozinho com seu luto devastador. Ele está soluçando como uma criança de coração partido, como um órfão. O som é terrível.

Dou um passo à frente e giro a maçaneta. O guarda, o rosto totalmente inexpressivo, como se seu senhor não estivesse se debulhando em lágrimas a poucos metros de distância, abre passagem. A porta não abre. Ele se trancou lá dentro. Quer ficar sozinho no turbilhão de seu sofrimento. Não sei o que devo fazer, e, a julgar pelo rosto inexpressivo do guarda, ele também não.

Volto a meu quarto, fecho a porta e cubro a cabeça com os cobertores, mas nada é capaz de abafar os gritos. O rei dá vazão a seu sofrimento a noite toda, e nenhum de nós, nos aposentos dele ou nos meus, consegue dormir por causa de sua dor.

De manhã, ponho um vestido preto e vou para a capela. Rezarei pela alma de Charles Brandon e por sabedoria para ajudar meu marido, que desabou com essa última perda. Ocupo o lugar destinado à rainha e volto os olhos para o trono real. Para minha surpresa, Henrique já está ali, em seu lugar de sempre, assinando documentos, avaliando petições. Apenas os olhos inchados e vermelhos denunciam sua vigília atormentada. De fato, de nós dois, sou eu que mostro mais sinais de privação de sono, com as pálpebras pesadas e o rosto pálido. É como se ele tivesse exorcizado todo o seu sofrimento e medo em uma única noite. Quando terminamos as orações e dizemos "Amém", ele me chama com um gesto. Vou até ele com minhas damas, e deixamos a capela juntos, atravessando o pátio em direção ao salão principal, minha mão debaixo de seu braço, ele se apoiando pesadamente em um soldado da guarda do outro lado.

— Darei a ele um enterro de herói — diz Henrique. — E pagarei por tudo.

Não consigo esconder minha surpresa com sua calma, mas ele interpreta isso como alegria diante de sua generosidade.

— Vou, sim — repete, orgulhoso. — E a pequena Catherine Brandon não precisa temer pela herança de seus filhos. Vou deixar os meninos aos cuidados dela. Não vou tomá-los como meus protegidos. Eles poderão herdar todas as propriedades do pai. Vou inclusive permitir que ela administre tudo até se tornarem adultos. Não tirarei nada deles.

Ele está contente com sua própria magnanimidade.

— Ela vai ficar feliz — prossegue Henrique. — Vai ficar maravilhada. Poderá vir até mim e me agradecer pessoalmente assim que retornar à corte.

— Ela está de luto — lembro. — Talvez não queira mais servir em meu séquito. Talvez não queira vir à corte. A perda que ela sofreu...

Ele meneia a cabeça.

— Claro que ela virá — afirma o rei, com segurança. — Jamais deixaria meu serviço. Viveu sob meus cuidados desde criança.

Não digo nada em resposta. Não posso dizer a ele que uma viúva talvez prefira passar os primeiros dias após a morte do marido rezando, e não entretendo o rei. Geralmente, uma viúva permanece em casa durante os três primeiros meses, e Catherine vai querer ficar com os filhos órfãos. Mas então percebo: Henrique não sabe disso. Ninguém lhe avisou que esperasse o fim do meu período de luto para me chamar à corte. Ele não consegue imaginar que uma pessoa prefira estar longe daqui. Jamais viveu em qualquer outro lugar senão na corte; não faz ideia do que é ter uma vida privada ou emoções que não sejam testemunhadas pelo mundo. Poucos dias depois da morte de meu marido, ordenou minha ida à corte para jogar cartas com ele e flertar. Eu sou a única capaz de impedi-lo de impor esse fardo a Catherine.

— Talvez ela prefira ficar na casa dela, no Palácio de Guildford.

— Não prefere, não.

Certa noite, muito depois do jantar, quando a corte já se recolheu e estou pronta para dormir, Nan vem a meu quarto. Ela faz um gesto com a cabeça para minha dama de companhia, dispensando-a, e se senta junto à lareira.

— Vejo que veio fazer uma visita — digo secamente, sentando-me na cadeira em frente à dela. — Quer uma taça de vinho?

Ela se levanta e serve taças para nós duas. Por um instante, saboreamos o aroma e o gosto do vinho tinto português e admiramos a bela transparência das taças venezianas. Cada uma dessas taças de vidro, feitas à perfeição, custa cem libras.

— O que mamãe diria? — pergunta Nan, com um sorriso.

— "Dê valor às coisas." — Consigo lembrar as citações dela de imediato. — "Mantenha-se alerta. Nunca se esqueça de sua família." E, antes de qualquer outra coisa, "Como está seu irmão? Como está William? William tem taças finas assim? Não podemos conseguir algumas para ele?"

Nós duas rimos.

— Ela sempre achou que ele traria prestígio à família — diz Nan, bebericando o vinho. — Não que ela tivesse pouca consideração por nós, sabe. Ela só depositava todas as esperanças em William. É natural esperar tanto de um filho e herdeiro.

— Eu sei. Não a culpo. Ela não sabia que a esposa de William iria trair tanto ele quanto nossa família e que isso nos custaria tão caro.

— Ela não previu isso — concorda Nan. — Nem tudo isso.

— Não mesmo. — Sorrio. — Quem teria sonhado com isso?

— À sua ascensão à grandeza. — Nan ergue a taça em um brinde. — Mas ela traz perigos.

Ninguém conhece melhor do que Nan os perigos que uma rainha corre. Minha irmã serviu a todas. Testemunhou sob juramento contra três delas. Em algumas ocasiões, até disse a verdade.

— Para mim, não — respondo, confiante. — Não sou como as outras. Não tenho um único inimigo no mundo. Sou notoriamente generosa, ajudei todos que me pediram. Só fiz bem aos filhos do rei. Ele me ama, me tornou regente e editora da liturgia inglesa. Ele me coloca no coração da corte, de tudo com que ele se importa: seus filhos, seu país e sua Igreja.

— Stephen Gardiner não é seu amigo — adverte ela. — Tampouco os partidários dele. Eles a arrancariam do trono e dos aposentos reais na primeira oportunidade que tivessem.

— Jamais fariam isso. Podem até discordar de mim, mas é uma questão de desavença, não de inimizade.

— Catarina, toda rainha tem inimigos. Você precisa aceitar isso.

— O próprio rei apoia a causa da reforma! — exclamo, irritada. — Dá mais ouvidos a Thomas Cranmer do que a Stephen Gardiner.

— E eles a culpam por isso! Planejaram o casamento dele com uma esposa papista e achavam que esse tinha sido o caso. Achavam que você fosse a favor da igreja tradicional, que compartilhava das convicções de Latimer. Foi por isso que a acolheram tão calorosamente. Nunca foram seus amigos! E, agora que acham que você se voltou contra eles, nunca serão.

— Nan, isso é loucura. Eles podem discordar de mim, mas não tentariam me fazer cair em desgraça perante o rei. Não vão me acusar falsamente de sabe-se lá o que só porque não concordamos sobre a missa. Nós temos opiniões divergentes, mas eles não são meus inimigos. Stephen Gardiner é um bispo ordenado, chamado por Deus, um homem santo. Não vai buscar minha destruição porque discordo dele em uma questão de teologia.

— Eles atacaram Ana Bolena porque ela defendia a reforma.

— Não foi Cromwell quem fez isso? — pergunto, obstinada.

— Não importa quem é o conselheiro, o que importa é se o rei está dando ouvidos a ele.

— O rei me ama — digo, finalmente. — Ama apenas a mim. Não ouviria uma palavra que dissessem contra mim.

— É o que você pensa. — Nan empurra um pedaço de lenha com o pé mais para dentro da lareira, levantando faíscas. Parece estar pouco à vontade.

— O que foi?

— Preciso dizer a você que estão propondo ao rei outra esposa.

Quase solto uma risada.

— Isso é ridículo. Foi isso que você veio me dizer? É só um boato.

— Não é, não. Estão propondo uma esposa mais receptiva ao retorno da Igreja a Roma.

— Quem? — pergunto, desdenhosa.

— Catherine Brandon.

— Agora tenho certeza de que você está enganada. Ela é mais reformista do que eu. Deu ao próprio cachorro o nome do bispo Gardiner. É abertamente hostil a ele.

— Eles acham que ela vai mudar de ideia se lhe oferecerem o trono. E acreditam que o rei gosta dela.

Olho para minha irmã, que está fitando as brasas. Ela põe mais lenha na lareira.

— Foi isso que você veio me dizer? Veio aqui tão tarde da noite para me avisar que o rei está pensando em ter outra esposa? Que preciso me defender?

— Sim — responde ela, ainda sem olhar para mim. — Temo que sim.

O fogo estala no silêncio do quarto.

— Catherine jamais me trairia. Você está enganada em dizer isso. Ela é minha amiga. Nós estudamos juntas, temos as mesmas opiniões. É realmente vil, Nan, você vir me dizer uma coisa dessas.

— É a coroa da Inglaterra. A maioria das pessoas faria qualquer coisa por ela.

— O rei me ama. Não quer outra esposa.

— Só estou dizendo que o rei tem sentimentos em relação a Catherine, que sempre gostou dela, e agora Catherine está livre para se casar. E é o que vão propor a ela.

— Ela nunca tomaria meu lugar!

— Ela não teria escolha — responde Nan em voz baixa. — Assim como você não teve escolha. E, de qualquer modo, há quem diga que eles são amantes há anos. Dizem que Charles e o rei dividiam a cama dela. Charles nunca recusou nada ao rei. Quando ele se casou com uma esposa linda e jovem, jovem o bastante para ser sua filha, talvez o rei tenha se deitado com ela também.

Ponho-me de pé e vou à janela. Quero abrir as portinholas para deixar o ar noturno entrar no quarto, como se o cômodo tivesse o fedor de corrupção e decepção do quarto do rei.

— Isso é um rumor dos mais vis — murmuro. — Eu não deveria ter de ouvir isso.

— É vil, mas está se espalhando rapidamente. E por isso você precisa saber.

— E agora? — pergunto, amargamente. — Nan, por que você sempre me diz coisas horríveis? Por que sempre vem sussurrar coisas tristes em meu ouvido? Está me dizendo que ele me trocaria por Catherine Brandon? Que teria uma sétima esposa? E que tal outra depois dela? É, ele gosta dela, gosta de Mary Howard, gosta de Anne Seymour! Mas ele me ama, me coloca sobre todas as outras damas, me põe acima de qualquer esposa anterior. E se casou comigo! Isso diz tudo. Você não consegue ver isso?

— O que estou dizendo é que precisamos mantê-la em segurança. Não deve haver nada que possa ser alegado contra você. Nenhuma insinuação contra sua reputação, nenhuma sugestão de desavença entre você e o rei, nada que possa fazê-lo voltar-se contra você. Nem por um instante.

— Por que "nem por um instante"?

— Porque basta apenas um instante para ele assinar uma sentença. E então será o fim para todos nós.

Catherine Brandon retorna à corte conforme é ordenada e não veste luto. Vem primeiro a meus aposentos e faz uma reverência para mim, e, diante de todas as minhas damas, ofereço-lhe meus pêsames e dou-lhe as boas-vindas de volta a meu serviço. Ela ocupa seu lugar entre as outras damas e observa a tradução que estamos fazendo. Estamos estudando o Evangelho de São Lucas em latim, tentando encontrar as palavras em inglês mais puras, mais claras, para exprimir a beleza do original. Catherine se junta ao trabalho como se estivesse aqui por escolha, como se não quisesse estar em sua casa, com seus filhos.

No fim da manhã, quando guardamos os livros para dar um passeio a cavalo, faço um gesto para que ela me acompanhe. Enquanto ponho meu vestido de montaria, comento:

— Fiquei surpresa por você voltar à corte tão cedo.

— Cumpri ordens — diz, apenas.

— Você não estava de luto?

— Claro.

Levanto-me de meu assento diante do espelho e seguro suas mãos.

— Catherine, sou sua amiga desde que vim para a corte. Se você não quiser ficar aqui, se preferir voltar para casa, vou fazer o possível para conseguir isso.

Ela me dá um breve sorriso triste.

— Preciso ficar aqui. Não tenho escolha. Mas agradeço Vossa Majestade pela gentileza.

— Você sente saudade do seu marido? — pergunto, curiosa.

— Claro. Ele era como um pai para mim.

— Acho que o rei sente saudade dele.

— Deve sentir. Os dois estavam sempre juntos. Mas não espero que ele demonstre isso.

— Por que não? Por que o rei não demonstraria tristeza pela morte do amigo?

Ela me olha como se eu tivesse feito uma pergunta óbvia.

— Porque o rei não suporta a tristeza — diz, simplesmente. — Não a tolera. Fica irritado. Jamais vai perdoar Charles por abandoná-lo. Se eu quiser permanecer nas boas graças dele, se eu quiser que meus filhos tenham suas heranças, terei de esconder o fato de que Charles desertou. Não posso mostrar minha tristeza, porque isso faria o rei se lembrar do próprio desgosto.

— Mas seu marido morreu! — digo impacientemente à viúva. — Não deixou o rei de propósito. Ele morreu!

Catherine me dá um sorriso triste.

— Suponho que, quando você é rei da Inglaterra, pensa que a vida de todas as pessoas é dedicada à sua. E aqueles que morrem simplesmente o decepcionam.

Não quero dar ouvidos às advertências sombrias de Nan; prefiro ver o sorriso falso de Catherine. A corte se encontra em paz, sem nenhuma desavença interna, e a benevolência de Deus com a Inglaterra resplandece na luz do sol e nas folhas douradas das árvores nos campos que margeiam o rio. O reino está em paz; as notícias são de que a França não planeja nada contra nós, de que as batalhas estão acabando, e Thomas sobreviveu a mais um ano. É um glorioso fim de verão. Todos os dias começam claros e reluzentes, todas as tardes terminam serenas e quentes. Os muros do palácio assumem um tom dourado com o reflexo do pôr do sol no rio. Henrique recupera a saúde. Toda manhã, os servos o colocam no cavalo, e saímos para caçar. Corremos pelos campos próximos ao rio, e é como estar casada com um homem de minha idade quando seu imenso cavalo ultrapassa o meu e ele grita como um menino.

A ferida da perna está bem enfaixada, e ele consegue andar mancando sem ajuda, necessitando de amparo apenas para subir e descer a escada entre o grande salão e seus aposentos, onde o visito noite sim, noite não.

— Somos felizes — diz ele para mim, como se esse fosse um anúncio oficial. Sento-me do outro lado da lareira, de frente para sua poltrona reforçada e seu novo escabelo. Surpresa com a formalidade, solto uma risadinha.

— Depois de sofrer tanto com a infelicidade como eu sofri, a pessoa aprende a valorizar um bom dia, uma boa estação — diz ele. — Juro, minha querida, que nunca amei uma esposa mais do que amo você e nunca me senti tão feliz quanto me sinto agora.

"Adeus às suas advertências sombrias, Nan", penso.

— Senhor meu marido, fico muito contente — respondo, e estou sendo sincera. — Se agrado ao senhor, sou a mulher mais feliz da Inglaterra. Mas ouvi alguns rumores.

— Que rumores? — pergunta ele, franzindo as sobrancelhas ruivas.

— Dizem por aí que o senhor pode querer uma nova rainha — digo, arriscando falar em voz alta as advertências de Nan.

Ele ri e faz um gesto de desdém.

— Sempre haverá rumores. Enquanto homens tiverem filhas ambiciosas, sempre haverá rumores.

— Fico feliz de saber que não significam nada.

— Claro que não significam nada. Nada a não ser pessoas falando de seus superiores e mulheres sem atrativos invejando sua beleza.

— Então fico feliz.

— As crianças estão bem e se desenvolvendo — diz ele, retomando sua lista de bênçãos. — E o reino está em paz, embora quase falido. E finalmente tenho sossego na corte, porque meus bispos suspenderam suas brigas neste verão.

— Deus sorri para os justos.

— Vi suas traduções — comenta ele, no mesmo tom de presunçosa congratulação. — Fiquei muito satisfeito, Cate. Você fez bem em estudar, qualquer pessoa pode ver como eu influenciei seu aprendizado e seu crescimento espiritual.

Sou tomada por um súbito medo.

— Minhas traduções? — repito.

— Suas preces. Isso mesmo. É muito agradável ter uma esposa que passa o tempo traduzindo preces.

— Vossa Majestade me honra com sua atenção — digo, com a voz fraca.

— Dei uma olhada nelas e perguntei a Cranmer o que ele achava. E ele as elogiou. Para uma mulher, são uma obra e tanto. Ele me acusou de ajudá-la, mas respondi: Não, não, são só dela. Por isso você deveria pôr seu nome na capa, Cate. Deveríamos creditar a autoria à rainha. Que outro rei da cristandade tem uma esposa erudita? Francisco da França tem uma rainha que não é nem esposa nem erudita!

— Eu só colocaria meu nome na capa em sinal de gratidão ao senhor — respondo, com cuidado.

— Faça isso — diz ele. — Sou um homem de sorte. Só há duas coisas que me perturbam, mas não muito. — Ele se recosta na poltrona, e deixo os bolinhos e o vinho mais próximos de sua mão.

— Quais são?

— Bolonha-sobre-o-Mar — responde ele solenemente. — Depois de toda nossa coragem para tomar a cidade, o conselho quer que eu a devolva aos franceses. Jamais farei isso. Enviei Henry Howard para lá a fim de tomar o lugar do pai e persuadir todos de que podemos manter a cidade.

— E ele é convincente?

— Ah, jura que nunca desistirá, diz que se sente desonrado pela mera sugestão de seu fracasso. — Henrique ri. — E o pai dele diz que Henry é um menino que deveria vir para casa e viver como o pai lhe ordena. Adoro quando pai e filho divergem. Minha vida fica tão mais fácil quando eles dançam ao som de músicas diferentes, mas ambas tocadas por mim.

Tento sorrir.

— Como o senhor sabe em qual deles acreditar?

Ele dá batidinhas com o dedo na lateral do nariz para indicar sua astúcia.

— Eu não sei. Esse é o segredo. Ouço um, ouço o outro, incentivo-os a pensar que têm minha atenção. Eu os avalio enquanto brigam entre si, e então tomo a decisão.

— Mas isso joga pai contra filho. E joga seu comandante na França contra seu Conselho Privado, causando uma profunda divisão no país.

— Melhor ainda, porque não podem conspirar contra mim. De qualquer forma, não posso devolver Bolonha-sobre-o-Mar aos franceses, por mais que o Conselho Privado deseje, pois Carlos da Espanha insiste em que eu mantenha a cidade, insiste em que não façamos as pazes com a França. Também preciso manipular a Espanha e a França como se fossem dois cães em uma rinha, jogar um reino contra o outro.

— E qual é sua outra preocupação? — pergunto delicadamente.

— É só um pequeno aborrecimento. Não é nada. Só uma peste em Portsmouth.

— Peste?

— Uma peste que assola minha marinha, que Deus a ajude. É claro que eles sofrem com esse tipo de coisa. Os marinheiros dormem nos navios ou nos piores alojamentos daquela cidadezinha pobre, e a situação dos capitães e dos contramestres é apenas um pouco melhor. Ficam todos empilhados uns sobre os outros, e aquelas águas são pestilentas. Os soldados em meus novos castelos vão morrer como moscas quando a doença chegar até eles.

— Mas os almirantes devem estar fora de perigo, não?

— Não, porque faço questão de que eles fiquem com a frota — diz Henrique, como se a vida de Thomas Seymour não significasse nada para ele. — Eles precisam correr o risco.

— Não podem voltar para casa enquanto a peste estiver assolando Portsmouth? — sugiro. — Os capitães e os comandantes não devem ser perdidos para a peste. O senhor vai precisar deles em batalha. Deve querer mantê-los em segurança.

— Deus vai cuidar daqueles que me servem — afirma ele, confiante. — Deus não ergueria a mão contra mim e os meus. Sou o rei escolhido por Ele, Catarina. Não se esqueça nunca disso.

Ele me dispensa à meia-noite — deseja ficar sozinho —, mas, em vez de ir para a cama, vou à linda capela, ajoelho-me diante do altar e murmuro para mim mesma:

— Thomas, Thomas, que Deus o abençoe, que Deus o proteja, meu amor, meu único amor. Que Deus o proteja do mar, que Deus o proteja da peste, que Deus o proteja do pecado e da tristeza e o envie de volta para casa em segurança. Não rezo nem para que você volte para mim. Amo-o tanto que só desejo que esteja em segurança, onde quer que seja.

A perna do rei volta a inchar, e a ferida se abre ainda mais. Ele não suporta qualquer peso sobre ela, e por isso ordena que coloquem rodinhas embaixo de sua poltrona reforçada a fim de se deslocar pelo palácio. Ao contrário do que geralmente acontece, ele permanece animado e segue administrando a rinha de cães, conforme me disse com tanto orgulho. Enviará Stephen Gardiner para Bruges, onde este se encontrará com o imperador de modo a negociar com os franceses um tratado que dará fim à guerra entre os três maiores reis da Europa; porém, ao mesmo tempo, e em completa contradição, Henrique convida representantes dos príncipes alemães luteranos para que estes sejam os mediadores de um acordo de paz secreto entre a Inglaterra e a França, com o objetivo de trair o imperador. Desse modo, teremos dois tratados de paz, um negociado com papistas, outro negociado com luteranos, e sem poder assinar nenhum deles.

— Não, essa é uma grande oportunidade para nossa fé — discorda Catherine Brandon. Estamos sentadas à minha mesa comprida, reunindo nossos papéis e penas e nos preparando para ouvir o sermão do dia. — Se os lordes luteranos da Saxônia conseguirem trazer paz à cristandade, a fé reformada será considerada a líder moral, a luz do mundo. E eles trabalharão para o rei, porque querem que ele os salve do imperador. Aquele monstro papista está convocando uma cruzada contra eles, contra seu próprio povo, só por causa da religião que professam. Que Deus os proteja.

— Mas o bispo Gardiner será mais rápido do que os lordes luteranos — prevejo. — Vai conseguir a paz com a França antes deles.

— Não vai, não! — diz ela com desdém. — Ele já não tem mais influência. O rei não o ouve mais. Está mandando o bispo a Bruges em uma missão sem importância. Quer tirá-lo do caminho para poder conversar à vontade com os alemães. Ele mesmo me disse isso.

— Ah, disse? — pergunto, e Nan, que está entrando na sala, percebe o tom levemente afiado em minha voz e olha de relance para mim.

— Não pense que falei alguma coisa que nos traísse — diz Catherine rapidamente. — Eu jamais revelaria o que lemos e estudamos. Mas juro que o rei sabe e aprova. Ele fala de seu aprendizado com muito louvor, Vossa Majestade.

— Foi o rei quem deu aos ingleses a Bíblia — concordo. — É isso que os luteranos querem.

— E foi Stephen Gardiner quem tomou a Bíblia de volta. E agora o rei tem um encontro marcado com os luteranos, e Stephen Gardiner está longe. Por mim, ele pode ficar longe da corte para sempre. Enquanto ele estiver fora e enquanto o rei apoiar Henry Howard no comando de Bolonha-sobre-o-Mar, indo contra os desejos do pai dele, nossos maiores inimigos se mantêm ocupados e nós nos fortalecemos cada vez mais.

— Bem, Deus seja louvado — diz Nan. — Imagine este país cultivando uma fé verdadeira baseada na Bíblia, não em uma série de superstições baseadas em feitiços, imagens e cantos.

— Indulgências — diz Catherine. Ela quase estremece com um calafrio, tamanho seu desdém. — São o que mais odeio. Sabiam que, no dia seguinte à morte de meu marido, um maldito padre veio me dizer que, por cinquenta moedas de ouro, ele podia garantir a ascensão de Charles ao Paraíso e que me daria uma prova disso?

— Que prova? — pergunto, curiosa.

Catherine dá de ombros.

— Quem sabe? Nem perguntei. Tenho certeza de que ele teria me dado qualquer coisa que eu quisesse: uma estátua que sangra, encontrada em alguma abadia em ruínas? Um retrato de Nossa Senhora que jorra leite? É um grande insulto sugerir que a alma de um homem possa ser salva por meia dúzia de velhos desprezíveis gritando um salmo. Como alguém um dia acreditou nisso? Como alguém é capaz de sugerir isso, agora que podemos ler a Bíblia e sabemos que só vamos para o Paraíso por meio da fé?

Ouvimos batidinhas à porta, os guardas a abrem, e Anne Askew entra no aposento, bela e elegante como se acabasse de sair da costureira. Com um sorrisinho alegre no rosto, faz uma mesura para mim.

— Deus nos proteja! — exclama Nan, e faz o sinal da cruz como se estivesse diante de um fantasma.

— Seja bem-vinda! — digo. — Faz muito tempo que não a vemos! Fiquei feliz ao saber que estava fora de perigo, que o bispo Bonner a liberou, mas ouvimos dizer que ele a mandou de volta para casa. Eu não esperava vê-la de novo na corte.

— Ah, sim, fui mandada de volta para meu marido — confirma ela em tom casual. — E agradeço a Vossa Majestade por ter mandado avisar que estou sob sua proteção. A senhora me poupou de mais interrogatórios e de um julgamento, eu sei. Fui liberada com a condição de ficar sob a guarda de meu marido, mas eu o deixei novamente e aqui estou.

Sorrio ante a coragem dessa moça.

— Sra. Anne, a senhora faz com que tudo isso pareça fácil...

— Fácil como o pecado — diz ela alegremente. — Mas não é pecado, asseguro-lhe. Meu marido não sabe nada sobre mim, nem sobre minha fé. Sou tão estranha para ele quanto um cervo em um curral de ovelhas. Não há como sermos casados aos olhos de Deus nem como nossos votos serem válidos. Ele pensa o mesmo, embora não tenha coragem de dizer isso ao bispo. Não quer que eu fique em sua casa, assim como não suporto ficar lá. Não conseguimos viver juntos: um cervo e uma ovelha.

Nan se levanta, alerta como um soldado da guarda.

— Talvez a senhora não devesse estar aqui. Não pode trazer heresia aos aposentos da rainha. Não pode vir até aqui se recebeu ordens de ficar com seu marido, não importa se ele é uma ovelha e a senhora um cervo, ou se vocês dois são um par de tolos.

Anne ergue a mão para interromper a torrente aflita de palavras de Nan.

— Eu jamais traria perigo a Sua Majestade — afirma calmamente. — Sei a quem devo agradecer minha liberdade. Tenho uma dívida com a senhora pelo resto da vida. — Ela faz uma breve reverência a mim. Então vira-se novamente para Nan. — Eles ficaram satisfeitos com minhas respostas. Fizeram-me perguntas e mais perguntas, mas eu não disse uma palavra que não estivesse na Bíblia, e eles não tiveram pretexto para me manter presa nem corda para me enforcar.

Nan disfarça um calafrio involuntário à menção da forca e olha de relance para mim.

— O bispo Bonner não tem nenhuma queixa contra a senhora? — pergunta, incrédula.

Anne solta uma risada alta e confiante.

— Aquele é um homem que vai estar sempre se queixando de alguma coisa. Mas não havia nada de que ele pudesse me acusar. O lorde prefeito me perguntou se eu achava que a hóstia era sagrada, e não respondi, porque sei que é ilegal falar do pão da missa. Perguntou: "Se um camundongo comesse a hóstia, ele seria sagrado?" E só respondi: coitado do camundongo. Foi o melhor que ele conseguiu fazer, tentando me encurralar com um camundongo sagrado!

Não consigo deixar de rir. Os olhos de Catherine Brandon encontram os meus, e ela ri também.

— Enfim, graças a Deus liberaram a senhora e obedeceram à rainha — diz Catherine, recuperando a compostura. — Estamos ganhando o debate, quase todos estão de acordo com o modo de pensar da rainha. O rei a escuta, e toda a corte pensa como nós.

— E a rainha traduziu um livro de orações que foi publicado com o nome dela — lembra Nan, orgulhosa.

Anne volta os olhos castanhos para mim.

— Vossa Majestade, isso é usar sua educação e sua posição pelo bem de todos os verdadeiros fiéis e, sobretudo, pelo bem das mulheres. Ser mulher e escrever! Ser mulher e publicar!

— Ela é a primeira — comenta Nan. — A primeira mulher a publicar na Inglaterra, a primeira mulher a publicar em língua inglesa, a primeira a ter o nome na página de título.

— Chega — digo gentilmente. — Existem muitas mulheres estudiosas como eu; muitas delas até mais cultas. Já houve mulheres escritoras antes de mim. Mas sou abençoada com um marido que me permite estudar e escrever, e somos todos abençoados com um rei que permite que as orações da Igreja sejam compreendidas por seu povo.

— Graças a Deus — diz Anne Askew, com fervor. — A senhora acha que o rei permitirá que a Bíblia volte às igrejas para que todos possam lê-la?

— Tenho certeza de que sim. Como ele encomendou uma tradução da liturgia da missa, sem dúvida vai querer que o Livro Sagrado seja lido em inglês para o povo da Inglaterra. Portanto, acredito que a Bíblia será devolvida às igrejas.

— Amém! — exclama Anne Askew. — E meu trabalho estará feito. Pois tudo o que faço é recitar as palavras da Bíblia que memorizei e explicar o que elas significam. Metade dos pregadores de Londres nada mais são do que Bíblias falantes. Se a Bíblia fosse devolvida às igrejas, todos ficaríamos em paz. Se as pessoas puderem voltar a lê-la por si próprias, seria como a multiplicação dos pães. Seria um milagre de nossa época.

Palácio de Whitehall, Londres, outono de 1545

Quando o clima esfria e a geada no jardim deixa as pontas dos galhos brancas e o interior das copas com suas sombras verdes e escuras, vamos para Whitehall. Os chafarizes estão cobertos de gelo, e peço que todas as minhas peles sejam trazidas do guarda-roupa de minha casa, o Castelo de Baynard. Mais uma vez, as zibelinas de Kitty Howard estão em meu pescoço, mas este ano noto que elas têm meu perfume, que o fantasma da rainha menina desapareceu no frio crepúsculo.

Nicholas de Vent terminou o grande retrato da família real e nos aguarda para a apresentação oficial, com o quadro já pendurado na parede, como determinamos que deveria ser, coberto por um tecido de ouro. Ninguém viu a obra desde que saiu do ateliê, e estamos aguardando o rei anunciar que deseja vê-la.

— Vossa Majestade virá à apresentação do retrato? — pergunta Anne Seymour, surgindo em meus aposentos. — O rei pediu ao senhor meu marido que a acompanhasse.

— Agora? — pergunto. Estou lendo um livro, simples como uma cartilha infantil, que explica o mistério da missa, a realidade do purgatório. É um livro aprovado pelo Conselho Privado, escrito no mesmo tom pomposo da convicção que eles têm. Fecho o volume, perguntando-me por que os homens, mesmo homens ponderados, soam como se nunca considerassem possibilidades, como se simplesmente já soubessem a resposta.

— Sim, agora — responde ela. — O pintor chegou; todos estão se reunindo.

— O rei vai comparecer?

— Sua Majestade está descansando. A perna dele está ruim. Disse que verá a obra mais tarde.

Levanto-me.

— Estou indo — digo. Vejo Elizabeth erguer o rosto radiante. É uma garotinha muito vaidosa, está ansiosa para ver como o pintor a retratou. Posou para ele com seu melhor vestido, na esperança de que estar no centro da imagem, perto do pai, torna-a uma princesa Tudor legítima. A princesa Maria e eu nos entreolhamos com um sorriso de soslaio. Podemos não estar animadas como uma criança com a ideia do retrato, mas estamos ambas felizes de sermos aclamadas publicamente. Esse retrato ficará pendurado no Palácio de Whitehall por anos, talvez séculos. As pessoas o copiarão e exibirão essas cópias com orgulho em suas próprias casas. O retrato mostrará os filhos do rei com o pai, e eu, a rainha, sentada a seu lado. Marcará minha conquista, uma grande conquista: a de trazer os filhos de volta ao pai. Posso não dar a ele um filho, como fez Jane Seymour, não serei sua esposa por 23 anos como Catarina de Aragão, mas fiz algo que nenhuma esposa conseguiu antes: coloquei as crianças no coração da família real. As duas meninas e o precioso herdeiro estão no mesmo retrato que o pai. É um retrato da família real, e estou nele como sua mãe. Sou rainha, sou regente, sou mãe deles, e o retrato mostrará meus filhos ao meu redor, meu marido ao meu lado. E aqueles que duvidam de minha influência e acham que podem conspirar contra mim poderão olhar para esse quadro e ver uma mulher no coração da família. — Estamos indo agora mesmo.

Estou ansiosa para ver como estou no retrato. Depois de ter tentado várias cores, preferi usar um vestido de cor vermelha com uma extravagante sobreveste dourada e ornada com pele de arminho. O próprio pintor o escolheu no guarda-roupa real. Disse que queria que o vermelho e o dourado se sobressaíssem no retrato, para mostrar nossa riqueza, nossa união, nossa grandeza. Não falei que o vermelho é minha cor preferida, mas claro que sei que ele destaca minha pele branca e meu cabelo castanho-avermelhado. De Vent pediu que eu tirasse meu capelo francês favorito, uma armação semicircular que uso um pouco mais para trás na cabeça, e colocasse um capelo inglês mais quadrado e tradicional. Nan pegou a peça que ele escolheu e a colocou em minha cabeça.

— Pertenceu a Jane Seymour — disse, brevemente. — Folheado a ouro.

— Eu jamais usaria isso! — exclamei, mas De Vent gentilmente empurrou a peça um pouco mais para trás em minha cabeça, para mostrar um pouco do meu cabelo e emoldurar melhor meu rosto.

— É um privilégio pintar uma mulher bonita — disse serenamente, e mostrou-me de que modo queria que eu me sentasse, na ponta da cadeira, a bainha de meu vestido dourado espalhada pelo chão.

Agora sorrio para a princesa Maria.

— Estou tomada de vaidade — digo. — Mal posso esperar para ver.

— Eu também — responde Maria. Ela segura a mão de Elizabeth e vou à frente, com Edward Seymour a meu lado e minhas damas de companhia em nosso encalço. Chegamos ao grande salão, e os homens da corte, alguns até do Conselho Privado, já estão presentes, curiosos para ver esse grande retrato que custou tanto dinheiro e levou tanto tempo para ser executado. Ninguém o viu pronto. Todos posamos individualmente, e o pintor trabalhou sobretudo a partir de antigos retratos do rei; portanto, será uma surpresa para todos nós. Vejo Nicholas de Vent ansioso, como deveria.

— Sua Majestade, o rei, não virá? — pergunta ele ao me fazer uma reverência.

Estou prestes a responder que não quando as grandes portas duplas da câmara de audiências do rei se abrem e a poltrona de rodinhas surge, com o rei meio sentado, meio deitado nela, a grande perna esticada, o rosto vermelho e inchado em uma careta de dor.

O artista solta uma pequena exclamação de surpresa. Não vê o rei desde que discutimos o retrato pela primeira vez, e, portanto, copiou seus traços dos grandes retratos de Hans Holbein, os quais Henrique considera melhores que todos os outros. Imagino que o quadro atrás do pano vá mostrar um belo homem de cerca de 40 anos com a esposa e a jovem família à sua volta. Ele terá duas pernas bem-torneadas em meias marfim, com a típica liga azul presa abaixo do joelho para exibir a panturrilha forte. Não um homem estirado como um navio destruído em uma doca seca, suando com o esforço de erguer a enorme cabeça.

Vou até ele, faço uma mesura e beijo sua bochecha quente.

— Que prazer ver Vossa Majestade — digo. — E o senhor está com uma ótima aparência.

— Eu quero ver como ele nos fez — declara, e assente com a cabeça para De Vent. — Tire o pano.

É um retrato imenso, com um metro e meio de altura e mais de três de largura, e o pano fica preso no canto superior direito. Vemos a imagem sendo revelada centímetro a centímetro a partir da esquerda, enquanto um pajem corre para buscar um banquinho a fim de poder alcançar o canto onde o tecido de ouro se prendeu, ocultando parte do quadro.

Primeiro, uma coluna lindamente ornada em prata e ouro, e o teto reluzente como um vitral, com rosas Tudor vermelhas e brancas. Então o vão de uma porta. Ouvimos um murmúrio de surpresa, pois ali está a boba da corte da princesa Maria, passando pelo jardim do Palácio de Whitehall, indicando que a vida é passageira, que esta é uma corte de bobos. No jardim, atrás dela, vemos os animais heráldicos esculpidos sobre pedestais, como se dissessem que toda glória é tolice. Olho de relance para o rei para ver se ele está surpreso por ver a boba da corte Jane no canto superior de seu retrato real, mas noto que ele assente levemente com a cabeça e, então, sei que aprovou tudo, até mesmo a posição em que ela se encontra. Ele certamente acha que isso é algum tipo de declaração profunda sobre a fama e o mundo. Um par de idênticas colunas douradas emolduram uma mulher em primeiro plano. É a princesa Maria com seu vestido vermelho-escuro e sobreveste marrom-esverdeada, de gola quadrada, decorado com recortes de seda branca nas mangas e rufos de renda também branca nos pulsos. Ela usa um capelo francês acima do rosto pálido e traz um crucifixo no pescoço. Avalio o retrato com cuidado e me viro para Maria com um sorriso caloroso de aprovação. É uma boa representação dela. Ela está digna e majestosa, as mãos juntas diante do corpo, o rosto voltado para o público com um pequeno sorriso. Se copiarem o retrato para mostrá-lo a um pretendente, a um príncipe estrangeiro que deseje se casar com ela, a semelhança será fiel. Ela tem uma aura de rainha e menina, ao mesmo tempo. O pintor captou sua dignidade e seu charme. Vejo-a enrubescer, e ela se volta para mim. É um bom retrato; ambas estamos satisfeitas.

O pano cai um pouco, e a corte solta um murmúrio de surpresa ao ver o príncipe Eduardo, quadrado como o pai, de pé, confiante e de aparência atarracada, em um casaco volumoso, com meias vermelhas, um chapéu vermelho enfiado na pequena cabeça, as mangas ridiculamente bufantes. Algumas pessoas aplaudem. É como o retrato que Holbein fez do rei, mas com um metro de altura. O príncipe apoia o cotovelo com desenvoltura no joelho do pai, como Eduardo jamais ousaria fazer na vida real, e Henrique pousa a mão no ombro dele, abraçando-o, como nunca fez. O menino é retratado como se o rei tivesse acabado de dar à luz: este é seu filho e herdeiro, insiste a pose. É o menino que o rei fez à sua imagem, sua pequena preciosidade.

Atrás e acima deles, como fundo, há um baldaquino mostrando o brasão real, acima do qual se encontra um halo de ouro como a auréola sagrada que os antigos pintores idólatras da Igreja pintavam sobre a cabeça dos santos. No meio da imagem, ainda parcialmente oculta pelo pano que os pajens tentam desesperadamente puxar, está o próprio rei. O pintor fez dele o coração da imagem, o centro perfeito nas cores luminosas de um sol dourado. As imensas mangas bufantes do casaco, como um par de travesseiros, são de tecido dourado, entremeado de seda branca. A saia da túnica é vermelha e dourada, as pernas grossas e abertas estão prateadas em suas meias marfim, as panturrilhas fortes reluzem, os joelhos redondos são como duas pequenas luas. O casaco, decorado com pele de zibelina, flui dos imensos ombros acolchoados, o rosto do rei é grande, pálido e sem rugas, e a culhoneira...

— Meu Deus — murmuro, ao vê-lo.

A imensa culhoneira de marfim está posicionada no centro do corpo dele, no centro do retrato. Enorme e brilhante em meio a tanto vermelho e dourado, parece praticamente gritar para o espectador: "Aqui está a vara do rei. Admire-a!"

Mordo o lábio para não deixar escapar uma risada. Não ouso olhar para Catherine Brandon. O pintor deve ter perdido o juízo para ser tão atrevido; nem com toda sua vaidade o rei pode achar que isso é algo além de ridículo. Mas então o pajem finalmente tira o pano que escondia o restante do retrato, o tecido cai no chão e finalmente me vejo.

Estou sentada à esquerda do rei, com o vestido que o pintor e eu escolhemos juntos, as mangas e a saia vermelhas, combinando com o vermelho da túnica do príncipe Eduardo, o corpete e a sobreveste dourados, combinando com as mangas bufantes do rei, e a pele de arminho do forro e das mangas marcando minha realeza. O capelo inglês que Nicholas de Vent escolheu no guarda-roupa real está retratado à perfeição, o cinto está pintado em minúcias, minha pele está perolada e pálida, como as pernas magníficas do rei. Mas meu rosto...

Mas meu rosto...

Meu rosto...

Um burburinho passa pela corte como o sopro do vento pelas árvores de um bosque outonal. Ouço as pessoas comentarem "Ah, eu não esperava..." e "Mas essa não é..." e "Será que essa é...", e então todos se detêm antes de terminar as frases, como se ninguém quisesse apontar o que é dolorosamente, terrivelmente óbvio, e que fica cada vez mais óbvio à medida que o silêncio cai e alguém pigarreia, e, aos poucos, embora não queiram ser indiscretos, os cortesãos não conseguem mais resistir e se viram para olhar para mim.

Eles olham para mim. E eu olho para Ela.

Não é meu retrato. Não é meu rosto. Sim, eu posei para o pintor, eu usei aquelas roupas, as roupas do guarda-roupa real, as roupas que devem ser usadas pela rainha da Inglaterra. O pintor dispôs minhas mãos naquela posição, inclinou minha cabeça em direção à luz, mas não é meu rosto debaixo do capelo dourado. O rei encomendou um retrato de sua terceira mulher, a mãe de Eduardo, e me fez posar no lugar dela como uma boneca, para que o pintor tivesse uma referência em termos de forma e tamanho. Mas o rosto não é meu. O pintor não teve de tentar capturar o que chamou de meu brilho. Em vez disso, exibe os traços angulosos do capelo de Jane Seymour e, embaixo dele, a fisionomia inexpressiva da rainha morta, sentada à esquerda do rei, admirando ele e o filho, do túmulo. E é como se eu nunca tivesse existido.

Não sei como me portar, não sei como sorrir e dizer que o quadro é lindo, que Elizabeth está belíssima ao lado da mulher que substituiu sua mãe, uma madrasta de quem ela nem se lembra: uma das damas de companhia de Ana Bolena, a mulher que dançou no dia em que sua mãe foi decapitada. Rio do retrato de Will Somers no vão da porta à direita, com o macaquinho no ombro e o jardim do castelo de Whitehall atrás dele. Ouço minha risada e percebo a maneira como as pessoas riem comigo com avidez, para disfarçar minha humilhação. Nan se posiciona ao meu lado como se quisesse me ajudar a me manter de pé, Catherine Brandon vem para o meu outro lado, e as duas ficam admirando o retrato e balbuciando algo. Anne Seymour, minha dama de companhia, permanece a distância e faz um comentário sobre a beleza da querida e trágica cunhada.

Eu continuo olhando para o retrato. Acho que se trata de um retábulo, um ícone como aqueles que os reformistas, com razão, destituíram da velha Igreja corrupta. É como um tríptico: uma princesa de cada lado, e a Sagrada Família — o Pai, o Filho e a mãe santificada — no painel central. Os dois bobos são os bobos mundanos de um universo exterior, ao passo que o mundo da família real reluz feito ouro. Jane Seymour, vencendo a morte, brilha como Nossa Senhora.

Elizabeth vem até mim, segura minha mão e sussurra:

— Quem é aquela? Quem está no seu lugar?

— Shhh — peço, discretamente. — É a rainha Jane, mãe de Eduardo.

E imediatamente seu rostinho inteligente se fecha como se eu tivesse lhe contado um segredo vergonhoso, algo horrível e errado. E imediatamente — e é assim que sei que ela se corrompeu além de qualquer possibilidade de salvação — ela vira o rosto sorridente para o pai e lhe diz que é lindo o retrato que ele encomendou.

A princesa Maria me lança um breve olhar e não diz nada. Em seguida, a corte faz silêncio, esperando o rei se manifestar. Esperamos e esperamos. Nicholas de Vent retorce o chapéu na mão, suando de nervosismo, aguardando para saber o que o grande patrono das artes, o patrono de Holbein, tem a dizer sobre essa produção, sobre essa mentira pintada, essa obra-prima da egolatria, essa pilhagem de um túmulo.

— Gostei — diz Henrique com firmeza, e há uma espécie de brisa quando a corte finalmente solta a respiração. — Muito bonito. Muito bem executado. — Ele olha para mim e noto que está apenas um pouco constrangido. — Você deve estar feliz de ver as crianças retratadas juntas e a homenagem que fiz à mãe de Eduardo. — Ele volta os olhos ao rosto pálido da esposa morta. — Talvez ela estivesse sentada a meu lado exatamente assim, se tivesse sido poupada. Talvez tivesse visto Eduardo crescer e se tornar homem. Quem sabe? Talvez tivesse me dado mais filhos.

Não há nada que eu possa dizer enquanto meu marido lamenta em público a morte de uma esposa anterior, enquanto ele olha para seu rosto pálido e idiota como se tentasse encontrar agora a inteligência que ninguém encontrou nela enquanto era viva. Percebo que meus dentes estão trincados para manter um sorriso, como se isso não fosse um insulto para mim, como se eu não estivesse sendo renegada em público, como se o rei não estivesse anunciando ao mundo que todas nós que viemos depois de Jane — Ana de Cleves, Catarina Howard, eu — somos rainhas fantasmas menos importantes que ela, a esposa morta.

Claro, é Anne Seymour, a cunhada da rainha morta, quem se adianta para falar com o rei como sua parente e companheira de luto, aproveitando-se das lágrimas dele como sempre faz.

— É ela à perfeição. Como se voltasse à vida.

Mas permanece morta.

— É exatamente como ela era — confirma ele.

Duvido, porque ela está calçando meus melhores sapatos de salto de ouro.

— Ela deve estar nos vendo do paraíso e abençoando o senhor e o filho.

— Deve, sim — concorda ele com avidez.

Penso, secamente, que a santa Jane Seymour parece ter pulado a parte do purgatório, como se ele não existisse, embora, neste exato momento, um pregador esteja aprisionado na Torre de Londres pela heresia de sugerir tal ideia.

— Ela foi cruelmente arrancada de mim — lamenta o rei, os olhinhos piscando, vertendo lágrimas. — E fazia apenas pouco mais de um ano que estávamos casados.

Ele está quase certo. Eu poderia lhe dizer com exatidão. Eles foram casados por um ano e quatro meses, um matrimônio mais curto até do que o de Kitty Howard, que durou apenas um ano e meio até que ele a decapitasse. Contudo, ambos foram bem mais longos do que o casamento com Ana de Cleves — agora tão estimada —, que foi descartada em seis meses.

— Ela o amou muito — comenta Anne Seymour com pesar. — Mas graças a Deus deixou um filho maravilhoso como um memorial vivo.

A menção ao príncipe Eduardo anima Henrique.

— Deixou mesmo. Pelo menos tenho um filho, e ele é bonito, não é?

— Idêntico ao pai — diz Anne, sorrindo. — Está vendo como ele se porta no retrato? Ele é idêntico ao senhor!

Conduzo minhas damas de volta a meus aposentos. Estou sorrindo, e elas também. Todas tentamos mostrar que estamos tranquilas, que não vimos nada que abale nossa posição. Sou a rainha, e essas são minhas damas. Não há nada errado.

Quando chegamos aos meus aposentos, espero até se acomodarem com seus trabalhos de costura, e uma delas abre um livro aprovado pelo bispo de Londres. Então digo que estou um pouco enjoada, algo que comi, sem dúvida e que irei para meu quarto sozinha. Nan me acompanha, porque nem os cavalos do inferno a manteriam longe de mim neste momento. Ela fecha a porta depois que entramos e olha para mim.

— Vaca — resmungo.

— Eu?

— Ela.

— Anne Seymour?

— Não, Jane Seymour. A morta.

Isso é tão indelicado que nem mesmo Nan tenta me corrigir.

— Você está nervosa.

— Fui humilhada em público, suplantada diante de todos por um fantasma. Minha rival não é uma mulher bonita como Catherine Brandon ou Mary Howard, mas um cadáver que não era cheio de vida nem mesmo quando respirava. No entanto, agora ela é a esposa inesquecível.

— Ela está morta, coitada. Não pode mais irritá-lo. É fácil para ele pensar só no que havia de melhor nela.

— O que há de melhor nela é o fato de estar morta! Ela nunca teve o charme que tem agora!

Nan faz um pequeno gesto com a mão, pedindo que eu pare.

— Ela fez o melhor que pôde, e, meu Deus, Cat, você não seria tão dura com ela se a tivesse visto morrer com aquela febre, gritando por Deus e pelo marido. Pode ter sido uma mulher tola, mas morreu numa solidão tenebrosa.

— O que isso tem a ver comigo, que agora terei de passar por ela toda vez que for jantar? Que não posso usar suas pérolas? Que preciso criar seu filho? Deitar com o marido dela?

— Você está irritada.

— Claro que sim — respondo, secamente. — Estou vendo que seus estudos não foram em vão. Estou irritada. Excelente. E agora?

— Você vai ter de superar isso — diz ela, firme como nossa mãe costumava ser quando eu me enfurecia com alguma coisa na infância. — Porque você terá de ir para o jantar com a cabeça erguida, sorrindo, mostrando a todos que está feliz com o retrato, feliz com seu casamento, feliz com seus enteados e as três mães mortas deles, e feliz com o rei.

— Por que tenho de fazer isso? — pergunto, ofegante. — Por que tenho de fingir que não fui insultada na frente de todos?

O rosto de Nan está muito pálido, e sua voz, equilibrada e estável.

— Porque, se você enxergar uma esposa morta como sua rival, você será uma esposa morta — prevê ela. — As pessoas já estão dizendo que ele vai se casar de novo, que ele não gosta da sua religião, que você defende demais a reforma. Você precisa enfrentá-las. Precisa agradar a ele. Precisa ir ao jantar como uma mulher cuja posição não pode ser questionada.

— Quem me questiona? — grito para ela. — Quem ousa me questionar?

— Temo que muitas pessoas questionem sua posição — responde ela em voz baixa. — Os rumores já começaram. Quase todos questionam sua aptidão para ser rainha.

Palácio de Whitehall, Londres, inverno de 1545

Nos dias tranquilos que antecedem as festividades de Natal, o rei fica nervoso e visivelmente irritado com o fato de nem seus velhos conselheiros nem seus novos pensadores conseguirem estabelecer uma trégua com a França. Carlos da Espanha agora insiste na trégua, a fim de ficar livre para se voltar contra seus próprios súditos. Está determinado a erradicar os reformistas de Flandres e das terras do Sacro Império Romano-Germânico. Diz que ele e Henrique devem esquecer sua inimizade com a França e combater um perigo maior: os três devem se unir para travar uma guerra contra os luteranos. Segundo ele, essa deve ser a nova cruzada, e eles precisam lutar contra as pessoas que são tão pecadoras que pensam que a Bíblia é o melhor guia para a vida.

Rezo pela segurança dos homens e mulheres de Deus na Inglaterra, na Alemanha, em todo canto da cristandade, que não fizeram nada de errado, só leram a Palavra de Deus e a estudaram com o coração. Sim, eles estão se manifestando. Por que não deveriam? Por que os eruditos da Igreja, os padres da Igreja, e — sim — os tiranos e os soldados da Igreja devem ser os únicos a expressar o que enxergam como verdade?

Stephen Gardiner ainda está em Bruges, tentando desesperadamente conseguir um tratado de paz com a França. Ele é fervorosamente a favor da paz, não só com a França, mas também com a Espanha, e defende o início imediato de uma cruzada sangrenta contra luteranos em toda parte, sobretudo na Alemanha.

— Só Deus sabe o que ele está oferecendo, o que está prometendo em meu nome — resmunga Henrique para mim quando estamos sentados jogando cartas, certa noite.

Ao nosso redor, a corte está dançando e flertando, alguém está cantando, e há um pequeno grupo em torno de nós assistindo ao jogo e fazendo apostas. Catherine Brandon está ao lado do rei. Ele mostra a ela suas cartas, pede conselhos, e ela sorri e jura que vai me mandar sinais para que eu vença. A maioria das pessoas aposta no rei. Ele não gosta de perder. Não gosta nem que alguém aposte contra ele. Vejo que ele joga uma carta ruim e não me aproveito disso. Ele ri do meu erro e recolhe as cartas.

— O senhor convocará o bispo Gardiner de volta à corte? — pergunto, com toda a calma que consigo reunir. — O senhor concorda com ele que o imperador deve declarar guerra contra o próprio povo?

— Sem dúvida, estão indo longe demais na Alemanha — diz Henrique. — E aqueles príncipes alemães não têm sido de nenhuma serventia para mim. Não vou defendê-los. Por que deveria? Eles não entendem a natureza do homem, por que entenderiam a natureza de Deus?

Ergo os olhos e vejo Edward Seymour, irmão de Thomas, me observando. Sei que ele espera que eu use minha influência para convencer o rei de que os luteranos da Alemanha deveriam ser poupados, de que deveríamos permitir esse novo pensamento na Inglaterra. Mas preciso ser cautelosa com relação ao rei. Ouvi as advertências de Nan e tenho medo de fazer inimigos. A essa altura, sei que, quando o rei reclama de um partido, com frequência está tramando contra o outro. As pessoas superestimam minha influência quando me culpam pela reforma. Uso-a com parcimônia, e há um retrato pendurado na parede que nega até minha existência.

— Certamente não pode ser errado pensar que devemos viver de acordo com a Bíblia e que alcançaremos o paraíso por meio da fé e do perdão de nossos pecados — observo.

Henrique ergue brevemente o olhar de suas cartas para mim.

— Estou vendo que você sabe tanto de teologia quanto de cartas.

Seu sorriso abranda a ferroada do comentário.

— Não espero entender de religião mais do que o senhor, meu marido. E certamente nunca espero vencê-lo no jogo.

— E minhas filhas? — pergunta ele, virando-se para a princesa Maria, que está a seu lado, ao passo que Elizabeth está apoiada em minha cadeira.

— Cartas ou erudição? — indaga Elizabeth, espirituosa.

O pai solta uma risada.

— Qual você prefere? — pergunta ele.

— Erudição. Porque é um privilégio poder estudar, sobretudo com uma erudita como a rainha, enquanto as cartas são um passatempo para qualquer pessoa.

— Muito bom — elogia ele. — E apenas as pessoas instruídas e ponderadas devem estudar e discursar. As coisas sagradas devem ser apreciadas em locais sagrados e tranquilos, apenas por indivíduos aptos a entendê-las sob a orientação da Igreja. O jogo é para as tabernas, a Bíblia é apenas para aqueles que sabem lê-la e entendê-la.

A princesa Maria assente com a cabeça, e ele sorri para ela.

— Imagino que você não goste dos sermões de beira de estrada, bradados por qualquer idiota empoleirado em um palanque, não é, Maria?

Ela faz uma mesura antes de responder:

— Acho que a Igreja deve ensinar ao povo. As pessoas não podem ensinar a si próprias.

— É o que eu acho — concorda Henrique. — É exatamente o que eu acho.

O rei usa essa conversa despreocupada à mesa de jogo como base para seu discurso no Parlamento. Ele o faz na véspera de Natal, quando os parlamentares só pensam em montar seus cavalos e ir para casa. Ele faz uma grandiosa entrada, o pai da nação, para se dirigir ao povo na noite que antecede o próprio nascimento de Cristo, como um anjo mensageiro gordo e manco, e explicar aos parlamentares como Cristo deve ser servido por eles aqui na Terra. Todos sabem que essa deve ser uma grande declaração sobre a crença do rei, talvez a última que ele venha a dar, e que, concordem ou não, deixar de comparecer ao discurso é uma péssima ideia. O reino sabe o que penso: leram a liturgia que traduzi com Thomas Cranmer. Consideram-me moderada, tradicional, mas focada na crença pessoal, na oração pessoal. Há quem desconfie de que tenho tendências reformistas, mas tudo que escrevi foi publicamente aprovado pelo rei e não pode ser considerado heresia. As pessoas leram as crenças de Stephen Gardiner no intransigente *O livro do rei*, que define centenas de verdadeiros fiéis como hereges, por isso acham que a maré está contra a reforma. Mas sempre, até agora, tentaram adivinhar as crenças do rei. Ele escreveu livros e os baniu, ofereceu a Bíblia ao povo e a tirou deles outra vez, anunciou-lhes que era o chefe supremo da Igreja, mas nunca lhes explicou aquilo em que acredita. Nunca foi ao seu Parlamento para dizer a seus integrantes diretamente o que devem pensar em relação a Deus.

Alguns homens ficam comovidos a ponto de serem levados às lágrimas. A multidão que se formou do lado de fora para ver o grande cortejo conduzido pelo imenso rei mantém-se de cabeça nua, enquanto alguns indivíduos sobem às janelas do Palácio de Westminster para assistir ao evento, gritando para todos o que o rei, sentado como uma montanha em seu trono sob o baldaquino dourado, está dizendo. Todos estão desesperados para saber se ele será como um príncipe alemão e optará pela reforma da Igreja ou se será como o rei francês e o imperador espanhol e defenderá as leis da antiga Igreja, aliando-se ao papa.

— É terrível — diz Anne Seymour para mim. — Nós perdemos. — Ela é a primeira a chegar aos meus aposentos com a notícia. Seu marido, Edward, estava ao lado do rei, com o rosto impassível enquanto Henrique discursava amargamente para seus parlamentares, dizendo que a Palavra de Deus foi deturpada em tabernas e que Seu nome foi usado em vão. Assim que todos voltaram do Parlamento, Edward procurou imediatamente a esposa e murmurou seu relato para ela. — Isso é péssimo para quem pensa como nós. O rei está voltando aos antigos preceitos. A Igreja Católica será como antes, tudo será restaurado, e há quem diga que ele se alinhará à Igreja grega.

— Grega? — pergunto. — O que a Igreja grega tem a ver com a Inglaterra? Ela me encara como se meu marido fosse tão inefável quanto o próprio Deus.

— Qualquer um menos protestantes — diz ela, com amargor. — Foi o que ele quis dizer. Que se alinhará a qualquer um menos os reformistas. Ele alegou ao Parlamento que está cansado dos constantes debates e questionamentos da Bíblia. Está cansado dos evangelistas. Está cansado de tanta gente pensando, escrevendo e publicando. Evidentemente, teme que o povo venha a questioná-lo logo em seguida. Disse que deu a Bíblia apenas aos homens para que lessem para suas próprias famílias. Não para que a discutam.

— A Bíblia é só para os homens?

Ela assente.

— O rei disse que cabe a ele julgar o que é verdade e o que é um erro. Os homens não devem pensar; devem apenas ler para suas famílias, seus filhos.

Abaixo a cabeça diante desse insulto à inteligência que Deus nos deu.

— Mas, quando achamos que está retrocedendo ao papismo, ele anuncia que vai dar fim às missas pagas em honra aos mortos e que tomará as terras da Igreja.

Isso não faz sentido.

— Acabar com as missas pagas em honra aos mortos?

— Ele disse que não passam de superstições vazias. Disse que não existe purgatório e, portanto, não há necessidade de missa paga.

— Ele disse que não existe purgatório?

— Disse que era uma maneira de a antiga Igreja ganhar dinheiro de pessoas inocentes.

— Ele tem razão!

— Mas, ao mesmo tempo, a cerimônia da missa tradicional deve se manter inalterada, com todas as reverências e genuflexões. E o pão e o vinho devem ser considerados o corpo e o sangue de Cristo. E é heresia questionar isso.

Fito-a quase em desespero.

— O que seu marido acha que o rei pensa de verdade? No fundo do coração?

Ela dá de ombros.

— Ninguém sabe. É metade luteranismo, metade catolicismo, é papismo com o rei como papa, é luteranismo com o rei como Lutero. Virou uma religião de sua própria autoria. É por isso que ele precisa estar sempre explicando-a para nós. Portanto, a heresia é o que ele diz ser heresia. Estamos todos, papistas e protestantes, luteranos e evangelistas, igualmente em perigo.

— Mas em que ele acredita? Anne, nós precisamos saber. Em que o rei acredita?

— Em todo tipo de coisa, tudo ao mesmo tempo.

O rei chega muito cansado e me convoca aos seus aposentos. Já o acomodaram na cama, e hesito no vão da porta, perguntando-me se ele queria que eu viesse de camisola para me deitar com ele.

Ele gesticula para que eu me aproxime.

— Entre. Sente-se comigo. Quero contar tudo a você antes de dormir. Você já deve saber que ficaram muito admirados comigo em Westminster, não? As pessoas choraram quando eu disse que era o pai delas e que tenho autoridade sobre elas. Disseram que nunca tinham ouvido um discurso assim.

— Que maravilha — digo fracamente. — E que gentileza a sua fazer o esforço de ir até eles, ainda por cima na véspera de Natal.

Ele abana a mão gorda como se fizesse pouco caso desse esforço.

— Eu queria que eles soubessem o que penso. É importante que isso esteja claro. Eu penso por eles, decido por eles, precisam saber o que penso. De que outra maneira saberão como seguir a vida? De que outra maneira alcançarão o Paraíso?

A porta atrás de mim se abre, e o primeiro dos criados entra com um prato, uma colher e uma faca. O jantar do rei será servido na cama. Um após o outro, os homens entram com as travessas. Henrique empilha comida em seu prato, enquanto prendem sob seu queixo um grande guardanapo de linho para impedir que a roupa de cama seja manchada com os caldos das carnes e molhos. Sou servida a uma mesa, ao pé da grande cama, e como devagar para terminarmos a refeição juntos. O prato de Henrique é constantemente reabastecido, e ele bebe pelo menos três garrafas de vinho. O jantar dura uma eternidade, e, quando recusa o último prato com um aceno, ele se recosta nos travesseiros, exausto e suando. Fico nauseada só de olhar as imensas travessas irem e virem.

— O senhor quer ver o médico? — pergunto. — Sua febre está aumentando? Ele balança a cabeça.

— O Dr. Wendy pode me atender mais tarde. Você sabia que o Dr. Butts está doente? — Ele solta uma risada ofegante. — Que tipo de médico é esse? Mandei uma mensagem para ele: "Que tipo de médico é você, doente demais para atender o paciente?"

— Que engraçado. Mas ele está na corte? Estão cuidando dele?

— Acho que foi para casa — responde Henrique, com indiferença. — Ele sabe que não pode trazer doença à corte. Assim que teve o primeiro sintoma, mandou-me uma mensagem dizendo que não chegaria perto de mim até que estivesse bem de novo. Implorou meu perdão por não poder me atender.

Deveria estar aqui. Eu sabia que ficaria extenuado por ir ao encontro do meu povo, por dividir minha sabedoria com meu povo desse jeito. Neste tempo frio.

Aceno com a cabeça para os servos retirarem as travessas do quarto e trazerem ao rei mais uma garrafa de vinho e os doces que ele gosta de manter ao lado da cama, para o caso de sentir fome durante a noite.

— Fui muito inspirador. — Ele solta um arroto com tranquila satisfação. — Eles me ouviram em silêncio absoluto. As pessoas que falam sobre como pregar deveriam ter me ouvido em Westminster hoje! Aqueles que querem um novo profeta deveriam ter me ouvido falar hoje! Sou um pai para meu povo, e um pai melhor do que o falso sacerdote que chamam de Santo Padre em Roma!

— Alguém transcreveu o discurso para que todos possam ler? — pergunto.

Ele faz que sim com a cabeça. Seus olhos estão se fechando como os de uma criança sonolenta que teve um dia cheio.

— Espero que sim — responde. — Vou pedir uma cópia para você. Sei que vai querer lê-lo.

— Sim, irei.

— Fiz meu pronunciamento. É o fim de todas as discussões.

— É. Devo deixá-lo dormir, meu marido?

— Fique. Fique. Mal a vi o dia todo. Você se sentava ao lado da cama do velho Latimer?

— Quase nunca — minto. — Ele não era um marido como o senhor, milorde.

— Imaginei. Quando ele estava morrendo, você deve ter pensado, por um momento, que estaria livre de todos os maridos. Não pensou? Não pensou que seria viúva, com seu pequeno patrimônio e sua própria fortuna? Talvez tenha até escolhido um rapaz bonito? — Os olhinhos se abrem e brilham de astúcia.

É ilegal uma mulher se casar com o rei se ela teve qualquer relação amorosa secreta no passado. Essas são palavras perigosas demais para uma história de ninar.

— Achei que eu seria uma viúva que viveria apenas para a família, como sua avó, Lady Margaret Beaufort. — Sorrio. — Mas um grande destino me chamou.

— O maior destino que uma mulher pode ter. Por que você acha que não engravidou, Catarina?

A pergunta é tão inusitada que tenho um pequeno sobressalto. Os olhos dele estão fechados; talvez ele não tenha notado. Imediatamente penso, com um sentimento de culpa, na bolsa de arruda e no pavor de Nan de que eu aborte um monstro caso não consiga evitar uma gravidez. É impossível que alguém de meus aposentos tenha contado a ele sobre a arruda. Tenho certeza de que ninguém me trairia. Ninguém sabe disso, só eu e Nan. Até mesmo a criada que traz a água quente só sabe que traz uma jarra de água quente para uma tisana matutina, de vez em quando.

— Não sei, meu marido — respondo, humilde. — Às vezes demora, eu suponho.

Ele abre os olhos. Agora se encontra completamente desperto, como se jamais tivesse estado sonolento.

— Nunca demorou comigo — afirma. — Tenho três filhos, como pode ver, de três mães diferentes. E houve outros, claro. Todas engravidaram logo, nos primeiros meses. Eu sou potente, potente como um rei.

— De fato. — Posso sentir minha ansiedade aumentando. Isso parece uma armadilha, mas não vejo como fugir dela. — Sei que o senhor é.

— Então deve ser algum problema com você — diz ele, em tom afável. — O que você acha?

— Eu não sei. Lorde Latimer não era viril, por isso nunca esperei ter um filho dele, e, quando me casei com meu primeiro marido, eu era nova demais, e quase nunca estávamos juntos.

Não convém dizer que o senhor, meu terceiro marido, o rei, é um velho, doente como um cachorro gordo, quase sempre impotente, provavelmente estéril, e que as esposas das quais o senhor agora se lembra como férteis eram as da sua juventude, as três primeiras, que agora estão mortas, uma decapitada por ordens suas, duas abandonadas pelo senhor. Elas sofreram aborto atrás de aborto, menos a terceira, que morreu no primeiro parto.

— Você acha que Deus não se alegra com nosso casamento? Uma vez que Ele não lhe dá um filho, você deve achar isso.

O Deus do rei lhe enviou uma série de bebês mortos no primeiro matrimônio antes que Henrique começasse a acreditar que Ele não se alegrava com seu casamento. Um pequeno ímpeto de protesto se debate em minha mente. É uma grande blasfêmia evocar Deus quando a verdade é algo que simplesmente não entendemos. Não posso aceitar Deus como testemunha contra mim nessa conversa. Deus não deveria testemunhar contra mais uma das esposas de Henrique. Acho que o próprio Deus se recusaria a dizer que Catarina Parr deve ser repudiada. Sinto minha irritação crescer.

— Quem pode duvidar da bênção Dele? — ouso dizer, segurando com força os braços da cadeira, criando coragem para prosseguir. — Quando o senhor está tão bem, tão forte e potente, e tivemos tantos meses felizes juntos? Dois anos e meio de êxito? Sua captura de Bolonha-sobre-o-Mar e a derrota dos escoceses? Nossa felicidade com seus filhos? Quem pode duvidar de que Deus sorri para o senhor, para um rei como o senhor? Ele se alegra também com seu casamento. Um casamento de sua escolha, em que o senhor me honrou com sua preferência. Quem pode duvidar de que Deus sorriu para mim quando o senhor me escolheu e me convenceu de que, apesar de minha pouca importância, eu poderia ser sua esposa? Não podemos duvidar de que Deus ama e inspira o senhor. Não podemos duvidar de que o senhor tem a estima Dele.

Salvei-me. Vejo um sorriso de satisfação se abrir no rosto dele, e ele relaxa, começando a adormecer.

— Você tem razão. Claro. Um filho nascido de você há de vir. Tenho a bênção de Deus. Ele sabe que sempre fiz a coisa certa.

O médico, Sir William Butts, não volta à corte conforme prometeu. Morreu de febre, longe da corte, e só ficamos sabendo depois do Natal. O rei diz que nenhum outro médico entende o funcionamento de seu corpo, nenhum outro médico pode mantê-lo saudável. Acha que foi errado e egoísta da parte do médico deixar a corte tão abruptamente e morrer com tanta falta de consideração. Toma os remédios que o Dr. Wendy prepara, mantém-no ao lado da cama dia e noite, mas reclama que nunca ficará bem agora que o Dr. Butts não está aqui para apaziguar seus ânimos e diminuir sua febre.

— E nós perdemos um bom amigo e conselheiro — observa Anne Seymour para mim e Catherine Brandon. — O Dr. Butts frequentemente pedia ao rei que ignorasse algum rumor contra um luterano, ou que liberasse um pregador. Nunca declarava suas próprias opiniões, mas com frequência pedia a Henrique que fosse clemente. Era um bom homem para se ter ao lado do rei.

— Principalmente quando ele estava com dor e irritado — concorda Catherine. — Meu marido costumava dizer que o Dr. Butts conseguia apaziguar o rei quando ninguém mais conseguia. E ele acreditava sinceramente na reforma. — Ela alisa a saia, admirando o brilho do cetim. — Ainda assim, estamos progredindo, Anne. O rei pediu a Thomas Cranmer que fizesse uma lista de velhas superstições que devem ser banidas da Igreja.

— Como você sabe disso? O que ele contou a você? — pergunta Anne. Noto a hostilidade em sua voz e me lembro de que ela está sempre preocupada com a possibilidade de alguém ganhar prestígio e diminuir a importância dela ou do marido.

Catherine está tentando administrar uma relação difícil com o rei: encontra-se constantemente ao lado dele, é seu flerte preferido. É ignorada como conselheira, mas estimada como parceira de cartas. É um caminho que muitas já trilharam antes dela: quatro damas de companhia se tornaram rainhas. Sou apenas a mais recente. Agora Catherine é a favorita da corte, e Anne Seymour, que nunca para de mensurar o prestígio do marido como tio do príncipe, se corrói de inveja. Claro que quem está em perigo sou eu, mas Anne só pensa em si mesma.

— Ele vai fundar duas universidades, exatamente como prometeu a Vossa Majestade, a rainha — anuncia Catherine, sorrindo para mim. — Uma em Oxford, a outra, em Cambridge. É um trabalho de erudição, exatamente como Sua Majestade pediu a ele que realizasse. Vão ensinar os novos conhecimentos e pregar em inglês.

— Ele pretende mandar meu marido, Edward, para Bolonha-sobre-o-Mar, a fim de substituir aquele jovem tolo, Henry Howard — anuncia Anne, ansiosa. — Os Howard caíram em desgraça por causa da imprudência e da incompetência de Henry, o que é ótimo para nós, mas, sem meu marido na corte, quem vai lembrar o rei da família Seymour? Como manteremos nossa importância? Como poderemos manter nossa influência?

— Ah, a família Seymour! — diz Catherine com docilidade. — A família Seymour! A família Seymour! Achei que estávamos falando dos amigos em quem podemos confiar para aproximar o rei e a igreja de Deus, mas logo descubro que, na verdade, estamos falando da ascensão da família Seymour. De novo.

— Não precisamos ascender — responde Anne, irritada. — Já temos a graça do rei. Somos parentes do único sucessor Tudor, e o príncipe Eduardo adora os tios.

— Mas é a rainha que é nomeada regente — lembra Catherine, com suavidade. — E o rei prefere a companhia dela, e mesmo a minha, à sua. E, se Edward for enviado à Bolonha-sobre-o-Mar, e Thomas sempre estiver navegando por aí, de fato quem lembrará o rei da família Seymour? Você tem algum amigo, qualquer um que seja?

— Parem — ordeno com um murmúrio. Mas não é a discussão delas que me incomoda. Apenas não suporto ouvir o nome dele. Não suporto pensar que, enquanto estou presa em uma corte que parece cada vez menor e mais confinante, ele está sempre, sempre longe.

Palácio de Hampton Court, Natal de 1545

Comemoramos o Natal à maneira antiga, com dança, música, mascaradas, jogos, competições e uma imensa quantidade de comida e vinho. Durante os doze dias de festa, a cozinha se esforça para trazer alguma novidade, algum prato incrível, e o rei come sem parar, como se quisesse aplacar uma fome cada vez mais insaciável, como se tivesse um verme monstruoso dentro de si.

Ele ordena que convidemos a antiga rainha Ana de Cleves para o Natal, e ela vem à corte de bom humor, gananciosa como o próprio rei, alegre e doce como qualquer mulher estaria depois de escapar da morte e ainda manter um título real, a fortuna e a liberdade.

Ela é rica. Chega acompanhada de seus cavaleiros, trazendo luxuosos presentes de Natal cuidadosamente escolhidos para agradar a todos nós. É três anos mais jovem do que eu, loura, de olhos escuros, com um sorriso calmo e despreocupado. As belas feições arredondadas atraem olhares admirados das pessoas que esqueceram o motivo pelo qual o rei a repudiou. Ela era uma princesa protestante e caiu em desgraça com o líder deles, Cromwell, quando o rei se voltou contra a reforma. Ela vem à corte para me lembrar de que já houve uma rainha que rezou em sua própria língua, que serviu a Deus sem papa nem bispo, que recebeu o pão e o vinho, não o corpo e o sangue de Cristo — e seu reinado durou menos de seis meses.

Ela sorri calorosamente para mim, mas mantém distância, como se não houvesse nenhuma vantagem em ficar amiga da esposa do rei. Ela sabe tudo que há para saber sobre rainhas Tudor e chegou à conclusão de que não faz sentido tornar-se minha amiga. Dizem-me que ela era muito amável com a rainha Catarina Howard: não se ressentiu quando os papéis das duas se inverteram, e a dama de companhia passou a seguir no cortejo à frente da rainha. Mas, comigo, ela se comporta como se não valesse a pena me conhecer. Algo em seu olhar frio deixa claro que ela duvida de que chegarei aos três anos de reinado, de que talvez eu já não esteja aqui no próximo Natal.

Nan a abraça sem hesitação, como se elas fossem duas sobreviventes de uma guerra secreta da qual apenas elas se lembram. Ana retribui o abraço calorosamente e depois se afasta um pouco, ainda segurando-a, para observar seu rosto.

— Você está bem? — pergunta. O sotaque ainda é alemão, como o crocito de um corvo, mesmo depois de todos esses anos na Inglaterra.

— Estou, sim — responde Nan, comovida, emocionada com o beijo desse fantasma. — E minha irmã é rainha da Inglaterra!

Provavelmente não sou a única pessoa que acha isso um tanto constrangedor, considerando-se que essa mulher sorridente foi rainha antes de mim e se viu dispensada da cama real e do trono mais rápido do que qualquer outra. Mas Ana vira-se, ainda segurando minha irmã junto a si, e abre um sorriso para mim.

— Deus abençoe Sua Majestade — diz, com doçura. — E que seu reinado seja longo.

Ao contrário do seu, espero; mas curvo a cabeça e retribuo o sorriso.

— E o rei, goza de boa saúde? — pergunta ela, sabendo que preciso mentir, porque é traição sugerir que ele esteja doente.

— Goza de excelente saúde — digo com firmeza.

— E inclinado à reforma da religião? — indaga ela com esperança.

Evidentemente, ela foi criada dentro dos preceitos da religião luterana, mas quem sabe no que acredita agora? Com certeza, nunca escreveu nada de notável.

— O rei é um grande estudioso da Bíblia — respondo, escolhendo minhas palavras com cuidado.

— Estamos fazendo progresso — garante-lhe Nan. — Estamos mesmo.

No começo da noite, no jantar, sento-me ao lado de Henrique, com Ana de Cleves à minha direita, honrada diante da corte como irmã do rei, como ele decide chamá-la. Certifico-me de sorrir como se não tivesse nenhuma preocupação no mundo, enquanto o ouço comer, grunhir, arrotar, ofegar e comer de novo. Fiquei ridiculamente sensível aos ruídos que ele faz ao comer: não há música que consiga abafá-los, não há conversa que me distraia. Ouço as fungadas que dá quando inclina um prato para beber o caldo da carne, o estalo dos ossos das aves em suas fortes mandíbulas e a mastigação ruidosa quando come doces. Ele faz outro barulho quando bebe o vinho em goles enormes, e depois arqueja dentro da taça, para recuperar o fôlego, como se estivesse nadando em um lago e bebendo a água. Viro a cabeça e converso com Ana de Cleves; em seguida, sorrio para a princesa Elizabeth em outro ponto da mesa. Catherine Brandon inclina a cabeça de maneira coquete quando o rei manda para ela um prato especial, e Nan olha de relance para mim para se certificar de que notei o gesto. Meus olhos percorrem a corte; vejo todos empilhando comida em seus pratos, estalando os dedos para os servos trazerem mais e mais vinho, e penso: esta corte se tornou um monstro que está devorando a si mesmo, um dragão que está comendo a própria cauda por gula.

Tenho medo dos custos de manter essa corte exagerada, os milhares de servos que atendem as centenas de lordes, suas damas, seus cavalos e seus cachorros. Não que eu seja comedida — fui criada para administrar uma casa nobre, não gosto de coisas baratas —, mas isso é extravagância e luxo, financiados pela destruição das igrejas. Apenas a opulência milenar da Igreja poderia pagar por esses excessos. É como se a corte fosse uma grande máquina que absorve a riqueza sagrada e expele lixo, a toda hora, a todo minuto, do mesmo modo que o rei se banqueteará agora mas vomitará mais tarde, ou se contorcerá dolorosamente na retrete, segurando a mão estendida de Anthony Denny e chamando o Dr. Wendy para ministrar um enema que o alivie.

Vejo que há uma cadeira vazia à direita de Edward Seymour, um lugar de honra, e imediatamente fico alerta, perguntando-me se ele espera Thomas. O barulho do rei tomando caldo de ostra em uma tigela dourada, chupando o pão *manchet* depois de mergulhá-lo no líquido, desaparece. Não ouço nem as batidas da colher dourada no prato dourado para indicar ao servo que lhe traga outra porção. Observo apenas a porta do outro lado do salão, e, quase como se eu o tivesse evocado, como se meu desejo tivesse criado um espectro,

Thomas, de capa azul-escura, entra discretamente no salão, remove a capa com elegância, entrega-a a seu pajem e dirige-se à mesa do irmão.

Ele está aqui. Imediatamente desvio os olhos. Não consigo acreditar. Ele está aqui.

As boas-vindas calorosas de Edward são sinceras. Ele se levanta de pronto e abraça Thomas bem apertado. Os dois trocam algumas palavras rápidas e se abraçam novamente. Então Thomas se afasta da mesa da família Seymour e se aproxima do estrado onde estamos sentados. Faz reverência para o rei, para mim, para o príncipe – que está sentado ao lado do pai –, para as princesas e, por último, para Ana de Cleves, que ele próprio acompanhou à Inglaterra para se tornar rainha. Os olhos escuros dele passeiam por todos nós de modo indiferente e, quando o rei gesticula para que se aproxime, ele sobe no estrado para se dirigir à mesa principal. Suas costas ficam ligeiramente voltadas para mim, e só vejo seu rosto de perfil. Ele não olha em minha direção.

Lembro-me de não inclinar a cabeça para escutar a conversa deles. Ouço algumas palavras sobre os navios e as instalações de inverno, e o rei diz a Thomas que vá se sentar para comer e manda imediatamente à mesa da família Seymour um ensopado de veado, acompanhado de folhados, uma torta e fatias de javali assado. Thomas faz uma reverência, senta-se ao lado do irmão e continua sem olhar para mim. Só sei disso porque, quando seus olhos recaem sobre mim, sinto um calor no rosto como se estivesse febril. Não preciso nem ver que ele está me olhando para isso acontecer. É como se meu corpo soubesse sem que eu tivesse consciência disso, como se ele pudesse me tocar sem me tocar.

Mas hoje não me sinto febril, e fico fitando o espaço à minha frente, assim como ele, de modo que nossos olhares não se encontram; recaem sobre objetos sem importância, em locais opostos do salão, como se jamais tivéssemos olhado nos olhos um do outro, como se jamais tivéssemos ficado de mãos dadas, com os corpos entrelaçados.

Depois do jantar, há uma mascarada no novo estilo, com os dançarinos escolhendo cortesãos como parceiros. Declarei que não vou dançar, e estou contente de ficar ao lado do rei, minha mão delgada apoiada em seu ombro largo, evitando assim o perigo de ter de dançar com Thomas. Acho que eu não suportaria ficar perto dele. Tenho certeza de que não conseguiria dançar. Acho que não conseguiria nem ficar de pé.

O rei assiste aos dançarinos, aplaude um ou outro. Mantém a mão em minha cintura, enquanto olho fixamente para as janelas, onde o pálido sol do inverno se pôs atrás das árvores do jardim. Ele desliza a mão para apalpar minhas nádegas. Controlo-me para não ter um sobressalto. Não olho para Thomas; fito cegamente a janela e, quando o rei me solta e posso me afastar, vejo que Thomas se retirou.

Palácio de Hampton Court, inverno de 1546

Na troca de presentes do Ano-Novo, a princesa Elizabeth me pede que a acompanhe na hora de entregar seu presente ao rei. Com a princesa Maria, vamos à câmara de audiências dele, onde Henrique está recebendo a corte e distribuindo presentes. Quase sempre dá uma bolsinha de dinheiro, e Anthony Denny se mantém a seu lado, discretamente avaliando o peso da bolsinha de cada beneficiário sorridente. Todos se afastam quando as princesas e eu entramos na sala, e faço uma mesura para Henrique. Abro caminho para que Elizabeth dê um passo adiante. Meus olhos percorrem o salão em busca de Thomas e vejo que ele está de pé próximo do rei, com uma bolsinha gorda na mão. Cuidadosamente, ele desvia os olhos de mim, e mantenho os meus em Elizabeth.

— Vossa Majestade, meu honrado pai — diz ela em francês, com a voz clara. Quando ele sorri, ela muda para o latim. — Eu trouxe seu presente de Natal. Não é uma preciosidade aos olhos do mundo, mas é um tesouro do Paraíso. Não vale nada se considerarmos quem o criou, porque fui eu, sua humilde filha, que fiz a tradução e o exemplar. Mas sei que Vossa Majestade adora a autora, sei que adora a obra, e isso me dá coragem de lhe oferecer esse presente.

Ela estende a linda tradução que fez das minhas orações particulares, convertidas para o latim, para o francês e para o italiano. Aproxima-se do pai, faz uma reverência profunda para ele e deixa o presente em suas mãos.

A corte aplaude, e o rei sorri radiante.

— Esta é uma obra de grande erudição e sensatez — afirma ele. — Publicada por minha esposa e aprovada por todos os estudiosos. E aqui está ela, traduzida por outra boa estudiosa em uma obra de grande beleza. Fico orgulhoso que minha esposa e minha filha sejam mulheres eruditas. O aprendizado é um adorno para uma boa mulher, não uma distração. E o que você tem a oferecer à sua madrasta? — pergunta ele a Elizabeth.

Ela se vira para mim e mostra meu presente. É outro livro traduzido, cuja capa ela bordou com o nome do rei e o meu. Solto uma exclamação de alegria e mostro o volume ao rei. Ele abre o livro e vê o título, escrito na letra meticulosa de Elizabeth. É a tradução para o inglês de uma obra de teologia do pensador reformista João Calvino. Apenas alguns anos atrás, isso teria sido heresia; agora é um presente, o que define precisamente o quanto nós progredimos; mostra o que Elizabeth tem permissão para ler e que a reforma é a nova religião.

O rei sorri para mim e diz:

— Você precisa ler e me dizer o que acha do livro e do nível de instrução de minha filha.

O arcebispo Thomas Cranmer vem a meus aposentos quando estamos estudando em silêncio e anuncia que gostaria de ler para nós as reformas que proporá ao rei, para saber nossa opinião. Olha de relance para a princesa Maria, que é devotada à Igreja tradicional; mas ela inclina a cabeça e diz ter certeza de que o bom bispo proporá apenas reformas fiéis a Deus e que, de qualquer forma, nada feito pelo homem é perfeito. Ana de Cleves ergue os olhos com interesse. Recebeu educação luterana, sempre desejou trazer o fervor religioso sincero à Inglaterra. Preciso tomar cuidado para não parecer triunfante. Essa vitória é de Deus, não minha.

Há um pequeno atril no canto de minha câmara de audiências onde os pregadores que nos visitam apoiam as Bíblias e livros, e Thomas Cranmer coloca ali seus papéis e nos olha com timidez.

— Sinto-me como se fosse pregar um sermão — diz, sorrindo.

— Nós adoraríamos — respondo. — Já tivemos muitos pregadores respeitados aqui, e o senhor, querido arcebispo, seria um dos melhores. — Ao receber um arcebispo reformista em meus aposentos, tomo o cuidado de não olhar para Ana de Cleves. Se eu acreditasse na confissão, precisaria admitir a culpa pelo pecado do orgulho.

— Obrigado — diz ele. — Mas, hoje, quero aprender com vocês. Acho que minha tarefa tem sido tirar os muitos acréscimos que a Igreja fez ao antigo ato da missa. O desafio é retirar as palavras e ações do homem e manter a intenção de Deus.

Anne Seymour e Catherine Brandon pegam o material de costura, mas não dão nem um ponto. Não finjo fazer nada além de ouvir. Junto as mãos no colo, e a princesa Elizabeth, sentada a meu lado, faz o mesmo. Ana de Cleves senta-se ao lado dela e passa o braço pelos ombros estreitos da menina. Preciso reprimir uma pequena pontada de ciúme descabido. É claro que ela ainda se vê como madrasta de Elizabeth. Também gostava da menina órfã. Assim o pecado surge nos momentos mais insignificantes da vida diária; mas, ora, por favor, ela foi madrasta de Elizabeth só por alguns meses!

O arcebispo lê sua lista de mudanças e suas explicações. Todo o ritual da Igreja, que não é descrito em nenhum lugar da Bíblia, que nunca foi exigido por Jesus, deve acabar. Fazer reverência à cruz, ajoelhar quando o padre assim ordena, tudo isso deve mudar. As antigas superstições, como tocar sinos na véspera do Dia de Todos os Santos para assustar os espíritos maus e dar boas-vindas aos santos, devem acabar. As estátuas em igrejas deverão ser rigorosamente inspecionadas para ver se têm algum truque, como olhos que se mexem ou feridas que sangram. Ninguém deverá rezar para as estátuas como se elas pudessem intervir na vida cotidiana, e elas devem ser mantidas descobertas durante a Quaresma.

— A Bíblia nos diz que Cristo jejuou no deserto — diz Cranmer, com sensatez. — É o único modelo que precisamos adotar na Quaresma.

Concordamos. Nem mesmo a princesa Maria pode defender o paganismo de vendar os olhos das estátuas ou cobrir suas cabeças com tecidos.

Cranmer leva as mudanças ao rei e volta exultante a meus aposentos.

— Stephen Gardiner ainda está em Bruges tentando conseguir o tratado com a Espanha, então o rei não tinha nenhuma voz contrária instando-o à tradição — observa ele, entusiasmado. — Não havia ninguém lá para me acusar de ter opiniões equivocadas. Os Howard não gostaram, mas o rei está cansado deles. Ouviu sem discutir. Na verdade, se mostrou interessado e até sugeriu mais reformas.

— É mesmo? — pergunta Ana de Cleves, acompanhando a conversa.

— Sim.

— Achei que ele sugeriria algo — afirma Catherine Brandon. — Ele conversou comigo sobre o perigo dos ídolos. Acha que o povo não entende que a cruz e as estátuas da Igreja estão lá para representar Deus. São símbolos, não objetos de fé. Não devem ser idolatrados por si próprios.

Sem virar a cabeça mais de um centímetro, Ana de Cleves volta os olhos para mim, para ver se notei o fato de que o rei faz confidências a Catherine Brandon e conversa com ela sobre a reforma religiosa. Ana de Cleves viu sua bela dama de companhia Kitty Howard servir ao rei, ausentando-se sem permissão dos aposentos da rainha. Agora seu olhar de esguelha para mim questiona: "Está acontecendo o mesmo com você?"

Ergo de leve as sobrancelhas. Não, não está acontecendo o mesmo comigo. Não estou preocupada.

— Foi o que ele disse para mim! — entusiasma-se o arcebispo Cranmer. — Ele sugere que ninguém deve se ajoelhar diante da cruz, ninguém deve se curvar para a cruz ao entrar na igreja, nem ir de joelhos da porta da igreja até a cruz na Sexta-Feira Santa.

— A cruz é o símbolo da crucificação sagrada — objeta a princesa Maria. — É venerada por aquilo que representa. Ninguém acha que seja um ídolo.

Faz-se silêncio.

— Na verdade, o rei pensa que o povo acha isso — corrige-a Catherine.

Imediatamente, Maria curva a cabeça em obediência à mulher que as pessoas acreditam ser amante de seu pai.

— Então tenho certeza de que ele tem razão — responde suavemente. — Quem saberia mais do que o rei o que o povo dele pensa? E ele disse a todos nós que Deus o designou juiz nesses assuntos.

⇿

Não podemos discutir as reformas de Thomas Cranmer sem mencionar a missa e não podemos discutir a missa porque é ilegal falar dela. O rei proibiu debates sobre essa cerimônia tão sagrada. Apenas ele pode pensar e falar.

— No entanto, podem me interrogar — ressalta Anne Askew depois de proferir seu sermão sobre o milagre do vinho nas bodas de Caná. — Posso falar sobre o vinho do casamento e sobre o vinho da Última Ceia, mas não sobre o vinho que o padre serve na igreja, diante dos nossos olhos.

— Não pode mesmo — respondo, em voz baixa. — Entendo seu ponto de vista, Sra. Askew, mas não pode dizer isso.

Ela inclina a cabeça.

— Eu jamais falaria de coisas que a senhora não quer mencionar. Jamais traria problemas à sua porta.

É como uma promessa entre duas mulheres honestas. Sorrio para ela.

— Sei que não faria isso. Espero que também não haja problemas para você.

— Qual é seu nome de casada? — pergunta Ana de Cleves, de súbito.

Anne Askew ri, iluminando seu lindo rosto.

— O nome dele era Thomas Kyme, Vossa Majestade — responde ela. — Mas não tenho nome de casada, pois nunca fomos casados.

— A senhora acha que está em seu poder decretar o fim do casamento? — pergunta a rainha divorciada, que agora é princesa e deve ser considerada irmã do rei.

— Em nenhum lugar da Bíblia consta que o matrimônio é um sacramento — responde Anne. — Não foi Deus que nos uniu. O padre diz que foi, mas não é verdade. Essa é a palavra da Igreja, não da Bíblia. Nosso casamento, como todo casamento, foi um ato do homem, não de Deus. Não foi um sacramento. Meu pai me obrigou a selar um acordo com Thomas, e, quando tive idade e compreensão suficientes, revoguei esse acordo. Reivindico o direito de ser uma mulher livre, com a alma igual à de qualquer homem perante Deus.

Ana de Cleves — outra mulher que foi casada sem ter escolha e se divorciou contra sua vontade — dá um breve sorriso para Anne Askew.

Thomas Cranmer volta para casa, triunfante, a fim de reunir as reformas aprovadas pelo rei em uma nova lei para apresentá-las ao Parlamento, mas Henrique manda uma mensagem dizendo-lhe que suspenda o trabalho e não faça nada.

— Precisei deter Thomas no instante em que recebi notícias de Stephen Gardiner — comenta o rei comigo, enquanto estamos assistindo a uma partida de tênis na quadra real. A conversa é pontuada pelas ruidosas batidas da raquete na bola e por intervalos em que a bola vai de um lado para o outro, com os jogadores correndo para acertá-la. Penso que a política religiosa do rei é assim: um grande avanço em uma direção e então um retorno imediato.

— Gardiner diz que está muito perto de conseguir um tratado com o imperador, em Bruges, mas o imperador faz questão de que não haja nenhuma nova mudança na Igreja na Inglaterra. Não danço conforme a música dele, não pense isso. Mas acho que vale a pena adiar a reforma para agradá-lo. Não quero aborrecê-lo agora. Preciso calcular o que faço, refletir como um filósofo, o tempo todo, sobre qualquer pequena mudança. O imperador quer um tratado comigo de modo a se sentir seguro para atacar os luteranos de seu império, sobretudo da Alemanha.

— Mas se ao menos... — começo.

— Ele vai exterminá-los, vai queimar todos como hereges, se puder. — Henrique sorri. Sempre se interessou por atitudes cruéis. — Disse que nada o impedirá de eliminá-los. De onde você vai encomendar seus livros heréticos agora, minha querida?

Balbucio um protesto, mas o rei não está me ouvindo.

— O imperador precisa da minha ajuda. Quer que fiquemos em paz com a França para continuar punindo os alemães até tornarem-se ortodoxos. Claro que não deseja que eu me afaste mais dos papistas, uma vez que ele defende a Igreja do papa.

— Mas com certeza, milorde, o senhor nunca devolveria a Inglaterra ao domínio do papa de Roma. Jamais decepcionaria nosso Deus para agradar ao imperador espanhol, certo? Não serviria às vontades mundanas e arriscaria sua honra.

Henrique aplaude uma boa jogada na quadra.

— Farei como Deus me orientar — responde de modo inexpressivo. — Os caminhos de Deus são misteriosos, e os meus também.

Viro-me para aplaudir com ele.

— Essa foi difícil! — exclamo. — Achei que ele não rebateria.

— Eu teria rebatido facilmente quando era jovem — comenta Henrique. — Fui campeão de tênis. Pergunte a Ana de Cleves. Ela se lembra do esportista que fui!

Sorrio para ela, sentada do outro lado dele, assistindo ao jogo. Sei que ela está ouvindo; sei que está pensando no que teria dito se estivesse em meu lugar. Sei que interviria pelo povo de seu país, que só deseja ler a Bíblia em sua própria língua e adorar Deus com simplicidade.

— Não lembra, princesa Ana?

— Ah, sim — confirma ela. — Sua Majestade era o melhor.

— Ela é uma boa companhia para você. — Henrique se vira para mim e murmura: — É agradável ter uma mulher bonita como ela na corte, não é?

— É, sim.

— E ela adora Elizabeth.

— Adora mesmo.

— Todos me dizem que eu nunca deveria ter acabado o casamento — diz Henrique, com uma breve risada contida. — Se ela tivesse me dado um filho, ele teria 5 anos agora, imagine só!

Sei que meu sorriso se esvaiu. Não sei o que pensar disso ou de toda esta conversa. Será que Henrique se esqueceu de que nunca consumou o casamento com a agora desejável Ana de Cleves, de que dizia a todos que ela era gorda demais, que não era virgem e que cheirava tão mal que ele não conseguia consumar o ato?

— Há quem diga que ela teve um filho meu — sussurra Henrique. Ele acena para incentivar o jogador que está perdendo, que agradece com uma reverência.

— Dizem isso?

— Bobagem, claro. Não preste atenção ao que as pessoas dizem. Você não dá ouvidos a esses rumores, não é, Catarina?

— Não.

— Porque... sabe o que estão dizendo na França?

Sorrio, pronta para achar graça.

— O que estão dizendo na França?

— Que você está doente e que vai morrer. Que vou ficar viúvo, livre para me casar novamente.

Forço uma pequena risada.

— Que ridículo! Mas o senhor pode assegurar o embaixador francês de que estou muito bem.

— Direi isso a ele. — Henrique sorri. — Imagine, eles pensando que eu me casaria com outra esposa. Não é ridículo?

— É mesmo. Ridículo. O que eles estão pensando? Quem contou isso a eles? De onde eles ouvem esses rumores?

— Portanto, nada de reforma — diz o arcebispo Cranmer para mim quando vou à igreja rezar e o encontro ajoelhado diante da cruz. Seu velho rosto parece cansado à luz das velas do altar. Ele estudou, refletiu e rezou pelas reformas de que a Igreja necessita, para em seguida descobrir que uma carta do bispo Gardiner havia feito o rei mudar de ideia novamente.

— Nada de reforma ainda — corrijo-o. — Mas quem pode duvidar de que Deus lançará a luz do saber sobre a Inglaterra e seu rei? Tenho esperança. Tenho fé, mesmo quando o progresso é tão lento.

— E o rei ouve a senhora — completa Thomas. — Tem orgulho da sua erudição e segue seus conselhos. Se a senhora continuar advertindo-o contra o poder e a corrupção de Roma, aconselhando-o a ser tolerante com o novo pensamento, nós avançaremos. Tenho certeza de que avançaremos. — Ele sorri. — Certa vez ele me chamou de "o maior herege de Kent". Ainda assim sou bispo e conselheiro espiritual dele. O rei tolera a argumentação das pessoas que ele ama. É generoso comigo e com a senhora.

— Ele sempre é bondoso comigo — confirmo. — Quando nos casamos, eu o temia, mas passei a confiar nele. Com exceção de quando ele está com dor, ou com raiva de alguma coisa, ou quando as coisas estão indo mal, ele sempre é paciente e generoso.

— Nós dois, que temos a honra do afeto e da confiança do rei, trabalharemos para o bem dele e do reino — promete Thomas Cranmer. — A senhora, com a causa da reforma na corte, fazendo de seus aposentos uma fonte do saber e ensinando a todos o caminho correto; e eu, mantendo o clero fiel à Bíblia. A Palavra, a Palavra; não há nada maior do que a Palavra de Deus.

— Hoje ele mencionou uma guerra contra os reformistas na Alemanha. Temo que o imperador esteja planejando um ataque terrível, um massacre. Mas não tive como me manifestar contra.

— Sempre haverá ocasiões em que ele não nos ouvirá. Apenas aguarde e fale quando puder.

— Ele também comentou alguns rumores de que Ana de Cleves teve um filho dele e que ela é um adorno à nossa corte. Disse que as pessoas estão comentando que estou doente, que provavelmente morrerei.

Thomas Cranmer me encara como se temesse o que posso dizer em seguida. Com delicadeza, pousa a mão em minha cabeça, me abençoando.

— Se a senhora nunca fizer nada errado, Deus a protegerá e o rei a amará — diz, em voz baixa. — Mas precisa ser completamente inocente de qualquer pecado, minha filha, completamente inocente de qualquer acusação. Deve sempre mostrar ao rei a fidelidade e a obediência de uma esposa. Certifique-se disso.

— Sou inocente de qualquer pecado — insisto, obstinada. — O senhor não precisa me advertir. Sou esposa de César: ninguém pode dizer nada contra mim.

— Fico feliz com isso — responde Thomas Cranmer, que viu duas rainhas adúlteras subirem os degraus do cadafalso sem as defender. — Fico feliz com isso. Eu não suportaria...

— Mas como posso pensar? Como posso escrever? Como posso falar da reforma com ele sem ofendê-lo? — pergunto sem rodeios.

— Deus a conduzirá — afirma o velho clérigo. — A senhora precisa ter coragem, precisa usar a inteligência e a voz que Deus lhe deu para não se deixar domar pelos velhos papistas da corte. Precisa ter liberdade para falar. Ele vai adorar isso em você. Não vacile. A senhora é a líder da reforma que Deus trouxe à corte. Tenha coragem, faça seu trabalho.

Palácio de Greenwich, primavera de 1546

Em fevereiro, o rei volta a ter febre.

— Ninguém sabe cuidar de mim como William Butts — diz ele, amargurado. — Morrerei por falta de bons médicos.

Ele pede que eu fique ao lado de sua cama, mas tem vergonha do cheiro do quarto, que nenhum óleo ou erva consegue disfarçar, e não gosta que eu veja sua camisa de linho molhada nas axilas e manchada na frente por causa do suor constante. No entanto, a situação é pior do que se pensa: ele está começando a achar que não é apenas sua saúde que vai mal, mas que a velhice está chegando. Ele se sente aterrorizado diante da ideia de morrer, e nada além de sua melhora irá mudar isso.

— O Dr. Wendy fará o melhor que pode pelo senhor — digo. — É tão leal e cuidadoso. E rezo pelo senhor todas as manhãs e todas as noites.

— E há notícias ruins de Bolonha-sobre-o-Mar — lembra ele, amargurado. — Aquele jovem idiota, Henry Howard, está pondo a perder tudo que conquistei lá. Ele é orgulhoso, Catarina. É vaidoso. Eu o convoquei de volta à corte e enviarei Edward Seymour para o lugar dele. Posso confiar em Edward para manter meu castelo em segurança.

— Ele manterá o castelo em segurança — tranquilizo-o. — O senhor não precisa temer.

— Mas e se eu não melhorar? — Os olhos dele, minúsculos no rosto inchado, me fitam cheios de medo, como uma criança. — Eduardo ainda é menor de idade, Maria se curvaria à Espanha em um instante. Se eu morresse agora, neste mês, a Inglaterra já estaria em guerra de novo por volta da Páscoa. Todos pegariam em armas, dizendo que estão lutando pelo papa ou pela Bíblia, e tudo o que fariam seria mergulhar o país em uma guerra civil. Os franceses nos invadiriam...

Sento-me ao lado dele na cama e seguro sua mão úmida.

— Não, não — murmuro. — O senhor vai melhorar.

— Se eu tivesse outro filho, eu ficaria em paz — diz ele, aflito. — Se você estivesse grávida, pelo menos eu saberia que existe a chance de um filho varão.

— Ainda não estou — respondo, com cuidado. — Mas não tenho dúvida de que Deus será generoso conosco.

Ele parece insatisfeito.

— Você será regente — lembra-me. — Tudo recairá sobre você. Você precisará manter a paz enquanto Eduardo cresce.

— Sei que vou conseguir — afirmo. — Porque seus conselheiros amam o senhor e prometeram lealdade a seu filho. Não haveria guerra. Nós cuidaríamos de Eduardo com muito amor. Os irmãos Seymour protegeriam o sobrinho. John Dudley os apoiaria. Thomas Cranmer serviria a ele como serve ao senhor. Mas isso nunca vai acontecer, porque o senhor vai ficar bom quando o tempo melhorar.

— Notei que você só citou reformistas — observa ele, os olhos desconfiados. — Você defende a causa reformista, como as pessoas dizem. Não está do meu lado, está do lado deles.

— Não, reconheço homens bons de todas as opiniões. Ninguém pode duvidar de que Stephen Gardiner ama o senhor e seu filho. Os Howard são leais ao senhor e ao príncipe Eduardo. Todos nós o protegeríamos e o levaríamos ao trono.

— Então você acha mesmo que vou morrer! — Ele parece triunfante por ter me encurralado. — Acha que vai sobreviver a mais um marido velho e se aproveitar de seu patrimônio. — O rosto se torna mais vermelho à medida que a raiva cresce. — Fica aí, sentada ao lado do meu leito de doente, imaginando o dia em que estará livre de mim, livre para se casar com um jovem inútil qualquer, um quarto marido! Você, que já se casou e se deitou com três homens, está pensando no próximo!

Engulo meu choque diante de sua fúria repentina e permaneço calma.

— Senhor meu marido, tenho certeza de que vai se recuperar dessa febre, assim como se recuperou das lesões de sua juventude. Eu estava tentando tranquilizá-lo para o senhor não ficar preocupado. Não rezo por nada que não seja sua saúde e sei que ela retornará ao senhor.

Ele me fita com ferocidade, como se quisesse enxergar além do meu olhar calmo e ver meu coração. Eu sustento seu olhar com firmeza, porque o que digo é verdade. Honro meu marido, amo-o como súdita leal e esposa honrada que prometeu amá-lo diante de Deus. Jamais penso em sua morte. Faz muito tempo que não sonho em ficar livre. Realmente acredito que ele vai se recuperar desta doença e seguir adiante, de novo e de novo. Este casamento será meu último. Posso ir para o túmulo amando Thomas Seymour, mas já não penso que um dia ficaremos juntos. Não existem circunstâncias imagináveis em que isso possa acontecer. Ele nunca me olha; guardo para mim meus pensamentos apaixonados e só vejo seu sorriso em raros sonhos eróticos.

— Não pode duvidar do meu amor por você — sussurro.

— Você reza por minha saúde? — pergunta o rei, mais calmo ao pensar em mim, ajoelhada diante do altar.

— Rezo. Diariamente.

— E, quando os pregadores vão a seus aposentos e vocês leem a Bíblia, conversam sobre a obediência de uma esposa ao marido?

— Conversamos. Todos sabemos que a esposa venera Deus no marido. Isso nunca é questionado.

— E você duvida do purgatório? — pergunta ele.

— Acho que um bom cristão vai para o Paraíso devido à graça salvadora de Jesus — respondo, com cuidado.

— Na hora da morte? Na exata hora, no exato minuto da morte?

— Não sei quando, exatamente.

— Então você irá pagar missas para mim?

Como responder a essa pergunta?

— Eu faria o que o senhor quisesse — prometo-lhe. — O que quer que Vossa Majestade preferisse. Mas não espero que isso aconteça.

A boca pequena dele treme.

— A morte — murmura. — Graças a Deus não temo nada. Só não consigo imaginar o país sem mim. Não consigo imaginar um mundo sem mim, sem o rei que me tornei, o marido que sou.

Abro um sorriso terno.

— Eu também não consigo.

— E sua perda. — Ele engasga. — Sobretudo a sua.

A tristeza dele me contagia; sinto lágrimas em meus olhos. Pego a mão dele e levo-a aos lábios.

— Ainda não. Ainda levará anos — asseguro-lhe. — Talvez nem aconteça. Talvez eu morra antes de você.

— É possível — responde ele, imediatamente animando-se. — Suponho que seja possível. Você pode morrer no parto, como tantas mulheres. Porque já está um pouco velha para ter um primeiro filho, não está?

— Estou — respondo. — Mas rezo para que Deus nos dê um filho. Talvez no verão, quando o senhor estiver bem de novo?

— Bem o bastante para ir para sua cama e fazer mais um herdeiro Tudor? — pergunta ele.

Baixo o olhar e assinto com a cabeça, recatada.

— Você anseia por mim — diz ele, os lábios úmidos, sorrindo.

— Anseio — sussurro.

— É claro! — diz o rei, mais animado. — É claro.

Apesar dessa promessa, ele segue febril e sente dores terríveis na perna por um longo e sombrio mês. O rei também não melhora na primavera, que chega devagar aos jardins do Palácio de Greenwich, dando vida às árvores e enchendo-as de folhas nas aleias à margem do rio. Os pássaros cantam tão alto que todo dia me acordam ao nascer do sol, que chega cada vez mais cedo e fica cada vez mais quente.

Os narcisos brotam e florescem ao longo das alamedas, suas cores vibrantes como um grito de alegria e esperança, mas o rei permanece em seus aposentos com uma mesa cheia de remédios, extratos, ervas e vidros de sanguessugas, as portinholas das janelas firmemente fechadas contra o perigoso ar fresco. O Dr. Wendy prepara medicamento após medicamento, tentando abaixar a febre e limpar a ferida supurante da perna de Henrique, que está se abrindo ainda mais, como uma boca ensanguentada, devorando a carne, seguindo em direção ao osso. Dois pajens são dispensados, um por desmaiar ao ver a ferida, outro por dizer na capela que deveríamos rezar pelo rei porque ele está sendo devorado vivo. Os amigos e cortesãos de Henrique se reúnem em torno dele como se fizessem um cerco contra a doença, e todos tentam melhorar sua posição perante o rei para o caso de não estarmos diante de apenas outro período de febre e dor, mas do início de algo derradeiro.

Cabe a mim jantar diante de todos, organizar os entretenimentos e garantir que a corte funcione tão bem sob minha administração quanto sob a do rei. Chego até a me reunir com os rivais Edward Seymour e Thomas Howard para avaliar se não há nada preocupante ou perigoso nos relatórios do Conselho Privado antes de serem levados ao rei. Quando os emissários espanhóis nos visitam com um novo tratado contra a França, para que o imperador possa dar prosseguimento à investida contra os luteranos e protestantes em sua terra, eles vêm a meus aposentos antes de se dirigirem ao rei.

Isso acontece de manhã, para evitar o constrangimento de uma visita durante o sermão de um dos pregadores da reforma. Os emissários ficariam horrorizados se esbarrassem com Anne Askew: uma reformista e mulher inteligente. É difícil para mim ter de sorrir e saudá-los sabendo que querem a amizade da Inglaterra apenas para ter força suficiente para caçar e assassinar homens e mulheres na Alemanha que acreditam no mesmo que nós acreditamos. Mas eles falam de seus planos confiantes de que servirei aos interesses de meu país antes de qualquer outra coisa, e cumpro meu dever, recebendo-os com educação e assegurando-lhes nossa amizade.

É de conhecimento geral que a tarde é o momento de nossos sermões e estudos. Os melhores pregadores da Inglaterra viajam pelo rio para comparecerem aos meus aposentos e falarem sobre a Palavra de Deus, sobre como ela pode ser aplicada à vida cotidiana e como os rituais criados pelo homem podem ser extinguidos, deixando a Igreja pura e limpa. Nessas longas semanas de Quaresma, temos alguns sermões inspiradores. Anne Askew vem várias vezes, e Hugh Latimer, com frequência. Alguns cortesãos vêm ouvi-los. Até mesmo um dos Howard, Tom, segundo filho do velho duque, faz uma reverência e pergunta se pode se sentar ao fundo para assistir. Sei que o duque ficaria perplexo ao saber que o filho pensa como eu, mas o fermento está se espalhando pela espessa massa da corte, e as pessoas ascenderão à virtude. Certamente não impedirei um jovem bondoso de se aproximar de Jesus, mesmo sendo ele um Howard.

Esses são os melhores teólogos da Inglaterra, amigos de outros grandes reformistas da Europa. Enquanto eu os ouço e às vezes debato com eles, sinto-me inspirada a escrever um novo livro, um livro que não menciono ao rei porque sei que, para ele, será ir longe demais. Mas estou cada vez mais convencida da verdade da visão luterana, sou cada vez mais contrária ao paganismo supersticioso da antiga Igreja, e quero escrever, preciso escrever. Quando me ocorre uma ideia, quando sussurro uma oração na capela, tenho o grande desejo de ver o pensamento no papel. Sinto como se eu só pudesse pensar ao ver as palavras fluindo da minha pena, como se meus pensamentos só fizessem sentido quando se tornam tinta preta em papel bege. Adoro a sensação de ter um pensamento e a visão da palavra na página. Adoro o fato de Deus ter dado a Palavra ao mundo e de que eu posso trabalhar da forma que Ele escolheu.

O rei deu início à reforma, mas, agora que está velho e temeroso, a interrompeu. Eu gostaria de que ele prosseguisse. A influência de Stephen Gardiner, mesmo a distância, parece frustrar qualquer novo pensamento. O poder da Espanha não deveria ditar as crenças dos ingleses. O rei deseja criar sua própria religião, um misto idiossincrático de todas as visões da cristandade, escolhendo elementos de que gosta, os rituais que o enternecem, as orações que o comovem. Mas não se pode adorar Deus dessa forma. O rei não pode se apegar aos gestos vazios de sua infância por sentimentalismo, não pode conservar os dispendiosos rituais que a Igreja tradicional tanto ama. Precisa pensar, precisa refletir, precisa liderar a Igreja com sabedoria, não com a nostalgia do passado e o medo da Espanha.

Terei de escrever com cuidado, sempre atenta ao fato de que, se puderem, meus rivais na corte lerão o livro e o usarão contra mim. Ainda assim, sinto-me impelida a dizer a verdade como a vejo. Chamarei este novo trabalho de *The Lamentation of a Sinner*, *O lamento de um pecador*, como eco ao título de um livro de outra nobre erudita, Margarida de Navarra, que escreveu *The Mirror of the Sinful Soul*. Ela teve coragem de escrever e assumir a autoria, e um dia também terei. Ela foi acusada de heresia, mas isso não a impediu de pensar e escrever, e também não me impedirá. Deixarei claro que é apenas pela fé pessoal e pelo comprometimento absoluto com Cristo que alcançaremos o perdão de nossos pecados e chegaremos ao paraíso. A mentira do purgatório, o absurdo das missas pagas, a superstição das indulgências e peregrinações, tudo isso não significa nada para Deus. Foi tudo criado pelo homem para ganhar dinheiro. Tudo o que Deus nos pede foi explicado pelo Filho Dele nos preciosos Evangelhos. Não precisamos das longas explanações dos eruditos, não precisamos da magia e dos truques dos monges. Precisamos da Palavra. De nada além da Palavra.

Sou o pecador do título, embora meu maior pecado eu mantenha oculto. Todos os dias peco ao amar Thomas. O rosto dele surge em minha mente quando estou sonhando, quando estou acordando e — o pior de tudo — quando estou rezando e deveria ter apenas a cruz como meu único pensamento. Meu consolo é saber que abri mão dele para que eu possa executar a obra de Deus. Abri mão dele por minha alma, pelas almas de todos os cristãos da Inglaterra, para que eles possam rezar em uma igreja legítima. Desisti do grande amor da minha vida por Deus e trarei a religião reformada à Inglaterra para que meu sofrimento tenha valido a pena.

Rezo por ele; temo que esteja em perigo constante. Seus navios receberam ordens de levar seu irmão, Edward, a Bolonha-sobre-o-Mar para ser o novo comandante, e também reforços. Passo uma longa noite em claro, pensando que Thomas pode atacar a frota francesa, ficando ao alcance dos canhões do litoral, para manter o irmão a salvo. Desço pela manhã, pálida, a fim de ver a partida de Edward Seymour. Ele está conduzindo seus homens a Portsmouth para o embarque.

— Vá com Deus — digo, em desalento. Não posso mandar uma mensagem para Thomas. Não posso nem dizer o nome dele, nem sequer ao irmão. — Rezarei pelo senhor e por todos que o acompanham. Desejo-lhe tudo de bom.

Ele faz uma reverência para mim, vira-se e despede-se da esposa, Anne, com um beijo. Em seguida, monta o cavalo, dá meia-volta para nos saudar como se fosse um herói em um retrato e parte, liderando seus homens para o sul, pelas estradas lamacentas que conduzem a Portsmouth. De lá eles prosseguirão pelos mares agitados, tempestuosos, varridos pelas fortes ventanias primaveris até a França.

Passamos várias semanas aguardando notícias de Bolonha-sobre-o-Mar. Ficamos sabendo que os homens desembarcaram em segurança e se preparam para enfrentar as forças francesas. Estamos novamente prestes a entrar em guerra, com Edward comandando o exército e Thomas comandando a marinha, mas eis que o rei decide que ainda não está pronto para lutar com os franceses e ordena que todos retornem. Diz que John Dudley e Edward Seymour precisam se reunir com os emissários franceses e estabelecer um tratado de paz.

Não penso na pequena tropa inglesa tentando defender Bolonha-sobre-o-Mar. Não penso na frota percorrendo os mares escuros, enfrentando as marés altas da primavera. Só penso que minhas orações foram atendidas por um Deus que se importa com seus filhos, um Deus que ama Thomas por sua coragem, como eu. Deus salvou Thomas Seymour porque rezei por ele com todo meu coração, meu coração pecador, meu coração atormentado. Vou à capela, ergo os olhos para a cruz e agradeço a Deus por não haver guerra e por Thomas ter escapado da morte mais uma vez.

Palácio de Whitehall, Londres, primavera de 1546

Estou sentada à minha mesa, cercada de livros, a tinta secando na ponta da minha pena enquanto tento encontrar a coisa certa a dizer, a maneira exata de expressar o conceito da obediência a Deus, parte tão fundamental das obrigações que Ele deu às mulheres. Nesse momento, a princesa Maria entra na sala e faz uma mesura para mim. As damas de minha corte erguem os olhos. Cada uma de nós tem nas mãos um livro — poderíamos estar posando para um retrato de um grupo de mulheres religiosas —, e ficamos alarmadas com a fisionomia séria de Maria, com o modo como ela se aproxima de minha mesa e murmura:

— Posso falar com Vossa Majestade?

— Claro, princesa Maria — respondo formalmente. — Quer se sentar?

Ela puxa um banquinho e senta-se à cabeceira da mesa, de forma a poder se inclinar para mim e falar bem baixo. Minha irmã, Nan, sempre a postos para me proteger de problemas, diz:

— Princesa Elizabeth, por que não lê para nós?

Elizabeth se põe diante do atril, apoia ali um livro e se oferece para improvisar uma tradução do latim para o inglês.

Vejo o sorriso carinhoso que Maria dirige à sua talentosa irmã mais nova, mas então ela olha para mim novamente, com o rosto sério.

— Você sabia que meu pai propôs um casamento para mim? — pergunta.

— Não sabia que ele já estava pronto para seguir adiante com essa ideia — respondo. — Ele falou comigo algum tempo atrás apenas sobre a possibilidade de um casamento. Quem é?

— Achei que você saberia. Vou me casar com o herdeiro do eleitor.

— Quem? — pergunto, completamente aturdida.

— Oto Henrique — diz ela. — Sua Majestade, o rei, quer criar uma aliança com os príncipes alemães contra a França. Fiquei muito surpresa, mas parece que, no fim das contas, decidiu se aliar aos luteranos alemães contra a Espanha. Eu me casarei com um luterano e serei enviada a Neuburgo. A Inglaterra vai se tornar luterana, ou pelo menos será completamente reformada.

Ela nota minha expressão perplexa.

— Achei que isso ia de acordo com as inclinações de Vossa Majestade — diz, cuidadosa. — Achei que isso a deixaria feliz.

— Posso até ficar feliz pela Inglaterra adotar a religião reformada e por estabelecermos uma aliança com os príncipes alemães, mas estou chocada com a ideia de você ir para a Baviera. Para um país onde pode haver uma rebelião religiosa, com seu pai aliado ao imperador? O que ele está pensando? Isso é enviá-la para o perigo, é forçá-la a enfrentar uma invasão de seus próprios conterrâneos espanhóis!

— E acredito que eu teria de adotar a religião do meu marido — murmura ela. — Não existe nenhuma intenção de proteger minha fé. — Ela hesita. — A fé de minha mãe — acrescenta. — A senhora sabe que não posso traí-la. Não sei o que fazer.

Isso vai contra a tradição, além de ser um desrespeito à princesa, à sua fé e à sua Igreja. Uma esposa deve criar os filhos na fé do marido, mas sempre tem o direito de manter a própria crença.

— Henrique espera que você se torne luterana? Protestante?

Ela põe a mão no bolso do vestido, onde sei que guarda o rosário da mãe. Imagino as contas frias e o crucifixo coral lindamente esculpido entre seus dedos.

— Vossa Majestade, lady mãe, a senhora não sabia?

— Não, minha querida. Ele mencionou que tinha planos para um casamento, nada mais. Eu não sabia que a questão tinha ido tão longe assim.

— Ele vai chamar o evento de Aliança Cristã. Ele será o líder.

— Sinto muito. Muito mesmo — sussurro.

— A senhora sabia que fui ameaçada de morte caso não jurasse que meu pai é o chefe supremo da Igreja? — sussurra ela. — Thomas Howard, o velho duque, ameaçou bater minha cabeça na parede até que ela ficasse mole como uma maçã assada. Eles me subjugaram como se eu fosse um animal. O papa me mandou uma mensagem dizendo que eu podia fazer o juramento, que ele me perdoava. Traí minha mãe naquele instante, traí a fé dela. Não posso fazer isso de novo.

Sem palavras, seguro suas mãos e as aperto com força.

— Tem alguma coisa que possa fazer, Catarina? — murmura ela, como uma amiga. — Tem alguma coisa que possa fazer?

— O que você quer?

— Salve-me.

Fico muda, tamanho meu choque.

— Vou conversar com ele — digo depois de um tempo. — Farei tudo o que eu puder. Mas você sabe...

Ela assente com a cabeça; ela sabe.

— Eu sei. Mas converse com ele. Fale em minha defesa.

Nessa tarde, temos um sermão sobre a vaidade da guerra, um discurso poderoso de um dos pregadores de Londres. Ele defende que todos os cristãos deveriam viver em paz porque, independentemente do modo como adoram a Deus, todos rezam a um único Deus. Os judeus também não deveriam ser perseguidos, porque o Deus deles é o nosso Deus — embora tenhamos maior compreensão sobre Ele. O pregador nos lembra de que Nosso Salvador nasceu de mãe judia. Ele Próprio nasceu judeu. Até os muçulmanos, na escuridão de sua ignorância, não deveriam ser atacados, porque também reconhecem o Deus da Bíblia.

É uma ideia tão estranha e radical que, antes de começarmos o debate, verifico se a porta está trancada, se as sentinelas estão longe o suficiente para não nos ouvirem e se estão mantendo afastados quaisquer desconhecidos. O pregador, Peter Lascombe, defende sua tese e apela para a fraternidade dos homens.

— E das mulheres — acrescenta, sorrindo, embora essa também seja uma afirmação muito ousada. Acho que deve ser heresia. Ele diz que, assim como na Espanha de antigamente, quando o país era governado por reis muçulmanos, todos que acreditam em Deus devem respeitar a fé uns dos outros.

Os inimigos devem ser aqueles que não acreditam em Deus e se recusam a aceitar Sua Palavra: os pagãos e os tolos.

Quando o pregador está prestes a partir, ele segura minha mão e faz uma reverência. Sinto em meus dedos um pedacinho de papel dobrado várias vezes. Deixo-o ir embora e aviso às minhas damas que vou estudar em silêncio pela hora seguinte. Sento-me à minha mesa e abro meus livros. Sem que ninguém me veja, escondida atrás dos grandes volumes, abro o bilhete. É de Anne Askew:

> *Escrevo para lhe dizer que um homem veio até mim alegando ser integrante do Conselho Privado e perguntou-me quando preguei para a senhora e se a senhora renega a missa. Não direi nada. Não mencionarei nome algum, jamais direi o seu. A.*

Levanto-me e vou até a pequena lareira que ilumina a sala enquanto a noite cai. Estendo as mãos como se quisesse aquecê-las e jogo o papelzinho nas brasas, onde ele é envolto em chamas e se encolhe, virando cinzas. Percebo que estou com frio e que minhas mãos estão tremendo.

Não entendo o que está acontecendo. Por um lado, a filha do rei, a princesa Maria, se casará com um luterano; por outro, as forças do papismo começam a ganhar terreno. Os Seymour estão longe da corte, Thomas Cranmer permanece na casa dele, não há ninguém para defender a nova religião junto ao rei além de mim. Sinto-me sozinha e não consigo decifrar esses sinais contraditórios. Não consigo entender o rei.

— A senhora está com cãibra nas mãos por escrever tanto? — pergunta Nan. — Uma de nós pode ser sua escrevente, se quiser, Vossa Majestade.

— Não, não — respondo. — Estou bem, está tudo bem.

Nan segue à frente das minhas damas no percurso até os salões da corte. Saí de meus aposentos particulares usando um novo vestido vermelho-escuro, e estou prestes a entrar em minha câmara de audiências quando ela vem para o meu lado como se fingisse endireitar os rubis em meu pescoço e sussurra:

— Lorde Edward Seymour escreveu para a esposa dele dizendo que há rumores na Europa de que o rei planeja repudiá-la. O rei lhe disse alguma coisa, qualquer coisa? Fez alguma crítica a você?

— Só o de costume — respondo, em voz baixa. — Que gostaria que eu estivesse grávida. Nan... você não acha...?

— Não — responde ela firmemente. — Um aborto seria sua sentença de morte. Acredite em mim. Deixe que ele queira um filho, ajoelhe-se para rezar com ele se for preciso, mas não dê à luz algo que ele consideraria um sinal do diabo.

— Mas e se a criança nascesse saudável? Nan, eu quero um filho. Tenho 33 anos! Quero um filho meu.

— Como poderia nascer saudável? A última criança com saúde que nasceu sem que a mãe morresse no parto foi a princesa Elizabeth. E metade da corte diz que ela é bastarda de Mark Smeaton, que era jovem e forte. Portanto, não nasce nenhuma criança legítima desde a princesa Maria, trinta anos atrás. Ele não consegue ter um filho saudável de uma mãe saudável. Da última vez, a mãe morreu.

Ela se abaixa e endireita a cauda do meu vestido de seda.

— Então o que devo fazer em relação a esses rumores? — pergunto quando ela se levanta.

— Enfrente-os — aconselha. — Reclame deles. E vamos rezar para que desapareçam. Não há nada que possamos fazer, de qualquer forma.

Com uma expressão soturna, assinto com a cabeça.

— Mesmo agora, mesmo com esses rumores se espalhando, estamos seguras, a menos que... — Ela faz uma pausa.

— A menos que...?

— A menos que eles venham do próprio rei — responde Nan, desolada. — Se ele disse que está cogitando uma nova esposa a alguém que repetiu isso em outro lugar... se ele for a fonte desses boatos, estamos perdidas. Mas ainda assim não há nada que possamos fazer.

Olho para Ana de Cleves no cortejo formado por minhas damas de companhia; ela está se preparando para o jantar com seu sorriso alegre, a ex-esposa que ele agora ama tanto que mantém na corte. Ela foi convidada para o Natal e continua aqui, embora já seja quase Páscoa. Atrás dela está Catherine Brandon, a viúva do amigo mais querido de Henrique, a linda menina que ele viu se transformar em mulher, talvez sua amante, talvez seu amor. E há as moças novas, bonitas, jovens o bastante para serem minhas filhas, jovens como era Kitty Howard quando ele a viu pela primeira vez, jovens o bastante para serem netas dele.

— Pelo menos Ana de Cleves poderia voltar para casa — observo, com súbita irritação.

— Vou providenciar isso — promete Nan.

Nessa tarde, sem aviso, Thomas Seymour vem à corte para falar sobre a força de combate da marinha e o crescente perigo que a França representa.

— Venha ouvir Tom Seymour. — O rei gesticula para que eu me aproxime da mesa de sua câmara de audiências. Segura minha mão, prendendo meus dedos entre os seus, de modo que não tenho opção a não ser ficar a seu lado, como se ansiasse por ele, minha mão em seu punho fechado, de frente para Thomas, ouvindo-o falar de navios construídos e restaurados, docas secas e molhadas, fornecedores, mercadores de cordas e fabricantes de velas. Ele diz que estão tentando tirar o *Mary Rose* do fundo do mar novamente. O navio talvez possa ser resgatado. Talvez possa voltar a velejar. Talvez consiga, como nosso rei, desafiar o próprio tempo e se manter em atividade para sempre, vivendo mais que o restante da frota, seguindo em frente quando já não há mais amor e lealdade, mantendo o futuro como refém. Uma embarcação viva, presa para sempre à sua madeira podre.

— Há um torneio de arco e flecha no jardim para o entretenimento de Vossa Majestade — digo. — O senhor conseguiria andar até lá?

— Consigo — responde ele. — Thomas, você deve ter visto que agora tenho uma máquina para me levar escada acima e abaixo. O que achou? Vai me trazer um guindaste do seu estaleiro? Vai buscar uma grua para mim em Portsmouth?

Thomas sorri para seu rei, os olhos calorosos de comiseração.

— Se a grandeza de espírito tivesse peso, Vossa Majestade, nada ergueria o senhor.

Henrique solta uma risada.

— Você é um bom rapaz! — exclama ele. — Acompanhe a rainha ao torneio e diga a todos que já vou. Eles podem ir se preparando para mim. Talvez eu próprio pegue um arco para ver como me saio.

— Deveria, Vossa Majestade, para mostrar a eles como se faz — recomenda Thomas, oferecendo-me o braço. Dirigimo-nos à porta, minha mão queimando na manga de seu casaco, ambos mantendo os olhos cautelosamente voltados para a frente, para os guardas, para os cortesãos que estão saindo, para a porta se abrindo, nunca um para o outro.

Em nosso encalço, vêm minhas damas com seus respectivos maridos; atrás deles, os acompanhantes do rei aguardam os pajens erguerem Henrique de sua cadeira. Alguém chama o Dr. Wendy para dar ao rei cerveja quente e um remédio que ajude a amenizar a dor, além de guardas para acomodá-lo em sua cadeira com rodas e conduzi-lo ao jardim como um javali morto em uma carroça.

As portas duplas que dão para o jardim são escancaradas pelos soldados da guarda assim que Thomas e eu nos aproximamos, e o ar caloroso da primavera, com cheiro de grama fresca, invade o palácio. Olhamos de relance um para o outro; é impossível não sentirmos prazer com a súbita sensação de liberdade e felicidade, com a luz do sol e com o canto dos pássaros, com a corte toda bem-vestida e preparando-se para mais um divertimento sem propósito no palácio mais lindo da Inglaterra.

Estou sorrindo pela simples alegria de estar com ele. Seria capaz de gargalhar. O sol aquece meu rosto, e os músicos começam a tocar. Thomas Seymour, com um gesto breve e sem ser visto, toca a mão que mantenho em seu braço, uma carícia rápida e invisível.

— Catarina — murmura.

Inclino a cabeça para a direita e a esquerda ao passar pelas pessoas que me cumprimentam. Thomas é alto, bem mais alto do que eu. Ele caminha mais devagar para acompanhar o meu ritmo, mas ainda assim caminhamos com imponência, a passos largos, como se fôssemos até Portsmouth embarcar em seu navio. Acho que combinamos muito um com o outro; que casal teríamos formado, que filhos teríamos tido!

— Thomas — respondo, em voz baixa.

— Meu amor.

Não precisamos dizer mais nada. É como fazer amor, as poucas palavras, o toque da pele quente, mesmo que seja através do tecido grosso da manga, um olhar rápido para o meu rosto radiante, a sensação de que estou viva agora e estive morta por meses. Todo esse tempo usei vestidos de mulheres mortas;

eu mesma estive morta. Mas agora me sinto viva novamente e tomada pelo desejo. Sinto-o como uma espécie de necessidade trêmula que me faz pensar "se eu pudesse me deitar com ele uma única vez, nunca pediria por mais. Se pudesse me deitar com ele apenas uma vez e sentir seu peso sobre mim, sua boca na minha, o cheiro dele, seu cabelo escuro em sua nuca, a pele lisa e bronzeada de seu pescoço, de seus ombros...

— Preciso falar com você — diz Thomas. — Você vai se sentar aqui?

Há um trono preparado para o rei e uma cadeira ao lado para mim, com duas cadeiras mais baixas para as princesas. Elizabeth se aproxima, sorri e enrubesce ao ver Thomas. Ele nem nota a presença dela, e a jovem dá meia-volta e retorna à linha de tiro, pega um arco, põe uma flecha na corda e puxa-a. Ocupo meu lugar, e ele se mantém de pé um pouco atrás da cadeira, inclinando-se para poder sussurrar em meu ouvido. Ambos mantemos os olhos no jardim e nos competidores que testam a corda dos arcos, fazem pontaria e jogam um pouco de grama no ar para verificar as condições do vento. Estamos completamente visíveis, expostos. Escondidos à vista de todos.

— Não se mexa, e mantenha o rosto impassível — adverte ele.

— Estou ouvindo.

— Ofereceram-me uma esposa — diz ele em voz baixa.

Pisco os olhos, nada além disso.

— Quem? — pergunto, apenas.

— Mary Howard, filha do duque de Norfolk.

É uma proposta extraordinária. Mary é viúva do adorado filho bastardo do rei, que ele nomeou duque de Richmond. Se não tivesse morrido, o rapaz poderia ter recebido o título de príncipe de Gales e ter se tornado sucessor do rei. Eduardo ainda não tinha nascido, e Henrique precisava de um filho; até mesmo um bastardo teria servido. Com a morte de Richmond, o rei se recusava a mencionar o nome dele, e Mary Howard, a pequena duquesa viúva, voltou a morar no grande castelo do pai, em Framlingham. Quando ela visita a corte, o rei sempre a cumprimenta calorosamente: ela é bela o bastante para atrair os galanteios dele. Mas eu não sabia que havia propostas para um segundo casamento.

— Por que Mary Howard? — pergunto, incrédula. Alguém faz uma reverência para mim, e eu sorrio e aceno com a cabeça para retribuir o cumprimento. Alguns arqueiros começam a formar uma fila para treinar. A princesa Maria caminha em nossa direção.

— Para que os Howard e nós, os Seymour, esqueçamos nossas diferenças — responde ele. — A proposta não é uma novidade. Eles já a fizeram antes, assim que ela ficou viúva. Dessa forma, os Howard se tornarão parentes do príncipe Eduardo. A princesa Elizabeth não basta para eles.

— Você não quis o casamento na época? — Posso sentir na boca um gosto amargo, como o do chá de arruda matutino. Dou-me conta de que é o gosto do ciúme.

— Também não o quero agora — retruca ele.

Quero beliscar meu próprio rosto, pois o sinto dormente. Quero sacudir as mãos e bater os pés. É como se eu estivesse congelada em meu trono, imóvel como gelo, e vejo a princesa Maria caminhando devagar pelo jardim em minha direção.

— Por que você o aceitaria? — pergunto.

— É vantajoso — afirma ele. — Uma rede de alianças para unir as famílias. Nós ganharíamos os aliados deles, nesse caso Gardiner e todos que pensam como ele. Daríamos um basta à luta incessante pela estima do rei. Poderíamos decidir juntos até onde deve ir a reforma, em vez de brigar ponto por ponto. E eles me concederiam uma fortuna com esse casamento.

Sei que é um bom negócio. Mary é filha de um duque e irmã de Henry Howard, um dos jovens comandantes do rei, que se mostrou descuidado em Bolonha-sobre-o-Mar mas continua sendo um de seus favoritos. Se Thomas se casar com ela, ela virá à corte, pedirá para ser uma de minhas damas. Terei de vê-lo passear com ela, dançar com ela, sussurrar em seu ouvido. Ela pedirá permissão para deixar meus aposentos mais cedo para ir à cama dele; viajará para encontrá-lo em Portsmouth. Será sua esposa; eu comparecerei ao casamento e ouvirei sua promessa de amá-la e honrá-la. Ela prometerá ser boa e alegre na cama e à mesa. Penso: jamais conseguirei suportar isso. Mas sei que preciso.

— O que o rei disse? — murmuro, afinal, a única pergunta que importa.

Thomas abre um sorriso torto.

— Disse que, se Norfolk quer arranjar um marido para a filha, que deve mesmo escolher um homem jovem e vigoroso que a satisfaça em todos os sentidos.

— Em todos os sentidos?

— Foi o que ele disse. Não fique se torturando. Isso foi há anos.

— Mas agora propuseram o casamento de novo! — exclamo.

Ele inclina a cabeça, como se eu tivesse feito uma boa observação em um debate do qual todos estariam convidados a participar.

— O que você vai fazer? — sussurro.

— O que você deseja? — responde ele, olhando para a rainha Elizabeth.

— Sou seu de corpo e alma.

— Meu pai vem assistir ao torneio? — pergunta a princesa Maria, juntando-se a nós e acenando com a cabeça em resposta à reverência de Thomas.

— Sim, já está vindo — respondo.

Nessa noite, quando estou indo para o jantar com minhas damas, encontro Will Somers no caminho. Ele está jogando uma bola para o alto e pegando-a com um copo, um joguinho tolo. Hesitamos ao passar por ele.

— Gostaria de tentar? — pergunta o bobo à princesa Elizabeth. — É mais difícil do que parece.

— Não pode ser — responde ela. — Estou vendo que é só pegar.

Will vira-se, pega outro copo e outra bola e os entrega a ela.

— Tente.

Ela joga a bola bem alto e estende o copo com confiança. Pega a bola com perfeição, e água espirra do copo em cima dela.

— Will Somers! — grita Elizabeth, correndo atrás dele. — Estou ensopada! Você é um miserável, um patife, um velhaco!

Em vez de correr, Will fica de quatro e sai trotando pela galeria, mostrando a língua, como se fosse um cachorro travesso. Elizabeth joga o copo nele, acertando seu traseiro. Will solta um ganido alto e sobe correndo a escada, fazendo todas nós rirmos.

— Pelo menos você o acertou — digo a ela. Nan me entrega um lenço, e seco o rosto risonho de Elizabeth e a renda da gola de seu vestido. — Ele a pegou, mas você devolveu na mesma moeda.

— Ele é um miserável. Vou virar um penico na cabeça dele da próxima vez que ele passar debaixo da minha janela.

Os cortesãos nos aguardam do lado de fora do salão. O rei, cansado depois da disputa de arco e flecha, jantará em seus aposentos esta noite.

— O que aconteceu? — pergunta Thomas Seymour a Elizabeth ao ver seu cabelo úmido. — A senhorita estava nadando?

— Will Somers e suas brincadeiras idiotas — responde ela. — Mas atirei um copo nele.

— Devo duelar com ele em seu nome? — indaga Thomas com um sorriso. — A senhorita me aceita como seu cavaleiro? Basta dizer que sim, e assumirei esse papel.

Vejo-a enrubescer. Ela o encara, muda, como uma criança perplexa.

— Nós o convocaremos — intervenho, para poupá-la.

Thomas faz uma reverência.

— Vou jantar com o rei. Virei ao salão depois — anuncia ele.

Sem dizer nada, as damas se posicionam em ordem de precedência. Ponho-me diante de todas. Em meu encalço, vem a princesa Maria, depois Elizabeth, e em seguida cada uma de minhas damas, entre elas Anne Seymour. Avançamos pelo salão abarrotado; os homens se levantam para me saudar, as mulheres fazem mesuras. Dirijo-me ao estrado, e meu intendente me ajuda a sentar em minha grande cadeira.

— Diga a Thomas Seymour que me procure quando deixar os aposentos do rei — digo, em voz baixa.

O jantar é servido muito mais rápido do que quando o rei fica pedindo porções extras e mandando os melhores pratos para várias pessoas no salão. Quando todos terminam, as mesas são limpas.

Thomas Seymour surge por uma porta lateral, fala com um homem e depois outro, e aparece a meu lado.

— Vossa Majestade gostaria de dançar? — pergunta.

— Não, irei ver o rei daqui a pouco — respondo. — Ele estava de bom humor?

— Ele me pareceu bem.

— Ele certamente vai me perguntar se você ainda ficará na corte, se permanecerá aqui por muito tempo.

— Pode dizer a ele que partirei para Portsmouth amanhã.

Nan se afasta, longe o suficiente para não nos ouvir, e Catherine Brandon e algumas outras damas tomam seus lugares em uma dança.

— O que você acha? — pergunta ele, de súbito. — Do meu casamento?

— Preciso dizer isso sem que ninguém saiba o que estou sentindo — respondo. — Preciso manter o rosto impassível como pedra.

— Precisa. Não temos escolha.

— Também não temos escolha em relação ao seu casamento. — Viro-me e sorrio para ele como se eu tivesse acabado de fazer um comentário interessante em uma conversa casual.

Ele assente com a cabeça educadamente e tira do bolso do casaco um caderninho cheio de desenhos de cordames e velas. Mostra as páginas para mim como se eu quisesse estudá-las.

— Você está dizendo que tenho de me casar com ela?

Viro uma página sem nada ver.

— Estou. Que desculpa você teria para recusar? Ela é jovem e bonita, provavelmente fértil. É rica e vem de uma grande família. Uma aliança seria boa para a sua família também. Seu irmão pediria a você que aceitasse. Como poderia recusar?

— Não posso. Mas e se você ficasse livre? E eu estivesse casado?

— Eu seria sua amante — prometo, sem hesitar nem por um instante. Mantenho meu rosto calmo, como se estivesse profundamente interessada no caderno que ele me mostra. — Se eu estiver livre, e você casado, eu serei sua amante, adúltera e pecadora. Mesmo que isso custe minha alma.

Ele solta um suspiro.

— Meu Deus, Cat, como eu a desejo.

Em silêncio, ficamos virando as páginas por alguns instantes, e então ele pergunta:

— E, quando eu estiver casado e feliz, e ela engravidar e me der um filho e herdeiro, e o menino tiver meu nome, e eu o amar e for grato a ela, você será capaz de me perdoar? Será minha amante mesmo assim?

Thomas nem me magoa com essa imagem, a pior que ele poderia ter evocado. Estou preparada para ela. Fecho o caderno e o devolvo a ele.

— Estamos além dessas coisas. Estamos além do ciúme, de querermos ser donos um do outro. É como se tivéssemos afundado com o *Mary Rose*: estamos além de sentir ódio um do outro, de perdoar um ao outro, de sequer ter esperança. Tudo o que podemos fazer é tentar nadar.

— Eles ficaram presos — observa Thomas. — Os marinheiros ficaram presos nas redes que esticamos sobre o convés para impedir possíveis abordagens. Deveriam ter pulado do navio enquanto ele afundava e nadado até terra firme, mas ficaram presos em sua própria sepultura e se afogaram.

Viro a cabeça e pisco os olhos para conter as lágrimas.
— Nós também estamos presos — digo. — Nade, se puder.

É claro que os Howard, sempre rápidos em obter qualquer vantagem possível, já estavam com Mary Howard em seus aposentos, pronta para a venda. Visitaram o rei antes que o jantar sequer fosse servido, a fim de pedir sua permissão para que ela se case com Thomas Seymour. O rei os recebeu em seus aposentos privados, onde estava reunido com alguns lordes, e concordou com a proposta. Enquanto eu jantava diante da corte no grande salão, cumprindo meu dever como rainha, os Seymour e os Howard conseguiam a aprovação do rei para que o casamento seguisse adiante. Enquanto eu dizia a Thomas que estávamos presos como seus marinheiros afogados, o rei bebia à saúde do jovem casal.

Anne Seymour traz a notícia às damas em meus aposentos. O marido dela lhe contou que o rei ficou satisfeito com o fato de que as duas grandes famílias inglesas se unirão em matrimônio e contente perante a ideia de sua nora se casar novamente.

— Vossa Majestade sabia? — pergunta-me Anne Seymour, curiosa. — Sua Majestade, o rei, comentou com a senhora?

— Não — respondo. — Estou sabendo agora.

Anne não consegue esconder a alegria de ter ouvido a notícia antes de mim, e sou obrigada a lhe permitir esse pequeno triunfo.

— Melhor assim — diz Nan quando vamos para meu quarto antes das orações noturnas.

— O que é melhor assim? — pergunto, irritada, ao me sentar diante do espelho e contemplar meu rosto pálido.

— Melhor mesmo tirar Mary Howard do caminho. O rei sempre gostou dela, e os Howard são desprovidos de sentimentos, têm apenas ambição. Eles não têm escrúpulo nenhum.

— Ela é viúva do falecido filho bastardo do rei — respondo com fingida paciência. — Dificilmente seria uma tentação para ele.

— É uma linda menina, e os Howard ofereceriam até a avó se lhes fosse conveniente — afirma Nan, sem dar atenção a meu mau humor. — Se você tivesse visto o que fizeram com Ana Bolena, se tivesse visto o que fizeram com todas as mulheres bonitas da família... porque Kitty Howard foi apenas uma de muitas... você ficaria satisfeita de ver Mary Howard em um casamento seguro.

— Ah, eu estou satisfeita — respondo, com frieza.

Nan espera minha camareira guardar as mangas de brocado dourado do meu vestido no baú perfumado, sob a janela.

— Você não se importa com ele? — pergunta, em voz muito baixa.

— Nem um pouco — respondo, firmemente. — Nem um pouco.

Thomas deixa a corte sem falar comigo, e não sei se vai direto a Portsmouth ou se vai a Suffolk para acertar os preparativos do casamento em Framlingham. Fico esperando os comentários de que Thomas Seymour se casou com uma herdeira e favoreceu a causa da reforma ao estabelecer uma aliança entre os Seymour e os Howard, o que deixará todos nós mais seguros na corte. Afinal, romper a aliança dos Howard com Stephen Gardiner enfraquece o poder do bispo. Fico esperando que Anne Seymour chegue aos meus aposentos se vangloriando de que o casamento foi realizado e que Tom Seymour o consumou. Mas ela não diz nada, e não posso perguntar. Temo tanto ouvir que ele está casado, que não pergunto.

Catherine Brandon bate à porta do meu quarto quando estou pondo meu vestido para o jantar e dispensa as criadas com um breve aceno de mão. Pelo espelho, vejo Nan erguer as sobrancelhas. Está sempre atenta a qualquer sinal de que Catherine estaria tirando vantagem da crescente estima do rei por ela.

— É importante — diz Catherine.

— O que foi? — pergunto.

— Tom Howard, o segundo filho do duque, foi chamado ao Conselho Privado. Está sendo interrogado. Sobre religião.

Ergo-me um pouco da minha cadeira, mas sento-me novamente.

— Religião — digo, inexpressiva.

— É uma investigação completa. Eu estava saindo dos aposentos do rei, e a porta da sala do Conselho Privado estava aberta. Ouvi os homens dizendo que Tom tinha sido chamado para responder a acusações, e que o bispo Bonner falaria sobre o que havia averiguado nas terras da família Howard em Essex e Suffolk. Ele foi lá para reunir provas contra Tom.

— Tem certeza de que é Tom Howard? — pergunto, temendo subitamente pelo homem que amo.

— Tenho, e os conselheiros sabem que ele ouviu sermões e estudou conosco. O bispo Bonner vasculhou todos os livros e papéis da casa dele.

— O bispo de Londres, Edmund Bonner? — Trata-se do homem que interrogou Anne Askew, poderoso defensor da Igreja tradicional, muito próximo do bispo Gardiner, um homem perigoso, vingativo, determinado. Minha influência e meu poder obrigaram-no a libertar Anne Askew, mas poucas pessoas saem do palácio do bispo sem se declararem culpadas de quaisquer crimes que ele mencione. Poucas saem sem hematomas.

— É, o próprio.

— Você ouviu o que ele tinha a relatar?

— Não. — Ela junta as mãos em um gesto de frustração. — O rei estava me observando. Não pude parar para escutar. Só ouvi o que estou contando à senhora. É tudo que sei.

— Alguém sabe. Alguém nos dirá. Chame Anne Seymour.

Catherine se retira do quarto, e ouvimos o som do alaúde cessar do lado de fora quando Anne Seymour deixa de lado o instrumento. Ela entra e fecha a porta.

— Seu marido comentou alguma coisa sobre o interrogatório do jovem Tom Howard? — pergunta Nan, sem rodeios.

— Tom Howard? — Ela balança a cabeça.

— Bem, vá para seus aposentos e descubra o que o conselho pensa que está fazendo — ordena Nan, furiosa. — Porque Edmund Bonner está vasculhando as terras da família Howard em busca de hereges, e o Conselho Privado está interrogando Tom Howard por heresia, e todos sabem que ele esteve aqui ouvindo nossos sermões. E muita gente sabe que Edmund Bonner libertou Anne Askew porque Sua Majestade, a rainha, pediu. Como agora ele tem a coragem de interrogar outro amigo nosso? Como pode ter a audácia de ir às terras da família Howard para fazer perguntas? Será que perdemos poder sem sabermos? Ou será que Gardiner se virou contra os Howard? O que está acontecendo?

Anne olha do meu rosto pálido para o rosto furioso de Nan.

— Vou lá descobrir — diz Anne. — Voltarei assim que souber. Talvez só consiga falar com ele no jantar.

— Vá logo! — ordena Nan rispidamente. E Anne, em geral tão atenta à sua própria importância, tão vagarosa em obedecer, retira-se às pressas do quarto.

Nan vira-se para mim.

— Seus livros. Seus papéis, o novo livro que você está escrevendo.

— O que têm eles?

— Precisamos tirá-los do palácio.

— Nan, ninguém vai vasculhar meus aposentos em busca de papéis. O próprio rei me deu esses livros. Estou estudando o que ele próprio escreveu, o que ele próprio comentou. Acabamos de concluir a liturgia juntos. O rei também gosta de estudar essa área. Ele está planejando uma aliança com os príncipes luteranos contra os reis católicos. Está liderando a Inglaterra rumo ao afastamento da Igreja Católica Romana, está nos aproximando da reforma...

— A liturgia, tudo bem — interrompe-me ela, esquecendo-se, em seu desespero, do respeito que deveria demonstrar à rainha. — Trabalhar nisso não lhe traz riscos, suponho, desde que concorde plenamente com o rei. Mas e seu livro? Como seria? O rei acharia que ele está em conformidade com *O livro do rei*? Será que sua obra secreta não é considerada heresia diante das leis dele? Das leis de Gardiner?

— Mas a lei está sempre mudando! — exclamo. — Mudando, e mudando de novo!

— Não importa. É a lei. E o que você está escrevendo vai contra ela.

Fico em silêncio.

— Para onde posso mandar meus papéis? — pergunto. — Onde é seguro? Devo mandá-los para alguém na cidade? Para Thomas Cranmer?

— Para nosso tio — determina ela. Vejo que já pensou nisso, que faz algum tempo que teme por mim. — Ele vai guardá-los em segurança. Vai escondê-los e ter a coragem de negar que existem. Vou embalar tudo enquanto você está no jantar.

— Minhas anotações sobre os sermões, não! A tradução dos Evangelhos, não! Preciso delas. Estou no meio de...

— Tudo — diz ela, com firmeza. — Tudo que não seja a Bíblia do Rei e os textos que ele próprio escreveu.

— Você não irá ao jantar?

— Estou sem apetite — responde. — Não irei.

— Você não perderia o jantar! — comento, tentando parecer alegre. — Está sempre com fome.

— Nunca fiz uma única refeição na Abadia de Syon quando morei lá, com Kitty Howard presa. Meu estômago revirava de medo. E é o que sinto agora.

O rei janta diante de sua corte no grande salão, enviando os melhores pratos a seus protegidos, erguendo seu copo em um brinde aos melhores amigos. A corte está lotada, pois os integrantes do Conselho Privado estão todos presentes, famintos depois do interrogatório de Tom Howard. Há muitos que ficariam felizes de ver o filho mais novo de uma família tão importante passar um tempo jogado no silêncio da prisão e sair de lá com o orgulho dos Howard ferido. As pessoas que ficaram ultrajadas pela constante ascensão do pai dele sentem prazer em humilhar o filho. Aqueles que têm crenças reformistas ficam felizes de ver um Howard sofrer. Os defensores da velha Igreja dirigem sua maldade ao jovem e ávido estudioso. Um mero olhar de relance para o salão me diz que Tom não está presente: nem à mesa dos jovens amigos e companheiros, nem à mesa da família Howard. Onde estará?

O pai dele, o duque de Norfolk, encontra-se completamente impassível à cabeceira da mesa da família, levantando-se para brindar ao rei quando ele lhes manda um pedaço imenso de carne e fazendo uma reverência respeitosa para mim. Não há como saber o que se passa na cabeça do velho homem. Ele é um grande aliado da antiga Igreja, devotado à missa, mas renegou suas próprias crenças e se voltou contra a Peregrinação da Graça. Embora seu coração estivesse ao lado dos peregrinos que se alistaram para defender a Igreja tradicional e lutaram sob o estandarte das cinco chagas de Cristo, o duque declarou lei marcial, ignorou os perdões reais e executou-os um a um em suas pequenas aldeias. Enforcou centenas de homens inocentes, talvez milhares, e se recusou a deixá-los ser enterrados em solo sagrado. Não sei ao que ele é leal, não sei o que ele ama, mas não há nada com que ele se importe tanto quanto manter sua posição ao lado do rei; está abaixo apenas de Henrique em riqueza e honra. Está decidido a fazer de sua casa a mais importante da Inglaterra.

Não entendo por que um homem assim, chefe de uma casa tão nobre, venderia a própria filha à família Seymour. O primeiro casamento dela foi com o sucessor bastardo do rei, e não há comparação. Como sempre, Thomas Howard está pensando em uma coisa e fazendo outra. Portanto, no que ele estará pensando ao propor esse casamento? O que Thomas Seymour terá de fazer quando se tornar genro do duque?

E como o duque, sabendo que seu segundo filho está sendo interrogado pelo Conselho Privado, consegue comer os pratos oferecidos pelo rei como um homem destemido? Como Thomas Howard, mesmo sem saber onde o filho pode estar, consegue manter a mão firme ao erguer a taça para o rei? Não consigo decifrá-lo. Não consigo imaginar qual será a sua próxima jogada nesta corte de velhos apostadores.

Haverá uma mascarada, com dançarinos, depois do jantar. A poltrona do rei é colocada sobre o estrado, assim como o escabelo, e fico de pé ao lado dele. Os cortesãos se afastam quando os dançarinos fazem sua grandiosa entrada, e Will Somers salta para longe quando os músicos começam a tocar.

Anne Seymour posiciona-se discretamente atrás de mim, a voz encoberta pela música. Inclina-se para sussurrar em meu ouvido.

— Propuseram soltar Tom Howard sem nenhuma acusação se ele admitir que pregam heresia em seus aposentos. Ameaçaram levá-lo a julgamento por heresia se ele não colaborar. Disseram que tudo que precisam saber são os nomes dos pregadores e o que eles dizem.

É como cair de um cavalo: de repente tudo fica mais lento, e em um piscar de olhos consigo ver como tudo isso começou e como terminará. Quando Anne Seymour diz que o Conselho Privado está me perseguindo por heresia, me caçando, é como se a corte congelasse, como se o reloginho dourado em meu quarto parasse de funcionar. Tom Howard é apenas a isca para chegarem até mim. É o primeiro passo. O objetivo sou eu.

— Pediram a ele que me entregasse? — Olho de esguelha para meu marido, que está sorrindo para os dançarinos e batendo palmas no ritmo da música, inteiramente alheio ao meu terror crescente. — O rei estava lá? Na reunião do Conselho Privado? Ele ouviu? Foi o próprio rei que pediu a eles que me acusassem de ser herege? Ele disse que me considerassem culpada?

— Não, graças a Deus. Não foi o rei.

— Então quem foi?

— Wriothesley.

— O lorde chanceler?

Ela assente com a cabeça, completamente aturdida.

— O homem mais importante da Câmara dos Lordes ordenou ao filho do duque que a chame de herege.

Cancelo a vinda dos pregadores que frequentam meus aposentos e, no lugar deles, convoco os capelães do rei para ler a Bíblia para nós. Não os convido a fazer comentários ou fomentar debates, e minhas damas não dizem nada, apenas ouvem em silêncio respeitoso, como se nenhuma de nós fosse capaz de pensar. Mesmo quando a leitura é de grande interesse para nós, algo que normalmente estudaríamos, talvez até recorrendo ao grego original para fazer uma nova tradução, apenas assentimos com a cabeça como se fôssemos freiras ortodoxas ouvindo as leis de Deus e as opiniões do homem, como se não tivéssemos capacidade de reflexão.

Seguimos para a capela antes do jantar, e Catherine Brandon, a nova preferida do rei, caminha a meu lado.

— Vossa Majestade, temo ter más notícias — começa.

— Pode falar.

— Um vendedor de livros de Londres, que há anos fornece textos para mim, foi preso por heresia.

— Sinto muito por isso — digo, mantendo a voz estável. — Sinto muito pelo seu amigo.

Certifico-me de não diminuir meu passo rápido enquanto caminhamos lado a lado pela galeria em direção à capela. Curvo a cabeça em cumprimento a um grupo de cortesãos, que retribuem com uma reverência.

— Não estou pedindo sua intercessão. Estou alertando-a. — Ela precisa se apressar para acompanhar meu ritmo. — Esse homem, um bom homem, foi preso por ordem do Conselho Privado. A ordem de prisão foi dada especificamente a ele, era nominal. Ele se chama John Bale. Costuma trazer livros de Flandres.

Ergo a mão.

— É melhor você não me dizer mais nada.

— Ele nos vendeu o Novo Testamento em francês que a senhora tem — prossegue ela. — E a tradução feita por Tyndale. Essas obras são proibidas.

— Não as tenho comigo. Dei todos os meus livros, e é melhor você se livrar dos seus, Catherine.

Ela parece tão assustada quanto eu.

— Se meu marido estivesse vivo, o bispo Stephen Gardiner jamais teria ousado prender meu vendedor de livros.

— Eu sei — concordo. — O rei jamais teria permitido que Charles Brandon fosse interrogado por alguém como Wriothesley.

— O rei amava meu marido. Então eu não corria perigo.

Sei que estamos ambas nos perguntando se ele me ama.

Palácio de Greenwich, verão de 1546

O ritual da corte prossegue, e eu — que outrora o comandava com segurança — me vejo aprisionada nele, seguindo em frente como um cavalo com antolhos. Tenho permissão apenas para correr dentro dos limites da cerca; estou cega ao mundo que se encontra além de minha visão estreita e amedrontada. A corte é transferida para Greenwich pelo prazer dos jardins no clima de verão, mas o rei raramente sai de seus aposentos. As rosas florescem nos canteiros, e ele não sente o aroma delas, denso no ar noturno. A corte flerta, brinca e realiza pequenas competições, mas o rei não brada conselhos nem oferece prêmios. Há passeios de barco e pesca, justas, corrida e dança. Preciso comparecer a todos os eventos, sorrir para cada vencedor e manter a vida normal da corte em seu devido curso. Mas, ao mesmo tempo, sei que as pessoas estão sussurrando que o rei está doente e não me deseja a seu lado. Que é um velho lutando contra a doença e a dor, enquanto todos podem ver sua jovem esposa assistindo às partidas de tênis ou às competições de arco e flecha ou andando de barco no rio.

Meu médico vem me ver quando estou cuidando dos meus pássaros. Dois casais de canários fizeram ninho, e uma gaiola tem agora um punhado de adoráveis filhotinhos, abrindo os bicos em uníssono e retesando as curtas asinhas pálidas.

— Não há nada errado comigo — digo, irritada. — Não pedi que fosse chamado. Estou perfeitamente bem. Viram o senhor entrar aqui, então, por favor, certifique-se de dizer a todos que estou perfeitamente bem e que não mandei chamá-lo.

— Sei que não mandou, Vossa Majestade — responde o Dr. Robert Huicke humildemente. — Sou eu que preciso falar com a senhora. Posso ver que está com sua saúde e beleza intactas.

— O que houve? — pergunto, fechando a porta da gaiola e virando-me para ele.

— É meu irmão.

Imediatamente, fico alerta. O irmão do Dr. Huicke é um conhecido reformista e erudito. Compareceu a sermões em meus aposentos e enviou-me livros de Londres para meus estudos.

— William?

— Ele foi preso. Foi uma ordem do Conselho Privado, e apenas ele foi detido. Nenhum dos outros eruditos com quem ele estuda foi levado. Ninguém de seu círculo próximo. Só ele.

— Lamento por isso.

Meu papagaio azul dá passinhos para o lado em seu poleiro, como se quisesse nos ouvir. Ofereço-lhe uma semente, que ele pega com as garras e com o bico, posicionando-a de modo a quebrá-la para comer o miolo. Ele joga a casca no chão e me fita com seus olhos inteligentes.

— Perguntaram a ele sobre suas opiniões, Vossa Majestade. Perguntaram quais autores a senhora cita, quais livros ele viu em seus aposentos, quem mais frequenta os sermões. Vasculharam a casa dele em busca de qualquer texto escrito pela senhora. Eles suspeitam de que seus papéis estejam em poder de meu irmão para serem publicados. Acho que podem estar buscando provas contra a senhora.

Estremeço como se sentisse frio, apesar do calor do sol de verão.

— Temo que o senhor tenha razão, doutor.

— Será que Vossa Majestade poderia falar com o rei a favor de meu irmão? A senhora sabe que ele não é herege. Ele tem opiniões sobre religião, mas nunca se manifestaria contra os decretos do rei.

— Falarei, se puder — respondo, com cautela. — Mas pode ver por si mesmo que não tenho influência no momento. Stephen Gardiner e seus amigos, o duque de Norfolk, William Paget e lorde Wriothesley, que eram meus amigos, trabalham contra os novos ensinamentos e encontram-se em ascensão.

Neste momento, com o rei sentindo tanta dor, são eles que o visitam em seus aposentos. São eles os conselheiros do rei, não eu.

— Vou conversar com o Dr. Wendy. Às vezes ele me consulta com relação à saúde do rei. Ele poderia mencionar o nome do meu irmão ao rei para pedir seu perdão, caso ele seja acusado.

— Talvez todos esses interrogatórios e investigações sejam apenas para nos assustar. Talvez o bom bispo só queira nos advertir.

O papagaio ergue e abaixa a cabeça, como se dançasse. Dou-me conta de que quer mais sementes e cuidadosamente estendo-lhe outra. Ele a pega com delicadeza, revirando-a com a língua preta e o bico, enquanto o Dr. Huicke prossegue em voz baixa:

— Quem me dera que fosse assim. A senhora não ficou sabendo de Johanne Bette?

Balanço a cabeça.

— Ele é irmão de um guarda seu. E os irmãos Worley, Richard e John também foram afastados do seu serviço para serem interrogados. Deus tenha misericórdia do pobre Johanne... ele foi condenado à morte. Se isso é uma advertência, ela foi escrita na tinta mais negra. São seus homens que eles estão interrogando, Vossa Majestade. São seus homens que subirão ao cadafalso.

Dos escuros aposentos reais, chega-nos um anúncio: Henrique está doente de novo. A febre causada pelo ferimento na perna arde em seu cérebro e penetra em todas as juntas de seu corpo dolorido. O Dr. Wendy entra e sai dos aposentos do rei, tentando um remédio após o outro. As portas se mantêm fechadas para quase todas as outras pessoas. Ficamos sabendo que estão aplicando ventosas, drenando o sangue do grande corpo inchado, fazendo punções, esfarelando pedaços de ouro sobre a ferida e depois lavando-a com jarros de suco de limão. O rei geme de dor, e guardas são posicionados para manter as pessoas afastadas da grande câmara de audiências e da galeria, de modo que ninguém o ouça chorar. Ele não pede para me ver; nem mesmo responde as minhas mensagens desejando-lhe melhoras, e eu não ouso entrar no quarto sem ser convidada.

Nan não diz nada, mas sei que se lembra de quando o rei se manteve trancado em seus aposentos, longe de Catarina Howard, enquanto vasculhavam a correspondência dela, as contas, procurando um pagamento ou um presente destinado a Thomas Culpepper. Agora, como naquela época, o rei se esconde em seus aposentos, observando, escutando, mas nunca se fazendo presente.

Há certos dias em que acordo pela manhã certa de que virão me buscar e de que subirei o rio até a Torre em minha barcaça real, minha nova barcaça real, que me deu tantos prazeres tolos. Na maré crescente, entrarei pela comporta e serei conduzida não aos aposentos reais, mas aos cômodos que dão vista para o gramado; aqueles onde ficam os prisioneiros. Alguns dias depois, verei pela janela gradeada a construção do cadafalso de madeira, sabendo que ele está sendo feito para mim. Um confessor entrará no quarto e dirá que preciso me preparar para a morte.

Nesses dias, não sei como sair da cama. Nan e as criadas me vestem como se eu fosse uma boneca fria com o rosto imóvel. Cumpro meus deveres de rainha, frequentando a capela, jantando diante da corte, caminhando pelo rio, jogando a bola para o pequeno Rig e assistindo aos jogos da corte, mas meu rosto se mantém rígido, meus olhos permanecem vidrados. Acho que, se vier o dia em que baterão à minha porta, passarei vergonha. Nunca encontrarei a coragem de subir os degraus do cadafalso. Nunca conseguirei discursar como Ana Bolena. Minhas pernas me faltarão, e os homens terão de me empurrar escada acima, como empurraram Kitty Howard. Não lutarei por minha vida como Margaret Pole. Não vestirei meu melhor casaco, como o bispo Fisher. Sou tão inadequada para essa incumbência quanto sou para meu casamento. Serei um fracasso diante da morte assim como fui um fracasso como rainha.

Outros dias, acordo alegre, certa de que o rei está agindo de acordo com o que ele disse ser a melhor maneira de governar: favorecer um lado e depois o outro, manter seus pensamentos em segredo, ser o dono da rinha de cães e deixar os animais brigarem diante de todos. Asseguro a mim mesma que ele só está me atormentando, como atormenta todos. Ele vai se recuperar e me chamar a seus aposentos, elogiar minha beleza e me lembrar de que não sou uma mulher erudita, me dar diamantes tirados de uma cruz peitoral quebrada, dizer que sou a esposa mais doce que um homem já teve e me vestir com as roupas de outra mulher.

— George Blagge foi preso — anuncia Nan em voz baixa ao caminharmos até a capela certa manhã. Ela segura minha mão quando tropeço. — Vieram buscá-lo ontem à noite.

George Blagge é um aventureiro gordo, que se tornou um dos favoritos do rei por causa do rosto feio e redondo e do hábito terrível de rir de piadas obscenas como se estivesse roncando. As pessoas contam piadas só para ouvir Blagge resfolegar e ver seu rosto ficar vermelho até não conseguir mais conter sua sonora gargalhada. O rei o chama de "seu amado porquinho", e Will Somers costuma imitá-lo, uma imitação que é quase tão engraçada quanto a realidade. Mas Will não voltará a fazer essa brincadeira.

— O que ele fez? — pergunto.

George Blagge não é nenhum tolo, mesmo com sua risada que soa como uma porca dando à luz. Ele já veio a meus aposentos para ouvir os sermões. Fala pouco e pensa muito. Não consigo acreditar que possa ter dito qualquer coisa que ofendesse o rei; para Henrique, ele é um companheiro de diversão, não um filósofo.

— Dizem que fez um comentário desrespeitoso com relação à missa e depois soltou uma risada — sussurra Nan.

— Soltou uma risada? — Olho para ela, minha expressão aturdida. — Mas é isso que ele faz; isso diverte o rei.

— Agora é desrespeitoso. E ele foi acusado de heresia.

— Por ter soltado uma risada?

Ela assente.

John Dudley, lorde Lisle, um homem em ascendência e defensor da reforma, volta da França com um tratado de paz no bolso. Enquanto Stephen Gardiner negociava com o imperador para obter a paz com a Espanha, sentenciando os reformistas à morte em troca de uma aliança com o papa, John Dudley se encontrava secretamente com o almirante francês, elaborando um acordo em que mantemos Bolonha-sobre-o-Mar nas próximas décadas e a França nos paga uma bela gratificação. Esse deveria ser o momento de triunfo de John Dudley, dos Seymour e de todos nós que somos a favor da reforma. Ganhamos a corrida em direção à paz; fizemos as pazes com a França e não com os espanhóis papistas.

Ele vem a meus aposentos para receber meus parabéns. A princesa Maria está a meu lado, tentando demonstrar coragem diante da reviravolta que revoga a aliança da Inglaterra com a família de sua mãe.

— Mas, milorde, se estamos em paz com a França, suponho que o rei provavelmente não fará uma nova aliança com os príncipes alemães e o eleitor palatino, não?

O rosto impassível da pobre Maria deixa claro para mim o quanto ela está ansiosa para ouvir a resposta.

— De fato, Sua Majestade não precisará da amizade dos príncipes alemães — responde John Dudley. — Temos uma aliança estável com a França, não precisamos de outra.

— Tampouco de casamentos — sussurro para Maria, e vejo-a enrubescer. Faço um pequeno gesto para dar-lhe permissão de se afastar, e ela se dirige à janela para se recompor.

Assim que ela vira de costas, o sorriso desaparece do rosto de John Dudley.

— Vossa Majestade, o que em nome de Deus está acontecendo aqui?

— O rei está prendendo quem é a favor da reforma — respondo, em voz baixa. — As pessoas estão desaparecendo da corte e das igrejas de Londres. Não faz nenhum sentido. Em um dia a pessoa está jantando na corte; no outro ela sumiu.

— Ouvi dizer que Nicholas Shaxton foi convocado a Londres para responder a acusações de heresia. Não pude acreditar. Ele era bispo de Salisbury! Não podem prender um homem que foi bispo.

Eu não sabia disso. Ele vê o choque em meu rosto. Prender um bispo do rei é voltar aos dias sombrios dos clérigos martirizados, quando John Fisher subiu ao cadafalso. O rei jurou que nunca mais permitiria tal crueldade.

— O bispo Hugh Latimer, que pregou para mim durante a Quaresma, foi convocado ao Conselho Privado para explicar os temas que abordou — digo a John Dudley.

— O Conselho Privado agora é formado por teólogos? Vão debater com Latimer? Desejo-lhes sorte.

— Stephen Gardiner certamente debaterá com ele. Gardiner defende os Seis Artigos. E é uma postura fácil de adotar, porque existe uma nova lei que proíbe as pessoas de se manifestarem contra os artigos.

— Mas os Seis Artigos são um retrocesso ao papismo! — exclama Dudley. — O próprio rei disse...

— Agora são a opinião expressa do rei — interrompo-o.

— A opinião dele por ora!

Abaixo a cabeça e permaneço em silêncio.

— Perdoe-me, perdoe-me. — John Dudley se recompõe. — A sensação que eu tenho é de que basta os Seymour, Cranmer e eu nos afastarmos da corte por cinco minutos que, quando voltamos, descobrimos que os velhos sacerdotes se apoderaram do rei e que todas as nossas conquistas foram derrubadas, junto com tudo em que acreditamos. A senhora não pode fazer nada?

— Não posso nem vê-lo. Não posso sequer pedir clemência pelos outros, pois nunca o vejo. Estou com medo do que dizem sobre mim.

Ele assente com a cabeça.

— Farei o que puder. Mas talvez a senhora deva limitar seus estudos.

— Já me desfiz dos meus livros — digo, amargamente. — Está vendo as prateleiras vazias? Meus escritos também.

Eu queria que ele dissesse que não havia necessidade de eu ter me desfeito de minha biblioteca. Mas ele apenas pergunta:

— E a senhora suspendeu os sermões e os debates?

— Ouvimos apenas os capelães do rei, e os sermões deles são os mais entediantes possíveis.

— Quais são os temas?

— Obediência da esposa — respondo secamente, mas nem mesmo isso faz com que ele sorria.

Hugh Latimer é ordenado a comparecer como suspeito diante do Conselho Privado, onde outrora falara como autoridade, e admite ter pregado sermões para mim, o que é inegável, posto que metade das esposas dos integrantes do Conselho Privado e mesmo alguns de seus membros estavam em meus aposentos. Ele afirma não ter dito nada herético nem nada que tendesse à reforma. Diz que pregou a Palavra de Deus e se manteve dentro dos atuais ensinamentos da Igreja. Os conselheiros o liberam, mas, no dia seguinte, prendem outro pregador que compareceu aos meus estudos vespertinos, o Dr. Edward Crome, e o acusam de negar a existência do purgatório.

Isso ele precisa admitir. É claro que ele nega a existência do purgatório. Se me perguntassem, ou perguntassem a qualquer pessoa que tenha algum bom senso, ninguém poderia apresentar evidências desse lugar. O Paraíso, sim:

Nosso Senhor fala dele. O inferno, sim: Ele o reserva aos pecadores. Mas nenhum texto bíblico sugere a existência de um lugar ridículo onde as almas devem esperar, onde podem ser salvas de seu sofrimento por intermédio de doações à Igreja ou de missas pagas. Simplesmente não existe nenhuma referência a isso, nenhum conhecimento que o corrobore. Portanto, de onde veio essa história? A autoria é evidente: trata-se de uma invenção da Igreja para ganhar grandes quantias de dinheiro em cima do sofrimento das famílias em luto e do medo dos pecadores moribundos. O próprio rei aboliu as missas pagas; como o purgatório pode existir?

Mas é o rei quem autoriza essas prisões; foi o rei quem autorizou todas elas, desde as primeiras detenções dos pregadores e das pessoas relacionadas a mim, na primavera. O Conselho Privado investiga, cita nomes e demanda explicações, mas apenas o rei decide quem é preso. Ele assina o mandado estendido sobre o lençol da cama, sua assinatura rabiscada com descuido, ou diz aos homens em quem confia, Anthony Denny e John Gates, que usem o selo de sua assinatura e o completem com tinta depois. Mas, de qualquer modo, o mandado é levado até ele para que seja obtida sua aprovação expressa. Henrique pode estar gemendo de dor, pode estar sonolento, entorpecido de analgésicos e vinho forte, mas ele sabe. Não se trata de um complô de papistas da corte contra minhas crenças e meus amigos sem o conhecimento do rei, aproveitando-se da doença e da fadiga dele. É um complô do rei, dele próprio, contra minhas crenças e contra meus amigos; talvez até contra mim mesma. É o rei pondo os cães para brigar, mas dessa vez favorecendo um lado em detrimento do outro, apostando uma fortuna no resultado. Ele está favorecendo meus inimigos contra mim, jogando-me, sua própria esposa, na rinha.

— Ela está aqui. Anne Askew está aqui, bem aqui! Neste momento! — Joan Denny entra correndo em meus aposentos e se ajoelha diante de mim, como se suas pernas fraquejassem.

— Ela veio me ver? — Não acredito que Anne se arriscaria tanto, sabendo que seus professores e mentores estão na Torre. — Ela não pode entrar. Diga-lhe que lamento, mas...

— Não! Não! Foi presa! Convocada pelo Conselho Privado. Está sendo interrogada agora mesmo.

— Quem contou isso a você?
— Meu marido. Ele disse que fará o que puder por ela.

Respiro fundo. Desejo dizer a Joan que Anthony Denny precisa se certificar de que meu nome não seja mencionado, ou, pelo menos, que não seja repetido ao rei. Mas estou com tanto medo, e com tanta vergonha do meu medo, que não consigo falar. Tenho muito medo do que Anne pode dizer ao Conselho Privado. E se ela disser que pregou heresias para nós, e que nós a ouvimos? E se disser que estou escrevendo meu próprio livro, cheio de conhecimentos proibidos? Mas não posso revelar a Joan — que ouviu os sermões comigo, que estuda comigo, que reza a meu lado — que o primeiro pensamento que me ocorre é salvar minha própria pele. Sinto medo e vergonha do meu medo.

— Que Deus a proteja — é tudo o que digo.
— Amém.

Eles a mantêm detida ao longo da noite, em algum canto deste imenso palácio. Enquanto minha criada me veste para o jantar, pergunto onde deve estar Anne Askew. Ela não sabe. Há dezenas de cômodos sem janela — porões, sótãos, salas de tesouro — e que podem ser trancados por fora. Se os homens não se importam com o conforto e a segurança de Anne Askew, podem simplesmente tê-la jogado em uma cela. Não ouso enviar ninguém à sua procura. Durante o jantar, o bispo Gardiner faz uma oração de agradecimento interminável, e eu curvo a cabeça e ouço-o entoar as palavras em latim, sabendo que metade do salão não consegue entender o que ele diz e que ele não se importa com isso, pois está apenas cumprindo seu ritual, seu ritual particular. Ele não se importa que as pessoas sejam como crianças que pedem pão e recebem pedra. Preciso esperar que ele termine sua divagação enfadonha antes de erguer a cabeça e acenar aos servos que entrem no salão. Preciso sorrir, comer e gerenciar o salão, gargalhar de Will Somers, enviar pratos a William Paget e Thomas Wriothesley como se eles não tramassem minha queda, curvar-me para o duque de Norfolk, que se senta à cabeceira da mesa de sua família, o rosto uma máscara impassível de charme cortesão, o filho reformista ainda desaparecido. Preciso me comportar como se não tivesse nenhuma preocupação no mundo, enquanto, em algum lugar deste grande palácio, minha amiga Anne come os restos frios do jantar da corte e reza ajoelhada para que Deus a mantenha a salvo.

— Chamaram-me para interrogar Anne Askew. — Meu irmão vem casualmente até mim enquanto a corte dança. Minhas damas, com um sorriso congelado, dispõem-se em grupos e acompanham os passos.

— Você vai se recusar?

— Como posso fazer isso? É um teste. Também estou sendo julgado, e, se eu falhar, eles partirão para você. Não, vou interrogá-la e torcer para que eu possa convencê-la a pedir clemência. Sei que ela não vai renegar suas crenças, mas talvez concorde em dizer que não entende do assunto.

— Ela conhece a Bíblia de trás para a frente. Sabe o Novo Testamento de cor. Ninguém pode dizer que ela não entende do assunto.

— Ela não pode debater com Stephen Gardiner.

— Acho que você vai ver que é exatamente isso que ela vai fazer.

— Então o que eu devo fazer? — pergunta William com súbita impaciência. Imediatamente, ele joga a cabeça para trás e solta uma risada, a risada de um cortesão, para fingir que está me contando uma história engraçada. Rio com ele e dou tapinhas em sua mão, meu irmão bem-humorado.

Will Somers passa por nós fazendo uma careta.

— Se vocês estão dispostos a rir sem motivo, podem muito bem rir de mim.

Bato palmas.

— Estávamos rindo de uma piada antiga, que não vale a pena ser repetida — respondo.

— São as únicas piadas que conheço.

Esperamos ele se afastar.

— Tente dar a ela uma saída sem se incriminar — sugiro. — Ela é uma mulher jovem, cheia de vida. Não está buscando o martírio. Vai se salvar, se puder. Só dê a ela uma saída. E vou tentar falar com o rei.

— O que ele está fazendo? — sussurra meu irmão. — O que ele pretende com isso? Virou-se contra nós? Virou-se contra você?

— Não sei — respondo. Vejo o rosto apreensivo de meu irmão e me dou conta de que cinco mulheres se sentaram aqui, nesta mesma cadeira, antes de mim, sem saber se o rei tinha se virado contra elas e, se sim, o que ele planejava fazer.

⤙⤚

Quando o jantar termina, peço a Nan que vá aos aposentos do rei para perguntar se posso vê-lo. Ela volta surpresa: serei recebida. Coloca em minha cabeça o capelo que me deixa mais bonita, puxamos para baixo o decote do meu vestido e passamos óleo de rosas em meu pescoço. Ela e Catherine me acompanham até o quarto de Henrique. Os guardas abrem a porta, e entro sozinha.

Sir Anthony Denny está presente, e também o bispo Gardiner. O Dr. Wendy encontra-se do outro lado do aposento com meia dúzia de criados prontos para levar o rei da cadeira à cama ao menor sinal, para ajudá-lo a se sentar na retrete ou se acomodar na poltrona de rodinhas de modo que ele possa ir à câmara de audiências e passar pelos cortesãos como uma grande imagem em uma procissão.

— Milorde — digo, fazendo uma mesura.

Ele sorri para mim e faz um gesto para que eu me aproxime. Inclino-me para beijá-lo, ignorando o fedor. Ele me abraça pela cintura com força.

— Ah, Cat. Você e a corte tiveram um bom jantar?

— Sentimos muito a sua falta — respondo, sentando-me em uma cadeira a seu lado. — Espero que o senhor melhore logo para se juntar a nós. Faz muito tempo que não temos o prazer de sua companhia.

— Estou certo disso — diz, alegremente. — Foi só a febre quartã que tenho de vez em quando. O Dr. Wendy disse que eu a enfrento como se fosse um garoto.

Assinto com a cabeça, entusiasmada.

— Sua força é extraordinária.

— Bem, os abutres podem estar pairando sobre mim, mas ainda não há nada para eles bicarem. — Ele indica Gardiner como se este fosse um abutre, e sorrio ao ver a expressão incomodada do bispo.

— Sou mais a cotovia que alça voo para cantar suas virtudes — responde Gardiner, em uma tentativa desajeitada de fazer um comentário bem-humorado.

— Uma cotovia, senhor bispo? — Inclino a cabeça, como se avaliasse a sobrepeliz branca e a estola preta que ele veste. — Está mais para andorinha, com suas cores.

— Você vê Stephen como uma andorinha? — pergunta Henrique, divertindo-se.

— Ele chega e, de repente, é verão — digo. — É um arauto. Quando o bispo está aqui, é como se fosse verão para o Conselho Privado, o clima é favorável às suas investigações. Hora de todos os velhos clérigos fazerem seus ninhos e gorjearem debaixo dos beirais. É a estação deles.

— Eles não vieram para ficar?

— Acredito que os ventos frios da verdade os levarão embora, senhor meu marido.

O rei ri. Stephen Gardiner assume uma expressão de fúria contida.

— Você o vestiria de outra maneira? — pergunta-me o rei.

Sinto-me ousada, incentivada pela risada dele. Viro a cabeça e sussurro em seu ouvido:

— O senhor não acha que o senhor bispo ficaria bem de vermelho?

Vermelho é a cor da veste dos cardeais. Se Gardiner conseguir levar o país de volta a Roma, o papa o nomeará cardeal no mesmo instante. Henrique solta mais uma risada.

— Catarina, você tem o humor mais afiado do que Will! O que acha, Stephen? Anseia por um capelo vermelho?

A boca de Stephen Gardiner se transformou em uma linha fina.

— Esse é um assunto sério, impróprio para brincadeiras. Impróprio para damas. Impróprio para esposas.

— Ele tem razão. — O rei de repente se mostra cansado. — Precisamos deixar nosso bom amigo defender a Igreja contra a heresia e o escárnio, Cat. É minha Igreja, não é assunto para debate ou humor. É uma questão a ser tratada com seriedade, não com zombarias tolas. Não há nada mais importante.

— Claro — respondo com doçura. — Claro, milorde. Tudo o que eu peço é que o bom bispo interrogue pessoas que se manifestam contra suas reformas. As reformas em si não devem ser questionadas. O bispo não pode querer que nós voltemos atrás, que nos afastemos do entendimento do senhor, que retornemos à época em que o senhor ainda não era o chefe da Igreja.

— Ele não fará isso — diz Henrique, apenas.

— As missas pagas...

— Agora, não, Catarina. Estou cansado.

— Vossa Majestade precisa descansar — digo rapidamente, levantando-me da cadeira e dando um beijo na testa dele, que está úmida de suor. — Vai dormir agora?

— Vou — responde ele. — Podem retirar-se. — Ele mantém meus dedos frios no aperto de sua mão quente. — Volte depois — diz para mim.

Certifico-me de não lançar um olhar triunfante para Stephen Gardiner. Esta partida eu ganhei, ao menos.

Não é nenhuma vitória, meu triunfo meretrício. O rei está febril e insone, impotente e irritado com isso. Embora eu faça tudo o que ele pede, como soltar o cabelo, tirar a camisola e até mesmo subir nele, sentindo-me humilhada enquanto ele passa as mãos pelo meu corpo, nada o excita. Ele me manda voltar para meu quarto a fim de dormir sozinho, e eu passo a noite inteira sentada junto à lareira imaginando em que lugar do palácio está Anne Askew, insone como eu, temerosa como eu, e se ela sequer tem uma cama para dormir.

A próxima jogada é no Conselho Privado, e eu não posso participar. As portas da sala do conselho estão fechadas, e dois soldados da guarda estão a postos diante delas, as lanças erguidas.

— Ela está aí dentro — murmura Catherine Brandon quando passamos pelas portas duplas de madeira, a caminho do jardim. — Trouxeram-na de manhã.

— Sozinha?

— Ela foi presa com o ex-marido, mas disse aos soldados que ele não tinha nada a ver com ela, e os homens o liberaram. Está sozinha.

— Eles sabem que ela pregou para mim?

— Claro, e sabem que foi a pedido seu que o bispo Bonner a libertou da última vez.

— Mas não temem minha influência? Ele temeu.

— Parece que sua influência diminuiu — observa ela.

— Como minha influência diminuiu? O rei ainda me recebe, ainda fala carinhosamente comigo. Ordenou que eu fosse à cama dele ontem à noite. Prometeu-me presentes. Todos os sinais indicam que ainda me ama.

Ela assente com a cabeça.

— Sei que sim, mas ele pode fazer tudo isso e discordar da sua fé. Agora ele concorda com Stephen Gardiner, com o duque de Norfolk e com os outros, Paget e Bonner, Rich e Wriothesley.

— Mas todos os outros lordes são a favor da reforma — protesto.

— Mas não estão na corte — argumenta ela. — Edward Seymour está ou na Escócia ou em Bolonha-sobre-o-Mar. É um comandante tão competente que está sempre viajando. O sucesso dele é nossa desvantagem. Thomas Cranmer está estudando em casa. Você não é recebida quando o rei está doente, e faz semanas que ele está doente. O Dr. Wendy não é um defensor da reforma como era o Dr. Butts. Para captar a atenção do rei, para manter o interesse dele no que quer que seja, é preciso estar na companhia dele o tempo todo. Meu marido, Charles, dizia que sempre ficava ao lado do rei porque sempre havia um rival disposto a tomar seu lugar. Você precisa ficar ao lado dele, Majestade. Precisa estar na presença dele o tempo todo para sustentar o nosso lado do debate.

— Eu entendo. Eu tento, mas como podemos defender Anne Askew diante do Conselho Privado?

Ela me oferece a mão quando descemos a escada que leva ao jardim.

— Deus a defenderá — responde. — Se os homens a considerarem culpada, imploraremos ao rei que lhe conceda o perdão. Você pode levar todas as suas damas até ele, ele vai gostar disso, e podemos nos ajoelhar. Mas não temos como fazer nada por Anne agora, enquanto ela está diante do Conselho Privado; só Deus a protegerá lá dentro.

O Conselho Privado passa o dia inteiro discutindo com a jovem de Lincolnshire, como se os argumentos dela, de uma mulher que tem menos de 30 anos e pouco estudo, precisassem de mais do que alguns segundos para serem refutados por seus integrantes. O bispo de Winchester, Stephen Gardiner, e o bispo de Londres, Edmund Bonner, discutem teologia com uma jovem que nunca esteve nos salões de uma universidade, e ainda assim não conseguem comprovar os erros dela.

— Por que passam tanto tempo com ela? — pergunto. — Por que simplesmente não a mandam de volta ao marido, se querem silenciá-la?

Estou andando de um lado para outro do quarto. Não consigo ler ou estudar, mas não posso ordenar que abram aquelas portas intimidantes. Não posso deixar Anne ali sozinha com seus inimigos, com meus inimigos, mas também não posso resgatá-la. Não ouso visitar o rei sem ser convidada. Espero vê-lo antes do jantar, espero que ele esteja suficientemente bem para vir jantar. E não suporto ficar ali, aguardando.

Ouvimos barulho lá fora, e os guardas abrem a porta para meu irmão e os três homens que o acompanham. Eu me viro para ele.

— Irmão?

— Vossa Majestade. — Ele faz uma reverência. — Irmã.

Ele hesita, não consegue falar. Com o canto dos olhos, vejo minha irmã, Nan, se levantar. Catherine estende a mão para ela. Anne Seymour arregala os olhos, boquiaberta, e faz o sinal da cruz.

O silêncio parece se estender por horas. Percebo que todos me olham. Lentamente, leio a expressão aturdida de meu irmão, com os guardas a seu lado. Lentamente, me dou conta de que todos acham que ele veio me prender. Posso sentir minhas mãos tremendo, e as entrelaço. Se Anne me incriminou, o Conselho Privado com certeza ordenou minha prisão. Seria do feitio deles enviar meu próprio irmão para me conduzir à Torre, como uma maneira de testar sua lealdade e confirmar minha queda.

— O que você quer, William? Você parece muito estranho! Meu querido irmão, por que você está aqui?

Como se minhas palavras tivessem acionado um mecanismo, o relógio sobre a minha mesa anuncia que são três horas da tarde com três breves badaladas de seu melodioso sininho. Os guardas fecham a porta.

— O interrogatório terminou? — Minha voz está embargada.

— Terminou — responde ele.

Vejo que seu rosto está sombrio e me apoio no encosto de uma cadeira.

— Você parece muito sério, William.

— Não tenho boas notícias.

— Diga logo.

— Anne Askew foi levada à Prisão de Newgate. Não conseguiram persuadi-la a se retratar. Ela será levada a julgamento por heresia.

O cômodo fica em silêncio, e tudo parece girar em um remoinho diante de meus olhos. Continuo apoiada no encosto da cadeira e pisco os olhos rapidamente.

— Ela não quis se retratar?

— Chamaram o tutor do príncipe Eduardo para persuadi-la, mas ela citou uma série de versículos da Bíblia e provou que todos na sala estavam errados.

— Você não conseguiu salvá-la? — pergunto, frustrada. — William, você não conseguiu dizer nada para salvá-la?

— Ela me deixou aturdido — responde ele, em desalento. — Olhou nos meus olhos e disse que era uma grande vergonha que eu a aconselhasse dessa forma, renegando meu próprio conhecimento.

Levo um susto.

— Ela o acusou de pensar como ela? Ela vai entregar as pessoas que acreditam no que ela acredita?

Ele balança a cabeça.

— Não, não! Ela teve muito cuidado com o que disse, foi meticulosa. Não mencionou nenhum nome. Nem o meu nem o seu ou de suas damas. Acusou-me de aconselhá-la contra meu próprio conhecimento, mas não especificou que conhecimento seria esse.

Sinto vergonha da minha pergunta seguinte:

— Alguém fez alguma menção ao meu nome?

— Acusaram Anne Askew de ter pregado em seus aposentos, e ela respondeu que muitos outros pregadores de diferentes crenças fazem o mesmo. Tentaram forçá-la a dizer o nome de suas amigas aqui. — Ele baixa os olhos, de modo que ninguém possa dizer que trocou um olhar com quem quer que seja. — Ela se recusou. Foi obstinada. Não forneceu nenhum nome. Era evidente, irmã, muito evidente, que a única coisa que queriam dela era uma prova das suas reuniões, de encontros heréticos. Ela teria sido liberada na mesma hora se a tivesse chamado de herege.

— Você está dizendo que eles querem a mim, não ela — murmuro, os lábios contraídos.

Ele assente.

— Era óbvio. Óbvio para todos. Ela sabe.

Fico em silêncio por um instante, tentando sufocar meu medo. Tento ser corajosa, como Ana Bolena foi corajosa. Ela protestou em favor da inocência do irmão, dos amigos.

— Existe alguma maneira de conseguirmos libertá-la? — pergunto. — Ela precisa ser levada a julgamento? Devo ir ao rei e dizer-lhe que a prenderam injustamente?

William olha para mim como se eu tivesse perdido o juízo.

— Cat... ele já sabe. Não seja boba. Gardiner não está agindo sem a autorização do rei; Gardiner faz apenas o que o rei deseja. O próprio rei assinou o mandado de prisão dela, aprovou que ela fosse levada a julgamento, ordenou que fosse mantida em Newgate. A essa altura, já preparou instruções para o júri. Ele já tomou sua decisão.

— Um júri deveria ser independente!

— Mas não é. O rei informará ao júri qual deverá ser o veredicto. Mas ela terá de passar pelo julgamento primeiro. A única saída dela seria se retratar no julgamento.

— Eu acho que ela não fará isso.

— Concordo.

— E o que vai acontecer depois?

Ele apenas olha para mim. Ambos sabemos o que vai acontecer depois.

— O que vai acontecer conosco? — pergunta meu irmão, desolado.

Para minha surpresa, o rei vem a meus aposentos com alguns nobres de seu séquito e do Conselho Privado a fim de nos acompanhar ao jantar. Faz muito tempo desde a última vez que o rei me conduziu ao salão. Os homens chegam fazendo alvoroço, como se celebrassem o retorno dele à corte. Henrique não consegue andar, sequer consegue ficar de pé sobre a perna ulcerada, mas vem em sua poltrona de rodinhas, com a perna enfaixada estendida à frente. Ele ri disso, como se fosse um ferimento temporário de justa ou caça, e a corte também ri, como se esperássemos vê-lo dançando daqui a um dia ou dois. Catherine Brandon diz que encomendará outra poltrona e que haverá uma justa de poltronas com a participação do rei, e ele diz que isso precisa ser feito, que teremos uma justa de poltronas amanhã. Enquanto o rei é empurrado na poltrona com rodinhas, Will Somers dança diante dele, finge cair e ser atropelado pelo avanço inexorável da imensa poltrona e do gigantesco homem reclinado sobre ela.

— Moloch! Fui atropelado por Moloch! — geme o bobo.

— Will, se eu o tivesse atropelado, não estaria aqui para se lamentar — avisa o rei. — Fique longe das rodas, bobo.

Will responde com uma cambalhota, esquivando-se da cadeira no último momento. Minhas damas soltam 'um grito assustado e gargalham como se fosse extremamente engraçado. Estamos todas nervosas, todas ávidas para manter o rei de bom humor.

— Juro que vou esmagá-lo com minha carruagem — grita Henrique.

— O senhor não me pega — responde Will com insolência, e imediatamente Henrique dirige-se aos dois pajens que estão empurrando sua cadeira, suados com o esforço, e ordena que eles persigam Will por minha câmara de audiências. O bobo dança e salta, equilibrando-se sobre os bancos, pulando para o assento junto à janela, correndo em torno de minhas damas, pegando-as pela cintura e girando-as de modo que o rei avance sobre elas, não sobre ele, e elas saem do caminho aos gritos, dando risadas. É uma grande brincadeira, com todos correndo para lá e para cá e com Henrique no centro de tudo, o rosto vermelho, gargalhando alto e gritando "Mais rápido! Mais rápido!". No fim, Will cai no chão e ergue um pedaço de pano branco, agitando-o para se render.

— O senhor é Hélio — diz para Henrique. — E eu sou só uma nuvenzinha.

— Você é um ótimo bobo — diz Henrique, com ternura. — Deixou os aposentos de minha esposa uma completa bagunça, assustou as damas dela e causou enorme confusão com suas tolices.

— Somos dois jovens bobos — responde Will, sorrindo para seu mestre. — Bobos como éramos aos 20 anos. Mas pelo menos Vossa Majestade é mais sábio do que era naquela época.

— Sou?

— Mais sábio e mais majestoso. Mais bonito e mais corajoso.

Henrique sorri, prevendo a piada.

— Sou mesmo.

— Vossa Majestade se tornou maior. Muito maior. O marido da rainha tem o tamanho de dois maridos da maioria das mulheres.

Henrique dá uma gargalhada e perde o fôlego tossindo.

— Você é um patife. Vá jantar com os cachorros na cozinha.

Will faz uma reverência graciosa e se afasta. Ao passar por mim, percebo um breve sorriso, quase como se me dissesse que fez o melhor que podia; tudo que preciso fazer agora é sobreviver ao jantar. Não pela primeira vez, pergunto-me quão bobo Will Somers é de fato: um sobrevivente de longa data desta corte perigosa.

— Vamos jantar? — pergunta-me o rei.

Sorrio, faço uma mesura e seguimos em frente, um cortejo estranho e desajeitado encabeçado pelo rei em sua poltrona, pelos pajens arfantes e por mim ao lado de meu marido. Minha mão está pousada sobre a dele, que, por sua vez, está apoiada no braço da poltrona; ele arqueja, o suor escorrendo pelo imenso corpo, manchando as axilas do casaco de seda dourada, empapando o colarinho. Eu me pergunto quanto tempo mais isso pode continuar.

— Vocês tiveram sermão hoje à tarde? — pergunta o rei, cortês, enquanto um servo com uma jarra dourada derrama água sobre suas mãos e outro as enxuga com um guardanapo de linho branco.

— Tivemos — respondo, estendendo as mãos para também receber a água fresca e perfumada. — O capelão de Vossa Majestade falou para nós sobre a graça. Foi muito interessante, muito instigante.

— Nada muito revolucionário — diz o rei, com um sorriso tolerante. — Nada que tornaria o jovem Tom Howard tão crítico, espero. Ele foi libertado da Torre, mas não posso deixá-lo aborrecer o pai de novo.

Sorrio como se isso não significasse nada para mim além de um comentário espirituoso.

— Nem um pouco revolucionário, Vossa Majestade. Apenas a Palavra de Deus e a compreensão de um clérigo sobre ela.

— Tudo bem quando é nos seus aposentos — diz ele, subitamente irritável. — Mas esses pregadores não podem levar essas discussões para as ruas e tabernas. Uma coisa são os eruditos debaterem, outra coisa é quando um aprendiz idiota e uma roceira tentam ler e entender essas ideias.

— Concordo. É por isso que Vossa Majestade foi tão generoso quando deu a Bíblia em inglês ao povo, e eles gostariam muito de tê-la de volta. Aí poderiam ler e aprender em silêncio. Teriam a chance de entender. Não precisariam se aglomerar em torno de um homem recitando a Palavra e outro explicando-a.

Ele vira o rosto grande para mim. O pescoço é tão grosso e as bochechas são tão gordas que o rosto parece quadrado, do colarinho branco e bordado do casaco até o cabelo ralo no topo da testa. É como receber um olhar de reprovação de um bloco de pedra.

— Não. Você não me entendeu — diz ele, com frieza. — Não dei a Bíblia ao povo para isso. Não acho que uma roceira de Lincoln deveria estar lendo e aprendendo. Não acho que deveria estar estudando e pensando. Não tenho nenhum desejo de melhorar o entendimento dela. E tenho certeza de que ela não deveria estar pregando.

Tomo um gole de vinho. Vejo que a mão que segura a taça não está tremendo. Do outro lado do rei, percebo a cabeça baixa de Stephen Gardiner, que janta mantendo os ouvidos atentos a nossa conversa.

— O senhor deu a Bíblia ao povo — insisto. — Queira o senhor mantê-la nas igrejas para que todos possam lê-la ou que seja lida com reverência no aconchego de casas mais abastadas, a decisão tem de ser sua. Foi presente seu; o senhor decide onde ela deve ficar. Mas há pregadores que leram e aprenderam a Palavra de Deus e a entendem melhor do que alguns dos homens mais importantes da Igreja. E por quê? Porque não foram à universidade para distorcer a lógica, inventar rituais e se orgulhar do próprio saber. Recorreram à Bíblia, apenas a ela. É lindo. Vossa Majestade, a devoção das pessoas simples é algo lindo. E a lealdade delas ao senhor e o amor delas pelo senhor são lindos também.

Ele se mostra um pouco apaziguado.

— Elas são leais? Não me questionam ao questionarem os ensinamentos da Igreja?

— Elas conhecem o pai que têm — respondo com firmeza. — Foram criadas na sua Inglaterra; sabem que o senhor faz as leis que as mantêm em segurança, lidera os exércitos que protegem o país e comanda os navios que defendem o litoral. Claro que amam o senhor como um santo pai.

Ele solta uma risada.

— Como um santo pai? Como um papa?

— Como um papa — respondo, a voz tranquila. — O papa nada mais é do que bispo de Roma. Ele lidera a Igreja na Itália. Quem é o senhor senão o maior dos clérigos da Inglaterra? O senhor é o chefe supremo da Igreja, não é? Está acima de todos os outros clérigos, não está? O senhor lidera a Igreja na Inglaterra.

Henrique se vira para o bispo Gardiner.

— Os argumentos da rainha são bons, você não acha?

Gardiner abre um sorriso fino.

— Vossa Majestade foi abençoado com uma esposa que adora discussões eruditas — responde ele. — Quem poderia imaginar que uma mulher seria capaz de argumentar tão bem? E com um marido que foi um leão do saber? Parece que ela domou o senhor!

O rei ordena que eu permaneça com ele depois do jantar, e tomo isso como um sinal de que o agradei. O Dr. Wendy lhe prepara um remédio para dormir enquanto a corte se encontra aglomerada ao redor do rei, a grande perna enfaixada estendida em meio ao círculo de rostos preocupados. Stephen Gardiner e o velho Thomas Howard se mantêm de um lado, e minhas damas e eu ficamos no lado oposto, como se fôssemos arrastar a poltrona do rei de um lado para o outro, competindo por sua atenção. Por um instante, olho para os rostos ao redor de meu marido, os sorrisos fixos dos cortesãos, o charme forçado de todos, e me dou conta de que estão todos tão apreensivos quanto eu, tão cansados quanto eu. Todos estamos aguardando o rei encerrar esta noite e dispensar nós todos. A bem da verdade, algumas pessoas ainda esperam a vinda de uma paz mais duradoura. Algumas pessoas esperam que ele morra.

Quem quer que ganhe a batalha pela atenção oscilante do rei agora ganhará também o próximo reinado. Quem ele proteger agora herdará um lugar de importância quando Eduardo subir ao trono. Meu marido já descreveu essas pessoas para mim como cães à espera dos seus favores, mas pela primeira vez vejo com meus próprios olhos e sei que sou uma delas. Meu futuro, assim como o dessas pessoas, depende de estar nas boas graças do rei, e esta noite não tenho certeza disso.

— A dor está muito forte? — pergunta o Dr. Wendy, em voz baixa.

— Está insuportável! — reclama o rei. — O Dr. Butts jamais teria deixado chegar a esse ponto.

— Isso deve ajudar — diz o Dr. Wendy humildemente, estendendo um copo. Irritado, o rei bebe o conteúdo. Vira-se para um pajem.

— Doces — diz abruptamente. O rapaz corre ao armário e traz uma bandeja de frutas cristalizadas, maçãs do amor, marzipã e folhados. O rei pega alguns e os esmigalha com os dentes podres.

— Deus sabe que a Inglaterra era mais alegre antes de toda aldeia ter um pregador — comenta Thomas Howard, expressando um de seus vagos pensamentos.

— Mas toda aldeia tinha um padre — argumento. — E todo padre recebia o dízimo, e toda igreja recebia doações, e toda cidadezinha tinha um monastério. Havia mais pregação naquela época do que agora, mas em uma língua que ninguém entendia, a um preço terrível para os pobres.

Thomas Howard, lento de raciocínio e mal-humorado, faz uma cara feia de reprovação.

— Não vejo o que as pessoas precisam entender — diz, obstinado. Ele olha para Henrique e vê o grande rosto de lua cheia virando-se de um lado para o outro. — Não aprovo tolos e mulheres que se consideram eruditos. Como aquela moça idiota de hoje.

Não ouso dizer o nome de Anne, mas posso defender suas crenças.

— Nosso Senhor falava em linguagem simples com pessoas simples, em parábolas que elas conseguiam entender, então por que não deveríamos fazer o mesmo? — pergunto. — Por que as pessoas não deveriam ler as histórias nas palavras simples do Filho de Deus?

— Porque elas não param! — diz Thomas Howard, erguendo a voz com súbita irritação. — Porque elas não leem e refletem em silêncio! Sempre que passo por St. Paul's Cross, há meia dúzia de pessoas grasnando sobre a Bíblia feito corvos! Quantas mais teremos de suportar? Quanto alvoroço deixaremos que elas façam?

Rindo, viro-me para o rei.

— Vossa Majestade não pensa assim, tenho certeza — afirmo, aparentando muito mais confiança do que de fato tenho. — Vossa Majestade gosta muito de discussões respeitosas sobre a Bíblia.

Mas o rosto do rei está azedo.

— Doces — repete para o pajem. — Damas, podem se retirar. Stephen, fique comigo.

É uma afronta, mas não deixarei Stephen Gardiner e o tolo do Norfolk acharem que estou ofendida. Levanto-me, faço uma mesura para o rei e lhe dou um beijo de boa noite na bochecha suada. Ele não agarra meus quadris quando me debruço sobre ele, e fico aliviada que a corte não o veja passando a mão em mim como seu eu fosse uma cadelinha. Aceno com frieza para o bispo e o duque, e ambos se mantêm em seus lugares.

— Boa noite, senhor meu marido, e que Deus o abençoe — digo com doçura. — Rezarei para que encontre alívio em sua dor pela manhã.

Ele grunhe uma despedida, e conduzo minhas damas para fora do quarto. Quando estamos nos retirando, Nan olha de relance para trás e vê que Stephen Gardiner foi convidado a se sentar e está conversando com o rei, as cabeças próximas uma da outra.

— Eu queria saber o que aquele falso padre está dizendo — diz minha irmã com irritação.

Ajoelho-me ao pé de minha cama de madeira lindamente esculpida e rezo por Anne Askew, que agora deve estar deitada em um colchão de palha fétido em Newgate. Rezo por todos os outros prisioneiros religiosos; por todos os que conheço, uma vez que vieram a meus aposentos conversar comigo; por aqueles que estiveram a meu serviço e agora estão sendo obrigados a me trair e pelos que jamais conhecerei: na Inglaterra, na Alemanha e longe daqui.

Sei que Anne vai aguentar firme por causa de sua fé, mas não suporto pensar nela deitada no escuro, ouvindo o ruído de ratos andando pelos cantos e os gemidos de outros prisioneiros. A pena por heresia é morte na fogueira. Embora eu tenha certeza de que nem Gardiner nem o rei dariam a uma jovem moça, a uma jovem dama, um fim tão brutal, a ideia de ela enfrentar um julgamento público já basta para me fazer estremecer e enterrar o rosto nas mãos. Tudo o que ela disse foi que o pão da missa é pão, que o vinho da missa é vinho. Certamente não podem mantê-la na prisão por dizer nada além do que todos já sabem, não é?

Nosso Senhor disse "este é meu corpo, este é meu sangue", mas Ele não era nenhum vigarista como os padres falsos que fazem pingar tinta vermelha das feridas das estátuas. O que ele quis dizer foi: "Pense em mim quando você come o pão, pense em mim quando bebe o vinho. Consuma-me em seu coração." A liturgia de Thomas Cranmer deixa isso claro, e o próprio rei concorda com esse texto. Fomos nós que o publicamos; pode ser lido em inglês. Então por que Anne precisa dormir em Newgate esta noite e enfrentar um julgamento, por que o bispo de Londres exige que ela se retrate, quando não disse nada além do que o rei da Inglaterra decretou?

Está tarde quando finalmente me deito, e Nan já está dormindo em seu lado da cama. O lençol está frio, mas não chamo a criada para aquecê-lo. Tenho vergonha do luxo do lençol macio e dos bordados brancos sob a ponta de meus dedos. Penso em Anne deitada em sua cama de palha, em Thomas em um beliche apertado no oceano, a cabine oscilando à sua volta, e me dou conta de que não tenho qualquer sofrimento. No entanto, me sinto infeliz, como uma criança mimada.

Adormeço quase de imediato e quase de imediato sonho que estou subindo uma escada circular em um velho castelo. Não se trata de um de nossos palácios: é frio e úmido demais para ser uma das residências do rei. Apoio a mão na parede, e há gelo debaixo das janelas estreitas. A escada é escura exceto pelos feixes de luz da lua que as janelas deixam entrar. Os degraus estão gastos e irregulares. Mal vejo onde piso entre uma janela e outra. Ouço alguém sussurrando no pé da escada, a voz ecoando torre acima "Trifina! Trifina!" e solto um pequeno gemido de medo, pois agora sei quem sou e o que encontrarei.

A escada conduz ao alto da torre, onde há três pequenas portas de madeira. Não quero abri-las e não quero entrar nos cômodos; mas meu nome sendo sussurrado escada acima, "Trifina!", me obriga a seguir em frente. A primeira porta tem uma aldraba, que giro, erguendo o ferrolho do outro lado da porta. Não quero imaginar quem pode estar ouvindo isso, quem pode estar aí dentro, virando-se para a porta, vendo o ferrolho se erguer... mas sinto a porta ceder e abro-a. Vejo o pequeno interior sob o luar que entra pela janela estreita. Enxergo o bastante para discernir um mecanismo que ocupa todo o cômodo.

A princípio, penso que é algum tipo de máquina de tecelagem para fazer tapeçarias. É uma cama suspensa com um grande rolo de cada lado e uma alavanca no meio. Então me aproximo e vejo uma mulher presa ali, os braços puxados para cima, terrivelmente torcidos; os pés, amarrados na extremidade de baixo, dobrados como se as pernas estivessem quebradas. Alguém amarrou as mãos e os pés dela e puxou a alavanca para os rolos girarem. Isso deslocou os ombros e os cotovelos; os quadris, os joelhos e até os tornozelos estão quebrados. A dor transformou seu rosto em uma máscara branca, mas ainda assim reconheço Anne Askew. Saio aos tropeços do quarto de tortura e corro para a porta seguinte. Este cômodo está vazio, silencioso. Respiro fundo, sentindo um alívio momentâneo por não haver nenhuma outra cena de horror à minha frente, mas de repente sinto cheiro de fumaça. Tem fumaça subindo das tábuas do chão, que estão ficando cada vez mais quentes. Agora, no estranho desenrolar do sonho, também estou presa, as mãos atadas às costas. Estou de pé, amarrada a uma estaca, presa por correntes de modo que não consigo me mexer, e meus pés já não estão mais tocando as tábuas do chão, e sim inquietos sobre uma pilha de lenha. Está cada vez mais quente, há fumaça em meus olhos e em minha boca, e começo a tossir. Aspiro e sinto a garganta arder com a fumaça quente. É quando vejo o tremeluzir da primeira chama na lenha sob meus pés e tusso novamente, tentando me desvencilhar. "Não", digo, mas a fumaça não me deixa falar e, quando respiro, o calor queima minha garganta e eu tusso e tusso...

— Acorde! — diz Nan. — Acorde! Tome. — Ela põe um copo de cerveja em minha mão. — Acorde!

Agarro-me ao copo frio, minhas mãos sobre as dela.

— Nan! Nan!

— Calma. Você está acordada agora. Está a salvo.

— Sonhei com Anne.

Continuo tossindo, como se a fumaça ainda ardesse em meu pulmão.

— Que Deus a abençoe e a proteja — diz Nan no mesmo instante. — O que você sonhou?

A terrível nitidez do sonho já está se desvanecendo em minha mente.

— Acho que eu a vi... acho que vi o cavalete...

— Não há cavaletes em Newgate — afirma Nan, pragmática. — E ela não é uma traidora comum para ser torturada em um cavalete. Não torturam mulheres, e ela é filha de um nobre. O pai serviu ao rei, ninguém pode encostar o dedo nela. Você só teve um pesadelo. Não significa nada.

— Não a torturariam? — Pigarreio.

— Claro que não. Muitos deles conheciam o pai de Anne, e o marido dela é um fazendeiro rico. Vão deixá-la presa por alguns dias, para dar um susto nela, e mandá-la para a casa do coitado do marido, como já fizeram.

— Ela não vai ser levada a julgamento?

— É claro que dirão que precisa ser julgada e vão ameaçá-la com um veredicto de culpada. Mas vão mandá-la para a casa do marido e dirão a ele que lhe dê uma surra. Ninguém vai torturar uma dama que tem um pai nobre e um marido rico. Ninguém vai levar uma mulher com a capacidade de argumentação dela a um tribunal público.

Apesar das palavras de Nan, não consigo dormir, e na manhã seguinte peço às minhas criadas que belisquem minhas bochechas e passem ruge em meu rosto, na tentativa de deixar minha aparência menos abatida. Não posso parecer uma mulher que não consegue dormir de tanto medo, e tenho ciência de que a corte está me observando. Todos sabem que minha pregadora está na Prisão de Newgate; preciso me mostrar totalmente indiferente. Conduzo minhas damas à capela e depois ao desjejum, agindo como se estivéssemos de bom humor, e o rei pessoalmente, transportado em sua poltrona com rodas, encontra-me à porta do grande salão. Ali, para minha surpresa, como Lázaro ressurgindo da sepultura, surge George Blagge, solto da prisão, gordo e alegre como sempre, um homem acusado de heresia que retornou à presença do rei como um amigo que volta de uma aventura.

O semblante de Stephen Gardiner está fechado como um céu tempestuoso. Atrás dele, Sir Richard Rich lança um olhar mal-humorado a George — que foi jogado na prisão apenas por ter frequentado os sermões em meus aposentos — quando ele se ajoelha diante do rei e ergue o rosto radiante em sua direção.

— Porquinho! Meu porquinho! — brada Henrique, rindo e inclinando-se para a frente a fim de pôr o homem de pé. — É você? Você está bem?

George solta uma risada resfolegante de alegria, e, de imediato, Will Somers a imita, como se um rebanho de porcos estivesse celebrando seu retorno à corte. O rei solta uma gargalhada; até William Paget esconde um sorriso.

— Se Vossa Majestade não tivesse sido tão generoso com seu porquinho, a essa altura eu já estaria assado! — exclama George com entusiasmo.

— Teríamos toucinho defumado! — responde o rei. Ele se vira em seu assento e estreita o olhar na direção de Stephen Gardiner. — Independentemente de onde vai chegar sua caça aos hereges, as pessoas que eu amo estão isentas disso. Há uma linha que eu espero que você não cruze, Gardiner. Não se esqueça de quem são meus amigos. Nenhum amigo meu poderia ser herege. Ser amado por mim é fazer parte da Igreja. Sou o chefe da Igreja: ninguém pode me amar e estar fora dela.

Em silêncio, aproximo-me e pouso a mão no ombro de meu marido. Juntos, olhamos para o bispo que prendeu meus amigos, meus guardas, meus pregadores, meu vendedor de livros e o irmão de meu médico. Sob nosso olhar, Stephen Gardiner baixa o dele.

— Peço desculpas — diz. — Peço desculpas pelo erro.

Sinto-me triunfante com essa humilhação pública de Stephen Gardiner, e minhas damas se regozijam comigo. George Blagge é recebido de volta à corte com o rei declarando sua amizade a ele e sua proteção àqueles que o amam. Imagino que podemos nos tranquilizar com isso. A maré que estava fluindo com tanta força a favor da tradição e contra a reforma agora está mudando, como fazem as marés, movida por alguma força invisível. Talvez seja a influência da lua, como sugerem os novos filósofos. Na corte, onde as marés do poder mudam à mercê do rosto em formato de lua do rei, sabemos que nós reformistas voltamos a ser poderosos.

— Então como podemos libertar Anne Askew? — pergunto a Nan e a Catherine Brandon. — O rei libertou George Blagge porque gosta dele. É evidente que estamos em ascensão de novo. Como podemos libertá-la?

— Você acha que já tem força suficiente para agir? — indaga Nan.

— A volta de George mostra que o rei já foi até onde queria com os tradicionalistas. Agora nós voltamos às boas graças dele. — Tenho certeza disso. — De qualquer modo, precisamos nos arriscar por Anne. Ela não pode continuar em Newgate. A prisão fica na área mais afetada pelas doenças e pela peste. Precisamos tirá-la de lá.

— Posso enviar um de meus homens para garantir que ela esteja bem-acomodada e bem-alimentada — diz Catherine. — Podemos subornar os guardas para que ela tenha algum conforto. Podemos colocá-la em uma cela limpa, mandar livros, alimentos e roupas quentes.

— Faça isso — digo, assentindo. — Mas como podemos libertá-la?

— E nosso primo Nicholas Throckmorton? Ele pode ir falar com ela — sugere Nan. — Ele conhece a lei e é um bom cristão reformista. Deve tê-la ouvido pregar em seus aposentos uma dúzia de vezes. Ele deveria ir até lá e ver o que pode ser feito. Podemos falar também com Joan, esposa de Anthony Denny. Anthony está sempre com o rei, certamente sabe se o Conselho Privado pretende levar a cabo o julgamento dela. É ele que vai trazer a denúncia para o rei assinar, ou ele próprio usará o selo seco. É ele que vai levar a carta do rei ao júri caso o rei queira impor o veredicto. Sir Anthony sabe tudo e contará a Joan o que se pretende fazer.

— Você tem certeza de que ele está do nosso lado? — pergunto. — Tem certeza de que ele é fiel à causa da reforma?

Nan então faz um gesto com as mãos, como se elas fossem os pratos de uma balança.

— O coração dele é a favor da reforma, tenho certeza. Mas, como todos nós, ele quer se manter nas boas graças do rei. Não vai dar um único passo que possa fazer o rei se virar contra ele. Antes de mais nada, é um súdito impotente na corte de um...

— Tirano — sussurra Catherine rebeldemente.

— Rei — corrige Nan.

— Mas um rei que está nos favorecendo — lembro-lhes.

Com confiança renovada, vou aos aposentos do rei antes do jantar e, quando o encontro conversando sobre religião com seus cortesãos, dou minha opinião. Tomo o cuidado de não parecer insolente ou orgulhosa do meu saber. Não é difícil: quanto mais aprendo, mais tenho certeza de que há muito ainda a aprender. Ainda assim converso com esses homens que se dedicaram à reforma como outros se dedicam ao arco e flecha: para agradar ao rei e para dar a si próprios algo o que fazer.

— Então Tom Seymour não se casou — comenta o rei, no meio de uma de nossas conversas. — Quem teria imaginado?

Senti um baque ao ouvir o nome dele.

— Vossa Majestade?

— Eu disse que Tom Seymour não se casou — repete ele, erguendo a voz como se eu estivesse ficando surda. — Embora eu tenha dado a bênção ao casamento, e os Howard tenham me dito que isso aconteceria de imediato.

Não consigo pensar no que dizer. Atrás do rei, vejo o rosto impassível de Thomas Howard, o duque de Norfolk, pai de Mary, que deveria ser a noiva de Thomas.

— Houve algum problema? — pergunto com suavidade, como se estivesse apenas levemente surpresa.

— A preferência da moça, parece. — O rei se vira para o duque. — Ela recusou o noivo? Estou surpreso que você permita essas liberdades a uma filha.

O duque faz uma reverência, sorrindo.

— Temo que ela não seja uma admiradora de Thomas Seymour — diz. Cerro os dentes, irritada com o tom de desdém. — Acho que ela não tem certeza das crenças dele.

Isso é insinuar que ele é herege.

— Vossa Majestade... — começo.

O duque ousa se sobrepor a mim. Minha voz se perde quando percebo que ele acha que pode me interromper, interromper a rainha da Inglaterra, e que ninguém o repreendeu por isso.

— Os Seymour são todos a favor da reforma da Igreja — diz Norfolk. A falta de um dos dentes da frente faz com que ele sibile toda vez que fala um "s", como a cobra que é. — De Lady Anne, que serve nos aposentos da rainha, a lorde Edward. São todos muito devotados à leitura e à erudição. Acham que podem educar todos nós. Sei que deveríamos estar gratos por essa aliança, mas minha filha é mais tradicional. Gosta de venerar Deus na Igreja que Vossa Majestade criou. Não busca mudanças, exceto aquelas que o senhor ordenar. — Ele se detém e abaixa o olhar, como se seus olhos escuros pudessem verter uma lágrima em memória ao genro. — E ela amava Henry Fitzroy de coração... Todos nós o amávamos. Ela não suporta a ideia de outro homem ocupando o lugar dele.

O rei fica sentimental à menção de seu filho bastardo.

— Ah, não fale dele. Não suporto pensar em minha perda. Que menino lindo ele era!

— Não consigo ver Thomas Seymour ocupando o lugar do nosso amado Fitzroy — diz o duque, com desprezo. — Seria uma zombaria.

Com raiva cada vez maior, ouço o velho insultar Thomas e vejo que ninguém diz nada para defendê-lo.

— Não, ele não é o homem que nosso menino teria sido — concorda o rei. — Ninguém poderia ser.

Meu primo, Nicholas Throckmorton, chega de Newgate com boas notícias de Anne Askew. Ela tem muitos simpatizantes em Londres, e não param de chegar roupas quentes, livros e dinheiro a seu quartinho. Certamente será libertada. A importância do pai falecido e a riqueza do marido contam a seu favor. Ela pregou diante de alguns dos cidadãos mais importantes de Londres, diante dos administradores da cidade, e não fez nada além de dizer o que milhares de outras pessoas pensam. Existe a crença generalizada de que o rei só agiu para calar os defensores mais acirrados da reforma e que, como Tom Howard e George Blagge, todos serão discretamente libertados nos próximos dias.

— Você pode falar com o rei? — pergunta Nicholas. — Pedir o perdão real para ela?

— Ele tem andado com um humor difícil — confesso. — E os clérigos estão sempre com ele.

— Mas ele com certeza voltou para o nosso lado?

— Todas as últimas decisões dele foram a favor da reforma, mas ele está igualmente impaciente com todos.

— Você não pode aconselhá-lo, como costumava fazer?

— Vou tentar — prometo, mas as conversas nos aposentos dele já não são tão fáceis quanto costumavam ser. Às vezes, quando digo alguma coisa, sinto que ele fica impaciente comigo; outras vezes, é óbvio que sequer está ouvindo.

— Você precisa manter a reforma na mente dele — insiste Nicholas, ansioso. — É a única pessoa na corte agora. O Dr. Butts morreu, que Deus o tenha. Edward Seymour está viajando; Thomas, irmão dele, está no mar, e Cranmer está no próprio palácio. Você é a única que restou na corte que pode lembrar o rei daquilo em que ele tão apaixonadamente acreditava apenas alguns meses atrás. Sei que ele é volúvel; mas nossa opinião é a dele, e você é a única que pode mantê-lo firme. É um fardo, mas você é a única na corte que pode defender a reforma. Todos contamos com você.

Palácio de Whitehall, Londres, verão de 1546

Estamos no auge do verão, e faz calor demais para ficarmos em Londres. Deveríamos estar viajando, descendo o longo vale verde do Tâmisa, hospedando-nos nos lindos palácios à margem do rio ou indo para o litoral sul, talvez até Portsmouth, onde talvez eu pudesse ver Thomas. Mas este ano o rei não teme a peste, não teme o calor da cidade. Este ano ele teme que a morte o esteja perseguindo de outra forma, aproximando-se cada vez mais, uma companheira constante.

Está cansado demais para se afastar da corte, mesmo para fugir das doenças. O pobre velho não consegue mais cavalgar, não consegue mais andar. Tem vergonha de ser visto pelo povo que costumava se amontoar na beira das estradas, tirar os chapéus e aplaudi-lo quando ele passava. Ele era o príncipe mais bonito da cristandade. Agora sabe que ninguém consegue olhar para ele sem sentir pena de seu corpo arruinado, de seu rosto em forma de lua.

Portanto, o rei está cheio de autocomiseração e medo, e todos temos de ficar no calor da cidade, onde as ruas estreitas fedem com a sujeira das sarjetas, e os porcos e as vacas procuram alimento em meio ao lixo que é largado por toda parte. Comento que o lorde prefeito deveria ser mais ativo, que deveria limpar as ruas e multar as pessoas que as sujam; mas o rei olha para mim com frieza e pergunta:

— Você quer ser prefeita de Londres, além de rainha?

Todos estão irritadiços por ficarem presos na cidade. Os cortesãos geralmente passam os meses de verão em suas casas, e os lordes do Norte e do

Oeste sentem saudade das esposas, das famílias, de seus castelos construídos nas colinas verdes e frescas de suas cidades natais. O mau humor do rei dita o tom da corte: ninguém deseja estar aqui, ninguém tem permissão de sair, todos estão infelizes.

Encontro Will Somers quando estou caminhando sozinha por uma aleia junto aos muros do castelo. Anseio em silêncio por Thomas; preocupo-me com Anne Askew, ainda presa sem julgamento e sem acusação; e quero que o rei volte a me ouvir como a amiga e companheira que jurei ser. Will está deitado, com os braços e pernas, compridos como os de um cervo, à sombra de um carvalho em um dos pequenos jardins que ficam entre as sebes altas. Quando me vê, estende as pernas compridas, levanta-se, faz uma reverência e volta a se encolher como uma marionete articulada.

— O que está achando do calor, Will? — pergunto.

— É melhor do que estar no inferno — responde ele. — Ou Vossa Majestade duvida da existência do inferno, como de tudo o mais?

Olho ao redor, mas não há ninguém além de nós dois no jardim murado.

— Você quer discutir teologia comigo?

— Eu, não! A senhora é inteligente demais para mim. E não sou o único.

— Não é o único que não quer discutir teologia?

Ele assente, sorrindo radiante para mim.

— Quem mais não quer discutir comigo?

— Vossa Majestade — responde ele, com pompa. — Sou só um bobo. Portanto não discuto a Igreja do rei com o rei. Mas, se eu fosse um homem sábio, e acordo todo dia agradecendo a Deus por não ser, já estaria morto a esta altura. Porque, se eu fosse um homem sábio com grandes opiniões, eu sucumbiria à tentação de discutir esses assuntos sérios. Sérios porque terminam em morte.

— Sua Majestade sempre gostou desse tipo de debate.

— Não gosta mais. Na minha opinião. Ou seja, na opinião de um bobo e, portanto, uma opinião sem valor.

Quando abro a boca para argumentar, Will fica de cabeça para baixo, equilibrado sobre as mãos, os pés apoiados no tronco da árvore.

— Veja como sou bobo.

— Acho que você é mais sábio do que parece, Will. Mas há boas pessoas cujas vidas dependem de minha intervenção. Prometi que tentaria apaziguar o rei.

— É mais fácil ficar de cabeça para baixo do que apaziguar o rei — comenta Will, ereto como um guarda, mas de pernas para o ar. — Se eu fosse a senhora, Majestade, ficaria de cabeça para baixo ao meu lado.

O verão segue quente. Passamos todas as tardes junto às janelas escancaradas, ouvindo uma de minhas criadas ler a Bíblia, com as cortinas das janelas molhadas com água gelada na tentativa de resfriar os aposentos. Depois vou para meus aposentos particulares, onde as portinholas das janelas estão fechadas para bloquear o clarão do sol, e rezo para que a saúde do rei melhore e para que ele nos liberte deste tédio, deste clima quente nesta cidade fétida, para que viajemos. Como uma andorinha, anseio pelo Sul, pelo mar, pelo vento litorâneo com cheiro de sal, por Thomas.

Então, certa tarde, quando estamos sentadas nos bancos à margem do rio, tentando respirar um pouco de ar fresco, vejo a barcaça da família Seymour surgir no Tâmisa e atracar no cais. Imediatamente, simulo uma expressão de tédio.

— Ah, é a barcaça da família Seymour? — pergunto. — Quem está nela? Aquele é Thomas Seymour?

A cabeça de Elizabeth se ergue imediatamente, e ela levanta de supetão, protegendo os olhos do reflexo da claridade no rio.

— É, sim! — exclama, a voz aguda. — É Sir Thomas! E Edward Seymour está com ele.

— Meu marido? — diz Anne. — Isso é inesperado. Majestade, posso ir recebê-lo?

— Vamos todas — respondo. Deixamos de lado os livros e o material de costura e avançamos para o cais, onde os irmãos Seymour fazem reverência e beijam minhas mãos. Então Edward cumprimenta a esposa.

Mal o vejo. Mal consigo saudá-los educadamente. Thomas segura minha mão, toca-a com os lábios. Endireita o corpo e faz uma reverência para as outras damas. Oferece-me o braço. Ouço-o dizer algo sobre estarmos sentadas à margem do rio onde certamente há ares pestilentos. Ouço-o dizer algo sobre a corte viajar. Não consigo escutar direito por causa da pulsação em meus ouvidos.

— Você vai passar quanto tempo aqui? — pergunto.

Ele se inclina em minha direção para responder, a voz baixa. Se eu me inclinasse para ele da mesma forma, ficaríamos perto o bastante para nos beijarmos. Pergunto-me se ele também está pensando nisso; então sei que ele também está pensando nisso.

— Só vim passar a noite.

Não consigo nem ouvi-lo dizer a palavra "noite" sem pensar em fazer amor com ele.

— Ah.

— Eu queria apresentar um relatório sobre as defesas do litoral com Edward a meu lado. Estamos em desvantagem na corte. Mal teremos uma audiência. Os Howard e os amigos deles estão dominando tudo.

— Fiquei sabendo que você não vai se casar com Mary Howard.

Ele me dirige um rápido sorriso.

— Acho que é melhor assim.

— Eu não teria dito nada. Ela teria sido bem-vinda como uma de minhas damas.

— Eu sei. Confio plenamente em você. Mas houve algo nesse arranjo todo que... — A voz dele se perde.

— Ande devagar — peço. Já estamos nos aproximando do primeiro portão do palácio e, a qualquer instante, alguém se aproximará e o arrancará de mim. — Pelo amor de Deus, vamos ter um momento só para nós...

— Os Howard faziam questão de que ela morasse na corte. Fizeram-me prometer que eu a colocaria a seu serviço. Não consegui imaginar por que eles desejariam isso, senão para que ela a vigiasse. Duvidei da honestidade deles, e Mary mal falava comigo. Estava furiosa com alguma coisa. Claramente, tinha sido coagida. Estava muito irritada.

— Então você continua sendo um homem livre — digo, sonhadora.

Com carinho, ele aperta a mão que pouso em seu braço.

— Vou ter de me casar. Precisamos de uma aliança na corte. Estamos perdendo nossa influência com o rei, precisamos de uma presença maior aqui. Preciso de uma esposa que interceda por mim junto a ele.

— Eu não intercedo por você, mas intercederia...

— Não. Nunca. Não quero que você diga uma palavra por mim. Mas preciso de uma esposa aqui que possa cuidar de meus interesses.

Sinto-me nauseada, como se de fato tivesse aspirado os ares pestilentos do rio.

— Você ainda vai se casar?

— Preciso fazer isso.

Assinto. Claro que precisa.

— Já escolheu a noiva?

— Só se você me der permissão.

— Seria errado de minha parte recusar. Sei que você precisa de uma esposa; entendo como a corte funciona. Vou comparecer a seu casamento e sorrir.

— Não é o que desejo.

— Nem eu, mas vou dançar na sua festa de casamento.

Estamos quase na entrada. Os guardas nos saúdam e abrem as portas duplas. Ele terá de ir aos aposentos do rei, e só o verei no jantar. E, no jantar, não poderei olhar para ele. E então, daqui a um mês, daqui a algumas semanas, ele se casará.

— Quem você escolheu? Diga logo.

— A princesa Elizabeth.

Viro-me e olho para minha enteada, que nos segue à frente de minhas damas, como se a visse pela primeira vez, não como criança, mas como uma jovem mulher. Ela está com doze anos, tem idade para ser prometida em casamento. Daqui a alguns anos, terá idade para se casar. Em meu breve olhar de relance, imagino-a noiva de Thomas Seymour; imagino-a sua jovem esposa, mãe de seus filhos. Imagino se ela vai gostar de fazer amor com ele e como irá alardear sua felicidade.

— Elizabeth!

— Shhh. O rei teria de dar sua permissão, mas, caso ele concorde com o casamento, eu me tornaria genro dele. É um arranjo brilhante para nós.

É mesmo. Com dolorosa clareza, enxergo a lógica disso para a família Seymour. É um arranjo brilhante para eles, e a princesa Elizabeth, quando souber, vai fingir obediência, mas ficará maravilhada. Nutre uma adoração infantil por Thomas, pela beleza morena dele e sua aura de aventureiro. Ela vai achar que está apaixonada por ele, vai falar amorosamente a seu respeito e se sentirá muito importante, e meu amor por ela se perderá em meio ao ciúme.

— Você não gostou da ideia — observa ele.

Balanço a cabeça, sufocando a raiva.

— Não tenho como gostar, mas não sou contra. Entendo que você precisa fazer isso, Thomas. Seria um grande avanço para vocês. Garantiria a posição dos Seymour na família real.

— Não vou me casar se você não concordar.

Novamente, balanço a cabeça. Passamos pelas portas e caminhamos na penumbra do salão de entrada. Os servos da família Seymour surgem para receber os patrões. Eles fazem reverência e nos viramos para a câmara de audiências do rei. É impossível conversar: todos estão olhando para Thomas e comentando sobre o retorno do almirante à corte.

— Eu sou seu — afirma ele, em um murmúrio apaixonado. — Para sempre. Você sabe disso.

Solto sua mão, e ele faz uma reverência e se afasta.

— Pois bem — digo. Sei que ele precisa progredir na vida. Sei que Elizabeth é um ótimo partido para ele. Sei que ela vai adorá-lo e que ele será gentil com ela. — Que assim seja.

Thomas vai embora na manhã seguinte, antes de irmos à capela, e não o vejo de novo.

— Você está passando mal? — pergunta-me Nan. — Está parecendo...

— Parecendo o quê?

Ela avalia meu rosto pálido.

— Caidinha — diz ela, usando a palavra meio infantil com um sorrisinho.

— Estou infeliz — respondo, em um momento de honestidade. Não direi mais que isso, mas me sinto um pouco aliviada só de proferir uma palavra genuína. A falta que sinto de Thomas é uma dor física. Não sei como suportarei o casamento dele com outra mulher. A ideia de vê-lo com Elizabeth faz meu estômago revirar, como se eu estivesse envenenada pelo ciúme.

Nan sequer pergunta por que estou infeliz. Não sou a primeira esposa do rei que ela vê debilitada pelo esforço de ser rainha.

Sou convidada aos aposentos do rei quase todas as noites, antes do jantar, para ouvir os debates. Com frequência, digo o que penso, e sempre lembro ao rei que a causa da reforma é a causa dele, um processo que ele, em sua sabedoria, começou, e acrescento que o povo o admira por trazer a reforma à Inglaterra. Mas, pelo silêncio frio com que recebe minhas palavras, sei que está longe de concordar comigo. Ele está planejando alguma coisa, mas não comenta nada. Só fico sabendo na primeira semana de julho, quando o Conselho Privado anuncia uma lei que transforma em crime a posse da Bíblia em inglês traduzida por William Tyndale ou Miles Coverdale.

Isso é loucura. Não faz sentido algum. Miles Coverdale traduziu e melhorou a Bíblia de Tyndale por ordem do rei, e o texto foi impresso como a Grande Bíblia, a Bíblia do rei, um presente dele aos fiéis. É a Bíblia que o rei deu a seu povo há apenas sete anos. Todos que tinham dinheiro para comprá-la, compraram. Teria sido um gesto de deslealdade uma família não ter um exemplar. Todas as paróquias receberam uma Bíblia com ordens de deixá-la à mostra de todos. É a melhor versão em inglês; toda estante da Inglaterra tem uma. Agora, da noite para o dia, isso é crime. É uma reviravolta tão grande que tudo parece estar de cabeça para baixo. Penso em Will Somers com as pernas para o ar enquanto volto às pressas para meus aposentos. Ao chegar, encontro Nan embrulhando meus preciosos volumes, belamente encadernados e ilustrados, em um pano áspero e guardando-os em um baú.

— Não podemos simplesmente jogá-los fora!

— Precisamos mandá-los para longe.

— Para onde? — pergunto.

— Para Kendal — responde, referindo-se à residência da nossa família. — O mais longe possível.

— A casa mal está de pé!

— Por isso não vão procurar lá.

— Você pegou meu exemplar?

— E suas anotações, e também os exemplares de Catherine Brandon, Anne Seymour, Joan Denny e Lady Dudley. Essa nova lei pegou todos nós desprevenidos. O rei nos tornou criminosos da noite para o dia.

— Mas por quê? — pergunto. Estou quase chorando de raiva. — Por que tornar ilegal a Bíblia do rei! Como pode ser ilegal ter uma Bíblia? Deus deu a Palavra ao povo, como o rei pode recolhê-la?

— Exatamente. Pense. Por que o rei faria de sua esposa uma criminosa?

Seguro as mãos dela, forçando-a a parar de atar os nós do baú, e me ajoelho a seu lado.

— Nan, você passou a vida toda na corte. Eu sou uma Parr de Kendal, criada em Lincoln. Sou uma mulher direta, do Norte. Não fale comigo em enigmas.

— Isso não é um enigma — retruca ela, com um humor amargo. — Seu marido aprovou uma lei que a torna uma criminosa, e sua pena é ser queimada na fogueira. Por que ele faria isso?

Demoro a responder.

— Ele quer se livrar de mim?

Ela se mantém em silêncio.

— Você está dizendo que essa nova lei só existe porque não conseguiram me atingir de outro jeito? Está sugerindo que proibiram a Bíblia só para que eu e minhas damas fôssemos consideradas criminosas? Para que fôssemos acusadas de heresia? Porque essa ideia é ridícula.

Não consigo decifrar a expressão no rosto dela — ela parece uma pessoa diferente — e, então, me dou conta de que Nan está com medo. Sua boca mal consegue se mexer, como se ela não conseguisse falar, a testa úmida de suor.

— Ele está chegando perto — diz, apenas. — É assim que sempre faz. Ele está chegando perto de você, Cat, e não sei como salvá-la. Estou embalando Bíblias e queimando papéis, mas eles sabem que você costuma ler e escrever e estão mudando a lei antes que eu possa agir. Não posso garantir que você está obedecendo à lei porque eles a estão mudando mais rápido do que podemos obedecer. Não sei como salvá-la. Eu jurei a você que você sobreviveria a ele, e agora a saúde dele está debilitada, mas o rei está caçando você como...

Solto as mãos dela e me sento sobre os calcanhares.

— Como o quê?

— Como fez com as outras duas.

Ela termina de amarrar as cordas em volta do baú, corre até a porta e chama o criado dela, um homem que está a nosso serviço desde a infância. Nan gesticula para os baús e ordena a ele que, sem mostrá-los a ninguém, leve-os a Kendal, em Westmorland. Ao vê-lo levantar o primeiro baú, percebo que anseio ir com ele para aquelas colinas silvestres.

— Vão interceptá-lo em Islington, se quiserem — observo, enquanto o homem põe o baú sobre o ombro e se retira. — Ele não vai conseguir avançar mais do que um dia de viagem.

— Eu sei — responde ela. — Mas não sei o que mais posso fazer.

Olho para minha irmã, que serviu a seis rainhas de Henrique e enterrou quatro delas.

— Você realmente acha que ele está fazendo isso para me encurralar? Que ele se virou completamente contra mim?

Ela não responde. Fita-me com o mesmo olhar vazio com que imagino ter fitado a pequena Kitty Howard quando ela gritou que não tinha feito nada de errado; o mesmo olhar com que teria fitado Ana Bolena quando ela jurou que, valendo-se de alguns argumentos, conseguiria escapar do perigo.

— Não sei. Que Deus ajude todos nós, Catarina, porque eu não sei.

Palácio de Hampton Court, verão de 1546

A saúde do rei piora, deixando-o profundamente consternado. Ele concorda que a corte deve ir para Hampton Court, a fim de fugir do calor insuportável da cidade e do perigo das doenças, mas não sai para passear no jardim, para andar de barco ou mesmo para comparecer à missa na bela capela do palácio. Sou informada de que ele deseja descansar sossegado em seus aposentos, conversar com seus conselheiros. Não comparece ao jantar, não quer me visitar em meus aposentos, e sou informada de que não preciso visitá-lo. Isolou-se, excluindo-me de sua vida exatamente como excluiu Kitty Howard. Asseguraram-na de que ele estava doente, mas na verdade ele estava trancado em seus aposentos, aqui, neste mesmo palácio, em Hampton Court, ruminando sobre os deslizes dela, sobre o julgamento que ele manipularia e a execução que ordenaria.

Mas, assim como Ana Bolena, que frequentava justas, jantares e as festividades da primavera enquanto sabia que alguma coisa estava errada, preciso aparecer diante da corte. Não posso me recolher como ele. Estou no quarto dos pássaros, alimentando-os, vendo-os cantar e alisar as penas, quando meu escrevente, William Harper, bate à porta.

— Pode entrar. Entre e feche a porta. Há dois passarinhos fora da gaiola, e não quero que fujam.

Ele se abaixa quando um canário passa voando por sua cabeça e pousa em minha mão estendida.

— O que houve, William? — pergunto, distraída, tirando pedaços de um bolo de semente para dar ao belo passarinho. — Diga. Preciso deixar esta belezinha aqui para ir me vestir para o jantar.

Ele olha de relance para Nan e Anne Seymour, que estão sentadas junto à janela, lado a lado, ambas indiferentes aos meus amáveis passarinhos.

— Posso falar com a senhora a sós?

— Para quê? — intervém Nan. — Sua Majestade precisa ir para o jantar. O senhor pode me dizer do que se trata.

Ele balança a cabeça, fitando-me com os olhos suplicantes.

— Vão na frente e escolham minhas joias e um capelo — digo, impaciente. — Irei em um instante.

Meu escrevente e eu esperamos a porta se fechar, e viro-me para ele. Trata-se de um homem ponderado, educado em um monastério, e que nutre um grande amor pela antiga Igreja. Certamente consideraria um horror metade dos livros de minhas estantes. Não tem admiração alguma pelo novo saber. Ele trabalha para mim porque é um grande erudito, traduz maravilhosamente bem e tem uma bela caligrafia. Quando quero mandar uma carta em latim, ele é capaz de traduzi-la e transcrevê-la com uma letra belíssima. Nunca discordou de nada que os pregadores disseram em meus aposentos, mas uma ou duas vezes já o vi abaixar a cabeça e sussurrar uma oração silenciosa, como um monge escandalizado em uma escola secular.

— Pronto! Não há ninguém no quarto além de mim e dos pássaros, e eles não dizem nada. À exceção do papagaio, que blasfema terrivelmente, mas só em espanhol. O que houve, William?

— Preciso alertá-la, Vossa Majestade — diz ele, muito sério. — Temo que seus inimigos estejam conspirando contra a senhora.

— Eu sei — respondo. — Obrigada por sua preocupação, William, mas disso eu já sei.

— Um subordinado do bispo Gardiner veio a mim e me pediu que vasculhasse suas estantes — sussurra ele apressadamente. — Disse que eu seria recompensado se copiasse qualquer coisa e levasse para ele. Vossa Majestade, acho que o bispo está reunindo provas contra a senhora.

O canário faz cócegas na palma da minha mão ao mexer os pezinhos e ciscar as migalhas. Eu não esperava por essa advertência de William. Não achei que eles ousariam ir tão longe. Vejo minha própria expressão de choque espelhada no rosto aflito dele.

— Tem certeza de que era um subordinado do bispo?

— Tenho. Ele me disse que entregaria o material ao bispo. Eu não estou enganado.

Dirijo-me à janela com o canário amarelo pousado no dedo. É um lindo dia de verão, o sol começando a se pôr atrás das altas chaminés de tijolos vermelhos, as andorinhas voando em círculos. Se o bispo Gardiner está disposto a se arriscar a ponto de abordar um de meus servos para roubar meus papéis, deve estar muito confiante de que pode reunir provas contra mim e apresentá-las ao rei. Deve estar muito seguro de que uma reclamação minha não fará o rei se enfurecer com ele. Deve estar certo de que achará algo que provará minha culpa. Ou, ainda pior, talvez já tenha feito uma acusação formal contra mim, e essa seja apenas a última fase de uma investigação secreta, a busca por papéis que corroborem suas mentiras.

— Ele entregaria tudo ao bispo? Tem certeza? Não ao rei?

O rosto dele está pálido de medo.

— Isso ele não me disse, Vossa Majestade. Mas foi muito ousado: disse-me que vasculhasse suas estantes e levasse para ele o que encontrasse. Também me pediu que copiasse o título dos livros e procurasse por um Novo Testamento. Disse que sabia que Vossa Majestade tinha vários.

— Não há nada aqui — afirmo.

— Eu sei. Sei que a senhora se desfez de tudo, de sua bela biblioteca e de todos os seus escritos. Respondi a ele que não havia nada, mas ele pediu que eu procurasse mesmo assim. Ele sabia que a senhora tinha uma biblioteca para seus estudos. Disse que eles imaginavam que a senhora não teria conseguido se desfazer dos seus livros e que eles estariam escondidos em algum lugar de seus aposentos.

— Você foi muito justo e honrado em me contar isso. Providenciarei para que seja recompensado, William.

Ele inclina a cabeça.

— Não busco qualquer recompensa.

— Você poderia dizer a esse homem que você vasculhou meus aposentos e viu que não tenho nada?

— Farei isso.

Estendo a mão para ele. Quando William se inclina para beijá-la, vejo que meus dedos estão trêmulos e que o mesmo acontece com minha outra mão. O passarinho que está pousado em meu polegar treme junto comigo.

359

— Você nem pensa como eu, William. É bondade sua me proteger quando nem sequer concordamos.

— Podemos não concordar, Vossa Majestade, mas acho que a senhora deve ser livre para pensar, escrever e estudar. Mesmo sendo mulher. Mesmo que ouça uma pregadora mulher.

— Deus o abençoe, William, em qualquer língua que Ele escolha, seja através de um padre ou do bom coração que você tem.

Ele faz uma reverência.

— E a pregadora... — murmura.

Já no vão da porta, paro e viro-me para ele.

— A Sra. Askew?

— Ela não está mais em Newgate.

O alívio que sinto é imenso. Solto um gritinho de alegria.

— Ah! Deus seja louvado! Ela foi solta?

— Não. Não, que Deus a ajude. Ela foi levada para a Torre.

Há um momento de silêncio quando ele vê que compreendo as implicações do que está dizendo. Não a deixaram sob a custódia do marido, ela não foi transferida para manter a paz. Em vez disso, tiraram-na da prisão onde são mantidos os criminosos comuns e levaram-na para a prisão onde são mantidas as pessoas acusadas de traição e heresia. Perto de Tower Hill, onde os culpados são enforcados; não muito longe do mercado de carne de Smithfield, onde se queimam os hereges.

Viro-me para a janela atrás de mim, solto a trava e abro as portinholas.

— Vossa Majestade? — William gesticula para as gaiolas abertas, para o papagaio no poleiro. — Vossa Majestade? Cuidado...

Ergo o canarinho junto à janela aberta de forma que ele possa ver o céu azul.

— Eles podem ir embora, William. Todos podem ir embora. De fato, é melhor assim. Não sei por quanto tempo estarei aqui para cuidar deles.

Minhas damas me vestem em silêncio absoluto, entregando-me as peças sem dizer nada, em uma coreografia bem ensaiada. Não sei como ajudar Anne Askew, aprisionada entre as espessas paredes de pedra da Torre. Trata-se de uma prisão para inimigos que não serão liberados por anos, o lugar para os piores traidores, para pessoas terríveis que precisam ficar encarceradas sem nenhuma chance de fuga. Para o prisioneiro, entrar pela comporta, fora da vista da cidade e de qualquer pessoa que poderia se manifestar em sua defesa, é como partir no rio Lete rumo ao esquecimento.

No âmago de meu medo por Anne encontra-se a dúvida de não saber por que a transfeririam de Newgate para a Torre. Ela foi acusada de heresia, foi interrogada pelo Conselho Privado; por que não a deixam em Newgate até que vá a julgamento ou lhe concedem o perdão e a mandam para casa? Por que a levaram para a Torre? Qual é o objetivo? E quem ordenou isso?

Nan se aproxima e faz uma mesura enquanto Catherine está atrás de mim, prendendo meu colar. As safiras de valor inestimável são pesadas e frias. Provocam-me calafrios.

— O que houve, Nan?

— É Bette — diz ela, referindo-se a uma de minhas criadas mais jovens.

— O que tem ela?

— A mãe dela me escreveu pedindo que ela volte para casa. Tomei a liberdade de permitir.

— Ela está doente?

Nan balança a cabeça, os lábios contraídos, como se quisesse dizer mais alguma coisa, mas estivesse com raiva.

— Então qual é o problema?

Faz-se um silêncio constrangido.

— O pai dela é arrendatário do bispo Gardiner — responde Catherine Brandon.

Demoro alguns instantes para entender.

— Você acha que o bispo aconselhou os pais de Bette a tirá-la do meu serviço?

Nan assente com a cabeça. Catherine faz uma mesura e se retira do quarto para me esperar lá fora.

— Ele jamais admitiria isso — afirma Nan. — Então não adianta confrontá-lo.

— Mas por que Bette me deixaria? Mesmo com o conselho do bispo?

— Já vi isso acontecer. Quando Kitty Howard foi acusada. As criadas mais jovens, aquelas que não precisavam ficar para dar seus depoimentos, todas acharam desculpas para voltar para casa. A corte encolheu como linho depois de lavado. Quando o rei se voltou contra a rainha Ana, foi a mesma coisa. Todos os Bolena desapareceram da noite para o dia.

— Não sou como Kitty Howard! — exclamo, subitamente irritada. — Sou a sexta esposa, a sexta esposa negligenciada, não a quinta esposa culpada. Tudo que fiz foi estudar e ouvir os pregadores. Ela era adúltera, talvez bígama, e era uma prostituta! Qualquer mãe tiraria a filha do serviço de uma mulher como aquela! Qualquer mãe temeria os valores morais de uma corte como aquela! Mas todos dizem que minha corte é a mais virtuosa de todas na cristandade! Por que alguém afastaria a filha de mim?

— As criadas de Kitty foram embora nos dias que antecederam a prisão dela — responde Nan, a voz controlada, sem se deixar influenciar por minha raiva. — Não porque ela fosse adúltera, mas porque estava condenada. Ninguém quer fazer parte da corte de uma rainha que caiu em desgraça.

— Uma rainha que caiu em desgraça? — repito. Eu ouço as palavras, elas parecem atravessar o céu noturno. Uma rainha que caiu em desgraça.

— William me contou que você abriu as janelas e deixou seus pássaros fugirem — comenta ela.

— Sim.

— Vou fechá-las de novo e, se possível, recuperá-los. Não há motivo para mostrarmos que estamos com medo.

— Não estou com medo! — minto.

— Deveria.

Ao conduzir minhas damas ao salão de jantar, olho ao redor, como se temesse que a corte também estivesse fugindo. Mas não noto nenhuma ausência. Estão todos presentes, em seus lugares de sempre. As pessoas que acreditam na reforma não sentem que estão em perigo; somente aquelas que estão a meu serviço, aquelas que são próximas de mim. Todos fazem reverências respeitosas quando passo. É como se esta fosse uma noite igual a qualquer outra, como se nada tivesse mudado. O lugar do rei está posto, o baldaquino pairando sobre a grande poltrona reforçada. Os servos fazem uma mesura quando entram no salão para apresentar os pratos ao trono vazio, de acordo com o ritual. O rei jantará em seus próprios aposentos com seu novo círculo de protegidos: o bispo Stephen Gardiner, o lorde chanceler Thomas Wriothesley, Sir Richard Rich, Sir Anthony Denny, William Paget. Quando o jantar terminar, poderei deixar o grande salão para ir me encontrar com o rei, mas até lá é preciso haver alguém à mesa principal. A corte precisa de um monarca, as princesas precisam do pai ou da mãe para jantar com elas.

Meu olhar percorre o salão, e percebo que a família Seymour tem um lugar vazio posto à cabeceira da mesa. Volto-me para Anne.

— Edward está vindo para casa? — pergunto.

— Eu queria tanto que ele estivesse aqui... — responde ela. — Mas ele não ousa sair de Bolonha-sobre-o-Mar: a cidade ruiria em um instante. — Ela segue a direção de meu olhar. — Aquele lugar é de Thomas.

— Ah, é?

— Ele veio falar com o rei. Ainda não conseguiram içar o *Mary Rose*. Estão tentando algum novo método, retirar a água de dentro do navio enquanto ainda está no leito do oceano.

— É mesmo?

Thomas entra no grande salão, faz uma reverência para o trono vazio, depois para mim e para as princesas. Dá uma piscadela para Elizabeth e ocupa seu lugar à cabeceira da mesa dos Seymour. Mando alguns pratos para ele, para o duque de Norfolk e para o lorde Lisle, evitando favoritismos. Sem olhar diretamente para Thomas, vejo que está bronzeado como um camponês, com linhas de expressão de tanto sorrir ao sol. Está com boa aparência. Veste um casaco novo de veludo. Vermelho, minha cor preferida. Dezenas de pratos surgem da cozinha, sempre anunciados pelo toque alto das trombetas. Aceito uma pequena porção de tudo que me apresentam e pergunto-me que horas são e se ele virá até mim depois do jantar.

O banquete leva uma eternidade para terminar, mas finalmente a corte se levanta das mesas. Os homens passeiam pelo salão, conversam uns com os outros, abordam as damas. Algumas pessoas jogam cartas, os músicos tocam, outras pessoas começam a dançar. Não há nenhum entretenimento formal esta noite, e desço do estrado para me dirigir vagarosamente aos aposentos do rei, parando no caminho para conversar com algumas pessoas.

Thomas aparece a meu lado e faz uma reverência.

— Boa noite, Vossa Majestade.

— Boa noite, Sir Thomas. Sua cunhada me disse que o senhor conversou com o rei sobre o *Mary Rose*.

Ele assente com a cabeça.

— Eu precisava contar à Sua Majestade, o rei, que fizemos uma tentativa de erguer o navio, mas ele está preso com firmeza no leito do oceano. Vamos tentar novamente com mais navios e mais cordas. Vou enviar alguns mergulhadores para tapar todos os buracos, deixar o interior da embarcação perfeitamente selado e drená-lo com bombas. Acho que é possível de ser feito.

— Espero que sim. Foi uma perda terrível.

— Você vai ver o rei? — pergunta ele, a voz bem baixa.

— Vou todas as noites.

— Ele parece estar muito descontente.

— Eu sei.

— Comentei com ele que, como meu casamento com Mary Howard não vai acontecer, ainda estou procurando uma esposa.

Não olho para ele. Thomas me oferece o braço, e pouso nele minha mão. Sinto os músculos fortes do antebraço. Caminho a seu lado, nossos passos em sincronia. Se eu me aproximasse um pouco, minha bochecha tocaria seu ombro. Não me aproximo.

— Você disse que gostaria de pedir a mão da princesa Elizabeth?

— Não. Ele não estava com humor para conversa.

Faço um gesto de assentimento com a cabeça.

— Sabe, tem algo na recusa de Mary Howard que eu ainda não entendo — diz ele, em voz baixa. — Todos os Norfolk concordaram com a união, incluindo o filho mais velho, Henry Howard, e o próprio duque. Foi Lady Mary que recusou.

— Não consigo imaginar o pai dela deixando uma filha fazer o que quer.

— Não mesmo. Isso é verdade. Ela precisaria ter brigado com o pai e o irmão como um gato selvagem para se opor a eles. Precisaria tê-los desafiado abertamente. Não faz sentido. Sei que ela não desgosta de mim e que se tratava de um bom acordo. Devia ter alguma coisa nos termos do matrimônio que era completamente inaceitável para ela.

— Quão inaceitável?

— Insuportável. Inimaginável. Execrável.

— Mas o que poderia ser? Ela não saberia nada contra você, saberia?

Ele abre um sorriso travesso.

— Nada dessa gravidade, Vossa Majestade.

— Mas você tem certeza de que foi ela que recusou? De que ela o recusou terminantemente?

— Eu esperava que você soubesse disso.

Balanço a cabeça.

— Estou cercada de mistérios e preocupações. Os pregadores que frequentaram meus aposentos estão presos, os livros que o rei me deu para ler estão banidos, é ilegal sequer ter a Bíblia do rei, e minha amiga Anne Askew foi transferida da Prisão de Newgate para a Torre. Minhas damas estão fugindo de meus aposentos. — Abro um sorriso. — Hoje à tarde, soltei meus pássaros.

Ele sorri para um conhecido, como se estivesse alegre.

— Isso tudo é muito ruim.

— Eu sei.

— Você não pode falar com o rei? Basta uma palavra dele para que você seja restabelecida em sua posição.

— Falarei com ele agora à noite, se ele estiver de bom humor.

— Sua única segurança reside no amor dele por você. Ele *ainda* a ama, não?

Faço um breve gesto de negação.

— Thomas, não sei se ele já amou alguém na vida. Não sei se é capaz.

Thomas e eu atravessamos a câmara de audiências do rei, cheia de peticionários, advogados, médicos e bajuladores observando nossos passos, avaliando nosso nível de confiança. Thomas se detém à porta dos aposentos particulares do rei.

— Não suporto deixá-la aqui — diz ele, infeliz.

Com centenas de pessoas nos observando, abro um sorriso tranquilo para ele. Estendo a mão.

Ele faz uma reverência, e seus lábios quentes tocam minha mão.

— Você é uma mulher brilhante — murmura. — Já leu mais do que a maioria dos homens que estão aí dentro. É uma mulher amorosa que acredita em Deus e fala com Ele com mais intensidade e mais sinceridade do que eles jamais falarão. Certamente conseguirá se explicar ao rei. É a mulher mais linda da corte, de longe a mais desejável. Conseguirá reacender o amor dele por você.

Ele faz uma reverência formal, e eu me viro e entro nos aposentos de Henrique.

Os homens se encontram em meio a uma discussão sobre missas pagas e monastérios. Para minha completa surpresa, vejo que estão determinando quantos mosteiros — fechados a muito custo, depois de enormes dificuldades — poderão ser reabertos e restaurados. O bispo Gardiner acredita que precisamos de monastérios e conventos em todas as cidades, para manter o país em paz e dar ao povo conforto e consolo religiosos. O comércio corrupto que negociava com base no medo e na superstição, justificadamente fechado pelo rei, agora vai ser reaberto, como se jamais tivesse havido reforma na Inglaterra. E o negócio lucrativo de vender mentiras logo voltará. Quando entro na sala, Stephen Gardiner está sugerindo a restauração de alguns santuários e rotas de peregrinação. Astuciosamente, sugere que as pessoas paguem suas taxas diretamente à Coroa, não à Igreja, como se isso as tornasse sagradas. Afirma que é possível realizar a obra de Deus obtendo lucro. Sento-me em silêncio ao lado de Henrique, junto as mãos no colo e fico ouvindo esse homem perverso sugerir a restauração da superstição e do paganismo no país, para que os pobres sejam roubados pelos ricos.

Mas me certifico de não dizer nada. Apenas quando a conversa se volta para a liturgia de Cranmer é que eu intervenho para defender a versão reformada. Thomas Cranmer foi encarregado pelo rei de traduzir a liturgia do latim para o inglês. O próprio rei participou do trabalho, e sentei-me a seu lado para ler e reler a versão inglesa, comparei-a ao antigo latim original, conferi se havia erros quando o texto voltou da oficina de impressão, fiz minhas próprias traduções. Em voz baixa, afirmo que o trabalho de Cranmer é adequado e deveria ser usado em todas as igrejas do país, mas então sou dominada pela emoção e argumento que é mais do que adequado, que é lindo, até mesmo sagrado. O rei sorri e assente com a cabeça como se concordasse comigo, e isso me encoraja. Digo que o povo deveria ser livre para falar diretamente com Deus na igreja, que seu contato com Deus não deveria ser mediado pelo padre, não deveria se dar numa língua que as pessoas não entendem. Assim como o rei é o pai de seu povo, Deus é o pai do rei. A relação do rei com o povo é como a comunhão entre o povo e Deus, e deveria ser clara, aberta e direta. De que outro modo poderia haver um rei honrado? De que outro modo poderia haver um Deus amoroso?

Sei em meu coração que isso é verdade; sei que o rei acredita nisso também. Ele foi longe para eliminar do país o papismo e o paganismo, para conduzir o povo a uma verdadeira compreensão de Deus. Esqueço-me de adoçar toda frase com elogios ao rei enquanto falo com sinceridade e ardor, e então me dou conta de que o rosto dele ficou sombrio de mau humor, e Stephen Gardiner mantém os olhos baixos, ocultando um sorriso, sem fitar meus olhos entusiasmados. Falei com entusiasmo demais, com perspicácia demais. Ninguém gosta de uma mulher perspicaz e passional.

Tento recuar.

— Talvez o senhor esteja cansado. Vou me despedir.

— Estou cansado, sim — concorda ele. — Estou cansado e velho, e é maravilhoso que em minha velhice eu seja instruído por minha esposa.

Faço uma mesura, inclinando-me para a frente de modo que ele possa ver o decote de meu vestido. Sinto seus olhos sobre meus seios e digo:

— Eu jamais seria capaz de instruí-lo, Vossa Majestade. O senhor é muito mais sábio do que eu.

— Tudo isso já ouvi antes — responde ele, irritado. — Já tive esposas que achavam que sabiam mais do que eu.

Enrubesço.

— Tenho certeza de que nenhuma delas o amou tanto quanto eu — sussurro, e em seguida inclino-me e beijo sua bochecha.

Hesito diante de seu cheiro: o fedor da perna podre, como carne em decomposição, o odor adocicado e enjoativo de suor velho em pele velha, o mau hálito, a flatulência. Prendo a respiração e pressiono minha bochecha fria contra o rosto quente e úmido dele.

— Que Deus abençoe Vossa Majestade, senhor meu marido — digo, com doçura. — E lhe dê uma boa noite.

— Boa noite, Catarina Parr — responde ele, enfatizando as palavras. — Não acha estranho que todas as suas antecessoras se referissem a si mesmas apenas pelo nome, rainha Catarina, rainha Ana ou, que Deus a tenha, rainha Jane, enquanto você se chama de Catarina Parr? Em sua própria assinatura você acrescenta o P de Parr.

Fico tão surpresa com essa confrontação ridícula que respondo sem pensar:

— Eu sou eu! Sou Catarina Parr. Sou filha de meu pai, educada por minha mãe. De que outro modo poderia chamar a mim mesma senão por meu nome?

Ele se vira para Stephen Gardiner — que usa seu nome e seu título sem nenhum questionamento —, e os dois acenam com a cabeça um para o outro como se eu tivesse revelado algo de que há muito tempo desconfiavam.

— O que pode haver de errado nisso? — pergunto.

Ele nem sequer me responde, apenas faz um gesto de dispensa para que eu me retire.

Quando acordo pela manhã, minha câmara privada, adjacente a meu quarto, encontra-se estranhamente silenciosa. Costumo ouvir o burburinho de minhas damas e as batidas à porta anunciando a chegada da criada trazendo água quente. Quando me levanto para lavar o rosto e as mãos na tigela dourada, as damas trazem os vestidos do guarda-roupa real para que eu escolha o que usarei, as mangas, o corpete, o capelo e as joias. Em seguida, elas me oferecem alguma coisa para comer, mas hoje eu não comeria nem beberia nada antes da missa, pois não tenho certeza, assim como ninguém tem, se devemos jejuar ou não antes de ir à capela. Talvez isso seja considerado um ritual fútil, ou talvez Gardiner o tenha restaurado à corte como tradição sagrada. Não sei dizer. É um sinal do quão ridículas as coisas ficaram: eu, a rainha, em meus próprios aposentos, não sei se posso ou não comer um pãozinho. É ridículo.

É um absurdo; no entanto, nesta manhã, não ouço o barulho do rapaz da cozinha trazendo o pão. Está tão estranhamente silencioso lá fora que não espero a chegada das criadas: levanto-me, visto um roupão sobre o corpo nu e entreabro a porta para espiar. Há meia dúzia de mulheres na sala, três delas segurando vestidos do guarda-roupa real. Estão todas estranhamente caladas e, quando abro a porta e fico ali parada, fitando-as sem dizer nada, elas não me cumprimentam nem sorriem. Fazem mesuras silenciosas e, quando se erguem, mantêm os olhos fixos no chão. Não olham para mim.

— O que aconteceu? — pergunto. Fito as seis mulheres, e então pergunto, com mais impaciência: — Onde está Nan? Onde está minha irmã?

Ninguém responde, mas, relutantemente, Anne Seymour dá um passo à frente.

— Por favor, permita-me falar com a senhora a sós, Vossa Majestade.

— O que houve? — pergunto, entrando no quarto e gesticulando para que ela faça o mesmo. — Qual é o problema?

Ela fecha a porta. No silêncio, posso ouvir o tique-taque de meu relógio novo.

— Onde está Nan?

— Tenho uma má notícia.

— É sobre Anne Askew?

Imediatamente, penso que vão executá-la. Que fizeram exatamente o que tínhamos certeza de que não fariam. Que a levaram a julgamento, que lhe deram o veredicto de culpada e agora a queimarão na fogueira.

— Diga-me que não é a Anne... Nan foi à Torre para rezar com ela?

Anne Seymour balança a cabeça.

— Não, é sobre suas damas — responde, em voz baixa. — É sobre sua irmã. À noite, depois que você se despediu do rei, o Conselho Privado se reuniu para deliberar e mandaram prender sua irmã, Nan Herbert, sua prima, Lady Elizabeth Tyrwhit, e sua prima, Lady Maud Lane.

Não consigo nem ouvi-la.

— O que você disse? Quem foi presa?

— As damas de companhia que são suas parentes. Sua irmã e suas primas.

— Por que motivo? — pergunto, estupidamente. — Sob que acusação?

— Elas ainda não foram formalmente acusadas. Foram interrogadas a noite toda; ainda estão sendo interrogadas neste momento. E os soldados da guarda foram até os aposentos delas, os aposentos privados que elas dividem com os maridos e os aposentos delas aqui junto à senhora, e levaram todos os papéis, todas as caixas, todos os livros.

— Estão procurando papéis?

— Estão procurando escritos e livros — confirma Anne. — É uma investigação de heresia.

— O Conselho Privado está acusando minhas damas, minhas primas, minha própria irmã, Nan, de heresia?

Anne assente, o rosto impassível.

Faz-se um longo silêncio. Sinto os joelhos fraquejarem e me sento em um banquinho junto à lareira, onde uma pequena chama tremeluz.

— O que posso fazer?

Ela está tão assustada quanto eu.

— Vossa Majestade, eu não sei. Todos os seus escritos e livros foram retirados de seus aposentos? — Ela olha de relance para a mesa onde eu costumava escrever com tanto prazer, onde estudava com tanto entusiasmo.

— Foram-se todos. E nos seus?

— Edward levou tudo para Wulf Hall quando foi para a França. Ele já tinha me advertido... mas não achei que a situação ficaria tão ruim assim. Ele também não achava. Se ele estivesse aqui... escrevi para ele, pedindo que voltasse. Avisei que o bispo Gardiner está dominando o Conselho Privado e que ninguém está a salvo. Expliquei que temo pela senhora, que temo por minha vida.

— Ninguém está a salvo — repito.

— Vossa Majestade, se eles podem prender sua irmã, eles podem prender qualquer um de nós.

Levanto-me de repente, enfurecida.

— O bispo então ousa dizer ao Conselho Privado que minha irmã, Nan, deve ser presa? Minha principal dama de companhia? A esposa de Sir William Herbert? Pegue meu vestido. Vou ver o rei.

Ela segura meu braço para me deter.

— Vossa Majestade... pense... o bispo não fez isso sozinho. É o rei. Ele deve ter assinado o mandado de prisão contra sua irmã. Ele deve saber disso tudo. Talvez tenha até sido iniciativa dele.

Conduzo minhas damas à capela. Comportamo-nos como se as coisas estivessem normais, mas duas criadas e três damas estão ausentes, e, como um bando de cães ávidos, a corte sabe que alguma coisa está errada.

Com devoção, abaixamos a cabeça para rezar. Com fervor, recebemos a hóstia. Com mansidão, sussurramos "Amém! Amém!", como se quiséssemos deixar claro que não há a menor dúvida em nossas tolas cabecinhas sobre o que é aquilo: hóstia ou carne, pão ou Deus. Torcemos nossos rosários; estou usando um crucifixo no pescoço. A princesa Maria está ajoelhada a meu lado, mas seu vestido não toca a bainha do meu. A princesa Elizabeth encontra-se ajoelhada do outro lado, e sua mão fria aninha-se em meus dedos trêmulos. Ela não sabe o que está acontecendo, mas percebe que alguma coisa está terrivelmente errada.

Depois da capela, tomamos o desjejum no grande salão, e a corte se mantém quieta, os homens conversando em voz baixa, todos me lançando olhares rápidos para ver como estou reagindo à ausência de minha irmã, de minhas duas outras damas. Sorrio como se estivesse completamente tranquila. Faço um gesto de anuência ao fim da oração de agradecimento lida em latim pelo capelão do rei. Como um pouco de carne e pão, beberico cerveja; simulo ter apetite, como se não estivesse nauseada de medo. Sorrio para minhas damas e olho de relance para a mesa da família Seymour. Anseio por ver Thomas, como se ele fosse um navio aguardando no cais, com as velas a postos, pronto para navegar para longe do perigo. Anseio por vê-lo, como se a mera visão dele pudesse me manter em segurança. Mas ele não está aqui e não posso pedir que o chamem.

Viro-me para Catherine Brandon, a mais importante das minhas damas presentes no salão.

— Vossa Graça, poderia perguntar a Sua Majestade, o rei, se ele está bem o bastante para me receber agora de manhã?

Ela se levanta da mesa sem dizer uma palavra. Todas a observamos atravessar o grande salão, todas rezamos para que ela volte com um convite aos aposentos do rei, todas torcemos para voltar logo às boas graças dele. Mas ela não demora a retornar.

— Sua Majestade está com dor na perna. — Ela fala com calma, mas seu rosto está branco. — O médico está com ele, ele está descansando. Disse que vai mandar chamá-la mais tarde e lhe desejou um ótimo dia.

Todos ouvem. É como um toque de cornetas. Está aberta a temporada de caça aos hereges da corte, e todos sabem que a maior presa, aquela cuja cabeça oferece a maior recompensa, sou eu.

Sorrio.

— Então passaremos uma ou duas horas em meus aposentos e sairemos para cavalgar mais tarde. — Viro-me para o meu mestre das cavalariças. — Vamos todas cavalgar.

Ele faz uma mesura para mim e me dá a mão para que eu desça do estrado e atravesse a corte, que faz reverência em silêncio. Sorrio para todos. Ninguém há de dizer que eu pareço temerosa.

Quando chegamos a meus aposentos, Nan, Maud Lane e Elizabeth Tyrwhit estão lá, aguardando nosso retorno do desjejum. Nan está sentada em seu lugar preferido no banco junto à janela, as mãos no colo, o retrato da paciência feminina. Algo em sua postura rígida me diz que ela ainda não está fora de perigo. Entro no cômodo e me contenho para não correr até ela. Não me jogo em seus braços. Mantenho-me no centro da sala e digo com muita clareza, para que todas me ouçam, especialmente as que foram encarregadas de relatar o que faço para os espiões do Conselho Privado:

— Lady Herbert, minha irmã, fico feliz de ver que voltou. Fiquei surpresa e preocupada de saber que estava se explicando ao Conselho Privado. Não aceito heresia nem deslealdade em meus aposentos.

— De forma alguma — responde Nan, sem um tremor na voz, sem qualquer expressão no rosto. — Aqui não há nem nunca houve heresia. Os conselheiros interrogaram a mim e duas de suas damas e ficaram satisfeitos de saber que nada que possa ser considerado heresia foi dito ou escrito por nós, fosse em sua presença ou em sua ausência.

Hesito. Não consigo pensar no que mais posso dizer.

— Seus nomes estão limpos, e eles as liberaram?

— Sim — responde ela, e as outras duas assentem com a cabeça. — Completamente.

— Pois bem. Vou mudar de vestido e todas sairemos para cavalgar. Venha me ajudar.

Entramos no meu quarto juntas, e Catherine Brandon nos acompanha. No instante em que a porta se fecha, abraçamo-nos.

— Nan! Nan!

Ela me abraça com uma força incrível, como se fôssemos novamente duas menininhas em Kendal e ela quisesse me impedir de pular de uma árvore no pomar.

— Ah, Cat! Ah, Cat!

— O que perguntaram a você? Eles a mantiveram acordada a noite toda?

— Acalme-se, acalme-se.

Percebo que estou quase chorando de medo e levo a mão ao pescoço, desvencilhando-me dela.

— Estou bem — afirmo. — Não vou chorar. Não vou sair daqui de olhos vermelhos. Não quero que ninguém veja...

— Você está bem — confirma ela. Com delicadeza, tira um lenço da manga, enxuga meus olhos marejados e, em seguida, faz o mesmo com os seus. — Ninguém pode achar que você está aflita.

— O que disseram a você?

— Eles têm interrogado Anne Askew. Eles a torturaram.

Fico tão chocada que não consigo falar.

— Torturaram? A filha de um nobre? Nan, eles não podem ter feito isso!

— Eles enlouqueceram. Receberam autorização do rei para interrogá-la. Ele disse que podiam tirá-la da Prisão de Newgate e assustá-la até que confessasse, mas os homens a conduziram à Torre e a puseram no cavalete.

As terríveis imagens de meu sonho voltam à minha mente. A mulher com os pés dobrados para fora, com um buraco no lugar dos ombros.

— Não pode ser.

— Temo que seja verdade. Acho que mostraram a Anne o cavalete. A coragem dela os enfureceu, e eles não resistiram. Quando ela continuou sem dizer nada, eles não pararam. O condestável da Torre ficou tão pasmo que os abandonou lá e relatou o ocorrido ao rei. Disse que eles mesmos tiraram os casacos na sala de tortura e operaram o cavalete. Dispensaram os serviços do algoz. Um ficou na cabeceira, o outro no pé, e giraram as rodas. Não queriam que o algoz a torturasse; para eles, não bastava assistir: queriam machucá-la. Quando foi informado pelo condestável, o rei ordenou que parassem.

— Ele a perdoou? Ela foi libertada?

— Não — responde ela, com amargor. — Só disse que não poderiam torturá-la. Mas, Cat, quando o condestável voltou à Torre, eles já tinham passado a noite toda com ela. Continuaram a tortura enquanto ele foi ver o rei. Só pararam quando ele voltou e disse a eles que parassem.

Mantenho-me em silêncio.

— Horas?

— Deve ter levado horas. Ela nunca mais vai andar. Todos os ossos dos pés e das mãos devem estar quebrados; os ombros, os joelhos, os quadris, deslocados. Devem ter esmigalhado a coluna dela.

Novamente, vejo a imagem de meu sonho: a mulher com os pulsos horrivelmente distendidos, os ossos dos braços separados dos cotovelos, os estranhos buracos onde deveriam ficar os ombros, a postura estranha dela, tentando sustentar o pescoço deslocado. Mal consigo falar.

— Mas ela foi libertada?

— Não. Tiraram-na do cavalete e largaram-na no chão.

— Ela ainda está lá? Na Torre? Com as pernas e os braços destruídos?

Nan assente.

— Quem foi? — pergunto, furiosa. — Quero os nomes.

— Não tenho certeza. Um deles foi Richard Rich. E Wriothesley.

— O lorde chanceler da Inglaterra torturou uma dama na Torre? Com as próprias mãos?

Diante de minha expressão chocada, ela apenas assente novamente.

— Ele ficou louco? Ficaram todos loucos?

— Acho que sim.

— Nenhuma mulher jamais foi torturada no cavalete! Nenhuma nobre!

— Eles estavam decididos a saber.

— Sobre a fé dela?

— Não, disso ela fala de boa vontade. Já sabiam tudo o que precisavam saber sobre as crenças dela. O suficiente para decretá-la culpada dez vezes, que Deus os perdoe. Eles queriam saber de você. Torturaram-na para que ela a entregasse.

Ficamos ambas em silêncio, mas, embora sinta vergonha, preciso fazer a pergunta seguinte.

— Você sabe o que ela disse? Ela disse que somos hereges? Disse meu nome? Falou dos meus livros? Deve ter falado. Ninguém suportaria tamanha tortura. Ela deve ter falado.

O sorriso de Nan contrasta com seus olhos vermelhos. É o velho sorriso de coragem exibido por todas as mulheres que passam por noites difíceis sem sucumbir à traição.

— Não. Não pode ter falado. Porque... está vendo? Eles nos soltaram. Nós estávamos lá quando o condestável chegou de Londres para contar o que estava acontecendo com Anne. Ele foi levado até o rei, mas a porta entre a câmara do conselho e a câmara privada ficou entreaberta, e pudemos ouvir o rei gritando com eles. Depois os homens voltaram para continuar nos interrogando. Deviam ter esperança de que ela nos trairia ou de que nós a trairíamos, de que pelo menos uma de nós a entregaria. Mas ela permaneceu em silêncio, e nós não dissemos nada, e em seguida eles nos soltaram. Que Deus a abençoe; quebraram seus ossos como se fosse uma galinha, mas ela não disse seu nome.

Deixo escapar um soluço, tento disfarçá-lo como uma tosse, e então fico quieta.

— Precisamos enviar um médico para cuidar dela — digo. — Além de comida, bebida e algum conforto. Precisamos libertá-la.

— Não podemos — diz Nan, com um longo suspiro trêmulo. — Pensei nisso. Mas Anne passou por tudo isso para negar a ligação dela conosco. Não podemos nos incriminar. Precisamos deixá-la sozinha.

— Ela deve estar em agonia!

— Não façamos com que tenha sido em vão.

— Pelo amor de Deus, Nan! O Conselho Privado vai libertá-la?

— Não sei. Acho que...

Ouvimos leves batidas à porta. Catherine Brandon solta um murmúrio de irritação e vai atender, abrindo uma fresta.

— Sim, o que houve? — diz ela, e então relutantemente abre mais a porta. — É o Dr. Wendy. Ele insiste em vê-la.

A forma rechonchuda do médico aparece no vão da porta.

— O que foi agora? — pergunto. — O rei está doente?

Ele espera Catherine fechar a porta e faz uma reverência para mim.

— Preciso falar com a senhora em particular.

— Dr. Wendy, não é uma boa hora. Estou muito aborrecida...

— É urgente.

Aceno com a cabeça para Catherine e Nan se afastarem.

— Pode falar.

Ele tira um papel de dentro do casaco.

— É pior do que a senhora imagina. É pior do que essas damas imaginam. O próprio rei acabou de me dizer, agora mesmo. Eu lamento muito. Lamento muito ter de lhe dizer isso. Ele expediu o mandado da sua prisão. Isso é uma cópia.

Agora que tudo aconteceu, agora que a pior coisa possível aconteceu, não grito nem choro. Estou completamente imóvel.

— O rei ordenou minha prisão?

— Lamento muito dizer que sim — responde ele formalmente.

Estendo a mão, e ele me entrega o papel. Tudo acontece muito devagar, como se estivéssemos em um sonho. Penso em Anne Askew, esticada no cavalete. Penso em Ana Bolena, tirando o colar de pérolas para o carrasco francês. Penso em Kitty Howard pedindo para trazerem o bloco de madeira ao quarto para ensaiar sua execução. Penso que eu também terei de reunir coragem para morrer com dignidade. Não sei se conseguirei. Penso que sou apaixonada demais pela vida, que sou jovem demais, que quero muito viver. Penso no quanto quero Thomas Seymour. Quero uma vida com ele. Quero o amanhã.

Sem nada ver, abro o papel. Distingo a assinatura rabiscada de Henrique, como já vi uma dúzia de vezes. Sem dúvida, foi feita pela mão de meu marido. Acima dela, na letra de um escrevente, há o mandado de minha prisão. É verdade. Está aqui. Está aqui, finalmente. Meu próprio marido ordenou minha prisão sob a acusação de heresia. Meu próprio marido assinou o mandado.

A monstruosidade quase me sufoca. Ele não quer me mandar de volta à obscuridade da viuvez — embora pudesse fazer isso, embora tenha poder para fazer isso. Ou ele poderia me exilar da corte, e eu teria de obedecer-lhe. Ele poderia me tratar como tratou Ana de Cleves, ordenando que eu fosse morar em outro lugar, e eu teria de ir. Ele poderia fazer isso, é o chefe da Igreja, tem o poder de decidir quais casamentos são válidos e quais devem ser anulados. Desfez os laços matrimoniais com Catarina de Aragão, embora ela fosse uma princesa espanhola e o próprio papa dissesse que o casamento não podia ser feito; mesmo assim, Henrique o desfez.

Mas ele não deseja que eu fique longe de sua vista e longe de seus palácios; não quer que eu devolva as joias e os vestidos das outras rainhas; não quer que eu abandone seus filhos e seja esquecida por eles. Não basta que eu abra mão da regência e perca meu poder. Isso não é suficiente para ele. Ele me quer morta. O único motivo para me acusar de um crime cuja pena é a morte é me matar. Henrique, que executou duas esposas e aguardou a notícia da morte de outras duas, agora me quer morta como elas.

Não entendo, não consigo entender o motivo. Não vejo por que ele não me mandaria para o exílio se passou a me detestar depois de me amar tanto. Mas não é o caso. Ele me quer morta.

Viro-me para Nan, que está pálida no vão da porta ao lado de Catherine.

— Veja isso — digo, em desalento. — Nan, veja o que ele fez agora. Veja o que quer fazer comigo. — Entrego-lhe o papel.

Em silêncio, ela lê; tenta falar, mas sua boca abre e fecha, e ela não consegue dizer nada. Catherine pega o papel das mãos impotentes de Nan e lê em silêncio, e então ergue os olhos para mim.

— Isso é obra de Gardiner — afirma, depois de um longo instante.

— Ele a acusou de ser uma herege traidora — declara o Dr. Wendy. — Disse que a senhora é uma serpente no coração do rei.

— Não basta que eu seja Eva, a mãe de todos os pecados; agora também preciso ser a serpente? — pergunto, furiosa.

O Dr. Wendy assente mais uma vez.

— Ele não tem nenhuma prova! — afirmo.

— Eles não precisam de provas — afirma o Dr. Wendy, atestando o óbvio.

— O bispo Gardiner alegou que a religião que a senhora defende não reconhece lordes, não reconhece reis, trata os homens como se todos fossem iguais. Disse que sua crença é o mesmo que rebelião.

— Não fiz nada para merecer a morte — respondo. Posso ouvir minha voz trêmula e comprimo os lábios.

— Nem as outras — diz Catherine.

— O bispo afirmou que qualquer um que diga o que a senhora diz merece, pela lei e com justiça, a morte. Foram as palavras exatas dele.

— Quando eles virão? — interrompe Nan.

— Virão? — Não entendo o que ela quer dizer.

— Para prendê-la? — pergunta Nan ao médico. — Qual é o plano? Quando eles vêm? E para onde vão levá-la?

Prática como sempre, minha irmã se dirige ao armário, pega minha bolsinha e procura uma caixa para guardar minhas coisas. As mãos dela estão tremendo tanto que ela não consegue girar a chave na fechadura. Ponho as mãos em seus ombros, como se o ato de impedir que Nan faça os preparativos para minha prisão pudesse impedir a vinda dos guardas.

— O lorde chanceler recebeu a incumbência de vir buscá-la. Vai levá-la para a Torre. Não sei quando. Não sei quando será julgada.

Ao ouvir as palavras "a Torre", sinto os joelhos fraquejarem, e Nan me conduz a uma cadeira. Mantenho a cabeça baixa até a tontura passar, e Catherine me traz um copo de cerveja fraca. O sabor é amargo, parece cerveja velha. Penso em Thomas Wriothesley passando a noite inteira torturando Anne Askew na Torre e agora vindo a meus aposentos para me levar para lá.

— Preciso ir — diz Catherine. — Tenho dois filhos sem pai. Preciso deixá-la.

— Não vá!

— Preciso — repete ela.

Em silêncio, Nan indica a porta com a cabeça para que ela saia. Catherine faz uma mesura profunda.

— Deus a abençoe — diz ela. — Deus a proteja. Adeus.

A porta se fecha após a saída de Catherine, e me dou conta de que ela disse adeus a uma mulher moribunda.

— Como o senhor soube disso? — pergunta Nan ao Dr. Wendy.

— Eu estava lá, no fundo da sala, preparando o remédio para o rei dormir, quando eles tomaram a decisão. E depois, enquanto eu fazia o curativo da perna, o próprio rei me disse que é ridículo um homem já velho ser instruído pela jovem esposa.

Ergo a cabeça.

— Ele disse isso?

O médico faz que sim.

— Só isso? Ele não tem nada mais contra mim?

— Nada. O que mais poderia ter? E depois encontrei o mandado largado no chão, no corredor entre o quarto dele e a câmara privada. Perto da porta. Assim que o vi, trouxe para a senhora.

— O senhor encontrou o mandado? — pergunta Nan, desconfiada.

— Encontrei... — A voz se perde. — Ah, suponho que alguém deve tê-lo deixado ali para que eu o encontrasse.

— Ninguém deixa cair o mandado de prisão de uma rainha por acidente — afirma Nan. — Alguém queria que soubéssemos. — Ela caminha de um lado para outro do cômodo, refletindo. — É melhor que você vá até o rei. Vá até Henrique agora, ajoelhe-se, rasteje de joelhos como uma penitente e implore perdão. Peça perdão por ter manifestado suas opiniões.

— Não vai adiantar — discorda o Dr. Wendy. — Ele ordenou que as portas dos aposentos dele permanecessem trancadas. Não vai recebê-la.

— É a única chance. Se ela puder vê-lo e for humilde... mais humilde do que qualquer mulher no mundo já foi. Cat, terá de rastejar. Terá de pôr suas mãos debaixo da bota dele.

— É isso que vou fazer — prometo.

— Ele disse que não vai recebê-la — retruca o médico, sem jeito. — Os guardas receberam ordens de não deixá-la entrar.

— Ele também se isolou de Kitty Howard — lembra Nan. — E da rainha Ana.

Os dois ficam em silêncio. Olho de um para o outro e não consigo pensar no que fazer. Só consigo pensar que os guardas estão a caminho e que me levarão para a Torre, e que Anne Askew e eu seremos prisioneiras na mesma fortaleza fria. À noite, da janela, eu talvez ouça seus gritos de dor. Talvez aguardemos a sentença de morte em celas adjacentes. Talvez eu a ouça sendo carregada para a fogueira. Ela ouvirá meu cadafalso sendo construído no gramado.

— E se ele pudesse ser persuadido a vir a seus aposentos? — sugere o Dr. Wendy, subitamente. — Se ele achasse que a senhora está doente?

Nan se surpreende com a ideia.

— Se o senhor dissesse ao rei que ela se encontra em tristeza profunda, que pode morrer de tristeza... se o senhor dissesse ao rei que ela está chamando por ele, praticamente no leito de morte...

— Como Jane, no parto... — digo.

— Como a rainha Catarina... As últimas palavras dela foram que desejava vê-lo — completa Nan.

— Uma mulher desamparada, em desespero, morrendo de tristeza...

— Talvez ele viesse — concorda o médico.

— O senhor pode fazer isso? — pergunto avidamente. — O senhor pode convencer o rei de que estou desesperada para vê-lo e de que meu coração está destruído?

— E de que ele seria magnânimo e misericordioso se viesse...

— Tentarei — promete ele. — Tentarei agora.

Lembro-me de Thomas aconselhando-me a jamais chorar na frente do rei porque ele gosta de ver as lágrimas de uma mulher.

— Diga a ele que estou desesperada de tristeza. Diga a ele que não consigo parar de chorar.

— Depressa — diz Nan. — Quando Wriothesley virá prendê-la?

— Não sei.

— Então vá agora.

Ele vai até a porta, e eu me levanto e seguro seu braço.

— Não se coloque em perigo — peço, embora minha vontade seja ordenar que ele faça qualquer coisa, que ele diga qualquer coisa que possa me salvar. — Não se arrisque. Não diga que me avisou.

— Vou dizer que fiquei sabendo que a senhora estava doente de tristeza — afirma ele, fitando meu rosto tenso, meus olhos perplexos. — Vou dizer que ele partiu seu coração.

Ele faz uma reverência e sai para minha câmara privada, onde as damas da corte se aglomeram em silêncio, imaginando se serão chamadas para testemunhar contra mais uma rainha de Henrique, em mais um julgamento de morte.

— Cabelo solto — ordena Nan, enérgica.

Ela manda uma criada desfazer meu penteado e escovar meu cabelo, espalhando-o por cima de meus ombros. Em seguida, abre a porta para ordenar que outra criada traga minha melhor camisola de seda, com mangas pretas que deixam a pele exposta.

Nan retorna com mais duas criadas, que começam a alisar a roupa de cama e a arrumar os travesseiros.

— Perfume — diz, apenas, e as moças pegam um jarro de óleo de rosas e uma pena para espalhar o aroma por toda a roupa de cama.

Minha irmã se vira para mim.

— Vermelho nos lábios. Só um pouco. Beladona nos olhos.

— Eu tenho um pouco — diz uma das damas. Nan pede a ela que vá correndo até seus aposentos, enquanto minha criada chega com a camisola.

Tiro o vestido e visto a camisola de seda. O tecido é frio sobre minha pele nua. Nan amarra os laços pretos desde o pescoço até embaixo, mas mantém o de cima frouxo, de modo a deixar à mostra um pouco de minha pele pálida em contraste com a seda escura. Assim o rei poderá ver o contorno de meus seios. Ela endireita meu cabelo por cima de meus ombros, e os cachos castanho-avermelhados reluzem contra o preto da camisola. Fecha as janelas só um pouco, de forma a deixar o quarto na penumbra.

— A princesa Elizabeth ficará do lado de fora, na câmara privada, lendo os escritos do rei — ordena Nan por cima do ombro, e alguém sai correndo para chamar a princesa. — Vamos deixá-la sozinha — diz ela a mim. — Estarei aqui quando ele chegar, e então sairei. Vou tentar levar os pajens dele comigo. Você sabe o que tem de fazer?

Faço que sim com a cabeça. Sinto frio dentro da camisola de seda e temo ter calafrios, temo estremecer.

— Comece na cama — aconselha Nan. — De qualquer modo, duvido que você consiga ficar de pé.

Ela me ajuda a subir na cama. O cheiro de rosas é quase sufocante. Nan puxa a camisola até meus pés, entreabrindo-a na frente, de modo que o rei possa ver meus tornozelos delgados, a curva sedutora da panturrilha.

— Não seja provocante demais — aconselha ela. — Precisa parecer que foi ideia dele.

Recosto-me nos travesseiros, e ela põe uma mecha de meu cabelo sobre meu ombro para contrastar com a palidez da pele.

— Isso é nojento — digo. — Sou uma rainha, sou uma mulher instruída. Não uma prostituta.

Ela assente com a cabeça, um gesto casual, como faria um criador de porcos ao levar a fêmea até o macho.

— Pois é.

Podemos ouvir a poltrona de rodinhas do rei atravessando o piso de madeira da câmara de audiências, e então abrem-se as portas da minha câmara privada. Ouvimos as damas se levantarem para saudá-lo e o "bom dia" constrangido dele a todas. Em seguida, ele cumprimenta a princesa Elizabeth. Ela sabe que deve manter a cabeça baixa e parecer temente a Deus.

Os guardas abrem a porta do quarto, e o rei entra, sua poltrona de rodinhas sendo empurrada por seus pajens, a perna enfaixada estendida à frente. O cheiro de carne podre entra junto com ele, como uma brisa.

Oscilo um pouco, como se tentasse me levantar, mas volto a deitar, fraca e aturdida demais com sua presença. Viro para ele o rosto manchado de lágrimas, enquanto Nan se ocupa dos pajens, arrastando-os para a porta, e faz um gesto com a cabeça para que o guarda feche a porta. Em instantes, o rei se vê sozinho comigo.

— O médico disse que você estava muito doente — diz ele, carrancudo.

— Não deviam ter incomodado o senhor... — Minha voz se perde em um soluço. — Fico tão honrada que o senhor tenha vindo...

— Claro que eu viria ver minha esposa — diz o rei, animado com o papel de marido dedicado, os olhos fixos em minhas pernas.

— O senhor é tão bom comigo — sussurro. — Foi por isso que fiquei tão...

— Tão o que, Cate? Qual é o problema?

Balbucio. Eu realmente não consigo pensar em uma frase que desperte a piedade dele. Arrisco-me.

— Se eu desagrado ao senhor, quero morrer.

O rubor súbito em seu rosto é o mesmo de quando ele sente prazer sexual. Por sorte, deparei-me com aquilo que o encanta mais do que qualquer outra coisa, e eu não sabia disso até o momento. Em meu desespero, encontrei o que move o desejo dele por uma mulher.

— Morrer, Cate? Não fale de morte. Não há motivo para você falar de morte. Você é jovem e saudável. — Seu olhar se detém em meus pés, no tornozelo, na suave curva de minha perna. — Por que uma mulher jovem e bonita como você falaria de morte?

Porque você é o Barba Azul, o Barba Azul de meus pesadelos, tenho vontade de responder. Você é o Barba Azul, e sua esposa, Trifina, abriu as portas trancadas de seu castelo e encontrou suas esposas mortas. Porque agora sei que você mata suas esposas, sei que é impiedoso. Porque o conceito que tem de si mesmo é tão alto que você não consegue imaginar qualquer outra pessoa pensando por si só, ou sendo ela mesma, ou importando-se com qualquer coisa que não seja você. É o único sol de seu próprio céu. É o inimigo natural de qualquer pessoa que não seja você. Em sua alma, é um assassino, e tudo o que quer de uma esposa é submissão a você ou à morte que decretar para ela. Não há qualquer alternativa. Você tem de ser o mestre, o mestre supremo. Mal consegue suportar qualquer um que não seja como você. Seus amigos precisam ser simulacros seus, o único sobrevivente de sua corte é o bobo, que se declara um imbecil. Você não consegue suportar nada que não seja à sua imagem. É um assassino de esposas.

— Se o senhor não me ama, quero morrer — digo, e minha voz é apenas um fio trêmulo. — Não me resta mais nada. Se o senhor não me ama, não me resta mais nada além do túmulo.

Ele está excitado. Ajeita o imenso corpo na poltrona rangente para me ver melhor. Contorço-me um pouco, em minha tristeza, e a camisola se abre. Afasto para trás as mechas de meu cabelo, e a camisola desliza de meu ombro; aparentemente, em minha aflição, não percebo que ele pode ver minha pele branca, a curva de meu seio.

— Minha esposa — diz ele. — Minha esposa amada.

— Diga que sou sua amada — insisto. — Morrerei se você não me amar.

— Você é — diz ele, a voz arfante. — Você é.

Ele não consegue se levantar da poltrona para me tocar. Arrasto-me até a beira da cama, onde a poltrona está encostada, e ele estende os braços para mim. Aproximo-me esperando que ele me abrace, mas ele me agarra como um menino desajeitado, tentando desatar os nós da camisola. Ele desamarra um laço, e então sinto suas mãos gordas tateando meus seios frios, como se ele fosse um mercador pesando maçãs. Ele não quer me abraçar, quer me apalpar. Sem jeito, ajoelho-me à sua frente enquanto ele me massageia, como se ordenhasse uma vaca. Abre um sorriso.

— Pode vir a meu quarto hoje à noite — diz, a voz rouca. — Eu a perdoo.

Conduzo minhas damas ao jantar e, depois, de volta aos meus aposentos em quase completo silêncio. Mesmo a mais novata, mesmo a mais mal-informada, sabe que alguma coisa terrível aconteceu, que fui para minha cama em estado de prostração e que o rei pessoalmente veio me visitar. Se isso significa que está tudo bem ou que a desgraça recaiu sobre nós, ninguém sabe com certeza. Nem mesmo eu.

Deixo-as em meus aposentos, cochichando e fofocando, tiro meu vestido e ponho o robe de seda bordado para ir aos aposentos do rei, acompanhada apenas por minha irmã Nan e minha prima Maud Lane.

Atravessamos a grande câmara de audiências, a câmara privada, e então chegamos à antecâmara. O quarto fica logo atrás daquelas portas. Henrique está com seus amigos, mas nem lorde Wriothesley nem o bispo Gardiner estão presentes. Will Somers está agachado de forma estranha diante do escabelo do rei, como um cachorro sentado, em silêncio absoluto. Ao me ver, ele estica as mãos, que deslizam pelo chão, e abaixa o corpo, como um cachorro que agora descansa. A cabeça dele está quase sob o escabelo que sustenta a perna doente do rei. Ali embaixo, o fedor deve ser insuportável. Olho para Will, quase que inteiramente deitado no chão, e ele vira a cabeça baixa e ergue as sobrancelhas para olhar para mim, sem sorrir.

— Você está deitado, Will — comento.

— Estou, sim — responde ele. — Acho melhor.

Ele volta os olhos para o rei, e vejo que Henrique, sentado acima dele, nos fita com intensidade. Seus cortesãos se encontram sentados ao lado da cama, e Anthony Denny se levanta para me ceder o assento junto à lareira, de modo que todos possam ver meu rosto bem iluminado. Obviamente, preciso fazer um pedido de desculpas público. Nan e Maud se sentam vagarosamente em um banco junto à parede, quase como se estivessem se ajoelhando.

— Estávamos discutindo a reforma da Igreja — diz Henrique, de súbito. — Ponderando se as mulheres que discursam tão solenemente nas praças fazem sermões tão sagrados quanto os clérigos que passaram anos na universidade.

Balanço a cabeça.

— Eu não saberia dizer. Nunca as ouvi.

— Nunca, Cate? — pergunta ele. — Nenhuma delas veio a seus aposentos fazer sermões e cantar para você?

Balanço a cabeça novamente.

— Talvez uma ou duas tenham vindo pregar. Não me lembro.

— Mas o que você acha das coisas que elas dizem?

— Ah, milorde, como eu poderia julgar? Eu precisaria pedir sua orientação.

— Você não julga nada por si própria?

— Ah, senhor meu marido, como posso julgar quando tenho apenas a educação simples de uma dama e a mente de uma mulher fraca? O homem foi feito à imagem e semelhança de Deus. Sou apenas uma mulher, inferior em todos os sentidos. Em tudo consulto o senhor, que é minha única âncora, o chefe supremo e governante ao lado de Deus.

— Mas você parece ter se tornado doutora, Cate. Sempre nos instruindo... — diz ele, irritado. — Você até me contesta!

— Não, não. Eu só queria distraí-lo de sua dor. Sempre debati com o senhor apenas para entretê-lo. Acho que é muito indecoroso, é absurdo, uma mulher assumir o cargo de mentora daquele que deve ser seu senhor e marido.

Anthony Denny assente com a cabeça: é verdade. Will se ergue devagar sobre suas patas da frente, como se quisesse confirmar que também testemunhou o que eu disse. O rei está pronto para ser apaziguado. Seus olhos percorrem o aposento para ver se todos estão prestando atenção.

— É, meu amor? — pergunta.

— Ah, sim, sim — respondo.

— E você nunca teve outro motivo?

— Nunca.

— Então venha me dar um beijo, Cate, porque somos amigos, tanto quanto antes.

Aproximo-me, e ele me puxa na direção de sua perna saudável, de modo que fico praticamente sentada em seu colo, e enterra o rosto em meu pescoço. Meu sorriso jamais vacila, e Will se levanta de um salto.

— Todos podem sair — diz Henrique, e seus lordes fazem reverências e se retiram enquanto os pajens entram, a fim de preparar o quarto para a noite. Os castiçais ganham velas novas, espaçadas pelo quarto de modo a dar ao ambiente uma iluminação suave, e a lareira é reabastecida para a noite toda. Há um cheiro agradável de canela e gengibre.

Nan se aproxima, como se quisesse ajeitar meu cabelo.

— Faça o que tem de fazer. Vou esperar lá fora. — Ela faz uma mesura e se retira.

Atrás de mim, os pajens prepararam a cama do rei de acordo com o ritual de sempre. Enfiaram uma espada no colchão para detectar qualquer possível assassino escondido e aqueceram o lençol limpo. Então, finalmente, posicionam-se um de cada lado do rei para erguê-lo. Deixam uma bandeja de doces a seu alcance e um decantador de vinho para que eu o sirva.

Endireito meu roupão de seda escura lindamente bordado e me sento junto à lareira até que ele me convide para a enorme cama. Com nervosismo, penso que é como minha noite de núpcias, quando eu temia tanto seu toque. Agora já me acostumei com ele; nada que Henrique faça pode me chocar. Terei de aceitar suas carícias úmidas; sei que terei de beijá-lo sem recuar ao sentir o cheiro fétido de sua saliva. Acho que ele está com dor demais na perna e entorpecido demais pelos remédios para querer que eu monte nele, então não terei de fazer nada além de sorrir e parecer excitada. Posso fazer isso. Posso fazer isso por minha própria segurança e pela segurança de todos cuja liberdade depende desse tirano. Posso sufocar meu orgulho. Posso ignorar minha vergonha.

— Então somos amigos — diz ele, inclinando a cabeça para o lado a fim de admirar meu robe de seda azul-escura e o reluzente linho branco da camisola por baixo. — Mas acho que você foi uma menina muito má. Acho que tem lido livros que estavam banidos e ouvido sermões que estavam proibidos.

Ser tratada como criança por meu trabalho intelectual — também consigo suportar isso. Inclino a cabeça.

— Sinto muito se fiz alguma coisa errada.

— Sabe o que eu faço com meninas más? — pergunta ele, com malícia.

Sinto-me inquieta. Nunca o ouvi falar assim, me diminuindo, e agindo ele próprio como um tolo. Mas não posso contrariá-lo.

— Acho que não fui má, milorde.

— Foi muito má! E sabe o que eu faço com meninas más? — repete ele.

Balanço a cabeça. Ele está começando a ficar senil. Preciso suportar isso também.

Henrique faz um gesto para que eu me aproxime da cama.

— Chegue mais perto.

Obedeço, caminhando graciosamente, feminina. Dou os poucos passos de cabeça erguida, como a rainha que sou. Penso: certamente ele não pode continuar com esse joguinho, como se eu fosse uma criança a ser repreendida. Mas parece que sim, ele pode. Henrique segura minha mão e me puxa para perto da cama.

— Acho que você leu livros que Stephen Gardiner consideraria heréticos, sua menina má.

Arregalo os olhos, tentando assegurá-lo de minha inocência.

— Eu jamais faria nada contra a vontade do senhor. Stephen Gardiner nunca me acusou de nada e não tem nenhuma prova.

— Ah, acusou, sim — responde ele, dando um riso abafado, como se isso fosse engraçado. — Pode ter certeza! E acusou suas amigas, e aquela pregadora, e de fato ele tinha todas as evidências necessárias para provar para mim, ou até para um júri, Cate, para um júri!, que você é, infelizmente, uma menininha muito má.

Tento sorrir.

— Mas eu expliquei...

Percebo uma centelha de irritação.

— Esqueça isso. Estou dizendo que você é uma menina má, e acho que deve ser punida.

Imediatamente, penso na Torre e no cadafalso no gramado. Penso em minhas damas e nos pregadores que foram aos meus aposentos. Penso em Anne, na Torre, aguardando que a libertem de sua agonia.

— Punida?

Ele vira seu imenso corpo de barril a fim de estender a mão esquerda para mim. Seguro-a, e ele me puxa com violência, como se quisesse me jogar para o outro lado da cama.

— Vossa Majestade?

— Ajoelhe-se na cama. — Este é seu castigo. — Ele vê minha expressão perplexa e ri tanto que chega a tossir, seus olhinhos de porco lacrimejando. — Ah! Você estava achando que eu ia decapitá-la? Ah, Deus! Como as mulheres são tolas! Ajoelhe-se.

Seguro a saia da camisola com a mão livre e me ajoelho sobre a cama, ao lado dele. Ele solta minha outra mão, agora que estou onde deseja, ajoelhada a seu lado, o fedor da perna ferida vindo até o meu rosto. Junto as mãos como se fosse jurar lealdade.

— Não, não é isso — diz ele, impaciente. — Não quero que você implore por perdão. Fique de quatro. Como um cachorro.

Dirijo-lhe um olhar incrédulo e noto que ele está decidido. Ele está falando sério. Quando hesito, vejo que seu olhar endurece.

— Já falei uma vez — diz ele, em voz baixa. — Há guardas aí fora, e basta uma palavra minha para que a ponham em minha barcaça e a levem à Torre.

— Eu sei — apresso-me a dizer. — Só não sei o que o senhor quer que eu faça, senhor meu marido. Eu faria qualquer coisa pelo senhor, sabe disso. Prometi amá-lo...

— Já falei o que deve fazer — observa ele, parecendo sensato. — Fique de quatro, como um cachorro.

Meu rosto arde de vergonha. Fico de quatro na cama, abaixando a cabeça para não ver o triunfo radiante no rosto dele.

— Levante o robe.

Isso é demais.

— Não posso — respondo, mas ele está sorrindo.

— Até a cintura. Levante a camisola também. Fique com a bunda de fora como uma prostituta de Smithfield.

— Vossa Majestade...

Ele ergue a mão direita, como se me advertisse a manter absoluto silêncio. Olho para ele, perguntando a mim mesma se eu ousaria desafiá-lo.

— Minha barcaça... está esperando por você.

Devagar, ergo a camisola até a cintura, a seda fria em meus dedos. Fico nua da cintura para baixo, de quatro, na cama do rei.

Ele tateia debaixo do lençol, e, por um instante terrível, penso que está se tocando, excitado por minha nudez, e que terei de fazer coisa pior. Mas ele tira dali um chicote, um chicote curto de montaria, e mostra-o para mim, trazendo-o até meu rosto quente.

— Está vendo isso? — pergunta, em voz baixa. — Não é mais grosso do que meu dedo mínimo. As leis do país, as minhas leis, dizem que um marido pode bater na esposa se a vara não for mais grossa do que seu dedo. Está vendo que é um chicote fininho, e que, de acordo com a lei, posso usá-lo em você? Estamos de acordo?

— Vossa Majestade não faria...

— É a lei, Catarina. Assim como a lei da heresia, assim como a lei da traição. Você entende que sou eu que faço as leis, sou eu que fiscalizo o cumprimento delas, e que nada acontece na Inglaterra sem meu consentimento?

Minhas pernas e nádegas estão frias. Abaixo a cabeça no lençol fétido.

— Entendo — respondo, embora mal consiga falar.

Ele aproxima abruptamente o chicote do meu rosto.

— Olhe!

Ergo a cabeça e olho.

— Beije-o — diz ele.

Não consigo conter meu choque.

— O quê?

— Beije o cabo do chicote. Como um sinal de que aceita seu castigo. Como uma boa menina. Beije o chicote.

Fito-o por um instante, como se cogitasse desobedecer-lhe. Ele retribui meu olhar, totalmente calmo. Só o forte rubor em seu rosto e a respiração acelerada revelam que ele está excitado. Ele aproxima o chicote dos meus lábios.

— Beije.

Comprimo os lábios. Ele põe a tira de couro diante de minha boca. Eu a beijo. Ele põe o cabo de couro diante de meu rosto. Eu o beijo. Ele põe o punho que segura o chicote diante de minha boca e eu beijo seus dedos gordos também. Então, sem alterar a expressão, ele ergue o chicote e açoita com força minhas nádegas.

Solto um grito e me retraio, mas ele está segurando meu braço com firmeza e desfere outro golpe. Três vezes ouço o zunido e sinto o açoite, a dor terrível. Há lágrimas ardendo em meus olhos quando ele aproxima o chicote de meu rosto mais uma vez e sussurra:

— Beije-o, Catarina, e diga que aprendeu a obediência de uma esposa.

Há sangue em minha boca, porque mordi o lábio. Tem gosto de veneno. Sinto as lágrimas quentes escorrerem pelas minhas bochechas e não consigo evitar que um soluço escape de meus lábios. Ele balança o chicote diante de mim, e eu o beijo, como ele ordenou.

— Diga — lembra-me ele.

— Aprendi a obediência de uma esposa.

— Diga: "Obrigada, senhor meu marido."

— Obrigada, senhor meu marido.

Ele se mantém em silêncio. Respiro fundo, com dificuldade, sentindo meu peito arfar com o choro. Presumo que meu castigo terminou e abaixo a camisola. Minhas nádegas estão ardendo. Temo que estejam sangrando e que minha camisola branca fique manchada.

— Mais uma coisa — diz ele suavemente, ainda me segurando de quatro na cama. Aguardo.

Ele afasta os cobertores, e vejo que está usando a culhoneira de marfim do retrato, presa na gorda barriga nua, como uma ereção monstruosa. É uma visão grotesca, a peça imensa na barriga flácida, erguendo-se do lençol, bordada com fios de prata e cravejada de pérolas.

— Beije isto também — ordena ele.

Meu orgulho está despedaçado. Seco os olhos com as costas da mão, sentindo o muco de meu nariz se espalhar pelo rosto. Obedecerei novamente, por minha segurança.

Ele põe a mão na culhoneira e a acaricia como se estivesse se tocando. Dá uma risadinha animada.

— Você precisa fazer isso — diz, simplesmente.

Assinto com a cabeça. Sei que preciso. Abaixo a cabeça e encosto os lábios na ponta incrustada de joias da culhoneira. Em um rápido gesto cruel, ele agarra meu cabelo e puxa minha nuca para si, de modo que a peça bate em meus dentes, e as pérolas arranham meus lábios. Apesar da dor, não recuo. Mantenho o rosto parado enquanto ele simula o ato sexual em minha boca até deixá-la machucada pelas joias e pelo bordado, meus lábios sangrando.

Ele está exausto, o rosto ruborizado e suando. A culhoneira de marfim está manchada com meu sangue, como se tivesse deflorado uma virgem. Ele se recosta nos travesseiros e solta um suspiro, profundamente satisfeito.

— Pode ir.

Já é muito tarde quando saio do quarto do rei, fechando a porta em silêncio. Caminho rigidamente pela câmara privada até a câmara de audiências, onde os pajens aguardam.

— Entrem — digo-lhes, minha mão escondendo a boca ferida. — Ele quer bebida e comida.

Nan e Maud Lane se levantam de seus assentos ao lado da lareira. As portas duplas entre a câmara privada e o quarto abafaram meus gritos; mas Nan nota imediatamente que algo está errado.

— O que ele fez com você? — pergunta, avaliando meu rosto pálido, vendo minha boca machucada, a mancha de sangue.

— Está tudo bem — respondo.

Voltamos a meus aposentos em silêncio. Sei que estou caminhando sem jeito, sinto a camisola de linho colando-se às feridas feitas pelo chicote. Atravessamos a galeria e entramos no quarto. Maud se despede com uma mesura e fecha a porta. Nan desata os laços do robe.

— Não chame ninguém — digo. — Vou dormir com essa camisola, amanhã eu me lavo.

— O fedor da perna dele está na sua roupa — adverte Nan.

— Está no meu corpo todo — respondo, com um nó na garganta. — Mas preciso dormir. Não suporto...

Nan se despe e sobe na cama. Pela primeira vez na vida, deito-me sem antes me ajoelhar para rezar. Não tenho palavras hoje, sinto-me distante de Deus. Acomodo-me entre os lençóis frios. Nan sopra a vela, e a escuridão nos envolve; só consigo ver o contorno da janela, delineada pela luz da alvorada entrando pelas frestas. Permanecemos acordadas, em silêncio, durante um longo tempo. Meu reloginho de prata toca quatro badaladas. Então ela pergunta:

— Ele a machucou?

— Sim — respondo.

— De propósito?

— Sim.

— Mas você está perdoada?

— Ele queria destruir minha alma, e acho que conseguiu. Não pergunte mais nada, Nan.

Dormimos um sono intermitente. Não sonho com o castelo sombrio ou com a mulher de membros deslocados ou com as esposas mortas atrás das portas trancadas. Passei por uma das piores coisas que podem acontecer com uma mulher orgulhosa; não preciso mais temer meus sonhos. Quando as criadas chegam pela manhã com o jarro de água quente, encontram-me tirando a camisola manchada, e ordeno que preparem o banho. Quero tirar o cheiro da perna supurada dele da minha pele, do meu cabelo. Quero tirar o gosto fétido da minha boca. Sinto-me suja, imunda, como se jamais pudesse ficar limpa de novo. Sei que estou destruída.

Minha humilhação animou o rei e trouxe-o de volta à boa saúde. De repente, ele está bem-disposto para almoçar com a corte e, à tarde, é levado até o jardim em sua poltrona de rodinhas. Caminho ao lado dele de mão dada, acompanhada de Nan, Lady Tyrwhit e da pequena Lady Jane Grey, e o restante de minhas damas vem logo atrás de nós. Há uma grande faia no meio do jardim particular do rei. Ele para a cadeira sob a sombra, e alguém traz um banquinho para que eu me acomode junto dele. Com cuidado, sento-me. Ele sorri ao ver que não consigo me sentar sem dor.

— O senhor está feliz, senhor meu marido?

— Agora vamos ver uma peça.

— Uma peça? Aqui?

— Sim. E, quando tiver terminado, você poderá me dizer o título.

— O senhor está falando em enigmas, milorde?

Posso sentir meu medo crescendo.

O pequeno portão de ferro do jardim range um pouco, escancara-se, e guardas entram correndo, um grande número deles, aglomerando-se no pequeno jardim. Há pelo menos quarenta homens com os uniformes dos soldados da guarda do rei. Levanto-me. Por um instante, acho que se trata de um motim contra o rei e que ele está em perigo. Olho em volta, procurando os pajens que o trouxeram aqui, os nobres da corte. Não há ninguém por perto. Ponho-me diante dele; terei de protegê-lo do que quer que aconteça. Terei de salvá-lo, se puder.

— Espere — adverte ele. — Lembre-se, é uma peça.

Não são traidores. No encalço dos guardas, vem lorde Wriothesley, com um papel enrolado na mão. Seu rosto está radiante de triunfo. Ele caminha em minha direção, sorrindo, e desenrola o papel, mostrando-me o selo, o selo real. É meu mandado de prisão.

— Rainha Catarina, conhecida como Catarina Parr, a senhora está presa por traição e heresia — anuncia ele. — Aqui está o mandado. A senhora precisa me acompanhar à Torre.

Não consigo respirar. Lanço um olhar aflito para meu marido. Ele sorri. Acho que é a maior piada, a maior mascarada, que ele já encenou. Ele destruiu meu orgulho e agora destruirá minha vida, e não posso reclamar, não posso protestar por minha inocência. Não posso sequer implorar por seu perdão, porque não consigo respirar.

Minha visão fica nebulosa, embora eu consiga distinguir Nan correndo pelo jardim em nossa direção, o rosto dominado pelo medo. Atrás dela, a pequena Jane Grey hesita, dá um passo à frente, dá outro para trás. Lorde Wriothesley agita o mandado e repete:

— A senhora precisa me acompanhar à Torre, Vossa Majestade. Sem demora, por favor. — Seu rosto continua radiante. — Por favor, não me faça ordenar aos guardas que a levem à força.

Ele se ajoelha diante do rei.

— Cumprirei as ordens do senhor — diz Wriothesley, a voz repleta de satisfação. Ele se ergue novamente. Está prestes a fazer um gesto para os guardas me cercarem.

— Idiota! — grita Henrique para ele, a plenos pulmões. — Idiota! Canalha! Monstro! Idiota!

Wriothesley recua diante da súbita fúria do rei.

— O quê?

— Como ousa? — pergunta Henrique. — Como ousa entrar em meu jardim particular e insultar a rainha? Minha amada esposa! Você está louco?

Wriothesley abre e fecha a boca como uma das carpas do lago.

— Como ousa vir aqui e atacar minha esposa?

— O mandado? Vossa Majestade! O mandado real?

— Como ousa mostrar a ela uma coisa dessas? Uma mulher que jurou defender meus interesses, cujos pensamentos são os meus pensamentos, cujo corpo me pertence, cuja alma imortal está sob minha custódia? Minha esposa! Minha esposa amada!

— Mas o senhor disse que ela deveria...

— Você está dizendo que eu ordenaria a prisão de minha própria esposa?

— Não! — diz Wriothesley apressadamente. — Não, claro que não, Vossa Majestade, não.

— Saia da minha frente — grita o rei, como se tivesse sido levado à loucura por tamanha deslealdade. — Não suporto vê-lo! Nunca mais quero vê-lo.

— Mas, Vossa Majestade?
— Vá!

Wriothesley faz uma reverência e se afasta, trôpego, pelo portão do jardim. Os guardas saem desajeitadamente atrás dele, precipitando-se para fora do jardim ensolarado, desesperados para escapar da fúria do rei. Henrique espera até que todos saiam e o portão se feche, a sentinela guardando-o, de costas para nós. Só quando tudo está novamente tranquilo, o rei se volta para mim.

Está rindo tanto que não consegue falar. Por um instante, temo que esteja tendo um ataque. As lágrimas brotam de seus olhinhos apertados e escorrem pelas bochechas suadas. Ele está vermelho, a mão na barriga, engasgando, tentando respirar. Longos minutos se passam até que ele consiga se recuperar. Abre os olhinhos e enxuga as bochechas molhadas.

— Meu Deus — diz ele. — Meu Deus.

Ele me vê à sua frente, ainda paralisada de choque, minhas damas lívidas, à espera.

— Qual é o título da peça, Cate? — pergunta, arfante, ainda rindo.

Balanço a cabeça.

— Você não é tão inteligente? Não lê tanto? Qual é o título da minha peça?

— Vossa Majestade, não consigo imaginar.

— *A rainha domada!* — grita ele. — *A rainha domada.*

Mantenho meu sorriso. Fito seu rosto vermelho e suado, e o som de sua nova gargalhada ressoa como o grasnido rouco dos corvos da Torre.

— Sou o mestre do canil — afirma ele, de súbito abandonando o tom de brincadeira. — Observo todos vocês. Atiro um na garganta do outro. Pobres cães. Pobre cadelinha.

O rei permanece sentado no jardim até as sombras se estenderem pela macia grama e verde e os pássaros começarem a cantar nos topos das árvores. As andorinhas sobrevoam o rio, formando círculos acima dos próprios reflexos prateados e vindo até a água para bebê-la. Os cortesãos se dirigem ao jardim depois de seus jogos e caminham languidamente, como crianças felizes, os rostos corados. A princesa Elizabeth sorri para mim; vejo sardas salpicadas pelo seu nariz, como poeira em mármore, e penso que preciso lembrar a criada dela de se certificar de que a princesa use um toucado para protegê-la do sol sempre que ficar ao ar livre.

— Foi um dia lindo — diz o rei, satisfeito. — Deus sabe que este país é maravilhoso.

— Somos abençoados — concordo, em voz baixa, e Henrique sorri como se, de algum modo, fosse dele o crédito pelo verão, pelo clima e pelo sol se pondo sobre o rio prateado.

— Irei jantar com a corte, e depois você poderá ir a meu quarto conversar comigo sobre suas ideias, Cate. Gosto de saber o que você anda lendo e pensando.

Ele solta uma risada quando nota que fico subitamente pálida.

— Ah, Cate, não precisa temer nada. Já ensinei a você tudo que precisa saber, não ensinei? São minhas traduções que você está lendo? Você é minha esposa querida, não é? Não somos amigos?

— Claro, claro — respondo. Curvo-me para ele como se estivesse encantada com o convite.

— E você pode me pedir qualquer coisa. Qualquer presente, qualquer favor. Qualquer coisa que você quiser, meu amor.

Hesito, perguntando-me se ouso falar da mulher de ossos quebrados na Torre, Anne Askew, que espera para saber se viverá ou morrerá. Ele disse que posso pedir qualquer coisa; ele acabou de me dizer que não preciso temer nada.

— Vossa Majestade, há uma coisa... — começo. — Uma coisinha de nada para o senhor, tenho certeza. Mas que seria o maior desejo de meu coração.

Ele ergue a mão para me interromper.

— Meu amor, hoje aprendemos que não há nada, absolutamente nada, que possa se interpor entre um marido e uma esposa como nós, não aprendemos? O maior desejo de seu coração é o maior desejo do meu. Não temos o que discutir. Você não precisa nem pedir. Somos um só.

— É minha amiga...

— Você não tem amigo mais dedicado que eu.

Compreendo o que ele quer dizer.

— Somos um só — repito, inexpressiva.

— Uma união sagrada — afirma ele.

Inclino a cabeça.

— Um amor silencioso.

— Ela morreu — diz Nan de repente quando estão escovando meu cabelo antes do jantar. O movimento brusco da escova pesada em meu cabelo espesso, o puxão doloroso, parece fazer parte da notícia. Não ergo a mão para que Susan, minha criada, pare de me arrumar como se eu fosse uma égua prestes a ir ao garanhão. Minha cabeça oscila de um lado para o outro com os puxões. Vejo meu rosto no espelho, minha pele branca, os olhos tristes, a boca machucada. Minha cabeça balançando como se eu fosse uma boneca.

— Quem morreu? — Mas eu já sei a resposta.

— Anne Askew. Acabei de receber a notícia. Catherine Brandon está em Londres. Mandou-me um bilhete. Ela foi morta hoje de manhã.

Contenho as lágrimas.

— Que Deus os perdoe. Que Deus me perdoe. Que Deus envie a alma dela ao Paraíso.

— Amém.

Faço um gesto para Susan se retirar, mas Nan intervém:

— Você precisa escovar o cabelo e prender o capelo. Precisa ir ao jantar. Não importa o que aconteceu.

— Como posso fazer isso? — pergunto, simplesmente.

— Anne morreu sem nunca mencionar seu nome. Enfrentou o cavalete e a morte por você, para que possa sair para jantar e, quando a oportunidade se apresentar novamente, defender a reforma da Igreja. Ela sabia que você precisa continuar livre para falar com o rei, mesmo que todos nós sejamos mortos. Mesmo que você nos perca, um a um. Mesmo que você seja a única que restar, você precisa defender a reforma da Inglaterra. Ou ela terá morrido em vão.

Vejo a expressão aturdida de Susan pelo espelho.

— Está tudo bem — asseguro-lhe. — Você não precisa dar testemunho disso a ninguém.

— Mas *você* precisa — diz Nan para mim. — Anne morreu sem admitir que conhecia qualquer uma de nós, para que tenhamos a liberdade de continuar pensando, conversando e escrevendo. Para você levar nossa causa adiante.

— Ela sofreu.

Não é uma pergunta. Anne esteve na sala de tortura da Torre sozinha com três homens. Nenhuma mulher jamais havia estado ali.

— Que Deus a abençoe. Arrebentaram seu corpo a ponto de ela não conseguir andar até a fogueira. John Lascelles, Nicholas Belenian e John Adams também foram queimados, mas caminharam até a pira. Ela foi a única que tinha sido torturada. Os guardas precisaram carregá-la amarrada em uma cadeira. Dizem que os pés estavam dobrados para trás, os ombros e cotovelos deslocados. A coluna estava torta, o pescoço solto dos ombros.

Abaixo a cabeça e levo as mãos ao rosto.

— Que Deus a tenha.

— Amém — diz Nan. — Um mensageiro do rei foi oferecer a ela o perdão enquanto amarravam a cadeira na estaca.

— Ah, Nan! Ela podia ter se retratado?

— Eles só queriam seu nome. Teriam tirado Anne dali se ela tivesse dito seu nome.

— Ah, Deus me perdoe.

— Ela ouviu o sermão do padre antes de as tochas acenderem a fogueira e só disse "Amém" quando concordava com ele.

— Nan, eu deveria ter feito mais do que fiz!

— Você não poderia. Não havia nada que nenhum de nós pudesse fazer. Se ela quisesse escapar da morte, teria dito o que os homens queriam ouvir. Eles deixaram claro o que era.

— Só o meu nome?

— Fizeram isso tudo só para declará-la herege diante do rei, para matá-la.

— Eles a queimaram?

Deve ser uma morte horrível, ser amarrada a uma estaca com pilhas de gravetos sob os pés, o cheiro de fumaça quando as chamas se intensificam, a visão de parentes e amigos rezando na multidão, que se dispersa à medida que a fumaça sobe, e então o fogo atingindo a saia, o cabelo, e a dor... Eu paro e esfrego os olhos. Não consigo imaginar a dor de quando a roupa pega fogo, de quando as mangas conduzem as chamas pelos braços, pelos ombros, até o delicado pescoço pálido.

— Catherine Brandon mandou para ela uma bolsa de pólvora, que ela colocou debaixo da roupa. Quando as chamas a alcançaram, a pólvora explodiu a cabeça dela. Não sofreu por muito tempo.

— Foi tudo que pudemos fazer por ela? Foi o melhor que pudemos fazer?

— Foi.

— Mas ainda assim ela teve que deixar que amarrassem suas pernas e braços quebrados na cadeira, teve que usar uma bolsa de pólvora pendurada no pescoço deslocado?

— Sim. Não estou dizendo que ela não sofreu. Estou dizendo que ela não... cozinhou.

Ante as palavras simples de Nan, tenho ânsia de vômito. Inclino a cabeça para a frente e vomito sobre a mesa, as escovas de prata, o pente de prata e os frascos de vidro.

Levanto-me e viro-me de costas para a mesa. Sem dizer nada, Susan traz um pano para enxugar meu rosto e cerveja fraca para que eu boucheche e cuspa. Duas criadas apressam-se a limpar meu vômito do chão. Então me sento novamente de frente para o espelho e fito o rosto pálido da mulher que Anne Askew morreu para salvar.

Nan aguarda até que eu recupere o fôlego.

— Estou contando isso agora porque o rei certamente sabe que aconteceu, porque tudo foi realizado de acordo com as ordens dele. Quando vier a seus aposentos esta noite, virá sabendo que a maior mulher da Inglaterra foi queimada hoje e que as cinzas dela estão sendo varridas do chão de pedra de Smithfield enquanto caminhamos para o jantar.

Ergo a cabeça.

— Isso é insuportável.

— É insuportável — concorda ela.

Catherine Brandon retorna à corte tão pálida que ninguém duvida de que ela de fato estava doente. Ela vem a meus aposentos.

— Ela não mencionou seu nome. Nem mesmo quando lhe deram a chance de escapar da fogueira. Nem assim. Nicholas Throckmorton estava presente, e ela olhou nos olhos dele, sorriu e acenou com a cabeça, como se dissesse que não tínhamos nada a temer.

— Ela sorriu?

— Disse "Amém" às orações e sorriu. Ele disse que a multidão ficou horrorizada com a morte dela. Não houve aplausos, só um longo murmúrio baixo. Disse que ela será a última pregadora mulher a ser queimada na Inglaterra. O povo não vai mais aceitar isso.

Estamos aguardando em minha câmara de audiências, e metade da corte já se encontra aqui. O rei chega na poltrona de rodinhas, radiante. Todas fazemos mesuras, e ocupo minha posição ao lado de Henrique. Ele estende a mão, e eu a seguro. Sua palma está tão quente e molhada que, por um instante, imagino que ele tem sangue nas mãos, mas então vejo que é um feixe de luz vermelha do sol entrando através dos vitrais.

— Tudo bem? — pergunta ele com animação, embora deva saber que ouvi falar da morte de Anne.

— Tudo bem — respondo em voz baixa, e vamos para o jantar.

Palácio de Hampton Court, verão de 1546

O tempo segue bom, e o rei está tão radiante quanto o sol das manhãs. Declara que está bem de novo, muito melhor, que nunca esteve tão bem, que se sente como um rapaz. Eu fico observando-o e penso que ele viverá para sempre. Ele retorna por completo à rotina da corte e faz todas as refeições sentado no grande trono, pedindo um prato após o outro, enquanto os cozinheiros se encarregam de receber os mantimentos que entram pelas imensas portas arqueadas da cozinha e transformá-los em refeições elaboradas. O rei está de volta a seu lugar de costume, no centro da corte, a grande engrenagem que gira todas as outras, e a corte se transforma mais uma vez em um grande maquinário que recebe alimentos e produz diversão.

Ele chega até a se levantar da poltrona para passear vagarosamente pelo jardim e ir jantar. Os pajens caminham ao seu lado, com os ombros servindo de apoio para as pesadas mãos do rei, mas Henrique assegura que consegue andar quase sem ajuda e que voltará a caminhar sozinho. Jura que voltará a cavalgar e, quando eu e minhas damas dançamos diante dele, ou quando os dançarinos da mascarada entram e escolhem seus pares, ele diz que talvez participe na semana seguinte.

Henrique grita, exigindo diversão, e os coristas, músicos e atores entram em um frenesi criativo para que o rei possa ver uma peça nova ou ouvir uma música nova toda noite. Ele morre de rir da mais ínfima piada. Will Somers nunca foi tão popular e nunca se mostrou tão magnificamente incapaz. Em toda refeição ele pega um dos pães e roda em cima da cabeça. O pão foge de seu controle e sai rolando pelo salão, de modo que os cães saltam e o abocanham antes que ele possa apanhá-lo. Em seguida, ele reclama que ninguém entende sua arte e sai correndo para debaixo da mesa, atrás dos cachorros, e as pessoas se divertem apostando nos cães ou no bobo. O rei participa dessas brincadeiras, perdendo uma pequena fortuna para os cortesãos, que têm a sensatez de lhe devolver o dinheiro no jogo seguinte. O rei tem ânsia de viver, tem alegria de viver, algo que as pessoas dizem não ver nele há anos. Dizem que fui eu que o tornei tão jovem e feliz de novo. Perguntam o que fiz para agradá-lo.

Uma noite, no jantar, vejo um desconhecido, vestido com a pompa de um fidalgo espanhol, fazer uma reverência para o rei e se sentar à mesa dos nobres.

— Quem é aquele? — pergunto a Catherine Brandon, que está de pé atrás de minha cadeira.

Ela se inclina para a frente de modo a poder sussurrar em meu ouvido.

— Aquele, Vossa Majestade, é Guron Bertano. Aparentemente ele é um emissário do papa.

Quase solto um grito.

— Do papa?

Ela assente com a cabeça, os lábios contraídos.

— O papa mandou um diplomata para cá? Para nossa corte? Depois de tudo que aconteceu?

— Sim — diz ela, apenas.

— Isso é impossível — digo. O rei está excomungado há anos. Ele chamou o papa de anticristo. Como pode agora estar entretendo um mensageiro dele?

— Aparentemente, o papa vai receber a Igreja da Inglaterra novamente em Roma. Eles só precisam entrar em acordo quanto aos detalhes.

— Vamos nos tornar católicos romanos de novo? — murmuro, incrédula. — Depois de todo o sofrimento? Apesar de todos os avanços que fizemos, apesar dos sacrifícios?

— Você não está com fome, meu amor? — pergunta Henrique, à minha esquerda.

Viro-me com rapidez e sorrio.

— Estou, muita — respondo.

— A carne de veado está muito boa. — Ele acena a cabeça para o servo. — Dê mais carne de veado à rainha.

O rapaz serve a carne escura no prato dourado e, em seguida, o molho espesso, também escuro.

— A carne da fêmea é sempre mais doce do que a carne do macho — comenta Henrique, piscando para mim.

— Fico feliz de ver que o senhor está tão animado, senhor meu marido.

— Estou jogando — afirma Henrique. Seu olhar segue o meu e recai sobre o emissário do papa, que come com deleite. — E só eu conheço as regras do jogo.

— A senhora merece os parabéns — murmura Edward Seymour para mim quando estou passeando com minhas damas à margem do rio, antes que o dia se torne muito quente. Edward voltou de Bolonha-sobre-o-Mar; foi finalmente dispensado do comando do exército, restabelecendo assim sua influência no Conselho Privado. Lorde Wriothesley não se recuperou da repreensão no jardim do rei, Stephen Gardiner tem estado bem silencioso, o emissário do papa voltou para casa apenas com uma promessa vaga, e todos torcemos para que as forças da reforma estejam avançando discretamente de novo. Eu deveria estar feliz.

— Mereço?

— A senhora conseguiu algo que nenhuma esposa anterior conseguiu.

Corro os olhos à volta, mas Edward Seymour não costuma ser indiscreto, e não há ninguém ouvindo.

— Consegui?

— A senhora caiu em desgraça perante o rei e em seguida ganhou o perdão dele. A senhora é uma mulher inteligente, Vossa Majestade. Sua experiência é única.

Abaixo a cabeça. Não consigo falar do assunto. Estou envergonhada, estou indescritivelmente envergonhada. E Anne Askew está morta.

— A senhora o manipula — prossegue ele. — É uma diplomata formidável.

Sinto-me ruborizar com a lembrança. Não preciso de Edward para me lembrar daquela noite. Jamais me esquecerei dela. Sinto que nunca vou conseguir superá-la. Não suporto nem que Edward especule sobre o que fiz para que o rei rasgasse meu mandado de prisão.

— Sua Majestade é misericordioso — afirmo, em um murmúrio.

— Mais do que isso — responde Edward. — Ele está mudando de opinião. Ninguém mais será queimado por heresia. O país se rebelou contra isso, e o rei acompanhou a virada. Disse que Anne Askew deveria ter sido perdoada e que ela foi a última. Isso se deve à sua influência, Vossa Majestade, e todos que desejam a reforma da Igreja lhe serão gratos. Muitas pessoas agradecem a Deus pela senhora. Muitas pessoas sabem que é uma mulher estudiosa, uma teóloga e uma líder.

— É tarde demais para alguns — murmuro.

— É, mas outros ainda estão na prisão — responde ele. — A senhora poderia pedir a libertação deles.

— O rei não busca meus conselhos.

— Uma mulher como a senhora é capaz de plantar uma ideia na cabeça do marido e parabenizá-lo por ter pensado nela — diz Edward, sorrindo. — A senhora sabe como se faz. É a única mulher que já conseguiu isso.

Penso que comecei meu reinado sendo uma intelectual e que aprendi a buscar conhecimento, mas agora me tornei uma prostituta e aprendi os artifícios de uma prostituta.

— Não é desonroso colocar-se em posição de submissão por uma causa como esta — afirma Edward, como se soubesse o que estou pensando. — Os papistas estão em retirada, o rei se virou contra eles. A senhora poderia fazer com que homens bons sejam soltos e com que o rei mude a lei para permitir que as pessoas rezem como quiserem. Precisa agir com seu charme e sua beleza: com as habilidades de Eva e o espírito de Nossa Senhora. Isso é ser uma mulher poderosa.

— Que estranho, pois sinto que não tenho poder algum.

— A senhora precisa usar o que tem — diz ele; o conselho de um bom homem a uma prostituta desde o início dos tempos. — Precisa usar o que lhe é permitido.

Tomo muito cuidado para não dizer ao rei nada que pareça uma objeção. Peço a ele que me explique o que acha da existência do purgatório e fico interessada quando me diz que não existe nenhuma evidência na Bíblia de que ele exista, que a teoria do purgatório foi criada pela igreja exclusivamente para financiar missas. Com a expressão de uma ávida discípula, ouço-o propor ideias sobre as quais reflito desde que comecei meus estudos. Agora ele recorre a livros que li e escondi para minha própria segurança e me diz coisas que lhe parecem ser uma grande novidade, coisas que preciso aprender com ele. A pequena Lady Jane Grey conhece essas opiniões, a princesa Elizabeth teve acesso a elas por meio da leitura; eu mesma lhes ensinei. Mas agora me sento ao lado do rei e faço uma expressão de surpresa quando ele descreve o óbvio, admiro sua descoberta do que já é amplamente conhecido e elogio sua perspicácia.

— Vou libertar os homens detidos sob acusação de heresia — diz ele. — Um homem não deve ser preso por seguir sua consciência, por questionar as coisas com reverência e ponderação.

Faço um gesto afirmativo com a cabeça, como se estivesse maravilhada com a visão do rei.

— Você ficaria feliz se um pregador como Hugh Latimer pudesse ser livre para se manifestar novamente? — pergunta Henrique. — Ele pregava em seus aposentos, não? Você poderia voltar a ter seus sermões vespertinos.

Respondo com cautela.

— Eu ficaria feliz de saber que homens inocentes estão livres. Vossa Majestade é misericordioso, um juiz sensato.

— Você voltará a ter seus sermões vespertinos?

Não sei o que ele quer ouvir, e estou determinada a dizer apenas o que o rei quer ouvir.

— Se for seu desejo. Gosto de ouvir os pregadores para poder entender as ideias de Vossa Majestade. Estudar os grandes teóricos da Igreja me ajuda a acompanhar seu raciocínio complexo.

— Você sabe qual era o lema de Jane Seymour? — pergunta ele, de repente. Fico ruborizada.

— Sei, Vossa Majestade.

— Qual era?

— Acho que era "Destinada a obedecer e servir".

Ele gargalha de repente: um rugido que arregaça sua boca, revelando os dentes amarelos, a língua esbranquiçada.

— Diga de novo! Repita!

— "Destinada a obedecer e servir."

Ele ri, mas não há nada engraçado. Certifico-me de sorrir, como se estivesse inclinada a achar graça, mas tivesse o raciocínio lento demais para entender a piada. Como se eu, sendo uma mulher simplória, não pudesse ter senso de humor, mas ficasse feliz de admirar a inteligência dele.

O almirante da França, Claude d'Annebault, que negociou a paz com Edward Seymour, vem a Hampton Court para uma grande recepção. Os filhos do rei, sobretudo o príncipe Eduardo, irão dar-lhe as boas-vindas. O rei diz que está cansado e me pede que assessore Eduardo, para que ele faça tudo que é necessário e mantenha a dignidade do trono dos Tudor. Eduardo tem apenas 8 anos e está dividido entre o entusiasmo e a apreensão ante o papel que precisa representar. Vem a meus aposentos, antes da chegada do francês, e me pergunta o que exatamente acontecerá e o que exatamente precisa fazer. É tão meticuloso, tão ávido para ser perfeito, que convoco o meu mestre das cavalariças e meu principal intendente e traçamos, em uma grande folha de papel, um mapa dos jardins. Então, com seus antigos soldadinhos de brinquedo, encenamos a chegada da delegação francesa, usando os bonequinhos para representar nossa saída do palácio a fim de encontrá-los.

Serão duzentos nobres franceses, e todo o Conselho Privado e a corte irão recebê-los. Hospedaremos os homens em barracas de tecido dourado nos jardins e construiremos espaços temporários para os banquetes. Desenhamos essa pequena aldeia em nosso mapa e pegamos outro papel para fazer uma lista dos dez dias, com todas as festas, caçadas, mascaradas, eventos esportivos e refeições.

A princesa Elizabeth e Lady Jane também estão na sala, e rimos e pedimos capelos e chapéus. Logo estamos encenando a chegada dos franceses. Eduardo representa a si próprio, mas o restante de nós somos franceses e cortesãos de chapéus imensos, fazendo reverências exageradas e longos discursos até não conseguirmos mais segurar o riso.

— Mas vai ser assim? — pergunta Eduardo, sério. — E eu vou ficar de pé ali? — Ele indica a plataforma que marcamos no mapa.

— Por que se preocupar? — pergunta Elizabeth. — Você é o príncipe, e nossa lady mãe é regente: o que vocês dois fizerem é como deve ser feito. Você é o príncipe de Gales, não há como fazer nada de errado.

Eduardo abre para mim seu sorriso mais doce.

— Vou seguir seus passos, lady mãe.

— Você é o príncipe — respondo. — E Elizabeth tem razão. O que quer que você faça, estará certo.

A visita transcorre exatamente conforme planejamos. O príncipe Eduardo sai a cavalo do castelo, com uma escolta de nobres e soldados, todos vestidos com roupas douradas. Ele parece muito pequenino ao lado dos grandes soldados, que são como torres à sua volta, mas conduz bem seu cavalinho e recebe os visitantes com dignidade, falando francês com perfeição. Quando volta, estou tão orgulhosa que o abraço e saio dançando com ele por minha câmara privada.

Relato a sua boa conduta ao rei, e Henrique anuncia que encontrará o almirante e o levará à missa na capela real.

— Você serviu muito bem a mim e minha família hoje — diz ele para mim quando vou a seu quarto, à noite, para lhe contar como foi o cerimonial. Comento que Eduardo se saiu bem como anfitrião na ausência do pai e que devíamos estar orgulhosos do filho de Jane Seymour. — Você tem sido uma mãe para ele. Muito mais do que a mãe que sequer o conheceu.

Noto que, esta noite, ele fala da morte de Jane como se ela tivesse abandonado seus deveres.

— Hoje você foi regente do país. Sou-lhe grato.

— Não fiz mais do que minha obrigação — murmuro.

— Fico feliz que você esteja com ele no retrato da família. É justo que seja lembrada como madrasta dele.

Hesito. Evidentemente, ele se esqueceu de que é Jane Seymour, a esposa morta, que está no retrato. Eu posei para ele, mas não é meu rosto no quadro. Não há nenhum retrato meu com o menininho que tanto amo.

De qualquer modo, ele prossegue:

— Você honrou seu país e suas crenças. Nos últimos meses, convenceu-me da legitimidade do seu lugar no comando do país e de suas convicções.

Meus olhos percorrem o quarto. Não há ninguém aqui para discordar. Os cortesãos de sempre estão por perto, mas agora são quase todos amáveis comigo ou simpáticos à causa da reforma. Stephen Gardiner não está entre nós. Houve alguma discussão sobre uma propriedade de terra, e o rei se sentiu subitamente ofendido. Gardiner terá de bajulá-lo até voltar às suas boas graças; enquanto isso, é um prazer estar livre dele. Wriothesley não surge à presença do rei desde o dia em que veio me prender no jardim.

— Sempre sou guiada por Vossa Majestade — respondo.

— E acho que você tem razão sobre a missa — afirma ele, casualmente. — Ou você a chama de comunhão?

Abro um sorriso, fingindo autoconfiança, mas sinto o chão tremendo sob meus pés.

— Chamo como Vossa Majestade achar melhor. É sua Igreja, é sua liturgia. O senhor sabe melhor do que eu, melhor do que qualquer pessoa, como ela deve ser compreendida.

— Então vamos chamá-la de comunhão, a comunhão de todas as pessoas da Igreja — declara ele, subitamente pomposo. — Vamos dizer que não é literalmente o corpo e o sangue de Nosso Senhor, pois como as pessoas comuns entenderiam isso? Vão achar que se trata de magia ou algum truque. Para nós que meditamos profundamente, que refletimos sobre essas coisas, que entendemos a força do idioma, pode ser o corpo e o sangue bem como o pão e o vinho, mas, para as pessoas comuns, podemos explicar que é apenas modo de dizer. "Da mesma forma, depois da ceia, tomou o cálice, dizendo: este cálice é a nova aliança no meu sangue, que é derramado por vós." É claro que Ele lhes deu o pão, que Ele abençoou o pão, que lhes deu o vinho e disse que se tratava de uma aliança. Nós, que entendemos muito mais do que aldeões simplórios, não devemos confundi-los.

Não ouso encará-lo, pois temo que isso seja uma armadilha para mim, mas meu corpo treme com a força de meus sentimentos. Se o rei está chegando a essa conclusão, se está tendo esse momento de lucidez, então não foi em vão que Anne morreu e não foi em vão que eu deixei de lado meus estudos e apanhei como uma escrava. Deus trouxe o entendimento ao rei por intermédio das cinzas dela e da minha vergonha.

— Vossa Majestade está dizendo que devemos entender que as palavras são simbólicas?

— Não é o que você acha?

Não cederei à tentação de dar minha opinião.

— Vossa Majestade vai me considerar uma mulher muito estúpida, mas não sei o que pensar. Fui criada para acreditar em uma coisa, depois me ensinaram a considerar outra. Agora, como uma mulher casada, preciso saber no que meu marido acredita, porque ele é o meu guia.

Ele sorri. É a resposta certa. É o que ele deseja ouvir. É isso que uma esposa domada deve repetir como um papagaio para o marido.

— Cate, eu lhe digo o seguinte: acho que devemos criar uma religião autêntica na qual a comunhão é o centro da liturgia, mas seu poder é simbólico.

— A construção da frase e a forma solene como ele a pronuncia me dizem que ele a preparou de antemão. Talvez tenha até escrito e decorado as palavras. Talvez tenha até tido ajuda de alguém. Anthony Denny? Thomas Cranmer?

— Obrigada — digo, com doçura. — Obrigada por me guiar.

— E vou sugerir ao embaixador francês que trabalhemos juntos, a França e a Inglaterra, para acabar com a superstição e a heresia da antiga Igreja e criar uma nova Igreja, na França e na Inglaterra, baseada na Bíblia, baseada no novo saber, e que a espalhemos por nossas terras e pelo resto do mundo.

Isso é incrível.

— Mesmo?

— Cate, eu quero um povo culto e sensato trilhando o caminho de Deus, não um bando de tolos temerosos atormentados por bruxas e padres. À exceção dos estados papais, toda a Europa está convencida de que é assim que devemos entender Deus. Quero fazer parte disso. Quero aconselhar o povo, quero que a Inglaterra o lidere. E, quando chegar o dia, quero deixá-la como regente, e meu filho será rei de um povo que reza preces que entende, que participe de uma missa, de uma comunhão, que faça sentido para ele, como Nosso Senhor descreveu... Não uma baboseira inventada em Roma.

— Também acho, também acho!

Não consigo mais conter o entusiasmo.

Ele sorri para mim.

— Vamos trazer o novo saber, a nova religião, para a Inglaterra. Você verá isso acontecer, mesmo que eu não veja.

Castelo de Windsor, outono de 1546

Depois da visita dos franceses, nós fazemos uma viagem, e o rei chega até a caçar. Não consegue andar, mas ele é movido por sua vitalidade indômita: colocam-no sobre a sela e, uma vez montado, Henrique consegue cavalgar junto aos cães. Em cada um de nossos belos castelos à margem do rio, criam uma área para ele caçar, equipada com arcos e flechas, e conduzem os animais em sua direção. Dezenas de cervos são abatidos, com flechas nos olhos, os rostos dilacerados. É mais cruel do que quando estamos em campo aberto. O rei mira com cuidado enquanto o lindo animal é conduzido até ele, e a criatura tomba com uma flecha na cabeça e as mordidas de um cão de caça. Henrique não se incomoda com a brutalidade fria de matar um animal encurralado. Com calma absoluta, observa os caçadores cortarem a garganta do bicho enquanto ele se debate. De fato, chego a pensar que o sofrimento lhe agrada. Ele fica observando os cascos negros do animal se agitando até ficarem imóveis, e então dá uma breve risada.

Ele está assistindo à morte dolorosa de uma pobre corça quando, de repente, pergunta:

— O que você acha de Thomas Seymour se casar com a princesa Elizabeth? Sei que os Seymour gostariam disso.

Tenho um pequeno sobressalto, mas ele não está olhando para mim; está fitando o vazio cada vez maior nos olhos negros do animal ferido à beira da morte.

— O que o senhor achar melhor. Claro, ela ainda é jovem. Pode ficar noiva e permanecer comigo até completar 16 anos.

— Você acha que ele seria um bom marido? É um sujeito bonito, não é? Ela gosta dele? Será que ele faria um filho nela? O que você acha? Ela demonstra interesse por ele?

Levo minha luva de couro perfumada à boca para disfarçar o tremor que sinto.

— Não sei dizer. Elizabeth ainda é muito nova. Ele é tio do meio-irmão dela; tem apreço por ele, naturalmente. Acho que ele seria um bom marido. A coragem dele não pode ser questionada. O que o senhor acha, Vossa Majestade?

— Ele é bonito, não é? É um homem terrível com as mulheres.

— Não é pior que muitos outros — retruco. Preciso tomar cuidado. Não consigo pensar no que devo dizer para me manter a salvo e aumentar as chances de Thomas.

— Você gosta dele?

— Mal o conheço. Conheço melhor o irmão, porque a esposa dele é uma de minhas damas. Quando converso com Sir Thomas, ele é sempre interessante, e serviu ao senhor com grande lealdade, não serviu?

— Serviu, sim — reconhece o rei.

— Ele teve um papel importante na defesa da Inglaterra, manteve a frota e os portos em segurança, não?

— Sim, mas dar minha filha a ele seria uma recompensa excepcional. E conferiria ainda mais prestígio à família Seymour.

— Mas o casamento com um inglês a manteria na Inglaterra. E isso seria um conforto para nós dois.

Ele parece estar considerando a questão, como se a ideia de mantê-la em casa o comovesse.

— Conheço Elizabeth — diz. — Ela ficaria com ele, se eu permitisse. É uma prostituta, igual à mãe.

Embora o tempo permaneça bom durante nossa estada em Windsor, de súbito, sem motivo aparente, o rei se retira da corte. Não acho que esteja doente, mas ele se recolhe em seus aposentos com um pequeno círculo de nobres, recusando-se a receber quem quer que seja. A corte, habituada a dias ensolarados cheios de torneios e passatempos informais, prossegue sem ele, como se não se importasse com o fato de que a fonte de todo poder e riqueza está ausente. As pessoas se acostumaram com os sumiços e reaparições do rei. Não consideram isso um sinal de declínio: acham que ele vai continuar indo e vindo para sempre. Mas os homens que o aconselham, os homens que estão com Henrique todos os dias, aglomeram-se em torno dele, preocupados com o futuro, como se não ousassem confiar nele junto de qualquer outra pessoa, como se não ousassem confiar nele sozinho.

De trás das portas fechadas, a notícia escapa; os homens que estão com o rei confidenciam às esposas, minhas damas, que ele está doente de novo e, desta vez, parece profundamente prostrado devido à febre e à dor da antiga ferida. Ele dorme a maior parte do dia, acorda, ordena que sejam trazidas grandes refeições, mas não tem apetite quando os servos levam os pratos à cama.

A velha corte — papistas como Thomas Howard, Paget e Wriothesley — é aos poucos implacavelmente excluída. São os reformistas que estão agora em ascensão. Depois de anos de serviço fiel ao rei, sem aviso prévio e sem explicação, Sir Thomas Heneage é demitido do posto que ocupava; ele auxiliava Henrique em suas necessidades fisiológicas. Sentimo-nos discretamente triunfantes, pois o cargo será agora ocupado por Sir Anthony Denny, marido de Joan. Ele se juntará ao marido de Nan, Sir William Herbert, na tarefa de ficar ao lado do rei enquanto ele se esforça na retrete, soltando flatulências no tormento de sua prisão de ventre.

Com os maridos de minhas damas em posições-chave nos aposentos do rei, com o marido de Anne Seymour, Edward, ascendendo cada vez mais como seu principal conselheiro, minha corte e a de Henrique tornam-se praticamente uma só: os maridos servem ao rei, as esposas servem a mim, todos pensam da mesma forma. Os protegidos do rei são quase todos reformistas, e a maioria de minhas damas defende o novo saber. Quando a corte conversa sobre religião, há um entusiasmo coletivo pela mudança. Portanto, quase não existem vozes dissonantes, uma vez que o embate do rei com Gardiner por causa de algumas terras tornou-se mais acirrado. Henrique fica furioso, e Gardiner — outrora um grande protegido — não é mais bem-vindo no círculo íntimo do rei.

Ninguém intervém a seu favor. Seus antigos aliados, o bispo Bonner, Thomas Wriothesley e Richard Rich estão rapidamente mudando de lado e buscando novas amizades. É claro que, entre a estima real e a lealdade ao bispo, preferem a primeira opção. Thomas Wriothesley é o mais novo recruta de Edward Seymour, ao passo que Bonner, o opressor bispo de Londres, permanece em sua diocese e não ousa vir à corte. Nem mesmo o novo embaixador espanhol é amigo de Gardiner: está vendo que a causa papista encontra-se em declínio. Na busca por um novo patrono, Richard Rich segue John Dudley como um cachorrinho. Apenas Thomas Howard ainda fala com o bispo, mas ele próprio também não é mais um protegido, com seu filho sendo responsabilizado pelos problemas com o exército inglês em Bolonha-sobre-o-Mar e Mary Howard caída em desgraça por sua ultrajante afronta à família Seymour.

A queda de Stephen Gardiner é rápida como a queda de um pecador nas profundezas do inferno. De um dia para o outro, ele se vê banido dos aposentos reais, obrigado a ficar na câmara de audiências com os requerentes comuns, e, certo dia, os guardas no portão principal recebem ordens de não deixá-lo entrar, e ele só pode ficar no jardim, mas sem deixar seu cavalo no estábulo. E o mais patético é que ele não desiste. Acha que vai recuperar seu poder se conseguir chegar a Henrique. Acha que uma explicação ou um pedido de desculpas irá salvá-lo. Pensa nos anos de serviço e lealdade, e acha que o rei não se voltaria contra um velho amigo. Esqueceu-se de que, quando o rei fecha a porta para alguém, essa pessoa está perdida; às vezes é detida, às vezes assassinada. Ele não se deu conta de que a única pessoa que sobreviveu à fúria do rei fui eu. Não sabe o que tive de fazer. Não sabe o preço que paguei. Ninguém jamais saberá. Eu própria não o admito a mim mesma.

Gardiner faz tudo que pode. Dispõe-se a devolver as terras que foram o motivo da disputa com o rei e caminha junto aos portões do estábulo, tentando dar a todos a impressão de que está acabando de chegar ou prestes a partir, de que ainda é o visitante bem-vindo de outrora. Envia pedidos de desculpa por intermédio de qualquer pessoa que se disponha a levar sua mensagem. Aborda todos que passam e diz que houve um engano, que ele é um servo leal e o melhor amigo do rei, que nada mudou, e pergunta se eles não poderiam por favor falar com o rei.

É claro que ninguém fala. Ninguém deseja Gardiner de novo ao lado do rei, derramando suspeitas em seu ouvido, incitando-o a ver heresia e traição por toda parte. Não há família que ele não tenha vigiado; poucas pessoas não sentiram o peso de seu olhar desconfiado. Não há sermão que ele não tenha avaliado em busca de heresia, não há cortesão que ele não tenha ameaçado. Agora que perdeu a estima do rei, ninguém precisa temê-lo. E ninguém irá correr o risco de mencionar seu nome a Henrique, que diz não querer ouvir uma palavra a respeito dele, que afirma que o outrora adorado conselheiro não passa de um encrenqueiro.

O velho amedrontado vê a desgraça à sua frente. Lembra-se de Wolsey, que caiu morto na estrada de York quando voltava a Londres para um julgamento no qual o teriam decapitado. Lembra-se de Cromwell, que perdeu seu cargo, foi levado ao cadafalso e decapitado com vários golpes de machado por um carrasco incompetente, condenado pelas leis que ele próprio criou. Lembra-se de John Fisher subindo no cadafalso com sua melhor veste, certo da existência do Paraíso; de Thomas More, encurralado por Richard Rich. Lembra-se das rainhas — quatro delas — que ele ajudou a derrubar, aconselhando o rei de forma a prejudicá-las.

Gardiner consegue finalmente falar com seu antigo amigo e aliado lorde Wriothesley e implora a ele que fale — só uma vez, só uma palavra — com o rei, mas Wriothesley escapa por entre os dedos do bispo como sangue que escorre de uma estátua falsa. Wriothesley não arriscaria sua já instável posição na corte por lealdade a um amigo. O rei o assustou ao gritar com ele no jardim, então o lorde mudou de lado e está tentando melhorar sua relação com os Seymour.

Desesperado, Gardiner implora a minhas damas que falem comigo, como se eu tivesse algum motivo para colocar meu inimigo declarado de volta no poder; como se ele não tivesse dito ao rei que dispunha de provas de que cometi traição. No fim, Stephen Gardiner compreende que perdeu seus amigos, sua influência e sua posição, e então se recolhe em seu palácio, a fim de queimar documentos comprometedores e tramar seu retorno.

Os reformistas da corte comemoram a vitória sobre o inimigo perigoso, mas não tenho dúvida de que ele voltará. Sei que, assim como os papistas me derrubaram e me humilharam, agora é nossa vez de triunfar, e eles passam as noites insones e temerosos. Mas o rei vai continuar jogando os cães uns contra os outros, sempre, e continuaremos tendo de lutar sem pudor e sem princípios, incessantemente.

Palácio de Whitehall, Londres, inverno de 1546

A saúde do rei piora com a mudança de estação, e o Dr. Wendy diz que ele tem uma febre incontrolável que não cede de jeito nenhum. Enquanto ele sua e mostra-se furioso em seus delírios, a febre sobe de seu coração sobrecarregado até o cérebro, e talvez seja demais para ele. O médico sugere uma série de banhos, e a corte segue para Whitehall, a fim de que o rei possa ser mergulhado em água quente e enrolado, como um bebê, em lençóis perfumados, para que estes absorvam as substâncias tóxicas de dentro dele. Isso parece ajudar, e Henrique se recupera um pouco; mas então anuncia que deseja ir para Oatlands.

Edward Seymour vem a meus aposentos para me consultar.

— Ele não está em condição de viajar — afirma. — Achei que a corte passaria o Natal aqui.

— O Dr. Wendy disse que não devemos contrariá-lo.

— Ninguém quer contrariá-lo. Deus sabe que não. Mas ele não pode correr o risco de piorar, pegando a barcaça no inverno para ir a Oatlands.

— Eu sei, mas não posso dizer isso a ele.

— Ele a ouve — lembra-me. — Confia tudo à senhora: seus pensamentos, seu filho, seu país.

— Ele ouve seus conselheiros tanto quanto a mim. Peça a Anthony Denny e William Herbert que falem com ele. Endossarei a recomendação deles, caso o rei me pergunte depois. Mas não posso aconselhá-lo a agir contra sua vontade. — Penso no chicote que ele guarda em algum armário do quarto. Penso na culhoneira de marfim manchada com o sangue de meus lábios feridos. — Eu cumpro as ordens dele.

Edward me fita com uma expressão pensativa.

— No futuro, a senhora talvez precise tomar decisões pelo filho dele, pelo país dele. Talvez a senhora venha a dar as ordens.

É contra a lei falar da morte do rei. É traição até mesmo sugerir que a saúde dele vai mal. Balanço a cabeça, em silêncio.

Palácio de Oatlands, Surrey, inverno de 1546

Com a ausência de Gardiner, só há um grupo na corte que ainda defende a Igreja tradicional; trata-se de uma grande família que já sobreviveu a muitas mudanças. Nada destrói os Howard. Eles preferem apostar as filhas no jogo e lançar ao mar os próprios herdeiros a deixar seu barco afundar. Os Howard, duques de Norfolk, mantiveram seu lugar ao lado do trono até mesmo quando ele mudou de mãos, até mesmo quando duas mulheres da família subiram ao trono e depois ao cadafalso. Não é fácil desalojar Thomas Howard.

Mas certa noite seu filho e herdeiro desaparece. Henry Howard, retirado do comando de Bolonha-sobre-o-Mar devido a sua arrogância e imprudência, não surge à mesa ocupada por sua família na hora do jantar. Os servos dele não o viram; nenhum de seus amigos sabe onde ele poderia estar.

Trata-se de um jovem rebelde, um tolo que se vangloriou de que poderia manter Bolonha-sobre-o-Mar para sempre, que mais de uma vez desagradou ao rei com sua arrogância, mas sempre conseguiu recuperar a estima dele. Era o melhor amigo de Henry Fitzroy, o filho bastardo do rei, e sempre conseguiu recorrer a esse trágico amor fraterno para receber o perdão real.

Embora todos se apressem em dizer que não é nenhuma surpresa o herdeiro do duque não estar à mesa de seu pai, que os Howard estão sempre desaparecendo sem aviso, as pessoas sabem que o rapaz não iria aos antros de Londres sem sua comitiva, sem os amigos. Henry Howard é vaidoso demais para ir a qualquer lugar sem um grupo de pessoas para admirá-lo: alguém tem de saber onde ele está.

Um homem sabe: lorde Thomas Wriothesley. Aos poucos, descobre-se que seus guardas foram vistos conduzindo o jovem conde a uma barcaça no rio, tarde da noite. Aparentemente, havia uma dúzia de homens com o uniforme dos Wriothesley carregando o rapaz enquanto ele se debatia e os xingava. Os guardas o jogaram no fundo da barcaça e calaram sua boca. O barco desceu a correnteza, entrou na escuridão e pareceu simplesmente desaparecer. Não foi uma prisão; não havia mandado, e eles não chegaram à Torre. Se foi um sequestro, Wriothesley é louco de atacar um rapaz da Casa de Norfolk, ainda mais nos limites de um palácio real. Ninguém sabe como ele poderia ter feito isso, com que autoridade, nem em que trecho deserto do rio escuro a barcaça com seu passageiro de honra poderia ter atracado, ou onde o herdeiro da família Howard poderia estar esta noite.

É inconcebível que Wriothesley esteja empreendendo uma vingança particular contra o rapaz. Há apenas algumas semanas, Wriothesley e os Howard conspiravam contra mim, e Wriothesley estava prestes a me colocar na barcaça real e me levar pelo rio onde agora fez desaparecer o jovem herdeiro dos Howard. Então talvez tenha recebido autorização do rei para raptar o rapaz. Mas ninguém consegue imaginar o que Henry Howard teria feito para provocar isso. Wriothesley está ausente, e seus servos não dizem nada.

O pai jura que Henry é inocente de qualquer coisa. O irmão dele, Tom, é que foi acusado de ler livros heréticos e comparecer aos sermões em meus aposentos, o que não é mais proibido. Henry Howard, o filho mais velho, está mais interessado em si mesmo, em seus prazeres. Está sempre ocupado demais com esportes e justas, com poesia e prostitutas, para pensar em assuntos sérios. Jamais se dedicaria a estudos. Ninguém consegue imaginar que ele é um herege, e as pessoas começam a pensar que Wriothesley se excedeu.

Depois de alguns dias de silêncio, o duque de Norfolk considera que tem força suficiente para confrontar o lorde chanceler. Ele exige saber onde o filho está, quais são as acusações, e exige também que o rapaz seja solto. Grita na reunião do Conselho Privado, diz que precisa ver o rei. Chega até a requisitar uma audiência comigo. Todos na corte entendem que ninguém, nem mesmo o lorde chanceler, pode causar problemas a um integrante da família Howard sem que perguntas sejam feitas. Norfolk se enfurece na reunião, xinga Wriothesley na presença dele, e os conselheiros assistem à colisão dessas duas forças, o velho aristocrata e o novo administrador.

Como uma resposta terrível e silenciosa, sem ordem pública do rei e sem aviso, os soldados da guarda conduzem Henry Howard pelas ruas de Londres, da casa do lorde Wriothesley até a Torre, a pé, como um criminoso comum. O grande portão se abre como se já o esperassem, e o condestável da Torre ordena que ele seja levado a uma cela. As portas se fecham à passagem do rapaz.

Na reunião do Conselho Privado, o duque está espumando de raiva. Ainda não há nenhuma acusação formal contra seu filho. Isso é obra de seus inimigos, garante ele; é um ataque realizado por homens covardes, homens que não têm família ou posição, homens como Wriothesley, que subiram ao poder graças ao bom conhecimento da lei e certa esperteza em usá-la a seu favor, enquanto velhos aristocratas, nobres como o próprio duque e seu filho, a nata da nobreza, são constrangidos por esses novos conselheiros.

Os homens sequer o ouvem. Sequer respondem às perguntas que ele esbraveja. Os soldados da guarda entram na câmara privada e arrancam dos ombros dele a faixa da Ordem da Jarreteira. Pegam seu bastão de ofício e o quebram diante do duque como se ele estivesse morto e fossem jogar os pedaços sobre seu caixão. Norfolk os xinga de idiotas, lembra-os de seus quase cinquenta anos de serviço à Casa Tudor, um trabalho árduo e sujo, que ninguém mais faria. Retiram-no à força do local enquanto ele tenta reafirmar aos berros sua superioridade, sua inocência, suas ameaças. O barulho de suas botas no chão e seus gritos de protesto são tão altos que é possível ouvi-lo da longa galeria.

A porta da câmara do rei está entreaberta; ninguém sabe se o rei o ouviu. Ninguém sabe se essa prisão foi por ordem dele ou se Wriothesley está tramando um golpe contra seus rivais. Portanto ninguém sabe o que fazer.

Agora, dois integrantes da família Howard — o duque de Norfolk e seu herdeiro, o conde — são mantidos na Torre sem acusação, sem nenhum motivo aparente. O inimaginável aconteceu: os Howard, pai e filho, que levaram tantas pessoas inocentes ao cadafalso, que de seus cavalos viram homens inocentes serem enforcados, estão presos.

A notícia da queda de seus rivais traz Thomas Seymour apressadamente à corte para deliberar com o irmão. Anne Seymour fica atrás da porta dos aposentos deles, ouvindo, e depois vem me contar.

— Parece que vasculharam Kenninghall, a casa da família Howard, de alto a baixo no mesmo dia em que o duque foi preso. Os guardas entraram na casa no exato instante em que ele foi levado à Torre. O escrevente de meu marido disse que a acusação será de traição.

Joan Denny, cujo marido, Sir Anthony, é homem de confiança do rei, assente.

— A amante do duque de Norfolk assinou um papel dizendo que o duque comentou que Sua Majestade estava muito doente. — Ela abaixa o tom de voz. — Ela vai declarar em juramento que ele disse que o rei não duraria muito mais tempo.

Faz-se um silêncio perplexo, não pelo fato de o duque dizer o que todos sabem, mas pelo fato de sua amante traí-lo e entregá-lo ao lorde chanceler.

Anne assente, animada com a desgraça que recai sobre seus rivais.

— Eles estavam planejando alterar o testamento real, sequestrar o príncipe e tomar o trono.

Olho para ela, incrédula.

— Não, isso é impossível. Tomar o trono? Os Norfolk são criaturas do trono. Passaram a vida saltando feito pulgas atrás do rei, quem quer que seja ele. Nunca hesitam em obedecer ao rei, não importa o que ele peça. As próprias filhas... — Minha voz se esvanece, mas todas sabemos que Maria Bolena, sua irmã Ana, sua prima Madge Shelton e a prima delas, Katherine Howard, foram todas exibidas ao rei por sua família, entregues a ele como esposas ou amantes.

Anne Seymour fica indignada à menção das moças. Sua cunhada Jane Seymour trilhou o mesmo caminho desonroso, passando de dama de companhia a rainha.

— Bem, pelo menos Mary Howard se recusou.

— Ela se recusou a quê?

— A ser desonrada. Com o próprio sogro!

Não entendo.

— Anne, seja clara comigo. Quem queria desonrar Mary Howard? E como assim, sogro? Você não está se referindo ao rei, está?

Ela se aproxima, seu rosto radiante.

— A senhora sabia que eles propuseram casar Mary Howard com meu cunhado, Thomas?

— Sabia — respondo, a voz equilibrada. — Todos sabem que o rei deu seu consentimento.

— Mas nunca tiveram a intenção de fazer uma aliança honrosa. Nunca! Eles planejavam casar Mary Howard com Thomas para que ela o traísse. O que acha disso?

A ideia de alguém tramando a infelicidade de Thomas é algo muito doloroso. Sei o que é a vergonha. Jamais desejaria que Thomas a sentisse.

— Não acho nada. O que eles pretendiam fazer?

— Queriam que o casamento acontecesse e que ele pedisse à senhora que a aceitasse como uma de suas damas de companhia. Ele a traria à corte. E o que a senhora acha que ela faria quando estivesse aqui?

Aos poucos, a trama é desvendada. Penso no quanto essas pessoas são canalhas.

— Eu teria dado um posto a ela, claro. Eu não poderia negar uma posição a uma mulher da família Howard, esposa de um homem da família Seymour.

E eu teria feito qualquer coisa para trazer Thomas à corte, para poder vê-lo. Mesmo que isso significasse passar todos os dias com sua esposa. Mesmo isso. Os Howard teriam me usado para fazer mal a ele.

— Eles queriam colocar Mary Howard sob as vistas do rei. — Ela se afasta e me encara. — Queriam que ela substituísse a senhora.

— Como ela me substituiria? — pergunto, com frieza.

— O plano era que ela flertasse com o rei, que o seduzisse. Que se deitasse com ele e o deixasse fazer qualquer coisa que ele ainda consiga fazer. A ideia era que ela se tornasse a *maîtresse en titre* dele, tão importante quanto uma amante na corte francesa, uma prostituta acima de todas as outras. Eles estavam certos de que conseguiriam isso. A senhora seria repudiada, e ela seria a nova favorita do rei. A senhora teria de viver em outro lugar, e ela governaria a corte. Mas eles disseram que, se Mary fosse inteligente, ela seria mais do que uma amante, teria algo melhor do que isso.

— O que poderia ser melhor do que isso? — pergunto, como se já não soubesse.

— Eles disseram que, se ela fosse inteligente e desejável, se conversasse com ele com doçura e fizesse tudo o que haviam lhe ensinado, ele se livraria da senhora para se casar com ela. E então ela o conduziria de volta à antiga religião, e a corte dela seria um local de discussões teológicas. Como a sua, só que melhor: papista. E também falaram que, quando o rei morresse, ela seria madrasta do príncipe Eduardo, e o duque de Norfolk seria lorde protetor e governaria o reino até o príncipe chegar à maioridade e, então, o controlaria por força do hábito. Mary traria o rei de volta à Igreja de Roma; ele restauraria a Igreja e os monastérios na Inglaterra, e ela se tornaria rainha-mãe de um reino papista.

Anne termina de falar, o rosto radiante, fitando-me com um misto de horror e deleite.

— Mas o rei é sogro dela — objeto com tranquilidade. — Ela foi casada com o filho dele. Como puderam achar que ela se casaria com ele?

— Eles não se importariam com isso! — exclama Anne. — A senhora não acha que o papa autorizaria o casamento se a noiva fosse conduzir a Inglaterra de volta a Roma? Eles são demônios, não se importam com nada a não ser trazer o rei de volta para o lado deles.

— De fato, acho que são mesmo — respondo, em um murmúrio. — Se isso for verdade. E eles consideraram o que aconteceria comigo quando a bela Mary Howard estivesse na cama do rei?

Ela dá de ombros. Seu gesto diz: o que você acha que acontece com rainhas indesejadas na Inglaterra?

— Suponho que pensaram que a senhora talvez aceitasse o divórcio, ou que fosse acusada de heresia e traição.

— Eu seria morta? — pergunto. Mesmo agora, mesmo depois de ser rainha por quase três anos e meio, enfrentando perigos durante todo esse tempo, acho impossível pensar que qualquer pessoa que me conhece, que me vê no jantar todos os dias, que beija minha mão e jura lealdade possa tramar minha morte e conspirar contra mim.

— Foi Norfolk que disse que a senhora era discípula de Anne Askew. Foi o mesmo que chamá-la de herege, um crime cuja punição é a morte. Foi ele que, junto com Gardiner, jogou o rei contra a senhora. chamando-a de serpente. Não é um homem que se deixa deter por trivialidades.

— Trivialidades?

— A morte de uma mulher é uma trivialidade para um homem como o duque. A senhora sabia que foi ele quem leu a sentença de morte das duas sobrinhas? Tramou para que elas fossem rainhas e, quando tudo deu errado, mandou as duas para o cadafalso para se salvar.

A vida das mulheres não importa para ninguém nesta corte. Diante de toda rainha, há sua bela sucessora; atrás dela, um fantasma.

— Então o que vai acontecer agora?

— O rei está sendo aconselhado por nós, os Seymour — anuncia ela, sem conseguir esconder seu orgulho crescente. — Thomas e Edward estão com o rei neste momento. Imagino que irão me contar tudo quando vierem aqui antes do jantar, e então poderei fazer um relato à senhora.

— Tenho certeza de que o próprio rei vai me contar — respondo, para lembrá-la de que sou rainha da Inglaterra e esposa do rei, de que retornei recentemente às boas graças dele. Do contrário, ela terá a mesma opinião que o Howard e o restante da corte têm sobre mim: uma ocupante temporária do trono de rainha, uma mulher que pode se ver divorciada ou morta de uma hora para a outra.

Visto-me de modo meticuloso; peço que tragam outro vestido e troco as mangas. Pensei em usar roxo, então me dei conta de que, embora seja a cor dos imperadores, ela não favorece o rubor em minhas faces, e hoje quero parecer jovem e encantadora. Por isso uso minha sobreveste vermelha favorita, as mangas com recortes dourados, e um vestido também dourado. Puxo para baixo a gola do vestido, para que minha pele branca fique emoldurada pelo decote quadrado e para que meu cabelo castanho-avermelhado se sobressaia contra o tom escarlate do capelo. Uso brincos de rubi e correntes de ouro na cintura e nos pulsos. Pinto os lábios de vermelho e passo ruge nas bochechas.

— Você está linda — diz Nan, um pouco surpresa com o trabalho a que me dei.

— Estou mostrando à família Howard que já existe uma rainha aqui — respondo com firmeza, e Nan ri.

— Acho que escapamos por sorte. Graças a Deus eles não chegaram a um acordo, e Thomas Seymour não trouxe Mary Howard à corte.

— Sim — digo, desconsiderando o fato de que ele estava disposto a se casar com ela. — Ele nos salvou.

— Mas, com isso, ele continua solteiro — observa Nan. — Nenhum homem vai querer se casar com Mary Howard agora, com o pai e o irmão dela na Torre, e ela terá que testemunhar contra eles para salvar a própria pele. Thomas

Seymour está em ascensão. A família dele é a mais importante do reino, e o rei o adora. Ele pode escolher praticamente qualquer mulher que quiser.

Faço um gesto de assentimento com a cabeça. Claro que ele vai se casar com Elizabeth se o rei o permitir. E então será marido da terceira pessoa na linha de sucessão do trono Tudor. Eu dançarei em seu casamento. E terei de considerá-lo meu genro.

— Quem sabe? — pergunto, despreocupada. Aceno para que minhas damas abram a porta, e saímos do quarto, passando pela câmara privada e entrando em minha câmara de audiências, e ali está ele. Ele se vira ao ouvir a porta abrindo, e me dou conta de que esperava por mim. Ali está ele.

Quando o vejo, algo estranho acontece. É como se eu não conseguisse ver mais ninguém. Nem mesmo ouço o burburinho de sempre. É quase como um sonho, como um lapso no tempo, como se todos os meus relógios parassem e todas as pessoas desaparecessem e não houvesse nada além de nós dois. Quando ele se vira e me vê, fico cega a tudo que não sejam seus olhos escuros, seu sorriso, a forma como me olha, como se ele também não enxergasse mais ninguém além de mim, e penso: ah, graças a Deus, ele me ama como eu o amo, pois um sorriso tão caloroso e direto só pode vir de um homem que ama a mulher que caminha em sua direção, radiante, a mão estendida.

— Boa noite, Sir Thomas — digo.

Ele segura minha mão, faz uma reverência e beija meus dedos. Sinto o toque suave de seu bigode, o calor de seu hálito e um levíssimo aperto em meus dedos, como se ele dissesse "Minha amada...". Então Thomas endireita o corpo e solta minha mão.

— Vossa Majestade, fico muito feliz de vê-la tão bem.

Enquanto ele profere as palavras banais, seus olhos escuros vasculham meu rosto, e sei que ele notará que pus meu melhor vestido e pintei de vermelho meus lábios. Vê as sombras sob meus olhos; perceberá que estou sofrendo por Anne Askew. E também perceberá, como todo amante sempre percebe, que algo terrível aconteceu comigo.

Thomas me oferece o braço e caminhamos juntos por entre os cortesãos, que fazem reverências, até chegarmos à janela. Ali ele gesticula para fora, fingindo tecer um comentário sobre o pôr do sol e uma nova estrela brilhante no horizonte.

— Você está machucada? — pergunta, simplesmente. — Está doente?

— Não posso contar aqui e agora — respondo, com sinceridade. — Mas não estou machucada nem doente.
— Foi o rei?
— Foi.
— O que ele fez? — O rosto de Thomas fica sério.
Belisco o braço dele.
— Não aqui. Não agora — lembro-lhe. Sorrio. — Aquela é a Estrela Polar? Você se guia por ela para navegar?
— Você está em perigo neste momento?
— Não.
— Edward me disse que você esteve a um passo de ser presa.
Inclino a cabeça para trás e solto uma risada.
— Ah, sim! Vi o mandado.
O olhar dele é de admiração.
— Você conseguiu se salvar apenas argumentando com ele?
Penso no chicote manchado de sangue em meus lábios. Penso na culhoneira de marfim sendo empurrada em minha boca, batendo em meus dentes.
— Não. Foi pior do que isso.
— Meu Deus...
— Shhh! — digo, às pressas. — Não estamos seguros. Estão todos olhando para nós. O que vai acontecer com os Howard?
— O que ele quiser. — Thomas dá dois passos impacientes, como se quisesse sair da sala mas se lembrasse de que não há para onde ir. — O que ele quiser, claro. Imagino que vá matá-los. Eles planejavam cometer crime de traição, sem dúvida.
— Que Deus os ajude — digo, embora eles estivessem dispostos a me mandar para o cadafalso. — Que Deus os ajude.
As portas duplas se abrem, e a perna enfaixada do rei surge primeiro, seguida da grande poltrona e do sorriso radiante dele.
— Que Deus ajude todos nós — comenta Thomas, recuando como o cortesão que é, para que meu marido possa ser levado à propriedade dele, à sua posse, à sua esposa sorridente.

Pai e filho, Thomas Howard e Henry, aguardam na Torre para saber de que crimes serão acusados. Ninguém os visita, ninguém intercede por eles. De repente, o velho e seu herdeiro, que governavam Norfolk inteira e eram donos da maior parte do sul da Inglaterra, que cavalgavam à frente de milhares de homens, que levavam a vida como aranhas gordas em uma teia de amizades, relações de parentesco e dívidas de gratidão, não conhecem ninguém. Não têm nenhum amigo e nenhum aliado. São muitas as provas de traição contra Henry Howard. Ele foi tolo a ponto de pensar ter uma grande pretensão ao trono. Sua própria irmã, Mary Howard, ainda ressentida do fato de ele ter ordenado que ela se prostituísse ao rei, acusa-o. Afirma sob juramento que ele ordenou que ela se casasse com Thomas Seymour para entrar na corte e se tornar amante do rei. Ela respondeu que preferiria cortar a própria garganta a ser tão desonrada. Agora ela está cortando a garganta do irmão.

Até a amante do pai dele, a notória Bess Holland, presta testemunho contra ele. O rapaz, odiado por aqueles que deveriam amá-lo e protegê-lo, é incriminado diariamente por seus amigos, suas amantes e, finalmente, por seu próprio brasão, que Thomas Wriothesley, filho e neto de um arauto, declara se basear fraudulentamente no brasão de Herevardo, o Vigilante, um líder da Inglaterra de quinhentos anos atrás.

— Isso não é um pouco ridículo? — pergunto ao rei, quando estamos sentados junto à lareira, no quarto dele, depois do jantar. — Com certeza Herevardo, o Vigilante, não tinha um brasão que pudesse ser usado pelos Howard, mesmo que sejam descendentes dele, o que ninguém pode provar. Isso tem alguma importância?

À nossa volta, a corte murmura e joga cartas. Posso ouvir o barulho dos dados. Logo o rei se juntará aos seus amigos, e eu e minhas damas nos recolheremos.

A fisionomia de Henrique é cruel, os olhos estreitos.

— Tem — responde ele. — Para mim, tem importância.

— Mas a alegação de que ele é descendente de Herevardo, o Vigilante... é como um conto de fadas.

— É um conto bem perigoso. Ninguém além de mim tem descendência real neste país. — Ele faz uma pausa. Com certeza está pensando na antiga família real, os Plantageneta. Um a um, ele os matou apenas por terem o sobrenome do pai. — Só existe uma família que remonta ao rei Artur da Inglaterra, e essa família é a nossa. Toda contestação será recebida com rigorosa punição.

— Mas por quê? — pergunto, com o máximo de delicadeza possível. — É um brasão velho que ele já exibiu tantas vezes... É o orgulho bobo de um rapaz. Se o Colégio de Armas viu esse brasão há anos, e o senhor não fez qualquer objeção antes...

Ele ergue um dedo gordo, e eu me calo imediatamente.

— Você se lembra do que faz um mestre do canil? — pergunta, em voz baixa.

Assinto com a cabeça.

— Diga.

— Ele joga um cão contra o outro.

— Sim. E, quando um cão fica grande e forte demais, o que ele faz?

Como não respondo, ele estala os dedos.

— Deixa os outros acabarem com ele — respondo, relutante.

— É claro.

Fico em silêncio por um instante.

— Isso quer dizer que o senhor nunca terá grandes homens a seu lado. Nenhum conselheiro ponderado, ninguém que o senhor possa respeitar. Ninguém pode ser grandioso a seu serviço. Ninguém pode ser recompensado por lealdade. O senhor não terá amigos de verdade, amigos fiéis.

— É verdade. Porque não quero ninguém assim. Já tive homens assim quando era jovem, amigos que eu adorava, homens que eram brilhantes pensadores, capazes de resolver um problema no mesmo instante em que ele chegava a seus ouvidos. Ah, se você tivesse visto Thomas Wolsey em seu auge! Se tivesse conhecido Thomas More! Thomas Cromwell trabalhava a noite inteira, todas as noites... nada o detinha. Nunca fracassava em nada que se dispusesse a fazer. Se eu tinha um problema na hora do jantar, ele me trazia um mandado de prisão na capela antes do desjejum.

Ele para de falar, os olhinhos sob as pálpebras inchadas voltando-se para a porta como se seu amigo Thomas More pudesse surgir a qualquer momento, o rosto trazendo um sorriso caloroso, o chapéu debaixo do braço, seu amor pelo rei e pela família a grande motivação de sua vida, mas nunca maior do que seu amor por Deus.

— Agora quero Ninguém — afirma o rei, com frieza. — Porque Ninguém guarda segredos, Ninguém ama ninguém. O mundo está cheio de pessoas buscando apenas suas próprias ambições e trabalhando em prol de suas próprias causas. Até Thomas More... — Ele se detém. — Ele escolheu sua lealdade à Igreja em vez do amor que nutria por mim. Escolheu a fé em vez da própria vida. Entende? Nenhuma pessoa é fiel até a morte. Se alguém lhe disser o contrário, está querendo enganá-la. Jamais vou me deixar enganar de novo. Sei que todo amigo sorridente é um inimigo, todo conselheiro age por interesse próprio. Todos querem meu lugar, todos querem minha fortuna, todos querem minha herança.

Não consigo argumentar contra tanta amargura.

— Mas o senhor ama seus filhos.

Ele volta os olhos para a princesa Maria, que conversa com Sir Anthony Denny em um canto. Fita a princesa Elizabeth, cujos olhos estão fixos no rosto sorridente de Thomas Seymour.

— Não exatamente — responde, a voz gélida. — Quem me amou quando eu era criança? Ninguém.

O jovem Henry Howard, o melhor amigo do finado filho ilegítimo de Henrique, envia da Torre uma carta suplicante ao rei, lembrando-lhe que ele e Henry Fitzroy eram como irmãos, que passavam todos os dias juntos, que cavalgavam, nadavam, jogavam e escreviam poesia juntos, que eram tudo um para o outro. Juraram lealdade mútua, e ele nunca, jamais conspiraria contra o pai de seu melhor amigo, contra o homem que também foi um pai para ele.

Henrique joga a carta para mim.

— Mas eu li o interrogatório dele — afirma. — Examinei as provas que existem contra ele. Vi o brasão e ouvi o que ele disse de mim.

Se eu deixar que ele recite os erros do rapaz, vai ficar cada vez mais irritado. Vai erguer o dedo e apontá-lo para mim, vai falar comigo como se eu fosse o jovem culpado. Sente enorme prazer em demonstrar sua fúria. Como um ator, Henrique se prepara para entrar em cena apenas pela emoção que isso desperta nele. Gosta de sentir o coração acelerar de fúria; gosta de brigar, mesmo que em um quarto vazio com uma mulher pálida que tenta apaziguá-lo.

— Mas o senhor não está convencido de tudo isso — respondo, tentando apelar à mente crítica e esclarecida de Henrique antes que ele extravase sua raiva. — Está examinando as provas, estudando-as. Não acredita em tudo que estão dizendo, não é?

— Você deveria ter medo do que estão me dizendo! — exclama ele, com súbita irritação. — Porque, se esse cachorro traiçoeiro que você defende com tanta doçura tivesse conseguido o que queria, teria sido você na Torre, não ele; e a irmã dele estaria no seu lugar. Ele é seu inimigo, Catarina, bem mais do que meu. Ele tramou para herdar meu poder, mas a teria matado.

— Se ele é seu inimigo, é meu inimigo — sussurro. — Claro, Vossa Majestade.

— Ele teria inventado alguma acusação de heresia e traição e a teria matado — prossegue o rei, ignorando o fato de que sua assinatura deveria constar no mandado. — E teria colocado a irmã dele em seu lugar. Teríamos tido outra rainha Howard. Mais uma prostituta daquela família teria sido empurrada para minha cama! O que pensa disso? Como você consegue pensar nisso?

Balanço a cabeça. Claro, não há nada que eu possa dizer. Quem teria assinado o mandado? Quem teria me mandado para a morte? Quem teria se casado com a menina Howard?

— Você estaria morta — continua Henrique. — E, depois da minha morte, os Howard teriam controlado meu filho... — Ele faz uma pausa breve para respirar. — O filho de Jane — murmura, a voz embargada. — Nas mãos da família Howard.

— Mas, senhor meu marido...

— Esse era o prêmio. É o prêmio para todos eles. É o que todos querem, não importa o que digam. Todos querem a regência e ter controle sobre o novo rei. É disso que preciso defender Eduardo. É disso que você vai defendê-lo.

— Claro, meu marido, o senhor sabe...

— Pobre Henry Howard — diz ele. Sua voz treme, e as lágrimas logo vêm. — Você sabia que eu amava esse menino como se fosse meu filho? Eu me lembro dele, um garoto lindo, brincando com Fitzroy. Eles eram como irmãos.

— Ele não pode ser perdoado? — pergunto, suavemente. — Escreveu com tanta tristeza, não acredito que ele não se arrependa...

— Vou pensar — responde, com ar de grandeza. — Se puder perdoá-lo, perdoarei. Serei justo. Mas também serei misericordioso. Eu amava esse menino. E meu filho, meu querido Henry Fitzroy, também o amava. Se eu puder perdoar Howard em consideração ao amigo, perdoarei.

A corte se dividirá. O rei irá a Whitehall para supervisionar a execução dos Howard, pai e filho, e a total destruição de sua casa desleal; as princesas e eu iremos a Greenwich. Edward e Thomas Seymour ficarão com o rei, para ajudá-lo a desvendar a trama e encontrar os culpados. Sob o olhar desconfiado do rei, os interrogatórios de servos, arrendatários e inimigos são lidos, relidos, e então, tenho certeza, reescritos. Todo o ódio vingativo que era dirigido aos reformistas, a minhas damas e a mim, agora, como a boca de um canhão, vira-se contra os Howard, e a grande arma está pronta para disparar. O sentimentalismo, a misericórdia e o senso de justiça do rei são deixados de lado em meio a uma orgia de provas falsas. O rei quer matar alguém, e a corte quer ajudá-lo.

Os Seymour estão em ascensão. A religião deles é a nova preferência do rei, a família deles é parente da linhagem real, as habilidades militares deles foram a salvação da pátria e a companhia deles é tudo que o rei deseja. Todas as casas rivais são deixadas de lado.

A corte se dirige à escada externa do palácio para que os lordes possam despedir-se de suas damas e para que aqueles que estão apenas flertando possam trocar olhares, palavras, leves toques. Os nobres da corte vêm se despedir de mim, e então, finalmente, Thomas Seymour se aproxima. Ficamos bastante próximos, minha mão no pescoço de meu cavalo, o cavalariço segurando o animal.

— Pelo menos você está em segurança — diz ele, em meu ouvido. — Mais um ano se passou, e você ainda está em segurança.

— Você vai se casar com Elizabeth? — pergunto, com urgência.

— Ele não disse nada. Falou alguma coisa com você?

— Perguntou o que eu achava. Respondi da forma que pude.

Ele faz uma pequena careta, gesticula ao cavalariço que se afaste e dispõe as mãos em concha para apoiar minha bota. Só a sensação de suas mãos quentes em meu pé já basta para me lembrar de quanto o desejo.

— Meu Deus, Thomas.

Ele me ajuda a montar, eu passo a perna sobre a sela, e minha criada se aproxima para ajeitar minha saia. Mantemo-nos em silêncio enquanto ela faz seu trabalho. Quando ela se afasta, fico olhando o cabelo encaracolado e escuro dele enquanto ele alisa o pescoço do meu animal, sem poder encostar em mim. Nem mesmo na ponta da minha bota.

— Você vai passar o Natal com o rei?

Ele faz que não com a cabeça.

— Ele quer que eu vá ao Castelo de Dover.

— Quando o verei novamente?

Posso ouvir a desolação em minha voz. Ele balança a cabeça novamente; não sabe.

— Pelo menos você está em segurança — repete, como se isso fosse tudo que importa. — Mais um ano, quem sabe o que vai acontecer?

Acho que nada de bom vai acontecer.

— Feliz Natal, Thomas — digo em voz baixa. — Que Deus o abençoe.

Ele ergue os olhos para mim, semicerrando-os um pouco contra a claridade do céu. Este é o homem que amo, e ele não pode se aproximar mais de mim. Thomas dá um passo para trás e põe a mão na cabeça de meu cavalo, alisando o focinho com delicadeza, passando os dedos na boca, nas narinas sensíveis.

— Vá com cuidado — recomenda ele ao animal. — Você está levando uma rainha. — Ele abaixa a voz. — E meu único amor.

Palácio de Greenwich, inverno de 1546

Penso na rainha Catarina, que celebrou o Natal em Greenwich com a corte dividida, comportando-se como se não houvesse nada de errado enquanto o rei permanecia em Londres cortejando Ana Bolena. Desta vez, não é o sexo que mantém o rei na cidade, mas a morte. Sou informada de que apenas quem faz parte do Conselho Privado pode permanecer na corte de Whitehall e de que o rei e seus conselheiros estão avaliando e reavaliando as provas coletadas contra os Howard, pai e filho.

Recebo notícias de que o rei está devotado aos estudos, de que analisa as imprudentes cartas de Henry Howard como se fossem um texto teórico, anotando cada admissão de culpa, questionando cada palavra de inocência. O rei tornou-se meticuloso, pedante. O ódio lhe confere energia, e ele acompanha os interrogatórios com a certeza de que o rapaz, o belo e tolo rapaz, deve morrer por causa de suas palavras frívolas, ditas sem pensar.

Certa noite, no começo de janeiro, Henry Howard pula da janela de sua cela, tentando escapar da mercê do rei. Os homens o agarram quando ele está prestes a escorregar pela calha da água de esgoto até o rio gelado. Isso é típico de Henry Howard: audacioso como um menino. A atitude deveria lembrar a todos que ele é um jovem impulsivo, um tanto tolo, mas um rapaz de natureza inocente; porém, em vez de rirem dele e o libertarem, exigem correntes e o mantêm agrilhoado.

Pior, muito pior, é a confissão do pai. Em uma desesperada tentativa de salvar a própria pele enrugada, o velho duque escreve ao Conselho Privado afirmando ser culpado de tudo que o acusam. Confessa portar um brasão que era seu de direito e que há muitas gerações era usado pela família Howard. Confessa ter mandado cartas secretas ao papa. Jura ter feito tudo que o Conselho Privado alega, está disposto a dizer qualquer coisa para ser poupado. Declara-se culpado como ninguém jamais se declarou culpado antes e oferece toda a sua fortuna e todas as suas terras como pagamento por sua culpa, se o deixarem viver.

Como se o filho dele não passasse de um objeto, o duque inclui Henry Howard na barganha, da qual já fazem parte sua honra, seu nome e sua riqueza. Ele joga o próprio filho e herdeiro no inferno; faltou apenas o duque providenciar o painel de madeira sobre o qual o rapaz será arrastado até o cadafalso. Sob juramento, afirma que Henry, de 29 anos, traiu o rei, o próprio nome e a própria casa. O velho duque envia o filho para a morte em troca de sua própria liberdade. Sua delação é a sentença de morte do filho, e nessa noite o rei assina o mandado que leva Henry Howard a julgamento. O rei diz que tudo é culpa de Thomas Howard, e ninguém pode discutir isso.

Todos sabemos qual será o veredicto. O próprio pai confessou no lugar de Henry Howard e afirmou que ele é culpado; certamente não há nada que o jovem possa dizer em sua própria defesa, há?

Bem, ele tem muito a dizer. Passa o dia inteiro no banco dos réus, defendendo-se, até precisarem pedir velas quando chega a noite, e o belo conde brilha sob a luz dourada, diante do júri composto por vizinhos e amigos seus. Talvez, mesmo a essa altura, eles tivessem se recusado a condená-lo, de tão persuasivo, divertido e insistente que ele foi. Mas William Paget chegou da corte com uma mensagem secreta do rei, entrou na sala do júri enquanto eles deliberavam o veredicto, e, ao sair, o júri declarou que a decisão foi unânime. Pois quem ousaria discordar do rei? O veredicto foi "culpado".

Em meados do frio mês de janeiro, um mensageiro vem do Conselho Privado me informar que Henry Howard foi decapitado em Tower Hill. O pai dele permanece preso, aguardando seu veredicto. Recebemos a notícia em silêncio.

O rei decidiu que não haveria mais execuções de reformistas na fogueira, mas sua misericórdia não se estende a suspeitos de outras acusações. Todos pensam que Henry Howard era apenas um tolo fanfarrão, um poeta perdulário demais com as palavras, mas ele morreu por isso.

A princesa Elizabeth vem até mim e põe a mão fria sobre a minha.

— Ouvi dizer coisas terríveis do meu primo Howard — diz, os olhos escuros inquisidores. — Ele estava planejando derrubar a senhora, colocar outra mulher em seu lugar. Disseram-me que teria posto a irmã dele no trono.

— Foi errado da parte dele desejar isso — respondo. — Seu pai e eu nos casamos diante de Deus. Seria errado da parte de qualquer pessoa querer nos separar.

Ela hesita: já ouviu rumores suficientes sobre a própria mãe para saber que Ana Bolena fez exatamente isso com a primeira rainha de Henrique, e os parentes dela estavam planejando fazer o mesmo com a sexta.

— A senhora acha certo ele ter morrido? — pergunta ela.

Não correrei o risco de expressar uma opinião que não seja a do rei, nem mesmo para Elizabeth, com Jane Grey, tão solene e calada, logo atrás dela. Beijei o chicote. Perdi minha voz. Sou uma esposa obediente.

— O que quer que seu pai, o rei, ache melhor é a coisa certa a fazer — respondo.

Ela olha para mim, essa menininha inteligente, sensata.

— Quando se é esposa, não se pode pensar por si própria?

— Pode sim — respondo, cautelosamente. — Mas não precisa falar em voz alta. Se for inteligente, vai concordar com o marido. Seu marido tem poder sobre você. Você precisa encontrar maneiras de ter seus próprios pensamentos e viver sua própria vida sem expô-los.

— Então é melhor que eu não me case — diz ela, sem sorrir. — Se ser esposa é abrir mão da própria opinião, é melhor que eu nunca me case.

Acaricio seu rosto e quase rio dessa menina de treze anos que rejeita o matrimônio.

— Talvez você tenha razão no mundo em que vivemos. Mas este mundo está mudando. Talvez, quando você tiver idade para se casar, o mundo já esteja disposto a ouvir a voz de uma mulher. Talvez as mulheres não precisem mais jurar obediência nos votos de casamento. Talvez, um dia, uma mulher possa tanto amar quanto pensar.

Palácio de Hampton Court, inverno de 1547

O mensageiro vem de barcaça, descendo o rio na escuridão da meia-noite, o mais rápido que os remadores conseguem, avançando contra a maré. Ele vem de Whitehall. É uma viagem fria, o tempo úmido, e, na entrada de minha câmara de audiências, ele entrega a capa molhada aos guardas, que abrem a porta. Uma de minhas damas, acordada com as batidas à porta, vem me informar de que há uma mensagem urgente do Conselho Privado, em Whitehall, e pergunta se posso receber o mensageiro.

Imediatamente fico com medo, pois todos nesta corte aprendemos a temer batidas à porta no meio da noite; imediatamente me pergunto quem estará em perigo, se vieram me prender. Visto meu mais quente roupão de inverno e, com os pés nus nos sapatos de salto dourado, sigo para minha câmara privada, onde um servo da família Seymour me aguarda, encharcado, pingando água da chuva no chão. Nan vem em meu encalço, e minhas damas de companhia abrem a porta de seus quartos para espiar, os rostos brancos à luz das tochas. Alguém faz o sinal da cruz; vejo Nan cerrar os dentes, temendo más notícias.

O mensageiro se ajoelha diante de mim e tira o chapéu.

— Vossa Majestade — diz. A hora tardia, a escuridão da noite e algo em sua fisionomia aturdida e em sua respiração, como se fosse proferir um discurso ensaiado, me fazem deduzir o que ele está prestes a dizer. Olho por cima do ombro dele para ver se os soldados da guarda vieram em número suficiente para me prender. Pergunto-me se a barcaça real está oscilando suavemente no píer, com todas as luzes apagadas. Procuro a coragem que tenho dentro de mim para enfrentar este momento. Talvez agora, esta noite, tenham finalmente vindo me levar.

Ele se levanta.

— Vossa Majestade, sinto muito informar-lhe que Sua Majestade, o rei, morreu.

Portanto, estou livre, estou livre e estou viva. Quando embarquei neste casamento, há quase quatro anos, achei que jamais chegaria o dia em que me encontraria novamente livre e viúva. Quando vi o mandado de minha prisão nas mãos do médico do rei, não achei que sobreviveria uma semana. Mas sobrevivi. Sobrevivi ao rei que largou duas esposas, abandonou uma à própria morte no parto e assassinou outras duas. Traí meu amor, minha fé e minha amiga e sobrevivi. Renunciei a meu livre-arbítrio, meu orgulho e meus estudos e sobrevivi. Sinto como se estivesse em uma cidade que há anos sofre um terrível cerco, e finalmente saí de casa para ver os muros derrubados, o portão quebrado, a igreja e o mercado em ruínas. No entanto estou viva e em segurança, embora outros tenham morrido. Salvei-me, mas vi a destruição de tudo que eu amava.

Estou sentada à janela de meu quarto, esperando o amanhecer. Atrás de mim, o fogo arde baixo na lareira, mas não deixo que ninguém venha atiçá-lo ou traga água quente ou me vista para o dia. Passarei o resto da madrugada pensando nos homens em Whitehall, como os cães que Henrique disse que eram, destroçando o reino para que uma matilha tenha alguns privilégios e outra tenha outros. Eles dispõem de um testamento ou de algo que vão declarar ser o testamento do rei, que honra aqueles que chegaram primeiro ao cadáver, como se fosse o resultado de uma corrida, não os últimos desejos de um homem morto.

O príncipe Eduardo é o sucessor, claro, mas neste testamento não sou declarada regente. Haverá um Conselho Privado para orientar o príncipe Eduardo até ele completar dezoito anos. Edward Seymour foi mais rápido que eu, mais rápido que todos nós. Deu a si mesmo o título de lorde protetor da Inglaterra e liderará o Conselho Privado, que contará com outros quinze integrantes. Stephen Gardiner não está entre eles, mas eu também não.

Thomas, atrasado na divisão do espólio, terá de arrancar do irmão o que puder. Terá de se apressar. A corte é como um bando de cães de caça, despedaçando um cervo caído. Há mais de oitenta reivindicações pendentes, coisas que os cortesãos juram lhes ter sido prometidas, além da divisão dos bens do rei. Ele deixa um bom dote às duas filhas, deixa uma fortuna para mim. Mas me exclui do Conselho Privado que governará em nome de Eduardo; seu último ato é me silenciar.

Embora fosse meu marido, Henrique será enterrado ao lado de Jane Seymour, na Capela de São Jorge, em Windsor, e deixa uma fortuna para as pessoas rezarem missas pela alma dele e para a construção de uma capela, mantida por dois padres que devem se dedicar a salvá-lo do purgatório no qual ele não acreditava. Quando me contam isso, seguro com força o braço da minha cadeira para não soltar uma risada.

Sou informada de que ele se confessou. No fim, pediu que chamassem Thomas Cranmer, e o arcebispo lhe deu a extrema-unção, portanto ele morreu fiel à Igreja Católica. Aparentemente, disse a Cranmer que tinha pouco a confessar, pois tudo que fizera havia sido pelo bem. Sorrio quando penso nele morrendo, sem medo da escuridão, como sempre seguro de suas boas opiniões, salpicado de óleo sagrado. Mas qual foi o sentido de sua vida senão salvar seu país desses rituais e superstições? No fim, o que ele pensava?

Perdi meu marido e sobrevivi a meu carcereiro. Ficarei de luto por um homem que me amou a seu modo e comemorarei o fato de ter sobrevivido a um homem que teria me matado. Quando me submeti a este casamento, contra minha vontade, sabia que ele só terminaria em morte: a minha ou a dele. Houve momentos em que achei que ele me mataria, que eu jamais conseguiria sobreviver a ele. Houve momentos em que achei que sua obsessão em dar a última palavra o convenceria a me calar para sempre. Mas sobrevivi ao abuso dele, às ameaças dele. Este casamento custou minha felicidade, meu amor e meu orgulho. O pior foi trair Anne e deixá-la morrer. Mas também suportarei isso; também me perdoarei por isso.

Publicarei minhas traduções do Novo Testamento. Terminarei meu livro sobre minha fé. Escreverei minhas próprias opiniões, sem medo, assinadas por mim. Nunca mais publicarei sem que meu nome esteja no frontispício do livro.

Não compartilharei meus pensamentos com o mundo sem reconhecimento. Vou me levantar e falar com minha própria voz, e nenhum homem jamais me calará novamente.

Criarei meus enteados na fé reformada e rezarei a Deus em inglês. Verei Thomas Seymour atravessar o salão e beijar minha mão sem medo de que alguém note a alegria em meu rosto e o desejo nos olhos dele. Beijarei sua boca sorridente, deitarei em sua cama. Viverei como uma mulher inteligente e apaixonada, e colocarei minha paixão e minha inteligência em tudo que fizer.

Acredito que ser uma mulher livre é ser apaixonada e inteligente; e eu sou finalmente uma mulher livre.

Nota da autora

É extraordinário para mim que Catarina, ou Kateryn the Quene KP (como ela assinava) seja tão desconhecida. Como a última das rainhas de Henrique VIII, ela sobreviveu a um assassino que levou quatro antecessoras suas ao túmulo, o que a torna uma das sobreviventes mais tenazes da história. Ela enfrentou e venceu uma série de conspirações da ala papista da Igreja Inglesa, que estava decidida a restaurar suas crenças na Inglaterra, criou os dois filhos mais novos do rei na fé protestante que seria o cerne de seus reinados e, apesar disso, foi amiga da filha mais velha do rei, Lady Maria, que era papista, e apoiou a restituição de sua posição real. Serviu ao país como regente — pessoa mais importante da Inglaterra — e manteve a paz na ausência do rei.

Em muitos sentidos, podemos ver as semelhanças com as outras esposas: ela foi regente como a espanhola Catarina de Aragão, nasceu na Inglaterra e teve uma criação inglesa como Catarina Howard, foi reformista culta e inteligente como Ana Bolena, e — por ser do norte do país — uma forasteira como Ana de Cleves. Criou o filho de Jane Seymour e amou o irmão dela; se Jane não tivesse morrido, talvez Catarina tivesse sido sua cunhada.

Contudo, o mais interessante era sua erudição. Não sabemos a extensão de sua educação quando ela chegou à corte de Henrique VIII como jovem viúva do nortista lorde Latimer. É provável que tivesse estudado latim e francês com o tutor do irmão, mas também é provável que as aulas tenham sido interrompidas quando ele saiu de casa. Portanto, quando ela chegou a uma corte que estava fervilhando de debates sobre a Bíblia (em inglês ou latim), sobre a missa (pão ou carne) e sobre a Igreja (reformista ou papista), ela começou a se instruir.

Seus estudos de latim são demonstrados nas cartas que ela trocava com o enteado, o pequeno príncipe de Gales. Os estudos dela sobre teologia são a base de suas publicações. Ela foi a primeira mulher a publicar um trabalho original em língua inglesa assinando com o próprio nome, um ato extraordinário e inovador. Antes, mulheres haviam escrito em uma variante do inglês, mais próximas de Chaucer do que na língua reconhecível de Shakespeare que Parr usa. Algumas pouquíssimas mulheres publicaram de forma anônima, em grande parte traduções de textos escritos por homens. Nenhuma mulher antes de Catarina Parr ousou escrever material original em inglês para publicação e pôr o próprio nome na página de título, como Parr fez com seu livro de traduções de salmos e orações. Seu último trabalho não foi apenas uma tradução; ela escreveu material original para *The Lamentation of a Sinner*.

Todos os seus três livros podem ser lidos em nova edição editada por Janel Mueller, listada na bibliografia que se segue. Podemos até ver cópias originais no Castelo de Sudeley, em Gloucestershire. Séculos depois, é incrível que uma mulher do século XVI ainda fale conosco.

É claro que todo historiador deve desejar que Parr tivesse preferido escrever uma crônica de sua época em vez de orações; imagine as informações que teríamos sobre os últimos dias da corte de Henrique VIII! Mas, para Parr, assim como para outras mulheres religiosas, sua relação com Deus talvez fosse mais importante para ela do que sua vida mundana.

A vida diária era cheia de incidentes, perigos e aventuras. Não sabemos, ainda hoje, quão próxima ela era da mártir Anne Askew. Parece que Anne morreu para manter em sigilo a conexão entre elas. Sabemos que Anne pregou para a rainha e que as duas talvez tenham se conhecido quando eram meninas, em Lincolnshire. Sabemos que a rainha usou sua influência para libertar Anne de sua primeira detenção, mas não conseguiu libertá-la novamente na segunda vez. Sabemos que Nicholas Throckmorton, que servia à rainha, compareceu à execução, e que alguém lhe entregou uma bolsa de pólvora para que o sofrimento de Anne Askew fosse abreviado. Parece muito provável que tenham torturado Anne Askew para obrigá-la a dizer que a rainha era sua correligionária, herege e traidora, para levá-la à prisão e à morte.

A conspiração contra a rainha, a sagaz reação dela e sua humilhação diante da corte vêm do relato quase contemporâneo *O livro dos mártires*, de John Foxe, e parte dos diálogos é extraída deste texto. Mas a humilhação privada que descrevo é ficção: raramente ficamos sabendo o que se passava atrás das portas fechadas dos quartos do passado. Eu queria escrever uma cena na qual a surra da esposa, legalmente permitida, e o simbolismo da culhoneira de Henrique se combinassem para mostrar como os homens dominavam as mulheres com seus poderes legais, sua violência, sua sexualidade e o mito de seu poder na época — e ainda hoje.

Também não sabemos o quanto Catarina foi íntima de Thomas Seymour durante seu reinado. Certamente parece que eles estavam prometidos um ao outro: apenas semanas depois da morte do rei, os dois já estavam trocando cartas de amor, combinando de passar noites juntos, e, apesar da decisão inicial de esperar, casaram-se quatro meses após a morte de Henrique. Talvez o casamento tenha sido amoroso e feliz. É fato notório que a princesa Elizabeth deixou a casa da madrasta depois de brincadeiras de cunho sexual com o novo padrasto. Houve brigas terríveis com a família dele por causa do dote da viúva e das joias reais da rainha; Thomas era um marido ciumento e possessivo. Ele e Catarina permaneceram casados por quase um ano e meio, até a morte dela no parto. Há relatos dela repreendendo-o por não amá-la, mas ele permaneceu em seu leito de morte e ficou desorientado com sua perda, abrindo mão de sua casa e deixando o bebê aos cuidados de Edward Seymour e sua esposa.

Escrever uma versão fictícia da vida de uma mulher medieval foi, como sempre é, estranhamente tocante e relevante para minha própria época. Embora ela tenha vivido há tantos anos, quando penso no medo que ela enfrentou e na coragem que precisou ter, não posso deixar de admirá-la. Seus estudos meticulosos, em sua maioria autodidatas, devem tocar profundamente qualquer mulher que já tentou entrar nos círculos exclusivos de poder masculino: indústria, política, igrejas, ciências. Qualquer pessoa que ama as palavras vai admirar Catarina Parr, vai imaginá-la debruçada sobre manuscritos em latim e grego, tentando encontrar a palavra em inglês perfeita para a tradução, e qualquer pessoa que gosta das mulheres deve sentir simpatia por ela: apaixonada por um homem e obrigada a se casar com outro, um tirano. Mas — ufa! — ela sobrevive a ele.

Este romance, sobre uma mulher estudiosa, é dedicado a dois grandes eruditos que me ensinaram muito: Maurice Hutt, da Universidade de Sussex, e Geoffrey Carnall, da Universidade de Edimburgo. Para mim, eles exemplificam os muitos professores que, ao longo dos séculos, têm conhecimento e a virtude de compartilhá-lo, que ocupam os bastiões do saber masculino e abrem os portões.

Nenhuma palavra pode expressar minha gratidão a eles, o que ambos imediatamente diriam se tratar de um clichê e um paradoxo. Minha nossa! Sinto tanta saudade dos dois.

Bibliografia

Segue uma lista dos livros e periódicos que consultei e que me ajudaram a escrever esta ficção. Com um agradecimento especial a Susan James, por sua biografia, e a Janel Mueller, por sua ilustre edição dos escritos de Catarina.

Alexander, Michael Van Cleave. *The First of the Tudors: A Study of Henry VII and His Reign*. Londres: Croom Helm, 1981.

Bacon, Francis. *The History of the Reign of King Henry VII and Selected Works*. Editado por Brian Vickers. Cambridge: Cambridge University Press, 1998.

Baldwin, David. *Henry VIII's Last Love: The Extraordinary Life of Katherine Willoughby, Lady-in-Waiting to the Tudors*. Stroud, Gloucestershire: Amberley, 2015.

Beilin, Elaine V. (ed.). *The Examinations of Anne Askew*. Nova York: Oxford University Press, 1996.

Bernard, G.W. (ed.). *The Tudor Nobility*. Manchester: Manchester University Press, 1992.

Besant, Sir Walter. *London in the Time of the Tudors*. Londres: Adam & Charles Black, 1904.

Betteridge, Thomas; Lipscomb, Suzannah (ed.). *Henry VIII and the Court: Art, Politics and Performance*. Farnham, Surrey: Ashgate, 2013.

Bindoff, S.T. (ed.). *The History of Parliament: The House of Commons, 1509–1558*. Londres: Secker & Warburg for the History of Parliament Trust, 1982.

Childs, David. *Tudor Sea Power: The Foundation of Greatness*. Barnsley, Yorkshire: Seaforth Publishing, 2009.

Childs, Jessie. *Henry VIII's Last Victim: The Life and Times of Henry Howard, Earl of Surrey*. Londres: Jonathan Cape, 2006.

Chrimes, S.B. *Henry VII*. Londres: Eyre Methuen, 1972.

Cunningham, Sean. *Henry VII*. Londres: Routledge, 2007.

Denny, Joanna. *Katherine Howard: A Tudor Conspiracy*. Londres: Portrait, 2005.

Doner, Margaret. *Lies and Lust in the Tudor Court: The Fifth Wife of Henry VIII*. Lincoln, NE, iUniverse, 2004.

Duggan, Anne J. (ed.). *Queens and Queenship in Medieval Europe: Proceedings of a Conference Held at King's College, London, April 1995*. Woodbridge, Suffolk: Boydell Press, 1997.

Elton, G.R. *England Under the Tudors*. Londres: Methuen, 1995.

Fellows, Nicholas. *Disorder and Rebellion in Tudor England*. Londres: Hodder & Stoughton, 2001.

Fletcher, Anthony; MacCulloch, Diarmaid. *Tudor Rebellions*. 5ª ed. Harlow: Pearson Longman, 2008.

Gairdner, James. "Anne Askew." In *The Dictionary of National Biography*. Vol II, editado por Leslie Stephen, 190–92. Londres, 1885; http://www.luminarium.org/encyclopedia/askew.htm.

Guy, John. *Tudor England*. Oxford: Oxford University Press, 1988.

Hare, Robert D. *Without Conscience: The Disturbing World of the Psychopath*. Nova York: Pocket Books, 1993.

Hay, Denys. *Europe in the Fourteenth and Fifteenth Centuries*. 4ª ed. Nova York: Longman, 1989.

Howard, Maurice. *The Tudor Image*. Londres: Tate Publishing, 1995.

Hutchinson, Robert. *House of Treason: The Rise and Fall of a Tudor Dynasty*. Londres: Weidenfeld & Nicolson, 2009.

———. *The Last Days of Henry VIII: Conspiracies, Treason and Heresy at the Court of the Dying Tyrant*. Londres: Weidenfeld & Nicolson, 2005.

———. *Young Henry: The Rise of Henry VIII*. Londres: Weidenfeld & Nicolson, 2011.

Innes, Arthur D. *England Under the Tudors*. Londres: Methuen, 1905.

Jackman, S.W. *Deviating Voices: Women and Orthodox Religious Tradition*. Cambridge: Lutterworth Press, 2003.

James, Susan E. *Kateryn Parr: The Making of a Queen*. Farnham, Surrey: Ashgate, 1999.

Jones, Philippa. *The Other Tudors: Henry VIII's Mistresses and Bastards*. Londres: New Holland, 2009.

Kesselring, K.J. *Mercy and Authority in the Tudor State*. Cambridge: Cambridge University Press, 2003.

Kramer, Kyra Cornelius. *Blood Will Tell: A Medical Explanation of the Tyranny of Henry VIII*. Bloomington, IN: Ash Wood Press, 2012.

Laynesmith, J.L. *The Last Medieval Queens: English Queenship 1445-1503*. Oxford: Oxford University Press, 2004.

Lewis, Katherine J.; Menuge, Noël James; Phillips, Kim M. (ed.). *Young Medieval Women*. Stroud, Gloucestershire: Sutton Publishing, 1999.

Licence, Amy. *In Bed with the Tudors: The Sex Lives of a Dynasty from Elizabeth of York to Elizabeth I*. Stroud, Gloucestershire: Amberley, 2012.

Lipscomb, Suzannah. *1536: The Year that Changed Henry VIII*. Oxford: Lion, 2009.

Loades, David. *Henry VIII: Court, Church and Conflict*. Richmond, Surrey: The National Archives, 2007.

Locke, Amy Audrey. *The Seymour Family*. 1911. Reimpressão, Michigan: University of Michigan Library, 2007.

Mackay, Lauren. *Inside the Tudor Court: Henry VIII and His Six Wives Through the Writings of the Spanish Ambassador, Eustace Chapuys*. Stroud, Gloucestershire: Amberley, 2014.

Maclean, John. *The Life of Sir Thomas Seymour, Knight; Baron Seymour of Sudeley, Lord High Admiral of England and Master of the Ordnance*. Londres: John Camden Hotten, 1869.

Manning, Anne. *The Lincolnshire Tragedy: Passages in the Life of the Faire Gospeller, Mistress Anne Askew* (romance). 1866. Reimpressão, Charleston, SC: Nabu Press, 2012.

Martienssen, Anthony. *Queen Katherine Parr*. Londres: Secker & Warburg, 1973.

Meloy, J. Reid (ed.). *The Mark of Cain: Psychoanalytic Insight and the Psychopath*. 2001. Reimpressão, Nova York: Routledge, 2014.

Mortimer, Ian. *The Time Traveller's Guide to Medieval England*. Londres: Vintage, 2009.

Mueller, Janel (ed.). *Katherine Parr: Complete Works & Correspondence*. Chicago: University of Chicago Press, 2011.

Mühlbach, Luise. *Henry VIII and His Court: An Historical Novel*. Traduzido por H.N. Pierce. Nova York, 1867.

Newcombe, D.G. *Henry VIII and the English Reformation*. Londres: Routledge, 1995.

Norton, Elizabeth. *Catherine Parr*. Stroud, Gloucestershire: Amberley, 2011.

Perry, Maria. *Sisters to the King: The Tumultuous Lives of Henry VIII's Sisters — Margaret of Scotland and Mary of France*. Londres: André Deutsch, 1998.

Plowden, Alison. *House of Tudor*. Londres: Weidenfeld & Nicolson, 1976.

Porter, Linda. *Katherine the Queen: The Remarkable Life of Katherine Parr, the Last Wife of Henry VIII*. Nova York: St. Martin's Press, 2010.

Read, Conyers. *The Tudors: Personalities & Practical Politics in the 16th Century England*. Oxford: Oxford University Press, 1936.

Ridley, Jasper. *The Tudor Age*. Londres: Constable, 1988.

Rubin, Miri. *The Hollow Crown: A History of Britain in the Late Middle Ages*. Londres: Allen Lane, 2005.

Scarisbrick, J.J. *Henry VIII*. Londres: Eyre & Spottiswoode, 1968.

Searle, Mark; Stevenson, Kenneth W. *Documents of the Marriage Liturgy*. Collegeville, MN: Liturgical Press, 1992.

Shagan, Ethan H. *Popular Politics and the English Reformation*. Cambridge: Cambridge University Press, 2003.

Sharpe, Kevin. *Selling the Tudor Monarchy: Authority and Image in Sixteenth-Century England*. Londres: Yale University Press, 2009.

Skidmore, Chris. *Edward VI: The Lost King of England*. Londres: Weidenfeld & Nicolson, 2007.

Smith, Lacey Baldwin. *Treason in Tudor England: Politics and Paranoia*. Londres: Jonathan Cape, 1986.

Somerset, Anne. *Elizabeth I*. Nova York: St. Martin's Press, 1992.

Starkey, David. *Henry: Virtuous Prince*. Londres: Harper Press, 2008.

_____. *Six Wives: The Queens of Henry VIII*. Londres: Chatto & Windus, 2003.

Thomas, Paul. *Authority and Disorder in Tudor Times, 1485–1603*. Cambridge: Cambridge University Press, 1999.

Udall, Nicholas. *Ralph Roister Doister*. 1566. Reimpressão, Gloucester: Dodo Press, 2007.

Vergil, Polydore. *Three Books of Polydore Vergil's English History: Comprising the Reigns of Henry VI, Edward IV and Richard III*. Editado por Henry Ellis. Londres, 1844.

Warnicke, Retha M. *The Marrying of Anne of Cleves: Royal Protocol in Early Modern England*. Cambridge: Cambridge University Press, 2000.

Watt, Diane. "Askew, Anne (c. 1521–1546)." In *Oxford Dictionary of National Biography*. Editado por H.C.G. Matthew e Brian Harrison. Oxford: Oxford University Press, 2004; http://www.oxforddnb.com/view/article/798.

_____. *Secretaries of God: Women Prophets in Late Medieval and Early Modern England*. Woodbridge: D.S. Brewer, 1997.

Weatherford, John W. *Crime and Punishment in the England of Shakespeare and Milton*. Jefferson, NC: McFarland, 2001.

Weir, Alison. *Children of England: The Heirs of King Henry VIII.* Londres: Jonathan Cape, 1996.

————. *Henry VIII: King and Court.* Londres: Jonathan Cape, 2001.

————. *The Six Wives of Henry VIII.* Londres: Bodley Head, 1991.

Whitelock, Anna. *Mary Tudor: England's First Queen.* Londres: Bloomsbury, 2009.

Williams, Neville. *The Life and Times of Henry VII.* Londres: Weidenfeld & Nicolson, 1973.

Wilson, Derek. *In the Lion's Court: Power, Ambition and Sudden Death in the Reign of Henry VIII.* Londres: Hutchinson, 2001.

Withrow, Brandon G. *Katherine Parr: A Guided Tour of the Life and Thought of a Reformation Queen.* Phillipsburg, NJ: P & R Publishing, 2009.

PERIÓDICOS

Cazelles, Brigitte; Wells, Brett. "Arthur as Barbe-Bleue: The Martyrdom of Saint Tryphine (Breton Mystery)." *Yale French Studies* 95, Rereading Allegory: Essays in Memory of Daniel Poirion (1999): 134–51.

Dewhurst, John. "The Alleged Miscarriages of Catherine of Aragon and Anne Boleyn." *Medical History* 28, nº 1 (1984): 49–56.

Hiscock, Andrew. "'A supernal liuely fayth': Katherine Parr and the authoring of devotion." *Women's Writing* 9, nº 2 (2002): 177–98.

Hoffman, C. Fenno, Jr. "Catherine Parr as a Woman of Letters." *Huntington Library Quarterly* 23, nº 4 (1960): 349–67.

Riddle, John M.; Estes, J. Worth. "Oral Contraceptives in Ancient and Medieval Times." *American Scientist* 80, nº 3 (1991): 226–33.

Weinstein, Minna F. "Queen's Power: The Case of Katherine Parr." *History Today* 26, nº 12 (1976): 788.

Whitley, Catrina Banks; Kramer, Kyra. "A New Explanation for the Reproductive Woes and Midlife Decline of Henry VIII." *Historical Journal* 53, nº 4 (2010): 827–48.

OUTROS

Davids, R.L; Hawkyard, A.D.K. "Sir Thomas Seymour II (by 1509–49), of Bromham, Wits., Seymour Place, London and Sudeley Castle, Glos." The History of Parliament: British Political, Social & Local History, http://www.historyofparliamentonline.org/volume/1509-1558/member/seymour-sir-thomas-ii-1509-49.

Hamilton, Dakota L. "The Household of Queen Katherine Parr." Tese de doutorado não publicada, Somerville College, Universidade de Oxford, 1992; http://humboldt-dspace.calstate.edu/bitstream/handle/2148/863/hamilton_thesis_complete.pdf?sequence=1.

Cartas e documentos, Henrique VIII. British History Online, http://www.british-history.ac.uk/search/series/letters-papers-hen8.

Este livro foi composto na tipologia Minion
Pro Regular, em corpo 11/15, e impresso
em papel off-white no Sistema Cameron da
Divisão Gráfica da Distribuidora Record.